# 신녀의 서 3

초판 1쇄 찍은 날 | 2015년 05월 29일
초판 3쇄 펴낸 날 | 2016년 12월 19일

지은이 | 다인 김민경
펴낸이 | 서경석

편집책임 | 조윤희
디 자 인 | 신현아

펴낸곳 | 도서출판 청어람
등록번호 | 제387-1999-000006호
등록일자 | 1999. 5. 31
어람번호 | 제11-00021호

주소 | 경기도 부천시 원미구 부일로 483번길 40 서경B/D 3F (우) 14640
전화 | 032-656-4452 팩스 | 032-656-4453
http://www.chungeoram.com
E-mail | chungeorambook@daum.net

ⓒ 다인 김민경, 2015

ISBN 979-11-04-90249-9 04810
ISBN 979-11-04-90246-8 (SET)

3

다인 김민경 장편 소설

神女의 書

신녀의 書

청어람
도서출판

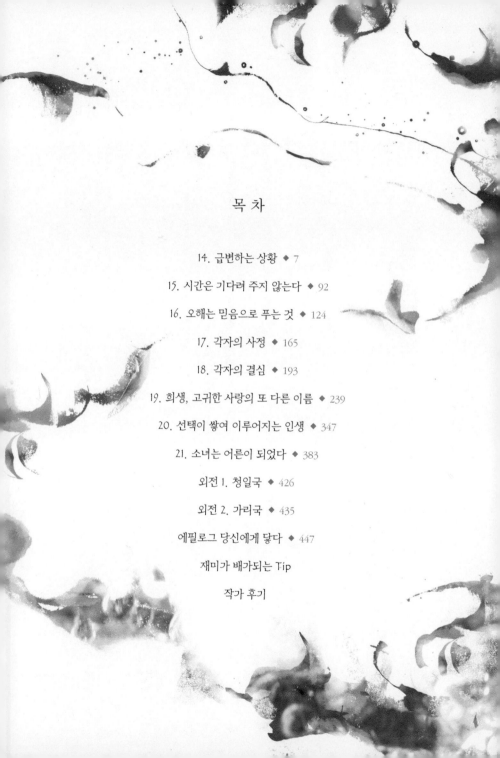

# 목 차

## 14.
### 급변하는 상황

　가리국의 분위기가 무겁게 가라앉았다. 칭송받는 관료이자 청렴함의 대명사였던 오하르 슐가의 타계가 공표되었기 때문이다. 그와 더불어 사신단에 포함되었던 백여 명의 병사들이 모두 죽었다는 이야기가 사실로 확인되었다. 동연국 황제가 슐가의 머리로 술을 담갔다는 수군거림 또한 나라 전역으로 퍼져 나갔다.

　그 소문을 처음 접했을 때, 가리국의 백성들은 슬프지만 어쩔 수 없는 일이라고 여겼다. 비를 얻기 위한 필수 불가결한 희생이라 생각했다. 하지만 이미 물을 얻고 갈증을 없앤 백성들은 곧 다른 생각을 하기 시작했다. 아무리 신녀를 빼앗겼다고 하더라도 동연국에서 슐가의 머리로 술을 담근 건 너무한 처사라는 말이 떠돌기 시작한 것이다. 그리고 그들이 은근슬쩍 분노를 키워가고 있을 때, 황궁에서도 변화가 일었다.

　사람들의 접근을 차단한 응접실 소파 위에서 해연은 하랑의 품에 안겨 있었다. 그녀는 슐가의 일로 사흘이나 넋을 빼놓고 지낸 탓에 생기마저 잃어버렸다. 이 세상에 온 뒤로 가뭄에 몰살당한 마을도 봤고, 심한 상처를 입은 풍월대원들도 봤다. 하지만 이번 일이 가장 큰 충격으로 다가왔다.

모든 게 백성을 살리기 위한 슐가의 선택이었다지만, 그의 죽음에 자신 또한 영향을 끼쳤다는 사실이 해연을 더욱더 고통스럽게 만들었다. 게다가 잊고 지내려 노력했던 일도 떠올라 버렸다.

"하랑."

눈물로 축축해진 목소리가 그의 가슴을 헤집었다. 속상한 마음에 위로하듯 등을 쓰다듬자 조금 진정한 해연이 천천히 말을 이었다.

"사실대로 말해줘. 그 자식이…… 무녀들도 저렇게 했을까? 단야랑 소여나 보리도……."

해연은 차마 말을 끝맺지 못했다. 이번 일이 안겨준 가장 큰 두려움이 그것이었다. 가리국으로 오는 내내 무녀들에게는 별다른 문제가 없을 것이라고 스스로를 세뇌했다. 그러지 않으면 마음이 흔들려서 버틸 수가 없었다. 집으로 돌아가려면 가리국을 선택해야 했기에 억지로 무녀들을 외면했다.

물론, 마음 한편에는 하랑이 그들을 지켜주리라는 믿음도 있었다. 하지만 지금 그는 자신의 곁에 있었다. 그리고 그가 도착한 지 며칠 지나지 않았음에도 가후는 슐가를 죽여서 목을 잘라 보냈다. 해연은 그런 가후의 잔학함이 두려웠다. 동연국 황제에게 걸린 잔혹함이란 신의 저주가 무녀들에게도 해를 가했을까 봐, 그것이 몸서리쳐지게 두려웠다.

하랑의 셔츠를 꼭 움켜쥔 해연은 대답 없는 그에게 다시 한 번 물었다.

신녀의 서

"하랑이 안 돌아가면…… 달천대원들도 건드리겠지?"

두 번째 질문에도 그는 여전히 말이 없었다. 그저 어깨를 꼭 감싸 안아줄 뿐이었다. 그 침묵이 긍정임을 해연은 모르지 않았다. 지금은 손대지 않을 수도 있지만, 언젠가는 본보기로 죽여서 슬가처럼 보내올 것이다. 그리고 그 짓은 두 사람이 동연국으로 돌아갈 때까지 계속될 게 뻔했다.

"신녀님."

하랑은 해연의 떨림을 느끼며 그녀를 달래고자 했다. 하지만 해연이 고개를 저어 말을 막았다. 더는 현실을 외면할 수가 없었다. 이곳에 있어야 집으로 돌아갈 수 있다고 머릿속에서 숱하게 외쳐대도 앞으로 죽어 나갈 사람들을 떠올리면 그리할 수가 없었다.

비를 원하는 나라는 두 개, 신녀는 하나. 두 나라 모두 살기 위해 신녀를 필요로 했다. 그러니 이제 결정을 내리는 건 자신의 몫이었다. 본인 외에는 누구도 이번 일을 해결할 수가 없다.

고민 끝에 마음을 굳힌 해연은 하랑의 품에서 벗어나 괜찮다는 듯 작게 웃어 보였다. 그 미소에도 그의 표정은 좀처럼 풀릴 줄을 몰랐다. 해연이 억지로 웃고 있음을 알기 때문이었다. 역시나, 입술 끝이 금세 내려간 해연은 그를 올려다보았다.

"하랑, 내 부탁…… 들어줄 수 있어?"

부탁이란 말에 하랑은 불안해졌다. 풍월대원들을 구하고자 수명을 깎아 먹었던 일이 떠오르면서 이번에도 자신을 희생하려 들까 봐 겁이 났다. 그래도 무슨 부탁인지는 들어볼 필요가 있었다.

"듣고 결정하겠습니다. 신녀님께 해가 되는 일이라면 거부할 겁니다."

단호한 그의 말에 해연은 고개를 끄덕였다. 듣고 나면 거부하지 못할 것이다. 무녀들과 달천대, 자신과 하랑, 동연국과 가리국 모두에게 가장 나은 방법이었다.

술가의 머리가 담긴 술병이 황제의 집무실 책상 위에 쾅! 소리를 내며 놓였다. 불경하기 짝이 없는 행동에 상소문을 보고 있던 황제가 고개를 들었다. 유리병 안에서 출렁거리는 술가의 머리 너머에 곤이 서 있었다. 사흘 전, 하랑에 의해 간신히 폭주를 멈춘 그는 그 많던 장난기가 싹 사라져 버렸다. 이글거리는 눈매는 매서웠고, 웃지 않는 입매는 진지했다.

"왜 내게 거짓말을 했지?"

낮게 으르는 곤의 음성에 황제는 눈살을 찌푸렸다. 아무리 화가 났다고 하더라도 그는 한낱 공력자이고, 자신은 황제다. 공력자가 국력에 미치는 영향이 어마어마하더라도 자신에게 기어오르는 꼴까지 이해해 줄 수 있는 건 아니었다. 그동안 너무 풀어놓고 키웠나 싶어 입맛이 씁쓰름해졌다.

"말이 짧군."

그는 책상 위로 상소문을 툭 던져 놓고 자세를 고쳐 앉았다. 손가락에 낀 보석 반지를 매만지면서 가만히 곤의 눈을 응시했다. 더 기어오르는 건 용납지 않겠다는 눈빛에 곤이 입술을 꽉 깨물었다. 치밀어 오르는 분노를 속으로 삭인 그는 고개를 끄덕이며 술가의 머리가 담긴 술병 위에 손을 얹었다.

"좋습니다, 폐하. 다시 여쭙죠. 고향에서 여생을 보내겠다고 떠난 자가 왜 이딴 모습으로 내 앞에 나타납니까?"

황제를 노려보는 곤의 눈동자가 번들거렸다. 술가를 마지막으로 봤던 날, 그는 고향으로 돌아가 두 번 다시 오지 않을 것이라고 말했다. 그러니 건강하게 잘 지내라고, 마음잡고 살아달라, 그리 당부하고 떠났다. 마음이 힘들 때마다 항상 다독여 주던 슐가는 곤에게 아버지 같은 존재였다. 그런 이의 머리가 술병 안에 담겨온 걸 봤을 때, 그가 받은 충격이란 말로 표현하기 힘들었다.

분노한 곤 앞에서 황제는 작은 한숨을 내쉬었다. 그에게 슐가가 어떤 의미인지 알기에 진실을 알면 이성을 잃으리란 것쯤은 대충 짐작하고 있었다. 그래서 더욱 비밀로 하고자 했다. 슐가만 한 적임자가 없는 상태에서 곤이 방해한다면 일이 다 틀어질 수도 있었다.

'하필이면 선전포고로 보내온 목을 떡하니 발견해선……'

알리샤가 다쳐서 운신할 수 없어지고, 베론마저 근신하게 되면서 벌어진 일이었다. 예상치 못하게 곤이 일을 다 도맡는 바람에 슐가의 머리까지 그가 확인하게 된 것이다. 물론, 미리 대비하지 못한 자신의 잘못도 있었다.

'아무리 그래도 그렇지, 죽일 거면 깔끔하게 죽일 것이지. 그 더러운 취향은 여전하군.'

동연국의 가후를 떠올린 그는 입술을 뒤틀었다. 하지만 지금은 가후의 취향을 탓하기보단 곤을 진정시키는 게 먼저였다. 그리고 그만한 대비책은 미리 세워두었다.

"오하르가 원했던 일이다. 나라를 위해서 죽는다면 더없는 영광이라고 하면서. 그 영광을 빼앗지 말아달라고 간곡히 청하는데, 짐이 말릴 수 있었겠나? 아니면 자네는 다른가? 미리 알았더라면 슐가를 말릴 수 있었겠나?"

황제의 말에 곤은 이를 꽉 악물었다. 영광이라고 표현하는 그를 과연 누가 말릴 수 있을까. 절대 꺾이지 않을 슐가의 성격을 알기에 스스로도 말릴 자신이 없었다.

일그러지는 곤의 얼굴을 보면서 황제는 그가 분노를 풀 만한 대상을 만들어줬다. 아주 적당한 먹잇감이 하나 있었다.

"짐의 마음도 자네와 다르지 않다. 아무리 신녀를 빼앗겼다 하더라도 엄연히 일국의 사신인데, 머리를 잘라 술을 담그다니. 천인공노할 짓거리가 아니더냐. 이는 가리국을 무시하고 오하르의 명성을 가볍게 본 처사다."

황제의 입에서 나온 말은 현재 가리국 곳곳에서 퍼지고 있는 이야기와 동일했다. 동연국을 향해 분노를 키우는 말들. 황제는 이번 일을 이용해 백성과 전사들의 사기를 고취시키고자 했다. 그리고 그의 노림수는 적중했다. 곤의 밤색 눈동자에 짙은 살기가 어렸다.

"전쟁, 언제 시작합니까?"

악다문 이 사이로 흘러나오는 분노에 황제는 곱게 웃었다. 동연국에서 먼저 선전포고를 했지만, 당장 쳐들어올 여력이 없음을 잘 알고 있었다. 이전에 있던 가뭄으로 국력이 약해졌고, 청일국까지 호시탐탐 기회를 노리는 와중에 함부로 병사를 진격시키는 건 자살행위나 마찬가지였다. 게다가 가리국의 수도, 체빌른까지 오는 길목에 사막이 껴 있으니 동연국으로서는 난감하기 그지없을 것이다.

'신녀가 없으니 더 초조하겠지. 비도 오지 않으니 무너지는 건 시간문제다.'

동연국이 무너질 시기를 계산하던 황제는 의자 등받이에 몸을 기대며 곤이 원하는 대답을 들려주었다.

"길어야 2개월 안에 저쪽에서 먼저 쳐들어올 것이다. 물론, 선봉은 자네 몫이야. 가후의 목을 잘라온다면 술로 담가 선물해 주지."

황제의 말에 곤은 내려놓았던 술병을 안아 들고 집무실을 나가버렸다. 2개월 뒤, 동연국을 무너뜨리려면 당장에라도 훈련을 시작해야만 했다. 대꾸도 없이 휑하니 나가 버린 그의 행동에 황제는 눈살을 찌푸렸다. 통치자가 아랫것들에게 우습게 보이는 순간, 나라는 망한다. 그러니 기어오르는 것들은 초반에 목줄을 채워야 하는 법이었다.

'태자만 있었더라면…….'

순간, 그는 공력을 지니고 태어날 아들이 아쉬워졌다. 황실에 공력자가 없으니 신하들이 만만하게 여긴다는 생각마저 들었다. 그동안 베론에게만 집중하느라 태자는 관심 밖이었는데, 문득 아들이 하나 있었더라면 싶었다. 장성한 태자는 곁에서 듬직하게 아버지를 보필할 것이었다.

'황비를 닮는다면 침착하고 현명하겠지. 의지도 강할 테고.'

하랑을 겁탈하려던 지아비를 봤으면서도 당황하지 않고 사태를 해결하던 황비가 떠올랐다. 또한 곤의 마음을 알면서도 흔들리지 않던 그녀가 제법 강단 있는 여자라는 생각이 들었다. 눈길 한 번 주지 않는 지아비를 몇 년이나 연모하기가 쉽지 않음을 그도 잘 알고 있었다. 그런 황비의 몸을 거쳐 태어난 아들이라면 언제나 아비의 힘이 되어줄 것이었다. 그런 생각이 들자 황제는 진심으로 아들이 가지고 싶어졌다.


해연의 계획을 들은 하랑은 곧 생각을 고쳐먹었다. 지금으로선 그것이 가장 좋은 방법이었다. 물론 운과 시간, 서로에 대한 믿음이 따라줘야 하겠지만, 하랑은 그 방법에 찬성했다.

"그리하겠습니다. 하나 신녀님도 항상 조심하셔야 합니다. 특히 불의 검 앞에서는 손속에 자비를 두시면 안 됩니다."

하랑의 당부에 해연은 고개를 끄덕였다. 그런 일은 없어야 하겠지만, 이곳의 황제가 목숨마저 위협할 때는 용서하지 않을 생각이었다. 살아서 부모님 곁으로 돌아가려면 여기서 죽을 수는 없었다.

"응. 그런 짓까지 하면 가만두지 않을 거니까. 그보다…… 하랑이야말로 정말 괜찮겠어?"

해연은 그가 걱정되었다. 이번 일에서 그의 역할이 가장 중요한만큼 위험하기도 했다. 이런 부탁을 하기가 미안했지만, 하랑 외에는 믿고 맡길 만한 사람이 없었다. 그걸 알기에 그도 선뜻 자신이 하겠다고 나섰다.

"걱정하지 마십시오. 처음부터 제가 해야만 했던 일입니다. 계획대로 하려면 시간이 부족하니 지금 바로 출발하겠습니다. 부디 몸조심하십시오."

그는 해연의 볼에 난 눈물 자국을 닦아주며 이마에 가볍게 입을 맞췄다. 해연도 하랑의 허리를 꽉 안아보고 놓아주었다. 진한 아쉬움을 남긴 짧은 작별 인사 후, 그는 한낮의 햇빛이 쏟아지는 테라스로 걸음을 옮겼다. 해연에게 잠시 시선을 고정하던 하랑은 햇살에 녹듯이 그렇게 사라졌다.

텅 비어버린 테라스를 보며 해연은 의지를 다잡았다. 더는 주저앉아 있을 수 없었다. 자신의 어깨 위에 무녀들과 달천대원들의 목숨이 달렸다. 그리고 이젠 하랑의 목숨마저 짊어졌다. 그렇기에 더는 울고만 있진 않을 생각이었다.

'조금만, 기다려 줘.'

창밖을 응시하던 해연은 몸을 돌려 침실로 들어갔다. 최대한 이른 시일 안에 신녀의 서를 다 베껴 써야만 했다.


곤은 황궁 뒤뜰로 가서 한쪽에 공력을 풀었다. 그의 힘이 닿자 아무엇도 없던 땅에서 나무들이 솟아났다. 수십 그루의 나무들은 작은 숲을 이루었고, 가운데에는 가장 큰 나무가 자라났다. 그 나무로 다가가 유리병을 대자 나무가 입을 벌리듯이 자신의 품을 열고 술병을 받아들였다. 그렇게 슐가의 머리는 곤과 눈높이가 맞는 곳에 놓였다. 나무 속에 박힌 술병과 그 안에 든 사람의 머리가 괴기하기도 했지만, 그는 신경 쓰지 않았다.

'용서하지 않아, 절대로.'

곤은 복수를 다짐하며 주먹을 꽉 움켜쥐었다. 그 순간, 그의 목에 차가운 금속이 닿았다. 아무리 슐가에게 정신이 팔려 있었다고 하더라도 기척조차 느끼지 못했다. 소름 끼치도록 정확한 기습에 곤은 아랫입술을 깨물었다. 실력 차이를 이토록 뼈저리게 느낀 건 처음이었다.

"오하르 슐가, 고인의 명복을 빕니다."

등 뒤에서 들려오는 하랑의 음성에 곤은 비소를 지었다. 모든 상황이 전부 기가 막혔다. 슐가를 죽인 자의 부하였던 이가 그의 명복을 비는 것도 어이가 없었고, 그 목소리에서 진심이 느껴지는 것도 우스웠다. 그러나 지금 가장 기가 찬 건 그와 자신의 실력 차이였다. 처음 겨뤘을 때는 이길 자신이 있었는데, 지금은 그런 생각을 하는 것조차 사치임을 깨달았다. 그럼에도 불구하고 곤은 조금도 두려워하지 않았다.

"남의 목에 검을 대놓고 할 소린 아닌 것 같군."

그는 한껏 비아냥거렸다. 사람의 목에 검을 겨누는 상태로 다른 자의 명복을 빌다니, 좀 이상하지 않은가. 하지만 하랑의 차분한 음성은 조금도 변하지 않았다.

"난 동연국으로 돌아갈 것이네. 그리고 다시 달천대를 맡겠지."

"그래, 그렇겠지. 어련하시겠어? 애초에 귀화한다는 건 믿지도 않았다."

곤은 하랑이 귀화한다 해놓고 나중에 뒤통수를 치리라 생각했다. 물론 하랑은 진심으로 해연의 곁에 있고자 했지만, 곤의 오해를 풀어주려는 노력은 하지 않았다.

"마음대로 생각하게. 다만 한 가지, 자네가 좀 걸려. 그 재능…… 솔직히 좀 신경 쓰이거든."

하랑의 매서운 시선이 곤의 목덜미를 훑었다. 그동안 다른 짓만 하느라 훈련을 게을리해서 망정이지, 검술에 흥미를 보였다면 만만찮은 상대가 되었을 것이다. 그러니 죽일 거면 지금 죽여야 했다. 복수심에 불타 훈련에 매진하게 되면 실력이 향상되는 건 시간문제였다.

목에 닿는 옅은 살기에 곤은 큭큭대며 웃었다. 뒤를 잡힌 상황은 썩 즐겁지 않지만, 마냥 나쁘지만도 않았다.

"잘 알고 있네. 지금 죽여야지. 안 그러면 나중에 땅을 치고 후회하게 될 거야. 전쟁이 일어나면 내가 다 쓸어버릴 거거든. 동연국엔 나무도 많다지? 아, 궁궐도 나무로 짓는다고 했던가?"

빈정거림을 참지 못한 하랑의 검이 그의 목을 살짝 파고들었다. 피부가 베이면서 검날을 타고 피가 한두 방울 흘러내렸다. 싸하게 아린 감촉에 곤도 입을 다물었다. 사방이 고요해진 상황에서 하랑은 고민했다. 그의 말이 맞았다. 지금 죽이지 않으면 후회할지도 몰랐다.

'하지만……'

해연을 떠올린 그는 들고 있는 검 손잡이를 살짝 매만졌다. 곤의 죽음은 해연의 계획에 포함되어 있지 않았다. 오히려 방해가 될지

신녀의 서

도 몰랐다. 그러니 하랑은 선택할 수밖에 없었다. 곤을 죽여 후일을 대비할 것인지, 해연을 믿고 살려줄 것인지.

"신녀님을 생각해서…… 기회를 주지. 선택해라. 죽을 건지, 살 건지."

하랑의 말에 곤의 눈동자가 옆으로 향했다. 그러나 등 뒤에 있는 그의 얼굴은 보이지 않았다. 표정을 볼 수 없으니 무슨 생각인지도 알기가 힘들었다. 기습까지 했으면서 살려준다는 건 또 무언지, 곤은 이 상황이 영 찝찝했다.

"날 가지고 노나? 무슨 꿍꿍이야?"

"별로. 신녀님을 생각해서 기회를 줄 뿐이다."

담담한 말투에서도 건질 만한 것이 없었다. 곤은 입을 꾹 다물고 나무 안에 있는 술가의 머리를 바라보았다. 복수하려면 살아남아야만 한다. 그래야 동연국 황제의 머리를 잘라올 수 있었다. 치욕스럽더라도 지금은 목숨을 구걸해야 할 때였다. 허무하게 보낸 지난날이 이토록 아쉬울 수가 없었다. 꽉 움켜쥔 손이 부들부들 떨리는 감각을 느끼며 곤은 천천히 입을 열었다.

"살고 싶다."

자존심도 포기하고 사는 걸 선택했지만, 하랑은 검을 거두지 않았다. 계속 목에 닿아 있는 검에 곤은 울화가 치밀었다. 자신을 가지고 장난친 게 틀림없었다. 비굴하게 목숨을 구걸하는 모습을 보며 즐기고 싶던 걸지도 모른다. 그런 생각을 하는 곤의 머릿속으로 하랑의 음성이 파고들었다.

"내게 목숨을 두 번 빚졌다. 사내라면 갚아라."

예상치 못한 그의 말에 곤은 어안이 벙벙해졌다. 목숨 빚 갚는 것이야 그렇다 치지만, 자신이 언제 두 번이나 목숨을 빚졌단 말인가.

분명 하랑과의 승부에서 진 건 이번이 처음이었다.

"왜 두 번이야? 난 오늘 처음으로 졌다고."

"아니, 넌 나와의 첫 대면에서도 졌다. 죽지 않으려고 살살 해준 것도 있고, 신녀님이 오셔서 승부를 내지 않았을 뿐, 좀 더 했다면 부상 정도로는 안 끝났을 것이다."

곤은 짜증이 났지만 차마 반박하지 못했다. 하랑의 말이 맞았다. 알리샤도 죽일 수 있었는데 부상으로 끝을 냈고, 자신과 공력을 겨룰 때도 죽지 않으려 하는 게 느껴졌다. 완벽한 패배에 곤은 씁쓸하게 웃었다. 받아들일 수밖에 없었다.

"좋아, 인정하지."

"그럼 갚아라. 첫 번째 목숨으로는 신녀님을 지켜 드려라."

"신녀? 왜? 그 암살자가 또 올 것 같아?"

곤은 전대 신녀를 살해했던 정체불명의 암살자를 떠올렸다. 하지만 하랑은 좀 더 폭넓게 생각하고 있었다. 동연국에 있는 유신이야 자신이 감시하면 된다지만, 그 외에도 해연의 목숨을 노릴 자들은 널리고 널렸다.

"아니. 경계해야 할 대상은 달세르 베론과 알리샤, 황제다."

"뭐?"

"그리고 자네도 포함되어 있지."

"무슨 헛소리야? 우리도 비가 필요한데 신녀를 죽일 리가 없잖아."

결국 곤은 짜증을 터뜨렸다. 신녀가 없으면 그 즉시 나라에 가뭄이 든다. 비축한 물을 다 소모하고 나면 또다시 그 악몽이 재현될 것이었다. 신녀를 데려오기 위해 술가가 목숨을 걸었는데 직접 해친다니, 말도 안 될 일이었다. 그러나 곤의 생각은 이어진 하랑의 설명에 턱 막혀 버렸다.

"가리국의 전대 신녀가 다시 태어난 뒤에는? 가리국에 물의 신녀가 둘이 되어버리면 이 나라의 군주가 어떤 선택을 하겠나. 순순히 동연국으로 돌려보내 줄 것 같나? 오신 곳으로 돌려보내 주겠다고 약조했다지만, 과연 그 불편을 감수할까? 솔직히 좀 회의적이군."

그의 말이 맞았다. 해연은 자신의 힘을 믿고, 사람과의 약속을 믿었지만, 언제 위기가 닥칠지는 모를 일이었다.

'그 이전에 신녀님이 가리국에서 빠져나오실 테지만……'

해연은 전대 신녀가 다시 태어날 때까지 가리국에 있을 생각이 없었다. 어차피 처음에 맺은 약속이 삼 년 정도였고, 사람의 수명은 예측하기 어려운 종류의 것이기에 삼 년 안에 신녀가 꼭 태어난다는 보장도 없었다. 하랑도 그걸 알고 있었지만, 혹시 모를 일에 대비해 보험을 들 듯 곤을 회유했다. 다행히 곤은 그의 생각에 동조했다.

"뭐, 황제가 신녀를 죽이려 할 때는 내가 막아주면 되는 거잖아."

"그래, 좋다. 그럼 두 번째 목숨 값으론…… 신녀님께 그만 치근덕거려."

말하다가 화가 났는지 차분하던 하랑의 음성이 조금 높아졌다. 그에 곤은 김빠진 웃음을 지었다. 그의 속을 긁어놓으려고 신녀에게 좀 더 엉겨 붙긴 했지만 이 정도로 쉽게 열을 낼 줄은 몰랐다. 하지만 그 행동이 꼭 하랑 때문만은 아니었기에 곤은 사실대로 말했다.

"나도 신녀에게는 관심이 좀 생기는 걸 어쩌라고? 특히 그 매끈한 다리는……."

예전의 성향이 다시 나오려던 곤은 말을 끝맺지 못했다. 목에 닿아 있던 검이 조금 더 안쪽으로 파고든 탓이었다. 정말 단단히 화가 났는지 좀 전까지는 전혀 느껴지지 않던 하랑의 기운이 조금씩 흘러나왔다. 이러다간 정말 목이 베이겠구나 싶어진 곤이 급히 하랑을 달랬다.

"알았어, 알았다고. 안 건드리면 될 거 아냐."

"약속은 지켜라."

"물론이다. 어차피 이제 여자는 끊었어."

곤의 입에서 확답이 나온 뒤에야 검이 거둬졌다. 그와 함께 하랑의 모습이 곤의 앞쪽, 궐 담 위에 나타났다. 곤은 따끔한 목을 쓱 닦아내며 궐을 빠져나가려는 하랑을 불러 세웠다.

"이봐! 오늘 일, 후회할 거다. 목숨 값은 다 갚을 테지만, 다시 만나면 정말 후회하게 해주겠어."

그는 한껏 으름장을 두었다. 분노로 이글거리는 곤의 눈을 하랑은 가만히 응시했다. 그는 예전의 자신과 무척 닮아 있었다. 연인을 가후에게 빼앗기고 화를 참지 못하던 그때와……. 당시를 떠올린 하랑의 눈빛도 가라앉았다.

"기다리지, 달세르 곤. 전심으로 부딪쳐 온다면 기꺼이 맞서주겠네. 하지만 나도 그때까지 손 놓고 있진 않을 거야. 복수를 다짐하는 자네에게 사정이 있는 것처럼, 내게도 그곳에 지켜야 할 것들이 있으니까."

하랑의 대답을 곤은 똑똑히 들었다. 아직은 애송이인 자신의 선전포고를 그는 비웃지 않았다. 적으로서 예우를 갖춰 최대한 진지하게 받아들일 뿐이었다. 그 단후한 태도가 더 배알 꼴렸다. 아무리 노력해도 인성으로는 그를 앞지르기 어려울 것 같다는 생각에 입맛이 썼다.

얼굴을 한껏 찌푸리는 곤에게 하랑은 마지막으로 한마디만 남기고 몸을 돌려 황궁을 빠져나갔다. 하랑이 사라진 자리를 보던 곤은 피 묻은 손으로 머리를 획획 헝클어뜨렸다.

"제기랄……."

머릿속은 엉망이 되고, 욕지기도 치밀었다. 슐가의 잘린 머리를 빤히 보던 곤은 하랑이 했던 말을 다시 한 번 떠올렸다.

"나에게도 자네처럼 복수에 집착하던 시절이 있었네. 그땐 내가 옳다고 생각했는데, 요즘은 상대에게도 사정이 있진 않았을까 싶어. 대체로…… 절대선도 절대악도 없는 법이야. 복수에만 사로잡히지 말고 잘 생각해 보게. 나처럼 잃고 나서 후회하지 말고."

답답한 마음이 든 곤은 슐가에게 다가가 술병에 이마를 댔다. 차갑고 매끄러운 유리병의 감촉이 피부를 통해 느껴졌다.

'오하르, 별 미친놈 다 보지? 아무리 그래도 복수는 해야 하잖아. 안 그래?'

곤은 눈을 질끈 감았다. 커다란 소태를 한입에 삼킨 듯이 속이 아렸다.

보수공사를 하다 만 어느 집 지붕 위에서 하랑은 곤의 눈빛을 다시 떠올렸다. 그에게서 자신의 옛 모습이 겹쳐 보였다. 혼례를 약조한 정인을 가후에게 빼앗겼음을 알았을 때, 하랑은 배신감에 무너져 버렸다.

형제처럼 지내온 이에게 여자를 빼앗긴 사내의 마음은 헤집어질 대로 헤집어져서 너덜거릴 지경이었다. 그에 하랑은 검을 뽑아 들고 가후를 찾아갔었다. 분풀이를 하고 싶던 건지도 몰랐다. 네가 어떻게 나를 배반하느냐고 소리치고 싶었던 것일 수도 있다.

분노한 채로 검을 들고 찾아갔을 때, 그곳에 선황과 가후, 그리고 비아가 있었다. 그녀는 놀랐고, 선황은 표정이 굳었으며, 가후는 고개를 돌려 버렸다. 그 외면이 싫었다. 두 눈 똑바로 뜨고 상처 입은 자신을 봐주길 바랐다. 하지만 가후는 보려 하지 않았고, 그 모습에 화가 나서 달려들며 검을 내질렀다. 공력자인 가후는 충분히 피할 수 있을 정도로…….

그 당시를 떠올린 하랑은 눈빛이 어두워졌다. 그날, 가후에게 내지른 검 앞으로 선황이 뛰어들었다. 가후를 지키기 위함이었다. 놀란 하랑은 검을 거두려 했다. 거리는 무척 가까웠지만, 그의 실력이라면 충분히 거둘 수 있었다.

'폐하, 대체 왜 그러신 겁니까? 전 아직도 잘 모르겠습니다.'

기억을 더듬어본 하랑은 아픈 속을 달래기 위해 깊은 한숨을 내쉬었다.

그날 검을 거두기 직전, 선황이 손을 뻗어 검을 움켜쥐었다. 예기치 못한 일에 대응할 새도 없이 선황의 몸에 검이 꽂혔다. 그건, 명백한 자결이었다. 한 발짝 앞으로 나오면서 직접 검에 몸을 들이밀었다. 용포와 살갗이 찢기는 소리에 가후도 고개를 돌렸다. 선황이 피를 흘리며 쓰러지자 그제야 하랑은 가후와 눈을 마주할 수 있었다. 그날부터 두 사람은 원수지간이 되었다. 가후는 하랑에게 해명할 기회를 주지 않았고, 하랑은 정인을 빼앗긴 일을 따지지 않았다. 그렇게 이 년이 흘렀다.

'이제는 폐하께서도 그래야만 했을 이유가 있으셨던 걸지도 모른다고 생각합니다. 하지만…… 나중에 저승에서 뵙게 되면 그때는

속 시원히 이유 좀 알려주십시오.'

답답한 마음에 다정다감하던 선황을 향해 속으로 말을 걸어본 그는 주변을 둘러보았다. 가뭄으로 무너졌던 집들의 보수공사가 한창이었다. 해연이 온 뒤로 죽어가던 나라에 활기가 돌았다. 그리고 사신에게도 그녀는 단비 같은 존재였다. 이 년 전, 그 사건 이후로 죽은 듯이 살던 그에게 생명을 불어넣어 준 유일한 사람이었다.

"벌써부터 보고 싶다니. 나도 참."

해연 생각에 다시 미소를 지은 하랑은 그녀가 있을 궁전에 시선을 주었다가 북쪽을 향해 몸을 날렸다. 이젠 돌아갈 시간이었다. 애증이 얽힌 그의 고향, 동연국으로.

황궁 뒤뜰에는 곤이 만든 숲 외에도 알리샤가 무기로 사용하는 거대 바위 몇 개와 작은 신전이 함께 존재했다. 대리석에 하얀 기둥을 박고 판판한 지붕을 올린 신전 안은, 낮은 단상 위에 커다란 조각상 세 개가 세워져 있는 형태였다. 사람보다 조금 더 큰 조각상은 셋 다 남성인지 여성인지 모를 외모를 지니고 있었다.

균형을 뜻하는 천칭을 든 조각상이 가운데, 작은 대량을 손 위에 올려놓고 쓰다듬는 조각상이 오른쪽, 아무것도 들고 있지 않은 조각상이 왼쪽에 자리했다. 이것은 각각 균형의 신과 물의 신, 원기의 신을 상징하는 조각상들로, 가리국 황실에서 축원을 올리기 위해 만들어놓은 것이었다.

신전 주변으로 어둠이 내리자 시녀들이 나타나 지붕 아래에 하얀 등불을 걸었다. 기둥 사이마다 걸린 열 개의 등불 덕분에 작은 신전 안은 금세 환해졌다. 밝아진 신전 안에는 1인용 방석이 놓였고, 곧 목욕재계를 마친 황비가 신전에 모습을 드러냈다.

자연스럽게 물결치는 보랏빛 머리카락은 아직 촉촉하게 젖어 있었고, 허벅지까지 트인 은빛 옷자락은 밤바람을 맞아 하늘하늘 흔들렸다. 발소리조차 줄이고 방석 앞에 다다른 황비는 조심스럽게 무릎을 꿇고 앉았다. 그녀가 자리를 잡자 시녀들이 다가와 녹색 율라를 활짝 펴며 정리해 주었다. 긴 율라가 펼쳐지자 작은 신전이 꽉 차는 듯했다. 그에 시녀들은 자연스레 신전 밖으로 나가 대기했고, 황비는 신들을 향해 경건하게 절을 올렸다.

몸을 숙이자 대리석 바닥의 찬 기운이 올라오는 게 느껴졌다. 하지만 황비는 아랑곳하지 않고 연거푸 절을 세 번 올렸다. 각 신에게 예를 갖추고 나서야 그녀는 허리를 꼿꼿이 펴고 합장한 채 기도를 올렸다.

"위대한 물의 신이시여, 가리국에 물줄기가 끊어지지 않게 하시옵고, 신녀께서 항상 강녕하시도록 보호하여 주시옵소서."

황비는 청아한 목소리로 물의 신에게 기도를 올렸다. 신녀의 평안과 가리국의 평온을 기원한 그녀가 한 번 더 몸을 숙였을 때, 황궁 후문에 황제가 모습을 드러냈다.

황비의 침실을 찾은 그는 그녀가 신전에 축원을 올리러 갔다는 말을 들었다. 곧바로 걸음을 옮긴 황제는 뒤따르던 혼시와 호위들을 모두 떼어놓고 뒤뜰에 내려섰다.

시녀들은 신전으로 다가오는 황제를 발견하고 놀라 고개를 숙였다가 기도 중인 황비를 보며 안절부절못했다. 황비는 기도 중에 소리가 나는 걸 극도로 싫어했다. 그 때문에 황제의 등장을 알려야 할지 말지 순간적으로 고민하게 된 것이다. 하지만 다행히 황제가 손을 들어 시녀들이 입을 여는 걸 막았다.

그는 뒷짐을 진 채 조용히 신전 입구로 다가갔다. 입구에서 본 황

신녀의 서

비의 뒷모습은 그가 보아도 아름다웠다. 반투명한 율라에 슬쩍 비친 몸의 실루엣은 완벽하기 그지없었다. 그러나 안타깝게도 지금까지 남색을 즐겨온 황제의 마음에 불을 지피기에는 역부족이었다. 그때, 황비의 두 번째 기도가 들려왔다.

"자애로우신 균형의 신이시여, 부디 노여움을 푸시고 황실의 대가 끊어지지 않도록 보살펴 주시옵소서."

황비는 황가에 저주를 내린 균형의 신에게 간곡히 청을 올렸다. 혼례를 올리던 날, 태상황은 저주를 가라앉힐 열쇠를 그녀가 쥐었다고 했다. 그 말을 들었을 때, 황비는 태자가 열쇠가 아닐까 싶었다. 확실하지는 않지만, 그것 외에는 자신이 할 수 있는 것이 아무것도 없었다. 그때부터 그녀는 아들을 낳길 간절히 기원했다. 길일이 잡히면 기도하러 신전을 찾은 것도 벌써 삼 년째 반복되고 있었다. 그리고 그 기도의 내용도 삼 년을 이어왔다.

황비의 기도를 가만히 듣던 황제는 조금은 미안한 마음이 솟았다. 그녀가 밤마다 목욕재계하고 신에게 황실의 평안을 기도하는 동안 자신은 베론과 함께 침대 위를 뒹굴고 있었으니, 입이 열 개여도 할 말이 없었다. 그는 시녀들이 힐끔힐끔 눈치를 살피는 것도 눈에 들어오지 않을 만큼 그녀의 기도에 집중했다.

균형의 신에게도 기도를 마친 황비는 마지막으로 원기의 신을 올려다보았다. 신의 조각상을 오랫동안 바라보며 마음을 가라앉힌 그녀는 세 번째 기도를 올렸다.

"지혜로운 원기의 신이시여, 하루빨리 제 몸에 태자가 잉태하여 폐하를 닮은 현왕이 되게 하시옵소서. 강력한 공력으로 폐하와 함께 나라를 더욱 굳건히 하도록 도와주시옵소서."

황비는 다시 한 번 머리를 조아렸다. 정성을 담아 절을 올리는 그녀의 모습에서 묻어나는 진심에 황제는 가슴 한구석이 아려오기 시작했다. 제대로 봐주지도 않는 지아비가 현왕이라 굳건히 믿고 아들도 아비를 닮길 원하는 그녀의 지고지순한 마음이 고마우면서도 속상했다. 공력도 없는 상태로 어린 나이에 황위를 잇는 바람에 나라를 제대로 이끌지 못했음을 자신도 잘 알고 있었다. 그나마 지배자들이 가지는 특유의 분위기 덕에 무시는 받지 않았지만, 나라 상태가 엉망진창인 건 모르지 않았다.

'그래서 더욱 베론에게 집착했던 건지도 모르지.'

그는 그제야 비로소 자신의 결점을 인정하고 받아들였다. 공력이 항상 아쉬워서 베론에게 의지하곤 했다. 그를 완벽하게 가진다면 자신이 공력을 지닌 것과 동일하다 생각했다. 그 때문인지 하랑이 나타나기 전에는 그 어떤 사내도 성에 차지 않았다.

'가리국에서 가장 강한 공력을 지닌 자가 베론이었으니……'

황제는 떨떠름한 미소를 지었다. 어쩌면 베론의 육신보다는 그가 가진 힘을 더 원했던 건지도 모른다. 더불어 신이 내린 저주가 눈을 가린 탓에 황비는 삼 년이 넘도록 독수공방할 수밖에 없었다.

그가 처음으로 미안한 마음을 품는 사이, 기도를 끝낸 황비가 자리에서 일어났다. 그녀는 각 신을 향해 깊이 허리를 숙이고 마지막 인사를 올렸다. 신전을 빠져나가기 위해 몸을 돌린 그녀의 눈에 황제가 들어왔다. 그의 녹안과 눈이 마주친 황비는 멍해졌다. 그의 존재가 진짜인지부터, 꿈을 꾸는 건 아닌가 싶어 모든 것이 다 혼란스러웠다. 그렇게 가만히 그를 쳐다보다가 황제가 다가오자 흠칫 놀라 급히 고개를 숙였다.

황제의 신발과 옷자락이 바로 앞에서 멈추는 걸 본 황비는 심장이 요동치는 걸 막지 못했다. 혹시나 그 소리가 지아비의 귀에 닿아서 거슬리진 않을까 노심초사하는데, 그가 말을 걸어왔다.

"아무리 못난 지아비라 하나 이젠 인사도 안 하시오?"

그가 농으로 던진 말이 황비를 더욱 놀라게 해버렸다. 남편과 단한 번도 농을 주고받은 적이 없던 그녀는 그 말을 진심으로 받아들이고 급히 해명하려 들었다.

"아, 아닙니다, 폐하. 신첩이 믿기지가 아니하여, 아니…… 그러니까, 조금 놀라 그렇습니다."

평소의 황비답지 않게 더듬더듬 설명하는 목소리가 무척 떨렸다. 여전히 고개조차 들지 못하고 서 있는 그녀의 태도에 황제는 작은 미소를 입가에 걸쳤다. 무슨 일이 벌어져도 침착할 것만 같던 그녀가 색다른 모습을 보여주니, 그것도 그다지 나쁘지 않았다. 그는 조금 장난을 치고 싶다는 생각에 한 번 더 짓궂은 농을 던졌다.

"짐의 모습을 보고 놀랐다라……. 혹, 짐의 외양이 사귀처럼 생겼소?"

귀신을 닮았느냐는 소리에 황비는 황급히 고개를 들고 손사래를 쳤다.

"그럴 리가 있겠습니까. 오늘은 길일이 아닌데 폐하를 뵈니……."

그녀는 황제의 얼굴에 걸린 미소를 보고 그대로 뒷말을 삼켜 버렸다. 웃지 않아도 멋있던 얼굴이 이제는 후광까지 비치는 듯했다. 볼이 발그레 물든 황비의 눈가가 금세 촉촉이 젖어버렸다. 그 미소가 진실로 자신에게 향한 것인가 싶어 감격스러운 마음에 저도 모르게 눈물이 후드득 볼을 타고 흘렀다.

예기치 못한 눈물에 도리어 당황한 건 황제였다. 황비와 혼례를 올리고 처음 잠자리를 가졌을 때, 전희도 없이 바로 처녀막을 찢어버린 일이 있었다. 여인의 몸에 그다지 흥미도 없었을뿐더러 빨리 끝내고 싶은 마음에 전혀 배려하지 않았다. 그때, 황비는 입술을 꽉 깨물고 눈을 질끈 감은 채 눈물만 흘렸다. 그러나 그날 이후로 그녀는 눈물을 보이지 않았다. 관계는 매번 뻑뻑하고 가슴 아프게 진행되었지만, 혹시나 울면 더 미움받을까 싶어 참고 또 참은 황비였다. 그러다 오늘 갑자기 눈물을 보이니 농담을 던졌던 그가 놀랄 수밖에 없었다.

황제의 표정이 뻣뻣하게 굳어버리자 심장이 철렁 내려앉은 황비는 급히 눈물을 훔쳐 냈다. 지아비가 가버릴까 겁이 난 그녀는 오해를 풀기 위해 애썼다.

"송구하옵니다. 폐하께옵서 웃으시는 모습을 보니 신첩이 기뻐서…… 무례를 범했습니다. 용서하십시오."

황비는 다시 고개를 숙이고 황제를 바라보지 않았다. 그가 항상 보여주던 무료하고 관심 없어 하는 얼굴을 지금은 보고 싶지 않았다. 하지만 그녀의 걱정과 달리 황제의 얼굴에는 씁쓸함과 미안함이 어렸다. 웃어주었다고 눈물까지 흘리는 부인의 모습이 그를 더욱 채찍질하는 바람에 가슴이 따가웠다. 그 마음이 어색해서 견디지 못한 그는 황비의 눈물을 훔쳐 주지도 못하고 다른 소리만 늘어놓았다.

"뭐, 화도 안 났는데 용서랄 것도 없지. 산책하는 길에 비가 보이기에 잠시 들렀소. 짐은…… 곤하여 그만 가리다. 크흠."

당황하여 황비의 처소에 들렀던 걸 잊어버린 황제는 첫 계획과 다른 말만 늘어놓고 휙 하니 몸을 돌렸다. 오늘 밤에는 황비와 함께 태자나 만들어볼 요량이었건만, 좀처럼 뜻대로 되지 않았다. 천관이 길일을 잡아놓고 등 떠밀지 않는 한 황비와 잠자리를 한 일이 없었기에 분위기를 잡는 것이 서툴러도 너무 서툴렀다.

'이런…… 망했군.'

한숨이 쏟아지려는 걸 간신히 참은 그는 걸음을 서둘렀다. 그런 황제를 잡지 못한 황비도 복잡한 마음을 가눌 길이 없었다. 벌써 가나 싶어 아쉽기도 하고, 말을 잘못했나 싶어 걱정되기도 했다가 그래도 말을 걸어준 게 좋기도 해서 그녀의 얼굴도 복잡미묘하게 변해 버렸다.

'그래도…… 먼저 말을 걸어주셨어.'

관계를 맺을 때도 말 한마디 없던 지아비가 먼저 다가와 주었다는 사실이 그녀를 기쁘게 했다. 그래도 조금은, 아주 조금이나마 가까워진 기분에 황비는 곱게 웃을 수 있었다.


동쪽에서부터 어둠이 서서히 걷히면서 시작된 다음 날도 여느 때와 크게 다르지 않았다. 시녀들은 분주하게 해연을 깨웠고, 필사를 끝내느라 늦게 잠들었던 해연은 비몽사몽한 상태로 세수를 해야 했다. 그렇게 눈을 뜨고 얼추 치장을 끝마쳤을 때쯤, 분노한 황제가 신궁으로 쳐들어왔다.

"신녀!"

노기등등한 그의 목소리가 쩌렁쩌렁하게 궁 안을 울렸다. 그 소리에 침실에서 반지를 고르고 있던 해연이 얼굴을 굳혔다. 아무리 화가 나도 그렇지, 신녀에게 할 만한 행동은 아니었다. 동연국의 가후가 예의 없이 굴었다가 얼마나 당했는지 모르는 그는 침실 문마저 박차고 들어왔다. 심상찮은 분위기를 감지한 시녀들이 해연의 안색을 살피며 그를 향해 조심스레 인사를 올렸다. 하지만 황제는 인사도 받지 않고 해연의 등만 쏘아보았다.

"하랑, 그자를 어디로 보낸 거요!"

그는 씩씩대며 따져 물었다. 오늘 아침, 눈을 뜨자마자 병사 하나가 달려와 베론의 말을 전했다. 어제 낮부터 신궁에 있던 하랑의 기척이 지워졌다는 내용이었다. 혹시나 싶어 무기고에 하랑의 검이 있나 알아보라 지시했는데, 검마저 행방불명이었다. 압수해 둔 검과 함께 사라졌다는 건 반역 행위나 마찬가지였다.

분노한 그의 모습을 거울을 통해 빤히 보던 해연은 다시 반지 고르는 일에 열중했다. 무시당한 기분에 황제의 얼굴이 붉으락푸르락했다. 그가 언성을 높이려는 찰나, 해연이 선수를 쳤다.

"장신구 상자는 두고 모두 나가 있어요."

해연은 뒤도 돌아보지 않고 덤덤하게 시녀들을 물렸다. 그 자리가 무척 불편했던 시녀들은 급히 복종하며 물러났다. 그제야 황제도 이성을 챙겼다. 자신이 시녀들 앞에서 신녀의 체면을 구긴 걸 뒤늦게 깨달은 것이다. 살짝 민망해진 그는 큼큼— 헛기침을 하며 다시 한 번 해연에게 말을 걸었다.

"설마하니 동연국으로 돌려보낸 건 아니리라 믿소."

아까보다는 훨씬 정중하고 부드러워진 목소리였으나 해연은 여전히 반지 고르는 데 여념이 없었다. 검지에 은반지를 끼고 어울리나 확인하다가 황제의 인내심이 극에 달했을 때야 비로소 그녀가 입을 열었다.

"어디로 보내든 그건 제 마음이죠."

"뭐요?"

해연의 태도에 황제는 기가 막혔다. 가리국으로 귀순한 하랑은 이제 자신의 신하였다. 그를 함부로 움직이는 건 아무리 신녀라 해도 월권행위였다. 그 점에 대해 지적하려는데 해연이 그를 차갑게 노려보았다.

"이게 다 폐하 잘못이잖아요. 그런 짓을 해서 정신적 충격을 줬고, 내 곁을 떠나게 했어요. 폐하가 쫓아낸 것과 다를 바가 뭐죠?"

해연의 말에 황제는 따지려던 소리가 쏙 들어갔다. 며칠 전 기둥에 그를 묶어놓고 범하려 했으니, 남색에 취향이 없던 하랑으로서는 충격이 크긴 했을 터였다. 황제의 입을 단단히 봉해놓은 해연은 그를 강하게 나무랐다.

"하랑이 내색하진 않았지만 많이 힘겨웠을 거예요. 폐하고 마주칠까 봐 신궁 밖으로는 잘 나가지도 않았고요. 그런 상황에서 어떻게 더 가리국에 두죠? 이곳에 계속 뒀으면 정신력이 강한 사람이라고 해도 미쳐 버렸을 거예요. 상황을 이렇게 만든 건 폐하인데, 무슨 자격으로 나를 탓하고 그를 찾아요?"

말투가 매우 날카로웠으나 하나하나 다 옳은 소리였기에 황제는 찍소리도 못 하고 해연의 질책을 고스란히 받아야만 했다. 오히려 시녀들을 모두 물려준 것만으로도 감지덕지해야 할 판이었다.

해연은 말을 하면서 감정이 격해졌다. 이렇게까지 몰아갈 생각은 아니었는데, 그 당시의 일이 떠오르자 참기가 어려웠다. 그날 밤, 황비가 간곡하게 청하기에 물의 힘을 거두긴 했으나 대가를 치르게 하겠다는 의지는 절대 꺾이지 않았다.

"그와 내 사이를 다 알면서……."

작게 중얼거린 해연은 손에 낀 은반지를 거칠게 빼서 상자에 던져 버렸다. 마음에 드는 반지를 못 찾겠는지 신경질적으로 상자 안을 뒤적이다가 다시 한 번 거울에 비친 황제를 쏘아보았다.

"폐하는 하랑을 그렇게 해놓고 제게 들키지 않을 자신이 있던 건가요, 아니면 절 우습게 보신 건가요? 신녀는 다 착해 빠졌으니까 연인을 빼앗아도 그러려니 해라, 그렇게 말씀하시려고 했나요? 그런 일도 좋게 봐주고 넘어갈 거라고 생각하셨어요?"

따가우리만치 호된 비난에 황제는 반박하려다 금세 체념했다. 뒷일은 생각지도 않고 성욕에 빠져 그런 일을 저질렀다. 그 사실을 말해봤자 긁어 부스럼이란 걸 잘 알기에 그는 입만 벙긋하다 다물었다. 그런 황제를 보며 화를 삭이던 해연은 마침내 그가 가장 두려워하는 말을 꺼냈다.

"저도 동연국으로 가겠어요."

청천벽력 같은 선고에 황제의 동공이 커졌다. 말도 안 된다, 결코 보낼 수 없다, 그리 소리치고 싶었으나 이번에도 해연이 빨랐다.

"그가 여기까지 찾아왔을 때 깨달았어요. 그 사람 없인 못 살아요. 폐하가 욕심만 부리지 않았어도 이곳에서 하랑이랑 행복하게 살았을 거예요."

"하— 하하."

드디어 황제의 입에서 소리가 났다. 비웃음인지 체념인지 알 수 없는 반응을 보이던 그의 얼굴이 순식간에 일그러졌다. 중국의 변검처럼 확 변하는 표정이 소름 끼쳤지만, 해연은 굴하지 않고 분노한 황제와 눈을 마주했다. 여기서 밀리면 최소 삼 년간 하랑과 떨어져 있어야 한다. 그런 일은 절대 받아들일 수 없었다.

"제 결정에 폐하가 어이없어 할 건덕지나 있나요? 아무리 황제라도 죄를 지었으면 응당 책임지고 그에 상응하는 대가를 치르셔야지요."

허리를 꼿꼿이 세우고 돌아앉은 해연은 그를 보며 당연한 것 아니냐는 듯 말했다. 신분이 높다는 이유로 죄를 덮어주는 꼴은 눈 뜨고 보지 못한다.

강하게 나가는 그녀의 태도에 황제는 주먹을 꽉 쥐고 화를 삭이려고 노력했다. 신녀가 빠져나갈 구멍을 준 건 자신이었다. 일전처럼 약속을 거론하며 붙잡으려 해도 하랑을 핑계로 동연국으로 갈 것이 뻔했다. 그렇다면 지금 그가 취할 수 있는 방법은 세 가지였다. 신녀의 서와 필사본을 빼앗고 협박하거나, 가리국의 전대 신녀가 다시 태어날 때까지 동연국을 오가며 비라도 내려달라고 사정하거나, 이도 저도 아니면 그냥 죽여 버리거나.

황제의 눈에 슬쩍 살기가 어렸다. 동연국이 가뭄으로 무너질 때를 노려 총공격을 한다면 가리국에도 승산이 있지만, 신녀가 간 뒤에 동연국이 지금보다 더 정비된다면 위험했다. 몇 년 뒤에 이번 일을 거론하며 전쟁을 일으키기라도 하면 가리국도 큰 피해를 볼 터였다. 중간에 사막도 있고 청일국도 옆에서 호시탐탐 동연국을 노리고 있다지만, 불안하긴 마찬가지였다.

무엇이 최선의 방법일까 고민했으나 딱히 답은 나오지 않았다. 세 가지 방법 다 치명적인 단점을 가지고 있었다. 해연의 힘을 무시할 수도 없고, 신녀가 언제 태어날지 불확실한 마당에 무턱 대고 죽이기도 힘들었다. 갈등하는 그를 해연은 조금은 침착해진 어조로 다독였다.

"물론 책임감 없이 가리국을 방치할 생각은 아니에요. 신녀의 서도 보여주었고, 절 환대해 준 사람들도 기억하니까요. 가리국이 우기일 때 들러서 비를 내려주겠어요."

가리국의 백성들에게도 비가 필요함을 모르지 않았다. 다행히 가리국은 건기와 우기로 나누어져 있기에 일 년에 두 번만 와도 충분했다. 하랑을 거론하며 채찍질만 하던 해연이 당근을 내밀자 황제도 조금은 감정을 가라앉힐 수 있었다. 그는 구겨진 인상을 펴려 노력하며 말을 꺼냈다.

"동연국은 지금 우리에게 이를 갈고 있소. 그대도 보지 않았소, 슐가를 잔인하게 살해한 걸."

"그만, 그만하세요."

슐가 얘기에 심장이 떨려온 해연이 그의 말을 잘랐다. 술병에 담겨 있던 슐가의 머리가 다시 떠오르는 듯했다. 해연은 괴로운 기억을 지우려 애쓰며 불안해하는 황제에게 자신이 해줄 수 있는 것이 무엇인지 밝혔다.

"제가 가리국에 온 일은 스스로 선택한 일이에요. 동연국에서 가리국에 그 책임을 묻는 일은 절대 없을 거예요."

해연은 단호하게 말했으나 황제의 입가에는 비웃음이 걸렸다. 그는 고개를 저으며 해연에게 핀잔을 주었다.

"신녀, 당신은 여전히 유하오. 전쟁광인 가후가 이 좋은 기회를 놓칠 것 같소? 그는 손에 피를 묻히는 걸 병적으로 좋아하오."

태자 시절부터 전쟁에 나가길 좋아하던 가후였다. 지금은 동연국의 국력이 완벽하게 회복되지 않아 으름장만 놓고 있다지만, 나중에는 가리국을 짓밟으려 들 터였다. 그러고도 남을 작자였다. 해연도 그 점에는 동의했다. 하지만 한 가지, 황제가 간과한 것이 있었다.

"제가 그에게 밀린다고 생각하시는 건가요? 적어도 몇 십 년은 동연국에 신녀가 태어날 수 없으니, 그도 나를 무시하진 못해요. 삼 년 안에 내가 떠나고 가리국에 신녀가 태어나면 상황은 역전될 테고요. 만약 이번 일을 빌미로 전쟁을 일으키려 한다면 가리국 편에 서주겠어요. 기꺼이 방패가 되어드리죠."

그동안은 가후의 행동에 대해 설렁설렁 넘어가 주고 봐주기도 했지만, 전쟁과 관련된 일이라면 강하게 나가야만 했다. 또다시 하랑이나 무녀들을 이용해 자신을 억누르려 한다면 보여줄 것이었다.

"경고를 무시하고 전쟁을 벌인다면, 신의 제약에서 벗어난 물의 힘이 얼마나 강한지 그가 몸소 알게 될 거예요."

그때는 물벼락 정도로 끝나지 않을 터였다. 해연은 그 옛날, 태초에 황제들이 걱정했던 것처럼 신녀의 손으로 황제가 갈아엎어지는 일도 벌어질 수 있다고 생각했다. 수많은 인명을 함부로 살상하려는 자라면 그렇게 할 각오가 되어 있었다.

해연의 검은 눈동자에 서린 굳은 결심에 황제는 잠시 주춤했다. 며칠 전, 그 힘을 직접 겪었기에 마음이 흔들렸다. 살기를 품고 달려드는 물의 기세는 인간의 힘으로 어찌할 수 있는 것이 아니었다. 그렇기에 신녀는 이타심을 가지고 사람을 해치지 못해야 했다. 신녀들은 그걸 저주라 말하지만, 그 저주가 지켜주는 생명은 수도 없이 많은 것이었다.

'위험한 여자군.'

황제는 그제야 '신의 저주에서 어느 정도 벗어난 신녀'가 얼마나 위험한 존재인지를 깨달았다. 그리고 해연을 전대 신녀처럼 여기고 벌인 행동들이 스스로에게 얼마나 지독한 짓이었는지를 느꼈다. 해연의 성격이 둥글둥글하고 살인과 거리가 먼 삶을 살아왔기에 망정이지, 그렇지 않았더라면 그도 진작에 죽었을지 모를 일이었다.

그는 등줄기로 흘러내리는 식은땀을 인식하며 해연의 감정이 상하지 않을 선에서 조심스럽게 제동을 걸었다.

"신녀의 힘은 짐도 믿소. 하나 약속은 번복될 수도 있지 않겠소? 그대가 나와의 약조를 깨고 동연국을 선택한 것처럼 말이오."

제 잘못이 있으니 딱 잘라 못 믿겠다고는 말 못 하고 우회적으로 불신을 표출했다. 그런 황제에게 해연은 가장 좋은 방법을 제시했다.

"가리국의 모든 이들과 약속하죠."

"모든 이들과?"

수만에 달하는 백성들과 어찌 약속을 맺겠다는 것인지, 선뜻 이해하지 못하는 황제의 눈에 자리에서 일어나는 해연이 비쳤다. 마주 보고 선 해연의 모습은 당당했다.

"앞으로 열흘 안에 대관식을 열어주세요. 제가 이 나라의 신녀임을 공표하겠어요."

해연의 목소리가 방 안에 울렸다. 두 나라를 모두 포용하겠다는 결심이 드러난 순간이었다. 그 선택이 가리국과 동연국, 두 나라의 백성들에게 칭송받게 되는 건 조금 더 훗날의 일이었다.

아직 어둠이 채 가시지 않은 이른 새벽에 하랑은 거울 앞에 서서 옷매무시를 가다듬었다. 오랜만에 동연국 복장으로 갖춰 입으니 어색하면서도 기분 좋았다. 가장 즐겨 입는 남색 무복을 걸치고 끈으로 소매를 꽉 감아 조이는데, 밖에서 시끌시끌한 소리가 들려왔다.

'역운이 고생하는군.'

그 소란의 진원을 정확히 파악한 하랑은 입가에 작은 미소를 달았다.

역운은 사륜의 머리에 팔을 걸고 힘을 주었다. 머리를 꽉 조여오는 힘에 사륜의 입에서 비명이 터져 나왔다.

"으아악— 부대장, 부대장!"

"왜 불러, 이 자식아?"

"제 머리, 머리 부서집니다!"

사륜이 죽는소리를 하며 호들갑을 떨었다. 하지만 역운은 오히려 이를 악물고 팔에 더 힘을 주었다. 오늘은 쉽게 봐줄 생각 따윈 없었다.

"그냥 죽어라. 너, 이 자식, 그냥 콱 죽어!"

"으아아악! 살려주십쇼, 부대장! 으아악! 형님들, 아우 죽습니다!"

사륜은 고래고래 소리를 지르며 뒤에서 구경 중인 동비와 도평에게 도움을 요청했다. 하지만 그들은 심드렁한 얼굴로 귓구멍을 파며 사륜의 청을 한 귀로 듣고 한 귀로 흘려버렸다.

사륜이 새벽부터 역운에게 붙잡혀 고초를 당하는 이유는 전날 있던 대규모 야간 훈련을 빼먹은 탓이었다. 아무리 찾아도 보이지 않던 사륜은 날이 밝고 나서야 숙소로 기어들어 왔다. 그러다 단단히 벼르고 있던 역운에게 붙잡혀서 이 모양 이 꼴이 된 것이었다.

사륜의 머리를 옥죄던 역운은 그 상태 그대로 취조를 시작했다.

"훈련 빼먹고 어디 갔어! 적당한 이유가 없을 시엔 진짜 넌 내 손에 죽는다."

이를 바득바득 가는 소리에 사륜은 비명을 삼켰다. 사실 어젯밤, 소여를 만나기 위해 신궁에 갔다. 신녀가 사라진 뒤로 슬픔에 잠긴 그녀를 위로하기 위함이었지만, 들켰다간 목이 날아갈지도 모를 일이었다. 무녀와 접촉하지 못하도록 황명이 내려졌기에 신궁에 잠입한 사실이 알려지면 죽은 목숨이나 마찬가지였다. 목숨이 위태로울 짓을 했다는 걸 잘 알기에 그는 식은땀을 뻘뻘 흘리며 돌파구를 찾으려 애썼다.

"그, 그게……."

"빨리 말 안 해?"

단단히 화가 난 역운이 재촉했지만, 사륜은 마땅한 변명거리가 생각나지 않았다. 결국, 자포자기한 그는 아무 소리나 지껄였다.

"속상해서 바람 쐬러 갔습니다!"

"뭐?"

예상치도 못한 대답에 역운의 손에서 힘이 살짝 빠졌다. 그사이를 틈타 머리를 뺀 사륜은 지끈거리는 머리통을 부여잡았다. 아파도 너무 아팠다. 심한 통증에 있는 대로 인상을 쓴 그에게 역운이 해명하라는 눈빛을 보냈다. 진지해진 부대장의 태도에 사륜은 머리가 더 복잡해졌다.

'에라, 모르겠다. 될 대로 되라지.'

체념한 그는 그냥 말을 쏟아냈다.

"뭐, 그것도 그렇잖습니까. 목숨은 간당간당하고, 신녀님은 안 계시고, 대장도 소식이……"

말을 하다 만 사륜의 눈이 화등잔만 해졌다. 대장이 방에서 나오더니 자신의 옆을 쓱 지나갔다. 사륜은 물론이고, 역운과 동비, 도평까지 환각을 보는 것인가 싶어 멍하니 서 있었다. 하랑이 복도를 지나 연무장에 내려설 때쯤에야 그들은 이 상황이 현실임을 깨달았다.

"대장!"

한목소리로 하랑을 부른 달천대원들은 급히 그의 뒤로 따라붙었다. 언제 왔는지는 모르겠지만, 반가움이 솟아올랐다.

"대장, 언제 오신 겁니까?"

"다치신 곳은 없으십니까?"

"신녀님도 오셨습니까?"

"걱정했습니다."

동비와 역운, 사륜과 도평이 순서대로 입을 열며 질문과 걱정을 쏟아냈다. 뒤를 쫄래쫄래 따라다니며 귀 따갑게 구는 부하들의 행동에 하랑은 고개를 내저었다.

"오늘 새벽에 왔고, 다친 곳은 없다. 신녀님 이야기는 나중에 하고, 내 걱정할 시간에 검이나 한 번 더 휘둘러라. 폐하께 보고하러 갔다 올 테니 먼저 훈련하고 있어."

하랑의 목소리는 꽤 퉁명스러웠지만, 대원들의 얼굴은 오히려 활짝 폈다. 진짜 대장이 돌아왔다는 생각에 막혔던 숨통이 뻥 뚫리는 듯했다.

"옙! 다녀오십쇼, 대장!"

역운의 구령에 맞춰 달천대원들은 거수경례를 붙였다. 하랑은 끝까지 부하들을 보지 않았으나 입가에는 시종일관 작은 미소가 머물러 있었다. 모든 걸 포기하고 해연의 곁을 선택한 걸 후회하지는 않지만, 한편으로는 안도감이 들었다. 돌아와서, 이들을 잃지 않아서 다행이라는 안도감. 그렇기에 이곳이 그가 살아야 할 나라요, 세상이었다.


용주전으로 향하는 사이, 어스름하던 하늘이 밝아졌다. 해가 뜬 걸 확인한 하랑은 용주전으로 들어섰다. 일전에 분풀이로 부숴 버렸던 담벼락이 깨끗하게 복구된 상태였다. 용주전을 지키고 있는 풍월대원들의 인사를 받으며 안으로 들어서자 내관 모백이 보였다.

모백은 하랑을 발견하고 표정이 굳었다. 보름이 넘도록 행방불명되었다가 멀쩡한 상태로 나타나니 입안이 떫었다. 어디든 좀 부러지거나 잘려서 오면 참 좋으련만, 공력자인 하랑에게는 그마저도 불가능한 일인가 싶었다.

하랑이 다가오자 모백은 급히 고개를 숙여 표정을 감췄다. 그런 모백의 생각을 모르지 않았으나 하랑은 그냥 못 본 체했다. 내관과 입씨름해 봤자 소용없는 짓임을 잘 알고 있었다. 그저 황제에게 자신이 왔음을 고해주면 그만이었다. 하랑의 마음을 읽은 것인지, 일에는 충실한 것인지, 모백은 지체하지 않고 황제에게 그의 방문을 고했다.

"폐하, 하랑 대장이 도착하였사옵니다."

"들라 하라."

이 순간을 목 빠지게 기다렸을 텐데도 황제의 목소리는 차분하기 이를 데 없었다. 그것이 도리어 하랑에게 긴장감을 심어주었다. 해연과 계획한 대로 일을 풀어 나가려면 결코 속내를 들켜서는 안 되었다. 하랑은 숨을 가득 들이마시며 차분한 얼굴을 가장했다. 그가 얼추 준비되었을 때, 문이 열렸다.

붉은 용포를 입은 가후의 옆모습이 보였다. 하랑은 오랜만에 보는 그를 향해 고개를 숙이고 예를 갖췄다.

"신, 달천의 하랑. 황제 폐하의 명을 받들어 임무를 수행하고 돌아와 보고드립니다."

하랑의 말에 가후의 날 선 눈빛이 그에게 향했다. 붉은 눈동자가 차가운 한기를 머금은 듯 싸늘하기 그지없었다. 하랑은 담담한 얼굴로 그 눈빛을 받아냈다. 표정 하나 변하지 않는 그의 모습에 가후의 눈이 가늘게 변했다.

"내 명을 받들어 임무를 수행했다고? 그럼 신녀는 데려왔나? 기필코 데려오라고 하였을 텐데?"

가후는 슬슬 올라오는 노기를 감추지 않았다. 그는 어젯밤 가리국에 심어둔 첩자로부터 이상한 보고를 받았다. 가리국에서 신녀의 대관식이 진행된다는 이야기였다. 그것은 해연이 가리국의 정식 신녀로 존재하겠다는 선언과 다를 바가 없었다. 그 이야기를 듣자마자 화가 치밀어 올라서 무녀들을 죽여 대관식 선물로 보내 버릴까 하는 충동에 휩싸였다. 그래도 하랑에게 마지막 희망을 걸고 참고 있었는데, 그는 돌아왔으나 비는 여전히 내리지 않았다. 아직 올 시기가 아니라서 그럴 수도 있겠지만, 선뜻 대답이 나오지 않는 걸 보면 자신의 짐작이 맞은 것이다. 신녀는 오지 않았다. 그 말을 뒷받침하듯 하랑에게서 나온 대답도 같은 것이었다.

"신녀님께선 가리국에서 지내길 원하십니다."

"뭐야?"

찻잔 옆에 놓여 있던 가후의 주먹 쥔 손이 부들부들 떨렸다. 신녀를 데려오지 못하면 나라가 가물고 시간이 지날수록 망할 수밖에 없었다. 또다시 가뭄에 시달릴 생각을 하니 암담하기 그지없었다. 게다가 이제는 새로 신녀를 데려올 수도 없었다. 현재 오대국에서 하늘의 문을 열 수 있는 천관녀라고는 후로국에 단 한 명뿐이었다. 문제는 적국인 청일국과 교류가 많은 나라라는 점이었다.

'납치라도 해올까?'

가후는 납치까지 생각을 뻗었다. 하지만 그렇게 한다고 해서 천관녀가 제 생명을 소진해 가며 하늘의 문을 열어줄 가능성은 희박했다. 최악의 상황에 머리가 복잡해져 갈 때, 하랑이 적당한 떡밥을 던졌다.

"가리국에서의 대관식이 끝나고 난 뒤에 신녀님께서 잠시 들러준다 하셨습니다. 제가 설득할 수 있는 건 거기까지였습니다. 나머지는 폐하께서 하셔야 합니다."

하랑의 말에 가후의 눈썹이 살짝 찌푸려졌다. 저 말을 곧이곧대로 믿어야 하나, 무슨 꿍꿍이가 있는 건 아닐까 하는 의심의 눈초리가 하랑을 쓱 훑어 내렸다. 가후는 잠시 고민했으나 달리 방법이 없었다. 해연이 왔을 때 설득을 하든, 협박을 하든, 무슨 짓을 해서라도 동연국에 묶어놔야만 했다.

'하랑에게 넘어오지 않았다면 유신을 이용하는 수밖에 없나?'

최후의 방법으로 유신과 혼례를 시키는 것까지 생각한 가후는 일단 하랑을 물렸다. 자신의 짐작대로 해연이 일반 여성과 같은 감정을 지닐 수 있다면 유신을 거부하지는 못할 터였다.

'하여튼 쓸데없이 눈만 높은 계집이군. 하랑이 설득했는데도 안 넘어오다니.'

해연이 주제도 모른 채 눈만 높다고 생각하던 가후는 일전에 연회장에서 보았던 해연을 떠올렸다. 잘 꾸며놓으니 제법 예쁘긴 했다. 묘한 느낌이 자신의 시선까지 사로잡을 정도였으니. 그 당시를 떠올린 가후는 곧 생각을 고쳐먹었다.

'신녀가 문제가 아니라 하랑이 목석인 게 원인일 수도.'

그는 턱을 매만지며 생각에 잠겼다.

가후가 어떻게 하면 하랑과 유신을 이용해 해연의 마음을 얻을까 고민하는 동안, 가리국에서는 신녀의 대관식 준비가 척척 진행되고 있었다.

✦

발코니 창 앞에 서서 시녀들이 분주히 움직이는 걸 내다보던 황제는 작은 한숨을 내쉬었다. 머릿속이 복잡해지자 보석 반지를 낀 손가락들이 머리카락 사이를 헤집어 댔다. 해연의 동연국행 선언으로 계획했던 일들이 전부 다 틀어져 버렸다. 동연국과의 전쟁부터 합병까지, 모두 불가능해진 상황이었다.

"하아— 미쳐 버리겠군."

신녀의 마음을 되돌릴 만한 마땅한 방법이 생각나지 않았다. 게다가 전부 제 욕심 때문인 것을 알기에 어디에다가 하소연하기도 힘들었다. 빠르게 진행되는 대관식 준비에 마음이 무거워진 그는 발길을 돌려 집무실을 나섰다. 호위와 혼시들을 대동하고 향한 곳은 황비의 방이었다.

황제가 멀리서 모습을 드러내자 시녀들은 반색하며 남몰래 기대감을 품었다. 요즘 들어 황제가 잠자리에 베론을 들이지 않는다는 소문이 황궁에 파다했다. 그와 더불어 황비를 찾는 일은 점점 잦아지는 듯했다. 일전에도 황비를 찾아 신전까지 걸음을 했으니, 혹시나 싶은 시녀들의 기대도 무리는 아니었다. 그녀들의 간절함이 하늘에 닿았는지, 황제는 정말로 황비를 찾아왔다. 시녀들은 이 기쁜 소식을 안에 전했고, 황비와 함께 있던 시녀들도 눈치 빠르게 물러났다. 그들이 자리를 비켜주자 황제는 굳은 채 서 있는 황비를 보며 응접실로 들어섰다.

둘만의 공간에는 어색한 분위기가 감돌았다. 황비는 꿈만 같은 상황에 당황하여 어찌할 바를 몰라 했고, 황제는 생각보다 반기지 않는 그녀의 태도에 겸연쩍어 했다. 천년만년같이 길게 느껴지는 멋쩍은 상황에 그는 헛기침을 하며 어렵사리 말을 꺼냈다.

"짐이 잘못 왔나 보오. 황비가 이리 불편해할 줄 알았으면⋯⋯. 내 그만 돌아가리다."

그가 몸을 돌리자 황비는 화들짝 놀라며 정신을 차렸다.

"폐하!"

외마디 비명처럼 느껴지는 외침과 동시에 그녀는 황제에게 달려가 허리를 꽉 껴안았다. 예상치 못한 상황에 이번에는 그가 굳었다. 갑작스러운 신체적 접촉도 문제였지만, 힘껏 껴안은 팔에서 두 번 다신 놓치지 않겠다는 의지가 느껴졌다. 그것이 그의 마음을 흔들어놓았다. 황제가 당황한 것을 살피지 못한 황비는 처음으로 지아비의 등에 얼굴을 묻고 속삭이듯 마음을 전했다.

"송구하옵니다. 신첩이 기쁜 나머지 폐하를 모심에 소홀함이 있었습니다. 다시는 그리하지 않을 터이니 잠시만…… 잠시만 더 곁에 있어주시옵소서."

황비가 힘겹게 전한 마음에 그는 아무 말도 하지 못했다. 얼굴은 붉게 달아오르고 심장은 덜컹거렸다. 이 상황에서 말을 꺼내면 목소리가 떨릴 게 분명했다. 황비 앞에서 말을 더듬는 모습은 보이고 싶지 않았기에 그는 선뜻 대답하지 못했다. 거절당했다고 생각한 황비가 손을 풀고 얌전히 한 발 물러났지만, 그로 인해 방 안의 분위기는 더 껄끄러워졌다. 그때, 밖에서 두 사람의 대화를 엿듣고 있던 시녀가 구원의 손길을 뻗어주었다.

"폐하, 석반을 들여야 할 시각이 되었사온데, 황비마마의 석반과 함께 준비하라 이를까요?"

저녁을 황비와 같이 먹겠느냐는 물음에 그는 여러 번 헛기침을 한 뒤에야 그리하라고 또박또박 말할 수 있었다.

자연스럽게 같이 저녁 시간을 보낼 수 있게 된 두 사람은 서로 눈도 마주치지 못하고 어색해했다. 그래도 신전에서 만났을 때는 황제가 분위기를 부드럽게 만들기 위해 노력했지만, 이번에는 그도 심히 부끄럼을 타는 바람에 방 안에는 묘한 기류만 흘렀다. 그렇게 서로 눈치만 보는 사이, 얼굴이 붉고 안색이 좋지 않은 황제의 상태를 간파한 황비가 먼저 입을 열었다.

"폐하, 용안에 불편하신 기색이 있사온데, 혹여 옥체에 좋지 않은 일이라도 있으시옵니까?"

"아, 아니오. 요즘 신녀의 대관식 일로 업무가 많아 그럴 뿐이니 신경 쓰지 않아도 되오."

그는 재빨리 해연을 변명거리로 끌어들였다. 실은 황비를 보며 느끼는 이상한 감정 때문인 탓이 컸지만, 그녀는 그 말을 고스란히 받아들였다. 황비는 무척 심각한 얼굴로 황제의 건강을 염려했다.

"오늘 오전에 신녀님이 동연국으로 곧 돌아가실 거라고 신첩에게 귀띔해 주셨사옵니다. 그 일로 폐하의 마음고생이 심하심을 압니다. 하오나 폐하, 신녀님을 이해하여 주시옵소서."

"이해?"

황제의 눈썹이 찌푸려지며 미간에 주름이 잡혔다. 신녀의 동연국 행으로 골치를 썩이고 있는데 그걸 이해하라니. 옅은 노기를 품은 눈동자가 황비의 얼굴에 닿았다. 놀라서 움츠릴 법도 하건만, 이번에는 그녀도 그의 눈을 빤히 바라보며 차분하게 설득했다.

"이번에 오신 신녀님께서는 진실한 연모의 감정을 느낄 수 있다고 들었습니다. 하여 동연국을 택했다고 하셨습니다. 그곳에 연모하는 이가 있으니까요."

"하, 그대도 짐을 탓하는 건가?"

그는 배신감에 속이 뒤집혔다. 황비만큼은 자신을 이해해 줄 것이라고 믿었다. 베론은 그걸 질투하여 해연에게 일러바쳤다지만, 황비만큼은 지금껏 그러했던 것처럼 제 마음을 알아주리라 생각했다. 그런데 지금 황비가 하는 말은 하랑을 탐하려 한 자신을 질책하는 것처럼 느껴졌다. 그것에 단단히 화가 난 황제의 반응에 그녀는 고개를 저었다. 그런 뜻으로 한 말이 아니었다. 신의 저주는 그의 잘못이 아니었다.

"지금에 와서 느끼지만, 그 일이 아니었어도 신녀님은 동연국으로 돌아가셨으리라 생각합니다."

황비는 그가 또다시 오해하지 않도록 충분한 설명을 곁들였다.

"무인에게는 생사를 함께한 부하가 자식만큼이나 중하다 들었습니다. 하랑 대장에게도 그러한 부하들이 여럿이었을 테고, 그 때문에라도 그는 동연국을 완전히 버리지 못했을 것입니다. 몸은 신녀님 곁에 있어도 모국에 두고 온 부하들에게 마음이 향함을 감추지 못했겠지요. 신녀님이 그 사실을 아시면 어떤 선택을 하셨겠습니까?"

그녀의 말은 제법 그럴싸했다. 하랑이 동연국에 미련을 보인다면 신녀의 결심도 흔들릴 수 있었다. 그제야 황비가 자신을 위로하기 위해 그 이야기를 꺼냈음을 깨달은 황제는 표정을 풀었다. 그의 분노가 수그러드는 걸 본 황비도 안도할 수 있었다. 부디 지아비가 신녀의 연정을 이해하고 자신의 연정도 이해해 주길 바랐다. 그렇기에 그녀는 볼을 붉히며 조금 더 말을 덧붙였다.

"신녀님은 하랑 대장을 연모하기에 결국은 동연국을 택하셨을 겁니다. 신첩은 그 마음을 이해합니다. 나라와 자신의 이해관계를 떠나, 저도 오로지 폐하의 곁에…… 있길 원하기에……."

뒤로 갈수록 목소리가 줄어든 황비는 수줍어하며 고개를 푹 숙였다. 도대체 몇 번이나 고백하는 것인지, 제가 지금 잘하고 있는 건지도 헷갈렸다. 그런 황비의 행동에 황제의 얼굴도 다시금 달아올랐다. 수줍어하면서도 곧잘 마음을 드러내는 부인이 제법 귀엽고 사랑스러웠다. 그 마음을 인지했을 때, 딱딱하던 그의 심장이 사르륵 녹아버렸다.

그는 조심스럽게 황비의 입술을 찾아들었다. 쭈뼛거리면서도 굽히지 않고 다가오는 지아비의 입술을 그녀는 달콤하게 맞이했다. 뜨끈하게 달아오른 입술의 감촉에 익숙해지기도 전에 그가 더 가까이 다가와 깊숙이 파고들었다. 입술 사이를 헤집고 들어오는 혀의 생소한 느낌은 황비의 몸을 굳게 만들기에 충분했다. 놀란 그녀가 떨어질 듯하자 그는 허리를 끌어안은 팔에 힘을 주고 놓아주지 않았다. 그 바람에 황비는 처음으로 지아비의 격렬한 입맞춤을 느낄 수 있었다. 마치 그동안 못 했던 한풀이를 하듯 두 사람은 서로에게 젖어들었다. 물론 밖에서 엿듣던 시녀가 음식을 들이려는 눈치 없는 혼시에게 손짓 발짓으로 구박을 주었기에 가능한 일이었다.

쌀쌀한 밤바람이 황궁 처마 밑을 휩쓸고 지나갔다. 그 바람을 고스란히 맞고 있던 하랑은 별이 무수히 박힌 하늘을 바라보다가 손에 들린 검을 꽉 움켜쥐었다. 기분 나쁜 느낌이 근처에서 느껴졌다.

"나와라."

그의 담담한 목소리가 텅 빈 대기 속에 퍼져 나갔다. 사방이 쥐죽은 듯이 고요하다가 곧 그의 뒤쪽에서 유신의 목소리가 들려왔다.

"신녀님을 모셔오지 못했다던데, 자신만만하게 뛰쳐나가더니 겨우 이 정도인가?"

유신의 비아냥에 하랑은 자존심이 상했다. 하지만 해연과의 계획을 위해서라도 진실을 밝힐 수는 없었다. 그저 동연국에 한 번 들러주는 정도의 기회를 얻은 게 전부라는 설정을 밀고 나가야 했다. 물론 그렇다고 해서 유신의 빈정거림을 얌전히 받아줄 이유는 없었다. 다른 사람은 몰라도 연적이 비웃는 건 사내로서 용납할 수 없는 일이었다.

"자네는 달랐을 것 같은가? 아니, 기회조차 얻지 못하고 쫓겨났을지도 모를 일이지."

하랑의 공격에 이번에는 유신이 눈살을 찌푸렸다. 해연을 향한 마음을 인정하지 못하고 슬슬 피하던 하랑이 이제는 확실하게 대응하고 있었다. 그건 해연을 빼앗기지 않겠다는 의지의 표현이기도 했다. 유신은 그런 하랑의 변화가 괜스레 거슬렸다.

"두고 보면 알겠지."

절대 물러나지 않겠다는 의지를 담은 말에 하랑이 고개를 돌려 그를 바라보았다. 귀공자처럼 생긴 외모 때문에 궁녀들이 꺅꺅거리며 좋아하는 걸 모르지 않았다. 오죽하면 해연마저도 그의 외모에 경계심이 풀려 버리곤 했다. 하랑은 그런 유신의 외모가 못내 껄끄러웠다. 가리국에서 해연과 입을 맞췄지만, 깊은 입맞춤은 아니었던 탓에 그녀가 거부반응을 보이는지는 확인하지 못했다. 그것이 내심 마음에 걸린 하랑은 낯빛을 굳히고 그의 선전포고를 받아들였다.

"불의 검을 다 바쳤다지만, 신녀님께 허튼 짓거릴 했다간 가만두지 않을 것이다."

가후에게 불의 검 두 자루를 바치고 진짜로 투항했음을 전해 들었지만, 그럼에도 하랑은 경계를 늦추지 않았다. 그렇게 한 여자를 사이에 두고 치열해진 두 남자의 자존심 대결은 해연이 돌아오는 날을 기약하며 더 활활 타올랐다.

신녀의 서

신녀의 대관식은 구름 한 점 없는 청명한 날씨에 정궁에 있는 가장 큰 홀에서 진행되었다. 흰색 관복을 입은 사람들이 양옆으로 늘어서 있고, 알록달록한 유리 지붕을 뚫고 들어온 햇살이 홀 안을 밝게 비쳤다. 맨 앞에는 황제와 황비가 예복을 입고 섰으며, 그들 사이에는 작은 테이블이 놓였다. 푸른 벨벳 천으로 덮은 테이블에는 상앗빛의 짧은 지팡이와 금색 관이 올라가 있었다. 물방울을 닮은 푸른 보석이 주렁주렁 달린 관은 신녀를 상징하는 가리국의 예관이었다.

"신녀님 듭시옵니다!"

혼시의 목소리가 홀 안을 울렸다. 그와 동시에 관료들은 의관을 정제하고 반듯이 섰다. 그들이 준비를 마치자마자 거대한 문이 천천히 열렸다. 문이 열린 곳에 보석이 박힌 푸른 옷을 입고 긴 율라를 쓴 해연이 서 있었다.

해연은 양옆으로 얌전히 선 수백 명의 관료들과 홀의 맨 끝에 있는 황제와 황비를 바라보았다. 유리 지붕에서 쏟아져 들어온 햇살을 맞으며 서 있는 그들의 모습은 한마디로 장관이었다. 수백에 달하는 사람들이 자신의 대관식을 위해 모인다는 건 한국에서도 겪어 보기 힘든 일이었다. 색다른 느낌과 함께 책임감이 가슴속 깊은 곳에서 차올랐다.

'이제 진짜 신녀로서 약속하는 거야. 집으로 돌아가기 전까진 내가 이 나라의 신녀가 되기로. 이 땅에 사는 사람들을 지켜주기로……'

해연은 숨을 가득 들이마시고 천천히 발을 내디뎠다. 뒤로 길게 늘어진 율라가 그녀의 뒤를 따랐다. 고개를 숙이고 있던 신료들은 해연이 앞을 지나가면 공손하게 허리를 굽혀 예를 갖췄다.

이전보다 훨씬 표정이 부드러워진 황제의 곁에서 황비가 해연을 향해 생긋 웃어주었다. 그에 해연도 곱게 눈을 휘며 미소 지었다. 최근 들어 황제가 자주 찾는다더니, 활짝 핀 황비는 보는 사람마저 덩달아 행복하게 만들어주었다. 그동안 얼마나 마음고생이 심했는지 잘 알기에 해연은 그녀의 행복이 오래가길 기원했다.

이윽고 황제와 황비 사이에 있는 테이블 앞에 선 해연은 신녀의 예관과 단장을 내려다보았다. 신녀는 황제와 직위가 같고, 그 위에 존재하는 이가 없기에 관을 씌워줄 이도 없었다. 황제는 즉위식 때 선황이 그 역할을 대신하지만, 신녀는 직접 물의 힘을 이용해 머리에 써야 했다. 그럼으로써 자신이 물의 신녀임을 증명함과 동시에 만인의 위에 서는 이임을 공표하는 것이다.

모든 관료가 지켜보는 가운데 해연의 주변에서 물방울이 몽글몽글 생겨나기 시작했다. 서로 뭉쳐서 응집된 물방울들은 손 모양으로 변화되어 해연의 머리에 꽂혀 있던 장신구를 뺐다. 율라만 남겨놓은 상태에서 물이 테이블 위에 놓인 신녀의 관을 들어 올렸다.

금관에 줄줄이 매달린 보석들이 서로 부딪치며 짤그랑 소리를 냈다. 물의 힘으로 옮겨진 금관은 조심스럽게 해연의 머리에 내려앉았다. 하얀 율라 위, 허리까지 보석 줄이 길게 늘어진 금관은 해연에게 무척 잘 어울렸다.

고귀하면서도 신비롭고, 여성미마저 물씬 풍기는 자태에 황제도 감탄을 금치 못했다. 그동안 신의 저주가 이성에 대한 눈을 가려 버린 탓에 해연이 풍기는 독특한 분위기를 잘 느끼지 못했다. 하지만 신녀의 관을 쓴 해연은 묘하게 눈길이 갔다. 절세가인이라 하기는 어려웠지만, 특이한 분위기가 부족한 점들을 상쇄시키는 편이었다.

해연은 잠시 딴생각에 빠진 황제를 보면서 맹세의 조약을 읊었다.

"물의 신녀 해연은 가리국의 하늘을 책임지고, 이 땅에 물줄기가 끊어지지 않도록 할 것임을 맹세합니다."

해연의 맹세에 황제는 정신을 차리고 테이블 위의 단장을 들어 올렸다. 묵직하면서도 단단한 느낌이 손으로 전해졌다. 신녀의 단장은 가장 무겁고 단단한 뿔을 이용해 만든다. 그 어떤 바람에도 흔들리지 않고 든든하게 버텨달라는 만백성의 염원을 담은 것이다.

백성의 염원을 든 그는 굳건한 의지가 비치는 해연의 눈을 마주했다. 처음 그녀를 보았을 때, 종잡을 수 없는 특이한 신녀라고 생각했다. 진중한 느낌보다는 밝고 가벼운 분위기를 지니고 있었다. 밝다는 건 장점이지만, 높은 지위에 있는 신녀에게는 독이 될 수도 있었다. 가끔은 묵직한 권위도 있어야 아랫사람을 통솔하고 이끄는 법인데, 이제는 그것을 갖춘 듯 보였다.

'제법이군. 그 짧은 시간 동안 이 정도로 성장할 줄이야.'

가리국에서 많은 일을 겪은 만큼 해연은 내면적으로 조금 더 성숙해져 있었다. 어리광을 부리거나 철없이 굴던 지난날들이 다 일종의 몽환처럼 느껴질 만큼, 지금의 해연은 신녀로서의 위엄을 지니고 있었다. 다만, 여전히 달라지지 않은 것이 하나 있다면, 굽히지 않고 당당하게 눈을 마주치는 모습이었다.

'오대국에서 제일 강력한 신권을 가진 신녀가 되겠군. 가후, 네놈이 고생 좀 하겠어.'

힘이 강해진 해연으로 인해 가후가 골치를 앓을 것이 눈앞에 훤히 보이는 듯했다. 며칠간 앓던 이가 빠진 기분에 그는 기쁜 마음으로 단장을 내밀었다.

"가리국의 황제이자 이 땅의 주인으로서 물의 신녀 해연께 비오. 부디, 그대가 이 하늘의 주인이 되어 백성들의 갈증을 달래줄 생명수를 내려주길 바라오."

황제가 내민 단장 위에 해연의 손이 걸쳐졌다. 묵직한 지팡이를 받아 든 해연은 몸을 돌려 신료들의 예를 다시 한 번 받았다. 공손하게 허리를 굽혀 물의 신녀를 맞이하는 그들의 머리 위로, 해연의 목소리가 단정하게 뻗어 나갔다.

"오늘부로 내가 이 땅의 신녀임을 그대들과 가리국의 백성, 나아가 전 세계의 모든 이들에게 공표합니다."

"천은이 망극하옵니다."

이제 영원히 가뭄에서 벗어날 수 있다는 기쁨과 안도감이 섞인 관료들의 대답이 홀에 길게 울려 퍼졌다. 오대국의 역사에서 처음으로 두 나라의 공식 신녀로 인정받은 해연의 행보는 이날, 이 순간부터 시작되었다.


대관식이 끝나자 황제는 해연에게 잠시 시간을 내주길 요청했다. 동연국으로 가기 전에 할 말이 있다는 얘기에 해연은 기꺼이 그 청을 받아들였다.

햇살이 가장 강렬하게 내리쬐는 시각인 오후 한 시에 정궁에 있는 응접실에서 두 사람은 찻잔을 사이에 두고 마주 앉았다. 차에서 올라오는 고소한 향을 음미한 황제는 목을 한 번 축이고 운을 뗐다.

"사실, 신녀께 감사 인사를 전하고자 이리 시간을 달라 청하였소."

생각지도 못한 그의 말에 해연의 눈이 동그래졌다. 일련의 사건들로 사이가 썩 좋지 않은데 감사 인사라니, 조금 뜬금없다 생각했다. 그런 해연의 마음을 알았는지 황제는 입술 끝을 살짝 끌어 올렸다.

"신녀께서 가리국으로 오시지 않았더라면 하랑도 만나지 못했을 테고, 그 일이 아니었다면 짐은 좀 더 오랫동안 황비를 힘겹게 했을 거요. 어쩌면 평생 저주에 사로잡혀 황실의 대가 끊겼을 수도 있소."

비록 꿈보다 해몽이지만, 그는 진심으로 해연에게 감사했다. 그녀와의 대립을 통해 황비가 어떤 여인인지를 깨달았고, 그것이 단초가 되어 진실한 사랑을 발견했다. 분노한 신녀 앞을 가로막고 스스럼없이 무릎을 꿇는 여인을 보았고, 어리석은 지아비를 위해 기도해 주는 부인을 비로소 만날 수 있었다.

황제는 부끄러운 듯 작게 웃으며 다시 한 번 해연에게 감사 인사를 전했다.

"그동안 짐이 그대에게 못 할 짓을 많이 하였소만, 끝까지 이 나라를 버리지 않음에 감사하오. 또한 기회가 된다면 하랑에게도 미안했다는 말을 전하고 싶소."

진정성 있는 그의 사과에 잠시 놀라워하던 해연도 곧 표정을 부드럽게 바꿨다. 근래에 그에게 무슨 일이 있었는지는 모르겠지만, 아무래도 황비의 진심이 통한 듯 보였다. 해연은 그 마음을 기쁘게 받아들였다.

"제가 약속을 어기고 원하는 것만 가져가서 기분이 나빴을 수도 있는데 먼저 사과해 주고 고맙다고 해주셔서 감사해요. 이렇게 달라진 걸 보니 신의 저주가 풀린 듯하네요. 하랑도 저주에 대해 알고 나면 이해해 줄 수 있으리라 믿어요. 그러니 이제부터는 다른 데 신경 쓰지 말고 황비마마에게 잘해줘요. 그동안 못 했던 만큼요."

황비를 챙기는 해연의 말에 그는 고개를 끄덕이며 약속했다.

"물론이오. 두 번 다시는 황비를 외롭게 하지 않을 것이오. 그리고…… 저주에 대해서는 비밀로 해주었으면 좋겠소. 될 수 있다면 하랑에게도."

황제는 의아해하는 해연에게 황실의 저주는 극비임을 알려주었다. 신의 저주를 사람들이 알게 되면 황권이 약해지고 나라의 기반이 흔들릴 수 있었다. 또한 그걸 악용하려는 자가 나타날 수 있으니, 각 나라의 황실에서는 황가에 내려오는 저주에 대해서 숨기기로 암묵적으로 약조한 상태였다. 황제의 설득에 해연은 그의 뜻을 받아들였다.

"알겠어요. 그렇게 할게요."

"이해해 줘서 고맙소."

"별말씀을요. 그보다 곤은요? 그는 좀 어때요?"

곤의 안부를 묻는 해연의 표정이 썩 밝지 못했다. 동연국과 전쟁을 하지 않는다는 말에 곤은 그대로 잠적해 버렸다. 슐가의 복수를 다짐하며 훈련을 하던 그에게는 청천벽력 같은 소리였을 것이다. 황비로부터 곤과 슐가의 관계를 전해 들은 해연은 그를 그대로 두고 동연국으로 가기가 껄끄러웠다. 하지만 황제는 두 사람의 만남을 긍정적으로 바라보지 않았다.

"신녀께서 무엇을 걱정하는지 아오. 하나 그에게는 시간이 필요할 것이오. 오늘만 날은 아니지 않소? 다음 우기에도 가리국에 들러주신다 하였으니, 그때 그를 만나 다독여 주시오."

일리 있는 그의 말에 해연은 별수 없이 고개를 끄덕였다. 그 바람에 머리에 쓴 관에 달린 보석들이 다시 부딪치며 짤랑짤랑 소리를 냈다. 보석 소리가 동연국으로 가는 길을 재촉하듯이 느껴져서 해연은 자리를 털고 일어났다.

"그럼 전 이만 가볼게요. 곤은 잘 달래주세요. 부탁할게요."

"그건 걱정하지 마시오. 그보다 신녀……."

황제는 뒷말을 흐리며 해연을 따라 자리에서 일어났다. 의아해하는 그녀를 잠시 바라보던 그는 곧 결심을 내리고 말을 이었다.

"신녀의 서에 이르기를, 주문서와 천관녀가 있다면 이계의 문을 열 수 있다고 했소이다. 하나 천관녀는 주문서를 가진 두 나라에서만 태어나오. 이제 오대국에서 단 한 명 남았소."

그는 지난날의 과오를 속죄하는 기분으로 천관녀에 대한 정보를 들려주었다. 해연의 마지막 희망인 천관녀는 후로국에 사는 61세의 여성인데, 요즘 따라 공식 석상에 모습을 드러내는 일이 확연히 줄어들었다. 황제는 그 이유로 질병을 꼽았다.

"첩자에 의하면, 후로국의 황제가 귀한 약재를 구해 천관녀에게 내렸다고 하는데, 아마 살날이 얼마 남지 않았을 것이오. 신녀께서 왔던 세상으로 돌아가고자 한다면 후로국의 천관녀를 설득할 일도 염두에 두시오. 그리 머지않았을 것이외다."

전대 신녀가 환생하기 전에 해연이 부모님이 계신 곳으로 돌아간다면 가리국에도 다시 가뭄이 들 터였다. 그럼에도 그는 위험을 무릅쓰고 해연에게 선택권을 주었다. 천관녀의 병환을 모르고 지내다가 집으로 돌아갈 기회마저 놓치는 일은 없게 해주고 싶었다. 그 사실을 깨닫고 놀라는 해연에게 황제는 쓸쓸하게 웃어주었다.

"물론 짐은 가리국에 비가 그치지 않길 바라오. 하나 그대가 선택할 기회는 주고 싶었소. 짐과 황비에게 베풀어준 은혜에 대한 보답이라 여겨주시오."

황제의 고마운 배려에 해연은 깊이 허리를 숙여 감사의 마음을 전했다. 한국식으로 인사하는 해연에게 황제도 허리를 숙이며 최고의 예우를 갖추었다. 그렇게 해연은 가리국에서 또 하나의 소중한 인연을 만들었다.

황궁 밖 대로변이 시끌시끌, 소란스러웠다. 길을 뚫으려는 병사들과 신녀를 보려고 몰려든 백성들이 서로 밀고 밀리는 일이 곳곳에서 벌어졌다. 어린아이들은 아빠의 어깨에 올라앉아 대관식을 마친 신녀가 나오기를 기다렸고, 병사들은 땀을 뻘뻘 흘리며 겨우겨우 길을 텄다. 다행히 큰 사고 없이 길을 뚫었을 때, 황궁의 문이 열리며 낙타를 탄 신녀의 행렬이 모습을 드러냈다. 그 순간, 큰 환호성이 터져 나왔다.

고막을 뚫고 들어온 함성이 해연의 심장을 두드렸다. 까마득하게 긴 대로변에 사람들이 가득했다. 신녀를 연호하는 백성들의 모습이 두 눈에 가득 새겨졌다. 가리국에 비를 내리고 수도에 발을 들였을 때처럼, 이 나라의 백성들은 그녀를 향해 거침없는 기쁨과 신뢰를 내보였다. 긴 역사 속에서도 다른 나라에 들러 비를 내려준 신녀가 없었기 때문에 더 그런 걸지도 몰랐다. 게다가 이번 동연국행은 전쟁을 막기 위한 신녀의 의지라는 소문이 파다했으니, 사람들은 더 열렬하게 감사의 마음을 전했다.

가리국의 백성들을 멍하니 바라보고 있는 해연에게 베론이 낙타를 몰고 다가왔다. 잠적한 곤과 아직 몸을 추슬러야 하는 알리샤를 대신하여 그가 동연국까지 해연을 호위하기로 했다. 물론 사막에서는 그만한 적임자가 없다는 점도 감금형을 벗어나는 데 한몫했다.

"출발하시지요, 신녀님. 해가 지기 전에 멀리 이동해야 합니다."

"알겠어요."

그녀의 말을 들은 시종이 고삐를 잡아당기자 되새김질 중이던 낙타가 슬렁슬렁 움직이기 시작했다. 궁 밖으로 나가니 사람들의 환성 소리는 더욱 실감나게 들렸다. 해연은 자신을 향해 연호하는 사람들에게 빙긋 웃어주며 머리 위로 안개 같은 물이 살며시 내려앉도록 해주었다. 본디 신녀의 대관식에서는 백성들의 머리 위로 물을 뿌려주면서 그들의 건강과 앞날을 축복해 주는 게 관례였다. 황비에게 들은 대로 입자가 고운 물을 뿌려주자 사람들은 즐거워하며 해연이 내려주는 물을 맘껏 만끽했다.

가슴 벅찬 사람들의 환호성을 뒤로하고, 가리국의 수도를 감싸고 있는 토성도 지나쳤다. 하랑이 무너뜨렸던 성문은 곤의 힘으로 온전히 복구되어 있었다. 활짝 열린 거대한 문을 지나쳐서 사막에 발을 디딘 해연은 뒤따라오는 백성들을 향해 손을 흔들어주었다. 꽤 멀리까지 따라 나오며 배웅하는 백성들과 작별한 건 그 뒤로 한 시간이 더 흘러서였다.

심장을 울리게 하는 사람들의 환성도 이제 더는 들리지 않았고, 낙타의 발이 모래에 푹푹 박히는 소리만 주변을 맴돌았다. 그 고요를 잠시 즐기던 해연은 해가 지고 난 뒤에야 낙타에서 내려 땅을 밟을 수 있었다.

전사들이 바지런하게 음식을 준비하고 낙타들을 돌보는 동안 해연은 모닥불 옆에 앉아 있었다. 30명에 달하는 대인원이 어두워진 사막에서 저녁 식사를 준비하는 광경은 해연에게 묘한 느낌을 전해주었다. 대관식 때의 그 독특한 느낌이 늦은 저녁에도 이어지는 듯했다.

'역시, 한국에서는 이런 걸 경험하기가 쉽지 않겠지?'

동연국에서 가리국으로 갈 때는 지쳐서 잘 보이지 않던 것들이 오늘은 색다르게 다가왔다. 그렇게 한참을 구경하고 있을 때, 베론이 사과 하나를 들고 다가와 해연에게 건넸다.

"드시겠습니까?"

모닥불에 비친 사과는 더 붉어 보였다. 해연은 그의 배려를 고맙게 받아들였다.

"고마워요. 여기 앉아서 불 좀 쬐요."

사과를 건네받은 해연은 옆자리를 권했다. 그는 사양치 않고 자리에 앉았다. 일렁이는 불빛과 길게 늘어진 사람들의 그림자를 관찰하던 해연은 베론에게로 시선을 돌렸다. 남성미가 물씬 풍기는 그의 옆모습이 보였다.

"흐음, 이렇게 보니 베론도 잘생겼군요."

긴 침묵 끝에 나온 말이 좀 생뚱맞게 느껴진 베론은 김빠진 웃음을 지었다. 그러다 그는 해연이 여전히 자신을 쳐다보고 있고, 그녀의 말에 적당히 대꾸해야 함을 깨달았다. 그도 외모를 칭찬할까 하다가 다른 소리를 꺼냈다.

"신녀님은 간혹 사람을 당혹스럽게 하실 때가 있으십니다."

그의 말에는 여러 가지 의미가 내포되어 있었다. 하지만 대체로 베론의 생각은 긍정적인 것이었다. 이 땅의 사람이 아니기에 해연과 문화적 차이를 느끼고 당황할 때가 종종 있었다. 하지만 그 밝은 성격이 사람의 기분을 해치게 하는 일은 없어서 그녀에 대한 인상이 나빠지는 경우는 매우 드물었다.

그동안 해연과 가리국에서 함께 지내며 있었던 일들을 곱씹던 그는 자조 어린 표정을 지었다. 이대로 헤어진다 하니 괜스레 입안이 씁쓸했다.

"그동안 신녀님께 무례하게 굴었던 점, 송구스럽게 생각합니다. 용서하십시오."

언제나 그렇듯이 차분한 베론의 목소리에는 귀를 기울이게 하는 힘이 있었다. 그의 말을 들으며 해연은 손에 들린 사과를 만지작거리다가 그에게 내밀었다. 먹으라고 준 과일을 돌려주는 행동에 베론은 그녀를 의아하게 바라보았다.

"아니 드십니까?"

"내가 살던 세상에도 이 과일이 있었어요. 지금은 혀가 좀 이상해서 맛까지 닮았는지는 정확히 모르겠지만요. 그래도 생긴 건 비슷해요. 그 과일의 이름이 사과거든요. 그래서 가끔 진심을 전하고 싶지만 민망해서 주저하게 될 때, 농담처럼 이 사과를 내밀기도 해요. 내 사과를 받아달라는 의미로요."

해연의 말뜻을 그는 금방 이해했다. 과일을 가지고 하는 언어유희라는 소리였다. 하지만 사과를 받을 이유까지 납득한 건 아니었다.

"저는 신녀님께 사과받을 일이 없습니다."

"나는 많아요. 신녀의 서를 필사하겠다며 괴롭힌 것도 그렇고, 가끔은 내 뜻대로 안 해주는 베론을 미워하기도 했으니까요. 좀 전에 베론의 사과를 받았으니, 나도 사과하고 싶어요. 내 사과, 받아줄래요?"

조금 민망한 듯 웃으며 말하는 해연의 얼굴에 베론의 시선이 머물렀다. 그는 모닥불 때문인지 해연의 볼이 붉어졌다고 생각했다. 그래도 그 모습이 보기 좋아서 그는 작게 웃으며 그녀가 건넨 사과를 받아들였다.

"감사히 받겠습니다."

잘 익은 사과를 손에 쥔 베론의 얼굴은 평화로워 보였다. 그 모습을 보며 해연은 잠시 고민에 빠졌다. 아까부터 마음에 걸리는 점이 있었는데 질문하기가 애매했다. 혹시나 그에게 실례가 되는 건 아닐까 싶었지만, 앞으로 몇 달은 보지 못하니 기회는 지금뿐이란 생각이 그녀에게 용기를 심어주었다.

"저기, 베론?"

"예."

"혹시, 폐하의 일로 속상하진 않나요?"

황제가 침실로 부르지 않는 일이 마음 쓰이느냐는 뜻이었다. 그가 황제의 연인이었던 걸 알게 된 해연의 물음에 베론은 고개를 설레설레 내저었다. 그 바람에 그의 하늘빛 머리카락이 차가운 밤바람에 살짝 흩날렸다.

"섭섭하지 않다면 거짓말이겠지요. 하나 한편으로는 속 시원하기도 합니다. 항상 황비마마께 죄인처럼 살아왔습니다. 이리되는 것이 당연하다 생각합니다."

다른 사내는 허락할 수 없겠지만, 황비라면 그도 받아들일 수 있었다. 오히려 그녀에게서 황제를 빼앗아 삼 년간 소유한 것만으로도 감읍할 일이었다. 그 점을 잘 알기에 그는 후회하거나 괴로워하지 않았다.

"그러니 제 걱정은 하지 않으셔도 됩니다, 신녀님."

질문한 속내를 읽은 듯 미소를 물은 그의 모습에 해연도 멋쩍게 웃었다. 잠시간의 이별이 주는 힘이었는지, 사람들은 그동안 감춰두었던 본심을 스스럼없이 보여주었다. 덕분에 해연도 가벼운 마음으로 이들과의 헤어짐을 맞이할 수 있었다. 그렇게 가리국 사람들과의 이별이 성큼 다가오자 동연국 사람들과의 재회도 코앞으로 다가왔다.

거대한 성곽 아래에 다섯 명의 사내가 서 있었다. 멀리서 그들을 발견한 해연은 환하게 웃으며 손을 홱홱 흔들었다. 해연이 국경에 도달하는 시점에 맞춰서 마중을 나온 하랑과 달천대원들이었다.

"하랑!"

보고 싶었던 만큼 해연은 큰 소리로 그를 불렀다. 하지만 그런 열렬한 인사에 반응한 건 하랑이 아니라 그의 뒤에 있던 대원들이었다.

"신녀님!"

"우와아! 신녀니임!"

해연을 발견한 동비와 사륜, 주평, 풍제는 검을 든 손까지 흔들며 반가움을 표시했다. 하랑이 헛기침을 하며 주의를 주었지만, 그들의 기쁨을 막지는 못했다. 가리국 전사들 앞에서 부하들이 오두방정을 떠는 게 조금 거슬렸으나, 곧 하랑의 입가에도 미소가 피어났다. 보름 만에 만나는 해연이 반갑지 않을 수가 없었다. 그러나 안타깝게도 그의 미소는 오래가지 않았다.

국경에 도달한 낙타가 무릎을 굽히고, 해연은 베론이 만들어준 모래 계단을 밟고 내려왔다. 가리국 신녀의 복장을 한 해연은 평소보다 더 아름다웠다. 금관에 달린 푸른 보석 줄이 그녀의 움직임에 따라 찰랑거렸고, 걸을 때마다 드러나는 다리는 달천대원들의 얼굴을 붉게 물들였다.

목까지 붉어진 대원들은 고개를 푹 숙이고 애꿎은 모래만 발로 툭툭 건드렸다. 어쩔 줄 몰라 하는 부하들의 행동에 하랑은 심기가 불편해졌다. 다른 이들에게도 해연이 여자로 보인다는 것이 그를 언짢게 했다.

눈썹 끝을 살짝 올린 하랑은 허리끈을 풀어 남색 겉옷을 벗었다. 성문 안에 대기시켜 둔 마차에 해연이 갈아입을 옷이 있지만, 마차까지 가는 그 잠깐의 시간도 그대로 두기가 싫었다. 그는 해연에게 다가가 옷을 걸쳐 주었다. 드러났던 어깨와 다리가 큼직한 무복에 폭 파묻혔다.

해연은 하랑의 행동에서 일전에 한 번 겪어봤던 기시감을 느꼈다. 오래전에 무녀 옷을 입고 궐 밖을 돌아다녔을 때도 하랑이 옷을 벗어 덮어준 적이 있었다. 당시의 그는 다정했으나, 오늘은 조금 딱딱한 느낌이었다. 해연은 눈을 동그랗게 뜨고 그런 하랑을 올려다보았다.

자신의 기분을 살피는 해연의 행동이 결국 그를 미소 짓게 했다. 언짢았던 것이 그 눈빛 하나에 스르륵 풀려 버렸다. 본인의 감정을 살피는 모습이 귀엽게 느껴져서 하랑은 당장에라도 해연을 끌어안고 싶었다. 등 뒤에 있는 부하들과 베론과 전사들이 지켜보고 있지만 않았더라면 그리했을 것이었다.

마음속 깊은 곳에서 일어나는 충동을 간신히 인내하는 그에게 베론이 다가왔다. 작별 인사를 하기 위함이었다.

"하랑 대장, 일전의 일은 사과하겠소."

두루뭉술한 이야기였으나 하랑은 해연의 납치와 황제의 행동에 관련된 말임을 알아차렸다. 물론, 둘 다 좋지 않은 기억이긴 했다. 베론이 사막에 만들어둔 함정 때문에 죽을 고비도 여러 번이었다. 하지만 하랑은 고개를 저어 베론의 사과를 물렀다.

"그대에게 사과받을 일은 없소."

단호한 거절에 베론은 마음이 급해졌다. 그는 하랑을 설득하기 위해 재차 입을 열었다.

"그대가 겪어야만 했던 여정이 고행이었음을 알고, 안 좋은 기억이 쌓인 것도 아오. 하나."

"아니, 오해하지 마시오."

하랑은 베론의 말을 잘랐다. 그가 자신의 말을 오해하고 있음이 분명했다.

"가리국의 황제 폐하께 사과받을 일은 있지만, 당신에게는 없소. 내가 그대였어도 그리했을 것이오. 나라가 가물었으니 신녀님을 데려가기 위해 애쓴 것도 이해하고, 나를 막으려 한 것도 이해하오. 오히려 내가 그대에게 감사해야겠지. 당신이 신녀님께 사실을 말해주지 않았더라면 정말 힘든 상황에 처했을 거요. 그만하게 끝났으니 도리어 고맙게 생각하오."

이해한다는 그의 말에 베론은 멍해졌다. 자신의 사과에 하랑이 이런 반응을 보일 줄은 몰랐다. 그동안 하랑을 높게 평가해 왔지만, 이제는 조금 달리 생각할 필요가 있었다. 그는 자신이 생각했던 것보다 더 큰 사내였다.

"그리 말해주어 고맙소."

베론은 진심으로 미소 지었다. 그 웃음에 화답하듯 하랑의 눈빛도 부드러워졌다. 두 사내의 사이에 낀 해연도 헤실헤실 웃으며 그들의 화해를 기쁘게 받아들였다.

해연이 베론을 향해서 잘했다는 듯 칭찬의 웃음을 지어주자 하랑이 큼큼— 헛기침을 했다. 저 외에 다른 사내에게는 웃지 말라는 무언의 표시였다. 그의 질투를 눈치채지 못한 해연은 모래바람 때문에 하랑이 목이 아픈가 했고, 베론은 남몰래 웃었다. 동연국의 황궁에서도 지금처럼 해연의 시선을 빼앗은 적이 있었다. 그때도 하랑이 그리 질투를 하더니만, 그 증상이 심해진 듯했다.

"그럼 신녀님, 저희는 이만 물러가겠습니다. 다음 우기 때 모시러 오겠습니다."

베론은 눈치껏 자리를 피해주며 작별을 서둘렀다. 해연과 마지막 인사를 나눈 그는 하랑에게 잠시 시선을 주고 전사들과 함께 가리국으로 돌아갔다.

낙타를 끌고 멀어져 가는 그들을 해연은 오랫동안 지켜보았다. 눈을 떼지 못하던 해연은 누군가 은근슬쩍 손을 잡는 느낌에 고개를 돌렸다. 부하들이 땅만 보는 걸 이용해서 하랑이 접촉을 시도한 것이다.

본인의 행동이 무척 부끄러운지 그의 얼굴이 살짝 붉어져 있었다. 그 모습에 해연은 활짝 웃었다. 이 귀여운 남자를 어찌하면 좋을지, 당장 볼에 입이라도 맞춰주고 싶었지만, 부하들 앞에서 대장의 체통을 지켜야 하니 이번 한 번만은 참기로 했다.

하랑은 저를 놀리듯이 웃는 해연을 차마 쳐다보지 못하고 아직 복구 중인 동연국의 성문으로 향했다. 해연은 그의 넓은 등을 보며 그가 이끄는 대로 걸었다. 어깨에 걸쳐진 옷이 떨어지지 않도록 단단히 잡은 해연의 얼굴에서 행복한 웃음이 떠나지 않았다.

해연이 탄 마차 위로 보슬비가 내렸다. 신녀의 부재로 땅에서 솟는 물도 끊어졌기에 부족한 부분을 충당하기 위한 단비였다. 국경지대에 적당히 내리는 비를 맞으며 마차와 말은 끊임없이 달렸다. 그렇게 달리다 보니 사방에는 어느새 저녁 어스름이 깔리며 그 색이 짙어지고 있었다.

"신녀님, 곧 숙소에 도착합니다. 그곳에서 쉬겠습니다."

하랑의 목소리가 마차 안으로 들어왔다. 듣던 중 반가운 소리에 해연은 알겠다며 기분 좋게 대답했다. 한참을 이동하던 마차는 커다란 저택 앞에서 멈췄다. 가리국 사신들이 동연국에 방문했을 때 내어주는 숙소였다. 그곳도 나라의 재산이기에 건물을 지키는 병사들이 있었고, 규모도 제법 커서 해연이 머물기에는 안성맞춤이었다.

해연은 하랑이 궁에서부터 챙겨온 겉옷을 몸에 걸치고 마차에서 내렸다. 병사들이 지키는 솟을대문을 지나, 잘 가꾸어진 건물로 들어섰다. 최대 오백 명까지 수용 가능한 저택에서도 가장 좋은 방이 해연에게 배정되었다.

커다란 침상과 좋은 물건들로 장식한 고급스러운 방을 구경하는 해연을 두고 하랑은 부하들이 옮겨온 짐을 뒤적였다. 무녀들이 싸 준 해연의 옷 꾸러미가 그 사이에 있었다. 하랑은 그것을 침상 옆, 탁자 위에 풀었다. 커다란 보자기에는 부피가 큰 옷들이 차곡차곡 잘 개어져 있었다.

"신녀님, 이 옷으로 갈아입으십시오. 시중을 들 궁인도 곧 들여보내겠습니다."

하랑의 말에 해연이 구경을 중단하고 그가 펼쳐 놓은 옷을 바라보았다. 동연국 특유의 치마가 풍성한 옷이 가지런히 놓여 있었다. 그것을 본 해연은 선뜻 알겠다고 하지 못했다. 노출이 심한 가리국 복장은 동연국의 풍습에 맞지 않고, 하랑도 싫어함을 잘 알고 있었다. 그럼에도 지금은 가리국의 신녀복이 필요했다.

"저기, 하랑?"

해연이 머뭇거리며 조심스럽게 그를 불렀다. 망설이는 해연의 태도에 하랑은 그녀가 무슨 말을 하려는지 알았다. 우려해 왔던 일이 현실이 되자 그의 얼굴이 자연스럽게 굳어졌다. 해연의 몸을 남들이 보는 게 싫어서 제 옷까지 벗어서 가린 그였다.

"싫습니다."

하랑은 해연의 얘기를 듣지도 않고 거부했다. 단호한 태도에 해연은 난처한 미소를 지었다. 그의 거부가 좋으면서도 곤란했다.

일전에 두 사람은 동연국에서 지내기 위해 몇 가지 계획을 세웠다. 우선 가리국 황제에게 자신이 동연국에서 지내야 함을 인지시키고 가리국을 빠져나온다. 대신 대관식을 치러 안심시키고 동연국으로 돌아간다. 여기까지는 일단 잘 마무리되었다. 문제는 그 뒤였다. 가후를 만나면 그에게서 최대한 많은 걸 뽑아낼 필요가 있었다. 앞으로 자신을 무시하지 못하게 하려면 아쉬운 건 황제임을 주지시키고 그가 직접 동연국에서 지내달라고 매달리게 만들어야만 했다.

"내가 동연국에 마음이 없다는 걸 보여줘야 황제가 불안해할 거야. 그럴수록 더 많은 걸 얻을 수 있어."

해연은 가리국의 신녀로서 가후를 만나고 싶었다. 그러려면 가리국 복장을 하는 게 효과적이었다. 냉큼 옷을 갈아입으면 눈치 빠른 황제가 계획을 파헤칠 수도 있었다. 그런 일을 미연에 방지하고 가리국에 대한 자신의 의지가 굳건함을 인지시키려면 그에 어울리는 복장은 필수였다.

하랑도 그 점을 잘 알고 있었지만, 해연의 몸을 남들에게 보여주기가 무척 싫었다. 가리국에서는 동연국 복장을 강요할 수 없으니 참았지만, 동연국에서도 그런 건 아니었다. 더군다나 저 상태로 황궁에 들어간다면 그자도 볼 것이었다. 유신을 떠올린 하랑의 표정이 급격히 어두워졌다.

해연은 근심이 깊어진 그를 가만히 바라보았다. 하랑이 싫어하는 일은 자신도 하기 싫었다. 하지만 가리국과의 전쟁을 막아내기 위해서라도 이번 기회에 가후를 눌러놔야 했다. 그가 두 번 다시 제멋대로 굴지 못하도록 있는 힘껏 굴복시켜야 했다. 그러려면 자신이 할 수 있는 모든 일을 해야만 했다. 이것도 그런 일 중 하나였다.

"하랑……"

해연의 부름에 그의 눈동자가 흔들렸다. 그 목소리에서 의지가 느껴진 탓이었다. 하랑은 깊은 한숨을 내쉬고 해연에게 다가갔다. 걱정스럽게 올려다보는 그녀를 보고 있자니 그 결정을 받아들이기가 더 힘들어졌다.

"머리는 이해했습니다. 그런데…… 가슴이 받아들이기가 힘듭니다."

솔직한 고백이었다. 해연은 안타까워하며 그의 얼굴을 쓰다듬었다. 마음을 다독여 주는 손길을 가만히 느끼던 하랑은 결심한 듯 해연의 허리를 끌어당겼다.

몸이 밀착하자 그녀가 살짝 당황하는 게 보였다. 하랑은 그런 해연에게 시선을 고정하며 속삭이듯 말했다.

"어쩔 수 없는 사정이 있으니 받아들이겠습니다. 하나 마음이 많이 불안합니다."

지그시 눈을 마주하며 무언가를 요구하는 그의 눈빛에 해연은 심장이 두근거렸다. 볼이 붉어진 그녀를 향해 하랑은 고개를 숙였다. 서로의 숨결을 느낄 만큼 거리가 가까워졌을 때, 눈을 마주친 그의 나지막한 음성이 다시금 그녀의 마음을 두드렸다.

"절 안심시켜 주십시오."

허락을 받듯이 잠시 기다린 그는 천천히 해연의 입술을 취했다. 부드럽고 뜨거운 입술이 닿자 그동안 묶어놨던 욕망의 끈이 다시 풀어졌다. 하랑은 해연의 허리와 어깨를 좀 더 세게 끌어당겨 안았다. 받아들이지 못할까 두려워서 참아왔던 입맞춤은 더는 견딜 수 없다는 듯 좀 더 깊고 진하게 나아갔다.

하랑이 입술 사이를 파고들며 안으로 들어오자 해연은 그의 팔을 꽉 붙잡았다. 그 탓에 해연의 손톱이 하랑의 단단한 팔을 살짝 찔렀다. 제대로 된 키스에 놀라 벌어진 일이었으나, 하랑은 그걸 거부의 표시로 받아들이고 달아오른 입술을 떼었다.

갑작스러운 중단에 멍해진 해연을 두고 그는 뒤로 한 발 물러났다. 그녀를 온전히 가지고 싶다는 마음과 유신에게 빼앗길까 불안한 감정이 섞여서 조급하게 입술을 취해 확인하려 했다. 해연이 평소 보이는 반응으로 보아 어느 정도 자신도 있었다. 연모한다면 타액을 무리 없이 받아들인다고 했으니, 어쩌면 괜찮을지도 모른다고 생각했다. 하지만 그 결과는 참혹했다. 그는 상처받은 걸 티 내지 않기 위해 급히 몸을 돌려 방을 빠져나갔다.

하랑이 나간 뒤, 혼자 남은 해연은 혼이 반쯤 도피했다. 여전히 그의 음성이 귓가에 남아서 정신을 차리기가 힘들었다. 갑자기 중단한 이유를 알아야 하는데, 몸이 기억하는 느낌이 너무 강렬한 여운을 남겨서 다른 생각을 멀리 내쫓아 버렸다.

안심시켜 달라며 황홀한 키스를 선사하던 하랑이 다시금 해연의 머릿속에 떠올랐다. 그와의 로맨틱하던 입맞춤에 얼굴이 펑! 하고 터져 버릴 듯 붉게 달아올랐다. 기분이 좋아진 해연은 바보처럼 헤실헤실 웃었다. 그러다가 문득 입맞춤이 중단된 이유가 궁금해졌다.

'아, 맞다. 왜 나갔지?'

그제야 그의 표정이 뭔가 석연치 않았음을 깨달았다.

"하랑!"

해연은 하랑을 찾아 걸음을 옮겼다. 제 마음을 뒤흔들어 놓았으니 책임지라고 따끔하게 한 소리 해줄 요량이었다.

'그리고 한 번만 더 말해달라고 해볼까?'

그의 듣기 좋은 목소리를 즐길 생각에 빠져 있던 해연은 문 앞에서 멈칫했다. 가리국의 옷을 입은 채로 밖에 나가면 그가 싫어할 게 뻔했다. 동연국의 겉옷을 걸치면 되지만, 해연은 그냥 하랑이 돌아올 때까지 기다리기로 했다. 사람들 앞에서 마주치면 원하던 것도 못 얻고 분위기만 이상해질지도 몰랐다.

'하다 말고 나갔으니 금방 오겠지.'

곧 오겠거니 했던 하랑은 그날 밤이 지나도록 나타나지 않았다.

다음 날, 해연을 태운 마차는 한참을 움직이다가 점심시간이 되어서야 멈춰 섰다. 해연은 그 안에서 팔짱을 끼고 부루퉁하게 앉아 있다가 마차 밖에서 주평이 눈치를 보며 하는 말을 들었다.

"신녀님, 이 근처에서 점심을 해결하고 출발할까 하온데, 방을 잡을 터이니 쉬었다 가시겠습니까?"

쭈뼛거리며 어려워하는 목소리에 해연은 낮은 한숨을 쉬었다. 아침에 만난 하랑은 좀처럼 눈을 마주치려 하지 않았다. 처음에는 부끄러워하나 싶었지만, 곧 그것이 아님을 알 수 있었다. 이유는 몰라도 그는 단단히 토라져 있는 상태였다. 적어도 자신이 보기엔 그랬다.

'잘하다가 갑자기 중단한 건 본인이면서 왜 저러는 거야? 이유라도 알려주든가.'

그를 기다리며 뜬눈으로 밤을 지새웠으니 토라져야 하는 건 도리어 자신이 아닌가 싶었다. 그렇게 볼을 부풀리고 있는데, 주평이 우물쭈물하며 부르는 소리가 다시 들렸다. 알겠다는 대답을 기다리고 있는 것이다. 어쨌든 이동을 멈추고 식사를 하려면 허락을 받아야 하는데, 하랑은 저기압이었고 다른 이들은 대장과 해연의 눈치를 보며 막내인 주평에게 이 일을 떠맡겼다. 못난 형님들 덕분에 고래 싸움에 끼어버린 죄 없는 주평은 간을 졸이며 그녀의 허락이 떨어지길 기다렸다. 다행히 해연은 알겠다고 대답했다. 단, 뒤에 조건을 걸었다.

"마차에 있을 테니 다들 가서 식사하세요. 하랑 대장은 잠시 저좀 보시고요."

그녀의 말에 달천대원들의 눈이 앞서 가던 하랑의 등으로 날아가 꽂혔다. 언제 터질지 모를 불안감 같은 것이 대원들 주변으로 와글와글 몰려들었다. 하랑은 껄끄러운 기분을 애써 내색하지 않으며 부하들을 식당 안으로 들여보냈다. 담벼락 옆에 마차를 대놓고 그는 말을 몰아 마차 근처로 다가갔다.

"부르셨습니까?"

"좀 들어와, 봐요."

해연은 어울리지 않게 존댓말을 써가며 그를 불러들였다. 하랑은 아직 해연을 만나고 싶지 않았으나 별수 없이 말에서 내려 마차 문을 열었다. 그녀는 팔짱을 떡하니 낀 채 다리까지 꼬고 앉아 있었다. 옆이 트인 가리국의 옷은 미끈한 다리를 고스란히 드러냈다. 하랑은 작게 신음을 흘리다 눈을 돌리고 마차에 올라탔다.

맞은편에 하랑이 앉자 해연은 그를 힐끗 살폈다. 아침에 마주쳤을 때부터 무표정한 얼굴로 뚱해 있던 게 여전해 보였다. 그런 하랑을 힘껏 노려보았으나 불타던 해연의 눈빛은 그리 오래가지 못했다.

'저런 모습마저 좋아하는 내가 문제지.'

자신에게 무심한 그를 볼 때도 심장이 제멋대로 쿵쾅거리니 문제였다.

"그래, 알았어. 하랑이 화가 난 건 알겠으니까, 이유라도 좀 알려줘."

다른 데만 보고 있던 그의 고개가 드디어 해연에게 향했다. 정말 아무것도 모르겠다는 그녀의 눈빛에 하랑의 얼굴에는 옅은 당혹감이 비쳤다.

"그게 무슨 말씀이십니까?"

"하랑이 화가 난 이유를 좀 알고 싶다고. 잘하다가 갑자기 말도 없이 뛰쳐나가서 돌아오지 않은 이유."

해연의 부연 설명에 하랑은 더 떨떠름한 표정을 지었다. 당연히 그녀가 먼저 거부 의사를 표하기에 그만두고 나간 것이었다. 자신과의 입맞춤을 힘겨워하니 물러났고, 그것이 해연의 마음이라 생각하니 못내 섭섭하고 화가 나서 데면데면한 것이다. 그런데 그녀는 정말 영문을 모르겠다며 이유를 물어왔다. 순간, 하랑은 무언가 잘못되었음을 깨달았다. 마음속에 혹시나 싶은 생각을 품으며 그는 그만두었던 이유를 말했다.

"그거야 신녀님이 싫어하시는 듯하여……."

"내가? 언제?"

해연이 그런 적 없다며 즉각 반박하고 나서자 하랑은 꿀 먹은 벙어리가 되었다. 그제야 그는 자신이 그녀의 신호를 잘못 받아들였음을 깨달았다. 싫어서가 아니라 처음이다 보니 놀라서 그런 것임을 지금에서야 안 것이다.

'이런…….'

그의 얼굴에 낭패감이 스쳤다. 이런 분야는 잘 모르다 보니 생긴 오해였다. 바보같이 좋은 분위기를 망친 게 확실시되자 하랑의 얼굴이 달아올랐다. 주먹으로 입가를 가리고 헛기침을 해보았지만 붉어진 얼굴은 쉽게 가라앉지 않았고, 씰룩이는 입가는 기쁨을 감추지 못했다.

하랑의 표정이 풀리는 걸 본 해연도 그가 오해했음을 알고 한시름 놓았다. 오히려 그의 순진함에 해연의 얼굴에도 작은 미소가 피어났다. 새침하게 그를 보면서도 입술은 시종일관 부드럽게 곡선을 지었다.

"내가 분명히 좋아한다고 고백도 했는데, 그 말은 벌써 잊어버린 거야?"

가리국에서 했던 고백을 어쩜 그리 홀라당 까먹고 오해하느냐는 핀잔에 하랑은 할 말을 잃었다. 잊은 건 아니지만, 연모하는 사내의 타액만 무리 없이 받아들인다는 부분을 너무 신경 쓴 탓이 컸다. 하지만 이번 일은 변명할 여지도 없이 자신이 잘못했다.

"제가 오해했습니다. 죄송합니다."

서로 마음을 확인하는 단계에서 생긴 소소한 오해에 어느 한쪽이 죄송할 것까지야 없었으나 해연은 적당히 말로 때우고 넘어가고 싶지 않았다.

"흐음, 말로만? 로맨틱하던 내 첫 키스를 이렇게 흐지부지 넘어갈 생각인 거야?"

로맨틱이라든가 첫 키스라는 해연의 말이 제대로 이해되진 않았지만, 하랑은 그녀가 요구하는 게 무엇인지는 눈치껏 알아차렸다. 부하들은 밥 먹으러 갔고, 마차 안이니 누가 볼 것도 아니었다. 하지만 그는 어제처럼 그렇게 과감하게 행동하기가 민망했다. 전날엔 질투심에 사로잡혀 눈이 돌아가 그랬다지만, 지금은 뜬금없이 요구하고 있으니 더욱 그랬다. 해연은 주저하는 하랑을 흘겨보다가 안 되겠는지 먼저 일어나 그에게 다가갔다.

좁은 마차 안에서 훌쩍 가까워진 해연 때문에 하랑은 정신이 혼미해졌다. 아찔해하는 그가 도망가지 못하게 무릎으로 그의 다리를 눌러놓고, 해연은 조금 더 가까이 밀착했다. 일전에 그가 자신에게 그랬던 것처럼, 손가락으로 턱을 살짝 들춘 뒤에 입술을 훔쳤다. 재미난 장난을 치듯 살짝 웃는 그녀에게서 하랑은 좀처럼 눈을 떼지 못했다. 해연의 손이 귓가를 간질이자 그에 응답하듯 그도 그녀의 허리를 붙잡았다. 마치 해달라고 재촉하는 느낌에 몸이 단 해연은 하랑의 입술을 살짝 물었다가 그 안으로 혀를 밀어 넣었다. 그것이 그를 자극했는지 하랑이 작은 신음을 흘렸다. 기분 좋은 소리에 해연도 더 적극적으로 그를 탐하는 데 집중했다.

허리에만 머물던 그의 손이 굴곡진 골반을 지나 치마의 벌어진 틈을 찾았다. 꿈속에서도 그렇게 몸을 달구게 만들던 다리의 감촉이 그를 미치게 만들었다. 하랑은 최대한 손을 통제하려 했으나 입 안에 들어온 해연의 혀는 그가 정신을 차리게 놔두질 않았다. 참다 못한 하랑은 한 손으로 그녀의 허리를 감아 끌어 내렸다. 그 힘을 이기지 못한 해연이 그의 다리 위로 주저앉았고, 두 사람의 높낮이도 바뀌었다. 해연을 꽉 끌어안은 그는 그녀의 입술 사이를 비집고 들어갔다. 작은 입안에서 두 개의 혀가 엉켜 들었고, 하랑은 벌어진 그녀의 다리를 만지는 데 여념이 없었다. 이성이 반쯤 날아간 채로, 그렇게 두 사람은 서로에 대한 마음을 열렬히 확인했다. 그때, 마차 밖에서 사륜의 목소리가 새어 들어왔다.

"대자앙~"

분위기를 확 깨는 사륜의 아양 섞인 목소리에 해연과 하랑은 후다닥 떨어졌다. 해연은 자신의 과감한 행동에 놀랐고, 그는 사륜의 애교에 놀랐다. 험악할 것이라 예상되는 마차 안의 분위기를 풀어주기 위해 사륜이 큰맘 먹고 한 짓이었지만, 모두에게 썩 좋은 결과를 가져오지는 못했다.

붉어진 얼굴을 가리고자 공력을 돌려 마음을 진정시킨 하랑은 마차 문을 열고 나갔다. 다른 대원들의 열렬한 응원을 받던 사륜은 하랑의 표정이 심하게 좋지 않자 손에 들린 새끼 고양이를 툭 떨어뜨렸다. 바닥에 착지한 아기 고양이가 작게 울음소리를 냈다. 사륜은 그것이 마치 귀곡성처럼 들렸다. 눈앞에 있는 대장의 표정으로 보아 변명할 여지도 없이 자신은 오늘 죽게 생겼다. 낮잠을 자다 잡혀 온 고양이는 그대로 줄행랑을 쳤고, 대원들은 순식간에 사륜을 외면했다.

범 앞에 놓인 토끼 신세가 된 사륜은 하랑이 다가오라는 손짓을 하자 머뭇거리다가 얌전히 그 앞에 몸을 내맡겼다. 하랑은 그의 머리에 팔을 감고 팔뚝에 힘을 주었다.

"으악! 대장! 대장!"

역운에게 당할 때와는 차원이 다른 고통에 사륜은 비명을 질러댔다. 그럼에도 하랑을 제지하는 이는 아무도 없었다. 달천대원들은 서로 못 본 체했고, 해연은 침묵으로 하랑을 응원했다. 적어도 해연이 보기에 그는 혼나도 쌌다.

마차에서의 일이 있은 후, 일행은 눈에 띄게 화목해졌다. 우선 하랑이 나긋하기 그지없었고, 해연도 자주 웃으며 분위기를 띄웠다. 덕분에 달천대원들은 궁에 도달할 때까지 행복하게 지낼 수 있었다. 사륜만 빼고.

신녀의 서

사실 사륜은 반쯤 공황 상태였다. 하랑에게 벌을 받은 탓만은 아니었다. 사실 그는 좀 전에, 마차에 다가갔을 때만 해도 하랑의 기척을 전혀 느끼지 못했다. 그 탓에 마차 안에서 무슨 일이 벌어졌는지도 몰랐다. 해연이 자리를 반대쪽으로 옮겼다는 점 외에는 별다른 특이 사항도 없었다. 문제는 그 뒤에 일어났다. 눈물이 쏙 빠질 만큼 혼나고 나서야 대장의 입술에 붉은 무언가가 살짝 묻어 있는 걸 발견한 것이다.

'분명……'

말을 몰던 사륜은 옆에서 움직이고 있는 마차를 슬쩍 바라보았다. 다른 이들은 몰라도 여성 경력이 화려한 그는 하랑의 입술에 묻은 그것이 무엇인지 단박에 알아차렸다. 그건 여인들이 입술을 붉게 물들이기 위해 쓰는 화장품이었고, 그가 알기로 하랑이 접촉한 여성은 해연뿐이었다.

'하지만…… 신녀님인데?'

사륜의 생각이 거기서 멈칫했다. 해연이 사내를 대함에 있어 이전 신녀와 다른 건 확실했지만, 그렇다고 해서 해연과 자신의 대장이 그렇고 그런 사이라는 걸 인정하기는 어려웠다. 복잡한 현실에 사륜은 남은 시간을 혼자만의 생각에 빠져 살았다. 하랑이 저를 볼 때마다 정말 머리에 문제가 생긴 건 아닌지, 불안해하는 눈빛조차 자각하지 못할 정도였다.

사륜의 생각이 깊어져 갈수록 일행은 황궁에 가까워졌다. 궐과의 거리가 불과 반나절도 남지 않았을 때, 하랑은 동비를 가후에게 보냈다. 해연이 도착할 시각을 알려주고 맞이할 준비를 하라는 뜻이었다. 동비를 보낸 하랑은 뒤에서 따라오는 마차에 잠시 눈길을 주었다. 이제부터 시작이었다.

근정전 옥좌에 앉아 있는 가후의 분위기가 무척 무거웠다. 해연이 가리국에서 대관식을 치렀다는 소문이 먼저 전해지면서 신료들의 분위기가 뒤숭숭해졌다. 신궁과의 접촉을 차단해서 해연이 가리국으로 빠져나간 걸 모르게 했는데, 이젠 다들 알게 되었으니 불안감이 증폭될 수밖에 없었다.

'그 계집의 마음을 돌려놓는 게 문제군.'

신녀를 빼앗겼다는 소문이 더 퍼지기 전에 해연을 붙잡아 머물게 만들어야 했다. 그리만 된다면 해연이 가리국의 신녀가 된 것도 적당히 얼버무릴 수 있었다. 동맹국이 가뭄에 허덕이는 게 안타까워서 신녀를 공유하는 식으로 아량을 베풀었다고 꾸밀 수도 있는 것이다.

곧 도착할 해연을 떠올린 가후는 씁쓸한 입맛을 다셨다. 해연에게 저자세를 취해야 하는 게 영 못마땅했지만, 달리 방법이 없었다. 지금 아쉬운 건 해연이 아니라 자신이었기에 그는 침음을 흘리며 앉아 있었다. 머리를 저릿하게 만드는 번뇌는 내관 달봉의 목소리가 들린 뒤에야 멈췄다.

"폐하, 신녀님께옵서 오셨사옵니다."

달봉의 보고를 들으며 근정전 앞에 선 해연은 자신의 뒤에 있는 하랑을 돌아보았다. 그가 보일 듯 말 듯한 미소로 용기를 불어넣어 주었다. 그 덕에 떨리는 마음을 추스른 해연은 숨을 가득 들이마셨다. 그사이, 황제에게 신녀의 행차를 고한 달봉이 문을 열어주었다. 거대한 근정전의 문이 열리자 맞은편 끝에 있는, 단상 위 옥좌에 앉아 있는 가후가 보였다.

혼란스럽던 마음을 정리하고 천천히 눈을 뜬 가후는 문턱을 넘어

다가오는, 가리국 복장을 한 해연의 모습에 잠시 제 눈을 의심했다. 검은 머리카락을 덮은 길고 하얀 율라는 신비로운 분위기를 한층 높여주었고, 그 위에 쓴 금관은 허리까지 내려오는 줄에 보석을 달아 그녀의 주위를 반짝이게 했다. 한층 더 여성스러워진 느낌도 그를 놀라게 했지만, 깊이 파인 쇄골과 한 걸음 걸을 때마다 드러나는 매끈한 다리가 그를 더 당황스럽게 만들었다. 지금껏 황후 외에는 여인의 몸을 접한 적이 없었기에 평정심을 유지하려 해도 자꾸 삐끗거렸다.

이윽고 해연은 단상으로 이어지는 계단 아래에 섰다. 이전 같았으면 그냥 올라갔겠으나, 가리국의 신녀로 온 이상 그 정도 거리는 두는 것이 좋았다. 그곳에 서서 황제를 올려다보니 혼란스런 마음을 감추지 못하는 그의 얼굴이 보였다.

"폐하?"

조곤조곤한 해연의 목소리에 가후의 표정이 더 이상해졌다. 이전에는 '야'라는 호칭까지 써먹던 그녀가 갑자기 예의를 갖추니 적응하기가 무척 어려웠다. 속에서 징그럽다는 소리가 나올 뻔했으나 그는 입을 꾹 다물고 참아냈다. 망아지 같던 여자가 며칠 만에 달라져서 내숭을 떨어대는 바람에 팔뚝에도 소름이 돋아났다.

가후의 안색이 썩 좋지 않자 해연은 아무것도 모른 체하며 그를 살폈다.

"어디 아프십니까? 안색이 좋지 않으십니다."

답지 않은 걱정에 가후는 끙끙 앓는 듯한 신음을 흘렸다. 도통 적응이 되지 않았다. 일전의 해연이었다면 성질을 그리 부리니 벌 받은 것이라고 배를 잡고 뒹굴며 비웃었을 일이다. 그런데 이젠 안부를 물어오니, 이 여자가 지금 뭘 잘못 먹었나 싶었다.

입을 꾹 다물고 오글거리는 속내를 참아내는 그의 모습에 해연은 웃음이 비집고 나올 뻔했다. 생각보다 거부반응이 심했다. 그동안 막 나가던 태도에 그도 제법 익숙해졌던 모양이다.

"폐하, 옥체도 불편하신 듯한데, 오늘은 그냥 자리를 파할까요? 저도 먼 길을 오느라 피곤해서 한 이틀 쉬었다가 돌아갈까 합니다. 괜찮겠지요?"

일부러 돌아간다는 말을 꺼내자 가후가 안색을 굳혔다. 그제야 충격에서 벗어나 자신이 해야 할 일을 상기한 것이다.

"아니…… 계속하지. 크흠."

그는 헛기침을 해서 어지러운 마음을 진정시키려 했다. 우선은 해연의 장단에 맞춰 적당히 예의를 갖추고 설득하는 게 그로서도 이득이었다. 다만, 부작용이 하나 있다면 그녀의 행동이 워낙 익숙지 않은 터라 대하기가 껄끄럽고 불편하다는 점이었다.

"가리국에 납치된 줄 알고 하랑을 보냈더니, 제 발로 기…… 아니, 직접 간 것이라고?"

그는 제 발로 기어갔다고 말하려다가 급히 수정했다. 어휘 선택에 어려움을 겪는 가후를 향해 해연은 싱긋 웃어주었다. 애쓴다는 느낌이 배어 있는 웃음에 그의 이마 혈관이 살짝 튀어나왔다.

"못 해먹겠군. 장난질은 적당히 하고 타협이나 보지. 어차피 그러려고 여기까지 온 것 아닌가?"

예리한 그의 판단력에 해연은 내심 놀랐다. 일부러 가리국 옷도 벗지 않고 동연국에 미련 있는 티도 내지 않았는데, 그는 이미 다 알고 있다는 듯이 말하고 있었다. 상대가 이렇게까지 나오니 가면을 더 쓰고 있을 필요가 없어졌다.

"역시, 너답네."

해연은 순순히 그의 비상한 두뇌와 눈치를 인정했다. 젊은 나이에 신하들을 휘어잡고 나라를 운용한다는 게 쉬운 일은 아님을 가리국의 황제를 보고 알았다. 더는 가후를 속이기 어렵다고 판단한 해연은 방법을 바꿔 직설적으로 나가기로 했다.

"우선, 가리국으로 간 건 내 의사가 맞아. 그들은 신녀에 대해 무척 잘 알고 있었고, 내 궁금증을 많이 풀어주더라고. 그래서 내가 가리국에 비를 내려주는 대가로 그들에게 정보를 요구했지. 그래서 갔어."

가후는 해연의 말을 가만히 들었다. 그는 해연이 이전과 많이 달라졌음을 느끼고 있었다.

그가 유심히 살피는 걸 알면서도 해연은 말을 멈추지 않았다. 이제 더는 물러설 곳도 없었다.

"합의하자고 했지? 원한다면 동연국에도 비를 내려주겠어. 대신 네가 가지고 있는 신녀의 서를 내놔."

"신녀의 서?"

그는 그것이 무엇인지 정확히 알지 못했다. 동연국의 신녀는 황제에게 신녀의 서에 대해 말한 적이 없었다. 하지만 가후는 그 책이 무엇인지는 짐작할 수 있었다. 해연이 자신에게 요구할 만한 것은 집으로 돌아갈 수 있게 해주는 주문서뿐이었다. 역시나, 그는 곧 자신의 짐작이 맞다는 걸 알 수 있었다. 해연이 설명을 덧붙인 것이다.

"네가 나를 불러들이려고 천관녀에게 준 책. 그걸 내게 줘. 필요하다면 필사하고 다시 돌려줄 테니까. 그렇게만 해준다면 내가 돌아갈 때까지 동연국에도 비를 내려주겠어."

해연의 요구에 가후는 진중한 얼굴로 그녀를 내려다보았다. 날카로운 눈빛을 마주하는 해연의 눈동자는 작은 흔들림도 보이지 않았다. 틈이 보이지 않는 그녀의 모습에 가후는 무엇이 자신에게 최선의 방법일지 고민했다. 무녀들을 끌고 와 하나씩 죽이면서 해연의 이타심에 도박을 걸어볼까 싶다가도 그의 직감이 그 방법을 거부했다.

'저 계집, 위험해졌어.'

그의 본능이 해연을 조심하라고 경고등을 울려댔다. 예전의 순진하던 느낌이 조금 가려지고 강자에게서 느껴지는 권위가 보였다. 더는 네 뜻대로 휘둘리지 않겠다는 굳건한 의지랄까, 그런 것이 해연의 눈빛에서 느껴졌다. 사람의 목숨을 가지고 협박하는 건 금단의 선을 넘는 걸지도 모른다. 그에 가후는 깊은 갈등에 휩싸였다.

'어찌해야 할까? 주문서를 주었다가 고향으로 돌아가면 이 땅은 최소 오십 년간 가물 터인데.'

전대 신녀가 환생하는 기간까지 고민하던 그는 곧 결단을 내렸다.

"뜻대로 해주지. 서책을 주겠다."

그의 입에서 생각보다 흔쾌히 주겠다는 말이 나오자 해연은 조금 놀랐다. 이리저리 머리를 굴려 빠져나갈 거라 생각했던 그가 선뜻 주겠다고 하니 가리국에서부터 바짝 긴장하고 있던 자신이 허탈해지기까지 했다.

"별일이네? 너답지 않게 그냥 주겠다고 하고?"

"물론 조건은 있다. 가리국 말고 이곳에서 지내."

"그럼 그렇지. 네가 조건을 안 달 리가 없지."

말은 그렇게 하면서도 해연은 속으로 쾌재를 불렀다. 원하는 대로 딱딱 맞아떨어지고 있었다. 고민하고 걱정했던 것들이 오히려 너무 간단하게 해결이 돼서 어딘가 찜찜했지만, 해연은 그가 말을 바꾸기 전에 바로 그 조건을 받아들였다.

"그렇게 할게. 단, 내 면죄부는 확실하게 해두자고. 하랑을 자주 감옥에 가두던데, 앞으론 그러지 마. 그리고 내가 가리국으로 간 것과 관련된 사람들, 다 풀어줘. 복귀시켜 달란 얘기야. 물론 가리국에 책임을 물어 전쟁을 일으키는 일도 없어야 해. 무슨 뜻인지 알지?"

"알았으니까, 그만 나가라. 귀찮다."

볼일이 끝나니 하루살이 내쫓듯 그가 손을 휘휘 내저었다. 피곤한 기색이 가득한 그에게 해연은 기쁜 듯이 웃어주고 몸을 돌렸다. 계약이 성립되었으니 더는 연기하지 않아도 되었다. 밖으로 나가는 해연의 뒷모습을 보며 가후의 눈빛이 더 가라앉았다.

'돌려보내도 상관없겠지. 어차피 내게 주어진 시간은 얼마 없으니. 그동안만 버티면 그만인 것을.'

가후는 통증이 오는 가슴을 살살 문질렀다. 남아 있는 두 개의 약을 아끼기 위해 발작 때마다 황후의 피로 연명한 지 제법 오래되었다. 이제 곧 하나를 소비하면 남아 있는 약은 하나뿐이었다.

'그걸로는 반년도 못 버틸 텐데.'

반년 후에는 자신이 죽고 이 나라는 심각한 타격을 입을 터였다. 분노한 신이 내린 무자비한 저주는 이미 동연국에 마수를 뻗고 있었다.


동연국에 머물기로 한 해연은 하랑이 걸쳐 준 신녀의 겉옷을 입고 신궁으로 향했다. 두 사람이 신궁에 발을 들이자마자 해연을 발견한 무녀들이 울며불며 달라붙었다. 다 큰 여인들이 옷을 잡고 늘어지자 해연은 어정쩡한 자세로 그녀들을 다독여야만 했다.

무녀들을 진정시키느라 쩔쩔매는 해연을 두고 하랑은 몸을 돌렸다. 그들의 해후를 방해하고 싶지 않았기에 그는 조용히 자리를 비켜주었다. 하랑이 돌아간 뒤, 해연은 몇 시간 동안 무녀들과 인사하고, 다독이고, 반가워하며 무사히 돌아와 기쁜 마음을 가감 없이 내보였다. 다행히 가후가 손을 대지 않았기에 이번 일로 죽거나 다친 무녀는 없었다. 해연은 그 점에 감사하며 그녀들과 즐거운 시간을 보냈다.

저녁 시간이 조금 지난 뒤에 해연은 자신의 침소로 갔다. 무녀들이 목욕 준비를 하는 동안 잠시 쉴 생각이었다. 단야와 소여가 시중들겠다고 자청하는 걸 괜찮다고 거부하고 5층에 있는 침소를 찾았다. 오랜만에 본 방은 여전히 잘 정돈되어 있었다. 무녀들이 주인 없는 방을 깨끗하게 관리해 준 덕분이었다.

방을 쓱 둘러본 해연은 자신이 이 방을 많이 그리워했음을 깨달았다. 마치 오랫동안 여행을 갔다가 다시 돌아온 집처럼 아늑하고 편안했다. 겉옷을 벗고 침대에 걸터앉아 구두 때문에 지친 발도 쉬게 해주었다. 그렇게 잠시 앉아 있는데, 똑똑— 노크 소리가 들렸다.

"들어와."

해연의 허락이 떨어졌지만, 문은 열리지 않았다. 이상하게 생각하는데 다시 노크 소리가 들렸다. 그제야 그녀는 문이 아니라 자신의 뒤쪽, 창문에서 나는 소리임을 알았다. 획— 고개를 돌린 해연의 눈이 커졌다. 유신이 벽에 등을 기댄 채 창문을 두드려 노크 소리를 내고 있었다.

"꽃도령!"

분명 방을 살필 때만 해도 아무도 없었는데, 그가 있으니 놀라우면서도 반가웠다. 기쁜 마음에 해연이 살짝 웃자 유신도 마주 웃어주었다. 그는 벽에서 등을 떼고 해연의 곁으로 다가갔다. 가리국 복장을 하고 실실 웃는 해연의 모습에 그의 눈 위로 잠시 이채가 떠올랐다가 사라졌다.

살수 일을 하면서 각국을 돌아다녔던 유신은 여인의 노출에 대해 하랑만큼 면역력이 없진 않았다. 하지만 가리국 옷도 잘 어울리는 해연의 자태는 그 역시 놀라게 하기에 충분했다. 황궁에는 미인들이 많았지만, 그럼에도 그는 해연에게만 시선이 가는 걸 인정했다. 신녀로서의 독특한 분위기뿐만 아니라 순수하게 웃어줄 때, 그 모습이 무척 보기 좋았다. 불안하고 불편하던 마음도 그녀를 만날 때면 편안하게 가라앉곤 했다.

해연의 앞에 선 유신은 손을 내밀었다. 무언가를 달라는 듯한 그의 행동에 잠시 머뭇거리던 해연은 제 손을 살포시 올려놓았다. 무얼 달라는 건지 모르겠으니 손을 올린 것이다. 그에 작게 웃은 유신은 그녀의 손을 잡고 끌어당겼다. 그 힘에 이끌려 자리에서 일어나게 된 해연은 유신의 품에 폭 안겨 버렸다.

"아얏, 꽃도령!"

당황한 해연은 그의 품을 벗어나려 했다. 하랑과 마음을 주고받은 상태에서 유신과 이런 행동을 하는 건 옳지 못하다는 생각이 들었다. 하지만 유신은 반항하면 할수록 더 꽉 껴안을 뿐이었다. 그는 뜻대로 해주지 않겠다는 듯, 품에 그녀를 가두고 만족스럽게 입꼬리를 올렸다.

"절 밀어내지만 말아달라고 하지 않았습니까?"

속삭이며 귓가를 간질이는 말에 해연은 멈칫했다. 일전에 꽃씨 창고에서 그가 그렇게 부탁한 적이 있었다. 그 말을 떠올린 해연이 머뭇거리는 틈을 타 그는 그녀를 더 꽉 껴안았다.

"신녀님 때문에 귀화까지 했는데, 절 버리고 혼자 가시면 어찌합니까?"

나긋나긋한 원망에 해연은 그의 품을 벗어나야 하는 것도 잊고 씁쓰름하게 웃었다. 본인이 생각하기에도 그의 말은 틀리지 않았다. 저 때문에 나라를 버리고 귀화까지 했는데 이곳에 팽개쳐 두고 훌쩍 떠나 버렸으니 속이 상했을 터다. 그런 유신에게 이러지 말라고 딱 잘라 선을 긋기가 무척 어려웠다.

'그래도…… 말은 해야겠지?'

그가 상처받을 건 분명하지만, 그렇다고 그냥 두면 하랑의 마음마저 다칠 수 있었다. 그러니 이쯤에서 적당히 거부해야만 했다.

"저기, 꽃도령?"

그녀가 말을 걸자 유신은 더 강하게 그러안았다. 몸이 바스러질 만큼 강한 포옹에 해연은 말을 잇지 못했다. 자신을 향한 그의 마음이 전해지는 듯해서 심장이 뻐근했다.

맞닿은 유신의 몸에서는 향긋한 바람 냄새가 났다. 그 청량한 향기에 취해 잠시 마음을 놓았을 때, 문밖에서 단야가 부르는 소리가 들렸다.

"신녀님, 준비가 끝났습니다. 내려가시지요."

목욕 준비가 끝났다는 소리에 유신은 아쉬운 속내를 감추고 해연을 놓아주었다. 몸이 떨어지자 정신이 든 그녀는 황급히 자신의 마음을 전하려 했다. 하지만 유신은 나타났을 때와 같이 순식간에 자취를 감추고 사라졌다. 그가 눈 깜짝할 사이에 사라지자 해연은 놀란 눈으로 주변을 살폈다.

"꽃도령? 잠깐만요. 나 할 말이 있는데…… 꽃도령? 꽃도령!"

열심히 유신을 불렀으나 그는 다시 나타나지 않았다. 타이밍을 놓친 해연은 한숨을 쉬었다. 별수 없이 다음을 기약할 수밖에 없었다. 그렇게 그와 헤어진 뒤, 무녀들의 도움을 받아 개운하게 씻은 해연은 동연국 복장으로 갈아입고 잘 준비를 마무리했다.

무녀들을 보내고 젖은 머리를 말리던 해연은 늦은 밤에 불쑥 찾아온 손님을 맞이하게 되었다. 열려 있는 창문으로 훌쩍 들어온 그는 하랑이었다. 난데없는 그의 등장에 해연은 정말 깜짝 놀랐다.

"하랑!"

하도 놀라서 간이 떨어질 뻔한 해연이 투정 어린 말투로 그를 불렀다. 어째서인지 다들 창문으로 드나드는지 알 수 없는 일이었다. 그것도 5층에 달린 창문으로.

놀란 가슴을 쓸어내리는 그녀를 보며 하랑은 멋쩍게 웃었다. 놀라게 할 생각은 없었지만, 야밤에 온 걸 무녀들에게 알리고 싶지 않았다. 덕분에 식겁한 해연은 새치름해졌다. 놀랐다며 퉁퉁거리는 표정이 귀여워서 하랑은 흐뭇한 마음을 참지 못하고 해연을 꼭 끌어안았다. 살짝 젖어 있는 머리카락에 얼굴을 대고 숨을 가득 들이마시자 달콤한 꽃향기가 났다.

온몸으로 느껴지는 그의 존재에 해연의 얼굴이 붉게 물들었다. 늦은 밤에 갑자기 찾아와 이러는 이유가 몹시 궁금했지만, 차마 묻지 못했다. 그저 부끄러워하며 그의 행동을 가만히 받아들이고 있었다. 그런 해연에게 하랑이 작게 속삭였다.

"달구경 가지 않으시겠습니까?"

"달구경?"

갑자기 웬 달구경인가 싶어 의아해하는 해연을 그는 휙 안아 올렸다. 마음이 급해서 벌어진 일에 해연은 소리도 지르지 못할 만큼 놀랐다. 눈을 동그랗게 뜨고 올려다보는 표정마저 즐기던 하랑이 비명을 지르는 건 안 된다고 주의를 주었다. 그녀가 스스로 입을 막자 하랑은 창문을 통해 밖으로 나갔다. 4층 지붕에 내려선 그는 당황한 해연이 눈을 꽉 감자마자 공력을 이용해 위로 뛰어올랐다.

신궁 지붕에 도달한 그는 해연을 조심히 내려주었다. 그제야 눈을 뜬 그녀는 하랑의 어깨너머에 떠 있는 큼지막한 보름달을 보고 탄성을 흘렸다. 좋아하는 티가 팍팍 나는 반응에 그의 입가에도 미소가 걸렸다.

"신녀님과 함께 보면 좋을 것 같아서 말입니다."

곧 부하 놈들이 정찰을 돌 테지만, 해연에게 좋은 추억을 쌓아주고 싶었다. 언젠가 집으로 돌아가더라도 이곳을 기억할 수 있게, 그런 하랑의 배려 덕에 두 사람은 신궁 지붕에 앉아서 휘영청 뜬 달을 구경했다.

하랑의 어깨에 기댄 채 달을 바라보던 해연은 은근슬쩍 손을 잡는 그의 행동에 실소를 금치 못했다. 해연이 키득거리자 민망해진 하랑의 얼굴이 달아올랐다. 딴에는 정말 많이 고민했는데, 그런 마음을 몰라주는 그녀가 조금은 야속하기도 했다. 그때, 뜨거워진 그의 목에 부드러운 감촉이 닿았다.

하랑이 무척 사랑스러워서 기분이 좋아진 해연은 그의 목에 살짝 입을 맞췄다. 볼에다 하고 싶었지만, 그가 고개를 돌리고 있는 탓에 닿는 곳이 목뿐이었다. 그 감촉에 그는 더 화들짝 놀라며 손으로 얼굴을 가렸다. 그런 하랑을 해연은 짓궂게 놀렸다.

"뭐야, 하랑? 부끄러워하는 거야?"

좀 전에는 본인이 부끄러워했던 것도 잊고 그녀는 활짝 웃으며 좋아했다. 자신의 작은 몸짓에도 그가 안절부절못하는 것이 보기 좋았다. 기분이 좋아진 해연은 하랑에게 조금 더 가까이 다가갔다.

"한 번 더 해줄까?"

유혹하듯 은근히 물어오는 해연의 태도에 하랑은 끄응— 신음을 흘렸다. 달을 구경하라고 데리고 나왔더니 도리어 저를 놀리는 데 열심이었다. 하지만 그런 해연의 웃음소리에 그의 마음도 따뜻하게 차오르고 있었다.

두 사람이 알콩달콩 장난을 치는 동안 황궁 처마 밑의 어둠 속에서 주먹을 움켜쥐는 이가 있었다. 신궁을 빠져나온 뒤로 밤바람을 쐬며 심란한 마음을 다독이던 유신이었다. 그는 해연과 하랑이 찰싹 달라붙어 속닥이는 모습에서 눈을 떼지 못했다. 차갑게 얼어 있던 심장에 불길이 일었다.

'침착하자. 그와 신녀가 저러는 게 내게 무슨 의미가 있다고.'

유신은 감정이 멋대로 날뛰려는 걸 제지하려 했지만, 한 번 붙은 불은 쉬이 꺼지지 않았다. 지끈거리는 관자놀이를 한 손으로 꾹 누른 그는 해연에게 한 번 더 시선을 준 뒤에 몸을 돌렸다. 이제 신녀가 돌아왔으니 행동을 개시할 때가 되었다.


황궁 뒤, 울창하게 자란 나무들 사이로 쭉 뻗은 계곡이 있었다. 그곳에서 웃통을 벗은 사내 수십 명이 모여 물놀이를 즐기는 중이었다. 늦가을, 차가운 계곡 물에도 신이 난 그들은 훈련을 끝내고 땀을 식히러 온 달천대원들이었다.

서로에게 물장난도 치고, 등목도 해가며 즐거운 시간을 보내던 그들은 어느 순간부터 눈짓을 하며 묵언의 대화를 시작했다. 화젯거리가 된 이는 커다란 바위 위에 앉아 있는 자신들의 대장, 하랑이었다.

하랑은 바위에 등을 대고 한쪽 다리를 쭉 뻗은 채 역운과 함께 훈련에 관한 이야기를 하는 중이었다. 그런 대장을 살피는 달천대원들의 눈빛은 참으로 수상하기 그지없었다. 은밀한 대원들의 수신호와 눈짓에 희생자로 뽑힌 건 막둥이 주평이었다. 대장이 가장 귀여워하니 이번 일의 적임자라는, 말도 안 되는 이유에서였다. 형님들의 압박에 등 떠밀려진 주평은 쭈뼛거리며 하랑에게 다가갔다.

상의를 벗고 물놀이를 하던 주평이 머뭇거리며 다가오자 하랑과 역운의 시선이 그에게로 향했다. 두 사람의 눈길에 주평은 더 얼어붙어 뒤를 힐끔거렸다. 다른 이들의 눈치를 보는 티가 나자 역운이 그를 재촉했다.

"무슨 일이냐?"

존경하는 대장과의 대화를 방해받은 게 기분 나쁜지 역운의 목소리가 평소보다 딱딱했다. 그에 화들짝 놀란 주평은 우렁찬 목소리로 형님들이 시킨 걸 질문했다.

"이틀 전 밤에 신궁 지붕에서 있었던 일이 궁금합니다!"

숨 한 번 쉬지 않고 질문을 쏟아내자 계곡에는 침묵과 함께 찬바람이 횡횡 불었다.

이틀 전, 해연이 돌아온 날 밤에 하랑은 그녀와 신궁 지붕에서 달구경을 했다. 말이 달구경이지, 둘이 찰싹 붙어서 떨어질 줄을 몰랐다. 황궁 지붕 위를 순찰하던 달천대원들은 그 모습을 보고 다들 벙찔 수밖에 없었다. 해연의 귓속말 한 번에 얼굴이 붉어졌다가 사색도 되었다가, 감정이 변화무쌍해지는 대장의 모습은 말 그대로 충격, 그 자체였다. 그날 이후 달천대원들 사이에서 별별 소문이 은밀하게 퍼졌다. 그중에 가장 신비성 있는 건 대장이 진짜가 아니라는 소문이었다.

하라는 물놀이는 않고 자신에게 집중하는 부하들의 모습에 하랑은 작은 한숨을 내쉬었다. 해연과의 사이를 부하들이 궁금해할 줄은 알았지만, 그렇다고 이렇게 대놓고 물어볼 줄은 몰랐다. 그는 궁금해 죽겠다는 부하들의 얼굴을 쓱 살펴보고 자리를 털고 일어났다. 하랑이 일어나자 다들 벌떡 일어났다가 다시 슬금슬금 눈치를 보았다.

"오랜만에 휴식이니 좀 더 놀아라. 나는 생각난 김에 내 여자나 보러 갈 터이니."

한마디 툭 내뱉은 그는 뒷짐을 지고 계곡을 벗어났다. 하랑이 모습을 감춘 뒤에도 달천대원들은 움직이지 못했다. 석고상처럼 굳어 있던 그들은 한참이 지난 뒤에야 대장이 남겨준 소름에 팔뚝을 문지르며 야단법석을 떨었다.

황궁으로 온 하랑은 엉뚱한 곳에서 해연을 발견할 수 있었다. 우물 곁, 다듬잇돌이 놓인 빨래터였다. 초록색 저고리 소매는 팔뚝까지 걷어붙였고, 하얀 치마는 이미 끝이 젖어 있었다. 그럼에도 불구하고 그녀는 빨래 중인 무녀들과 궁녀들의 일손을 도왔다. 그동안 마음고생시킨 게 미안했는지 무녀들이 괜찮다고 말려도 이리저리 도와주는 솜씨가 제법 능숙했다.

하랑은 그런 해연의 모습을 멀리서 흐뭇하게 지켜보았다. 집안일에 열중하는 새색시처럼 열심히 하려는 모습이 무척 예뻤다. 좀처럼 떨어지지 않는 시선을 해연이 눈치챈 건 빨래가 거의 마무리되어 갈 때쯤이었다.

"하랑!"

해연이 반가워하며 손을 휙휙 흔들었다. 빨래터에 등장한 그의 모습에 무녀들과 궁녀들이 볼을 붉히며 고개를 푹 숙였다. 해연은 마지막 마무리를 맡겨두고 하랑을 향해 후다닥 뛰어갔다. 어쩐 일이냐는 듯 눈을 반짝이자 하랑은 대답 없이 자상한 손길로 해연의 소매를 내려주었다. 속살이 보이는 걸 견디지 못하는 그의 모습에 해연은 그저 헤실헤실 웃었다.

"오늘 훈련 안 갔어?"

달천대 훈련이 잡혀 있는 걸 알고 있는 해연은 그의 등장 이유를 물었다. 하지만 하랑은 해연의 손을 잡고 다른 곳으로 성큼성큼 걸어갈 뿐, 대답하지 않았다. 그의 등을 보며 쫓아가게 된 해연은 다시 한 번 대답을 재촉했다.

"응? 하랑, 어떻게 된 거야?"

해연의 독촉에 그가 걸음을 멈추고 허리를 확 끌어당겨 안았다. 벌건 대낮에 뻥 뚫린 곳에서 벌어진 화끈한 접촉은 그녀를 당황하게 만들었다. 하랑은 제 품속에 갇혀 쩔쩔매는 그녀의 움직임을 즐기며 귓가에 속삭였다.

"보고 싶어서 왔습니다."

심장을 녹여 버릴 듯 달콤한 음성에 해연의 입가가 살짝 풀렸다. 그는 그런 해연의 귀에 입을 맞췄다. 그 소리가 무척 선명해서 백주 대낮임에도 그녀의 몸이 달아오르게 하는 데 탁월한 효과를 발휘했다. 막무가내로 두근거리는 심장과 뜨끈해진 볼이 부끄러워진 해연은 그의 품에 얼굴을 파묻고 무척 민망해했다.

"남들이 보면 어떡하려고……."

"보면 어떻습니까? 기왕 이렇게 된 거, 소문낼 겁니다."

부하들 앞에서 제 여자라고 선언까지 한 마당에 거리낄 것이 없었다. 요즘은 가후도 해연과 가까이하는 것에 따로 제재를 가하지 않았으니, 마음 졸일 필요도 없었다. 그런 하랑의 대담함에 해연은 놀라면서도 설레는 감정을 주체하지 못했다.

"그럼, 뭐라고 소문내게?"

수줍어하며 물어오는 그녀를 하랑은 사랑스럽다는 듯 더 꽉 껴안았다.

"제 여자라고, 소문낼 겁니다. 그러니 아무리 예뻐도 쳐다보지 말라고⋯⋯."

최근 들어 해연을 보는 사내들의 시선이 묘해져서 무척 거슬려 하던 그의 솔직한 대답이었다. 그런 하랑의 귀여운 질투에 해연은 터져 나오는 웃음을 참느라 한참을 숨죽이고 키득거려야 했다.

## 15.
### 시간은 기다려 주지 않는다

땅거미가 짙게 깔린 어둠 속에서 붉은 휘장을 늘어뜨린 가마가 용주전을 향해 움직였다. 수십 명의 궁녀가 가마를 뒤따르고, 등불을 든 내관들은 앞서서 길을 비췄다.

"어찌 이리 느린 것이냐?"

가마 안에서 황후의 목소리가 채찍처럼 흘러나왔다. 움찔한 가마꾼들이 길을 재촉했다. 그들이 속도를 내자 황후도 더는 뭐라 하지 않았다. 하지만 고운 얼굴은 이미 살짝 찌푸려져 있었다. 답답한 마음에 가마꾼들에게 화를 냈지만, 사실 그녀는 황제에게 화가 나 있었다.

'폐하께오선 어찌 이리 위험한 행동만 골라 하시는 건지.'

황후는 손에 들린 작은 은장도를 심란한 얼굴로 쳐다보았다. 그녀가 걱정하는 이유는 황제가 늦은 시각까지 황후전에 걸음을 하지 않고 있기 때문이었다. 요즘 따라 부쩍 발작이 잦은데, 그럴수록 두 사람은 붙어 있어야만 했다. 약이 부족하니 자신의 피라도 먹어서 발작을 잠재워야 하건만, 가후는 그마저도 거부하고 용주전에 틀어박혀 있었다. 물론 그가 그러는 이유를 그녀도 모르진 않았다.

'선황 폐하의 기일이 다가오니……'

황후는 깊은 한숨을 내쉬었다. 선황이 승하한 시기가 가까워지면 그는 두 가지 감정을 보였다. 극도로 흥분하거나, 극도로 가라앉거나. 이번에는 후자였다. 축 가라앉아서 혼자 기일을 치르겠다고 선언할 정도였다.

황후의 근심이 점점 심해질 때, 내관이 용주전에 당도했음을 알렸다. 그녀의 등장에 용주전을 지키는 모백마저 뛰쳐나와 공손히 예를 갖췄다. 가마에서 내린 황후는 모백에게 무심한 시선을 던지고는 곧바로 황제의 집무실로 향했다. 그 뒤로 내관들이 졸졸 따라붙었으나, 황후는 그들의 걸음을 멈추게 했다.

"용주전에 있는 모든 이들을 밖으로 물리게. 내부에는 소렵 대장만 출입을 허가할 것이야."

황제의 곁에 있는 소렵을 제외하곤 다 밖으로 나가란 소리였다. 그에 모백이 조심스럽게 입을 열었다.

"하오나 마마, 폐하께옵서 자주 술을 찾으시온데, 시중을 들 내관은 있어야 하지 않겠사옵니까?"

저는 남겠다는 뜻이었다. 하지만 그가 초가의 심복인 걸 아는 비아는 단호했다.

"다 물러나라 하였다. 함부로 용주전에 발을 들인 이는 사형에 처할 것이니 그리 알라."

서릿발 같은 황후의 태도에 모백은 이를 악물고 물러날 수밖에 없었다. 내관들이 용주전 밖으로 물러나는 걸 확인한 그녀는 다시 황제가 있는 곳으로 걸음을 옮겼다.

"폐하, 신첩이옵니다."

황후는 궁녀들까지 모두 물리고 제가 왔음을 직접 알렸다. 하지만 내부에서는 대답이 없었다. 분명 안에 황제가 있다 하였는데, 그 말의 진실 여부가 의심스러워질 때쯤에야 나지막한 대답이 들렸다.

"들어오시오."

착 가라앉은 목소리에 그녀는 심장이 뛰었다. 그것이 두려움인지, 아니면 그 외의 다른 감정 때문인지는 본인도 알지 못했다. 그저 숨을 한 번 가득 들이마시고 마음을 굳건히 한 채 문을 열었다.

상소문이 있어야 할 자리에는 술병이 나뒹굴었고, 소렵은 황제의 뒤에 서서 불안한 시선을 하고 있었다. 알싸한 꽃향기가 방 안에 진동하자 황후는 미간을 찌푸렸다. 청화주는 향이 무척 좋지만 독한 강도가 보통 술과는 비교하기 어려울 정도였다. 그래서 웬만한 술에는 취하지 않는 공력자들만 마시는 독주라 할 수 있었다.

'이 독한 걸 몇 병이나……'

그녀는 할 말을 잃었다. 부친의 기일이 다가왔다지만, 평소의 그를 생각하면 어울리지 않는 행동이었다. 황후는 소렵에게 눈짓을 해 밖으로 내보내고 황제의 옆자리에 조심히 앉았다. 그는 그녀가 눈에 보이지도 않는지 눈길 한 번 주지 않았다. 그런 지아비의 무심한 태도에도 그녀는 차분했다. 비아는 자작을 하는 가후의 손을 멈추게 하고 술병을 들어 직접 그의 잔을 채워주었다.

"폐하. 신첩, 청이 하나 있습니다."

술을 따르던 황후가 청이 있단 말을 하자 그의 눈동자가 비로소 그녀에게 향했다. 금빛 머리를 단아하게 땋아 내린 황후는 여전히 아름다웠다. 하지만 가후의 눈에는 조소가 차올랐다.

"내가 하랑을 가두었던가? 그대가 청을 한다니, 갑자기 그에게 벌을 주었던가 헷갈리는군."

그녀의 부탁은 항상 하랑과 관련된 것이었다. 그 점을 비꼬는 말에 비아의 안색이 어두워졌다. 하지만 곧 마음을 다잡은 그녀는 술병을 놓고 그의 말을 정정해 주었다.

"폐하에 대한 청이옵니다."

"나? 지금 짐에 대해서 그대가 청을 하겠단 말이오? 하하— 걱정하지 마시오. 곧 죽어줄 테니. 그러니 조금 더 빨리 죽어달란 청은 하지 마시오."

죽음을 입에 담는 그의 김빠진 웃음소리가 그녀의 가슴을 아프게 찔렀다. 하지만 비아는 더 내색하지 않고 말을 이었다.

"폐하께옵서 힘겨우시면 술을 드셔도 좋고, 기억이 없으실 때도 좋습니다. 언제라도 상관없으니 저 좀…… 안아주십시오."

그녀는 치맛자락을 꽉 움켜쥐었다. 지아비에게 한 번만 안아달라고 청해야 하는 자신의 처지가 참으로 가여웠지만, 더 늦으면 평생 후회할 일이 벌어질지도 몰랐다. 그런 황후의 결단에 가후는 들어 올리던 술잔도 멈추고 말을 잃었다.

그녀의 마음이 하랑에게 향해 있다는 건 그도 잘 알고 있는 사실이었다. 그 둘은 이 년 전만 해도 연인이었으니까. 하지만 혼례를 약조한 뒤로 그녀는 하랑이 손잡는 것마저 쉬이 허락하지 않았다. 가후도 그걸 모르지 않았다. 비아는 무척 정숙한 여인이었다. 그런 그녀가 대놓고 안아달라고 할 줄이야. 충격받은 그의 눈에 의아함이 서렸다.

"어째서? 혹시, 짐을 하랑과 착각하는 것이오? 이 술을 내가 아니라 그대가 마셨나?"

어이없다는 듯 웃으며 나오는 말이 그녀의 심장을 아프게 찔렀다. 비참하기 그지없었다. 그런 황후의 감정을 모르는 가후는 더 입을 놀렸다.

"아아, 짐이 오늘내일하니 태자라도 배서 지위를 확고히 하겠다는 속셈이로군. 하긴, 붉은 눈은 황가에만 내려오는 것이니 하랑의 씨면 티가 나겠지."

그의 비아냥에 비아는 거의 울 듯한 얼굴이 되었다. 그녀는 그런 뜻으로 한 소리가 아니었다. 황후의 별을 지니고 태어난 여인은 황제와 합방을 해야만 비로소 약을 만들 힘이 주어졌다. 물론 연정조차 없이 육체적 관계만 하는 건 아무 소용 없다지만, 그녀로서는 지푸라기라도 잡고 싶은 심정이었다. 눈물이 차올라 눈가가 축축이 젖은 비아는 고개를 푹 숙였다.

"그런 거 아닙니다."

울음을 참느라 떨리는 목소리가 황제의 심기를 건드렸다. 그는 나불대던 입을 다물고 황후를 응시했다. 그 시선을 느꼈는지 황후는 한 번 더 용기를 내었다.

"약을 만들고 싶습니다. 폐하를…… 살리고 싶어요."

살리고 싶다. 그 말에 가후의 눈빛이 흔들렸다. 부부라고는 하지만 서로 원망하고 미워해도 이상하지 않을 사이였다. 그런데 몸을 내주더라도 자신을 살리고 싶다는 그녀의 말이 그의 심장에 파문을 일으켰다. 그때였다, 심장에 격한 통증이 시작된 것은.

"컥!"

술잔을 떨어뜨린 가후는 가슴 부근의 용포를 움켜쥐었다. 심장이 터질 듯한 고통이었다. 순식간에 혈압이 치솟고, 이마 혈관이 튀어나왔다. 비명조차 지르지 못하고 고개를 숙인 채 부들부들 떨었다.

그의 갑작스러운 발작 증세에 비아의 눈도 걷잡을 수 없이 커졌다.

"폐하, 폐하!"

그녀의 외침과 함께 그가 움켜쥔 의자 팔걸이가 아그작 부서졌다. 그 모습에 비아는 다급한 손길로 품에 넣어둔 은장도를 꺼냈다. 그녀는 주저 없이 제 손가락을 그었다. 경황이 없어서 너무 깊게 찔러 넣었으나, 아픈 줄도 모르고 피가 줄줄 새는 손가락을 가후의 입가에 가져다 댔다. 하지만 고통에 이를 악문 그는 피를 제대로 마시지도 못했다.

"소렵 공!"

황후의 부름에 소렵이 방 안으로 뛰어 들어왔다. 또 발작이 일어난 걸 본 소렵의 얼굴이 심각하게 일그러졌다. 하지만 그에게는 애석해할 시간조차 없었다. 심장을 쥐고 일어난 가후가 힘없이 쓰러지려 한 것이다. 소렵은 재빨리 몸을 던져 그를 받아냈다.

고통에 잠식당한 황제는 신음을 흘리며 숨도 제대로 못 쉬고 있었다. 소렵은 몸을 비틀며 괴로워하는 그를 바닥에 눕히고 억지로 입을 벌렸다. 작게 벌어진 입술 사이로 황후가 제 피를 떨어뜨렸다. 식도를 타고 들어간 피에 가후는 그제야 겨우 가쁜 숨을 토해낼 수 있었다. 하지만 효력은 그 정도뿐이었다. 호흡은 가능해졌지만 남아 있는 통증은 여전했고, 고통도 그대로였다. 피가 힘을 발휘하지 못하는 모습에 결국 비아는 마지막 수단을 쓸 수밖에 없었다.

"소렵 공, 약을 받아오세요! 어서요!"

황후의 말에 소렵은 그대로 집무실을 뛰쳐나갔다. 최대한 빨리 대무녀 모라를 만나 약을 가져와야 했다.

소렵이 나간 뒤, 비아는 바닥을 구르는 가후의 상체를 일으켜 뒤에서 껴안았다. 그를 제 몸에 기대게 하고 그의 입에는 피가 흐르는 손가락을 넣었다. 하지만 그의 혀가 닿은 손가락은 순식간에 아물어 버렸다. 그러면 그녀는 재차 은장도로 손가락을 베어 피를 내기를 반복했다. 맨살은 찌를 때마다 아팠고, 황제의 뜨거운 공력이 그녀의 연약한 살갗을 익혔지만, 황후는 잠시도 멈추지 않았다.

"폐하, 드셔야 해요. 제발……."

그녀는 간절한 마음으로 그에게 제 피를 먹였다. 울먹이는 황후의 음성에는 절실함이 묻어 있었다.


소렵은 신궁으로 달려가 4층 창문을 부수고 대무녀 모라의 방으로 난입했다.

"대무녀!"

갑작스레 들이닥친 소렵의 행태에 모라는 기겁하며 침상에서 일어났다. 아직 잠이 덜 깬 그녀는 소렵을 무슨 귀신 보듯 보고 있었다. 너무 놀라 황황해하는 모라에게 소렵은 황제의 약을 내어달라 재촉했다.

"빨리! 폐하가 위중하시단 말이오!"

"따, 따라오십시오."

소렵의 말뜻을 알아차린 모라는 황망히 일어나 맨발로 방을 박차고 나섰다. 해연이 잠든 5층을 지나 6층까지 올라간 그녀는 선대 황제들의 위패를 모셔둔 방으로 들어갔다. 소렵은 그녀가 약을 들고 나올 때까지 6층에서 주위를 경계했다. 창문이 부서지는 소리를 들은 무녀들이 4층에 있는 모라의 방에 몰려들었지만, 다행히 6층까지 올라오는 이는 없었다.

"이겁니다, 소렵 공."

어느새 약을 들고 나온 모라가 그에게 유리로 된, 작은 공 크기의 약병을 쥐어 주었다. 입구가 단단히 봉해진 동그란 약병 안에는 붉은 액체가 가득 들어 있었다.

"뒷일은 좀 수습해 주시오."

마음 급한 소렵은 그 말만 남겨놓고 순식간에 사라졌다. 소렵이 떠나고 난 뒤, 모라는 힘이 빠져 후들거리는 다리로 약을 꺼내온 방에 다시 들어갔다. 위패들 뒤쪽, 하얀 휘장을 늘어뜨린 벽에 숨겨져 있던 작은 서랍이 입구를 열고 있었다. 그곳이 황제와 그녀만 아는, 약을 보관하는 장소였다.

'신이시여, 부디 자비를……'

간절히 기원하는 그녀의 눈에 단 하나 남은 약병이 아로새겨졌다.

용주전에 도착한 소렵은 앞뒤 재지 않고 바로 안으로 뛰어 들어갔다. 늦지 않게 약을 먹여야 한다는 생각뿐이었다. 그 바람에 용주전 마당에서 내관들과 함께 있던 모백이 저를 보고 눈에 이채를 띠는 걸 발견하지 못했다.

황제의 공력으로 달궈진 방에 도달한 소렵은 황후에게 약병을 건넸다. 그러고는 공력이 조금씩 빠져나오는 황제를 제게 기대게 했다. 불을 다루는 그의 공력은 연약한 황후의 몸으로 받아내기 어려운 종류의 것이었다. 그걸 잘 아는 소렵은 약병을 여는 황후를 대견하게 바라보았다. 황제에게 많은 양의 피를 줬는지 어지러워하는 기색이 보였고, 소매는 붉게 물들어 있었다. 그럼에도 그녀는 지아비를 구하는 일에만 몰두했다.

가후는 흐릿한 시야로 보이는 황후에게서 눈을 떼지 못했다. 발작은 아까보다 많이 좋아졌지만, 통증은 완전히 가라앉지 않았다.

그래도 황후 덕에 이성은 어느 정도 되찾을 수 있었다. 끊임없이 피를 주며 흐느끼던 그녀의 모습이 뇌리에 박혀서 그를 혼란스럽게 했다. 입안으로 흘러 들어오는 약의 씁쓰름한 맛을 느끼며 가후는 조용히 눈을 감았다.

그의 눈꺼풀이 스르르 내려가자 비아는 얼어붙었다. 혹시나 이미 늦은 건 아닐까, 두려움이 엄습했다. 약은 다 먹였는데, 어찌 된 건지 한 번 감긴 눈은 다시 떠지지 않았다.

"폐, 폐하?"

덜덜 떨리는 그녀의 목소리에 황후가 걱정하는 것이 무엇인지 알아차린 소렵이 가후의 심장에 손을 댔다. 다행히 그의 심장은 안정을 되찾고 있었다.

"염려 마십시오. 주무시는 겁니다. 독주를 그리 드셨으니……."

소렵의 말에 비아는 걱정 어린 숨을 토해내며 마음을 놓았다. 얼마나 가슴을 졸였는지 모른다. 그녀를 잠시 보던 소렵은 가후를 등에 업었다. 침소로 옮겨야 했다. 소렵이 황제를 업고 일어서자 비아도 그를 따라 몸을 일으켰다. 혹시 모르니 황제의 곁에서 밤을 지새울 생각이었다.

용주전에 있는 침상 위에 가후를 눕힌 소렵은 조용히 방을 물러나왔다. 약도 먹였고 황후도 곁에 있으니 일단은 안심할 수 있었다. 소렵이 약병을 회수하고 궁녀들을 시켜 집무실을 정리하는 동안, 비아는 잠든 황제를 살폈다.

약효가 도는지 호흡이 고르고 안색도 좋아졌다. 잠시 머뭇거리던 그녀는 조심스럽게 손을 뻗어 그의 이마를 짚어보았다. 공력 때문인지, 술 때문인지 조금 뜨거웠지만, 우려할 정도는 아니었다. 그래도 혹시 몰라서 그녀는 사람을 불렀다.

"밖에 누구 있느냐?"

"예, 마마."

소렵이 배치한 어느 궁녀의 목소리가 재깍 들렸다.

"깨끗한 천과 미지근한 물을 좀 가져오너라."

"예."

궁녀에게 명령을 내린 비아는 다시 남편에게 시선을 고정했다. 항상 이렇게 잠들어 있을 때에만 그의 얼굴을 볼 수 있었다. 그래도 오늘처럼 길게 지켜볼 수 있는 날은 드물었다.

"마마."

황제를 살피느라 시간 가는 줄 모르고 있던 비아는 궁녀가 부르는 소리에 화들짝 정신을 차렸다.

"들어오너라."

피에 젖은 소매를 치마로 가린 비아는 궁녀에게 들고 온 것들을 두고 나가라 지시했다. 궁녀가 명령대로 탁자 위에 두고 조용히 물러나자 황후는 천에 미지근한 물을 적셔 그의 얼굴과 목을 닦아주었다. 그것이 열기를 식혀 황제가 편안히 잘 수 있도록 간절히 바라면서.

밤이 깊도록 계속된 간호를 끝내고 비아도 침상 옆, 의자에 걸터앉아 숨을 돌렸다. 긴장이 풀리니 아까 놀랐던 감정이 뒤늦게 몰려들었다. 심장은 두근거렸고, 하나부터 열까지 다 불안하기 그지없었다. 계속 한숨을 쉬면서 뛰는 심장을 가라앉히려 했지만, 그마저도 쉽지 않았다. 그런 비아의 눈에 깊이 잠든 황제가 보였다.

'잠시만…… 아주 잠시만 의지하면 안 될까?'

그의 품을 빌리면 불안하게 뛰는 심장이 조금은 가라앉을 것만 같았다. 잠시 고민하던 그녀는 조심스럽게 이불을 들추고 황제의 곁으로 파고들었다. 소렵이 눕힐 때 한쪽 팔이 벌어진 덕에 그녀는 처음으로 그의 팔을 베고 누울 수 있었다.

구겨진 용포에 손을 올린 비아는 만족스러운 얼굴로 눈을 감았다. 아까부터 뛰던 심장이 어째 더 뛰는 듯했지만, 기분 나쁜 두근 거림은 아니었다. 그의 품이 주는 따뜻한 온기에 그녀도 긴장을 풀고 작게 미소 지었다.

굳게 닫혀 있던 가후의 눈꺼풀이 슬그머니 그 틈을 벌리자 붉은 눈동자는 시야를 확보할 수 있었다. 흐릿한 시야는 곧 뚜렷해졌고, 익숙한 천장이 보였다. 속이 조금 메스꺼워져서 숨을 가득 들이마신 그는 몸이 무거운 것을 느꼈다. 익숙하지 않은 느낌이 어젯밤에 있던 일들을 떠올리게 했다.

'결국, 발작했군. 약을 먹은 건가?'

경련이 심할수록 근육도 뻣뻣하게 뭉치곤 했다. 특히 경련 후에 약을 먹고 나면 그 강도가 심했는데, 그 탓에 지금도 몸이 뜻대로 움직여지지 않았다. 기껏해야 고개만 삐그덕거리며 그의 명령에 따라 움직였다.

근육을 풀기 위해 간신히 고개를 돌린 가후는 제 팔을 베고 잠든 황후를 발견했다. 본인의 입술이 그녀의 이마에 닿을 만큼 가까운 거리였다. 그제야 그는 황후가 자신을 껴안고 잠들었음을 알고 머릿속이 멍해졌다.

꿈인지 현실인지 헷갈릴 만큼 비현실적인 일이었다. 그녀와는 이 년간 같은 침상을 써왔지만, 몸이 붙지 않도록 서로 노력하곤 했다. 그런데 의식을 잃은 사이에 황후가 먼저 접촉을 했다는 게 그를 혼란스럽게 만들었다.

이해할 수 없는 상황에 넋을 놓고 보고 있는데, 좋은 향기가 코끝을 간질였다. 항상 사내의 본능을 자극하는 매혹적인 향이 나더니, 오늘은 그냥 수수하고 편안한 향기가 황후의 몸에서 흘러나왔다.

'이것이 황후의 체취인가?'

그는 고개를 조금 더 기울여 그녀의 몸에서 나는 향기를 맡았다. 진하지 않아서 거북함이 없었다. 한참을 그렇게 있던 그는 전날, 황후의 울음기 섞인 목소리를 떠올렸다. 안절부절못하며 피를 먹이려고 애쓰던 모습도 흐릿했지만 분명히 기억에 남아 있었다.

"약을 만들고 싶습니다. 폐하를…… 살리고 싶어요."

어쩌면 그 말이 진심일지도 모른다는 생각이 들자 가후는 팔을 굽혀 황후의 어깨를 감싸 쥐었다. 가녀린 몸이 팔 안에 쏙 들어왔다. 동그란 어깨를 슬쩍 매만지다가 그녀가 살짝 뒤척이자 급히 손을 뗐다. 그 순간, 그는 잠시 갈등에 휩싸였다. 깨어 있음을 보여주어서 황후를 놀라게 할 것인지, 아니면 그냥 눈을 감고 모른 척해줄 것인지. 갈등은 심했지만, 선택은 금방 내려졌다.

천천히 눈을 뜬 비아는 평소와는 조금 다른 시야에 얼굴이 굳었다. 고개를 들자 잠이 든 황제의 옆얼굴이 눈앞에 보였다. 너무 가까운 거리에 눈이 동그래진 그녀는 후다닥 몸을 일으켰다.

"아……."

그제야 새벽 늦게까지 간호하다가 그의 팔을 베고 누웠던 자신을 떠올렸다. 불안이 가라앉을 때까지 잠시만 기댈 생각이었는데, 그 온기에 취해 그대로 잠들어 버렸다.

스스로의 행동을 기억한 비아는 볼이 붉게 달아올랐다. 도대체 무슨 마음이었던 건지, 심장이 제멋대로 큰 소리를 내며 뛰었다. 그나마 다행이라면 그가 아직 깨지 않았다는 점이었다. 비아는 지아비의 휴식을 방해하지 않도록 주의하며 침상을 내려왔다. 흐트러진 의관을 바르게 하고 이불을 잘 덮어주려 몸을 돌렸다가 소스라치게 놀랐다. 그의 눈이 떠져 있었다.

"폐, 폐하?"

더듬거리며 불렀지만, 그는 달리 반응을 보이지 않았다. 그저 가만히 저를 쳐다보는 무뚝뚝한 눈빛에 그녀는 심장이 터질 듯이 빠르게 뛰는 걸 느껴야만 했다. 대체 언제 깬 것일까, 혹시 제가 팔을 베고 잠든 걸 아는 건 아닐까, 오만 가지 생각이 다 들었다. 얼굴을 빨갛게 물들이고 안절부절못하던 비아는 기어들어 가는 목소리로 그의 안부를 물었다.

"옥체는 어떠시온지, 아픈 곳은……."

부끄러워하며 어찌할 바 몰라 하는 그녀의 모습에도 가후는 무표정했다. 하지만 그런 표정과는 달리 그는 웃음을 참아내기 위해 무던히도 애를 쓰고 있었다. 황후가 평소와 다르게 쩔쩔매는 모습이 그리 나쁘지 않았다. 그래서 조금 더 짓궂게 굴고 싶어졌다. 그는 자리에서 일어나며 황후가 베고 누웠던 어깨를 주물렀다.

"어깨가 좀 뻐근하군."

공력자인 그가 하룻밤 팔베개를 해줬다고 팔이 뻐근할 리가 없었다. 하지만 그런 사정까지 생각할 여력이 없는 비아는 민망해서 고개조차 들지 못했다.

"죄, 죄송합니다."

"죄송? 뭐가 말이오?"

그녀의 말이 무슨 뜻인지 다 알면서도 가후는 끝까지 모른 체했다. 그는 심드렁한 얼굴로 어깨를 꽉꽉 주무르면서 의미심장한 말을 남겼다.

"그대가 베고 잔 것도 아닌데 죄송할 것까지야."

짐작인지 확신인지 모를 말에 황후는 거의 울 듯한 표정이 되었다. 그런 그녀의 모습에 가후는 남몰래 입꼬리를 올렸다. 피식피식 새어 나오려는 웃음을 억지로 참는 것도 제법 고역이었다.


몸이 좋지 않아 아침 조회를 늦게 시작한 가후는 상소문을 처리하는 업무도 평소보다 조금 늦은, 오후 두 시가 되어서야 시작할 수 있었다. 그는 후원에 있는 팔각정에 책상과 의자를 준비하라 이르고 국상 김학과 함께 뜰을 거닐었다.

연못이 있는 후원을 돌면서 꽃구경을 하던 그의 걸음이 노란 꽃이 군락을 이룬 곳에서 멈췄다.

"국상."

"예, 폐하."

가후의 부름에 김학이 노쇠한 몸을 굽히고 그의 하명을 기다렸다. 필시 정치에 관해 물으리라 짐작하는 그의 귀에 예상과는 전혀 다른 소리가 들려왔다.

"저 노란 꽃의 이름이 무언지 아시오?"

김학의 시선이 황제가 묻는 작은 꽃으로 향했다. 동그란 꽃술에 가느다란 잎이 여러 개 달린 꽃은 수백 개가 무리 지어 군락을 이루고 있었다. 비록 크기는 작지만, 초록색 잎과 줄기 사이에서도 확연히 눈에 들어오는 건 김학도 익히 아는 식물이었다.

"산국이라 하는 꽃이온데, 차로 마시면 두통이나 어지럼증에 효능이 있사옵니다. 늦가을까지 꽃을 피우니 이제 곧 열매를 맺을 것이옵니다."

"흐음, 산국이라……. 꽃마다 뜻도 다르다고 하던데, 산국의 뜻은 무언가?"

이제는 꽃말까지 물어본다. 평소 무기나 정치 외에는 관심을 두지 않던 황제였기에 국상은 그의 저의가 무엇인지, 선뜻 이해되지 않았다. 하지만 이번에도 대답은 바로 나왔다.

해연은 하얀 치마를 나풀거리며 황제를 찾아 궐 안을 이리저리 돌아다녔다. 동연국에 온 지 며칠이 지났음에도 신녀의 서는 감감무소식이었다. 결국, 기다리다 못한 그녀는 황제를 독촉하기 위해 직접 발품을 팔았다.

"아, 이 자식은 왜 오늘따라 일정을 바꿔서 사람을 힘들게 해?"

허탕만 연거푸 두 번을 친 해연은 황제가 있다고 들은 후원으로 향하며 투덜거렸다. 그렇게 잘근잘근 씹어주며 넓디넓은 궁을 꽤 오랫동안 걸어 다닌 뒤에야 팔각정 안에서 김학과 함께 상소문을 처리하고 있는 가후를 발견할 수 있었다.

상소문을 읽던 가후는 해연의 기척을 느끼고 작은 한숨을 내쉬었다. 자신이 있는 팔각정으로 거침없이 오는 걸 보면 그 목적이 다분했다.

'어쩐다?'

그는 고민했다. 분명 어제까지만 해도 주문서를 내줄 생각이었지만, 황후의 태도를 보고 갈등이 생겨 버렸다. 그녀가 약을 만들고 싶다는 마음을 내비치면서 그의 마음도 조금 흔들린 것이다. 자신의 목숨에 지장이 없어진다면 동연국도 오래도록 존속할 수 있을 터였고, 그리되면 가뭄을 막기 위해서라도 해연을 돌려보낼 수 없었다.

그의 고민이 깊어져 갈수록 해연은 가까워졌다. 그제야 그녀를 발견한 김학은 자리에서 일어나 예를 갖췄다.

"신녀님, 그간 기체 강녕하셨는지요?"

"아, 오랜만에 뵙네요. 어째 점점 더 젊어지시는 것 같아요."

해연은 팔각정에 발을 디디면서 김학이 좋아할 만한 소리를 해주었다. 그 말이 무척 마음에 들었는지 그의 점잖은 입술이 호선을 그리며 쭈욱 말려 올라갔다. 그는 눈가에 보기 좋은 주름을 한가득 만들며 해연의 칭찬에 답례했다.

"신녀님은 날이 갈수록 고와지십니다."

그의 말은 빈말이 아니었다. 하랑의 사랑 덕분인지 피부를 곱게 하는 물의 힘 때문인지, 이도 저도 아니면 단야의 화장술이 발전한 건지는 모르겠으나, 해연은 정말 예뻐졌다. 예전 같았으면 비웃었을 황제도 반박하지 못하고 입을 다물고 있을 정도였다. 그에 해연은 화사하게 웃으며 손을 내저었다.

"어머~ 아니에요. 호호호홋."

기쁨이 충만한 해연의 콧소리가 심히 거슬린 가후는 눈살을 찌푸렸다. 더 듣고 있기가 고역이었던 그는 해연에게 축객령을 내렸다.

"바쁘게 일하는 거 안 보이나? 할 일 없이 시간이 남아도는 신녀는 저리 가서 혼자 놀아."

무시하는 티가 완연한 그의 말에 해연의 눈이 치켜 올라갔다.

"내가 누구 때문에 여기까지 왔는데? 약속했던 거나 내놔. 오늘은 받아야겠어."

주문서 얘기에 가후는 역시나, 싶었다. 결국, 그는 적당히 시간을 벌 생각으로 당장 주지 못하는 이유를 지어냈다.

"안 그래도 찾는 중이다. 용주전에 있는 서재 중 한 곳에 두긴 했는데, 너도 보다시피 내가 좀 바빠서 말이야. 찾는 데 시간이 걸리는군."

용주전의 서재가 열 개에 달하니 보관 중인 서책만 해도 수만 권이었다. 그중에 하나를 찾는 건 제법 시간을 잡아먹을 만도 했다. 적절한 변명에 해연은 못마땅한 얼굴로 팔짱을 끼었다. 마치 속내를 꿰뚫어 보려는 듯 날카롭게 훑는 눈빛에 가후는 덤덤한 얼굴로 대응했다.

해연은 한참 그를 살폈으나 거짓말을 하는 느낌은 잡아내지 못했다. 하지만 여전히 찝찝했기에 다른 방법을 제시했다.

"다른 사람한테 찾아보라 하면 되잖아."

일손을 쓰라는 그녀의 방법은 즉각 거부당했다.

"대대로 물려받는 황제의 서재다. 청소할 때도 함부로 서책을 들여다보지 못하게 하는 곳이야. 기밀문서도 있는데 다 뒤적거리게 하란 말이냐?"

일리가 있는 말이었지만, 해연의 의심을 끊지는 못했다. 그동안 당한 게 있었으니 덜컥 믿기가 어려웠다. 결국, 그녀는 또 다른 방법을 제시했다.

"네 말이 진짜면 차라리 내가 찾아볼래. 나야 기밀 같은 거 관심도 없으니까. 괜찮지? 안 된다곤 하지 마."

쉽사리 물러나지 않는 해연의 강경한 말투에 가후의 표정이 구겨졌다. 이건 뭐, 안 된다고 해도 기어코 들어가겠다는 태도였다. 그는 별수 없이 해연의 서재 출입을 허가했다.


보덕은 콧노래를 부르는 황후를 신기한 눈으로 바라보았다. 황후는 물이 담긴 백자 꽃병에 산국을 직접 꽂으며 흥얼흥얼 콧노래를 부르고 있었다. 소담스럽게 핀 노란 꽃이 하얀 백자 위에 보기 좋게 자리했다. 하지만 차분하던 황후를 이리 들뜨게 한 건 꽃이 예뻐서만은 아닐 터였다.

"마마, 그리 좋으십니까?"

보덕은 입가에 흐뭇한 미소를 달고 물었다. 평소와는 다른 황후의 모습이 참으로 보기 좋았다. 그제야 보덕의 존재를 깨달은 비아는 볼을 살짝 붉혔다. 기분이 좋아 잠시 보덕의 존재를 잊고 있었다.

"그야, 꽃이 아름다우니. 향마저 그윽한 것이, 내 기분도 같이 좋아지는구나."

성급한 그녀의 변명에 보덕의 미소가 진해졌다. 산국의 향이 제아무리 좋다 하더라도 황후를 이리 기쁘게 하진 못했다. 마치 첫사랑에 빠진 소녀 같은 그녀의 모습에 보덕은 옳다구나 하고 놀렸다.

"폐하가 보내셔서 더 예뻐 보이는 것은 아니고요?"

보덕이 정곡을 찌르자 비아는 그녀를 살짝 흘겨보았다. 알고 있으면 적당히 넘어갈 것이지, 꼭 그런 걸 물고 넘어진다. 하지만 보덕의 장난도 넉살 좋게 받아줄 만큼 그녀는 기분이 좋아져 있었다.

"그것도 그렇지."

황후가 의외로 순순히 인정하자 이번에는 보덕이 깜짝 놀랐다. 확실히 그녀는 평소와 다른 모습을 많이 보여주고 있었다. 그에 보덕의 눈이 의아함을 품었다.

"이상합니다, 마마."

"무엇이 말이냐?"

비아는 자투리 꽃까지 남김없이 꽃병에 꽂으며 되물었다. 그 모습에 보덕은 자신이 느낀, 조금 이상한 점을 얘기했다.

"폐하께옵서 선물을 보내신 적이 어디 한두 번입니까? 귀한 보석을 보내셔도 달리 기뻐하지 않으시더니, 화원에 핀 꽃 한 다발에 이토록 행복해하시니 쉬이 이해가 되지 않습니다."

그 점은 확실히 이상하게 보일 만했다. 그동안 황제가 주기적으로 귀한 선물을 보내왔는데, 비아는 그런 선물을 반긴 적이 없었다. 남들은 그 속사정을 모르지만, 그녀는 그 물건들에 가후의 마음이 담겨 있지 않음을 알고 있었다. 진심 어린 선물이 아니니 마음 편히 좋아할 수가 없었다. 하지만 오늘 보내온 꽃은 달랐다.

비아는 산국 한 송이를 들어 향을 음미했다. 그 작은 꽃이 뿜어내는 내음이 무척 깊고 진했다.

"폐하께옵서 후원을 걸으시다 이 노란 꽃을 보곤 내 생각을 하셨음이 아니더냐. 그 점이 기쁘구나. 보덕아, 너는 산국의 꽃말이 무언지 아느냐?"

"꽃말 말씀이십니까?"

"그래. 이 꽃 안에 폐하의 마음이 담겨 있다고 생각하니, 내 어찌 기쁘지 않겠느냐?"

그녀는 빙긋 웃으며 꽃을 어루만졌다. 이 년 동안 틀어져 있던 마음이 비로소 제자리를 찾아가는 듯했다. 산국의 꽃말, 순한 사랑처럼.


해연은 눈앞에 펼쳐진 방대한 양의 서책들을 보고 입을 쩍 벌렸다. 한쪽 벽면을 빼곡히 채운 서책의 양이 어마어마했다.

'괜히 한다고 그랬나?'

책 한 권 펼쳐 보기도 전에 그녀는 자신의 선택을 후회했다. 갈색 표지에 제목도 없다 했으니 겉만 봐도 반 이상은 걸러낼 수 있겠지만, 문제는 기밀이 적힌 문서들이었다. 그것들은 표지가 갈색으로 동일했고, 제목도 적지 않는 바람에 직접 안의 내용을 살펴봐야 했다. 물론 가후에게는 비밀문서를 구분할 수 있는 다른 방법이 있었지만, 해연에게 알려주지는 않았다.

"아, 망했네."

해연은 한숨을 폭 내쉬고 책장으로 다가갔다. 앞이 깜깜했다. 그러나 하루빨리 주문서를 손에 넣으려면 직접 하는 수밖에 없었다.

책 표지와 제목을 보고, 간혹 내용도 확인하기를 3일째. 서재 두 개를 간신히 끝냈을 때, 해연에게도 희망이 찾아왔다. 가후가 서재 중 가장 많이 이용하는 세 번째 서재는 보관 중인 서책의 양이 무척 적었다. 커다란 책상 뒤쪽으로 깔끔하게 정리된 책을 본 해연의 얼굴에 화색이 돌았다. 몇 시간만 투자하면 충분히 다 살펴볼 분량이었다.

"할 수 있다! 아자!"

해연은 텅 빈 서재에서 홀로 기합을 넣고 의욕적으로 책을 살폈다. 제목들이 가장 안쪽에, 그것도 세로로 적힌 탓에 전부 일일이 빼서 봐야 했지만, 이를 악물고 의지를 불태웠다. 하랑의 데이트 신청도 거절하고 서재로 온 만큼 빨리 주문서를 얻어야 아쉬움이 덜할 듯했다.

두어 시간이 더 지나자 처음의 열정은 날아가고 피곤만이 육신을 짓눌렀다. 그럼에도 그녀는 퀭해진 눈과 느려진 손으로 기계처럼 반복하며 책을 살폈다. 그렇게 끊임없이 움직이다가 갈색 표지를 가진 어느 서책을 뽑아 들었을 때, 무언가 아래로 툭 떨어졌다. 자연적으로 고개를 숙인 해연은 제 치맛자락에 반쯤 가려진 종이를 발견했다.

'이게 뭐야?'

해연은 허리를 숙여 종이를 집어 들었다. 그것은 손바닥만 한 크기였고, 여러 차례 접혀 있는 상태였다. 꼭꼭 접어둔 것이 무슨 연애편지처럼 보여서 해연은 서재에 들어와 처음으로 피식 웃음을 지었다.

"흐흥~ 황후마마한테 받은 구구절절한 편지일까나, 아니면 써놓고 부치지 못한 마음이려나~"

해연은 짓궂게 웃으며 책상 위에 서책을 올려놓고 종이를 펼쳤다. 가후가 받은 편지든, 그가 쓴 것이든 실컷 놀려줄 좋은 기회였다. 물론, 개인적인 호기심도 조금은 있었다.

"어디 보자아~"

총 석 장으로 된 편지는 유려한 필체로 구구절절 내용이 가득했다. 어찌나 정성껏 썼는지 한눈에 알아볼 수 있을 정도였다. 해연은 최근 어휘 실력이 많이 늘은 걸 기뻐하며 한 자도 놓치지 않기 위해 처음부터 단어를 유심히 살피며 읽었다.

―가후야, 네가 이것을 읽을 때쯤이면 이 아비는 이미 네 곁을 떠나고 없겠구나. 너는 나의 죽음에 대해…….

죽음을 거론하는 첫 줄, 그 한 줄에 담긴 의미에 해연의 표정이 싹 굳어버렸다. 가후가 누구를 지칭하는지는 모르지 않았다. 자신의 손에 들린 건 이 년 전 승하한 선황이 아들인 현 황제에게 남긴 편지였다. 해연의 눈이 갈 곳을 잃고 서재를 떠돌았다.

읽을 것인가, 말 것인가. 갈등하던 해연은 편지를 접었다. 자신이 읽을 만한 종류의 것이 아니었다. 원래 있던 대로 책에 꽂아 넣다가 손이 우뚝 멈췄다. 한 줄만, 읽다가 만 그 줄만 마저 읽고 싶었다. 결국, 그녀는 입술을 질끈 깨물고 편지를 펼쳤다.

—너는 나의 죽음에 대해 분노하느냐, 아니면 슬퍼하느냐? 이도 저도 아니면 원망하느냐? 그 모든 감정을 버려야 할 것이다. 올바르지 못한 감정이니. 내 너의 손에 비아를 쥐어주었을 때, 나의 죽음은 이미 결정되어 있었느니라.

거기까지 읽은 해연은 편지를 접었다. 더는 보지 않는 것이 좋을 듯했다. 선황에게 무슨 사정이 있던 건지는 알 수 없었으나 내용으로 보아 유서나 다름없었다. 아들에게 남긴 진지한 편지를 허락도 없이 읽는 건 옳지 못했다.

책 사이에 편지를 꽂아서 원래 있던 자리에 서책을 돌려놓은 해연은 아직 확인 못한 책들을 둘러보다가 작은 한숨과 함께 몸을 돌렸다. 책을 더 살필 기분이 나지 않았다. 아무래도 죽음이란 것을 너무 갑작스럽게, 가까이에서 접했기 때문일 터였다.

'하랑한테 바람 쐬러 나가자고 해야겠다.'

기분 전환 삼아 궐 밖 데이트를 결심한 해연은 선황의 유서를 두고 서재를 빠져나갔다.

붉은 비단보가 펼쳐진 탁자 위에는 산해진미가 가득했다. 이제 곧 겨울이라 양식이 풍부하지 않았음에도 탁자 위의 음식만큼은 겨울을 모르는 듯 풍성하기 그지없었다. 그런 음식들을 앞에 두고 제사를 지내는 것인지 초가는 연신 술잔만 기울였다. 그가 잔을 네 번쯤 비웠을 때, 덜컹거리며 열린 창문을 통해 늦가을의 찬바람이 들어와 등잔불을 훅 꺼버렸다. 아직 밝은 대낮이었기에 방 안은 어둡지 않았지만, 초가는 직접 일어나 창문을 닫는 수고를 해야 했다.

창문 고리를 단단히 걸어 잠그며 초가는 이맛살을 찌푸렸다.

"기왕이면 앞문으로 좀 다니시오. 이 나이에 술 먹다가 꼭 일어나게 해야겠소?"

아무도 없는 방 안에 그의 짜증 어린 목소리만 울려 퍼졌다. 하지만 초가는 그에 굴하지 않고 술자리에 앉으면서도 혼잣말을 계속했다.

"그대가 보내온 서신의 내용을 완전히 믿는 건 아니오. 그동안 내 뒤통수를 친 횟수를 생각하면 그리 괘씸하다 여기진 못하겠지."

초가는 잔에 든 술을 쭉 들이켜고 주전자를 들어 제 것과 맞은편에 있는 빈 잔에 술을 따랐다.

"그대의 말을 믿게 하려면 뭐가 필요할지는 알 거요. 서신의 내용대로 불의 검이 어디 있는지 찾아냈다면, 원하던 대로 기회는 내가 만들어주겠소."

술이 넘실넘실 차자 어느새 나타난 손이 잔을 움켜쥐었다. 술 따르기를 중지한 초가는 고개를 들었다. 그의 앞에 나타나 술을 들이켠 이는 유신이었다. 무표정한 얼굴로 쓰디쓴 술을 삼키는 유신을 향해 초가는 제 술잔을 들고 건배를 외쳤다.

"신녀의 죽음과 가후의 몰락을 위하여!"

초가는 한입에 술을 털어 넣었다. 부드러운 송화주가 목구멍을 타고 넘어가는 느낌이 과연 일품이라 할 수 있었다.


기와지붕 위에 달천대원 다섯이 모여 있었다. 오늘은 근무가 없었지만, 지붕에 납작 엎드린 채 용마루 너머로 눈만 슬쩍 내어놓았다. 그들의 시선이 일률적으로 향한 곳은 대로변을 걷고 있는 한 남녀의 곁이었다. 무녀복을 입은 여성에게 이리저리 끌려 다니면서도 남자는 입가에 걸린 미소를 잃지 않았다. 그에 대원들은 물에 젖은 강아지처럼 몸을 부르르 떨어 소름을 털어내야 했다.

"형님, 가리국에서 무슨 술수를 쓴 게 분명합니다."

동비는 곁에 있는 나호에게 진지한 얼굴로 가리국 음모설을 전파했다. 그의 말은 제법 일리가 있었는지, 나호는 물론이고, 사륜과 풍제까지도 고개를 주억거리며 동의를 표했다. 다만, 도평만큼은 그 말에 동의하지 못했다. 그는 전에 꽃씨 창고에서 해연과 유신의 밀회를 보았고, 그로 인한 하랑의 분노도 고스란히 겪었다. 그렇기에 그는 무척 조심스럽게 동비의 의견을 반박했다.

"제가 보기엔 가리국으로 가기 이전부터 저러신 것 같습니다. 유독 신녀님의 일에는 격해지시던 대장이 아닙니까?"

도평의 말에 곰곰이 생각하던 대원들은 너도나도 고개를 끄덕였다. 하랑은 해연이 처음 왔을 때부터 유독 그녀에게만 자상한 편이었다. 끌고 왔다는 책임감에 챙겨주던 것이 이제는 사심으로 변한 듯 보였다. 그 점에 공감한 달천대원들은 다시 해연과 하랑의 뒤를 밟으며 지붕을 넘나들었다.

해연과 함께 있을 때의 하랑은 달천대원들이 상상하기 어려울 정도의 모습을 보이곤 했다. 그것이 주는 충격은 신녀가 연애 대상이라는 파격적인 사실마저 희석시켜 버렸다. 심지어 얼마 전까지 가슴앓이하던 도평과 사륜마저 둘 사이를 납득하게 만들 정도였다. 무뚝뚝한 대장의 은밀한 밀회를 즐겁게 감상하던 사륜은 쯧쯧— 혀를 찼다. 도대체가 기본이 안 되어 있었다.

"대장도 참 답답합니다."

"뭐가?"

나호의 물음에 사륜은 좀 전에 하랑의 곁을 지나간 마차를 가리켰다.

"저런 건 잘 이용해야 하는 겁니다. 딱 봐도 신녀님께 손을 못 대서 안달복달이신 것 같은데, 그럴 땐 마차 쪽으로 여성을 걷게 하고 저게 지나갈 때, 훅!"

사륜은 시범 삼아 나호의 허리를 확 끌어당겼다. 무방비로 당한 나호는 커다란 주먹을 사륜의 머리에 선사했다. 눈알이 튀어나올 만큼 격한 충격에 사륜이 머리를 감싸 쥐고 끙끙 앓았다. 그가 비명도 지르지 못하고 앓고 있을 때, 대장만 주시하던 도평은 흠칫 떨며 고개를 푹 숙였다.

"나호 형님, 대장이 지금 당장 안 꺼지면 3일 뒤엔 걸어 다니지 못할 거랍니다."

궐에서부터 쫓아다니던 부하들을 향한 하랑의 마지막 경고였다. 걸어 다니지 못할 정도라 하면 그날이 오는 3일 동안 죽도록 훈련만 시키겠다는 말이었다. 하랑과의 지옥 같은 훈련을 떠올린 대원들은 사색이 되었다.

"어쩌죠? 눈빛이 정말 살벌하시던데."

풍제의 말에 다섯 중에서 가장 서열이 높은 나호는 결단을 내려야만 했다.

"작, 작전상 후퇴다."

그의 결정이 떨어지자 대원들은 하랑이 직접 걸음을 하기 전에 황급히 자리를 떴다.

대원들이 궁으로 복귀하고 난 뒤, 해연은 하랑을 데리고 초선이 운영하던 동연국 최고의 장신구 상점으로 향했다. 주인이 초선에서 가후로 바뀌어 버린 가게는 여전히 금칠한 내부와 꽃 같은 사내들 덕에 장사가 잘되고 있었다.

"어서 오십시오, 무녀님."

해연에게 잘생긴 사내가 친절한 미소를 지으며 다가왔다. 이전과는 전혀 다른 대우에 해연은 빙긋 웃었다. 가후가 이곳을 인수하면서 상점에 오는 손님이라면 신분의 고하를 막론하고 무시하지 말라, 직접 황명을 내린 덕이었다. 그걸 알면서도 굳이 확인하기 위해 무녀복을 입고 온 해연은 만족스러운 미소를 지을 수 있었다.

그녀가 다른 이를 보고 곱게 웃자 하랑의 시선이 단박에 종업원에게 향했다. 제법 빼어난 외모의 사내가 눈웃음을 치고 있었다. 그 모습이 비위에 거슬린 하랑의 눈이 좁혀지면서 매서운 기운을 품었다. 그 눈빛을 무심코 본 종업원은 다리에 힘이 풀려 털썩 주저앉았다. 그저 한낱 질투 어린 시선이지만, 무공을 배우지 않은 일반인이 아무렇지도 않게 받아내기에는 어려운 성질의 것이었다.

종업원이 넋을 놓고 주저앉아 버리자 해연은 하랑을 휙 쳐다보았다. 타박 어린 시선에 그는 딴청을 부렸다. 금칠을 한 벽을 괜히 한 번 쓰다듬는 그의 행동에도 해연은 쉬이 넘어가지 않았다.

"하랑, 벌써 열네 번째야. 정말 큰일 나는 사람 있으면 어쩌려고 그래?"

궐 밖으로 나온 지 이제 겨우 두어 시간이었다. 그사이 해연의 앞에서 주저앉은 사람만 열네 명에 달했다. 처음에는 왜 저러나 싶던 것이 계속 반복되자 그녀도 원인을 알 수 있었다. 젊은 사내 중에 조금만 친절하거나 눈길이 이상하면 어김없이 하랑을 보다 주저앉았으니, 모를 수가 없었다.

해연의 질책에 하랑은 헛기침을 하고 주의하겠다는 뜻으로 고개를 끄덕였다. 저도 조심하려 했지만 묘한 눈빛으로 해연을 보는 사내들을 발견하면 자꾸 기운이 강하게 표출되었다. 그런 그의 애환을 알기에 해연도 하랑의 손을 잡아주고 넘어진 사내도 일으켜 주려 했다. 하지만 내려다보는 하랑의 시선이 여전히 매서웠는지 그는 혼자 허겁지겁 일어나 바닥에만 시선을 맞췄다.

"찾, 찾으시는 게 뭐, 뭔지 알려주시면……."

심하게 말을 더듬는 종업원을 안쓰럽게 본 해연은 작은 한숨을 내쉬고 팔에 찬 청옥 팔찌를 보여주었다. 예전에 하랑이 사 준 것이었다.

"이거랑 똑같은 색상으로 된 장신구 있어요? 무늬는 좀 달라도 되니까 있는 거 다 보여줘요."

"예, 자, 잠시만 기다려 주십시오."

종업원은 도망치듯이 부리나케 가버렸다. 물건을 가져올 그를 기다리면서 해연은 한껏 예민해져 있는 하랑을 달랬다.

"하랑, 아까 뭐라 해서 화났어?"

"아닙니다."

아니라고는 하지만 그의 목소리는 썩 좋지 않았다. 해연이 뭐라 해서가 아니라 본의 아니게 일반인들에게 자꾸 충격을 주는 것이 마음에 걸렸기 때문이다. 자신도 그러면 안 된다는 걸 잘 알지만, 질투라는 감정은 무척 생소한 것이어서 아직 대처법을 익히지 못했다.

"저도 잘못된 행동인 걸 알고 있으니 고치도록 노력해 보겠습니다."

"응. 역시 우리 하랑이야."

해연은 그를 칭찬하며 화사하게 웃었다. 그 웃음에 하랑도 굳었던 얼굴을 풀고 한결 부드러워진 입술에 미소를 매달았다. 그렇게 두 사람의 분위기가 다시 화기애애해지자 도망갔던 종업원이 쭈뼛거리며 다가왔다. 그의 손에는 검은 비단이 깔린 쟁반 같은 것이 들려 있었다.

"저, 지금 있는 건 이게 답니다."

그가 내민 판 위에는 해연이 차고 있는 청옥 팔찌와 동일한 색상을 지닌 반지와 팔찌가 놓여 있었다. 그에 해연은 흡족한 얼굴로 줄무늬 모양이 더 비슷한 반지를 집어 손가락에 끼워보았다. 약지에 딱 맞는 크기가 만족스러웠다. 해연은 그 자리에서 바로 계산을 하고 하랑과 함께 상점을 나왔다.


유신과 헤어진 초가는 얼마 지나지 않아 또 다른 손님을 맞이했다. 일반인처럼 변복까지 하고 은밀히 초가를 찾아온 이는 용주전의 내관, 모백이었다. 그는 흥분으로 얼굴이 상기되어 있었으나 몸짓은 무척 조심스러웠다.

"대감."

"여기까진 어인 일이오? 변복까지 하고."

술잔을 내려놓은 초가가 의아한 낯빛으로 물었다. 모백은 단둘뿐인 방을 꼼꼼히 살피더니 초가에게 다가가 그의 귓가에 대고 작게 속삭였다.

"황제의 신체에 변고가 있긴 한 모양입니다."

그의 말에 초가의 눈이 이채를 띠었다. 그는 좀 더 자세히 설명해보라며 모백을 재촉했다.

"무슨 일이 있었는지 상세히, 하나도 빼놓지 말고 소상히 말해보시오."

"그게, 며칠 전 밤에 소렵 대장이 용주전을 뛰쳐나갔다가 돌아온 적이 있습니다. 황후마마와 그를 제외한 모든 이들이 용주전 밖으로 쫓겨나 있었기에 정확한 정보는 얻지 못하였습니다만, 무척 다급해 보인 건 사실이었습니다."

"호오? 그리고, 그리고 또 어떠하였소?"

초가는 흥분되는 감정을 억누르지 못하고 계속 재촉했다. 어쩌면 정말 원하던 순간이 눈앞에 다가왔을 수도 있었다. 모백은 그의 기대에 부응하며 적절히 정보를 흘려주었다.

"이후에 소렵 대장이 궁녀와 내관들을 불러들였는데, 집무실 바닥은 피로 얼룩져 있고, 황후마마의 심부름을 한 궁녀의 말로는 황제가 죽은 듯이 누워 있었다고 하였습니다. 그리고 그다음 날 모든 일정이 뒤로 밀렸지요."

"그날이군."

며칠 전, 조회가 늦었던 걸 떠올린 초가는 한쪽 입꼬리를 올리며 비소를 지었다.

'어쩐지, 요즘 따라 태도가 이상하더라니. 죽을 때가 머지않았나 보군.'

초가는 모백이 준 힌트만으로도 가후의 상태를 정확히 추측했다. 발작이 있었을 때 소렵이 자리를 비웠다는 건 약을 가지러 간 것이고, 얼마 남지도 않은 약을 또 소모했다는 뜻으로 받아들인 것이다. 게다가 정치에는 완벽을 기하던 황제가 슐가를 죽인 뒤부터는 조회 시간에도 심드렁한 태도를 보였으니, 뭔가 이상하긴 했다.

오랜만에 기쁜 소식을 접한 초가는 무척 흐뭇해하며 모백을 치하했다.

"아주 좋은 정보요. 공의 실력에는 항상 감탄만 하게 되는군."

"별말씀을. 하늘의 주인이 바뀌길 기원하는 마음에 위험을 무릅쓰고 대감께 달려왔을 뿐입니다."

언뜻 들으면 겸손한 듯 보이지만, 모반이 성공했을 때 제 공을 인정해 달라는 소리나 마찬가지였다. 그 뜻을 알아들은 초가는 걱정하지 말라는 뜻으로 모백의 어깨를 두어 번 두드려 주고 그를 돌려보냈다. 혼자 남은 그는 술잔을 가득 채워 쭉 들이켰다.

"하늘이 나를 도우심이구나! 하하하하하하!"

초가의 웃음소리가 잔인한 마음을 품고 울려 퍼졌다. 유신도 신녀를 죽일 의지를 내비쳤고, 황제의 약이 떨어질 때도 되었으니 일을 벌이기엔 적기라 할 수 있었다.

"그야말로 금상첨화로구나!"

마지막 술까지 모두 마신 초가는 자리에서 일어나 덩실덩실 어깨춤을 추었다. 곧 우화등선이라도 할 듯이 기분이 좋았다. 한참을 춤추며 즐기던 그는 문득 든 생각에 몸짓을 멈추고 빠른 걸음으로 서재로 향했다.

'청일국에 서한을 보내야지. 드디어 때가 온 것이다.'

권력욕에 취한 눈을 하고 서재로 향하는 초가의 머릿속에는 오직 하나의 단어만 맴돌았다. 전쟁, 그 잔인한 지옥을 여는 일에 자신의 서신이 도화선이 될 것임을 그는 믿어 의심치 않았다.


붉은 노을이 하늘을 물들였을 때, 해연과 하랑은 인적 드문 팔각정에 앉아 곱게 물들어가는 노을을 구경하고 있었다. 하랑의 어깨에 기댄 채 초선이와 있던 일을 좋알좋알 풀어놓던 해연은 벌떡 일어나 그의 앞에 섰다.

"하랑, 눈 감아봐."

"눈…… 말씀이십니까?"

"응."

대뜸 눈을 감으라는 말에 하랑은 꽃분홍색 연지를 바른 그녀의 입술에 시선을 고정했다. 미소 짓고 있는 입술이 무척 탐스러워 보였다.

'설마, 지금 이곳에서?'

문득 든 생각에 하랑의 목울대가 위아래로 움직였다. 종종 대범한 태도를 보이던 해연이니 이곳에서도 무리가 아니었다. 그 사실을 직시한 그는 주위에 인기척이 없는지부터 살폈다. 혹시나 누군가 보기라도 하면 난감하니 사전에 확인은 필수였다. 그런 하랑을 해연은 재차 독촉했다.

"하랑, 빨리."

"예."

아직 마음의 준비도 못 했는데, 그는 두근거리는 심장을 느끼며 눈을 감았다. 그녀가 하기 쉽게 턱도 조금 들어주며 달콤한 순간을 기다리는데, 좀체 다가오지 않는 해연은 바스락거리며 딴짓을 하고 있었다.

"눈뜨지 마. 꼭 감고 있어."

단단히 당부한 덕에 그가 미리 눈을 뜨는 불상사는 막을 수 있었다. 그렇게 하랑에게는 천년만년같이 길고 긴 기다림의 시간이 지나고, 그의 목에 딱딱한 무언가가 닿았다.

"이제 눈 떠도 돼."

허락이 떨어지자 하랑은 자신의 목에 걸린 목걸이를 볼 수 있었다. 검은 가죽 목걸이에는 해연이 좀 전에 산 옥가락지가 달려 있었다.

"이건……."

"하랑에게 주는 선물. 내가 살던 곳에서는 서로 소중한 걸 교환해서 증표로 삼거나 반지 같은 걸 똑같이 껴서 커플인 걸 증명하거든."

"커플?"

"음, 우리 같은 사이?"

해연의 설명 덕에 하랑은 실망했던 마음을 조금이나마 위로할 수 있었다. 만족한 그가 빙긋 웃자 해연도 같이 웃으며 조금 더 설명을 덧붙였다.

"내가 여기 오면서 가져온 물건들은 해녀복이랑 작은 칼 한 자루가 다니까, 아쉽지만 이걸로 해야 할 것 같아. 하랑은 팔찌나 반지를 끼면 안 되니까 목걸이로!"

검을 쓰는 하랑에게 손과 팔을 불편하게 하는 장신구는 좋지 못했다. 그래서 해연은 팔찌 대신 작은 반지를 사서 목걸이로 만들어 주었다. 그 배려가 예뻐서 그는 더 목걸이에 애정이 갔다. 작게 미소 지으며 목걸이를 만지작거리는 그를 해연은 은근슬쩍 떠보았다.

"하랑, 실망한 거 아니야?"

"아닙니다. 무척 마음에 듭니다."

"흐음, 아닌 것 같은데? 이거 기대했던 거 아니야?"

해연은 제 입술을 톡톡 건드리며 얄궂게 웃었다. 그 행동에 하랑의 얼굴이 노을처럼 짙게 물들어 버렸다. 씨익 웃은 해연은 속내를 들켜서 민망해하는 그의 목에 팔을 감으며 원하던 것을 주었다. 뜨겁게 달아오른 입술에 만족한 해연은 달콤한 그의 혀도 탐닉했다.

이 땅에서 유일하게, 그녀가 맛있게 먹을 수 있는 걸 주는 존재가 지금 눈앞에 있는 남자였다.

## 16.
### 오해는 믿음으로 푸는 것

하랑과 해연이 궐 밖 나들이를 성공적으로 마치고 돌아온 다음 날, 점심시간이 되기도 전에 황후전에는 불청객이 찾아들었다. 붉은 관복을 입은 그는 황후가 가장 꺼리는 그녀의 의붓아비, 초가였다. 아침 조회가 끝나자마자 부리나케 온 초가는 황후와 마주 앉아 자신이 걸음을 한 이유를 꺼냈다.

"약이 떨어질 때가 다 되었을 터인데, 폐하가 최근에 발작한 적이 없었습니까?"

단도직입적으로 묻는 태도를 보아하니 어디서 황제와 관련된 정보를 들은 듯했다. 거의 확신하는 모습에 황후는 거짓으로 둘러대지도 못하고 순순히 고개를 끄덕였다.

"며칠 전에 약을 드셨습니다."

그녀의 대답으로 짐작했던 일이 사실로 밝혀졌다. 그럼에도 그는 얼굴을 찌푸렸고, 눈빛은 날카로워졌다.

"그런 일이 있으면 바로 전하라 하였는데, 내가 이리 찾아와서 물은 뒤에야 대답하는 저의가 뭐지?"

초가는 의심을 품고 황후를 노려보았다. 그는 오래전부터 황제가 약을 먹었는지 주기적으로 확인하곤 했다. 그럴 때마다 황후는 대부분 아니라는 답변만 내놓았다. 당시에는 달리 정보가 없었으니 의심하면서도 그 말을 믿어주었지만, 이번에는 달랐다. 며칠이나 늦게 말한 것이 사실로 밝혀진 이상 가만 넘어갈 수 없는 노릇이었다. 그런 초가에게 비아는 담담한 태도를 보이려 노력했다.

"경황이 없었을 뿐입니다."

"경황이 없었다? 이 년이나 되었는데도 익숙해지지 않았다고?"

"직접 보면 그런 말씀은 못 하실 겁니다."

그녀가 한마디도 지지 않자 초가는 눈을 희뜩였다. 하지만 그 말대로 직접 본 것이 아니니 더 따지고 들 틈이 없었다. 별수 없이 넘어가기로 한 그는 본론을 꺼냈다.

"이번 한 번은 넘어가지. 그보다 네가 하랑을 좀 만나야겠다."

"무슨!"

생각지도 못한 이름에 비아는 경악했다. 그녀가 하랑을 만나는 건 황제가 극도로 싫어하는 일이었다. 황명을 내려 사적인 만남을 금지해 두었는데, 초가의 지시는 그 명령을 정면으로 거역하겠다는 것과 같았다.

"절 죽이실 셈입니까?"

"어차피 황제는 그러지 못한다. 약이 줄어들수록 더욱 간절해질 테니까. 너에 대한 원망도 줄어들 만큼 약이 절실해지겠지. 그러니 하랑을 화원으로 불러 만나도록 해라. 총 세 번. 두 번은 보는 눈이 있는 곳에서."

"대감!"

그녀가 처음으로 큰 소리를 냈다. 세 번이나, 그것도 보는 눈이 있는 곳에서 만나라는 건 황제의 귀에 들어가도록 하겠다는 뜻이었다. 그것이 그녀는 몸서리쳐지게 싫었다. 이제 겨우 그에게 제 마음이 닿기 시작했는데, 그걸 다시 뒤틀고 싶지 않았다. 하지만 초가는 강경했다.

"네가 언제부터 내 뜻에 반박할 자격을 가졌지?"

독살스러운 눈으로 서늘하게 지적하는 그의 말에 비아는 치맛자락을 꽉 움켜쥐었다. 분노를 참아내느라 부들부들 떠는 그녀에게 초가는 현실을 직시하도록 해주었다.

"가후만 죽으면 자유를 준다 하였다. 오래되어 기억이 가물가물하다면, 손가락 하나를 더 보내주지. 그러면 네 분수를 알겠느냐?"

비아냥거리며 손가락을 운운하는 소리에 비아는 입술을 질끈 깨물고 뻣뻣해진 목을 굽혔다. 그녀가 머리를 숙이자 초가는 볼 장 다 봤다는 듯 자리에서 일어났다.

"당장 오늘 밤부터 시작해라. 장소는 지시한 대로 하고, 내일 아침에 손가락을 선물 받는 일이 없도록 확실히 해야 할 것이다."

재차 당부한 초가는 미련 없이 몸을 돌려 황후전을 나갔다. 그가 떠나고 홀로 남은 비아는 쓰러지듯이 탁자에 몸을 기대고 흐느껴 울었다. 이 년간 이리저리 방황하다 이제 겨우 자리를 잡은 마음이 억지로 뒤틀려져서 그녀를 다시 고통의 나락으로 떨어지게 했다.


연무장으로 나온 하랑은 훈련을 멈춘 부하들이 힐끗대며 쳐다보는 시선을 느꼈다. 용건이 있으면 얼른 말할 것이지, 슬금슬금 눈치만 보는 행태가 그의 심기를 건드렸다.

"할 말 있으면 지금 해라."

하랑의 허락이 떨어져도 대원들은 팔꿈치로 서로를 툭툭 치며 순서를 떠넘기기만 할 뿐, 쉬이 입을 열지 못했다. 답답함을 느낀 그는 대놓고 하나를 지목했다.

"륜."

지목당한 사륜은 '또 왜 나인가' 싶은 얼굴로 어깨를 축 늘어뜨렸다. 요즘 들어 하랑에게 미운털이 콕 박혀서 빠지질 않는 느낌이 들었다. 정확히는 마차 사건이 있던 뒤부터였다.

"대답."

"예, 대장! 늦은 시각인데 또 신녀님을 만나러 가시는 건지, 신녀님인데 그래도 되는 건지, 궁금합니다."

기왕 눈엣가시가 된 것, 끝까지 가보자는 생각으로 사륜은 속 시원히 궁금증을 털어놓았다. 그의 용감함에 다른 대원들이 찬미의 눈길을 주었다. 졸지에 영웅으로 급부상한 사륜이 뿌듯함을 느끼기도 전에 하랑이 다가오라는 손짓을 했다. 그에 사륜은 심장을 바짝 졸여야 했다.

쭈뼛거리며 다가오는 사륜의 어깨에 팔을 턱 하니 올린 하랑은 진지한 얼굴로 또박또박 알려주었다.

"매일 훈련이 끝나면 만나러 가는 건 당연한 거고. 신녀님이시니 너희는 안 되지만 나는 된다. 대답이 되었나?"

되었을 리가 없었다. 신녀라 안 된다면서 저만 된다는 건 모순이었다. 하지만 사륜은 꼬리를 말고 얌전히 수긍했다. 요즘 제 머리통이 하도 고생을 해서 오늘은 쉬게 해주고 싶었다. 하랑은 반박도 못하는 그의 등을 다독여 주고 해연에게 가려 했다. 그러나 연무장 앞을 지키던 문지기가 그의 걸음을 막았다.

"무슨 일이지?"

"웬 궁녀가 와서 대장을 찾습니다."

"궁녀?"

뭔가 불안한 느낌이 들었다. 가후가 찾는다면 궁녀가 아니라 내관을 보냈을 터다. 해연이야 응당 무녀를 보냈을 테니 남은 건 황후뿐이었다. 얼굴빛이 어두워진 하랑은 부하들에게 나머지 훈련을 지시하고 연무장 밖으로 향했다.

문밖에는 궁녀 하나가 하얗게 질린 얼굴로 서성거리고 있었다. 손을 비비면서 동동 발을 굴리는 모양새가 무척 불안해 보였다. 게다가 금실로 꼬아 만든 끈을 허리에 매었으니, 황후전의 궁녀가 분명했다. 하랑은 얼굴을 굳히고 천천히 계단을 내려갔다.

"날 찾았다고?"

"아, 하랑 님."

하랑을 발견한 궁녀는 예도 제대로 갖추지 못하고 주변을 살폈다. 누가 볼까 두려운 것이다. 그는 그런 궁녀를 안심시켰다.

"보는 이는 없으니 말해도 좋다."

"그게, 황후마마께옵서 서화원으로 와달라 하셨습니다."

"서화원?"

서화원은 황궁 서쪽에 있는 작은 화원이었다. 겨울화원이라고도 부르는데, 꽃보다는 잔디가 넓게 펼쳐진 곳이라 할 수 있었다. 사람들의 출입도 다른 화원에 비해 많지 않았지만, 아무리 그래도 황후와 화원에서 만나는 건 위험했다. 혹시나 싶어 거절하려는데, 궁녀가 황후의 상태가 이상함을 알렸다.

비아는 미동조차 없이 서서 빛을 발하고 있는 석등을 멍하니 바라보았다. 화원 곳곳에 놓인 석등은 노란 불빛을 아름답게 뿜어냈지만, 그녀의 마음을 훔치지는 못했다. 지금 그녀의 내부에서는 하랑이 와주었으면 하는 마음과 오지 말았으면 하는 바람이 끊임없이 충돌하고 있었다.

살짝 내리깔린 비아의 긴 속눈썹에 눈물이 닿아 촉촉하게 젖어들었다. 상처받아 쓰라린 심장은 가쁘게 뛰었고, 앞으로 벌어질 일을 생각하면 당장 황후전으로 돌아가고 싶었다. 하지만 그녀는 뜻대로 하지 못했다. 그럴 수가 없었다. 내일 아침, 손가락 한 마디가 담긴 상자를 보지 않으려면 의붓아비가 시키는 대로 하랑과 함께 몰락해야만 했다.

"황후마마?"

이젠 낯설게까지 느껴지는 음성에 그녀는 소리가 들린 곳으로 고개를 돌렸다. 살짝 놀란 듯 보이는 하랑이 조금 떨어진 곳에 있었다. 걱정 어린 시선을 주는 그를 보자마자 비아의 속눈썹에 매달려 있던 눈물이 볼을 타고 또르륵 흘러내렸다. 무너지는 마음처럼 그녀의 몸도 힘없이 허물어져 버렸다.

"마마!"

하랑은 비아에게 달려갔다. 쓰러지듯 주저앉은 그녀는 울고 있었다. 가녀린 어깨가 터져 나오는 슬픔을 이기지 못하고 어지러이 흔들렸다. 좀처럼 멈출 줄 모르는 눈물에 하랑은 당혹스러웠다. 그녀가 이토록 서럽게 우는 건 그도 처음 보았다.

"무슨 일이 있으셨던 겁니까?"

"미안해요. 미안해요, 하랑."

울면서 계속 미안하다는 말만 할 뿐, 비아는 초가와의 일을 꺼내지 못했다. 그에 하랑은 괜찮다고 말하며 그녀를 다독였다. 근처에 궁녀들이 있었지만, 오열하는 황후를 버리고 돌아설 만큼 그는 모질지 못했다. 그리고 그 모습을 바라보는 궁녀들은 대체로 외면하거나 쩔쩔맸다. 이 일을 황제가 알면 불호령이 떨어질 것이 뻔하기 때문이었다. 단, 두 명만큼은 눈을 빛내며 황후와 하랑의 모습을 유심히 지켜보았다. 하나는 초가의 첩자였고, 다른 하나는 가후가 심어둔 궁녀였다.

풍월대원들이 지키는 용주전에는 늦은 밤까지 불이 꺼지지 않았다. 요 며칠 사이 밀린 업무를 처리하는 데 의욕을 불태우는 황제 때문이었다. 그는 황후전에도 걸음을 하지 않고 밤이 깊도록 집무를 보았다. 사실 꽃을 보낸 뒤로 민망해서 황후를 멀리하고 있는 것이지만, 풍월대원들의 눈에는 그저 황제가 열심히 일하는 것처럼 보였다. 그렇게 밤낮을 구분하기 어려워진 용주전에 궁녀 하나가 발을 디뎠다.

"폐하, 황후전의 궁녀 홍리가 뵙기를 청하옵니다."

모백이 전하는 소리에 문서를 읽던 가후는 멈칫하며 서신에서 눈을 떼었다. 나흘간 황후전에 가지 않았더니 기다리다 못한 그녀가 궁녀를 보냈다는 생각이 들었다. 피식 웃음이 새어 나오는 걸 감추고 그는 근엄한 목소리로 궁녀를 불러들였다.

집무실로 들어온 홍리는 제법 예쁘장하게 생긴 여인이었다. 앙칼지게 올라간 눈 끝이 고양이를 떠올리게 하는 그녀는 가후의 기억 속에도 있는 궁녀였다. 그녀가 바로 그가 황후전에 심어둔 사람이었다.

"궁녀 홍리가 폐하를 뵙습니다."

"무슨 일이냐?"

황후가 저를 찾는 것이리라 짐작하면서도 모르는 척 묻자, 홍리가 주저하며 눈치를 보았다. 황후가 모셔오라 했다는 말 한마디만 하면 될 것을 머뭇거리며 망설이는 모습이 어딘지 이상했다. 가후의 눈길이 매서워지자 홍리가 재빨리 입을 열고 고했다.

"폐하, 황후마마께옵서 하랑 대장을 서화원으로 불러들이셨습니다."

하랑이란 이름에 가후의 얼굴이 굳었다. 지금 이 시점에서 두 사람의 밀회는 생각지도 못했다. 뒤통수를 한 대 얻어맞은 듯한 느낌에 그는 의자 손잡이를 꽉 움켜쥐었다.

"이유는?"

살얼음 같은 목소리에 그녀는 재빨리 무릎을 꿇었다.

"폐하, 황후마마를 살려주시옵소서! 마마께옵서 황명을 어기신 건 마음이 불편하고 경황이 없다 보니, 위로받을 이가 필요해 그런 것이옵니다."

홍리는 머리를 조아리며 황후가 내내 기분이 좋지 않았고, 하랑을 만나 그의 품에서 울었으며, 많은 위로를 받고 지금은 진정되었다고 고했다. 그녀의 설명이 끝나자 가후는 자리를 박차고 일어났다. 속에서 분노가 부글부글 끓어올랐다.

'위로? 내 명을 어겨가면서 하랑에게 위로를 받아?'

잠시나마 황후를 믿었던 자신이 병신 같았다. 비소를 베어 문 그는 거칠게 문을 열어젖혔다.

"황후전으로 갈 것이다! 채비하라!"

서슬 퍼런 그의 호령에 내관은 물론이고, 풍월대원들까지 황망해하며 황제의 행차를 서둘렀다. 소란의 원인을 제공한 홍리는 가후의 뒤에 서서 곱게 눈웃음을 지었다. 황제의 귀와 눈이 되어 황후의 일거수일투족을 감시하는 그녀였지만, 실은 두 사람 사이를 갈라놓고 국모 자리를 차지하는 것이 그녀의 본심이라 할 수 있었다. 그리고 그 꿈은 어리석은 황후의 행동으로 인해 그리 머지않아 이루어질 듯이 보였다.

비아는 침상 끝에 걸터앉아 꽃병에 담긴 산국을 바라보았다. 하도 울어서 부어버린 눈이 시큰거렸지만, 결코 꽃에서 눈을 떼지 않았다.

언제부터였을까, 하랑만 가득하던 마음에 황제가 비집고 들어왔다. 정확히 언제인지는 본인도 몰랐다. 다만, 그의 차가운 눈빛 속에 담긴 외로움을 직시했을 때, 그에게서 동병상련의 아픔을 느꼈다. 하랑의 연인이었던 자신을 끝까지 거부하는 그 고집 속에서 의리가 담겨 있음을 느꼈을 때, 그가 진정한 사내라고 생각했다. 하랑을 미워하고 저를 원망하면서도 애정을 버리지 못해서 고뇌하는 그의 슬픔을 알았을 때, 그때부터 자꾸 그가 신경 쓰였다. 하지만 먼저 다가가 외로움을 채워주지는 못했다. 초가의 감시도 문제였지만, 무엇보다 그럴 자신이 없었다. 그렇게 갈등하는 새에 약은 떨어져 갔고, 지금 이 순간이 다가왔다.

'조금만 더 일찍 용기를 냈더라면, 달랐을까?'

시야에 들어온 산국의 노란색이 물에 번진 듯 흐릿해졌다. 볼을 타고 뜨거운 것이 흐르면 색이 다시 선명해지다가도 금세 뿌옇게 변하길 반복했다.

울컥울컥 치솟는 감정에 비아는 치맛자락을 꽉 움켜쥐었다. 과거로 돌아간다 해도 결과는 다르지 않았을 것이다. 그때가 된다면 또 똑같은 선택을 할 것이다. 다만, 시선 한 번 주지 않는 지아비로 인해 외로웠던 마음을 하랑으로 채우려 하진 않았으리라.

궁녀들이 소란을 떠는 소리가 들려왔다. 결국, 올 것이 왔다. 황제가 행차했다는 보덕의 다급한 목소리가 들렸으나, 비아는 일어나지 못했다. 다리가 후들거려 일어날 수가 없었다. 얼마 지나지 않아 처소 문이 큰 소리를 내며 부서졌다. 궁녀들이 열어주기도 전에 직접 문을 박살 내고 들어온 가후는 침상 끝에 앉아 있는 비아를 향해 광기에 찬 붉은 눈을 겨눴다. 제가 왔는데도 쳐다보지도 않고 앉아 있는 모양새가 사약을 기다리는 충신처럼 의연해 보였다.

"떳떳하다, 이건가? 연인끼리의 밀회는 황명 따위로 막을 수 있는 게 아니다, 그리 시위하는 게로군."

단단히 화가 난 그는 성큼성큼 다가가 비아의 팔을 확 잡아 일으켰다. 이미 지칠 대로 지친 그녀는 끈 떨어진 꼭두각시처럼 힘없이 일어났다. 하지만 맥이 빠진 상태로 눈물을 흘리는 그 처량한 모습도 가후의 눈에 붙은 불길을 끄진 못했다.

"내가 우스운가? 죽을 때가 되어가니 불쌍해 보였나? 미쳐서 복수라도 할까 봐 겁이 났어? 그래서 날 살리고 싶다고 그런 헛소리를 지껄인 거야? 말해!"

격분한 그의 고함에 비아는 고개를 떨궜다. 달리 할 변명이 없었다. 진심이었는데, 이제는 진심이라 말도 하지 못한다. 그저 한마디만, 계속 곱씹던 그 한마디만 그녀의 붉은 입술을 타고 작게 흘러나왔다.

"저 좀 죽여주십시오."

쓰라린 진심이었다. 황금빛 두 눈에 가득한 절망과 고통이 그 말에 한 치의 거짓도 없음을 확인시켜 주었다. 한가득 서려 있는 아픔이 그의 숨을 턱 막히게 했다. 끓어오르던 분노가 분출할 길을 찾지 못하고 속을 답답하게 했다.

이를 악물고 황후를 노려보던 가후는 그녀를 침상으로 밀어버렸다. 힘없이 쓰러진 비아를 살기 어린 눈으로 내려다보던 그는 노여운 마음을 진정시키지 못하고 방을 박차고 나가 버렸다. 등 뒤에서 황후의 억눌린 흐느낌이 들려왔지만, 그는 뒤도 돌아보지 않고 황후전을 나섰다. 이젠 두 번 다시 그녀의 손에서 놀아나지 않을 것이다. 조금이나마 열렸던 그의 마음이 쾅— 소리를 내며 닫혀 버렸다.


황궁에 한바탕 파란이 불어닥친 사이, 신궁에 있던 해연은 눈을 부릅뜨고 몰려드는 잠을 쫓아내는 데 여념이 없었다. 이미 잘 준비를 끝냈지만, 가리국에서 얻어온 신녀의 서 필사본이 그녀를 잡고 놓아주지 않았다. 하필이면 이전부터 궁금해하던 기억에 관한 부분이 책을 덮고 자려던 순간에 보인 게 문제였다.

이불을 덮고 엎드려서 턱을 괸 채 서책을 읽던 해연은 그 안에 적힌 내용을 다시 한 번 머릿속으로 정리했다.

'그러니까, 내가 사랑하는 사람이 생겨서 이쪽 세계에 정착할 가능성이 높아지면 지워진 기억이 조금씩 돌아온다는 거네? 사랑하는 사람이 생겼는지 아닌지는 그 사람의 타액을 무리 없이 받아들이는 걸로 판단하고.'

해연은 물의 신이 안배해 둔 부분을 정확히 파악했다. 대부분의 글자가 해독되어 이해하는 데 큰 불편함이 없던 덕이 컸다.

"어쩐지, 요즘 꿈이 다 기억나더라니."

해연은 동연국으로 돌아온 뒤부터 부쩍 꿈이 선명해지고 있음을 느꼈다. 처음에는 잊어버렸던 한국의 물건이 기억나더니, 어젯밤부터는 흐릿하던 꿈마저 다시 뚜렷해지기 시작했다. 아마도 하랑과

한 입맞춤이 큰 영향을 준 듯했다. 그와 시간이 날 때마다 했던 달콤한 키스. 그 느낌을 떠올린 해연의 얼굴이 홍시처럼 익어버렸다.

"꺄악! 왜 떠올라! 왜!"

혼자 부끄러워진 그녀는 이불을 끌어당겨 뒤집어쓰고 그 안에서 발차기를 하며 오두방정을 떨었다. 마차에 이어 두 번이나 먼저 덮쳐 버렸다. 그것도 민망한 대사와 함께. 그 탓에 해연의 발광은 쉬이 멈출 줄을 몰랐다. 그에게 직접 입술을 원하는 것 아니냐고 물어본 자신이 부끄러워 미칠 것만 같았다.

'아악! 몰라, 몰라!'

해연은 이불 속에서 혼자 격하게 꿈틀댔다. 왜 그런 순간마다 뻔뻔함과 더불어 없던 용기까지 솟는 건지. 온몸에 돋아난 민망함이란 감정이 그녀를 가만두질 않았다. 그렇게 한참을 들썩이던 이불이 어느 순간 잠잠해졌다. 갑자기 다른 생각이 그녀의 머릿속을 파고든 탓이었다.

'그럼 앞으로 더 많이 하면 할수록 기억도 빨리……'

횟수를 계산한 해연의 얼굴이 이젠 붉다 못해 새빨개져 버렸다. 곧 펑! 하고 터져 버릴 것 같았으나 씰룩이며 올라가는 입꼬리는 어찌하지 못했다. 기억을 되살린다는 좋은 핑곗거리가 생긴 것이다.

"으흐흐흐흐."

음산한 웃음이 그녀의 입에서 새어 나왔다. 음흉하게 웃은 해연은 다시 한 번 이불 속에서 발차기를 하며 기쁜 마음을 감추지 못했다. 하랑의 입술도 훔치고 기억도 되살리고, 이것이야말로 꿩 먹고 알 먹고였다. 일석이조, 일거양득 하게 된 해연은 처음으로 물의 신에게 감사의 기도를 올렸다.

나무에 등을 기대고 서 있던 하랑은 고개를 들어 아직 불이 꺼지지 않은 해연의 방을 바라보았다. 황후를 돌려보내고 난 뒤 곧바로 신궁을 찾았지만, 그는 차마 해연을 만날 수가 없었다. 황후와 엮여 있는 과거를 밝혀야 할 것 같은데, 도대체 어디서부터 어디까지 이야기를 해줘야 할지 감이 잡히지 않았다.

마음이 무거워진 그는 해연이 준 목걸이를 꺼내 만지작거렸다. 서로 연모한다는 표식이라 했지만, 선물로 준 목걸이에는 또 다른 의도도 숨겨져 있는 게 분명했다. 머지않아 헤어진 뒤에 서로를 추억하기 위한 물건. 해연이 조금씩이나마 이별을 준비하고 있는 게 분명했다.

'끝까지 상처받지 않길 바랐는데…….'

헤어짐을 막을 수 없다면 그 순간이 올 때까지만이라도 행복한 시간을 선사하고 싶었다. 이곳에서의 고통은 겪을 만큼 겪었으니, 더는 마음고생을 하지 않았으면 했다. 하지만 야속한 세상은 그의 뜻대로 흘러가지 않았다. 그녀가 황후와 자신의 과거를 어찌 받아들일지, 혹여나 상처가 되진 않을지, 불안함이 끊임없이 마음을 괴롭혔다.

숱한 갈등 속에서 긴 시간을 흘려보낸 하랑은 이윽고 발을 뗐다. 내일이면 황후를 만난 일과 두 사람의 과거사가 해연의 귀에도 들어갈 터였다. 그렇다면 차라리 직접 밝히는 게 자신의 마지막 연인이 될 해연에 대한 예의일 것이다.


신녀의 서를 읽다 말고 이불 속에서 바동거리며 한참을 꺅꺅—거리던 해연은 문 두드리는 소리에 벌떡 일어났다. 엉켜 있던 이불과 함께 흘러내린 머리카락 사이로 창틀에 앉아 있는 하랑이 보였다. 자못 심각하던 하랑이 갑자기 입가를 가리디니 억지로 웃음을 참는 게 보였다. 그 모습에 정신이 번쩍 든 해연은 산발이 된 머리카락을 손으로 다듬어 수습하려 했다. 앞으로 넘어온 걸 뒤로 쓸어 넘기고 반쯤 풀어진 옷도 추슬렀지만, 빨개진 얼굴은 어찌하지 못했다. 만신창이가 된 모습은 보이고 싶지 않아서 고개를 푹 숙이고 바닥만 훑는데, 그가 다가와 아직도 엉망인 머리를 정리해 주었다.

"제가 신녀님의 즐거운 시간을 방해한 모양입니다."

웃음기 가득한 그의 음성에 해연의 볼이 복어처럼 부풀어 올랐다. 미친년처럼 굴던 자신을 놀리는 게 분명했다.

심통이 난 해연이 아무 말도 않고 토라져 있자 하랑의 미소가 더욱 진해졌다. 어제는 저를 놀리며 쥐었다 폈다 하더니, 오늘은 귀여운 모습으로 유혹하는 듯했다. 눈에 콩깍지가 쓰인 건지, 엉망이 된 모습조차 예뻐 보였다. 그 감정을 참지 못한 그는 침대로 다가가 허리를 숙이고 그녀의 눈가에 가볍게 입을 맞췄다. 그 부드러운 감촉에 해연은 심장이 쿵쾅거렸다. 슬며시 호선을 그린 하랑의 입술이 시야에 들어왔다. 원하던 것이 바로 눈앞에 있었으나 해연은 그와 시선조차 맞추지 못했다. 어째서인지 요즘 들어 부쩍 자신이 음흉해진 듯했다.

그녀가 자꾸 시선을 피하자 하랑의 얼굴도 덩달아 심각해졌다. 화가 많이 났나, 걱정하는 그의 품으로 해연이 혹 파고들었다. 방심하고 있다가 불시에 당한 그는 흠칫하며 얼굴만 붉혔다. 포용에 쩔쩔매는 하랑과 달리 해연은 그의 배에 얼굴을 파묻고 나서야 진정할 수 있었다. 입술을 보지 않는 게 평정심을 찾는 데 도움이 되는 듯했다.

"하랑, 앞으론 창문으로 다니지 마."

해연은 그를 껴안은 채 칭얼댔다. 오늘처럼 맞이할 준비도 안 되어 있는데 갑자기 들이닥치는 건 곤란했다. 예쁜 모습만 보이고 싶은 게 여자의 마음이건만, 혼자 발광하다가 딱 들켰으니 심통이 날 수밖에 없었다. 하지만 하랑은 제 아랫배에 닿는 웅얼거림에 더 얼어붙어서 해연의 말은 귀에 들어오지도 않았다. 배를 타고 퍼지면서 온몸을 자극하는 목소리가 그의 이성을 자꾸 괴롭혔다. 하랑이 무척 당황한 상태인 걸 모르는 해연은 재차 당부했다.

"이 시각에는 5층을 비워둘 테니까, 6층으로 가서 계단으로……."

"잠, 잠깐만. 신녀님, 잠시만 좀."

더 버티기 어려웠던 그는 말을 자르고 해연을 떼어놓았다. 침상에서 멀찍이 떨어진 하랑은 붉게 달아오른 얼굴을 손으로 반쯤 가리고 방 안을 서성였다. 해연은 얌전히 앉아서 눈을 말똥말똥 뜨고 의아한 표정으로 그를 바라보았다. 갑자기 왜 저러는 건지 이해가 되지 않았다. 그런 해연이 또 귀엽게 느껴진 하랑은 결국 끙끙 앓았다. 이러려고 온 것이 아니었는데, 예상치 못한 그녀의 모습에 그대로 당해 버렸다. 그는 별수 없이 응급처치로 공력을 돌려서 마음을 가라앉혀야만 했다.

해연은 눈앞을 왔다 갔다 하는 하랑을 쫓아 고개를 움직였다. 이제는 몸에서 푸른빛까지 깜빡이는 것이, 공력을 사용하는 듯했다. 연유를 몰라 멍하니 보고 있는데, 분위기가 좀 달라진 그가 갑자기 헛기침을 하며 무게를 잡고 다른 이야기를 꺼냈다. 빨리 얘기하고 도망가는 게 상책인 듯싶었기 때문이다.

"크흠. 사실, 오늘 신녀님을 찾아온 건 다른 일 때문입니다."

"다른 일?"

"예……."

하랑의 표정이 급격히 어두워졌다. 조금 심각한 이야기임을 짐작한 해연은 그가 먼저 입을 열 때까지 잠자코 기다려 주었다. 잠시 마음을 다잡던 그는 오늘 있던 일부터 꺼냈다.

"좀 전에, 황후전의 궁녀가 저를 찾아왔습니다. 황후마마께서 찾는다는 말에 만나러 갔습니다."

"황후마마를?"

"예. 온종일 눈물만 흘리신다고 하여."

"왜? 무슨 일이 있으신 건가?"

해연은 두 사람의 관계에 대해서는 아무것도 몰랐기에 황후가 울었다는 점에 더 놀라며 걱정스레 물었다. 하지만 그 질문에 대해 하랑이 할 수 있는 답변은 하나뿐이었다.

"저도 잘 모르겠습니다. 어떤 일이 있었는지는 전혀 얘기해 주지 않으셨습니다. 그건 차차 알아볼까 합니다. 그보다……."

하랑은 잠시 말을 끊었다. 가슴속에 쌓아둔 말이 입 밖으로 튀어나오지 않았다. 머뭇거리는 모습에 해연이 걱정 어린 눈빛을 한 뒤에야 비로소 그는 쥐어짜듯이 말을 끄집어냈다.

"제가 황후마마와 만나는 건 황명으로 금지되어 있습니다. 그 이유를 아십니까?"

하랑의 질문에 해연은 황제의 의처증이 원인이 아닐까, 막연히 생각했다. 하지만 그것은 하나의 추측일 뿐이었다. 심각한 그의 표정과 묵직한 음성으로 보아 다른 내막이 있는 듯했다. 그런 생각이 들자 해연은 무언가 껄끄러운 느낌이 들었다. 근심을 품은 해연의 얼굴이 가로저어졌다. 잠시 머뭇거리던 하랑은 힘겹게 그 이유를 밝혔다.

"황후마마가 국모가 되기 이전에 저와 혼약을 했기 때문입니다."

"뭐?"

해연이 잘못 들었다는 듯 되물었지만, 하랑은 다시 말해주지 못했다. 입을 꾹 다물고 그녀의 시선을 피했다. 무거운 정적이 두 사람 사이를 오갔다. 해연은 하랑을 빤히 쳐다보았고, 그는 죄인처럼 고개를 들지 못했다. 갑갑할 만큼 숨 막히는 정적은 해연의 한숨과 함께 날아갔다.

"혼약이라면, 두 사람이 결혼할 사이였다는 거네? 맞지?"

혹시나 싶은 마음에 확인을 했으나 그는 대답하지 못했다. 해연은 그런 하랑을 바라보다가 재차 한숨을 내쉬었다. 솔직히 충격받지 않았다고 하면 거짓이었다. 이토록 가까운 곳에, 그것도 절세가인인 황후가 자신의 연적일 줄은 몰랐다. 이 땅에서 결혼을 약조한 사이라면 보통 사이가 아닐 수도 있고, 그냥 부모가 맺어준 사이일 수도 있었다. 기왕이면 후자가 좋겠지만, 해연은 그 부분에 대해선 신경 끄기로 하고 마음을 다잡았다.

"좋아, 하랑. 한 가지만 물을게."

질문이란 말에 그가 고개를 들고 눈을 맞춰왔다. 무척 비장한 눈빛에 해연은 그가 얼마나 마음고생을 했는지 알 수 있었다. 서로에게 남은 시간도 이젠 얼마 없고, 한창 알콩달콩하게 지내던 차에 옛 연인에 대해 털어놓기가 쉽진 않았을 것이다. 하지만 자신도 확인하고 싶은 게 있었다.

"지금도…… 그녀에 대한 감정이 남아 있어? 그녀가 만약 하랑을……"

"아니, 없습니다."

단호한 음성이 그녀의 말을 잘랐다. 그의 눈빛에는 일말의 흔들림도 없었다.

원하던 대답을 들은 해연은 자리에서 일어나 하랑의 앞에 섰다. 손을 들어 그의 뺨을 살짝 쓰다듬던 그녀의 얼굴에 미소가 피어났다. 이토록 마음이 확고하다면 안심이었다. 해연의 붉은 입술이 호선을 그린 채 살짝 열렸다.

"하랑, 과거는 과거고, 현재는 현재잖아. 지금은 나만 좋아하면 돼. 그거면 족해."

자신과 만나기 이전의 순간까지 욕심 부릴 생각은 없었다. 과거에 그가 누굴 만났든 지금 그가 사랑해 주는 사람이 자신이면 됐다.

해연의 진심에 하랑의 눈빛이 흔들렸다. 그녀가 상처받고 싫어할까 봐 얼마나 가슴을 졸였던가. 긴장했던 마음이 놓이자 그는 해연을 있는 힘껏 끌어안았다. 그의 입술이 해연의 귓가에 닿았다.

"제게 남은 모든 순간에 당신만을 연모할 겁니다."

심장까지 녹여주는 부드러운 속삭임에 그의 품에 안긴 해연의 눈이 곱게 휘었다.


다사다난했던 밤이 지나고 아침이 찾아왔다. 하지만 황궁은 그어떤 일정도 소화해 내지 못했다. 국정 운영의 중심이 되는 황제가 밤새도록 술잔을 기울이더니 대신들과의 조회는 물론이고, 그날 하루 잡혀 있는 모든 일정을 다 취소한 탓이었다. 요즘 따라 더 종잡을 수 없는 황제의 행동에 많은 사람이 의문을 품었다. 혹여 목이라도 떨어질까 쉬쉬하곤 했지만, 금세 퍼져 버린 소문은 저녁나절 즈음엔 해연이 있는 신궁에도 전해졌다.

신궁에 있는 서재에 종일 박혀 있던 해연은 빼곡한 책장을 보며 한숨지었다. 황궁 서재를 포기하고 신궁 서재를 뒤적이는 이유는 간단했다. 가후의 서재에 갔다가 선황의 유언장을 본 뒤로 그곳에 가기가 껄끄러워졌기 때문이다. 선황이 남긴 편지를 접하니 제주도에 있는 아빠가 자꾸 떠올라서 마음 한구석이 불편했다. 그래서 해연은 아예 방법을 달리했다.

'동연국의 신녀도 신녀의 서를 가지고 있었을 테니, 여기 어딘가에 숨겨났을 가능성이 높은데. 도대체 어디에 있는지 영 안 보인단 말이지.'

해연은 미간을 찌푸리며 주위를 둘러보았다. 신궁에 있는 커다란 서재에는 신녀와 관련된 서책이 많이 있었다.

해연은 이곳 어딘가에 신녀의 서 진품이 숨겨져 있으리라 생각하고 찾는 중이었다. 가후가 가지고 있는 건 일종의 필사본이었고, 그는 자신이 알려주기 전까지 신녀의 서가 존재하는지도 몰랐다. 그러니 동연국의 신녀가 책의 존재를 숨긴 건 분명한데, 신녀의 서는 좀처럼 모습을 드러내지 않았다.

'그 중요한 걸 궁 밖에 숨겨놓진 않았을 텐데.'

해연은 머리를 굴리며 신녀가 서책을 숨겨뒀을 만한 장소를 추리하려 애썼다. 가장 유력하던 서재가 아니라면 비밀 장소같이 은밀한 곳에 보관했을 것이다.

'내일은 비밀 통로를 살펴볼까?'

모라가 알려주었던 몇 개의 비밀 통로를 떠올린 해연은 팔에 송송 돋아나는 소름을 문질러 털어냈다. 일전에 비밀 통로에서 고생했던 기억이 워낙 강렬하다 보니 몸이 반사적으로 거부를 하는 듯했다.

"아, 몰라. 오늘은 이만 쉬자. 하랑이나 만나러 가야지."

끔찍한 기억 따위 단숨에 털어버린 해연은 금세 웃는 낯으로 변했다. 어젯밤, 제 발로 날아든 꿩은 분위기가 무르익자 부끄러워하더니 시각이 늦었다며 도망가 버렸다. 쩔쩔매는 게 귀여워서 순순히 놓아주었지만, 오늘은 직접 찾아갈 생각이었다. 기억을 되찾겠다는 명분도 생겼으니 그도 입술 정도는 기꺼이 내어줄 것이다.

해연은 기대감에 부풀어 서재를 나섰다. 문밖에서 기다리고 있던 단야와 무녀들이 작은 목소리로 무언가 말을 주고받고 있었다. 한창 이야기에 빠져 있던 무녀들은 한 박자 늦게 해연을 발견하고 급히 고개를 숙였다.

"끝나셨습니까, 신녀님."

"응. 근데 뭐야? 무슨 일 있어?"

해연은 무녀들의 분위기가 무척 어수선한 상태임을 알아차렸다. 그녀들은 서로 눈치를 살피더니, 이윽고 단야가 나서서 내용을 털어놓았다. 어젯밤에 황궁이 뒤집어졌는데, 황제가 황후에게 화를 내더니 종일 팔각정에 앉아 술만 마신다는 이야기였다. 그로 인해 국무가 정지되었고, 내관뿐만 아니라 소렵과 김학도 황제의 근처에는 다가가지 못하고 있었다. 단야와 무녀들은 사태가 심각하다며 걱정이 가득하였지만, 이야기를 듣는 해연은 어이가 없어서 헛웃음만 지었다.

"그래서 어젯밤부터 지금까지 술만 퍼마신다고?"

벌써 저녁 시간대였으니 근 하루나 마찬가지였다. 그 긴 시간 동안 취하지도 않는지 술만 마시고 있다는 게 기가 찼다. 그것도 하랑과 황후가 한 번 만났다는 이유로.

'뭐, 둘은 부부니까 화가 날 만도 하겠지. 흐음…… 아니지. 아무리 그래도 그렇지, 하랑의 마음은 내가 꽉 잡고 있는데 오해할 게 따로 있지. 척 보면 모르나? 나한테 푹 빠진 게 보이던데.'

어젯밤 일이 떠올라 실실 웃은 해연은 제 표정을 보고 흠칫하는 무녀들을 안심시켰다.

"내가 갔다 올게. 쉬고 있어."

"예? 하오나 신녀님 혼자 어찌……."

단야가 황급히 말리려 들었다. 그러나 해연은 고개를 저어 그녀의 걱정을 물렸다.

"지금 말릴 수 있는 게 나뿐이잖아. 다 같이 몰려가 봤자 그 이상한 성격만 건드릴 게 분명하니까 나 혼자 갔다 올게. 걱정하지 말고 쉬고 있어."

해연은 꽤 그럴싸한 이유를 대며 무녀들이 말리는 걸 거부했다. 황후 때문에 화가 난 데다 최측근인 소렵마저 만나주지 않고 있었다. 그렇다면 황제가 있는 곳으로 뚫고 들어갈 수 있는 사람은 황궁 안엔 없는 것과 마찬가지였다. 신궁에 있는 자신을 제외하곤 말이다.

'게다가 하랑 때문에 화난 게 분명하니까 내가 가줘야지.'

하랑의 일은 자신의 일이나 마찬가지였다. 책임을 통감한 그녀는 무녀들을 떼어놓고 재게 발을 놀리며 신궁을 나섰다.


하늘에는 이미 붉은 노을이 묽게 퍼지고 있었다. 그 노을로 대충 시각을 가늠한 해연은 익숙하게 후원으로 향하는 길을 찾았다. 미로 같은 회랑을 따라서 몇 개의 전각과 화원을 지난 뒤에야 연화원 입구가 보였다.

후원을 둘러친 담벼락에 난 입구는 뻥 뚫려 있었는데, 그 양옆으로 내관과 궁녀, 풍월대원들이 길게 서 있었다. 그들은 황제의 눈에 거슬리지 않게 벽에 붙어 몸을 숨기면서도 해연이 다가가자 허리를 깊이 숙여 인사를 올렸다.

그들의 인사를 받아준 해연은 곧장 안으로 들어가려 했다. 그런데 무엄하게도 그녀의 앞을 가로막는 이가 있었다. 해연의 앞을 막은 이는 내관 모백이었다. 그는 앞을 떡하니 가로막고 고개를 조아리며 입을 열었다.

"송구하오나, 신녀님, 폐하께옵서 연화원에 출입하는 이가 없도록 하라 명을 내리셨습니다."

말 그대로 황제가 안 된다고 했으니 물러나란 소리였다. 모백의 행동에 그의 맞은편에 있던 풍월대의 부대장, 무형이 눈살을 찌푸렸다. 소렵을 대신하여 황제를 지키고 있던 그는 해연에게 예의 없이 구는 모백이 무척 거슬렸다.

일전에 해연이 풍월대원들을 구해준 뒤로 소렵은 물론이고, 무형 또한 해연을 신처럼 받들게 되었다. 본인의 소중한 목숨을 깎아가면서 다른 이를 구해준 신녀는 신보다 더 위대했기 때문이다. 그런데 내관 따위가 앞을 가로막았으니 그의 눈에서 불꽃이 튈 수밖에 없었다. 또한 그 자리에 있던 대다수의 이들이 모백의 행동을 마뜩잖게 여기며 해연의 눈치를 살폈다.

그들이 알고 있는 해연은 신분에 상관없이 적당히 예의를 갖추는 편이었지만, 황제만큼은 꼭 이겨 먹으려 했다. 한때는 그의 기를 죽여놓겠다며 대놓고 벼르기도 했고, 황제보다 아래로 취급받는 걸 싫어하기도 했다. 그런데 대놓고 황명을 운운하며 물러나라 했으니 신녀가 좋아할 리 없었다. 역시나, 해연의 얼굴이 굳어졌다.

"그래서요?"

무뚝뚝한 그녀의 목소리에는 차가운 한기가 담겨 있었다. 그와 동시에 살얼음판 같은 분위기가 형성되었다. 신녀가 만들어내는 살

떨리는 공기에 궁녀들과 다른 내관들은 모르는 척 고개를 숙이고 불똥이 튀질 않길 간절히 기원했다. 신녀 앞을 가로막으면서 눈치 없이 황명을 운운한 모백을 속으로 한껏 욕하면서.

내관에게 저지당한 해연은 짜증이 솟구쳤다. 동연국에서 무슨 짓을 하든 제약을 받지 않기로 가후에게 맹약을 받은 지 오래인데, 여전히 그의 명을 내세우며 막으려 드는 것이 답답했다. 앞을 막은 내관의 나이가 자신보다 월등히 많지만 않았더라면 더 쌀쌀맞게 굴었을 것이다. 그런 해연의 답답한 마음을 짐작했는지, 우측에 있던 무형이 나서서 모백을 꾸짖었다.

"공, 물러나시오. 어찌 감히 신녀님 앞을 가로막는단 말이오? 폐하의 황명은 지엄한 것이지만, 신녀님의 운신을 제약할 수는 없는 법이오."

그를 호되게 나무란 무형은 저를 노려보는 뱀 같은 모백의 시선을 피하지 않았다. 독기 어린 눈빛에 그는 도리어 코웃음을 치며 마지막 쐐기를 박았다.

"신녀님, 폐하께옵서 어젯밤부터 약주를 너무 과히 드시옵니다. 소신은 역량이 되지 않아 폐하의 괴로움을 풀어드릴 수가 없사오니, 부디 신녀님께옵서 폐하의 옥체가 상하는 일이 없도록 막아주시옵소서."

무형은 과도한 약주로 인해 황제의 건강에 무리가 갈까 봐 걱정된다는 느낌을 풀풀 풍겨주었다. 황명을 거역한 핑계로 사용하기에도 적절한 말이었다. 나중에 쏟아질 질책을 막기 위한 방편까지 완벽히 마련한 무형은 해연을 화원 안쪽으로 안내했다. 그의 발 빠른 처신에 해연이 만족해하며 걸음을 옮기자 모백도 별수 없이 옆으로 물러나 길을 텄다.

몇 달 전까지만 하더라도 물 위를 수놓던 화려한 연꽃은 사라지고, 이제는 앙상한 연밥만이 쓸쓸하게 남아 있었다. 그 연못 위, 나무로 만든 다리를 건너자 해연은 팔각정 앞에 다다를 수 있었다. 취기가 제법 올랐는지, 다리가 짧은 주안상에 팔꿈치를 대고 이마를 짚고 앉아 있는 황제의 모습도 보였다.

자신이 찾아왔는데도 눈길 한 번 주지 않는 그에게 다가가려던 해연은 멈칫했다. 앞을 가로막는 장애물이 또 등장한 것이다. 팔각정 계단 아래서 굴러다니는 수많은 백자 조각이 바로 그것이었다. 본래는 술병이었을 그 날카로운 조각들은 알싸한 꽃향기를 강렬하게 풍기고 있었다. 그 모습이 마치 사그라지는 생명의 끝을 잡고 자신의 고통을 봐달라며 발버둥 치는 것처럼 보였다.

산산이 부서진 백자를 보며 혀를 찬 해연은 연못 물을 끌어다가 한쪽으로 치워놓고 팔각정으로 올라섰다. 큼지막한 주안상 주위로 아직은 멀쩡한 백자 술병 수십 개가 놓여 있었다. 황제의 주변으로 쌓인 술병의 수에 그녀는 혀를 내둘렀다. 저걸 다 마시겠다고 작정한 게 분명했다.

술병을 피해 주안상을 빙 돌아간 해연은 황제의 왼쪽에 털썩 주저앉았다. 방석이 없어도 아랑곳하지 않고 자리를 잡은 그녀는 다시 술잔을 채우는 그를 보며 쯧쯧 혀를 찼다.

"넌 배도 안 부르니? 그만큼 먹었으면 배불러서라도 못 먹겠다."

핀잔과 구박이 묘하게 뒤섞인 소리에 가후의 시선이 처음으로 해연에게 향했다. 그의 붉은 눈은 평소보다 살짝 풀려 있긴 했으나 그 강도가 심하진 않았다. 생각보다 취하지 않은 모습에 해연은 경탄하며 손뼉을 쳤다.

"이야~ 그렇게 먹고도 안 취했어? 너 진짜 독하다. 최고야, 최고."

해연은 엄지까지 추켜올리며 칭찬인지 욕인지 모를 소리를 해댔다. 그것이 기가 막힌 가후는 어이없다는 얼굴로 헛웃음만 흘렸다.

평소보다 순한 그의 반응에 해연은 내심 놀랐다. 지금쯤이면 미친년이니, 꺼지라느니, 별별 욕이 다 흘러나왔어야 하건만, 그에게서는 별다른 반응이 없었다. 그저 온순한 눈길로 자신을 빤히 바라볼 뿐이었다. 그 시선이 어쩐지 묘하게 느껴져서 해연은 더 호들갑을 떨며 그의 잔을 가로채 쭉 들이켰다.

생긴 것이 물 같아서 별 거리낌 없이 삼켜 버린 해연은 곧바로 헛구역질하며 술을 게워내려 했다. 목구멍이 활활 타오르는 것이, 인간이 먹을 만한 수준이 아니었다.

"뭐, 이런 말도 안 되는 걸! 우욱!"

계속된 해연의 헛구역질에 가후의 미간이 처음으로 찌푸려졌다. 진짜 술맛 떨어지게 하는 데는 뭐가 있는 여자 같았다.


노을이 사라지고 완전한 밤이 찾아왔을 때, 하랑은 달천대 연무장 앞에서 생각지도 못한 손님을 맞이했다. 수수하게 느껴지는 연노란 치마에 보랏빛 겉옷을 입고 근심이 가득한 얼굴로 서 있는 여인은 비아였다. 그녀를 발견한 하랑은 침음을 삼켰다. 전날 만난 일로 황궁이 쑥대밭이 되었는데, 또다시 이리 찾아오는 건 썩 좋지 못한 행동이었다.

'도대체 무슨 생각이신지…….'

하랑은 그녀가 위험을 무릅쓰고 자신을 찾아오는 이유가 궁금했다. 이 년 전, 가후와 혼약을 한 뒤로 두 사람에게는 만나지 말라는 명령이 떨어졌다. 그때부터 비아는 그를 찾지 않았다. 위험할 때 목숨을 구해주는 정도가 전부였다. 선황이 승하하고 제정신이 아닌

두 사내 사이에서 그녀도 마음고생이 심했을 테니 자신을 멀리하는
건 이해할 수 있었다. 다만, 최근 들어 부쩍 자주 찾아오는 게 의아
했다. 그것도 대놓고 명을 어겨가면서. 이번엔 황제와 관련된 일이
라는 말로 그를 불러냈다.

계단에서 내려오는 하랑을 발견한 비아의 얼굴에는 절실함이 어
렸다. 초가의 협박 때문에 그를 만나러 왔지만, 오늘은 본인의 의지
도 반쯤 섞여 있었다.

"하랑."

"찾으셨습니까, 마마?"

하랑은 적당히 거리를 두고 공손히 고개를 숙여 예를 갖췄다. 두
어 발자국 떨어진 거리, 그 정도가 두 사람에게는 알맞은 거리였다.
비아도 그걸 인정하는지 더 가까이 다가오진 않았다. 다만 간절하
게 부탁을 해왔다.

"하랑, 제발 폐하 좀 말려줘요."

간청하는 비아의 모습에는 매우 불안하고 위태로운 기색이 역력
했다. 그것도 당혹스러운데, 황제를 말리는 일로 자신을 찾아왔다
는 건 더 뜻밖이었다. 그런 일은 소렵이나 국상이 하는 게 적절했
다. 물론, 이미 그들도 시도해 보았고 잘 안 되었다지만, 아무리 그
래도 자신은 아니었다. 하랑의 표정에서 그런 속내를 짐작한 황후
는 고개를 저으며 손을 뻗어 그의 소매를 붙잡았다.

"아니에요. 아니에요, 하랑. 나는 당신만이 할 수 있다고 생각해
요."

비아는 그렇게 말하고 입술을 꼭 깨물었다. 황제가 듣는다면 무
척 싫어할 이야기였다. 적어도 그녀가 느끼기에는 그랬다. 가후는
하랑을 미워하고, 죽이고 싶어 하고, 괴롭히지 못해 안달하는 모습

을 자주 보이곤 했다. 하지만 그 이면에는 항상 그를 향한 믿음도 있었다. 중요한 순간이 되면 다른 누구도 아닌 하랑을 가장 먼저 불렀고, 사형선고보다는 지하 감옥에 가둬두는 편이 더 잦았다. 국력에 막대한 영향을 끼치는 공력자라서 함부로 죽이지도 못한다고 한탄하지만, 그녀가 보기에 그건 변명에 불과했다. 애정과 증오가 충돌하여 생기는 갈등에 그는 항상 고뇌하는 듯 보였다. 그리고 이제는 하랑도 그 마음을 알아주었으면 싶었다.

"나도 알고 있어요. 폐하와 하랑이 얼마나 우애가 깊었는지."

죄인처럼 고개를 푹 숙인 그녀의 입에서 떨리는 목소리가 흘러나왔다. 그 음성이 묻어두었던 옛 기억을 끄집어내게 했다. 그것이 불편해진 하랑은 나지막하게 그녀를 불렀다.

"마마."

"고집부리지 마요. 하랑도, 폐하도 가끔 그때를 그리워하잖아요. 그럴 때마다 내가 얼마나……."

물기에 먹힌 비아의 목소리는 결국 끝까지 나오지 못했다. 제 소매를 잡은 손이 부들부들 떨리는 걸 본 하랑의 입에서 작은 한숨이 입김처럼 흘러나왔다. 그립지 않다면 거짓일 것이다. 그도 아주 오래전, 지금은 까마득하게 느껴지는 그 시기의 평화로움을 사랑했다. 동연국의 발전을 안줏거리 삼아 늦은 밤까지 가후와 함께 술잔을 기울이던 그 시기를 남몰래 그리워했다. 서로 등을 기대고 앉아서 말도 안 되는 농담을 주고받던 그 시기를, 하랑은 묻어두었던 기억에서 어렵게 끄집어냈다.

"찾아가 보겠습니다."

그의 말에 비아가 고개를 들었다. 그녀의 황금빛 눈동자에는 눈물이 가득 차올라 있었다. 그것만으로도 그녀의 마음이 어디로 향하고 있는지, 하랑은 충분히 짐작할 수 있었다.


가후는 해연의 잔소리를 안주 삼아 술을 마셨다. 그녀는 옆에서 귀가 따가울 정도로 끊임없이 잔소리를 늘어놓고 있었다. 처음에는 그만 마시라고 나긋나긋 달래더니, 이제는 건강 운운하면서 위가 터질지도 모른다는 협박 아닌 협박까지 했다.

"아, 진짜라니까? 그렇게 쉬지도 않고 먹으면 뇌가 마비돼서 숨도 제대로 못 쉬고, 아무튼 진짜 큰일 난다니까?"

해연은 맞는지조차 확인하기 어려운 정보들을 떠오르는 대로 쏟아냈다. 하지만 가후는 귓등으로도 듣지 않고 묵묵히 술을 마셨다. 그 모습에 참을성이 한계치까지 달한 해연은 빽 소리를 질렀다.

"아, 쫌! 그만 먹어! 이 바보야! 그냥 확 취해서 꼬꾸라지기라도 하든가! 이게 도대체 몇 시간째야!"

참다못한 그녀의 버럭질에 가후의 손이 멈칫했다. 입술로 가져가려던 술잔을 멈춘 그는 씩씩대는 해연을 빤히 쳐다보았다. 누가 억지로 앉아 있으라 한 것도 아니고, 괜히 와서 시비였다. 그런데 그런 행동이 그리 싫지만은 않았다. 그 속에 담긴 걱정이란 것이 조금은 느껴졌기 때문이다. 그 감정에 가후는 피식 헛웃음을 지었다.

"답지 않게 걱정은."

중얼거리듯 흘려놓고 그는 또다시 입에 술을 털어 넣었다. 그걸 본 해연이 눈 끝을 치켜올렸다.

"누가 너 걱정한대? 너 걱정하는 다른 사람들 때문에 내가 이러고 있는 거지. 난 전혀, 너 걱정 안 해."

걱정 않는다고 말해놓고도 해연의 시선은 술잔을 채우는 술병에 고정되어 있었다. 무엇이 싫고 무엇이 괴로운지, 하나도 털어놓지도 않고 홀로 술병만 비워대는 그가 괜히 신경 쓰인 탓이었다. 다시 술잔을 뺏어버릴까 고뇌하는데, 그 모습을 보던 가후가 입술 끝을 말아 올렸다.

"그럼 넌 그 입 좀 다물고 하랑 걱정이나 해라. 옆에서 하도 땍땍거리니 골이 다 울리는군."

"싫어. 그렇게 듣기 싫으면 그만 마시든가. 그리고 하랑은 걱정할 거 하나도 없거든?"

해연은 지지 않고 반박했다. 하랑이야 뭐든 완벽한 편이고, 술도 그다지 즐기지 않았으니 염려할 것이 없었다. 하지만 가후는 그렇게 생각하지 않았다.

"하랑이 내 명을 어겨서 무슨 벌을 줄까 고민 중인데, 네가 걱정하기에 충분하지 않나?"

"뭐? 그거 좀 만났다고 벌을 준다고?"

"그거?"

그의 시선이 처음으로 날카로워졌다. 해연은 문득 자신의 실수를 깨닫고 입을 꾹 다물었다. 어쨌든 비아와 혼인을 한 건 가후였고, 남편인 그는 두 사람의 만남을 싫어해 왔다. 게다가 황후에게 집착한다는 소문이 이미 온 나라에 파다했으니 그의 반응을 이해 못 할 건 아니었다.

'의처증이 좀 심한 것 같은데, 밤에 외간 남자를 만났으니 화가 날 만은 하지.'

가후의 반응을 순순히 인정한 해연은 어떻게 하면 하랑을 변호해 줄 수 있을지 머리를 굴렸다. 잠시 고민하다가 그리 나쁘지 않은 방법을 떠올리고 히죽 웃었다.

"너, 나랑 내기하자."

좀 뜬금없는 제안에 가후는 한 번 더 술잔을 비우고 그녀를 바라보았다. 관심을 보이는 그에게 해연은 내기 조건을 들려주었다. 자정이 넘을 때까지 술을 마시지 않으면 그가 이기는 것이고, 한 잔이라도 마시면 자신이 이긴다. 만약, 자신이 이기면 하랑을 용서해 주고, 그가 이기면 더는 잔소리하지 않겠다는 내용이었다. 내기 조건을 가만 듣던 가후는 고개를 저었다.

"불합리하군. 거절한다."

이성적으로 판단한 그가 딱 잘라 거부하자 해연이 눈을 가늘게 뜨고 가후를 흘겨보았다.

"뭐야? 술 취한 줄 알았는데, 의외로 멀쩡하네?"

아쉬움이 가득한 말에 그는 어이가 없어서 고개를 저었다. 술을 많이 마신 걸 이용하려 했다는 당당한 고백이 기가 찼다. 그런데 이상하게 그런 행동이 밉지만은 않아서 그는 그녀의 생각에 호응하듯 다른 조건을 내걸어주었다.

"자정까지 술을 마시지 않으면 내가 이기는 건 그대로 하고, 너는 말을 하지 않으면 이기는 걸로 하지. 네가 이기면 하랑의 죄를 묻지 않을 것이고, 내가 이기면 너는 내가 원하는 것 하나를 들어주는 게 어떤가?"

가후의 내기 조건은 그리 나쁘지 않았다. 오히려 그가 술을 참는 것이 더 힘겨울 수도 있었다. 해연은 어깨를 한 번 으쓱이고 그 조건을 받아들였다.

"좋아. 단, 네 소원은 내가 들어줄 수 있는 한도 내에서만 제시해야 해. 어때?"

혹시나 집으로 못 돌아가게 할까 봐 해연은 확실히 선을 그어놓았다. 추가된 제안을 들은 가후는 들고 있던 술잔을 내려놓았다. 그 행동으로 두 사람의 내기는 시작되었다.


　팔각정의 처마는 어두운 밤하늘을 향해 쭉 뻗어 있었다. 그 아래에 달린 여덟 개의 등불과 술병에서 흘러나오는 알싸한 꽃향기가 묘한 분위기를 연출했다. 뭔가 심장이 간질간질한 느낌이 들어 자리가 불편해진 해연은 팔짱을 끼고 입을 더 꾹 다물었다. 지금 그녀는 묵언 수행 중에 맞이한, 예상치 못한 복병에 조금 당황하고 있었다.

　'뭔데? 왜 저렇게 보는 건데?'

　해연은 근질근질한 입을 애써 봉하고 가후를 곁눈질했다. 지금 그녀를 당혹스럽게 하는 건 얼굴을 괴고 자신을 빤히 쳐다보고 있는 그의 시선이었다. 그윽하게 바라보는 눈빛이 해연의 시선을 둘 곳 없게 만들었다.

　'말하게 하려고 저러나? 치사하게 미남계나 쓰고.'

　해연이 미남계라고 여길 만큼 그는 확실히 잘생기긴 했다. 한 가지, 껄끄러운 문제가 있다면, 인생의 원수라고 지칭할 수 있는 남자라는 점이었다. 지금까지 단 한 번도 이성으로 느껴진 적이 없기에, 해연은 그가 만들어내는 의미심장한 분위기가 무척 불편했다.

　안절부절못하는 해연을 잠시 구경하던 가후는 입술 끝을 끌어 올렸다. 매번 심할 정도로 당당한 태도를 보이며 저를 놀려먹던 신녀가 쩔쩔매고 있으니 보는 재미가 제법 쏠쏠했다. 눈을 동그랗게 뜨고 자주 힐끗거리는 것이, 무슨 생각을 하는지 다 들여다보일 정도였다.

　'재밌군.'

　그의 미소가 짙어졌다. 그럴수록 해연의 미간은 더 좁아졌다. 웃는 얼굴로 괴롭히던 그는 무슨 생각이 들었는지 앞을 가로막고 있던 술상까지 옆으로 밀어버렸다. 술상이 치워지자 휑한 공간이 생겼다. 그 상황에 이상함을 느낀 해연의 심장이 세차게 뛰었고, 가후는 웃는 낯으로 그녀에게 성큼 다가갔다.

해연의 검은 눈동자에 그가 선명히 새겨졌다. 붉은 머리칼을 깔끔하게 틀어 올려 금으로 된 상투관으로 장식하고, 화려한 용포를 입은 사내의 몸이 그 존재감을 과시하며 가까워졌다. 익숙하지 않은 진지한 눈빛과 장난기를 머금은 입술의 대비는 관능적으로 느껴질 정도였다.

갑작스러운 그의 변화에 놀란 해연이 뒤로 몸을 물리려 했다. 하지만 가후의 손이 허리 아래로 쑥 들어와 움직임을 봉쇄했다. 옴짝달싹 못하게 된 해연은 두 팔을 뻗어서 그를 밀어내려 안간힘을 썼다. 젖 먹던 힘까지 주어도 그의 몸은 꿈쩍도 하지 않았고, 계속 거리를 좁혀왔다.

가후는 졸지에 완전히 바닥에 눕게 된 해연을 가만히 내려다보았다. 저를 보며 눈썹을 찌푸리는 것도 나쁘지 않았고, 밀쳐 내려고 바동거리는 몸부림도 싫지만은 않았다. 다만, 이런 상황에서도 입을 꾹 다물고 하랑을 지켜내려 애쓰는 게 그에게 형용할 수 없는 씁쓸함을 남겼다. 누구는 이리 지조를 지키려 애쓰는데, 누구는 하룻밤 사이에 얼굴을 바꾸니.

"지금도 하랑 생각인가? 참으로 눈물겹군."

빈정대는 그의 말투에 해연은 발버둥 치는 걸 멈췄다. 이제는 완전히 그의 몸 아래에 누워버린 상태지만, 빠져나가려 힘쓰지 않았다. 그의 노림수가 무엇인지 정확히 느껴졌기 때문이다.

'내가 말하도록 유도하려는 거겠지. 하랑을 또 괴롭히려고.'

아무리 이성적으로 생각해 봐도 그것 외에는 달리 이유가 없었다. 평소 그의 언행에 비춰 볼 때도 자신을 여자로 받아들인다 하기에는 무리가 있었다. 남들이 아무리 예뻐졌다고 칭찬해 줘도 그는 여전히 자신을 인간 취급도 안 해줬기 때문이다. 처음에는 잡귀와 두꺼비였다가 나중에는 조금 발전해서 도롱뇽 정도로 취급받았다. 그러니 갑자기 도롱뇽과 키스하고 싶어진 게 아니라면 내기에서 이겨서 하랑을 괴롭히려는 수작이 분명했다.

'어차피 나한테 하지도 못해. 미치지 않고서야.'

그와 키스하는 장면은 상상만 해도 소름이 끼쳤다. 얼굴을 더 일그러뜨린 해연은 몸을 부르르 떨어 소름을 털어냈다. 그러자 거짓말처럼 마음이 차분해졌다.

반항을 멈춘 해연이 얌전해지자 가후도 덩달아 웃음기를 지웠다. 사태를 파악하는 능력이 예전보다 발전한 해연은 괴롭히는 맛이 조금 떨어졌다. 입을 꼭 다물고 야무지게 버텨내는 모습에 가후의 눈매가 가늘어졌다.

"내가 못 하리라 생각하나?"

정곡을 찌르는 그의 말에 해연은 생긋 웃는 낯으로 대응했다. 할 수 있으면 한 번 해보라는 듯, 약간의 비웃음이 담긴 강수를 놓은 것이다. 그에 가후도 똑같이 대응했다. 보란 듯이 해연의 두 팔을 벌려서 단단히 붙잡고 지근거리로 밀착해 갔다. 누가 먼저 백기를 드는지, 끝까지 해보자는 것이었다.

심하게 가까워지는 그의 얼굴에 해연의 눈이 커졌다. 미친 것 아니냐는 욕이 목구멍을 뚫고 튀어나오려 했다. 이 상황을 도저히 견디지 못한 해연이 큰 결심을 하려던 차에 다행인지 불행인지 그의 움직임이 우뚝 멈췄다. 그러고는 곧 가후의 입술이 빙긋— 호선을 그렸다.

'그래. 배신감이란 게 그리도 기분 나쁜 것이다, 하랑.'

연못 너머, 후원의 입구 근처에서 느껴지는 하랑의 기운이 갈피를 못 잡고 흔들렸다. 어지러운 그의 심정을 대변하듯 널뛰는 공력의 기운에 가후는 붉은 눈을 곱게 휘며 웃었다. 의미를 알 수 없는 그의 미소가 해연을 더 심각하게 만들었지만, 그는 아무것도 알려 주지 않았다. 그저 하랑을 저리도 뒤흔드는 여인을 다시 한 번 쭉 훑어볼 뿐이었다.

'흐음, 확실히 예전보다는 계집 같아지긴 했는데······.'

커다란 눈망울이니 고운 피부니 모두 나쁘지 않았다. 하지만 무엇보다도 그를 끌어당기는 건 검은 눈동자에 담긴, 권력에 굴하지 않는 기세였다. 처음 만난 순간부터 심하게 대들던 그 성격이 예전엔 무척 거슬렸다. 완전히 꺾어버려서 재기 불가능하게 만들고 싶었는데, 이제는 그런 태도가 오히려 좋게 느껴졌다. 가장 높은 지위에 올라 모든 사람을 발아래 둔 그였기에 자신을 황제가 아닌, 한 명의 인간으로 대해주는 게 새삼 고맙게 느껴졌다.

'나름 기특하긴 하군.'

그 공을 인정한 그는 조금이나마 해연에게 기회를 주기로 했다. 물론, 놀리는 걸 멈추고 싶진 않았다. 본인의 변덕에 갈등하던 그는 곧 마음을 정했다.

"너에게 한 가지 좋은 정보를 주자면, 좀 전에 하랑이 다녀갔다. 우리 사이에 대해 곡해하는 것 같은데, 오해가 아니라 현실로 만들어볼까?"

하랑이 봤다는 말에 경악하는 해연의 얼굴을 감상하며 가후는 더 짓궂게 굴었다. 끝까지 입을 맞추려는 그의 행동에 해연은 이를 꽉 악물었다. 이제 더는 못 참는다. 분노한 그녀는 숨을 가득 들이마시고 그대로 머리를 들어 올렸다.

빡!

뭔가 둔탁한 소리가 들리고 두 사람은 동시에 이마를 부여잡았다. 두개골이 깨질 듯이 통증이 심했다. 예상치도 못한 박치기 공격에 가후의 입에서 욕이 터져 나왔다.

"이 미친년이 진짜, 머리에다 돌을 박아났나!"

이마를 감싸 쥐고 일어나며 뱉은 그의 욕설에 뒤따라 일어난 해연의 눈도 세모꼴로 치켜떠졌다.

"나도 아파! 이 돌머리 자식아!"

끝내 참지 못한 그녀가 빽! 소리를 질렀다. 입을 다물고 있느라 얼마나 힘겨웠던가. 게다가 하랑까지 오해하게 만들었으니 분노가 한꺼번에 용솟음쳤다.

"너랑 내기 안 해! 이거 무효야, 무효라고! 더럽고 치사하게 뭐 하잔 짓거리야!"

자리에서 일어난 해연은 삿대질까지 하며 방방 뛰다가 씩씩대며 팔각정을 내려갔다. 하랑을 찾아 이 심각한 오해를 풀어야만 했다. 하지만 이미 가버렸는지 그는 코빼기도 보이지 않았다.

억울해진 해연은 모든 사태의 원흉을 노려보았다. 그는 벌써 멀쩡해졌는지, 술이 채워진 잔을 입가에 가져다 대며 피식 웃었다. 진득한 승리자의 미소에 배알이 꼴릴 대로 꼴린 해연은 그의 술잔과 술병을 향해 손을 휘둘렀다. 그녀의 손짓 한 번에 술이 콸콸 넘쳐흘렀다. 술잔을 넘어서 손을 축축이 적시는 액체에 가후의 얼굴이 기이하게 일그러졌다.

"뭐야, 이게?"

"뭐긴 뭐야, 냉수 탄 술이지. 실컷 마시고 속이나 차려! 이 나쁜 놈아!"

술에다 물을 타버린 해연의 복수에 가후는 헛웃음을 지었다. 궐에 있는 청화주는 팔각정에 가져다 둔 것이 전부였는데, 한 병도 빠짐없이 물이 보글보글 올라오고 있었으니, 강제로 술자리를 파하게 생겼다. 허탈해하는 그를 고소하게 여기며 해연은 황급히 하랑을 찾아 나섰다. 빨리 그를 찾아서 오해를 풀어야만 했다.

해연이 떠나고 적막해진 팔각정에서 가후는 여전히 물이 올라오는 술잔을 놓고 드러누웠다. 팔각정에 달린 등불을 빤히 보고 있노라니, 말괄량이 하나가 헤집어놓은 근심이 다시 응집하며 몰려들었다. 황제인 자신은 앞으로 어찌해야 할 것인가. 깊어지는 고민을 견디지 못한 그의 눈이 스르르 감겼다.


하랑은 두방망이질 치는 심장에 괴로워하며 발길을 멈췄다. 밤이 깊어진 궁궐은 적막하면서도 고요했다. 아무도 보지 못할 어둠 속에서 얼굴을 쓸어내린 그는 작은 한숨을 내쉬었다. 예상은 하고 있었다. 자신이 연모하는 여인을 가후가 그냥 내버려 두지는 않을 것이라 생각했다. 그것이 두려워서 한때는 해연이 다가오지 못하게 밀어낸 적도 있었다.

'그래도 신녀님이라면…….'

하랑은 입술을 질끈 깨물었다. 믿었다. 믿었었다. 전날, 과거는 상관없다고 말해준 그녀였기에 안심할 수 있었다. 그런데 어디서부터 잘못된 건지, 그녀는 가후를 받아들였다. 용포 소매에 가려진 탓에 얼굴을 정확히 보지는 못했으나, 느껴지는 기운은 해연이 분명했다.

'이전에도⋯⋯.'

하랑은 일전에 유신과 해연이 꽃씨 창고에서 했다던 입맞춤을 떠올렸다. 직접 보지는 않았으나 심한 질투와 숱한 상상 속에서 그것은 무엇보다 선명하게, 장면 하나하나 뇌리에 남아 있었다. 유신과의 입맞춤까지 떠올리자 속에서 불쾌감이 솟구쳤다. 손에 들린 그의 검이 힘을 이기지 못하고 부들부들 떨렸다.

해연은 하랑을 찾아 궐을 떠돌았다. 구석구석 샅샅이 뒤져 보았지만, 그는 좀처럼 보이지 않았다. 훈련이 끝난 달천대에도 가보고 그의 방도 찾아가 보았지만, 하랑은 어디에도 없었다. 그렇게 찾아다니는 시간이 길어질수록 해연의 마음 한구석에 자리 잡은 불안감도 덩달아 덩치를 키웠다.

터덜터덜 정처 없이 걷던 해연은 어딘지도 모를 곳까지 흘러 들어왔다. 길을 잃은 느낌에 주위를 멍하니 살피던 그녀의 눈에 나무에 몸을 기댄 채 서 있는 하랑이 들어왔다. 그는 차분한 얼굴로 자신을 응시하고 있었다.

"아, 하랑?"

가라앉은 그의 시선이 무서웠지만, 해연은 다 무시하고 달려갔다. 혹시나 또 다른 곳으로 가버릴까 봐 그에게 닿자마자 와락 끌어안았다.

"하랑, 오해야. 다 오해야. 나 그 자식이랑 아무 일도 없었어. 진짜야. 정말로 아무 일도 없었어."

세차게 도리질을 하는 해연을 하랑은 가만히 내려다보았다. 그가 전혀 반응하지 않자 움찔한 해연이 슬그머니 고개를 들었다. 흔들리는 그의 눈동자가 지금 겪고 있는 아픔을 고스란히 전해주었다.

괴로워하는 그가 안타까워서 해연은 가후와의 일을 처음부터 다 설명하려 했다. 그런데 그녀가 입을 열자마자 하랑의 입술이 덮쳐 왔다.

"잠깐…… 하……."

해연이 말리기도 전에 그는 격렬히 입술을 탐했다. 어깨를 꽉 감싸 안고 움직이지 못하도록 품에 가둔 채 입술 안쪽으로 혀를 밀어넣었다. 그 달콤함에 취한 해연의 눈이 점점 풀려갔다. 그걸 지그시 응시하던 그는 자신을 원하는 그녀의 눈빛에서 마음의 위안을 받았다. 해연의 손이 제 목덜미를 덮고 더 가까이 끌어당길수록, 그녀가 자신을 갈망하면 할수록, 하랑은 그녀가 온전히 제 것임을 확인받는 느낌이었다. 하지만 해연의 몸에서 풍겨나는 알싸한 꽃향기가 그의 행복을 가로막았다. 가후가 즐겨 마시는 독한 청화주 향, 그것이 그의 기억 속에서 좋지 못한 장면을 다시 끄집어냈다.

다급하던 하랑의 움직임이 우뚝 멈췄다. 그는 입술을 떼고 아직 열기에 달아올라 있는 해연을 가만히 응시했다. 그녀를 음미하면 할수록 느껴지는 청화주 향이 팔각정에서의 사건을 상기시켰다. 그래도 일말의 희망을 놓치고 싶지 않던 그는 확실하게 물어보기로 했다.

"혹시 술을 드셨습니까?"

그의 팔에 안겨 바짝 긴장하고 있던 해연은 하랑의 질문에 눈을 동그랗게 떴다. 한창 열렬하게 키스하다 말고 술을 먹었느냐고 물어보는 것이 민망하기 그지없었다. 볼을 붉힌 해연은 소매로 입을 막고 그의 눈치를 살폈다.

"술 냄새나? 딱 한 잔 마시긴 했는데."

냄새 때문에 걱정하는 그녀와 달리 하랑의 표정은 도리어 풀어졌다. 가후와 입맞춤을 하는 바람에 청화주 향이 나는 줄 알았더니, 직접 마신 탓이었다. 해연은 낯빛이 밝아지는 하랑의 모습을 의아하게 보다가 다시 한 번 달려드는 그를 받아내느라 곤혹스러워했다.

두 차례의 폭풍 같던 순간이 지나고, 나무 아래에 앉아 하랑의 어깨에 머리를 기댄 해연은 바짝 긴장했다. 조금만 관심을 끌어도 그가 또 덮쳐 올 것만 같았다. 평소보다 더 저돌적인 것이, 질투가 심했구나 싶어서 웃음이 나려 했지만 꾹 눌러 참았다. 여기서 또 했다가는 그땐 정말 입술로 끝나지 않을 듯싶었다.

밤기운을 품은 산들바람이 뜨겁게 달아올랐던 볼을 식혀주었다. 하랑도 조금 진정되었는지 분위기는 평화로웠다. 해연은 그 틈을 타서 차분하게 대화를 시도했다.

"하랑, 신녀의 서에 그런 얘기가 있어."

해연은 그의 손에 깍지를 끼면서 신녀의 서에서 발견한 내용을 들려주었다. 기억과 입맞춤의 상관관계에 대한 이야기에 하랑의 시선이 그녀에게 향했다. 이미 인지하고 있던 내용이었지만, 이어지는 말은 자신이 알던 것과는 조금 달랐다.

"하랑이랑만 해봐서 잘 몰랐는데, 내가 좋아하지도 않는 남자랑 하면 몸이 받아들이지 못한대. 음식 먹었을 때처럼 거부반응이 생기나 봐. 그러니까 하랑은 안심해도 돼. 알았지?"

다독이는 듯한 해연의 설명에 그는 잠시 멍해졌다. 자신과만 해봤다는 말이 뇌리에 콕 박혀서 빠지지 않았다.

'그럼…… 유신은?'

해연의 말대로라면 유신과는 아무 일도 없었다는 것이 된다. 당시 목격자였던 도평은 확신에 차 있었는데, 문득 착각이었을지도 모른다는 생각이 머리를 들었다. 결국, 하랑은 그때의 일을 꺼내볼 용기를 품었다. 확인하고 싶었다. 그리고 해연에게 직접 듣고 싶었다, 그런 일은 없었다고. 하랑은 긴장한 얼굴로 해연을 마주했다.

"신녀님, 몇 달 전에 유신과 꽃씨 창고에서 있던 일. 그날, 울면서 뛰쳐나오셨던 이유……. 제가 잘못 알고 있었을지도 모른다는 생각이 듭니다. 괜찮으시다면 설명해 주실 수 있으십니까?"

몇 달간 마음속 깊은 곳에서 그를 괴롭혀 왔던 일이 드디어 수면 위로 올라왔다. 그의 질문에 해연은 설마 하는 생각이 들었다. 지금 이 상황에서 그때의 일을 꺼낸다는 게 내심 마음에 걸렸다.

"설마…… 하랑, 그때 내가 꽃도령이랑 키스했다고 생각하는 거 아니지?"

해연이 말하는 키스라는 단어가 무슨 뜻인지 짐작한 하랑은 아무런 대답도 하지 못했다. 그가 보여주는 암묵적 동의에 해연도 멍해졌다. 그제야 모든 것이 이해가 되었다. 가후와 자신의 사이가 그토록 좋지 않음에도 오해한 건, 유신과의 선례가 있었으니 가후와도 가능하지 않을까 하는 추측 때문이었다. 게다가 유신의 외모에 유독 약한 모습을 보여왔으니, 하랑이 오해할 만도 했다. 자신의 잘못을 깨달은 해연은 긴 한숨을 내쉬었다.

"그때 꽃도령이 가까이 다가오긴 했어. 살면서 그런 일은 처음이었으니까 너무 놀라는 바람에 움직이지 못했는데, 마침 도평이 들어온 거야. 아무 일도 없긴 했지만 그런 상황을 들킨 것도 민망하고, 하랑에게 또 미움받겠구나 싶어서 눈물이 막 나더라고."

거기까지 설명한 해연은 기쁨을 감추려 애쓰는 하랑을 흘겨보았다.

"내가 하랑에게 처음부터 많이 들이댄 것도 있고, 잘생긴 남자에게 좀 취약한 편이기도 한데, 아무리 그래도 그렇지! 꽃도령은 그렇다 쳐도 저 자식까지 오해하는 건 너무하잖아."

질투에 사로잡힌 하랑을 달래느라 고생한 입술이 아직도 화끈거렸다. 그런 해연의 투정에 지은 죄가 있는 하랑은 헛기침을 하며 시선을 피했다. 그런데 또 가만 생각해 보니 유신은 예외로 치는 것이 거슬렸다.

"그런데 그는 왜 그렇다 칩니까? 그자가 그리도 잘생겼습니까?"

슬그머니 눈을 마주치며 물어오는 말에 이번에는 해연이 대답을 회피했다. 솔직하게 하랑만큼이나 유신도 잘생겼다고 말하면 오늘 밤이 지나기 전에는 놔주지도 않을 듯싶었다. 해연은 하랑이 질투하는 모습을 마음껏 즐기며 끝까지 입을 열지 않았다.

## 17.
### 각자의 사정

해연과 하랑이 사랑싸움에 푹 빠져 있을 때, 궐 밖에 있는 유신의 거처에는 불이 환하게 켜져 있었다. 밤이 깊었지만 잠들지 못한 그는 창틀에 앉아 연신 술병을 기울였다. 두어 모금 흘려 넣고 어두운 눈빛으로 손에 들린 편지를 읽었다. 그것은 얼마 전, 청일국 황제가 보내온 서찰이었다.

─그대는 행동을 바르게 하고, 짐이 더는 의심케 하지 말아야 할 것이다. 이번 겨울이 지나면 전쟁을 미루지 않을 생각이니, 동연국이 병합되고 난 뒤를 생각하게. 한 나라에 신녀가 둘이 되는 일은 없도록 하는 것이 좋지 않겠나. 그런 일이 벌어지면 짐은 그대에게 크게 실망할 거야. 두 신녀 중 하나는 필요치 않게 될 터이니, 그대 누이에게 좋지 않은 일이 벌어질 수도 있겠지.

두 신녀 중 하나는 기필코 죽이겠다는 으름장에 유신은 긴 한숨을 흘려보냈다. 가후의 협박과 꼬임에 넘어가 불의 검을 모두 동연국에 바친 것이 화근이었다. 청일국 황제는 그 사실을 알자마자 바로 행동을 취해왔다. 누이의 목숨을 들먹이며 빨리 해연을 살해하라고 재촉한 것이다. 결국, 유신은 초가를 찾아가 계획을 세웠으나 마음은 여전히 어지러웠다.

'해연……'

자신을 향해 밝게 웃어주던 그녀를 떠올리자 가슴 한쪽이 아릿해졌다. 일평생을 살수로 살던 그에게 해연은 새로운 감정을 안겨준 여인이었다. 살인 병기나 마찬가지인 자신을 한 명의 인간으로 스스럼없이 대해주는 여인이 얼마나 소중한지도 그녀를 통해 깨달았다. 하지만 그런 제 마음을 믿기가 어려운 탓에 연모라는 감정을 가벼이 치부하고 외면해 왔다. 그저 제거할 기회를 잡기 위해 다가가는 것이라고, 그리 쉽게 생각하려 했다. 그러나 시간이 지날수록, 하랑만 바라보는 그녀를 발견할수록, 메말랐던 마음에 불이 붙어 활활 타올랐다. 그 뜨거움에 얼어 있던 심장마저 녹을 지경이 되자 그는 인정할 수밖에 없었다. 자신은 그녀를 진심으로 연모하고 있었다.

'어쩌다가 이렇게까지 되어버렸나.'

한낱 여인에게 빠져 버린 본인이 무척 한심하지만, 이미 돌이킬 수 없을 만큼 모든 감정이 그녀에게 향해 있었다. 답답한 마음이 든 그는 창문 너머, 어둠 속에서 홀로 빛을 발하는 신궁을 바라보았다.

'이제 결정할 때인가.'

오래도록 갈등하고 갈팡질팡해 왔다. 해연을 죽이겠다고 결심하고 나서도 막상 때가 되면 숱한 이유를 만들어내며 풀어주기를 반복했다. 하지만 이제는 외면할 길이 없었다. 벼랑 끝에 다다른 것이다. 그에게 남은 건 선택뿐이었다.

동쪽에서 시작된 여명이 어둠을 몰아내고 하늘을 장악했을 때, 황제가 업무를 시작했다는 소식이 신궁까지 전해졌다. 그 덕에 평온한 하루를 맞이하게 된 해연은 필사한 신녀의 서를 마저 다 읽었다. 해독되지 않는 부분은 단야에게 어휘를 물어가며 꼼꼼히 완독했기에 이 세상과 물의 신녀에 대한 궁금증을 모두 해소할 수 있었다. 더불어 주문서를 하루빨리 얻어야 함을 깨달았다. 가리국 황제의 말대로 이제는 후로국의 천관녀가 마지막 기회라고 할 수 있었다. 그 사실을 상기한 해연의 얼굴이 침울해졌다.

'이달 안에는 주문서를 찾아서 출발해야 후로국의 천관녀를 만나러 갈 텐데……'

병환이 깊어지고 있다는 후로국의 천관녀를 만나려면 길을 재촉해야만 했다. 동연국과 후로국은 정반대에 위치한 나라고, 그 사이를 청일국이 가로막고 있었다. 청일국을 피해서 후로국으로 가려면 남쪽의 가리국을 이용해서 돌아가거나 북쪽의 수우국을 통해야만 했다. 문제는 그렇게 될 경우, 넉 달 이상을 지체하게 된다는 점이었다. 바다를 이용해 반대로 돌아가는 건 얼마나 걸릴지 감도 잡히지 않았다.

'날 위해서 남은 삶을 희생해 줄지도 모를 일이고. 하랑은 어떻게 해야 할지, 가리국과 동연국의 백성들은……'

막상 떠날 생각을 하니 남겨두는 이들이 마음에 걸려서 머릿속이 복잡해졌다. 침상에 대자로 누워 앞으로의 행보를 고민하던 해연은 그대로 낮잠에 빠져들었다.

따사로운 제주도의 햇살 아래서 엄마는 밝은 얼굴로 빨래를 널고 있었다. 마당 한편에 있는 빨랫줄에 걸린 색색의 옷가지들이 선선한 바람결에 나부꼈다. 그 평화로움이 해연의 얼굴에도 잔잔한 미소를 머금게 했다. 지워진 듯 보이지 않던 엄마의 얼굴이 선명하게 보였고, 그만큼 하랑에게 고마운 마음이 들었다. 이게 모두 그와 마음이 통한 덕분이었다.

'다행이야, 정말. 보고 싶었어, 엄마.'

해연은 엄마의 뒤로 다가가 등에 얼굴을 기대고 살포시 안아보았다. 비록 체온이 전해지지는 않지만, 이렇게라도 그리운 마음을 달래고 싶었다. 그런 딸의 마음을 느꼈는지, 엄마가 빨래를 널던 손을 멈추고 뒤를 돌아보았다. 마치 저를 봐주고 있는 듯한 기분에 해연의 눈가가 촉촉이 젖어들었다. 그때, 집 안에서 전화벨 소리가 울렸다.

받으라고 재촉하는 전화 소리에 엄마는 시선을 돌리고 잰걸음을 옮겼다. 해연도 뒤따라 집 안으로 들어섰다. 아빠는 출근했는지 보이지 않았고, 거실 중앙에 놓인 테이블 위의 전화기만이 요란하게 울리고 있었다. 엄마는 젖은 손을 앞치마로 닦고 소파에 앉아서 앞에 놓인 수화기를 들어 올렸다.

"여보세요?"

[수고하십니다. 서귀포 해양경찰서 경사 이조덕이라 합니다. 거기가 윤상훈 씨 댁이 맞습니까?]

낯선 사내의 목소리가 수화기를 타고 넘어왔다. 그는 자신의 신분을 밝히며 전화를 맞게 걸었는지 물었다. 확실히 남편의 이름은 맞았다. 하지만 경찰서라는 단어가 그녀를 경계하게 만들었다. 요즘 들어 부쩍 경찰 신분을 들먹이는 사기 전화가 급증하고 있다는데, 혹시나 싶은 마음이 든 것이다.

전화를 받은 엄마의 표정이 심각해지자 해연도 곁에 앉아 수화기에 귀를 기울였다. 전화기 너머에서 다시 한 번 신분을 밝히는 남자의 목소리가 들렸다. 그의 말에 해연의 얼굴이 굳어졌다. 경찰이 집에 전화할 이유가 많지 않기 때문이었다. 그걸 잘 알고 있는 엄마도 혹시나 돈을 요구하면 확 끊어버리겠다고 결심하면서 진지하게 대응했다.

"네, 맞는데요? 무슨 일이시죠?"

경계심이 묻어나는 음성이었지만, 경찰은 별말 없이 넘어갔다. 지금은 그것보다 더 중요한 일이 있기 때문이었다.

[가파도에서 따님으로 추정되는 시신이 발견되었습니다. 신분 확인을 위해 잠시 와주셨으면 합니다.]

경찰의 말이 끝났지만 엄마는 아무런 대답도 하지 못했다. 수화기에 귀를 대고 망연하게 앉아 있을 뿐이었다. 그 모습에 해연은 눈을 질끈 감았다. 더는 엄마의 고통을 지켜보기가 힘겨웠다. 바들바들 떨리는 목소리가 해연의 심장을 파고들었다.

"그게…… 그게 무슨 소리죠? 우리 딸은 미국에서 잘살고 있는데, 전화 잘못 거셨습니다."

[아, 윤상훈 씨 댁이 아니십니까? 윤해연 양…….]

"잘못 걸었다고요!"

참다못한 아픔이 터져 나왔다. 수화기를 내던져 버린 엄마는 얼굴을 감싸고 고개를 숙였다. 현실을 부정하는 그녀의 입에서 딸의 이름이 웅얼거리며 흘러나왔다. 자신을 부르는 소리에 해연은 입술을 악물고 눈을 떴다. 엄마는 이 사태를 받아들이기가 무척 힘에 겨운지, 손부터 어깨까지 떨리지 않는 곳이 없었다.

'엄마.'

저로 인해 아파하는 엄마의 모습에 해연의 눈시울이 뜨거워졌다. 언젠가 벌어질 일이었으나 괴로움은 예방조차 불가능한 것이었다. 해연은 두 팔을 벌려 떨고 있는 엄마를 안아주었다. 비록 느끼지는 못할 테지만 알려주고 싶었다, 자신의 존재를.

'엄마, 나 여기 있어. 엄마 옆에 있어. 그러니까 아파하지 마. 내가 금방 갈게. 꼭 돌아갈게.'

해연의 볼을 타고 흘러내린 눈물이 약해져 버린 엄마의 어깨 위로 방울져 떨어졌다.

엄마에게서 전이된 고통에 잠식당한 해연은 자신의 이마를 쓰다듬는 누군가의 손길을 느꼈다. 부드러우면서도 서늘한 기운이 꿈을 깨뜨리고 그녀를 현실로 끌어당겼다.

물에 젖은 솜처럼 묵직해진 눈꺼풀이 힘겹게 올라갔다. 흐릿하던 시야가 몇 번의 깜박임 끝에 또렷해지자 해연은 저를 내려다보는 유신을 발견할 수 있었다.

"꽃…… 도령?"

위로하듯 천천히 이마를 매만지는 손길이 하랑이 아닌 유신이어서 해연은 조금 놀랐다. 그 목소리에 유신은 곱게 웃으며 그녀의 눈가에 달린 눈물을 닦아주었다. 잠을 자면 항상 우는 그녀가 안쓰러운 탓에 그의 미소도 점차 옅어졌다.

"신녀님, 제게 기회를 주실 수 있으십니까?"

갑자기 들려오는 의미심장한 말에 해연이 몸을 일으켰다. 의문을 품는 그녀의 시선을 마주하며 유신은 손을 뻗어 해연의 볼을 쓰다듬었다.

"신녀님을 지킬 기회, 당신 곁에 설 기회, 그 모든 것이 이미 제 것이 아닌 것 같아서 두렵습니다. 그럼에도…… 기회를 청하고자 합니다."

감미롭지만 그 무엇보다 아련한 마음에 해연은 아무 말도 할 수가 없었다. 미안하다는 말조차 그에게 상처가 될 것을 알기에 선뜻 입이 열리지 않았다. 그런 해연의 태도에 유신도 답을 짐작했다. 알고 찾아왔지만, 그럼에도 확인하고 싶었다. 그것이 마음을 정리하는 데 도움이 될 터였다.

'끝인가.'

가후에게 어렵사리 허락받은 혼례 이야기는 꺼내보지도 못하고 이렇게 끝이 나버렸다. 그의 손이 해연의 볼에서 힘겹게 떨어졌다. 안녕을 고하듯이.


비아는 화장대 앞에 앉아 거울 속에 비친 자신을 가만히 들여다보았다. 요 며칠 마음고생을 하며 시도 때도 없이 울어댄 탓에 얼굴은 수척해지고 낯빛은 파리했다. 그녀는 분첩을 들어 얼굴에 두드리다가 보덕을 불러들였다.

"보덕아, 밖에 있느냐?"

"예, 마마."

문이 열리고 보덕이 조심스럽게 안으로 들어섰다.

"부르셨습니까, 마마?"

"그래……. 네가 한 번 더 수고 좀 해야겠다."

황후가 말하는 것이 무엇인지 짐작한 보덕이 기함하며 털썩 무릎을 꿇었다. 그녀는 도리질을 치며 받아들일 수 없다고 저항했다.

"안 됩니다. 안 됩니다, 마마! 폐하께옵서 역정을 내신 지 이제 겨우 이틀밖에 지나지 않았습니다. 어찌 이러십니까? 아니 될 일입니다!"

강력하게 반대하는 목소리에 비아는 분첩을 내려놓고 몸을 돌렸다. 바닥에 엎드린 보덕의 등을 가만히 바라보던 그녀는 숨을 가득 들이마셨다. 자신이라고 좋아서 이러겠는가. 하지만 달리 방도가 없었다.

"내 오늘은 혼자 나설 것이니 따르는 이가 없도록 하고, 하랑 대장에게는 비서각에서 기다린다고 전하여라."

"마마!"

고개를 치켜든 보덕의 호소 어린 눈빛에도 그녀의 결심은 흔들리지 않았다. 하루만 더 만나면 된다. 초가가 지시한 건 오늘까지였다. 이번만 잘 넘기면 될 것이었다.

보덕은 좀처럼 고집을 꺾지 않는 황후를 진심으로 이해할 수가 없었다. 황제가 보내온 산국 한 다발에 세상을 다 가진 것처럼 환히 웃던 게 엊그제였다. 그런데 지금은 미움을 사려고 작정한 사람처럼 하랑만 찾아댔다. 그 이유를 알 수 없어 답답한 마음이 들었으나, 지금은 말리는 게 우선이었다. 오늘 또 만난 걸 황제가 알면, 그것도 늦은 시각에 밀폐된 공간인 비서각에서의 만남을 알게 된다면 정말 큰일을 치를지도 몰랐다.

"마마, 폐하께옵서 정국을 다시 돌보신 지 만 하루도 채 되지 않앉사옵니다. 신녀님께옵서 어렵사리 설득해 주셨사온데, 어찌 또 그 분노를 감당하려 하시옵니까?"

"되었다. 긴말 말아라. 시간이 더 지체되어선 아니 되니 어서 가서 알리기나 하여라."

그녀는 보덕을 재촉했다. 초가가 원한 시각까지 하랑을 서고로 불러내야 했다. 궐의 모든 업무가 끝나는 오후 열 시쯤 불러내라 했으니 이제 시각이 얼마 남지 않았다. 하지만 보덕은 좀체 자리에서 일어나지 않았다. 뜯어말릴 방법을 강구하고 있는 것이다. 아니나 다를까, 보덕의 입에서 부정적인 소리가 흘러나왔다.

"하랑 대장은 비서각으로 가지 않을 것이옵니다. 일전의 일로 폐하께옵서 크게 노하심을 알고 있사온데 어찌 가겠습니까."

보덕의 핑계에 비아의 눈빛이 침잠해졌다. 어떻게 해서든 하랑을 불러내야만 했다. 잠시 고민하던 그녀는 곧 그를 설득할 방법을 일러주었다.

"폐하의 일로 알려줄 것이 있다고 하면 올 것이다. 필히 그를 불러내야 한다. 알겠느냐?"

황제까지 팔아가며 불러내고야 말겠다는 단호한 태도에 결국 보덕도 체념했다. 그렇게 보덕이 물러나고, 홀로 남겨진 비아는 다시 한 번 거울을 바라보았다. 거울 속의 여인에게서 어린 시절에 헤어졌던 어머니가 언뜻 비치는 듯했다.

'어머니, 이 못난 여식이 곧 따라가렵니다. 하지만 그전에…….'

비아는 오래도록 보지 못한, 하나 남은 제 혈육을 떠올렸다. 자신을 잘 따르던 어린 여동생은 이젠 제법 컸을 터다. 동생의 나이, 한창 꽃 같던 열여섯 살에 자매는 생이별을 했다. 그로부터 벌써 이 년이 넘어가고 있었으니, 이제는 어찌 컸을지 상상조차 가지 않았다.

"윤아야……."

그리운 동생의 이름을 부르며 비아는 찢어지는 가슴을 움켜쥐었다. 못난 언니를 두는 바람에 동생은 열여섯이 되던 해에 손가락 한 마디가 잘려 나갔다. 그 고통을 참고 견뎌야 했을 동생을 떠올리면, 자유도 억압당한 채 숨죽여 살고 있을 걸 상상하면, 언니가 구하러 와주기를 간절히 기다리고 있을, 그런 동생을 생각할수록 그녀는 미치도록 괴로웠다. 핍박받는 건 아닐지, 정상적인 생활은 하고 있는 건지, 치료는 제대로 받았는지, 아무것도 알지 못했다. 몸도 성치 않을 동생 걱정에 비아의 눈망울이 다시금 젖어들었다.

'윤아야, 나는 죽어도 너는 살릴 것이다. 미안하다, 미안해.'

비아는 어린 동생을 생각하며 입술을 악물고 흐느껴 울었다.


늦은 밤, 가후는 전날 미뤄둔 업무에 호되게 치이고 있었다. 해도 해도 줄지 않는 일거리에 지칠 법도 하건만, 그는 다시금 옥새를 들고 펼쳐 둔 상소문에 날인했다. 기계처럼 문서를 읽고 처리하기를 몇 시간째, 그는 예상치 못한 손님 하나를 맞이했다.

"폐하, 유신 공이 뵙기를 청하옵니다."

"유신?"

가후의 눈길이 문으로 향했다. 벌써 열 시가 넘어가고 있었으니 퇴궐했어야 할 시각이었다. 그런데 이 밤에 불쑥 찾아왔다는 건 중요한 일을 들고 왔을 가능성이 높았다.

"들라 하라."

허락이 떨어지자 유신이 집무실 안으로 들어섰다. 굳은 표정으로 들어선 그는 가만히 서서 달리 말이 없었다. 이유를 알 수 없는 유신의 행동에 가후는 도리어 흥미를 느끼며 그를 재촉했다.

"이 밤에 내 얼굴을 보겠다고 찾아온 건 아닐 테고. 무슨 일이 지?"

농 섞인 말에도 유신의 표정에는 변화가 없었다. 그는 그렇게 한 참을 서 있다가 인내심이 바닥난 가후가 손을 내저으며 쫓아내려 하자 그제야 입을 열었다.

"비서각으로 가보십시오. 황후마마와 하랑이 만나는 것 같습니 다."

"뭐?"

또다시 심장에 충격을 가하는 소리였다. 좀처럼 믿지 못하는 가 후가 이지러진 얼굴로 되묻자, 유신은 다시금 잔인한 소리를 내뱉 었다.

"황후마마가 궁녀도 대동 않고 불 꺼진 비서각으로 혼자 들어가 셨습니다. 뒤이어 하랑의 기운이 가까워지기에 바로 폐하께 온 것 입니다."

불 꺼진 비서각에서 단둘이 할 만한 일이 그다지 많진 않을 것이 었다. 움켜쥔 가후의 손이 분노를 이기지 못하고 부들부들 떨렸다. 격분한 그는 유신의 얼굴을 노려보다가 자리를 박차고 일어났다. 직접 가서 두 눈으로 확인할 필요가 있었다.

성이 난 그가 집무실을 박차고 나서자 내관과 궁녀들이 아연실색 하며 황급히 뒤를 따랐다. 근무를 서던 풍월대원들까지 일사불란하 게 호위를 하러 나서자 용주전은 말 그대로 텅텅 비게 되었다. 가후 가 있을 때보다 반쯤 휑해진 내부를 쓱 둘러본 유신은 자취를 감추 고 사라졌다. 하지만 그는 용주전 밖으로 나가지 않았다. 그의 목적 지는 궐 밖이 아닌, 황제의 침소에 있었다.

비서각 주변에서 머뭇거리며 고뇌하던 하랑은 결국 궁녀가 알려 준 서각 안으로 발을 디뎠다. 등불을 켜지 않아 어슴푸레한 서고 안에 황후의 기척이 있었다. 하랑은 누가 볼세라 굳게 문을 닫고 그녀가 기다리고 있는 곳으로 다가갔다.

통풍이 잘되도록 크게 낸 만살창 앞에서 황후가 달을 올려다보고 있었다. 쏟아지는 달빛을 받으며 서 있는 뒷모습에 그는 걸음을 멈췄다. 그녀의 자태가 일순 결연하게까지 보였다. 큰 결심이라도 한 듯 숙엄한 분위기를 풍기던 황후가 천천히 뒤돌아섰다. 그녀의 금빛 눈동자가 슬프게 웃고 있었다.

"여기까지 오게 해서 미안해요, 하랑."

처연한 목소리가 서늘한 공기를 타고 전해졌다. 힘없는 음성에 하랑은 가슴이 아팠다. 가후가 많이 아껴준다고는 하지만, 그녀는 예전만큼 활짝 웃는 일이 없었다. 아마도 이 년 전부터였을 것이다. 그때부터 그녀도 거의 웃음을 잃었다.

"많이, 힘드십니까?"

걱정 어린 그의 음성에 비아의 시선이 바닥으로 향했다. 미안한 마음이 들어 도저히 그를 똑바로 마주 보고 있을 수가 없었다. 어쨌거나 그녀의 역할은 하랑을 무너뜨리고 황제를 뒤흔드는 것이었다. 그것은 황제와 함께 하랑도 파멸로 이끌 터였다.

"나는 괜찮아요. 걱정해 줘서 고마워요."

좀처럼 속내를 털어놓지 않는 황후의 태도에 하랑은 작게 한숨짓고 고개를 끄덕였다. 더 캐물어봤자 알아낼 수 있는 건 없어 보였다. 차라리 직접 이야기하고 싶어질 때까지 기다려 줄 요량으로 그는 대화의 주제를 바꿨다.

"폐하에 대해 알려주신다는 건, 무엇입니까? 혹, 폐하의 신변에 문제가 생긴 겁니끼?"

하랑은 예전부터 신경 쓰이던, 황제의 심장 통증에 대해 슬쩍 떠보았다. 공력자인 가후가 병마에 사로잡혀 있다는 건 말도 안 되기에 잊고 무시하려고 노력해 왔다. 하지만 이따금 진한 의문이 들었다. 아파하는 걸 직접 봤기에 도외시하려고 해도 뜻대로 되지 않은 것이다.

"알려주십시오, 마마. 도대체 그에게 무슨 일이……."

재차 묻던 하랑은 입을 다물고 문 쪽으로 고개를 돌렸다. 노기가 파도처럼 밀어닥치는 느낌이 들었다. 걷잡을 수 없는 기세에 당황한 그의 시선이 황후에게 향했다. 그 순간, 분개한 가후의 음성과 함께 커다란 폭음이 터졌다. 뜨거운 화마가 순식간에 비서각을 집어삼켰다.

새빨간 화마가 일렁이며 밤하늘을 밝혔다. 문서를 보관하던 비서각의 반이 날아갔고, 가후는 붉은 눈으로 서각을 주시했다. 그의 눈길이 닿은 곳이 우지끈 부서져 내리자 기절한 황후를 안아 든 하랑이 빠져나왔다. 그걸 본 가후는 비릿한 미소를 지었다. 다짜고짜 공격부터 해놓고 웃는 그의 모습에 하랑은 분노가 들끓는 것을 느꼈다.

"이게 뭐 하자는 짓입니까! 마마가 다치기라도 하면 어떡하려고 이러십니까?"

"다친다고?"

가후는 코웃음을 치며 고개를 숙이고 가로젓다가 날선 눈을 치켜떴다. 그 모습이 섬뜩하리만치 잔인했다.

"네놈이 목숨 걸고 구할 텐데 다칠 리도 없을뿐더러, 내가 이러지 않았으면 숨어서 기어 나오지도 않았겠지."

하랑의 무공이라면 충분히 몸을 숨길 수 있었다. 동급의 실력자가 아닌 이상 마음먹고 숨은 그를 발견하기란 무척 어렵기에 가후는 아예 숨을 여지도 주지 않고자 건물부터 태워 버린 것이었다. 그가 아는 하랑이라면 불붙은 건물에 황후를 혼자 두고 숨을 위인이 아니기 때문이었다.

"너희 둘은 황명을 두 번이나 어겼다. 죽어도 할 말은 없겠지?"

노기에 눈이 멀어버린 가후를 주시하던 하랑은 황후를 내려놓았다. 기절한 그녀에게 잠시 시선을 주고 일어난 그는 들고 있던 검을 가후의 발치에 툭 던져 버렸다. 화를 눌러 참는 하랑의 눈빛이 가후의 광기 어린 눈동자와 섞여들었다.

"네 여자로 받아들였으면 제대로 아껴주기라도 해. 매일 내 앞에서 울게 하지 말고."

"뭐?"

가후의 얼굴이 일그러졌다. 그럼에도 하랑은 아랑곳하지 않고 속에 담아두었던 말을 꺼냈다.

"둘 사이에 끼기 싫다. 내 마음은 정리한 지 오래되었으니 뜻대로 해. 죽이든지 살리든지 부부의 연을 맺은 네가 알아서 하라고……. 명을 거역한 죄는 달게 받도록 하지."

하랑은 화를 참지 못해 이를 가는 가후에게서 냉정하게 돌아섰다. 제 발로 지하 감옥으로 향하는 그의 등을 보는 가후의 이마에 힘줄이 불뚝 솟았다. 단둘이 은밀한 곳에서 만나놓고 뭐 그리 당당하게 구는지 울분이 치솟았다. 하지만 그 무엇보다 황후가 하랑 앞에서 울었다는 말이 그의 심장을 아프게 찔렀다. 통증이 밀려오는 심장을 부여잡은 그는 어금니를 꽉 깨물었다. 비릿한 피가 속을 어지럽게 했다.

"폐하."

모백이 다가서며 휘청거리는 황제를 부축하려 했다. 그 손길을 뿌리친 가후는 제 앞에 죽은 듯이 누워 있는 황후를 노려보았다. 그녀가 미운데도 가련했고, 정말 싫은데도 죽일 수가 없었다. 제 마음의 갈피를 잡지 못한 그는 손을 내저어 풍월대의 부대장, 무형을 불러들였다.

"따로 명이 있을 때까지 황후전에 가두고, 누구도 만나지 못하게 하라."

"예!"

무형에게 명을 내린 가후는 비틀거리며 걸음을 옮겼다. 속이 답답하고 머리는 터질 듯이 복잡했다. 엉켜 버린 실타래를 풀 길이 보이지 않았다. 열기가 오르는 이마를 짚은 그는 해연을 떠올렸다. 그녀라면 지금 이 복잡한 생각들을 잠시나마 잊게 만들어줄 것 같았다. 항상 독특한 방법으로 자신을 웃게 하는 그녀라면.

"신궁으로 가자."

가후는 신궁 방향으로 몸을 틀었다. 해연을 생각하며 움직이는 그의 발걸음이 점차 빨라졌다.

해연은 창가에 앉아 밤하늘을 올려다보며 한숨지었다. 엄마의 기억이 돌아오는 것만으로도 괴롭고 안타깝건만, 유신의 일까지 겹쳐 버리니 속이 말이 아니었다.

'꽃도령은 괜찮을까? 일이 이렇게 되어서 정말 미안한데. 머지않아 하랑과도 헤어지게 될 테지만…….'

하랑과 헤어질 순간을 떠올린 해연은 창틀에 올린 팔에 얼굴을 파묻었다. 상상하는 것만으로도 가슴이 이토록 쓰라리건만, 그 순간이 오면 받아들일 수 있을지 걱정되기 시작했다.

고민이 깊은 한숨이 되어 해연의 입술을 비집고 흘러나왔을 때, 커다란 폭음이 들렸다. 벌떡 고개를 든 해연은 건물 하나를 휘감는 불을 보았다. 문밖에서 대기 중이던 호위 무녀들도 그 소리를 들었는지 방 안으로 쏟아져 들어왔다.

"신녀님, 괜찮으시옵니까?"

다급한 무녀들의 목소리에 해연도 정신을 차렸다. 혹시나 누가 습격했나 싶어 가슴 졸였던 무녀들은 해연이 멀쩡히 있는 것을 보고 나서야 놀란 마음을 쓸어내렸다.

"무슨 일 있으신 줄 알고 놀랐습니다. 괜찮으신 겁니까?"

"응. 난 괜찮아. 근데 황궁에 불이 났어."

해연은 무녀들을 안심시키면서도 한편으론 불을 끌 준비를 했다. 직접 생성하는 물에는 그 양의 한계가 있기 때문에 근처에 있는 물을 이용해서 끌 생각이었다. 잠시 밖을 살피던 해연은 물의 기운이 강하게 느껴지는 부분을 발견했다. 연화원 후원에 있는 연못이 분명했다.

'잘되어야 할 텐데.'

거리가 먼 곳의 물을 이용하는 건 처음이라 불안했다. 하지만 최대한 정신을 집중하고 연못 물을 옮기는 걸 상상했다. 그 의지에 따라 물이 둥실 떠올라 이동하는 게 느껴졌다. 거리가 멀어서인지 속도가 그다지 빠르지는 않았으나, 충분히 불길을 잡을 정도는 되었다. 새까만 연기가 밤하늘을 더 어둡게 만들 때, 연못에서 끌어온 물이 서고에 당도했다. 물은 화마 위로 쏟아졌고, 그 덕에 불의 위세도 주춤해졌다. 남은 잔불은 병사들이 충분히 끌 수 있기에 해연도 한시름 덜었다.

"위치가 서고 같은데, 가서 다친 사람이 없나 확인해 봐봐."

해연은 서고에 있다가 봉변을 당한 사람은 없는지 파악하도록 무녀를 보냈다. 밤이 깊어서 사람이 있을 가능성은 거의 없었지만, 그래도 확실히 확인해야 안심할 수 있을 것만 같았다. 서고로 보낸 무녀들이 돌아올 때까지 잠을 자지 않고 기다리던 그녀는 상상도 못 했던 사람을 맞이했다.

"폐하, 잠시만. 신녀님께 알리겠사옵니다."

"비켜라!"

가후의 노호가 터지고 밖이 소란스러워졌다. 무슨 일인가 싶어 고개를 돌렸던 해연은 사나운 기세로 들이닥치는 황제를 발견하고 눈이 휘둥그레졌다. 자신이 무슨 말썽을 부린 것도 아닌데 그의 분위기가 매우 험악했다.

'설마?'

해연의 심장이 철렁 내려앉았다. 하랑에게 무슨 일이 터진 것만 같았다.

가후는 창가 곁에 앉아 있는 해연을 발견하고 그녀에게 다가가 힘으로 일으켜 세웠다. 놀라서 얼어붙은 해연을 보는 가후의 눈동자가 어지러이 흔들렸다. 미쳐 버릴 것 같은 이 마음을 풀어줄 수 있는 건 눈앞의 여자뿐이었다.

"너, 뭐든 좋으니 말 좀 해라. 지금 당장 짐을 웃겨보란 말이다."

"뭐?"

"웃겨보라고. 뭐든 좋으니까, 욕을 해도 좋으니까 당장 날 웃겨보란 말이다."

팔을 잡고 짤짤 흔들어대는 통에 해연은 정신이 사나워졌다. 야밤에 쳐들어와서 이게 도대체 무슨 미친 짓인지. 걱정하던 하랑 일도 아니고, 그저 자신을 웃겨보란다. 말도 안 되는 그의 요구에 해연은 짜증이 솟았다. 가뜩이나 심경이 복잡해 죽겠는데 이놈까지 일을 보태고 있었다.

화가 나서 그만하라고 반항하려는데, 흔들림이 뚝 멈췄다. 그제야 그의 얼굴을 제대로 볼 수 있게 된 해연은 말문이 막혔다. 눈을 질끈 감고 무언가를 참아내는 그의 얼굴에 고통이 서려 있었다. 그것은 육체적 통증이 아닌, 심적 아픔이었다. 말없이 참고 견디는 그 모습이 무척이나 애처로웠다.

황제라서 울지 못하고, 어디 가서 답답함을 토로하지도 못했다. 그저 홀로 모든 짐을 짊어지고 가야 하는 그가 갑자기 불쌍하다는 마음이 들었다. 해연은 무녀들을 내보내고 애써 눈물을 삼켜내는 그의 얼굴을 쓰다듬었다. 어찌나 세게 이를 악물었는지 볼이 단단하게 굳어 있었다. 그만큼 괴로운 것이리라. 그 고통의 강도를 짐작한 해연은 그의 머리를 살며시 당겨 자신의 어깨에 기댈 수 있게 했다. 팔을 움켜잡은 황제의 손이 슬픔을 견디지 못하고 부들부들 떨리는 게 느껴졌다.

"울어도 좋아. 소리는 새어 나가지 않을 거야. 내가 막아줄게."

조심스럽게 다독이는 목소리가 뻣뻣하게 굳어 있던 그의 심장을 어루만져 주었다. 조용히 흘러나온 아픔이 그녀의 옷을 적셨다. 그것은 한낱 눈물이 아니라 선황이 승하한 뒤, 오로지 나라만을 위해서 살아왔던 어느 군주의 외로움이었다.

침묵에 휩싸인 방 안에서 해연은 탁자 맞은편에 어정쩡한 얼굴로 앉아 있는 가후를 보며 간신히 웃음을 참았다. 감정이 휘몰아치던 시간이 지나고 이성을 되찾은 지금, 그는 이 상황에 대해 매우 민망해하고 있었다.

평소 파충류와 비교하며 무시하던 신녀 앞에서 약한 모습을 보였으니 그럴 만도 했다. 그럼에도 그는 용주전으로 돌아가지 않았다. 얼굴을 붉히면서도 자리에 꾹 눌러앉아 있는 이유는 비밀을 지켜달라는 말을 아직 하지 못했기 때문일 것이다. 그 사실을 짐작한 해연은 진지한 목소리를 짜내며 그를 달랬다.

"아무한테도 얘기 안 할게. 하랑한테도 비밀로 해줄 테니까 안심하고 돌아가. 나도 좀 자야지."

벌써 자정이 지났다. 그가 뭉그적거리는 시간이 길어질수록 자신의 피로도 축적될 뿐이었다. 그래도 가후는 자리에서 일어나지 않았다. 걸리는 게 더 있었다. 그는 최대한 아무렇지도 않은 척, 평정심을 유지하며 입을 열었다.

"그거야 당연한 거고, 너도 알아둘 것이 있다."

"알아둘 거?"

"그래. 하랑이 제 발로 감옥에 갔다. 그러니 그를 풀어달라고 오늘 일을 이용하는 일은 없었으면 한다."

그가 우려하던 점이 그것이었다. 비밀을 지키는 건 물론이고, 그걸 약점 삼아 하랑을 꺼내달라 요구하는 일이 없길 바랐다.

하랑이 또 감옥에 갇혔다는 이야기에 해연은 한숨을 푹 내쉬었다. 전생에 감옥과 무슨 인연이 있었는지, 몇 달 사이에 감옥으로 들어간 횟수만도 벌써 여러 번이었다. 이제는 그녀도 처음처럼 호들갑을 떨지 않았다. 사랑하는 사내가 감옥에 있다는 건 가슴 아픈 일이지만, 지금 당장 숨이 넘어갈 만큼 다급하게 받아들여지진 않았다. 그런 일마저 익숙해진 탓이었다. 해연은 차분하게 그 연유를 물었다.

"감옥에 간 이유나 좀 알자. 그가 또 황후마마를 만나러 가기라도 했니?"

대충 사건을 짐작하고 있던 해연의 질문에 가후의 눈썹이 찌푸려졌다. 다 알고 있으면서 아무렇지도 않게 받아들이는 그녀의 태도를 도통 이해할 수가 없었다. 혹시나 일의 전말을 잘 몰라서 그러는 것일까 싶어 그는 친히 당시의 상황에 대해 설명해 주었다.

"불 꺼진 비서각에서 단둘이 있었다. 그 밀폐된 공간에 왜 들어갔겠나?"

"글쎄, 비밀 얘기라도 하려 했나 보지."

해연은 어깨를 으쓱이며 별것 아니라는 듯이 대꾸했다. 그러다 비서각이란 단어가 등줄기를 서늘하게 만들었다.

"설마 너, 비서각에 불난 거 네가 한 거야? 너 진짜!"

해연은 벌떡 일어나며 노발대발하려 했다. 혹여 두 사람이 다치지는 않았을까 심장이 벌렁거렸다. 그러나 해연이 욕을 퍼붓기 전에 가후가 그녀를 진정시켰다.

"걱정 마라. 황후가 기절하긴 했지만 멀쩡해 보였으니까. 하랑이야 당연히 생채기 하나 없더군. 짜증 나게."

가후는 제게 반항하던 하랑을 떠올리며 투덜거렸다. 그러다가 눈앞에 있는 해연에게 시선을 주었다. 아무도 다치지 않았다는 말에 흥분을 가라앉히는 저 신녀 때문인지 하랑도 많이 변하긴 했다. 하지만 그로서는 좀처럼 이해할 수 없었다. 하랑의 태도도 그렇지만, 황후에게 질투조차 하지 않는 해연은 더 의문이었다.

"넌 화도 안 나나? 분명 하랑에게 마음이 있는 것 같던데, 어찌 그리 침착하지?"

가후의 물음에 해연은 쓰게 웃었다. 하랑을 좋아하는데 그가 다른 여자를 만나는 것이 신경 쓰이지 않을 리가 없었다. 하지만 사랑하는 마음에 질투를 하는 것과 원망하고 미워하는 건 달랐다.

"굳이 내 입장을 말하자면, 나는 하랑에게도 피치 못할 사연이 있었을 거라고 생각해. 그러니까 별로 화 안 나."

"피치 못할 사연? 아니, 그건 네가 하랑의 과거를 모르기 때문인 거겠지."

그는 하랑과 황후의 옛 사이를 해연도 알게 된다면 이렇게 침착할 수는 없으리라 생각했다. 하지만 이어지는 그녀의 말은 그 생각을 완전히 뭉개 버리기에 부족함이 없었다.

"두 사람이 연인이었다는 거? 혼인까지 약속했다며? 나도 알고 있어. 하랑이 알려줬으니까."

"하랑이?"

그건 생각지도 못한 일이었다. 특히, 하랑이 직접 밝혔다는 점과 순순히 받아들이는 해연의 모습이 그를 더 혼란스럽게 만들었다.

"그걸 다 알면서도 아무렇지도 않다고?"

"그럴 리가. 나도 신경은 쓰여. 하지만 서로 좋아하는 일에는 기본적으로 믿음이란 것도 필요한 거잖아. 그게 없으면 상대를 계속 의심하거나 불안을 느끼게 되는 거고. 그래서 나는 하랑의 해명을 듣기 전까진 그의 행동을 함부로 의심하지 않을 거야. 그러니까 너도 물어봐 봐. 왜 그랬는지."

해연의 말에 가후의 눈빛이 침중해졌다. 황후에 대한 자신의 마음을 정확히 뭐라고 정의하기가 어려운 상황에서 믿음을 논하기란 무리였다. 하지만 한 번쯤은 그녀의 해명을 들어볼 필요가 있다는 부분에는 공감했다. 지금껏 분노가 더 앞서서 해명을 듣는 일에는 소홀했던 부분이 분명 있었다.

한참 깊은 생각에 빠져 있는 가후를 해연은 끈기 있게 기다려 주었다. 욱하는 그의 성격이 말 한마디로 바뀌지는 않겠지만, 황후에게 해명할 기회는 줄 수 있길 바랐다. 그렇게 몇 분이 더 지난 뒤에 그가 자리에서 일어났다.

"이번 일은 내가 알아서 처리할 테니, 하랑을 찾아가지 마라. 열흘쯤 있다가 풀어주지."

"열흘? 그건 너무 길잖아."

해연이 발끈하며 일어났다. 그 비위생적인 곳에서 열흘이나 하랑을 묵혀둘 수는 없었다. 떠날 시기가 가까워지는 만큼 하루하루가 아까워 죽겠건만, 열흘이나 못 본다면 미칠지도 몰랐다. 그러나 가후도 단호했다.

"열흘이면 많이 봐준 거다. 원래는 사형감이야."

황명을 어긴 대가치고는 형벌이 가볍긴 했다. 해연도 그 점은 인정할 수밖에 없었다. 그의 성격에 그 정도면 정말 많이 봐준 것임을 알기 때문이었다. 거기다 좀 전에 그가 보인 눈물을 기억하는 그녀는 물러설 수밖에 없었다. 대신 조건을 달았다.

"고문은 하지 마. 절대 안 돼."

고신하지 말란 소리에 가후가 못마땅한 표정을 지었다. 하지만 곧 알겠다는 식으로 대충 손을 흔들고 밖으로 향했다. 방을 나서는 그의 뒤로 해연의 목소리가 따라붙었다.

"나도 약속 지킬 테니까, 너도 지켜. 알았지?"

재차 당부하는 말에 가후는 귀찮은 파리 쫓듯이 손을 휘휘 내저었다. 불만 가득한 그녀의 시선이 등에 달라붙었지만, 그는 뒤도 돌아보지 않고 신궁을 나섰다.

신궁 앞마당에는 금으로 치장한 가마와 소렵이 있었다. 걱정으로 점철된 소렵이 다가와 고개를 숙였다. 비서각의 소식을 듣자마자 부랴부랴 찾아온 것이다. 가후는 그에게 잠시 시선을 주고 말없이 가마에 올랐다.

황제가 달리 지시를 내리지 않자 모백은 용주전으로 방향을 잡고 가마꾼들을 재촉했다. 신궁을 빠져나왔을 때, 늘어진 금빛 휘장 안쪽에서 가후의 목소리가 흘러나왔다.

"황후전으로 가자."

그의 명령에 가마는 황후전으로 방향을 틀었다.


까만 벽에 노란 불빛이 일렁이며 사람의 그림자를 드리웠다. 검과 등불을 든 인영은 조심스럽게 계단을 내려가고 있었다.

'시간이 그리 많진 않다.'

황제의 침실로 연결된 비밀 공간에 잠입한 이는 유신이었다. 그는 계단 끝에 다다르자 등불을 높이 들어 어두컴컴한 공간을 비췄다. 하지만 작은 불빛은 거대한 지하 공간을 다 감당하지 못했다. 황제의 침실보다 배는 되어 보이는 큰 공간에 그의 미간이 찌푸려졌다. 황제가 돌아오기 전까지 원하는 물건을 찾기란 쉽지 않을 듯 보였다.

'황후가 시간을 얼마나 끌어줄지, 큰일이군.'

마음이 조급해진 유신은 등불을 들고 벽을 따라 늘어서 있는 진열장으로 다가갔다. 단단한 돌로 만든, 어른 키만 한 진열장에는 각종 상자들이 가지런히 놓여 있었다. 그곳이 바로 동연국에서 가장 중요한 물건을 보관하는 황실의 금고였다. 그리고 그곳 어딘가에 그가 찾는 물건이 있을 터였다.

비밀 공간에 들어간 지 벌써 몇 시간째. 유신이 든 등불이 위태롭

게 일렁였다. 마지막 힘을 짜내던 등불이 그의 앞에 놓인 물건을 비
췄다. 뚜껑이 열린 길쭉한 상자 안에는 단검 하나가 가지런히 놓여
있었다. 검은색 바탕에 흰 무늬가 아름답게 새겨진 단검은 청일국
의 불의 검이었다.

검집에 새겨진 흰 무늬가 어둠 속에서도 은은하게 빛을 발했다.
그 자태에 유신은 눈을 질끈 감았다. 가슴속이 뒤죽박죽 엉망이었
다. 고뇌에 찬 그는 입술을 악물고 검에 손을 가져다 댔다. 뜨끈한
검의 기운이 손을 타고 전해지는 듯했다.

'이젠 정말 모르겠다.'

갈등하던 그는 단검을 움켜쥐었다.


가후는 방 안을 서성이다가 의식이 없는 황후를 힐끗 쳐다보았
다. 침상에 죽은 듯이 누워 있는 그녀는 안색도 파리한 것이, 썩 좋
지 못했다. 기력이 떨어진 상태에서 충격을 받아 그렇다던 어의의
말이 가슴을 콕콕 찔러댔다.

'요즘 무슨 일이 있었기에……'

황후의 상태를 살피던 가후의 눈빛에 근심이 어렸다. 황후전에
도착하자마자 궁녀 보덕을 불러들인 그는 최근 황후에게 있던 일과
어의의 소견에 대해 전해 들었다. 가장 가까이에서 황후를 모시는
보덕은 자신이 보고 느낀 것을 사실대로 아뢰었다. 그녀의 말을 토
대로 가후는 몇 가지 껄끄러운 점을 찾아냈다.

'우현이 다녀간 날부터 그러더니, 곡기까지 끊을 지경이었다고?'

지난 3일간 황후가 음식을 거의 먹지 못했고, 그것이 초가가 다
녀간 뒤부터임을 알 수 있었다. 또한 보덕은 그가 보낸 산국을 받고
황후가 무척 기뻐했음을 함께 고했다. 가후는 그것이 제 기분을 풀

어주기 위한 아부라고 생각했지만, 황후의 침실에 놓인 산국은 정말 잘 가꿔진 티가 났다.

백자 화병에 여전히 흐드러지게 핀 노란 산국에 이끌리듯 곁으로 다가간 그는 숨을 가득 들이마셨다. 그윽한 향기가 상처 입은 마음을 달래주는 듯했다.

'차라리 내가 오해한 것이면 좋으련만.'

일말의 기대와 약간의 불안으로 점철된 가후의 눈길이 황후의 근처를 맴돌았다.

비아의 긴 속눈썹이 파르르 떨리더니 힘겹게 위로 올라갔다. 간신히 눈을 떴지만 몽롱함이 심했고, 시야는 흐릿했다. 가만히 누워 있던 그녀는 무심코 고개를 돌렸다가 창가에 서서 아침 햇살을 쬐고 있는 이를 발견했다. 물에 번진 수묵화처럼 흐릿하지만 두근거리는 제 심장이 그의 정체를 알려주고 있었다.

"폐…… 하?"

가느다란 목소리가 꿈결처럼 흘러나왔다. 그 소리를 들었는지 그가 몸을 돌렸다. 비록 가까이 다가오진 않았으나 지켜보고 있음을 알 수 있었다.

비아는 힘이 들어가지 않는 팔을 억지로 움직여 일어나려 했다. 부들부들 떨리는 팔이 제구실을 하지 못했으나 그녀는 포기하지 않았다. 간신히 상체를 들자 드디어 그의 모습이 온전하게 보였다. 흔들리는 눈빛, 멀찍이 떨어진 거리, 굳어 있는 표정. 비아는 죄책감에 고개가 무거워졌다.

"송구하옵니다. 폐하."

그녀는 시선조차 마주치지 못했다. 미안함에 고개 숙인 그녀에게 가후는 더 비수를 꽂았다.

"송구? 그건 내가 할 말이지. 그대가 약을 만들고 싶다고 했을 때, 불가능한 걸 알면서도 조금은 집착했으니까. 약을 만들려면 내게 순결을 줘야 하니, 그게 싫어서 하랑을 만나 고충을 토로했던 건지도 모른다고 생각하고 있었소."

한껏 빈정거리는 그의 말에 비아는 슬픈 눈으로 가후를 보며 고개를 저었다. 아니었다. 그래서 하랑을 만난 것이 아니었다. 물론 효과가 있는 약을 만들려면 몸을 섞고 마음이 통해야 하지만, 그것이 싫지만은 않았다. 오히려 바라던 일이었다. 지난 이 년간 같은 침실을 사용하면서 단 한 번도 제대로 봐주지 않는 지아비가 가끔은 섭섭하던 그녀였다. 게다가 이제는 그의 생명까지 위협당하는 단계가 아니던가.

"진심으로 약을 만들고 싶었습니다. 정말입니다, 폐하……."

그녀는 간절히 호소했다. 그 모습을 가만히 보던 가후가 드디어 비아를 향해 걸음을 옮겼다. 황후 앞에 멈춰 선 그는 어젯밤부터 속에서만 머물던 질문을 던졌다.

"그럼 말해보시오. 왜 그를 찾아갔으며, 왜 울었는지. 나도…… 이젠 알아야겠소."

자신도 알아야겠다는 그의 말이 비아의 가슴을 아프게 했다. 알려주고 싶었다. 속 시원히 털어놓고 싶었다. 그에게 조금이라도 기대고 싶건만, 영악한 의붓아비는 이미 모든 길을 차단한 상태였다.

그녀는 동생이 감금된 장소도 몰랐고, 이 일이 황제나 하랑의 귀에 들어가기라도 한다면 지키고 있던 심복이 동생을 죽일 것이라 했다. 모든 건 그녀의 입에 달려 있다고 은근히 을러대던 초가의 얼굴이 비아의 뇌리를 스치고 지나갔다.

'안 돼. 말할 수 없어. 그러다 윤아가 잘못되기라도 하면…….'

저로 인해 모든 걸 억지로 희생당한 동생이었다. 그런데 이젠 그 목숨마저 위태롭게 만들고 싶지 않았다. 그것이 설령 가후와 돌이킬 수 없는 길을 가게 하더라도, 이제는 본인이 희생할 때라고 생각했다.

끝끝내 입을 열지 않는 그녀의 결정에 가후의 이마 혈관이 불뚝 솟았다. 움켜쥔 용포의 소매 끝이 사정없이 구겨졌다. 노기를 참기 위해 악다문 이 사이로 억누르고 억누른 목소리가 흘러나왔다.

"신녀가 그대에게도 분명 사정이 있을 것이니 해명할 기회를 주라 하더군."

"신, 신녀님이……."

비아는 말을 잇지 못했다. 친분이 많지 않던 신녀가 이렇게까지 저를 생각해 줄 줄은 몰랐다. 홀로 속병을 앓고 있는 걸 이해해 준 이도 없고, 가장 가깝던 보덕조차 저를 답답하게만 여겼지 사정이 있으리라 생각하지는 않았다. 그런데 한 번 보았던 신녀가 자신의 마음을 알아주니 고맙기 그지없었다. 문득 감사하고 따뜻한 느낌이 들어서 눈물이 왈칵 치솟아 올랐다.

창백한 두 뺨을 타고 흐르는 눈물을 보면서 가후는 한 번 더 그녀에게 기회를 주었다. 이번이 그녀와 자신에게 주는 마지막 기회였다.

"마지막으로 다시 한 번 묻지. 왜 그런 것이오?"

마지막이란 소리에 비아의 얼굴에 절망의 빛이 어렸다. 그녀는 하루빨리 삶의 끝이 오길 기다리는 사형수처럼 입을 다물고 눈을 감았다. 더는 할 말이 없다는 뜻이었다. 가후는 이를 꽉 악물었다. 기회를 주고 또 주어도 말할 생각은 없는 듯 보였다.

"그대는 더 할 말이 없나 보군. 하면 우현이라도 불러다 물어봐야 하나?"

가후가 초가를 거론하자 깜짝 놀란 비아가 황급히 고개를 저었다. 절대 그를 불러서 물어보면 안 된다. 그러다 뭔가 말을 흘렸다고 의심이라도 하게 된다면 제 동생은 그대로 죽는 것이었다. 다급해진 비아는 손을 뻗어 가후의 용포 자락을 부여잡았다.

"안 됩니다, 폐하. 아버님은 아무 상관 없습니다. 부르지 마십시오. 문책하지 마십시오. 제발⋯⋯."

초가를 부른다는 말 한마디에 안절부절못하며 쩔쩔매는 것이, 분명 무슨 상관관계가 있었다. 그 점을 눈치챘으나 가후는 가타부타 말도 없이 그녀의 손을 뿌리치고 방을 나섰다.

마치 초가를 부르겠다는 듯 냉정하게 돌아서는 그를 비아는 목놓아 불렀다. 침상에서 빠져나와 쫓아가려 했지만, 뜻대로 되지 않는 다리는 힘없이 바닥으로 주저앉았다.

"폐하, 폐하!"

하도 울어서 쉬어버린 목이 갈라진 음성을 터뜨렸다. 그 소리를 듣고 달려온 건 가후가 아닌 보덕이었다.

"마마, 마마. 고정하십시오."

보덕이 주저앉은 비아를 끌어안았다. 몸도 마음도 다 허물어진 비아는 보덕의 품속에서 절망에 찬 울음을 터뜨렸다. 자신의 마음을 거부하고, 하랑을 배신하고, 지아비를 더 외롭게 하며 선택한 동생의 목숨이었다. 그런데 이젠 그마저도 놓치게 생겼다.

## 18.
## 각자의 결심

하랑이 감옥에 갇히고 황후가 처소에 감금된 뒤, 황제와 신녀는
침묵했다. 무서우리만치 착 가라앉아 있는 분위기를 아무도 깨지
않았다. 항상 파격적인 사건을 몰고 다니던 신녀도 하랑에 대해 묵
언했다. 황제도 여느 때와 다름없이 정무만 볼 뿐이었다. 그렇게 비
서각 일이 있은 지 딱 4일째 되던 날 아침, 조회 시간에 신료 하나가
눈치를 보며 앞으로 나섰다.

"폐하, 지엄한 황명을 어긴 하랑 대장을 어찌 저리 두십니까? 엄
히 죄를 물으시어 나라에 본을 세우소서."

초가와 긴밀한 사이였던 신하가 나서서 아뢰자, 몇몇이 더 나와
그것이 응당한 일임을 복창했다. 가후는 무표정한 얼굴로 그들을
빤히 내려다보았다. 그들의 속셈을 모르지 않았다. 하랑을 압박하
고 신녀와 자신의 사이를 이간질하고 싶은 초가의 꼼수일 터였다.
다만, 초가는 같은 죄를 지은 황후의 의붓아비라는 입장 때문에 직

접 나서지 못할 뿐이었다. 그걸 다 알면서도 넘어가 줄 만큼 가후는 녹록치 않았다.

"우현도 그리 생각하나?"

반 토막 난 그의 말투에 신료들이 움찔했다. 반말은 황제의 기분이 썩 좋지 않음을 방증하는 것이었다. 신료들이 더욱 고개를 조아리며 몸을 사리자 초가가 무릎을 꿇고 허리를 깊이 숙였다.

"소신의 죄로 폐하의 심기가 어지러우시니, 응당 소신이 받아야 할 벌이옵니다. 죽여주시옵소서, 폐하!"

초가는 매우 괴로운 목소리로 딸자식을 잘못 키운 죄를 청했다. 역시나 처음부터 치고 나오는 고단수에 가후는 피식 웃었다. 저 정도의 능구렁이니 황후가 당해낼 재간이 없었을 터다. 두려움에 질린 그녀의 얼굴이 생각나서 가후는 황후에 대한 질문을 잠시 묻어두기로 했다.

어느 순간부터 그녀만 생각하는 자신을 직접 비웃고, 그는 팔걸이에 손을 걸치며 턱을 괴었다. 그 상태로 오래도록, 엎드린 초가를 무료하게 바라보았다. 그가 만들어내는 이상한 분위기가 근정전에 감돌았다. 신료들이 안달하며 서로 눈치를 볼 때까지 초가는 비석처럼 엎드려 있었고, 가후도 일어나란 말을 하지 않았다. 숨 쉬기조차 버겁던 상황에 먼저 정적을 깬 건 가후였다.

"죄를 안다니 잘됐군. 내 당장 그대 목을 잘라 효시하고 싶은데, 기꺼이 받아들이겠나?"

청천벽력 같은 말에 대소 신료들이 모두 기겁하며 황망해했다. 초가는 그대로 엎드려 있었으나 가후는 움찔하던 그의 손을 놓치지 않았다. 우현파인 신료 몇이 말렸지만, 가후는 뜻을 굽히지 않았다. 결국, 초가도 갈 데까지 가보자는 심정으로 제 목을 자르라 말할 수밖에 없었다.

"그것으로 폐하께옵서 평안해지신다면, 소신, 수백 번이라도 죽을 수 있사옵니다."

"그래?"

가후는 잠시 갈등했다. 진짜로 잘라 버릴까 싶었으나 초가의 정치적 위치와 선황이 그에게 내린 면죄부를 생각하면 반발이 어마어마할 건 확실했다. 좀 더 확실한 죄목을 들이밀어야 반발도 없을 터였다.

'내가 죽기 전에 저놈도 죽여 버리긴 해야 되는데.'

초가를 사형시킬 방법을 생각하며 고뇌하고 있을 때, 커다란 깃발을 등 뒤에 꽂은 파발이 다급하게 안으로 뛰어 들어왔다. 젊은 파발은 조회 중인 대신들 사이를 뚫고 들어와 단상 아래에 무릎을 꿇었다. 웅성거리는 대신들 사이에서 파발은 손에 쥐고 있던 검은 두루마리 하나를 머리 위로 들어 올렸다.

"폐하, 청일국 국경에서 온 서신입니다."

파발이 가져온 검은 두루마리는 내관의 손을 거쳐 가후에게로 전해졌다. 그것을 활짝 펼쳐 본 그의 눈이 사납게 돌변했다. 이를 가는 소리가 들릴 정도였다. 무슨 일이 터졌구나 싶은 마음에 모두들 가슴을 졸였고, 가후의 눈길은 초가에게 향했다. 여전히 정수리만 내보이고 있는 그를 향해 노기를 억누른 가후의 음성이 떨어졌다.

"내 아무리 화가 나도 충신인 그대를 처형하진 못하지. 아니 그렇소, 우현?"

가후의 말에 엎드린 초가의 입이 씰룩이며 올라갔다. 제 승리였다.

"소신을 그리 봐주시니 황공할 따름이옵니다, 폐하."

승리자의 오만함에 가후의 손이 두루마리를 꽉 움켜쥐었다. 그의 분노를 받고 피어난 불꽃이 삽시간에 종이를 집어삼켰다. 그 불길의 뜨거움을 모르는 가후는 광기에 젖은 눈을 신료들에게 겨눴다.

"청일국이 출병 준비를 서두른다고 하니 우리도 대비책을 세워야 할 것이오."

출병이란 말에 신료들이 몸을 굳혔다. 가뭄이 남긴 상처가 아직 아물지 않은 상태였다. 많이 좋아졌다고는 하나 전쟁을 하기엔 무리였다. 하지만 그들은 알고 있었다. 패왕의 나라, 동연국은 전쟁을 거부하지 않음을. 아니나 다를까, 옥좌에서 일어난 가후가 신료들을 쓱 훑었다.

"당장 출병 준비를 서두르라 이르고, 모든 장군들은 대책 회의에 참석하시오. 또한 이번 황후의 죄는 우현의 사병 전부를 차출하는 것으로 대신하겠소. 나머지는 알아서들…… 눈치껏 내야 할 게야."

그 와중에도 병사를 빼앗은 가후는 고개를 든 초가와 기 싸움을 했다. 두 사람 사이에 보이지 않는 불꽃이 튀었으나, 초가가 먼저 고개를 숙이고 받아들임으로써 사태는 일단락되었다.


핏빛 불안감이 온 나라를 경악에 빠뜨리는 시기에 거의 신궁에서 살다시피 하던 해연은 방 안을 이리저리 왔다 갔다 했다. 입술을 잘근잘근 씹다가도 풍성한 치마를 주먹으로 때리곤 했다.

'전쟁이 터진다는데 이 자식은 왜 감감무소식인 거야!'

하랑을 풀어주겠다고 한 날까지는 아직 엿새가 남았지만, 더는 잠자코 기다리기가 힘겨웠다. 그래서 가후를 만나 대책은 있는 것인지, 전쟁을 멈출 수는 없는지, 하랑은 어찌할 건지, 이것저것 다 캐물을 생각이었다. 하지만 그가 만남을 거부하고 있었다. 조급해진 해연은 오늘도 답을 주지 않는다면 당장에라도 용주전으로 뛰어들어갈 각오까지 했다. 황제도 정신없을 걸 알지만, 상황이 어찌 돌아가는지는 미리 파악해야만 했다. 그렇게 초조한 마음을 애써 억누르고 있을 때, 문밖에서 인기척이 들렸다.

"신녀님, 모라입니다."

가후에게 보냈던 단야도 아니고 뜬금없이 대무녀가 찾아왔다. 해연은 조금 실망했으나 곧 그녀를 불러들였다. 방으로 들어온 대무녀는 생각지도 못한 이야기를 전해주었다.

"6층으로 올라가 보십시오. 폐하께서 기다리고 계십니다."

"6층?"

"예, 선대 폐하의 위패가 모셔진 방으로 가시면 됩니다."

모라의 말에 해연은 곧바로 걸음을 옮겼다. 왜 말도 없이 남의 집 6층에 와 있는지는 알 수 없었으나, 그런 걸 따지기 전에 묻고 싶은 게 너무 많았다.

계단을 오른 해연은 사람 그림자조차 보이지 않는 6층을 두리번거렸다. 황제가 있는데도 호위 하나 없었다. 전쟁 때문에 소렵은 물론이고, 유신마저 보지 못한 지 제법 되긴 했다. 그래도 풍월대원들까지 보이지 않는 건 의외였다.

'혼자 몰래 온 건가?'

어딘지 싸한 기분이 들었다. 연통도 없이 이렇게 훌쩍 와서 부르는 걸 보면 보통 일은 아닌 듯했다. 찜찜함을 애써 감추고 해연은 우측 복도에 있는 커다란 문 앞에 섰다.

손을 뻗어 문을 열자 양옆으로 쭉 늘어선 기둥 사이로 흰 천이 내려앉은 방이 보였다. 그토록 찾던 황제도 한눈에 들어왔다. 그는 평소와 달리 검은 용포를 입고 맞은편에 놓인 위패들 앞에 무릎을 꿇은 채 앉아 있었다. 미동조차 없이 앉아 있는 그의 뒷모습은 어딘지 모르게 결연함까지 느끼게 했다. 황금 용이 위엄 있게 수놓아진 그의 넓은 등을 보며 해연은 천천히 걸음을 옮겼다.

그에게 가까이 다가갈수록 향불 냄새가 짙어졌다. 어찌나 많은 양을 태우는지, 그의 어깨너머로 하얀 연기가 폴폴 피어오르고 있었다. 그 독한 향에 절로 눈살이 찌푸려졌으나, 해연은 코를 막지 않았다. 장소가 장소인지라 행동 하나하나가 조심스러웠다. 그렇게 가후의 곁에 도달했을 때, 그의 앞에 놓인 검은 서안을 볼 수 있었다.

다리가 짧은 서안 위에는 향로와 서책, 동그란 약병이 하나씩 놓여 있었다. 향로에 꽂아둔 수십 개의 향은 길이가 짧아져 있었고, 오래된 서책은 너덜거렸으며, 작은 약병에는 붉은 액체가 가득 차 있었다. 그 희한한 조합을 구경하는 해연에게 가후는 시선도 주지 않고 말을 걸었다.

"앞에 놓인 위패의 주인이 누구인지 아나?"

가후의 질문에 해연의 시선이 자연스럽게 정면으로 향했다. 하얀 휘장이 커튼처럼 기둥에 묶여 있는 곳에는 계단처럼 생긴 단상이 있었고, 수십 개의 위패가 가지런히 놓여 있었다. 그중 가장 앞쪽에 있는 검은 위패에 금으로 새겨진 글자가 해연의 눈에 들어왔다.

"제24대 대왕, 동명성제?"

"그래, 그분이 나의 부왕이시다. 그 누구보다 뛰어난 분이셨지. 비록, 자식처럼 키운 하랑의 손에 승하하셨지만."

담담하게 내뱉은 말속에 담긴 내용은 경악할 만한 것이었다. 자연스레 입이 벌어진 해연은 까마득하던 기억 속에서 의미심장하던 가후의 말을 떠올려 냈다.

"그럼, 예전에…… 하랑이 길러준 아버지를 죽였다던 게……."

해연은 끝내 말을 잇지 못했다. 그 일이 사실이라면 가후에게 하랑은 철천지원수였다. 같은 하늘 아래서 함께 숨 쉬는 것조차 고통스러웠을 텐데, 그런데도 하랑을 곁에 둔 건 그가 일국의 황제이기 때문일까? 눈앞의 사내가 짊어진 마음의 짐이 얼마나 큰 것인지 짐작조차 되지 않았다. 감당하기 힘든 사연에 해연은 말문을 잃었으나 가후는 담담히, 혼잣말하듯 얘기를 계속했다.

"네가 누구에게나 피치 못할 사정이 있을 수 있다고, 그러니 먼저 물어보라 하였지? 그 당시에 부왕께도 사정이 있었다."

가후는 천천히 눈을 감았다. 황가의 비밀과 이 년 전 일어난 비극의 연관성에 대해서는 아는 이가 거의 없었다. 그도 제 입으로 직접 털어놓은 적이 없었다. 하지만 해연에게는 들려주고 싶었다. 그녀는 마음을 편안하게 해주는 유일한 존재였으니 들을 자격이 있었다.

"황가에는 대대로 비밀이 하나 내려온다. 황위를 이을 태자에게만 생기는 저주에 관한 것이지."

"저주?"

"그래, 피를 갈구하고 전쟁을 좋아하는 패도의 저주."

틈만 나면 살육을 자행하는 패도의 저주는 동연국에 뿌리 깊게 박혀 있었다. 그걸 모르는 신료들은 그저 패왕이라 칭하며 두려워하거나, 선황에게 보고 배운 탓이라고 대수롭지 않게 여기곤 했다. 하지만 사실은 황실의 존폐와 직접적인 연관을 가지는 일이었다.

해연은 가후의 이야기가 가리국에서 베론에게 들었던, 황실에 전해 내려온다는 신의 저주임을 알아차렸다. 가리국의 황제가 남색에 빠지는 것처럼, 동연국의 황제는 피를 원하는 것이다. 그리고 그 저주들은 각자 억누르는 방법이 있다고 했다.

"약화시키는 방법…… 그런 것도 있지 않아?"

"하나 있긴 하다. 황후의 피로 만든 약을 주기적으로 복용하는 것. 여기엔 전제 조건이 있다. 황후의 별이란 걸 지니고 태어난 여인을 아내로 맞이해야 하지. 서로 진심으로 연모한다면 저주를 누를 수 있는 약을 만드는 게 가능하다. 이게 바로 그 약이지."

가후는 서안 위에 놓인 작은 약병을 살짝 건드렸다. 물에 피를 탄 것처럼 보이는 액체가 그의 손길에 출렁이며 흔들렸다.

"내가 맞이할 수 있던, 황후의 별을 지니고 태어난 이는 총 두 명이었다. 한 명은 황후가 되기 직전에 살해당했고, 남은 하나는……."

가후가 말끝을 흐렸다. 이야기를 전부 다 듣진 못했지만, 해연은 충분히 알 수 있었다. 지금의 황후가 가후의 약을 만들 수 있는 유일한 여인이었다. 또한 그녀는 하랑의 연인이기도 했고, 두 사내는 결국 등을 돌릴 수밖에 없었을 것이다. 잔인하고도 잔혹한 운명이었다.

"부왕도 하랑을 아들처럼 여기셨지만, 종묘사직을 위하여 내가 비아를 맞이하길 바라셨다. 하나 차마 그럴 수가 없었어."

침착한 그의 목소리에는 채 숨기지 못한 괴로움이 묻어 있었다. 가후는 위패에 시선을 고정하고 아련한 옛 기억을 더듬었다.

"너는 믿지 못하겠지만, 하랑은 내게 유일한 형제였다. 비록 피는 섞이지 않았어도 그를 매우 아꼈지. 그런데 나 하나 살자고 형제의 연인을 빼앗을 수는 없어서 부왕께 내기를 제안했다."

"내기?"

"선택권을 비아에게 넘겼다. 그녀의 마음이 나에게 향하지 않으면 어차피 약을 만들지 못하니까. 그럴 바엔 차라리 하랑이라도 행복하게 해주고 싶었다."

그 당시 가후는 부왕을 설득해서 비아에게 운명을 정할 권한을 넘겨주었다. 그녀가 하랑을 택할 것이라는 확신이 있었기에 그는 기꺼이 내기를 걸었다.

"그러고도 혹시 몰라서 밤중에 몰래 그녀를 찾아갔다. 상황을 이야기하고, 하랑을 택하라 신신당부를 했지. 이튿날에 부왕이 비아를 불러 하문하셨다. 누구를 택할 것인지."

"아……."

해연은 탄식을 흘렸다. 결과는 이미 나와 있었다. 그녀는 하랑이 아닌 가후를 택했고, 황후가 되었다. 그 이유는 알 수 없었으나 불화의 씨앗이 된 건 확실했다.

"화가 난 나는 그녀를 거부했지만, 어찌 알았는지 하랑이 흥분한 상태로 찾아왔다. 검을 뽑고 나에게 달려들었는데, 부왕께서 앞을 가로막으셨지."

그 이후의 일은 해연도 짐작할 수 있었다. 선황은 하랑의 검에 승하했고, 그 뒤로 하랑은 죄인처럼 살았다. 가후가 부당한 명령을 내려도 고분고분 받아들이고, 목숨을 위협해도 인정한 이유가 바로 선황에게 지은 죄 때문이었다.

'하랑…….'

해연은 감옥에 갇혀 있는 하랑을 떠올리며 가슴 아파했다. 가후가 아버지의 원수를 곁에 두고 괴로워하듯이, 하랑은 키워준 아버지를 제 손으로 죽였다는 고통에 시달렸을 것이다. 잔혹한 운명의 소용돌이 속에서 함께 나락으로 떨어져 버린 두 남자의 고통이 하나부터 열까지 다 이해가 돼서, 그래서 더욱 속상했다. 잘못한 이는 없고, 슬픈 이들만 남아 있었다.

수심에 잠긴 해연과 생각에 잠긴 가후 사이로 오랜 침묵이 오갔다. 그 고요한 정적을 깬 건 가후였다.

"너도 전쟁이 일어난단 얘긴 들었겠지? 준비되는 대로 출병할 생각이다. 오래 걸리진 않을 거야. 청일국과의 전쟁은 항상 우려하던 부분이었으니, 대비해 둔 것도 있고."

가후는 전쟁 이야기를 의연하게 끄집어냈다. 그는 일말의 두려움도 없는 듯 전쟁을 쉽게 입에 담았다. 하지만 해연은 그와 동일하게 받아들이지 못했다. 전쟁의 참혹함을 직접 겪어보진 못했으나, 그것이 얼마나 끔찍할지는 충분히 짐작하고 있었다.

"어떻게…… 막을 수는 없어?"

"없어."

작은 틈도 없이 나온 부정적인 언사가 뒤를 이어 계속되었다.

"청일국은 야욕이 많은 나라다. 그들은 권력에 취해 있고, 모든 나라를 발아래 두길 원해. 그러니 파병을 미루지 않을 것이고, 동연국도 전쟁을 거부하지 않는다."

패도의 길을 걷는 동연국의 황제들에게 전쟁이란 광기를 표출할 수 있는 적절한 수단이었다. 살육을 하며 희열을 얻는 저주에 걸려 버린 그들은 그 참혹한 행위를 절대 거부하지 않았다. 그리고 그것은 동연국 황가의 피를 이어받은 가후도 마찬가지였다.

"아마도, 그곳이 내 무덤일 거야."

"뭐?"

해연은 자신이 잘못 들은 줄 알고 놀라서 되물었으나, 그는 다시 말해주지 않았다. 대신 앞에 놓인 서책을 들어 해연에게 건넸다. 낡은 서책을 내려다보는 해연의 귓가로 믿기 어려운 말이 흘러 들어왔다.

"이걸 가지고 후로국으로 가라. 천관녀를 설득하는 건 네 몫이다. 전쟁이 터지기 전에 국경을 넘도록 해. 마차와 병사는 내어줄 테니."

"이건?"

"네가 찾던 그 주문서다."

해연의 눈이 커졌다. 며칠을 소모하며 찾아다니던 주문서가 이런 방식으로 손에 들어올 줄은 몰랐다. 해연의 손에 서책을 넘겨준 가후는 앞에 놓인 약병을 집어 들었다. 차가운 유리병의 감촉이 느껴졌다.

"최대한 빨리 준비를 마쳐라. 전쟁을 미루진 못해. 이게 모후께서 남기신 마지막 약이다. 아마도 봄이 올 즈음이면 내게 주어진 시간도 끝이 날 거야. 저주에 사로잡히면 공력을 가진 나는 이성을 잃고 미쳐 날뛸 것이다. 그때, 날 죽여줄 이가 필요해. 전쟁터에는 그런 역할을 맡을 인물이 꽤 많겠지. 그러니 전쟁을 안 할 수는 없다."

다시 한 번 죽음을 예고하는 그의 말에 해연은 정신을 차리기가 어려웠다. 충격적인 내용만 골라서 한꺼번에 너무 많이 들어버렸다. 되묻는 것조차 하지 못하는 그녀를 두고 가후가 자리에서 일어났다.

"내가 죽고 동연국이 병합되면 이 나라에는 신녀가 필요 없어. 청일국의 신녀가 비를 내려줄 테니, 너는 왔던 곳으로 돌아가라."

해연을 놓아주기로 한 가후는 저를 올려다보는 그녀의 눈가가 이미 반쯤 젖어 있는 걸 보고 입술 끝을 살짝 올렸다. 미운 정도 정이라고, 저를 위해 눈물을 글썽이는 걸 보니 기분이 나쁘지만은 않았다.

'하나쯤은…… 내 죽음에 슬퍼해 주는 이가 있는 것도 좋군.'

전쟁 중에 쓸쓸히 바스러질 목숨이지만 울어주는 이가 있으니 최악의 인생만은 아닌 것 같았다. 하지만 이런 낯간지러운 상황은 익숙하지 않았다. 그래서 그는 일부러 농을 던졌다.

"답지 않게 눈물은. 못생긴 얼굴로 울지 마라."

그는 분위기를 띄우려 했다. 그러나 평소라면 맞받아쳤을 해연은 입술을 꽉 깨물고 울음을 삼킬 뿐이었다. 툭 건드리면 펑펑 울어 젖힐 분위기에 가후는 멋쩍게 볼을 긁적였다. 이런 일은 겪어본 적이 없다 보니 대처 방법을 알지 못했다. 그냥 현실적인 얘기나 하는 게 성미에 맞을 것 같았다.

"됐다. 이미 난 받아들였으니, 내일부터 바로 떠날 채비나 해라. 전쟁이 터지기 전엔 국경을 넘어야 해. 원한다면…… 하랑도 데려가든가."

그는 하랑과 함께 떠나는 걸 허락했다. 믿기 어려워하는 그녀에게 가후는 귀찮다는 듯 손을 휘휘 내젓고 밖으로 나갔다. 패배할 전쟁에 굳이 그를 끌어들이고 싶지 않았다. 무엇보다 하랑에게는 보여주고 싶지 않았다. 아군, 적군 할 것 없이 죽여 대다가 처참하게 살해당할 자신의 모습을 그에게만큼은 결코 보여주고 싶지 않았다.

가후가 떠나고 침실로 돌아와 문을 닫은 해연은 그대로 주저앉았다. 죽을 준비를 하는 사람 앞에서 울지 않으려고 참고 또 참았던 눈물이 왈칵 쏟아져 내렸다. 죽여줄 이를 찾아 전쟁터로 향하는 가후가 그녀를 괴롭게 했고, 아무것도 할 수 없는 자신이 가슴을 아프게 했다. 청일국에서 시작한 전쟁은 막을 도리가 없으니, 이 와중에 할 수 있는 건 하랑과 함께 도망치는 것뿐이었다. 이곳에서 스러져 갈 이들을 뒤로하고, 모든 책임을 내팽개치고, 도움이 필요한 사람들을 외면하고, 그렇게 한국으로 돌아간다면 후회하지 않을 수 있을까? 그 질문이 해연의 마음을 무섭게 헤집어댔다.

황제가 신궁으로 행차했다는 보고를 받고 돌아온 단야는 해연의 방문 앞에서 머뭇거렸다. 미닫이문에 비친 그림자가 애처로워 보인 탓이었다. 문 앞에 앉아 도통 일어날 생각을 않는 해연의 모습에 단야는 잠시 고민하다가 조심스럽게 말을 걸었다.

"신녀님, 단야입니다."

그녀의 음성에 해연의 그림자가 재빨리 소매로 얼굴을 훔쳤다. 그제야 울고 있었음을 짐작한 단야가 재차 입을 열었다.

"밤이 깊긴 하였사오나 달빛이 환하고 아름다우니, 곤하지 않으시다면 후원을 걸어보심이 어떻겠습니까?"

"후원?"

약간 잠긴 목소리가 미닫이문 틈으로 흘러나왔다. 조금은 관심을 보이자 단야는 반색하며 해연을 설득했다.

"오늘 밤은 선선하니 바람 쐬기에 적당한 듯싶습니다. 요즘 계속 신궁에만 계셨잖습니까."

그녀의 말처럼 해연은 하랑이 간힌 뒤부터 신궁 밖으로 나서지 않았다. 궐의 분위기도 문제였지만, 달천대원들을 마주치고 싶지 않다는 이유가 더 컸다. 하지만 오늘 같은 날에는 기분 전환에 산책만 한 것이 없었다. 그 점을 잘 알고 있는 단야는 해연에게 나가자 권했고, 그 의견은 곧 받아들여졌다.


휘영청 밝게 뜬 달이 기와지붕의 용마루 위에 둥실 떠 있었다. 그 아름다운 모습을 지켜보던 해연은 동행한 무녀들을 멀찍이 떨어뜨려 놓고 홀로 후원을 거닐었다. 청량한 공기가 뜨겁게 달아올랐던 감정을 남몰래 달래주었고, 부드러운 바람은 멀리 떠나 있던 이성을 불러들였다.

'이제 그만 울고 어떤 게 최선일지 결정을 해야 해.'

해연은 머리를 식히려 애썼다. 주어진 시간이 그리 많지 않으니 최대한 빠르게 가장 좋은 방법을 선택해야만 했다. 현재 그녀에게 남은 선택지는 두 가지였다. 하랑과 함께 한국으로 돌아가거나, 이곳에 남아 불필요한 희생을 줄이는 데 힘을 써보거나. 하지만 그마저도 하랑이 함께 가지 않겠다고 하거나 천관녀가 거부하면 또 달라졌다.

한숨인지 호흡인지 모를 숨을 내쉬며 해연은 목조 다리 난간에 등을 기댔다. 하늘을 올려다보니 훤한 달에 비해 소박해 보이는 별이 눈길을 사로잡았다. 마치 그 별들이 전쟁터에서 스러져 갈 사람들 같아서 해연은 좀처럼 눈을 떼지 못했다. 그렇게 얼마나 올려다보고 있었을까, 근처에서 인기척이 났다. 그 소리를 따라 고개를 내린 해연은 맞은편에 있는 유신을 발견했다.

"꽃도령……."

해연은 뒷말을 흐렸다. 일전에 그의 고백을 받아주지 못한 게 괜히 미안했다. 그런 해연의 마음을 알았는지, 유신이 먼저 그녀에게 다가갔다.

"우셨습니까?"

그는 단박에 해연이 울었음을 알아차렸다. 조금 붉어진 눈가와 촉촉이 젖은 눈동자가 상황을 짐작케 했다. 그의 뛰어난 눈썰미에 해연은 볼을 붉히며 민망해했다. 저번에도 그렇고 이번에도 그렇고, 그에게는 항상 우는 걸 들켰다.

"아까 조금 울었는데, 티 많이 나요?"

아무렇지도 않다는 듯 미소 지으며 물어오는 해연의 모습에 유신은 씁쓸해졌다. 지금 이 상황에서 해연을 울게 할 만큼 그녀의 마음속에 깊이 박혀 있는 이는 정해져 있었다. 그 사실이 그를 힘겹게했다.

"하랑 대장 때문입니까?"

황후와 하랑의 일로 눈물지었느냐는 물음이었다. 그의 질문에 해연은 눈을 깜빡이다가 작게 고개를 저었다.

"아니요. 아직 하랑의 얘기를 듣진 못했으니 혼자 속단하고 울 필요는 없어요."

"더 들어볼 것이 있습니까? 신녀님 몰래 비서각에서 다른 여인을 만난 건 엄연한 사실입니다."

그는 도저히 이해할 수 없다는 얼굴로 말했다. 하지만 하랑에 대한 해연의 굳건한 믿음을 한 번 더 확인할 뿐이었다. 그녀의 생각대로라면 그 어떤 음모와 계략으로도 둘 사이를 갈라놓을 수는 없을 듯 보였다.

'하랑이 아니라 나였다면, 그랬다면 좋았을 텐데.'

유신은 그녀가 그토록 믿는 이가 하랑이 아니라 자신이었다면 어땠을까 하는 부질없는 욕심이 들었다. 이미 손을 떠나 버렸건만, 붙잡고 싶은 마음은 여전히 머물러 있었다. 쓰라린 속내를 감춘 그는 곧 화제를 바꿨다.

"하랑 대장이 아니라면 어찌하여 우셨습니까? 다른 이가 신녀님을 슬프게 합니까?"

누구라고 말하면 당장에라도 혼내줄 것만 같은 말투에 해연은 슬며시 웃었다. 그가 처음 자신에게 접근했던 속내가 무엇이든 지금은 정말 고마운 사람이었다. 여러 번 마음을 보이며 아껴주었고, 하랑 때문에 힘들 때면 의지할 수 있도록 손을 내밀어준 이였다. 그리고 이 밤이 지나면, 어쩌면 그와도 작별할지도 몰랐다.

"조금, 걸을래요?"

해연은 난간에서 몸을 떼고 그에게 눈짓했다. 그 청에 유신은 순순히 응했다. 그렇게 두 사람은 산국 향이 바람결에 실려 오는 후원을 나란히 걸었다. 후원 한가운데에 있는 팔각정에 도달하자 해연은 유신과 함께 그 위로 올라섰다. 처마에 달린 등불이 아련하게 주위를 비추고 있었다.

'집으로 돌아간다면, 또 올 순 없겠지?'

그녀의 손길이 오래된 기둥을 쓸었다. 이곳에서 하랑에게 고백했다가 차여도 봤고, 가후와 다투기도 참 많이 다퉜다. 이 땅으로 온 뒤, 정말 많은 추억이 서린 곳이었기에 해연은 오랫동안 그 기둥을 매만졌다. 이 땅의 공기와 느낌, 감촉을 손끝에 새겨서 평생토록 잊고 싶지 않았다.

그런 해연의 뒷모습을 보던 유신은 품에 넣어둔 불의 검을 의식했다. 완벽하게 등을 돌리고 있는 지금이 일을 치르기에는 적기였다. 무녀들도 해연의 기분 전환을 위해 멀찍이 떨어져 있었고, 하랑은 지하 감옥에 있으니 방해할 자는 아무도 없었다. 그저 불의 검으로 심장을 찌르고 궐을 빠져나가기만 하면 될 일이었다.

그는 이를 꽉 악물고 품으로 손을 집어넣었다. 단단한 검 손잡이가 만져졌다. 그때, 해연의 목소리가 들렸다.

"전쟁…… 때문이에요."

갑작스러운 음성에 흠칫한 그는 검을 놓고 품에서 손을 뺐다. 다행히 해연은 뒤를 돌아보지 않았다. 팔각정 처마 밑에 달린 등불을 올려다보며 조곤조곤 이야기를 들려줄 뿐이었다.

"두 남자의 슬픈 사연을 알았고, 전 선택의 기로에 놓였어요. 전쟁을 앞두고 이곳에 소중한 사람들을 남겨둔 채 도망가야 하는, 그런 처지요. 그게 너무 싫어서, 괴로워서 울었던 거예요."

유신의 질문에 답을 준 해연은 뒤로 돌아 그를 보며 빙긋 웃었다. 그 미소가 마치 괜찮다고, 걱정하지 말라고 얘기하는 듯했다. 하지만 유신은 그것이 아픔을 감추기 위한 거짓 미소임을 모르지 않았다. 그가 본 해연은 항상 그래 왔다. 밝고 활기찬 모습으로 상대를 안심시키려고 애쓰는. 그런 해연을 지그시 바라보던 유신은 문득 가슴 한편이 조여왔다. 전쟁의 원흉이 자신이었기에 떳떳하게 그녀를 볼 낯이 없었다.

"송구합니다. 저 때문에……."

갑작스러운 유신의 사과에 해연은 제 실수를 깨닫고 적잖이 당혹해했다. 그가 전대 신녀를 살해한 것이 모든 일의 원인이 되었다. 그 일로 가뭄이 든 동연국은 크게 휘청였고, 국력이 쇠약해진 틈을 타 청일국이 쳐들어오는 것이다. 하지만 그를 질책하려고 한 말은 결코 아니었다. 그저 아까 왜 울었느냐는 그의 질문에 답했을 뿐인데, 의도치 않게 그런 꼴이 되어버렸다.

"질책하는 거 아니에요. 오해하지 마요."

책망하긴커녕 도리어 다독이는 해연의 마음 씀씀이에 유신은 말문이 막혔다. 이 모든 상황에 대해 책임을 질 사람도, 원망받을 사람도 자신이었다. 그건 스스로도 잘 알고 있었다. 그저 입 다물고 있을 뿐이었다. 몇 사람 외에는 자신이 전대 신녀를 해한 걸 모르니 가만히 책임을 회피하고 있었다. 그런데 그 모든 걸 알면서도 해연은 자신을 미워하지 않았다. 오히려 기분을 상하지 않게 하려고 최선을 다하고 있었다. 그는 그 점을 좀처럼 이해할 수 없었다. 차라리 미워했더라면, 네 탓이라고 손가락질했더라면 이토록 주저하거나 괴롭진 않았을 것이다. 지금까지도 죽일지 말지 갈등하는 자신이 이토록 혐오스럽진 않았을 것이다.

"신녀님은 제가 밉지도 않으십니까? 전쟁의 원흉이 접니다."

"꽃도령……."

억눌러 왔던 무언가가 터진 것처럼 그는 지금까지 숨겨왔던 일을 입 밖으로 끄집어냈다. 놀란 해연이 그를 부르며 말리려 했지만, 유신은 좀처럼 멈추지 못했다.

"신녀님을 죽이려고 접근했던 것도 사실이고, 비겁하게 진실을 숨긴 것도 접니다."

이젠 거의 분노를 표출하듯이, 왜 미워하지 않느냐고 항변하는 듯했다. 그 모습에 해연은 눈을 질끈 감았다. 이제는 감춰져 있던 이 남자의 아픔까지도 보였다.

"꽃도령."

"왜, 왜 싫다고 말하지 않으십니까? 네가 전대 신녀들을 죽여서 내가 이리 괴롭다고. 그래서 널 싫어한다고. 밀어내고 싶다고. 그렇게라도 말하란 말입니다. 내가 당신을!"

"그만! 그만해요. 더는 듣기 싫어!"

해연의 목소리가 그의 마지막 외침을 삼켜 버렸다. 버럭 소리 지른 해연은 단단히 화가 난 얼굴로 유신을 보았다. 그의 검은 눈동자는 버려진 아이처럼 한없이 아프고 측은해 보였다. 해연은 넘어져 아파하는 아이를 달래듯 손을 뻗어 그의 볼을 쓰다듬었다.

"분명 잘못한 거예요. 사람을 해친다는 건 정말로, 잘못한 일이에요. 하지만 얘기한 적 없잖아요, 꽃도령도. 당신이 왜 그래야만 했는지……. 내가 본 당신은 그렇게 악한 사람만은 아닌걸."

　슬픔을 이기지 못해 떨리는 해연의 목소리가 가둬두었던 무언가를 울컥 치솟게 했다. 어련한 기억 속의 어머니처럼 볼을 매만져 주는 해연의 손가락 사이로 뜨거운 눈물이 흘러내렸다.

　유신은 어릴 적, 귀족이었던 부모를 사고로 잃자마자 하나뿐인 누이 품에서 컸다. 당시 그는 기억이 온전치 않을 만큼 매우 어렸고, 세심히 보살펴 주는 누이 덕에 부모에 대한 상처는 점차 아물어 갔다. 하지만 커갈수록 두각을 나타내는, 공력에 대한 그의 뛰어난 재능이 화근이 되었다. 전대 청일국 황제는 누이를 어머니처럼 따르는 마음을 이용해 그를 음지로 밀어 넣었다. 평생 정체를 숨기며 살도록 만들었고, 신하들을 죽이는 데 사용해 왔다. 그리고 그것은 청일국 현 황제도 마찬가지였다. 그는 아비의 행동을 따라 하며 유신을 도구처럼 다뤘다. 신녀인 누이마저 한낱 인질로 추락시켜 버릴 만큼 그의 재능과 힘은 탐나는 것이었다. 그러다 다른 나라의 신녀를 죽이는 일까지 그의 몫으로 돌아왔을 때는 이미 너무 먼 길을 온 뒤였다.

　팔각정 입구에 앉아 잔잔한 목소리로 들려주는 옛이야기에 해연은 유신의 무릎 위에 놓인 손을 가만히 잡아주었다. 그의 선택이 옳다고는 할 수 없지만, 그의 삶을 이해할 수는 있었다.

　손등을 따뜻하게 덮어주는 손길에 유신의 시선이 오래도록 그녀의 손에 머물렀다. 처음의 동요하던 감정은 간데없고, 한결 차분하고 부드러워진 눈빛이었다. 죽일 마음을 먹고 와서 되레 위안을 받았다. 이런 식으로 눈물을 보인 건 처음이었기에 조금은 부끄럽기도 했다. 그래도 마음만큼은 한결 홀가분했다. 끊임없이 고뇌의 길로 밀어 넣던 선택에 대한 결심을 이제는 했기 때문이다. 마음을 정리한 그는 저를 지그시 보고 있는 해연과 눈을 마주했다.

"신녀님은 오셨던 곳으로 가실 겁니까?"

유신의 물음에 해연은 그의 손을 놓고 연못 위로 비친 달에 시선을 주었다. 지금껏 계속 고민해 봤지만 달리 답이 나오진 않았다. 좀처럼 해결되지 않는 답답함과 함께 해연의 대답이 흘러나왔다.

"솔직히, 잘 모르겠어요. 처음 이곳에 왔을 때는 집으로 돌아가는 일이 가장 중요했는데, 지금은 이곳에도 정이 들었나 봐요. 여기서 만난 사람들, 내가 필요한 사람들을 두고 떠나기가…… 이젠 좀 겁이 나요."

해연은 가리국으로 가면서 동연국과 한 번 헤어져 봤다. 그때, 동연국에 두고 온 사람들을 잊는 것이 얼마나 힘겨웠는지 모른다. 매일 밤 꿈에 나타나는 부모님을 보며 마음을 다잡지 않았더라면 그 시간을 견디지 못했을 것이었다.

"만약 꽃도령이 나라면 어떤 선택을 했을 것 같아요? 이곳을 떠날 건가요?"

해연은 애써 태연한 척하며 물어보았다. 하지만 그 속에 담긴 갈등은 극렬한 것이었다. 매일 밤 눈물로 그리워하는 부모도, 정 붙인 사람이 많은 이곳도, 어느 한쪽을 쉽사리 포기하기가 어려운 일이었다. 그러나 무엇보다 그녀를 힘겹게 하는 건 하랑이었다. 그 사실을 아는 유신의 눈빛이 침중해졌다. 자신의 대답은 해연을 아프게 하겠지만, 사실대로 말해주어야 했다.

"제가 신녀님의 입장이라면, 어떤 결정을 내릴지는 저도 잘 모르겠습니다. 하지만 하랑 대장이 어떤 선택을 할지는 압니다."

그의 말에 해연의 눈동자가 크게 흔들렸다. 유신은 입술을 꼭 깨무는 그녀를 보며 잔인한 소리가 될 수도 있는 말을 들려주었다.

"그는 떠나지 않을 겁니다."

해연의 손이 치맛자락을 움켜쥐었다. 사실 그녀도 짐작하고 있었다. 그래서 더 갈등했던 건지도 모른다. 일전에 가리국에서 다시 동연국행을 결심했을 때, 그때 해연은 알아버렸다. 하랑과 함께 떠나지 못할 것임을. 그 사실을 애써 외면하고 있었지만, 유신이 다시 짚어주었다. 그걸 인정해야 제대로 된 선택을 내릴 수 있기 때문이었다.

"그도 신녀님과 함께 가고 싶겠지만, 다른 때도 아닌 전시입니다. 부하들을 전장으로 보내놓고 홀로 떠나진 못할 겁니다. 그의 어깨에 짊어져 있는 인명이 너무 많습니다."

하랑은 10만 명을 부하로 두고 있었다. 유신도 한 단체의 두령이었기에 그의 마음을 충분히 이해할 수 있었다. 평생 해연을 그리워하며 가슴앓이하는 한이 있더라도 자식같이 키운 부하들의 죽음을 외면하진 못할 것이다.

"물론, 전쟁이 끝나면 또 모를 일이니."

유신은 그녀를 위로하기 위해 일말의 희망이라도 주려 했다. 하지만 해연은 고개를 저어 거부했다. 가리국에서 저를 위해 모든 걸 버린 적 있는 하랑이었다. 전쟁이 끝난 뒤에 그에게 같이 떠나자고 한다면 그리해 줄 것이었다. 그러나 해연이 그걸 원치 않았다. 가리국에서 보낸 둘만의 달콤한 시간을 그도 분명 좋아했지만, 가끔 그의 눈동자 속에 담기던 작은 외로움과 불안을 그녀도 모르지 않았다.

"하랑과 같이 가지 못한다는 건 알고 있었어요. 그냥 믿고 싶지 않았던 거죠."

해연은 억지로 미소 지으며 괜찮다는 걸 피력하려 했다. 그 모습이 유신은 더 가슴 아팠다. 자신이 신녀들을 죽이지만 않았더라면, 전쟁이 일어나지만 않는다면, 그녀가 이토록 고민하고 괴로워하진 않았을 텐데. 그런 생각이 그를 죄책감의 늪으로 끌고 들어갔다.

"신녀님."

유신의 묵직한 목소리에 해연의 표정이 굳었다. 그가 또 이 모든 걸 본인의 잘못으로 돌리는 느낌이 들었다. 그러나 그녀가 우려하던 것과 달리 그는 가만히 해연의 손을 잡고 손등에 가볍게 입을 맞췄다. 마음 같아서는 손등이 아닌 다른 곳에 하고 싶었지만, 그건 자신에게 허락되지 않은 것임을 이젠 인정했다.

"신녀님이 행복하셨으면 좋겠습니다. 어떤 선택을 하든, 밝게 웃는 신녀님을 볼 수 있었으면 좋겠습니다. 비록, 저는 볼 수 없게 될지도 모르지만……."

그는 흔들리는 해연의 눈을 보며 환하게 웃어주었다. 이것이 마지막 인사임을 그녀도 느낀 듯했다. 해연의 손을 고이 내려놓은 그는 자리에서 일어나 팔각정 계단을 내려갔다. 해연을 돌아보니, 그녀는 아직 혼란스러워하고 있었다.

유신은 아까 해연이 해주었던 말을 떠올렸다. 당신은 그렇게 악한 사람이 아니라는 말. 그 속에 담긴 믿음이 그를 웃을 수 있게 했다. 그래서 그는 마지막으로 마음속에 담고 있던 말을 전했다.

"믿어주셔서 감사합니다."

그의 눈이 곱게 휘었다. 그걸 본 해연은 심장에 거대한 바위 하나가 쿵, 떨어지는 듯했다. 휘청이며 자리에서 일어나 붙잡으려 했지만, 계단을 내려섰을 땐 이미 그는 사라진 뒤였다.

"꽃도령?"

해연은 눈앞에서 홀연히 사라진 유신을 찾아 주위를 두리번거렸다. 하지만 그의 모습은 어디서도 찾을 수 없었다.

"꽃도령!"

완전한 이별임을 받아들이지 못한 해연이 목 놓아 불러도, 그는 두 번 다시 그녀의 앞에 나타나지 않았다.

달빛 한 점 들어오지 않는 지하 감옥에 주홍빛 횃불이 일렁이며 새까만 연기를 내뿜었다. 죄수들의 육신이 썩어가며 악취를 풍기는 그곳에 몇 날 며칠 동안 감금되어 있던 하랑은 감고 있던 눈을 천천히 떴다.

"왔으면 검이라도 빼 들든지, 뭘 좀 하지그러나."

가라앉은 하랑의 목소리가 차가운 감옥 벽에 부딪쳐 울렸다. 적의를 담은 그의 눈빛이 계단 쪽으로 향했다. 그러자 하얀 옷을 입은 사내가 팔짱을 끼고 계단 옆, 벽에 기대어 서 있는 모습이 드러났다. 해연과 좀 전에 막 헤어지고 온 유신이었다.

"거, 성질 한 번 급하군. 두 번 다시 보지 못할 좋은 구경거리라 넉넉히 좀 봐두려는데."

그의 능청스러운 대꾸에 하랑의 입술이 삐뚜름하게 올라갔다. 족쇄에 붙잡혀 벽에 매달려 있는 광경이 제법 볼만한 모양이었다. 저리 시간을 질질 끌며 공격조차 안 하는 걸 보면.

"나를 조롱하는 건 상관없다만, 신녀님껜 손대지 마라. 전쟁의 승패와 상관없이 곧 떠나실 분이다."

며칠 전에 찾아온 도평 덕에 전쟁이 벌어질 것임을 알게 된 하랑은 그에게 해연을 건드리지 말라고 단단히 일렀다. 그는 여전히 유신의 귀화를 믿지 않았다. 분명 흑심이 있으리라 여겼다. 절대 멈추지 않는 하랑의 의심에 유신은 비웃음을 지었다.

"그전에 네 목이 떨어질 일부터 걱정하지그러나."

유신은 품속에 넣어두었던 불의 검을 꺼냈다. 검집에서 뽑아낸 날카로운 검이 날을 붉게 빛내고 있었다. 가후에게 다 넘겼다던 불의 검이 유신의 손에 들린 걸 본 하랑의 눈이 부릅떠졌다.

"너!"

혹시나 싶은 불안감에 하랑은 족쇄를 뽑아낼 듯 거칠게 움직였다. 이미 해연에게 다녀왔다면, 손을 쓰기도 전에 그녀가 당해 버렸다면, 그런 생각이 들자 눈앞이 깜깜해졌다. 최악의 상황이 머릿속에 그려지면서 혈압이 올라 목에 핏대까지 섰다. 그런 하랑의 모습에 유신은 씁쓸한 입맛을 다셨다.

'완벽하게 졌군.'

지금까지 해연을 죽일지 말지 고민하던 자신과 달리 하랑은 오로지 해연의 안위가 먼저였다. 그 사실만으로도 패배감을 금할 수 없었다. 고개를 저은 유신은 검을 거뒀다. 죽이려고 온 것이 아니니 더는 그를 흥분시킬 필요가 없었다.

"신녀님은 안 건드렸으니 걱정하지 마라."

해하지 않았다는 말에 하랑의 움직임이 우뚝 멈췄다. 믿을 수 없다는 눈으로 다시 한 번 묻는 시선에 유신은 한 번 더 그의 뜻대로 말해주었다.

"시도는 해보려 했는데, 못 하겠더라."

허탈하게 웃는 그의 표정에 그제야 하랑은 유신의 말이 진심임을 알아차렸다. 가장 우려하던 일이 벌어지지 않았음에 안도한 하랑은 숨을 크게 들이마시며 널뛰던 심장을 가라앉혔다. 해연에게 일이 생겼을까 봐 아찔하던 정신이 뒤늦게야 이성을 되찾았다. 하랑이 진정하자 유신은 검을 갈무리하며 자신이 온 이유를 들려주었다.

"난 전쟁을 끝내러 갈 생각이다."

"뭐?"

"내가 시작한 일이니 내 손으로 끝내는 게 맞겠지. 그편이 날 믿어준 신녀님께 보답할 방법이기도 하고."

본인에게 확인하듯이 혼잣말처럼 얘기하던 유신은 하랑의 의문을 풀어주지도 않고 그대로 몸을 돌렸다. 계단에 한 발 걸쳐 놓고 하랑을 돌아보자 시선이 얽혔다.

"앞으로 신녀님 울리지 마라. 그랬다간 정말 나와 한판 붙어야 할 거다."

아까보다 더 뜬금없는 유신의 으름장에 하랑의 얼굴이 기묘하게 구겨졌다. 그 표정에 유신은 눈살을 찌푸렸다.

"재수 없는 자식. 신녀님 손등은 내 것이니 주둥이 대지 마라."

유신은 그답지 않게 욕설을 내뱉고 사라졌다. 처음 보는 그의 모습에 하랑은 기가 막혔다. 언제부터 단살단의 두령이 이토록 유치한 사내가 되었나 싶었다. 하지만 그 감정이 무엇인지는 본인이 더 잘 알기에 하랑은 입을 다무는 걸로 대답을 대신했다. 또한 유신이 해연의 손등에 뭔 짓을 했는지 알 것도 같았다. 문득 짜증이 솟았으나 그 정도는 봐주기로 했다. 그것보다는 다른 감정이 앞섰기 때문이다.

"고맙다."

작게 중얼거린 소리에 저 멀리서 응답이 들렸다.

"됐다, 멍청아."

변덕스러운 바람의 성향에 질투까지 가득 담긴, 그다운 인사에 하랑의 얼굴 위로 피식 웃음이 피었다.

검은 연못 안에 머물던 노란 달이 그 빛을 잃고 점점 희미해져 갔다. 새벽 여명이 기지개를 켜며 어둠을 밀어낼 때, 그 시각까지 팔각정에 앉아 있던 해연도 자리를 털고 일어났다. 유신과 헤어지고 나서 홀로 깊은 생각에 잠겨 있던 그녀가 일어나자 무녀들이 반색하며 다가왔다.

"신녀님, 환궁하시겠습니까?"

신궁으로 돌아갈 것이냐는 단야의 물음에 해연은 고개를 저었다. 달리 갈 곳이 있었다.

"난 들를 곳이 있어. 다들 피곤할 텐데 그만 들어가서 쉬어."

"아닙니다. 어디로 모실까요?"

단야는 피곤한 기색조차 숨기며 해연의 곁을 고집했다. 무녀들의 건강을 저어한 해연이 몇 번이나 돌아가라고 권했으나 그녀들은 끝까지 의사를 굽히지 않았다. 자신을 홀로 두는 게 불안한 것이었다. 걱정하는 그 마음을 알기에 해연도 더는 강요하지 못하고 목적지를 알려주었다.

"지하 감옥, 하랑에게 가자."

하랑이 감옥에 갇히고 닷새 만에 해연은 그를 찾아가기로 결정을 내렸다.


두꺼운 쇠창살을 사이에 두고 두 사람이 마주 섰다. 물의 힘 덕에 족쇄에서 풀려난 하랑은 해연의 기분이 썩 좋지 않은 상태임을 느꼈다. 감옥 바닥을 헤매는 눈빛은 무척 어두웠고, 깊은 생각에 빠져서 간혹 미간을 일그러뜨리곤 했다. 그토록 해연의 기분이 좋지 못한 이유를 하랑은 대충이나마 짐작할 수 있었다. 아마 간밤에 다녀간 그 사내 때문일 것이다.

"유신 때문에 그러십니까?"

갑자기 튀어나온 유신이란 이름에 해연의 시선이 그에게 향했다. 하지만 그녀의 눈에 담긴 뜻은 동조가 아니라 의문이었다.

"꽃도령을 만난 걸 어떻게 알았어?"

"좀 전에, 그가 이곳에 들렀다 갔습니다. 전쟁을 막겠다더군요."

유신에게선 듣지 못했던 이야기에 해연의 눈이 커졌다. 다시금 충격이 몸을 난타했다. 설마 했는데 역시나 그것이 그의 작별 인사였다.

"전쟁을 어떻게 혼자서 막아? 그거 위험한 일이잖아."

해연의 목소리가 떨려왔다. 그가 사지로 달려가는 것도 모르고 안일하게 놔두었다는 생각이 한꺼번에 몰아쳤다. 많이 놀라는 해연의 모습을 보고 나서야 하랑은 그녀가 유신의 생각을 모르고 있었음을 알아차렸다. 해연이 걱정할 걸 우려한 그가 자신에게만 몰래 언질을 주고 간 것이다. 그러나 이미 뱉은 말을 수습하기엔 늦었고, 그녀도 알아둘 필요는 있었다.

"물론…… 위험합니다. 하지만 지금 그가 신녀님을 위해 할 수 있는 유일한 일이기도 합니다. 또한 본인을 위해서도 하고 싶을 겁니다."

유신이 해연의 슬픔을 덜어주기 위해 할 수 있는 유일한 일이었고, 그가 지녀온 죄책감을 조금이나마 덜어줄 수 있는 단 하나뿐인 방법이었다. 죄책감에 사로잡혀 괴로워하던 그를 보았기에 해연도 곧 유신의 선택을 인정하고 받아들였다. 그저 다치지 않고 무사히 돌아오길 간절히 바랄 뿐이었다.

유신의 일을 일단락한 해연은 하랑을 찾아왔던 이유를 상기했다. 사실 유신 때문에 온 것이 아니었다. 그에게 따로 알려줄 것이 있었다.

"어제, 황제가 날 불러서 주문서를 줬어. 전쟁이 일어나기 전에 집으로 가래."

해연의 말에 하랑의 눈빛이 크게 흔들렸다. 그에게는 전쟁이 일어난다는 소식보다 더 듣기 괴로운 이야기였다. 언젠간 그녀가 떠날 것임을 알고 있었지만, 그것이 눈앞에 닥쳤다는 소리를 듣는 건 또 다른 느낌으로 다가왔다.

아무 말도 하지 못하는 하랑을 더 바라보지 못하고 해연은 고개를 돌렸다. 서로에게 쓰라린 이야기였다. 그렇게 마음을 다잡고 왔음에도 받아들이기 힘겨워하는 하랑을 보고 있자니 또다시 마음이 흔들렸다. 그래도 해연은 멈추지 않았다. 멈출 수가 없었다.

"난 떠나야 하고, 하랑은 남아야겠지."

"신녀님, 전……."

함께 가고 싶다는 말이 입안을 맴돌았지만, 그는 결국 고개를 숙였다. 차마 같이 가자고 할 수가 없었다. 전쟁이 벌어지면 그 누구보다 선두에 서는 것이 자신의 임무였다. 책임감과 연모라는 감정 사이에서 괴로워하던 하랑은 창살이 으그러지도록 꽉 움켜쥐었다. 그런 하랑의 손을 해연이 달래듯이 쓰다듬었다.

"괜찮아, 하랑. 하랑이 날 사랑하지 않아서 그런 게 아닌걸. 지켜 줘야 할 이들이 많은 거잖아. 그러니까 괜찮아."

해연은 그의 시선을 마주하며 순수하게 미소 지어주었다. 먼 훗날 서로를 그리워하며 애달파 하는 일이 있더라도 지금의 선택은 틀리지 않았음을 알려주고 싶었다. 나중에 그가 가질 수도 있는 후회를 조금이나마 덜어주는 게 그를 향한 그녀의 마음이었다.

"나도 그들을 지켜주고 싶어. 그러니까 하랑이 이곳에 남아서 내

묶까지 그들을 지켜줘."

"신녀님……."

하랑은 손을 뻗어 사랑하는 여인의 얼굴을 매만졌다. 곱게 피어
나는 해연의 미소에 그도 무겁던 마음을 잠시나마 내려놓을 수 있
었다.

하랑의 손이 전해주는 따뜻한 온기에 얼굴을 살짝 비비던 해연은
어젯밤부터 고민하던 일을 떠올렸다. 하랑에게 말할 것인지, 아니
면 그냥 함구할 것인지 한참을 고민한 끝에 답을 내리고 이곳으로
왔다. 해연은 얼굴에 닿은 그의 손을 잡아 내리고 신중하게 운을 뗐
다.

"하랑, 이건 하랑을 아프게 할 이야기지만, 알려줘야 할 것이 있
어."

따로 들려줄 이야기가 더 있다는 점에 그는 어리둥절해하면서도
들을 준비를 하고 잠자코 기다려 주었다. 다시 한 번 마음을 다잡은
해연은 어렵사리 이야기를 꺼냈다.

"황제가 많이 아파."

"예?"

하랑은 예상치 못한 얘기에 반문하다 잠시 멍해졌다. 가후가 아
프다는 건 대충 짐작하고 있었으나, 인정하고 싶지 않던 내용이었
다. 믿지 못하겠다는 얼굴로 작게 웃으며 고개를 젓자 해연의 분위
기는 더욱 심각해졌다.

"정말이야. 약을 꾸준히 복용하고 있었는데, 이제 약이 없대. 아
마……."

해연은 말을 멈췄다. 아니라고, 거짓말이라고 말해달라는 그의
간절한 눈빛에 가슴이 아파 말문이 막혔다. 그래도 해연은 다시금

마음을 다잡았다. 잔인한 이야기지만, 알아야만 했다. 그래야 하랑
도 마음의 준비를 할 것이다. 가장 아끼던 형제를, 가장 증오하던
이를 떠나보낼 준비를.

"내년 봄이…… 마지막이라고 생각하나 봐."

"신녀님, 무슨 그런, 거짓말입니다. 신녀님을 붙잡으려고 꾸며낸
말이겠죠. 그는…… 그는 공력자인데 신체에 병이 생길 리가……."

하랑은 말을 끝맺지 못하고 입술을 악물었다. 저를 안타깝게 쳐
다보는 해연의 눈이, 황제에 대해 알려줄 게 있다던 황후의 말이,
가슴을 움켜쥐고 괴로워하던 가후의 모습이, 그 모든 것이 진실을
말하고 있었다.

그 사실을 받아들였을 때, 하랑은 속에서 무언가가 울컥했다. 그
렇게 성질 고약하게 굴더니 벌 받았다고 대수롭지 않게 말하고 싶
었지만, 목구멍이 떨려서 도저히 소리가 나오지 않았다. 입을 여는
순간에 무너질 것만 같아서 그는 더 세게 입 안쪽 살을 깨물었다.
물고 있던 살갗에 상처가 나면서 비릿하고 따끔거렸다. 하지만 그
마저도 심장에서 올라오는 통증을 없애주진 못했다.

하랑은 가후가 죽을 날을 받아뒀다는 그 사실만으로도 힘겨워했
으나, 잔혹한 현실은 그것으로 끝이 아니었다. 해연은 하랑의 상태
를 가늠하며 남은 이야기를 조심스럽게 들려주었다.

"황제들은 신의 저주에 걸려 있는데, 가후는 주기적으로 약을 먹
어야 살 수 있대."

그녀는 하랑이 몰랐던, 그들의 아픈 과거가 생긴 이유를 처음부
터 모두 알려주었다. 황실의 저주와 비아가 지니고 태어난 힘, 그녀
를 맞이할 수밖에 없던 그의 사정. 또한 가후가 자신의 목숨을 포기
하면서까지 선택권을 비아에게 주었다는 이야기. 그 모든 걸 알았

을 때, 하랑은 다리에 힘이 풀려 몸을 가누지 못하고 털썩— 무릎을 꿇었다.

'그것도 모르고, 그리 원망만……'

후회와 미안함으로 점철된 하랑의 손이 창살에서 미끄러졌다. 사정도 모르고 그가 자신을 배신한 것에 무던히도 괴로워했다. 그 분노를 참지 못하고 검을 뽑은 건 네가 나에게 어찌 그럴 수 있느냐는 투정이었다. 그런데 그것이 불행의 씨앗이 되었고, 가후와는 돌이킬 수 없는 길을 걷게 만들었다. 서로가 서로에게 안식이던 두 사람은 그렇게 등을 지고, 몇 년간 홀로 끙끙 앓아왔다. 속 시원하게 마음을 털어놓을 곳조차 없이. 그렇게 혼자 가슴앓이를 하며 죽을 날을 기다렸을 가후 생각에 하랑은 마음이 무너져 내렸다.

해연은 몸을 낮추고 그의 떨리는 손을 꼭 잡아주었다. 걱정 가득한 그녀의 손 위로 고개 숙인 한 남자의 눈물이 뚝뚝 떨어졌다. 형제를 믿어주지 못했던 게 너무나 미안했다. 그에게도 사정이 있을 것이라고, 그리 생각하고 먼저 마음을 열고 다가갔더라면, 그랬더라면 이토록 멀리 오진 않았을지도 몰랐다. 배신당한 상처와 헛된 자존심에 괜히 고집부린 일이 하나뿐인 형제를 잃게 만들었다.

지하 감옥으로 통하는 문이 열리고, 해연이 지상에 모습을 드러냈다. 가후의 일로 바닥까지 무너진 하랑이 혼자 감정을 추스를 수 있도록 그녀는 조용히 자리를 피해주었다. 감옥 밖에서 아침 햇살을 쬐며 숨을 가득 들이마시니 차디찬 겨울 내음이 뜨끈한 머리를 식혀주었다.

"단야."

"예, 신녀님."

해연은 조금 멀리 떨어진 곳에서 대기하고 있던 단야와 무녀들을 불렀다. 그녀들이 다가오자 해연은 지체 없이 몸을 돌렸다. 따라오라는 뜻임을 안 무녀들이 그녀의 뒤를 쫓았다. 그렇게 수십 명의 무녀를 대동한 채 걸음을 옮기는 해연의 표정은 일순 비장하기까지 했다.

한때는 화려했을 비단 이불보가 가위의 농락에 무참히 찢어지고, 길게 잘린 몸뚱이는 침상 위, 자줏빛 휘장이 달린 나무틀에 걸쳐졌다. 침상을 밟고 올라선 비아는 길게 늘어진 비단 천을 제 목이 있는 부근보다 조금 높은 곳에서 여러 번 질끈 동여매었다. 이 방법이 맞는지 틀리는지조차 잘 모르지만, 그냥 모든 걸 다 잊고 끝내 버리고 싶었다. 천이 단단히 매어진 걸 확인한 후 동그란 구멍에 머리를 들이밀었을 때, 밖에서 보덕의 목소리가 들려왔다.

"황후마마, 신녀님께옵서 만남을 청하시옵니다."

신녀가 직접 찾아왔다는 소리에 비아의 움직임이 우뚝 멈췄다. 그녀는 무척 당황한 얼굴로 매달아둔 천과 닫혀 있는 방문을 번갈아 보았다. 이대로 들킨다면 다음번에는 시도조차 하기 어려울 것이었다.

"오, 오늘은 몸이 좋지 않으니 다음에 찾아뵙겠다…… 그리 전하여라."

비아는 바짝 긴장한 채 해연과의 만남을 거부했다. 생각지도 못한 황후의 대답에 보덕은 옆에 서 있는 신녀의 눈치를 보았다. 해연의 표정이 굳어질수록 보덕의 입도 바짝바짝 말라갔다.

"마, 마마……."

보덕의 떨리는 목소리가 웬만하면 만나야 한다는 암시를 주었다. 그도 그럴 것이, 현재 동연국의 실세가 바로 신녀였다. 황제가 술만

퍼마실 때도 그 폭주를 멈추게 한 유일한 인물이 신녀였고, 항설에
는 하랑의 연인이라는 말도 있었다. 하랑과 황후가 부적절한 관계
를 맺었다는 소문이 파다하게 난 시점에서 신녀가 직접 찾아온 건
보통 일이 아닐 터였다. 게다가 황후전에 처음으로 걸음을 했는데,
황후가 대놓고 거부를 한다는 건 신녀를 무시하는 처사밖에 되지
않았다.

쩔쩔매던 보덕이 눈치를 보며 다시 한 번 고하려고 하자, 해연은
손을 살짝 들어 그녀를 막았다. 그만 되었다는 손짓에 보덕이 허리
를 깊숙이 숙이며 망극하다는 뜻을 표해왔다. 신녀가 돌아갈 줄 알
고 한 행동이었으나, 예측은 완벽히 빗나갔다. 해연은 쉽게 물러날
생각이 없었다.

"황후마마, 시간을 오래 빼앗진 않겠습니다. 중요한 일이니 잠시
만 틈을 내어주세요."

해연이 나름 예의를 차려 물었으나 안에서는 대답이 없었다. 결
국, 해연은 최후의 방법을 선택했다.

"모두 자리 좀 피해줘요."

"예, 신녀님."

눈치 빠른 단야가 곧바로 명을 받잡고 곤란해하는 보덕에게 눈치
를 주었다. 당장 궁녀들을 물리라는 사인이었다. 제 행동이 황후를
난처하게 할까 봐 저어하던 보덕도 해연의 따끔따끔한 시선에 마지
못해 궁녀들을 물리고 황후전을 벗어났다.

모든 이들이 시야 밖으로 사라지자 해연은 황후가 있는 침소 문
가까이 다가갔다. 유신은 전쟁을 끝내겠다고 목숨을 걸었고, 하랑
은 저리 괴로워하는 마당에 가만히 있을 수가 없었다. 얼마 남지 않
은 시간이라도 자신이 할 수 있는 일은 최대한 해보겠다는 결심을

굳히며 해연은 딱딱한 목소리로 통보했다.

"실례지만, 들어가겠습니다."

황후가 뭐라 대꾸하기도 전에 그녀의 손이 방문을 열었다. 활짝 열린 문 너머로 펼쳐진 광경에 해연의 얼굴 위로 경악이 서렸다. 난장판이 된 바닥과 공중에 떠 있는 황후의 치마 끝, 그 옷자락을 타고 올라가자 목이 조여 얼굴이 붉어진 황후의 모습이 보였다. 그 순간, 탁자에 놓여 있던 찻주전자가 와장창 깨졌다. 안에 담겨 있던 찻물이 날카로운 기세를 품고 황후가 매달려 있는 천으로 쏘아졌다. 물이 뚫고 지나가면서 만들어진 작은 구멍이 순식간에 커졌고, 너덜거리는 천은 황후를 감당하지 못했다.

바닥으로 추락한 비아는 목을 잡고 콜록거렸다. 거친 숨을 토해내던 그녀는 눈물이 그렁그렁 달린 눈으로 해연을 쏘아보았다. 왜 방해하느냐는 눈빛에 해연도 지지 않고 그녀를 노려보았다. 속에서 열불이 펄펄 끓어올랐다.

"당신…… 참 이기적이네."

해연의 입가에 잔인한 냉소가 걸렸다. 심장이 뜨거워질수록 표정은 차가워졌다. 예상치 못한 태도에 비아가 놀란 듯 보였지만, 해연은 내뱉는 말에 사정을 주지 않았다.

"당신 남편은 죽을 때 죽더라도 전쟁터에서 죽겠다고 의지를 불태우는데, 힘들다고 먼저 죽어주는 아내라니. 이기적인 데다가 용기도 없나 보네요."

자살하려는 현장을 목격해 놓고도 빈정대는 소리에 바닥을 짚고 있던 비아의 손이 꽉 움켜쥐어졌다. 황제와 하랑도 아니고, 전혀 상관없는 신녀가 나타나 이러는 것이 싫었다. 그녀는 저에 대해 아무것도 몰랐다. 자신이 처한 상황 같은 건 하나도 모르면서 비난부터 하는 태도가 불쾌했다.

"신녀님이…… 당신이 뭘 아신다고 그러십니까? 그냥 두고 가세요!"

악에 받쳐 외친 소리가 해연의 이마에 힘줄을 돋게 했다. 그럼에도 비아는 멈추지 않았다. 해연의 화를 키우고 있음을 알면서도 속에서 폭발하는 응어리를 좀처럼 누르지 못했다.

"내가 오죽하면, 얼마나 힘들면 이러겠냐고! 이젠 그냥 죽고 싶단 말이야!"

버럭 소리를 지른 비아는 씩씩거리며 해연을 보았다. 치맛자락을 움켜쥔 해연의 손이 노기를 이기지 못해 바들바들 떨리고 있었다. 분노로 점철된 눈빛을 비아에게 겨눈 해연은 인내심을 꽉꽉 눌러 담은 소리를 냈다.

"죽고 싶다고? 나는 당신들 때문에 가족과 생이별을 했고, 내가 신녀인지 확인한답시고 심장에 칼을 박는 일도 당해봤어요."

울분에 찬 해연의 눈빛에 비아가 움찔했다. 비를 얻기 위해서라고는 하지만 해연을 희생시킨 건 그들 모두의 잘못이었다. 황후를 순식간에 제압해 버린 해연의 사연은 거기서 끝나지 않았다.

"집에 가겠다고 양심도 내팽개치고, 여기 사람들 다 배반해 가면서 다른 나라로 가보기도 했고요. 다시 돌아와서도 매일 고뇌하면서 살아요. 정든 사람들 다 두고 가야 하나, 말아야 하나! 여기 사람들이 죽든 말든, 전쟁이 나랑 무슨 상관이라고! 그런 생각이 들 때마다 양심이 찔리는 나는 얼마나 힘들지, 당신은 생각해 본 적 있어요?"

차분하지만 낮은 목소리에는 억눌린 설움이 선명히 새겨져 있었다. 그 고통의 크기에 비아의 고개가 점차 숙여졌다. 도저히 고개를 들고 있을 수가 없었다. 부끄러움이란 감정이 비통함으로만 채워져 있던 그녀의 심장을 비집고 들어왔다. 그런 비아의 머리 위로 해연의 노호가 터졌다.

"이 세상에 사연 없는 사람이 어디 있어! 죽을 날 받아둔 황제도, 죄책감에 무너진 하랑도! 제 손으로 전쟁을 끝내러 간 유신도! 다 각자 사연이 있는 사람들이야! 당신만 힘든 거 아니라고! 그래도 다들 포기하지 않았어. 마지막까지 최선을 다하겠다고 저리 발버둥 치는데, 당신은 뭔데? 죽으면 끝이야?"

있는 대로 화를 낸 해연은 이를 악물었다. 죽음 따위로 책임을 회피하려는 짓은 정말 보기 싫었다. 그만큼 괴롭다는 건 이해하지만, 그뿐이었다. 목숨을 끊는 짓으로는 아무것도 해결되지 않음을 해연은 잘 알고 있었다. 그리고 무엇보다…… 눈을 질끈 감아버린 그녀의 입에서 힘없는 소리가 흘러나왔다.

"당신이 죽고 나면 남아버린 사람들이 얼마나 아파할지 생각해 본 적 있어?"

해연은 입술을 악물었다. 부모님이 떠오르자 가슴이 찢어졌다. 딸을 잃고 그 충격에 기억을 잃은 엄마와 남몰래 눈물을 훔치는 아버지. 망가져 버린 가족의 모습. 제 죽음이 주위에 남긴 것들이었다.

"당신은 죽으면 끝인지 몰라도 남은 사람은 평생 시달리면서 살아야 해요. 문제를 직시하고 해결하려는 용기도 없으면서 왜 당신을 사랑했던 사람들마저 고통받게 하는 거죠?"

한풀 꺾여 버린 눈빛이 비통함을 품고 황후에게 향했다. 그제야 비아는 자신이 아닌, 제 주위 사람들을 생각할 수 있었다. 이 험한 세상에 홀로 남겨질 동생과 전쟁 전에 국상을 치러야 하는 남편, 제 죽음에 슬퍼해 줄 하랑과 보덕 등. 자신을 알고 지내던 사람들이 떠오르자 가슴 부근이 욱신거렸다. 그런 비아의 머리 위로 해연의 음성이 쓰다듬 듯 지나갔다.

"죽는 걸로 책임을 회피하려는 것만큼 이기적인 것도 없어요."

따가운 질책이었으나 말투에 담긴 포근함에 비아의 눈에서 구슬 같은 눈물이 방울방울 떨어졌다. 바닥을 적시는 눈물의 양이 많아질수록 그녀의 울음소리도 점차 커졌다. 오열하는 황후 앞에서 해연은 지친 얼굴로 숨을 가득 들이마셨다. 이 불쌍한 운명들을 어찌해야 할지, 눈앞이 깜깜해졌다.


정적이 가득한 방에서 해연과 비아는 찻잔을 사이에 두고 마주 앉았다. 김이 모락모락 피어오르는 따뜻한 차가 제법 식을 때까지 비아는 고개를 들지 못했다. 꾸지람 듣고 반성 중인 아이처럼, 좀처럼 시선을 마주하지 못하는 그녀에게 해연은 탁자에 놓인 찻잔을 좀 더 가까이 놓아주며 권했다.

"따뜻할 때 들어요. 진정이 좀 될 거예요."

해연이 내민 찻잔에 비아의 진 빠진 손가락이 닿았다. 온기가 스민 잔을 들어 찻물을 입안으로 흘려 넣자 뱃속까지 데워주면서 간헐적으로 들이켜던 숨을 진정시켜 주었다.

"좀 낫죠?"

세심하게 감정을 살피며 물어오는 질문에 비아는 고개를 숙인 상태로 살짝 끄덕였다. 그런 그녀의 분위기에 해연은 뻘쭘해졌다. 이러려고 온 것이 아니었는데, 그런 장면을 목격하는 바람에 일이 커져 버렸다.

"저기, 아까 제가 말이 좀 심했다면 사과할게요. 저도 좀 흥분해서."

해연은 비아에게 자신의 무례를 인정하고 사과했다. 친분도 없는 그녀를 심하게 나무랐으니 불쾌했을지도 몰랐다. 해연이 미안한 기색을 비치자 비아가 급히 고개를 저었다.

"아니에요. 신녀님 말씀이 모두 옳으신걸요. 쉽게 포기하려 한 제가 부끄러울 따름입니다."

비아의 볼이 붉어졌다. 진심으로 부끄러웠다. 죽겠다며 천을 오리던 시간에 차라리 해결 방법을 고민하는 게 더 나았을지도 모르겠다는 생각이 들 정도였다. 깊은 자기반성의 시간을 갖는 황후에게 해연은 조심스럽게 운을 떼었다.

"실은, 궁금한 게 있어서 왔는데요."

만난 지 꽤 오랜 시간이 지나서야 밝히는 방문 목적에 비아가 처음으로 고개를 들고 눈을 마주쳐 왔다. 그녀도 궁금하던 터였다. 그동안 왕래가 거의 없던 사이였다. 혹여 하랑이 감옥에 갇힌 일로 찾아왔나 싶어 문득 미안한 마음이 들었다. 하지만 해연은 그녀의 짐작과는 조금 다른 내용을 물어왔다.

"이 년 전에 있던 이야기, 내게 들려줄 수 있나요?"

해연은 생각보다 더 심하게 얼어붙는 비아의 태도에서 무언가 있음을 짐작했다. 가후가 기회를 줬음에도 연인이었던 하랑을 버리고 황후 자리를 선택한 이유. 해연은 그 부분이 영 석연찮았다.

"당신이 하랑을 버릴 수밖에 없던 이유에 대해서 알고 싶어요."

해연은 두 남자의 엉킨 운명을 풀 수 있는 힌트가 황후에게 있을지도 모른다고 여겼다. 황후가 하랑을 버리고 가후를 선택한 그 순간부터 원한과 분노가 쌓였다. 그러니 그 부분을 확인하면 해결의 실마리를 얻을 수 있을지도 몰랐다.

답변을 기다리는 해연을 앞에 두고 빈 찻잔을 매만지던 비아는 쓰라린 미소를 지었다. 결국, 자신이 선택할 수 있는 건 하나뿐이다.

"신녀님께서 아시는 바와 크게 다르지 않을 겁니다. 워낙 유명한 일이 아닙니까? 황후 자리가 탐이 나 하랑 대장을 버리고 폐하를 택했습니다. 그렇게…… 믿으시면 될 일입니다."

궐에 있는 호사가들이 황후를 질투하여 만들어낸 이야기가 당사자의 입에서 흘러나오자 또다시 정적이 찾아왔다. 해연도 입을 다물었고, 비아도 말을 덧붙이지 않았다. 무언가 사연이 있다는 암시는 받았지만, 그것이 무엇인지 정확히 말해주지 않았다. 안타까운 시간이 흐른 뒤에 해연은 비아의 잔에 차를 더 따라주었다. 그녀의 시선이 얼굴에 닿고 나서야 해연은 차분하게 이야기를 꺼냈다.

"하랑과 황제, 황후마마의 일에 왜 제가 끼어들었는지 궁금하지 않아요?"

"그건……."

황후는 말끝을 흐렸다. 하랑을 연모하기 때문이라고 짐작하고는 있지만, 사실 신녀가 사내를 좋아한다는 게 말이 되는지도 조금 의문이었다. 궐내에서도 그에 대한 의견이 팽팽하게 맞서고 있었다. 해연과 하랑의 감정이 일반 연인들과 다르지 않다는 주장도 있었고, 후손을 가지지 않는 신녀에게는 불가능한 일이라는 의견도 만만찮았다. 그럼에도 사람들은 둘 사이를 암묵적으로 묵인했다. 두 사람의 입지가 워낙 탄탄한 데다 행복해하는 모습도 보기 좋았기 때문이다. 또한 언제 떠날지 모를 신녀를 유일하게 붙잡아주는 끈이 하랑이라는 점도 사람들의 입을 다물게 하는 요인이었다.

비아가 마땅한 이유를 찾지 못하고 어물거리자 해연이 먼저 답을 내놓았다.

"어젯밤에 황제가 신궁에 왔었어요."

가후가 그녀를 찾아갔단 이야기에 찻잔을 집던 비아의 손이 살짝 떨렸다. 자신과 틀어진 뒤부터 그가 부쩍 신녀와 가까이 지내는 것 같아 신경이 쓰였다. 종일 술만 마시던 걸 멈춘 것도 하랑이 아닌 신녀라는 이야기에 얼마나 놀랐던가. 괜한 질투에 비아는 속이 쓰라렸지만, 해연의 말은 멈추지 않았다.

"아버지의 위패가 있는 방에서 출정을 앞두고 마음을 가다듬나 보더라고요."

"아……."

비아는 심장에서 큰 소리가 나는 걸 들었다. 질투 때문이 아니었다. 마지막 출정을 앞두고 선조들의 위패 앞에서 결의를 다지는 그의 모습이 눈앞에 그려진 탓이었다. 멍해진 비아의 귓가에 해연의 목소리가 흘러 들어왔다.

"그곳이 제 무덤이라고 말하는 사람의 눈이 너무 담담해서 슬펐어요. 다 체념해 버린 느낌이 싫더라고요. 그렇게 전쟁터에 갔을 때, 약이 없어 변해 버린 그의 마지막을 하랑도 볼 거예요. 어쩌면……."

비아의 눈에 가후가 사라지고 해연의 모습이 다시 들어왔다. 해연은 그런 황후의 금빛 눈동자를 보며 아릿한 표정을 지었다.

"하랑이 그를 죽일지도 몰라요. 죄책감에 사로잡혀 있는 상태니까, 그를 죽이고 나면 하랑도 같은 길을 걷겠죠?"

해연은 입술을 질끈 깨물었다. 가슴부터 목까지 전부 뻐근했다. 모두가 죽고 끝나는 결말. 충분히 짐작할 수 있는 그 상황이 그녀를 미치도록 힘겹게 했다. 정해진 수순을 밟아가는 것처럼, 차근차근 끝을 향해 달려가는 사람들 앞에서 그녀가 할 수 있는 건 많지 않았다. 말릴 수도 없고, 막을 수도 없었다. 그렇기에 더욱 진실을 밝히고 싶었다.

"그들의 마지막을 거짓으로 채우고 싶지 않았어요. 적어도……모든 사실을 다 알고 올바른 감정으로 서로를 대하게 만들고 싶었어요."

해연의 이야기는 그렇게 끝이 났다. 달리 대답은 들려오지 않았다. 입을 굳게 다물고 찻잔만 바라보는 비아를 두고 해연은 자리에서 일어났다. 설득하는 걸 포기할 생각은 없지만, 이곳에서 한도 끝도 없이 기다릴 수는 없는 일이었다.

"내 의견은 충분히 전달했어요. 이제 선택은 황후마마의 몫이에요. 해명할 생각이 없다면 캐묻진 않겠어요. 하지만 더는 다른 이가 당신의 아픔을 이해해 주길 바라지 마요. 진심을 내보이지도 않으면서 남들이 믿어주길 바라는 건, 어리광 부리는 꼴밖에 되지 않으니까요."

무언가 사연이 있을 거라고 믿어주는 건 가능하지만, 그 믿음에 보답하려면 진심을 내보일 줄도 알라는 얘기였다. 더는 할 말이 없다고 생각한 해연이 다른 방법을 궁리하며 걸음을 옮기자 비아가 그녀를 불러 세웠다.

"신녀님, 약조…… 하나만 해주실 수 있으신가요?"

비아는 조심스럽게 비밀을 밝힐 의사를 표했다. 그 뒤로 해연은 오랜 시간 동안 그녀가 들려주는 이야기를 들을 수 있었다. 인질이 된 혈육의 이야기와 그보다 더한 사연. 비아의 설명을 전부 들은 해연은 말문이 막혔다. 얼마나 기가 막힌 일인지, 말을 잇지 못하는 해연을 이해하며 비아는 낮게 한숨지었다.

"이 일이 밝혀지면 폐하께옵서 상처받으실 건 당연하고, 우현 대감도 윤아를 해할 것입니다. 이 못난 언니가 그 아이에게 더는 고통을 줄 수 없어서 아무에게도 말하지 못했어요. 폐하를 실망시켜 가면서…… 제가 죄인이 될 수밖에 없었습니다."

비아는 고개를 숙였고, 해연은 이마를 짚었다.

'도대체…….'

해연은 문제가 다시 원점으로 돌아가는 느낌이 들었다.

비아는 이 년 전, 가후가 하랑을 택하라고 기회를 줬을 때만 해도 그렇게 할 생각이었다. 가후에게는 미안하지만 하랑을 포기할 수가 없었다. 또한 가후가 그걸 원한다는 것도 잘 알고 있었기에 결정은 쉽게 지어졌다. 문제는 그가 환궁한 뒤에 찾아온 초가와 선황이었다.

그 당시를 떠올린 비아의 낯빛이 어두워졌다.

"선황 폐하께옵서 하랑 대장을 그리 잔인하게 대하실 줄은 저도 몰랐습니다."

비아의 중얼거림에 해연의 입에서 한숨이 푹 뿜어져 나왔다. 그날 밤, 선황은 초가와 함께 비아를 찾았다. 그러곤 주어진 운명을 운운하며 가후를 선택하길 종용했다. 그는 비아의 동생이 초가에게 잡혀 있던 사실도 알았고, 하랑을 죽이겠다는 말도 서슴지 않았다. 어차피 운명은 정해져 있었고, 거스르려 해봤자 하랑만 다친다는 말에 비아는 선황의 뜻을 따를 수밖에 없었다.

황후의 얼굴에 자조 섞인 웃음이 어렸다.

"어쩌면, 느끼고 있던 거겠죠. 하랑 대장에게는 저보다 선황 폐하의 명령이 먼저인 걸……. 선황 폐하께옵서 그에게 자결하라 명하면 미련 없이 목숨을 내어줄 수 있는 사람인 걸 아니까 불안했던 걸지도 모릅니다."

신녀의 서

비아는 그와 자신의 사이가 겨우 그 정도였다고 생각했다. 제가 아무리 말린다 한들, 선황이 가후를 위해 죽어달라고 한다면 흔쾌히 죽어줄 수 있는 남자가 하랑이었다. 자신에게는 미안해하겠지만, 그것이 다일 것이다. 그 사실이 불안하고 두려워서 선황의 뜻을 따랐다.

"그것이 더 큰 불행을 막을 수 있으리라 생각했어요. 선황께서 하랑 대장의 검에 승하하시기 전까지는요."

그것이 문제였다. 선황의 죽음으로 가후는 분노했고, 하랑은 죄책감을 품고 살아야 했다. 하지만 아이러니하게도 그의 죽음 덕에 동연국은 하랑을 잃지 않았고, 가후는 하랑의 여자를 빼앗았다는 죄책감에서 조금은 벗어날 수 있었다.

'선황이 종용한 것이라니. 선황이?'

해연은 선황에 대해 가만히 곱씹다가 일전에 보았던 그의 유서를 떠올렸다.

'그러고 보니…… 하랑의 검에 승하하셨다던 분이 유서를?'

자신의 죽음에 대해 아들에게 들려주듯이 적어 내려갔던 그 유서는 분명 죽음을 예견하고 쓴 느낌이었다. 뭔가 이상하다는 걸 직감한 해연은 다급히 황후에게 질문을 던졌다.

"선황 폐하요, 그 자리에서 바로 승하하신 거예요? 아니면 유서도 쓰시고 그러시다가?"

안색이 변한 그녀의 물음에 비아는 어리둥절해하면서도 고개를 저었다.

"그날, 그 자리에서 승하하셨어요. 폐하의 품에서 하랑 대장을 용서하라 하셨고, 하랑 대장에게는 폐하를 지켜달라 하셨죠. 몇 마디 그렇게 나누시다가……."

그녀의 말이 채 끝나기도 전에 해연은 자리를 박차고 일어났다. 놀라는 비아에게 제대로 해명해 주지도 못하고 해연은 걱정하지 말라는 말 한마디만 남긴 채 밖으로 달려 나갔다.

단야는 황후의 침소에서 뛰쳐나오는 해연을 발견하고 눈을 동그 랗게 떴다. 무엇이 그리 급한지 시선조차 주지 않고 해연은 순식간에 곁을 지나쳐 갔다. 놀란 무녀들이 황망해하며 뒤를 쫓았지만, 그녀를 따라잡기란 역부족이었다.

당황해하는 용주전 내관들도 뿌리치고 서재로 난입한 해연은 저번에 유서를 발견했던 자리를 떠올리며 책을 뽑아 뒤적였다. 네댓 개를 뽑았을 즈음, 잘 접힌 종이 하나가 툭 떨어졌다. 일전에 보았던 선황의 유서가 분명했다.

해연은 그 종이를 집어 들고 눈을 부라리며 내관들을 다 쫓아냈다. 모백이 황제를 운운하며 겁을 주었지만, 흥분한 해연을 막을 수는 없었다. 다 내보내고 서재 문을 닫은 해연은 수차례 심호흡을 했다. 손에 들린 이 유서가 마지막 단서였다. 떨리는 손으로 유서를 펼친 해연은 저번과 달리 멈추지 않고 글을 전부 읽어 내려갔다.

서재에서 쫓겨난 모백은 이를 부득부득 갈면서 굳게 닫힌 문을 노려보았다. 갑자기 신녀가 쳐들어와 서재에서 무슨 종이를 찾아냈는데, 그것이 무엇인지 느낌이 좋지 않았다.

'뭔가 중요한 것 같았는데.'

모백은 누구보다 먼저 그것의 정체를 알아야 한다고 생각했다. 문제는 신녀에게서 어떻게 빼앗느냐였다.

세 장짜리 유서를 전부 읽은 해연은 깊은숨을 토해냈다. 묵직해진 머리를 문에 대고 한참을 책상만 바라보았다. 그곳에 앉아 유서를 적어 내려갔을 선황의 모습이 아른거리는 듯했다.

'이게 두 아들에게 전해지길 바라셨겠죠? 당신이 죄인이 되더라도…….'

해연은 마음을 굳게 먹고 문에서 몸을 떼었다. 그녀가 서재에서 나오자 모백의 눈이 빠르게 해연의 손을 훑었다. 하지만 그가 찾던 종이는 보이지 않았다. 어디에 뒀는지 알 수 없는 종이의 행방에 모백의 얼굴 위로 낭패감이 흘렀다. 혹여 해연이 들고 떠나 버릴까 조급한 마음이 든 그는 해연에게 무례를 범하는 위험을 감수했다.

"신녀님, 아까 그 종이, 반출은 불가하옵니다."

"그건 내가 황제에게 전할 거예요. 그는 어디에 있죠?"

가후에게 준다는 말에 모백의 눈썹이 꿈틀거렸다. 최소한 그 내용이 무엇인지는 알고 보내야 하는데, 신녀는 도통 보여줄 생각이 없어 보였다. 그가 조금 무리해서라도 종이를 보여달라고 요구하려는 찰나, 풍월대의 부대장 무형이 나타났다.

"신녀님."

만면에 웃음꽃을 띤 그가 나타나자 해연의 얼굴에도 잔잔하게 희색이 돌았다. 항상 까칠하게 구는 모백보다는 호감으로 대해주는 무형이 반가울 수밖에 없었다. 역시나 그는 나타나자마자 해연에게 친절하기 그지없었다.

"내관들이 하도 호들갑이라 와봤더니, 뭐, 필요하신 것이라도 있으십니까? 하명하시면 가져다 드리겠습니다."

"아, 그런 건 아니고……."

"무형 공, 신녀님께옵서 서재에서 종이를 들고 나오셨소. 다시 제자리에 돌려놓는 것이 먼저요."

모백은 한없이 너그러운 무형의 태도에 반기를 들며 끼어들었다.

황제의 서재에서 무언가를 유출하는 건 대역죄였기에 막아야만 하는 정당한 이유도 있었다. 아무리 무형이라 해도 재량껏 봐줄 수 있는 범위가 아니었다. 그가 좀 난처해하자 해연은 못마땅한 얼굴로 모백을 흘겨보았다.

"황제에겐 내가 보여줄 거라 말했을 텐데요? 가후는 어디에 있죠? 그를 좀 만나야겠어요."

아주 대놓고 당당하게 황제의 이름을 불러대는 신녀 앞에서 모백은 차마 그녀의 언행을 꾸짖지 못했다. 요즘 들어 황제도 신녀의 말이라면 다 받아주었고, 궐 사람들도 그녀가 또 가리국으로 가버릴까 노심초사하며 눈치를 보기 급급했기 때문이다. 이런 분위기에 함부로 입을 놀렸다가는 좋지 못한 소문이 돌 수 있었다. 모백이 어떤 태도를 취할지 고민하며 잠시 말문이 막힌 틈을 타 무형이 해연의 말을 받았다.

"그러시다면 제가 모시겠습니다. 폐하께 종이가 전해지는 걸 소신이 직접 본다면 신녀님께옵서 기밀을 반출했다고 함부로 입을 놀리는 자들도 없을 것이옵니다."

무형은 저를 쏘아보는 모백의 시선을 비웃으며 한쪽 손을 펼쳐 황제에게 안내하겠다고 신호를 보냈다. 모백의 입을 봉하게 한 그의 재치에 해연은 만족스러운 미소를 지으며 걸음을 옮겼다.

## 19.
### 희생, 고귀한 사랑의 또 다른 이름

근래 들어 더욱 많은 사람이 드나드는 근정전에서 신료들이 쏟아져 나왔다. 하나같이 근심이 가득한 얼굴들이었다. 그들은 저희끼리 쑥덕이며 찬바람이 솔솔 불어오는 근정전 마당을 지나쳐 갔다. 어떤 이는 고개를 절레절레 흔들었고, 어떤 이는 한숨을 푹푹 내쉬었다. 그들의 입에서 나오는 소리는 대체로 부정적인 것들이었다.

그 사이에서 초가도 어두운 낯빛을 하고 입을 다문 채 표정으로 그들의 이야기에 동조하고 있었다. 그런 초가의 반응에 힘을 얻은 신료들이 목소리를 한껏 낮추고 불평불만을 쏟아내었다.

"이건 승산도 없는 싸움이 아닙니까? 피해만 커질 것입니다."

"맞습니다. 폐하께옵서 젊은 혈기에 무리수를 두시는 게지요. 국력이 예전과 다른데……. 아니 그렇습니까?"

"이번 전쟁으로 사병들을 다 소모하겠다는 뜻일 겁니다. 이대로 손 놓고 있다가는 우리의 기반도 흔들리지 않겠습니까?"

"대감, 무어라 말씀 좀 해보십시오."

아무 말 없는 초가를 답답하게 여긴 신료 하나가 그를 닦달했다. 그들의 눈에는 이번 전쟁으로 가장 큰 피해를 입은 게 초가였다. 저번에 여식이 신녀에게 무례를 범한 일로 사병을 대부분 빼앗긴 데 이어 쥐꼬리만큼 남은 사병조차 몰수당했으니, 거의 망했다고 봐도 무방했다. 그럼에도 초가는 이번 전쟁에 대해 최대한 말을 아꼈다.

'어리석은 것들. 이럴 때일수록 자중해야 한다는 것도 모르나? 전쟁이 터지면 성문이나 개방해 주면 끝날 일을.'

충신인 척하면서 의심을 피하고 있다가 문 하나 열어주고 황위를 차지하면 될 일이었다. 그런 초가의 속내를 모르는 신료들은 더 한탄을 늘어놓다가 순식간에 입을 다물었다. 그들의 정면에서 다가오는 신녀 때문이었다.

해연을 발견한 신료들은 분분히 걸음을 멈추고 허리를 숙여 예를 갖췄다.

"신녀님을 뵈옵니다."

나이 지긋한 신료들을 쭉 훑어본 해연의 눈이 붉은 관복을 입은 한 무리에서 멈췄다. 다들 고개를 숙이고 있어서 누가 초가인지 잘 구분이 되지 않았지만, 그들 중 한 명일 것이었다. 인두겁을 뒤집어 쓴 흉악한 괴물이.

해연은 분노가 차올랐지만, 최대한 티를 내지 않으려고 노력했다. 함부로 감정을 드러냈다가 황후의 여동생이 다치기라도 하면 안 될 일이었다.

"다들, 고생하시네요."

"망극하옵니다."

신료들은 입을 모아 해연의 치하에 답했다. 고개를 두어 번 끄덕인 해연은 더 할 말을 찾지 못하고 근정전을 향해 걸음을 옮겼다.

백성을 위해 힘을 내라느니, 이런 때일수록 한마음 한뜻으로 뭉쳐야 한다느니, 그런 입바른 소리는 자신의 몫이 아니라고 생각했다. 그 누구보다 빨리 동연국을 버리고 떠날 사람이 본인이었기에 그런 말을 할 자격이 되지 않는다고 생각했다. 백성들의 기대에 부응하지도, 그들을 위해 남아주지도 못하는 처지에 자신이 할 수 있는 말은 없다. 무거운 마음을 안고 힘겹게 발을 떼는 해연의 뒤를 무형이 조심히 따랐다.

"폐하, 신녀님 듭시옵니다."

근정전의 내관, 달봉의 목소리와 함께 문이 열렸다. 신료들이 다 퇴청한 근정전에서 검은 용포를 입은 가후가 용상에 앉아 지도를 살펴보고 있었다. 갑옷을 다 갖춰 입은 소렵도 그의 곁에 서서 함께 지도를 보며 무언가를 열심히 논하는 중이었다.

해연과 무형이 가까이 다가가자 소렵이 고개를 숙여 해연에게 인사를 올렸고, 무형도 무릎을 꿇고 가후에게 예를 갖췄다. 두 사람이 인사를 끝낼 때까지 가후는 지도에서 시선을 떼지 않다가 뒤늦게야 힘겨운 몸짓으로 옥좌에 등을 기댔다. 그제야 해연을 제대로 본 그는 쯧쯧 혀를 찼다. 짐이나 싸두라고 했더니만, 피곤이 덕지덕지 붙은 얼굴로 돌아다니는 꼴이 영 마뜩잖았다.

"말 안 들어 먹는 건 여전하군. 그보다 너 말고 딴 놈이 와야 하는데, 혹시 유신 못 봤나?"

"봤어. 하지만 청일국으로 돌아갔으니까 찾을 필요는 없어."

"뭐?"

되묻는 가후의 얼굴이 확 일그러졌다. 소렵과 무형의 얼굴도 순식간에 굳어졌다. 전쟁을 앞둔 시점에서 공력자 하나가 말도 없이 나라를 이탈했다는 건 큰 문제였다. 그것도 적국으로 가버렸으니, 가뜩이나 불균형적이던 무력의 차이가 더 심해졌다.

어차피 패배할 가능성이 높은 전쟁이라지만 전투력 손실이 심각하자 가후는 지끈거려 오는 관자놀이를 꾹 누르며 침음을 삼켰다. 이런 식이면 청일국은 공력자가 여섯 명으로 늘고, 동연국은 세 명으로 줄어버린다. 또한 하랑의 참전을 막을 생각이니 혼자서 공력자 세 명을 감당해야 할 지경이었다. 미치겠다는 소리가 입 밖으로 나오려는 걸 간신히 참아내는 그와 달리 해연은 침착했다. 유신이 배반을 한 것이 아니라 전쟁을 막기 위해 갔음을 알기 때문이었다.

"꽃도령은…… 알아서 잘할 거야. 그보다 너한테 줄 거 있어."

해연은 소매 안에 넣어둔 선황의 유서를 꺼내 들었다. 잘 접힌 종이를 발견한 가후의 눈에 의문이 서렸으나 해연은 먼저 뒤에 시립한 무형에게 종이의 존재를 보여주었다.

"내관이 말한 것이 이 종이예요. 확실하게 전하게 되었으니 무형 공은 임무를 달성한 것이 되겠죠?"

"그러하옵니다, 신녀님."

"그럼, 소렵 공과 무형 공은 잠시 자리 좀 피해주세요. 폐하와 단둘이 할 얘기가 있어요."

해연의 말에 소렵은 황제를 바라보았다. 그가 나가 보라는 손짓을 하자 소렵과 무형은 다시 한 번 예를 갖추고 자리에서 물러났다. 그들이 나가고 문이 굳게 닫히자 넓은 근정전에 남은 이는 해연과 가후, 단둘뿐이었다.

해연은 치맛자락을 붙잡고 단상 위로 올라갔다. 허락 없이 옥좌가 있는 곳으로 발을 디뎠지만, 가후는 거부감을 표하지 않았다. 예전에는 그걸로 다투기까지 했는데, 정말 많은 발전이었다.

단상을 올라가 황제의 앞에 선 해연은 괜스레 떨리는 심장을 진정시키려 애썼다. 제 손에 들린 이 유서가 어떤 결과를 가져올지, 짐작조차 하기 어려웠다. 오히려 이것이 그에게는 상처를 남길 수도 있었다. 하지만 그도 알아야 한다고 생각했다.

"저번에 신녀의 서를 찾다가 네 서재에서 발견한 거야. 그때는 그냥 네가 숨겨뒀다고 생각하고 읽다 말았거든. 근데 오늘 좀 이상하단 생각이 들어서 전부 다 읽었더니, 이 안에 진실이 적혀 있더라."

"무슨 소리냐? 좀 알아듣게 설명할 필요는 못 느끼나?"

해연이 이 년 전 사건을 캐고 다닌 걸 모르는 그는 그녀의 말을 쉽사리 이해하지 못했다. 하지만 해연은 더 설명하지 않고 종이를 내밀었다. 그가 종이를 잡자 해연은 손에 살짝 힘을 주었다.

"네가 많이 아프지 않았으면 좋겠다."

좀처럼 영문 모를 소리에 가후의 붉은 눈이 그녀에게 향했다. 그 눈을 지그시 응시하던 해연은 손을 놓고 단상에서 내려갔다. 점점 멀어지는 그녀를 바라보던 가후는 해연이 근정전에서 벗어나자 빛바랜 종이로 시선을 돌렸다.

'대관절 이것이 무엇이기에.'

그는 호기심을 이기지 못하고 곧바로 그것을 펼쳐 보았다.

빼곡히 적힌 서체의 익숙함에 시선이 떨리고, 그것이 전하는 그리움에 심장이 떨렸다. 어느 날 갑자기 곁을 떠나 버린 아버지가 마지막으로 아들에게 남긴 이야기. 가후는 아무 말도 하지 못하고 부왕의 유서를 읽어 나갔다.


―가후야, 네가 이것을 읽을 때쯤이면 이 아비는 이미 네 곁을 떠나고 없

겠구나. 너는 나의 죽음에 대해 분노하느냐, 아니면 슬퍼하느냐? 이도 저도 아니면 원망하느냐? 그 모든 감정을 버려야 할 것이다. 올바르지 못한 감정 이니. 내 너의 손에 비아를 쥐어주었을 때, 나의 죽음은 이미 결정되어 있었느니라.

오늘, 네가 비아를 설득하고 난 뒤에 나 또한 그 아이를 찾아갔다. 하랑 을 살리고 싶거든 버리라고. 널 택하지 않으면 하랑을 죽이겠다고 으름장을 놓았다. 내 손으로 거둔 아이의 목숨까지 이용해 가며 어린 여아를 협박하 는 이 아비의 모습이 얼마나 추잡하던지, 소름이 끼치더구나. 하나 내 도저 히 너를 잃을 수가 없었느니라.

가후는 머릿속이 멍해졌다. 부친이 하랑의 목숨을 이용해 비아를 협박했다는 사실을 쉽사리 받아들이기가 어려웠다. 어린 나이에 부 모를 잃은 하랑을 손수 거두고 얼마나 아꼈는지 빤히 아는데, 하랑 이 비아를 데려왔을 때 놀라긴 했지만 진심으로 축복해 주셨음을 아는데, 그런 아버지가 하랑의 목숨을 운운할 줄은 꿈에도 몰랐다.

한동안 넋 나간 사람처럼 앉아 있던 가후의 눈이 다시 유서로 향 했다. 아직 풀리지 않은 의문이 남아 있었다.

—이 글을 쓰고 난 뒤에 초가를 불러들일 것이니라. 곧 국구가 될 그에게 우현의 작위를 내리고 별궁과 전답을 하사할 것이며, 역모 외에는 그 어떤 죄를 지어도 목숨을 거두지 않겠다는 성지를 주기로 하였다. 참으로 욕심 많고 수완 좋은 자가 아니더냐? 대무녀와 나의 대화를 들었던 건지 신의 저 주와 관련된 황실의 비밀을 정확히 알고 있었다. 평민인 비아를 수양딸로 삼은 뒤에 유력한 황태자비 후보였던 연리를 독살한 것도 그의 계략이었겠 지. 그 죄가 낱낱이 밝혀졌을 때 목숨을 부지하기 위해 면죄부를 요구한 것

일 테고. 참으로 간교한 이다. 모든 패를 쥐었음에도 때가 되길 기다리는 차분함을 갖추었으니, 네가 항상 그를 경계토록 해야 할 것이니라.

초가가 황실의 비밀을 알고 있다는 사실에 가후는 내심 놀랐다. 연리가 독살당했을 때 혹시나 싶었지만, 초가가 연루되어 있다는 증거를 찾을 수가 없었다. 그의 치밀함과 끝까지 아들을 걱정하는 아버지의 마음에 가후의 눈이 점점 침중해졌다.

―이토록 그의 죄상을 소상히 알고 있음에도 그가 아직 해야 할 일이 있기에, 나라의 우환이 될 것임을 알면서도 제거하지 못하는구나. 힘없는 아비가 할 수 있는 건 너와 비아에게만큼은 직접 손을 쓰지 못하도록 신의 저주에 대해 거짓 정보를 흘리는 것뿐이었다.

그는 날이 밝고 내가 비아를 불러들였을 때, 하랑에게 향할 것이다. 거짓을 꾸며 하랑을 자극하는 것이 그의 몫이다. 그 차분한 아이가 분노하도록, 너에게 화를 내도록 만드는 것이 그의 임무이니라.

하랑은 곧은 성정과 지극한 우애를 갖춘 아이이니 그저 네게 대결을 신청하고 비아와의 관계를 끝내려 하겠지. 하나 너는 받아들이지 않을 것이다. 젊은 시절의 날 닮은 너는 그 불같은 성질을 이기지 못하고 네 마음을 믿어주지 않는 하랑에게 배신감을 느낄 게다. 아낀 만큼 더 그럴 테고, 화가 나면 엇나가는 네 성향이 하랑의 감정을 부추기면 그 아이도 널 자극하려 들 것이다. 그때, 나는 그의 검에 죽을 것이니라.

유서를 든 가후의 손이 떨렸다. 마지막 문장이 뜻하는 바가 너무나 명확했다. 하랑이 살해한 것이 아니라 아버지가 자결한 것임을, 그동안 오해하고 있었음을 그 마지막 문장이 낱낱이 밝혀주었다.

흔들리는 가후의 눈동자가 빠르게 다음 문장을 읽어 나갔다.

　—내가 죽으면 너는 하랑을 미워할 것이고, 비아를 뺏었다는 죄책감에서
조금은 벗어날 수 있겠지. 하랑은 나를 해하였다는 생각에 떠날 생각을 버
리고 죄를 갚으려 들 테고. 이 아비만 죽는다면 동연국은 하랑을 잃지 않을
것이고, 너는 시간을 얻을 것이다. 내가 더는 약을 소모하지 않을 테니.

　가후는 입술이 너덜거리도록 꽉 깨물었다. 비로소 아버지의 뜻을
알 수 있었다. 자신이 비아를 연모하여 약을 만들기까지 오랜 시간
이 걸리리라 짐작한 아버지는 한정되어 있는 약을 아들이 전부 섭
취할 수 있도록 스스로 목숨을 끊고자 했다. 죽음으로 입 하나를 덜
고, 남은 생을 모두 아들에게 양도했다. 자신의 목숨을 버리는 한이
있어도 자식만큼은 지키고자 하는 것. 그것이 숭고하고도 뼈저리게
아픈 부정(父情)임을 깨달았을 때, 가후의 손에 들린 유서가 어디선
가 뚝뚝 떨어지는 물방울에 젖어들었다. 결국은 아버지의 살을 뜯
어 먹고 산 가시고기가 되었다.

　—내 마음은 모두 정리하였으나, 한 가지 걱정되는 것은 하랑이다. 그 아
이에게 씻을 수 없는 죄를 짓는구나. 네게 아비의 마음을 다할 수 있어서 기
쁘고, 나라에는 황제의 의무를 다할 수 있어 기쁘다만, 하랑에게만은 죄인
이니라. 비록 내 피를 이어받진 않았으나 그 아이도 틀림없는 나의 아들이
다. 하랑을 생각하면 무너지는 이 마음을 어찌해야 좋을지.

　유서의 마지막 장은 대부분 하랑에 대한 걱정과 미안함으로 가득
했다. 그리고 그 끝에 비아에 대한 진실이 적혀 있었다.

―비아에게는 숨겨진 여동생이 있다고 들었다. 아마 하랑도 그 존재를 모를 것이다. 비아를 조종하기 위해 초가가 숨겨놓고 만나지도 못하게 한다더구나. 오늘 그 아이를 협박할 때 초가가 거론하였는데, 유일한 혈육이라 비아가 많이 동요하는 듯했다. 부디 이 사실을 터놓는 것이 며늘아기에게 보답이 되었으면 좋겠구나. 네가 잘 처신하리라 믿는다.


　죽음을 목전에 두고 담담하게 써 내려간 아버지의 마지막 당부는 그렇게 끝을 맺었다. 죽음에 대한 두려움이나 슬픔 따윈 단 한 움큼도 보이지 않고, 오로지 두 아들과 나라 걱정만 가득한 글에서 가후는 예전에 보았던 아버지의 등을 떠올렸다. 절대 부러지지 않을 것만 같던 그 뒷모습에서 얼마나 많은 위안을 받고 힘을 얻었는지.

　'아바마마, 이제야 그 뜻을 알게 되어 죄송합니다.'

　이토록 깊은 뜻이 있는 죽음인 줄 너무 늦게 깨달아 버렸다.

　그동안 가후는 어쩌면 아버지가 자결했을지도 모른다는 일말의 의심을 품고 있었다. 초가를 우현의 자리에 앉혀주고 많은 양의 전답과 면죄부를 하사한 것부터가 이상했다. 그래서 어쩌면 아버지가 비아와 자신을 엮어주고 하랑에 대한 죄책감에 자결한 건 아닐까 싶었다. 하지만 가후는 애써 그 생각을 외면하고 믿지 않으려 했다. 자신의 아버지가 그런 이유로 죽고 싶어 했을 리가 없다고 생각했다. 삶을 끝내는 걸로 위기를 회피하려는, 그런 나약한 사람은 아니라고 믿고 싶었다. 그런데 이제 그 죽음의 이유를 알았다. 개인적인 죄책감 때문이 아니라, 나라를 이끌어가는 황제로서 백성을 위해 가장 올바른 선택을 한 것이다.

　끝까지 황제다운 삶을 살았음을, 결코 부끄러운 죽음이 아니었음을, 아버지가 남겨준 약을 거의 다 소진한 지금에서야 알아버렸다. 이제는 모두 다 함께 행복해질 기회가 없겠지만, 가후는 아버지의 그 넓은 등을 조금이나마 닮고 싶어졌다. 하늘에서 보고 계실 부왕이 안식할 수 있도록 듬직한 아들이 되고 싶었고, 비아가 비밀을 터놓고 의지할 수 있는 지아비가 되고 싶었다.

'하랑은⋯⋯.'

지하 감옥에 갇혀 있을 하랑 생각에 가후는 한 손으로 눈을 가렸다. 팔꿈치를 무릎에 대며 상체를 숙이고, 그는 그렇게 한참을 있었다. 돌이키기엔 너무 멀리 왔다는 생각이 가득했다. 하랑을 믿지 못하고 아버지를 죽였다며 괴롭힌 것이 크나큰 후회가 되어 한꺼번에 몰려들었다.

"하아—"

가후는 깊은숨을 토해내며 눈을 가렸던 손을 쓸어내렸다. 붉게 충혈된 눈이 어지러이 흔들렸다. 손에 들린 유서를 반복해 다시 읽던 그의 입에서 굳게 잠긴 목소리가 흘러나온 건, 늦은 저녁 시간이었다.

"밖에 누구 있느냐?"

"예, 폐하."

무형이 즉각 대답했다. 소렵이 전쟁 준비로 자리를 비운 탓에 황제가 있는 근정전을 호위하던 무형이 안으로 들어섰다. 가후는 제 감정이 불안정하다는 걸 보이지 않으려 애쓰며 무형에게 명을 내렸다.

"하랑을⋯⋯ 데려와라."

지난 이 년간 자리를 잡지 못하고 맴돌기만 하던 하랑과의 관계를 이제는 직면할 차례였다. 더는 피할 수 없었고, 피하고 싶지 않았다. 하랑이 어떻게 받아들이든 그동안 오해하고 미워한 점에 대해 사과하고 싶었다. 또한 얼마 남지 않은 시간을 예전처럼 형제로 보낼 수만 있다면 당장 내일 죽는다 해도 여한이 없을 것만 같았다.

길고 긴 기다림은 끝이 나질 않았고, 가후는 단상을 내려와 홀로 근정전 안을 거닐었다. 한참을 그렇게 걷다가 문득 올려다본 황금 옥좌는 평소와는 조금 다른 느낌으로 다가왔다. 이전에는 그저 옥좌에 대한 소유욕이 강했다면, 지금은 그것이 더 크고 무겁게 느껴졌다. 그곳에 앉아 계시던 부친의 환상도 잠시 스쳐 지나가는 듯했다.

'아바마마.'

가후는 단상 아래에 무릎을 꿇고 앉았다. 용포를 입은 자가 용상이 아닌 바닥을 자청하는 것은 옳지 못하지만, 지금 이 순간만큼은 아들로서 아버지 앞에 꿇어앉았다. 태자 시절부터 지금까지의 삶이 파노라마처럼 뇌리를 스치고 지나갔다. 가후는 눈을 감고 부왕을 향해 절을 올렸다.

'감사합니다, 아바마마. 그리고…… 송구하옵니다.'

가후는 아들에게 약을 남겨주기 위해 자결을 택한 아버지에게 감사함과 죄책감을 동시에 느꼈다. 해연은 그가 상처를 받을까 봐 저어했지만, 가후는 아픔보다 더 큰 깨달음을 얻었다. 아버지의 숭고한 헌신과 황제로서의 당당한 희생을 가슴 깊이 새길 수 있게 되었다.

가후가 마음의 준비를 모두 끝마쳤을 즈음, 하랑이 당도했다. 아무도 접근하지 말라는 명령 탓에 홀로 근정전에 들어선 그는 단상 아래에 무릎을 꿇은 가후의 뒷모습을 볼 수 있었다. 나라에 우환이 있을 때마다 꺼내 입던 선황의 검은 용포가 겨우겨우 진정한 하랑의 심장을 다시금 뒤흔들었다.

문이 굳게 닫히고, 두 사람 사이에는 묵직한 고요함이 맴돌았다. 감정을 억누르기가 힘겨운지 하랑의 얼굴은 한껏 일그러져 있었다. 누구 하나 입을 열거나 움직이지 않았다. 그렇게 한참을 버티다가 먼저 속이 곪아 말문이 터진 건 하랑이었다.

"도대체, 어디가 얼마나 안 좋은 거야? 내년 봄이라니……."

"들었나?"

갈라진 가후의 음성에는 아무런 동요도 없었다. 그것이 하랑을 더 자극했다. 자신은 이렇게 괴로운데, 당사자인 그는 오히려 평온한 듯 보였다. 하랑의 얼굴이 붉게 달아오르고, 이마에는 힘줄이 돋았다. 도대체 자신은 그의 마음속에 어디쯤 위치한 것인지, 어쩌면 아예 배제되어 있었을지도 모른다는 생각에 배신감마저 솟았다. 그래도 한때는 유일한 형제라 부르던 이였는데.

"그렇게 날 못 믿었어? 저주 같은 거, 미리 언질만 줬다면 혼인 따위 포기했을 거야. 그런데 어떻게 이제 와서 전해 듣게 만들어!"

하랑은 이를 악물었다. 십수 년간 믿고 의지해 온 형제에게 자신의 가치가 이다지도 밑바닥이었나 싶어서 심장이 짓이겨졌다. 죽을 날을 얼마 안 남겨놓고 해연에게 전해 듣게 한 것도, 이제는 그를 위해 해줄 수 있는 게 아무것도 없다는 사실도, 전부 다 가슴을 아프게 만들었다.

"겨우, 겨우 그 정도였나 보네."

하랑의 얼굴에 쓰라린 비소가 걸렸다. 처음 들었을 때의 충격이 가시고 나니 이젠 화가 치솟았다. 그 분노는 비단 가후에게 향한 것만은 아니었다. 본인의 심장도 잔인하게 파고드는 양날의 검이었다.

"나 혼자 착각하고 살았던 거겠지. 하긴, 피도 안 섞였는데……."

"그만해라."

꽉 잠긴 목을 뚫고 간신히 흘러나온 가후의 목소리가 하랑의 말을 잘랐다. 피가 안 섞였다는 말로 그동안 쌓아온 세월을 매도하는 건 인정할 수 없었다. 이 년 전, 그 일이 벌어지기 전까지는 정말로 각별하던 사이였다. 친형제보다도 더.

가후는 손에 들린 유서를 잠시 내려다보다가 깊은 한숨을 내쉬었다.

"네가 그럴 놈인 거 아니까 말하지 못했던 거다. 네 성격이면 날 위한답시고 다 포기하고 떠나 버릴 테니까. 형제를 버리고 여인을 취하면, 그건 또 무슨 개 같은 짓이냐? 그럴 바엔 차라리 죽는 게 낫다고 생각했을 뿐이다."

최대한 담담하게 뱉은 목소리에는 그동안 숨겨두었던 진심이 담겨 있었다. 그런 가후의 등을 바라보던 하랑은 눈을 질끈 감았다. 그의 말이 맞았다. 자신은 비아를 포기했을 것이고, 가후는 그 사실을 받아들이기 어려웠을 터다. 서로를 위하는 마음이 너무 크다 보니 피할 수 없는 일이었다.

하랑이 이 비극을 감내하려 애쓰는 동안, 가후는 자리에서 일어났다. 힘겨워하는 그를 안타깝게 바라보다가 천천히 다가갔다. 거리가 좁혀지자 하랑이 얼굴을 쓸어내리고 숨을 가득 들이마셨다. 충혈된 눈을 감추지는 못했지만, 적어도 눈물은 보이지 않으려 노력하고 있었다.

가후는 고개를 돌려 버린 그에게 부왕의 유서를 내밀었다.

"낮에 신녀가 전해 준 건데, 읽어봐라. 아바마마께서 남기신 유서다."

하랑의 시선이 빛바랜 낡은 종이로 향했다. 펼쳐진 종이에는 익숙한 서체가 적혀 있었다. 오랜만에 보는 선황의 글씨에 하랑의 눈빛이 흔들렸다. 선뜻 잡지 못하고 가후를 바라보았으나 그는 말없이 유서를 더 가까이 내밀 뿐이었다. 하랑은 떨리는 손으로 그것을 받아 들었다.

유서를 읽어 내려가는 그의 얼굴에 만감이 교차했다. 항상 의문으로 남아 있던 선황의 자결에 대한 이유가 소상히 적혀 있었고, 무엇보다 자신을 향한 미안함과 짙은 애정을 느낄 수 있었다. 그렇게 쭉 읽어 나가다가 마지막 장 중간에 적힌 글에서 하랑의 시선이 머물렀다.

─비록 내 피를 이어받진 않았으나 그 아이도 틀림없는 나의 아들이다. 하랑을 생각하면 무너지는 이 마음을 어찌해야 좋을지.

하랑은 그 부분을 벗어나지 못하고 읽고 또 읽었다. 신분 차이 탓에 단 한 번도 아버지라 부르지는 못했지만, 자신에게 건네주던 따스한 눈길은 가후에게 향하던 것과 별반 다르지 않았다. 나라에 필요한 공력자여서가 아니라 진심으로 아들처럼 여겨주던 선황의 모습을 기억하기에, 하랑은 기꺼이 아버지의 사과를 받아들였다.

유서에서 좀처럼 눈을 떼지 못하는 하랑을 가후는 안타깝게 바라보았다. 아버지의 죽음으로 목숨을 연장한 자신과 희생당한 하랑의 입장은 조금 달랐다. 그러나 관계를 회복할 수 있는 지금 이 순간에 감사하고 있다는 점은 별반 다르지 않을 것이었다. 물론 그 이전에, 이런 사태를 일으킨 선황에 대한 하랑의 마음을 확인할 필요가 있었다. 가후는 조심스럽게 운을 떼었다.

"아바마마는 나라를 위해서 네가 떠나지 않길 바라셨나 보다. 그런 극단적인 선택을 하셨으니."

그는 은근슬쩍 선황을 두둔하며 하랑의 반응을 살폈다. 그 속내를 짐작한 하랑은 고개를 저었다. 변명할 필요 없다는 뜻이었다.

"일국의 황제로서 어쩔 수 없는 선택이셨다는 걸 알아. 이유를 알게 되었으니 그걸로 만족해."

하랑은 좀 전보다 한결 차분해져 있었다. 그동안 선황의 자결 이유를 두고 숱한 가설을 세웠지만, 그때마다 괴롭기 그지없었다. 그러나 이제는 그것이 가후와 나라를 위한, 불가피한 선택임을 알았고, 상처받을 자신을 무척이나 걱정한 마음을 깨달았으니 도리어 속이 홀가분했다.

하랑이 선황을 용서하고 받아들이자 한시름 놓은 가후의 안색도 부드러워졌다. 항상 속 깊던 동생을 되찾은 느낌이었다. 그것만으로도 가후는 외롭고 아릿하던 마음이 따뜻해지는 걸 느꼈다.

"미안하다. 내가 널 오해했다."

그는 진심으로 자신의 잘못을 뉘우치고 사과했다. 선황의 죽음은 눈앞에서 벌어진 일이었기에 충분히 곡해할 만한 일이었지만, 면목 없어 하는 그의 사과를 하랑은 흔쾌히 받아들였다.

"사실대로 말하지 않고 고집부린 내 잘못도 있지. 그만 풀자. 다 지나간 일, 이제 와서 후회한들 소용없잖아. 앞으로 남아 있는 시간을 후회 없이 보내면 될 일이야."

비록 남은 시간은 그리 많지 않겠지만, 두 사람은 서로 응어리졌던 감정을 푼 것만으로도 감사히 여기기로 했다. 물론 남은 숙제는 해결해야 할 터였다.

"우현은 어쩔 생각이야? 전쟁 전에 처리하는 게 뒤탈이 없지 않겠어?"

하랑은 가후에게 유서를 돌려주며 물었다. 선황이 면죄부를 주었다지만, 동생을 인질로 잡고 비아를 협박한 그의 죄를 눈감아줄 수는 없는 일이었다. 또한 그런 이를 살려두면 두고두고 나라에 후환이 될 터였다. 그 의견에 공감한 가후는 방법을 생각하며 대꾸했다.

"그건 내가 해결하마. 반란의 싹도 제거하고 황후의 일도 해결은 해줘야지. 명색이 내 비인데 권력 때문에 날 택했다 생각하고 많이도 미워했거든."

그는 처음으로 하랑 앞에서 그동안 비아를 미워했음을 고백했다. 가후의 말에 하랑은 쓴웃음을 지었다.

"역시나, 사이가 좋았던 건 아닌 모양이군."

"너 기분 상하라고 그런 척 좀 하고 살았지. 덕분에 네가 중간에 신녀에게 넘어간 건 좀 충격이었지만."

아주 의외였다는 듯 놀리는 소리에 하랑은 민망해졌다. 다른 사람도 아니고, 신녀에게 반했다는 사실이 뭔가 금단의 구역에 발을 디딘 것만 같았다. 해연 생각에 볼을 붉힌 그는 작은 목소리로 지나가듯이 진심을 털어놓았다.

"그거야 뭐, 귀엽잖아."

"뭐라고?"

믿기지 않는다는 듯 되묻는 가후의 표정에 하랑은 목까지 붉어졌다. 자신도 이토록 빠질 줄은 몰랐다. 하지만 마음은 이미 돌이킬 수 없는 강을 건넜고, 그는 이 부끄러운 분위기를 바꾸기 위해 헛기침만 줄곧 해댔다.

가후는 민망해하는 하랑을 보며 옛 기억을 더듬었다. 마음에 드는 여인이 생겼다며 처음 비아를 데려왔을 때도 하랑을 무척 놀렸다. 사내가 다 됐다고 했을 때, 당혹해하던 그 표정이 아직도 눈에 선했다. 다만, 그때와 좀 다른 점이 있다면, 하랑이 비아보다 해연에게 더 푹 빠진 게 보인다는 점이었다.

'도대체 이 목석같은 놈을 어떻게 구워삶았기에. 그것도 참 재주야.'

가후는 피식 웃으며 고개를 저었다. 마음의 여유를 가지고 한발물러서서 보니 확실히 하랑의 감정이 향하는 곳을 알 수 있었다. 비아는 어떨지 몰라도 그는 온전히 신녀에게 마음을 내준 게 분명했다. 가후는 처음으로 그 점을 기쁘게 받아들일 수 있었다. 상처받은 그를 해연이 치유해 준 게 보여서 조금이나마 죄책감을 덜 수 있었다.

"신녀에겐 빚을 졌군. 이만큼 해결된 것도 그녀 덕이고."

그의 말에 하랑의 얼굴에도 은은한 미소가 피었다. 사실 그들의 입장에서 해연은 복덩이였다. 그녀가 이곳에 온 뒤로 해결해 준 것이 너무나 많았다. 가뭄에 흔들리던 나라를 굳건히 지탱해 주었고, 배반으로 얼룩진 마음은 보듬어주었으며, 뭉쳐서 풀릴 기미가 없던 감정은 물꼬를 터주었다. 처음에는 천방지축이던 해연도 큰 사건들을 겪으며 어느새 훌쩍 자랐고, 그녀를 따라 주위 사람들도 한층 성장한 느낌이었다. 가후도 그 점을 인정했다. 그러니 이젠 해연과 하랑의 행복을 지지해 줄 차례였다.

"아바마마의 일은 대충 해결이 되었으니, 마무리는 내가 하지. 넌 신녀와 함께 떠나라."

동연국을 떠나 해연이 왔던 세상으로 가라는 말에 하랑의 얼굴이 급격하게 어두워졌다.

"무슨 소리야? 이 나라를 지키는 게 내 몫인데. 이미 여기 남기로 얘기 끝냈어."

"가라. 너까지 그러면 그 애는 어쩌라고?"

해연을 걱정한 가후가 설득하려 했지만, 하랑은 뜻을 굽히지 않았다. 가리국에서 머무는 동안 자신이 머물러야 할 곳은 동연국임을 절실하게 깨달았다. 그나마도 가리국에 해연이 있었기에 버틸 수 있었다.

"내 부하들을 사지로 밀어 넣고 어떻게 혼자 떠나? 신녀님 보기에도 부끄러워서 안 돼. 그리고…… 전쟁터만 가면 날뛰는 그 정신머리도 내가 좀 챙겨야지. 소렵도 감당하기 어려워하잖아."

피만 보면 흥분하는 성격을 지적하자 가후가 시선을 회피했다. 신의 저주 탓이지만, 그의 비이성적인 행동으로 인해 아군도 제법 피해가 컸다. 그나마 소렵이나 하랑이 옆에서 제어를 해주었기에 전쟁이 벌어져도 무탈하게 끝내곤 했다.

이제 더는 하랑을 보낼 구석이 없어진 가후는 순순히 그의 뜻을 존중했다. 어차피 억지로 가라고 해도 전쟁이 터지면 돌아올 성격이었다.

"뭐, 두 사람이 이미 결정을 내렸다면 마음대로 해라. 나중에 술이나 한잔하자."

가후가 주먹 쥔 오른손을 앞으로 살짝 내밀자 하랑의 눈빛이 부드러워졌다. 예전에 서로 다투고 나면 화해하자는 뜻으로 하던 그들만의 표식이었다. 정말 오랜만에 보는 행동에 하랑도 기쁜 마음으로 그의 주먹에 자신의 주먹을 가져다 댔다.

"청화주로 준비나 해둬."

"아, 그거?"

가후는 모호한 반응을 보였다. 팔각정에서 술만 퍼마시던 날에 청화주가 담겨 있던 백자 술병에서 물이 보글보글 솟아나던 장면이 떠올랐다.

"일전에 네 여자란 분이 냉수를 다 타버려서 올해는 끝났다. 한 병도 안 남았어."

가후가 아쉬운 듯 입맛을 다시자 이번에는 하랑이 슬그머니 시선을 피했다. 그 비싼 청화주에 물을 다 타버린 모양이었다. 그래도 두 사내의 얼굴에 피어나는 기분 좋은 웃음은 청화주와는 비교할 수 없을 만큼 값진 것이었다.

가후와 하랑이 화해를 하고 난 다음 날, 모백은 아침 일찍 초가의 집에 당도했다. 한때는 황제의 별궁이었던 으리으리한 저택이 이른 아침이어서인지 고요함을 유지하고 있었다. 그러나 노비가 안내하는 대로 걸음을 옮기던 모백은 그 적요함이 아침이어서만은 아님을 짐작할 수 있었다. 황제가 사병을 싹 쓸어가는 바람에 예전에 비해 휑해진 느낌이 들었던 것이다.

'전쟁에서 못 이기면 우현도 끝나겠군. 다리 하나는 황제 쪽에 걸치고 있어야 하나?'

어떻게 해서든 이득이 될 쪽을 궁리하던 모백은 곧 초가의 방으로 안내받았다. 방 안에는 시녀들의 도움을 받아 관복을 입는 초가가 있었다. 모백이 허리를 숙이고 예를 갖추자 초가가 무심한 시선을 던졌다.

"아침부터 어인 일이오?"

"황제 폐하께옵서 대감의 여식인 초선 낭자와 함께 입궐하라 황명을 내리셨습니다."

모백은 주변에 있는 시녀들을 의식하며 최대한 황제에 대한 예를 갖춰 명을 전했다. 단둘이 있을 때는 가후라고 불러대지만, 혹시라도 황제의 귀에 들어가면 자신의 목이 바닥을 굴러다니는 것도 부지불식간이기 때문이었다. 그 부분은 초가도 이해하고 순순히 넘어갔으나 문제는 명령의 내용이었다.

"초선이와 함께 입궁하라 하셨다고?"

"그러하옵니다. 조회에 같이 들라 명하셨습니다."

모백의 말에 초가의 눈살이 찌푸려졌다. 조회는 대소 신료들이 모두 모이는 큰 회의로, 그 시간에는 황후도 함부로 출입할 수 없었다. 하물며 자신의 여식은 더더욱 그럴 이유가 없는 상태였다. 가후의 의중을 쉽사리 파악하지 못한 그는 관복을 정리해 주던 시녀들을 모두 물렸다. 시녀들이 예를 갖추고 물러나자 초가가 모백에게 가까이 다가갔다.

"뭔가 들은 바가 있소?"

"저도 파악하지 못했습니다. 무슨 생각인지, 오늘 아침에 갑자기 불러서 명을 내렸을 뿐입니다."

일이 더 미궁으로 빠지는 듯했다. 초가의 눈이 가늘어지는 걸 본 모백은 어제 있던 일도 떠올렸다.

"그러고 보니, 어제 황제의 서재에서 신녀가 종이 하나를 빼돌렸습니다. 가후에게 건네주었다던데, 그것이 무엇인지……. 그놈의 무형 때문에."

눈엣가시 같은 무형을 떠올리며 모백은 이를 갈았다. 이번 전쟁이 성공적으로 끝나면 그놈 목도 함께 쳐버리고 싶었다. 모백이 복수의 칼을 가는 사이, 초가는 빠르게 머리를 굴렸다. 수많은 문서가 보관된 서재에서 신녀가 황제에게 가져다주었다는 종이는 무엇이고, 제 여식은 왜 찾는지 궁리했으나 마땅한 답은 나오지 않았다.

다만, 예전의 일로 보아 느낌이 썩 좋진 않았다. 그때도 황제가 불러들여서 갔다가 재산 손실이 어마어마했던 것이 아직도 뼈가 쑤실 만큼 아프게 각인되어 있었다.

"초선이는 몸이 안 좋다고 하지."

"아, 그것이……."

모백은 말끝을 흐렸다. 가후가 초선이를 데려오지 않으면 그 책임을 물어 목을 쳐버리겠다고 으름장을 놓은 탓이었다. 하지만 그걸 사실대로 말하면 초가가 더 여식을 숨길 가능성이 높았다. 그는 적당히 둘러대며 초가를 달랬다.

"대감, 좋으나 싫으나 황명이 아닙니까? 아프다는 건 변명거리조차 되지 않습니다. 그 성격에 뜻대로 되지 않으면 무슨 짓을 할지 모르니, 차라리 대감께서 함께 가심이 낭자에게도 좋지 않겠습니까? 황명을 먼저 어기면 오히려 불리해질 수도 있습니다."

"흐음―"

초가는 침음을 삼켰다. 모백의 말도 일리가 있었다. 차라리 순순히 가는 게 방어하는 데도 더 좋을지 몰랐다.

"알겠소. 초선이에게 준비하라 이를 테니 잠시만 기다리시오."

초가는 모백을 남겨두고 방을 나섰다. 지난번 일로 뒤늦게 황제 공포증이 생긴 여식을 생각하면 골치가 아팠지만, 달리 황명을 피할 방도가 없었다.

'도대체 무슨 꿍꿍이인 것이냐?'

붉은 눈에 담긴 의중을 좀처럼 파악하기 어려운 젊은 황제를 떠올리며 초가는 근심 어린 숨을 내뱉었다. 그리고 그는 정확히 한 시간 뒤, 근정전에서 수많은 대소 신료와 함께 가후를 맞이했다.

이례적으로 불려온 초선이가 초가의 옆에 다소곳이 서고, 신료들은 그녀의 등장에 의아해하면서도 함부로 의문을 입에 담지 않았다. 이 피 말리는 동연국 황궁에서 그나마 최소한의 눈치란 것이 있었기에 그들은 머리를 몸에 붙이고 다닐 수 있던 것이다.

가후가 용상에 앉자 신료들이 그를 향해 허리를 깊이 숙였다. 초선도 치맛자락을 잡고 조심스럽게 인사를 올렸다. 한때 사모하던 황제가 이제는 두려웠지만, 일말의 기대가 아직도 남아 있었다. 조회 시간에 모든 신료가 있는 곳으로 저를 불러냈다는 건 그만큼 다룰 일이 크다는 뜻이었다.

'아무래도 비나 황후 책봉에 대해서 얘기할 가능성이 높겠지? 요즘 그년이랑 사이도 안 좋다던데.'

아버지는 아니라 했지만, 황제가 이런 자리에서 자신에 대해 거론할 건 그 정도뿐이었다. 예전 일로 충격받아서 그 뒤로는 조심하고 살았으니, 황제가 갸륵히 여기는 걸지도 몰랐다. 게다가 황후를 가둬두고 발길을 끊었다는 소문은 그녀도 익히 들었다. 그것에 작은 희망을 품고 볼을 붉히는 초선을 가후는 무심히 내려다보았다. 자신의 이득을 위해서라면 얼마든지 잔인해질 수 있는 초가지만, 혈육인 딸을 애지중지함을 모르지 않았다.

'물론, 그조차도 권력과 혈통에 대한 욕심 탓이겠지만.'

초가의 속을 훤히 꿰뚫어 본 가후는 속내를 감추고 슬쩍 웃었다. 그 미소가 무척 잔인했으나, 고개 숙인 신료들은 보지 못했다. 그것이 다행이라면 다행이었다. 만약 그걸 보았다면 당장 사직서를 올렸을지도 모를 일이었다. 가후는 금세 웃음기를 지우고 근엄하게 조회를 시작했다.

"오늘, 짐이 우현의 여식을 조회에 참석토록 한 것을 모두 궁금하게 여기리라 생각하오."

가려운 곳을 더 간질간질하게 하는 그의 얘기에 신료들은 귀를 쫑긋했다. 특히나 당사자들은 기대와 불안을 품고 그의 말 한마디, 한마디를 놓치지 않으려 했다. 가후는 모두의 이목을 끌어놓고 그녀를 부른 이유를 단도직입적으로 밝혔다.

"짐이 듣자하니 뱃사람들은 출항 전에 물의 신께 처녀를 제물로 바친다던데, 우리도 이번 전쟁을 앞두고 균형의 신께 제를 지내는 게 어떻겠소?"

뜬금없는 제사 이야기에 대부분의 신료가 어리둥절해했지만, 초가만큼은 눈을 부릅뜨며 그를 노려보았다. 그 태도가 무엄하기 그지없었으나 가후는 도리어 즐기며 말을 이었다.

"예를 들어, 우현의 아름다운 여식 같은 걸 말이오."

커다란 충격이 근정전에 쿵— 떨어졌다. 아무리 그래도 당사자가 있는 앞에서 할 소린 아니었다. 무슨 물건을 취급하듯 담담하게 나오는 소리에 신료들은 억— 소리도 내지 못했고, 초선은 파리해진 얼굴로 입술을 덜덜 떨었다. 저를 내려다보는 황제의 눈빛에는 농담의 기색이 전혀 보이지 않았다.

심각한 정신적 타격에서 그나마 빨리 빠져나온 건 초가였다. 그는 딸을 보호하려는 듯 앞으로 나서며 가후를 향해 분노를 터뜨렸다.

"그게 무슨 망측한 말씀이십니까!"

욕지기가 치밀어 올라 목구멍을 뚫으려 했다. 하지만 초가는 초인적인 인내심을 발휘해 잠시 입을 다물었다. 자신이 면죄부를 가지고 있다고는 하나 황제를 향해 공개적으로 욕설을 퍼부을 수는 없는 노릇이었다. 그것이 비록 여식을 제물로 바치겠다는 부당한 이야기여도 용납되지 않는 행동임을 그는 잘 알고 있었다. 그것이 권력의 더러움이었다. 더럽고 치사해도 굽혀야 하는 처지. 초가는 이를 갈며 무릎을 꿇고 몸을 굽혔다. 완전한 부복이었다. 바닥에 닿을 듯이 가까워진 그의 입에서 참고 참아낸 목소리가 쥐어짜졌다.

"폐하, 소신은 약관의 나이에 급제하여 몸이 닳도록 폐하와 이 나라를 위해 최선을 다했나이다. 재산도, 사병도 모두 폐하께 바쳤사옵니다. 아무것도 없는 늙은 소신에게 이제 하나 남은 혈육인데, 어찌 그마저도 앗아가려 하십니까? 통촉하여 주시옵소서!"

초가가 측은하게 굴면서 연민에 호소하자 눈치만 보던 신료들도 하나둘 무릎을 꿇고 가후에게 머리를 조아렸다.

"통촉하여 주시옵소서, 폐하!"

한목소리로 전하는 뜻에 가후는 답을 내리지 않았다. 그저 옥좌 손잡이를 손가락으로 톡톡 두드리며 신료들의 간곡한 부탁을 즐기듯이 듣고 있었다. 잔혹하리만치 차갑고 기계적인 소리가 들릴 때마다 신하들은 더 큰 목소리로 청을 올렸다. 열댓 번 더 같은 말을 반복하고 나서야 높은 왕좌에서 답이 내려졌다.

"그대들의 뜻은 알겠소. 하나 신께 바치는 제물인데 아무거나 할 수는 없지 않겠소? 관료 중에 가장 높은 직위에 있는 우현의 여식이라면 신께 보내기에 적당하리라 생각했을 뿐이오. 무릇 제물이라면 잘 먹이고 잘 키운 게 가장 좋을 테니."

사람이 아닌, 물건을 품평하듯이 설명하는 그의 말에 초선은 망연히 서 있었다. 당사자인 그녀뿐만 아니라 그곳에 있는 모든 인간이 다 극심한 충격에 휩싸인 상태였다. 그들의 뇌 속을 떠다니는 단어는 하나뿐이었다.

'미친 새끼.'

자신들의 황제는 대신조차 바둑돌처럼 여긴다는 걸 잘 알고 있었지만, 오늘은 그 광기가 정점에 달한 듯 보였다. 도저히 용납할 수 없는 행태라 판단하고 기필코 그 뜻을 꺾고야 말겠다는 마음을 먹자마자, 가후가 그들의 입을 봉쇄해 버렸다. 그건 참으로 간단한 일이었다.

"우현의 여식이 제물이 되는 걸 그리 반대한다면 짐도 더 고집부릴 생각은 없소. 그대들의 여식 중에 대체할 만한 이가 있겠지."

무심하게 내뱉은 말에 모두 꿀 먹은 벙어리가 되었다. 근정전을 쩌렁쩌렁하게 울리던, 통촉해 달라던 소리마저 뚝 끊어졌다. 숨소리조차 멎어버린 고요함은 소름 끼치도록 잔인했다. 이젠 그 잔악함이 황제에게서 나온 건지, 신료들이 만들어낸 건지 구별조차 되지 않았다.

가후는 저와 눈도 마주치지 않으려는 신료들을 가만히 내려다보았다. 절로 입가에 웃음이 걸렸다. 다른 이의 희생을 묵인하고 제 여식을 지키려는 이 모습들은 선인가, 악인가. 인간이란 존재가 규정한 선악이란 건 참으로 알다가도 모를 것이었다. 가후는 손잡이에 팔꿈치를 대고 머리를 괴었다.

"어찌 아무 말도 없나? 우현의 여식이 제물이 되는 것에 모두 동의한다는 뜻이오?"

재차 물어도 대답하는 이는 없었다. 그들은 실세인 초가도, 눈에 뵈는 게 없는 황제도 무서웠다.

뒤에서는 그리도 잘 돌아가던 세 치 혀들이 딱딱하게 굳은 걸 노려보던 초가가 먼저 나섰다. 어떻게 해서든 자신의 딸만큼은 지켜야 했다. 제 피를 이은 유일한 혈육이었다.

"폐하, 제를 지낼 때는 그 무엇보다 마음이 중요한 것이라 하였사옵니다. 이 땅에는 신께 제물이 되는 걸 영광으로 아는 백성이 수도 없이 많사오니, 부디 소신의 여식은 면하도록 윤허하여 주시옵소서. 다 늙은 신의 마지막 하나 남은 행복이옵니다."

힘없는 백성들을 가져다 쓰라는 얘기였다. 다른 나라 황제들이었다면 응당 그리했겠지만, 가후는 쉽사리 물러나지 않았다. 그에게는 녹봉과 뒷돈을 다 받아먹고 나라를 좀먹는 신료보다는 세금을 바치는 백성들이 더 쓸모 있고 중요한 존재였다.

"그대 말도 일리가 있소만, 비루먹은 백성은 도리어 화를 일으킬까 저어되어 말이오. 신께서 제물을 보고 못마땅하게 여기시면 그 화는 고스란히 동연국이 져야 할 것 아니겠소? 기왕 할 거, 잘 먹고 잘 키워서 때깔도 좋은 우현의 여식으로 합시다."

"폐하, 소신 이미 모든 걸 폐하께 바쳤나이다. 어찌 여식까지 앗아가려 하십니까!"

차가운 바닥을 짚은 초가의 손이 꽉 움켜쥐어졌다. 고개를 들어 황제를 쳐다보니 미동 하나 없는 붉은 눈이 저를 내려다보고 있었다. 고민된다는 말투와는 전혀 다른, 이미 결정을 내린 단호한 그의 시선은 너무나 잔인했다. 공포심을 느낀 초가가 몸을 살짝 떨자, 드디어 분위기가 무르익었다고 판단한 가후는 전날 밤에 세워둔 계획을 실행에 옮겼다.

"흠— 우현에게 남은 여식이 하나뿐인 걸 어찌하겠소? 다른 여식이 하나 더 있다면 선택권을 주겠으나, 황후를 제외하면 저 아이 하나뿐이지 않소?"

무척 안타깝다는 듯 흘리는 말에 초가는 이를 악물었다. 그제야 깨달은 것이다. 황제가 원하는 게 무엇인지.

'비아, 그년이 말했나?'

가후가 말하는 다른 여식, 그건 비아의 친동생을 뜻하는 것일 터였다. 마치 아무것도 모른다는 듯 흘리긴 했지만, 제물이라는 얼토당토않은 이유를 붙이며 초선을 함께 불러들인 건 애초에 빠져나갈 구멍을 차단하겠다는 목적이 분명했다. 초가는 그제야 자신이 당했음을 알아차렸으나 후회해도 이미 늦었다. 다른 여식이 없다고 하면 초선이 죽고, 있다고 하면 황후를 협박할 패를 잃게 된다. 무엇이든 불리함을 알지만, 그가 선택할 수 있는 건 하나뿐이었다.

"여식이, 하나 더 있사옵니다."

"호오? 그건 듣도 보도 못한 이야긴데, 딸자식 살리겠다고 짐을 우롱하는 건 아니겠지?"

웃음기가 감도는 가후의 목소리와 달리 초가의 얼굴은 구겨질 대로 구겨진 상태였다. 완벽하게 당해 버렸다.

"여부가…… 있겠습니까?"

"뭐, 그렇다면 좋소. 지금 당장 그 여식도 조회에 참석하라 하시오."

기다릴 테니 당장 눈앞에 대령하란 소리에 초가는 작게 한숨지었다. 딴짓거리도 못하게 만들겠다는 황제의 정치적 수완은 여전했다. 체념한 초가는 심부름꾼을 불러달라 청했다. 가후가 그 일에 대한 적임자로 꼽은 건, 근정전 안에서 호위 중인 무형이었다. 제법 눈치가 있는 무형이라면 초가를 곤란하게 만드는 방법이 무엇인지 알 것이었다.

혹여 황제가 마음이 변해 제 여식을 제물로 삼을까 두려운 신료들은 아무 말도 못 하고 무형이 돌아올 때까지 얌전히 대기했다. 초가에게 여식이 하나 더 있든 말든 그건 그들의 관심사가 아니었다. 그저 본인들이 이 살벌한 조회에서 무탈하게 벗어날 수 있기만 바랄 뿐이었다.

긴 기다림 끝에 무형이 당도했다는 내관의 보고가 들리고, 그가 데려온 건 자그마한 체구에 거지꼴을 한, 비쩍 마른 여자아이였다. 소녀에서 성인이 되어가는 나이로 보이는데, 초점 없는 눈은 게슴츠레하게 풀려 있었고, 침을 흘러내리는 입은 멍하니 벌어진 상태였다. 계속 꼼지락거리는 두 손은 왼쪽 새끼손가락 한 마디가 잘려나가 흉하게 아물어져 있었다. 그 모습에서 황후와 혈육이라는 걸 알려주는 건 금발과 금안 정도였다.

숨겨두느라 관리가 잘 안 될 건 예상하고 있었지만, 짐작했던 것보다 더 처참한 모습에 가후는 말을 잃었다. 이미 미쳐 버린 듯 보이는 계집이 정녕 제 처제인지 의심스러울 지경이었다. 그때까지 숨죽이고 있던 신료들도 웅성대며 동요했다. 딱 봐도 우현의 여식이라 하기에는 무리가 있었다.

가후는 옥좌 손잡이를 잡고 분노를 삭였다. 저 꼴을 황후에게 보여주기조차 미안할 지경이었다. 그래도 아직 할 일이 남아 있기에 그는 이성을 붙잡으려 노력했다.

"네 이름이 무엇이냐?"

단상 아래에 무릎 꿇린 아이에게 물었으나 돌아오는 답변은 없었다. 고개를 바짝 치켜들고 저를 올려다보는 금색 눈동자는 흐리멍덩하니 생기가 존재하지 않았다. 가후는 열이 올라 뜨거워지는 이마를 꾹꾹 눌렀다. 심상찮은 그의 분위기에 신료들이 다시 입을 다물고 그곳에 없는 사람인 척했다. 그렇게 한참을 있던 가후는 허탈하게 웃었다.

"오냐오냐 봐주었더니, 이젠 짐을 농락하는군. 저게 어딜 봐서 그대의 여식인가, 우현?"

"소신의 여식이 맞습니다, 폐하. 황후마마의 혈육으로, 오래전에 양녀로 받아들인 아이입니다."

날카로운 화살이 초가에게 향했으나 그는 당당했다. 황제가 원하는 걸 내주었으니 적당히 하고 물러날 것이라 믿었다. 하지만 그의 예상은 빗나갔다. 가후는 원하는 걸 가졌음에도 물어뜯는 걸 멈추지 않았다.

"이젠 그 사실이 중요치 않네, 우현. 저런 건 신께 바치지도 못하지. 그냥 초선이로 해야겠어."

가후의 변덕에 초가의 이마에 힘줄이 돋았다. 적당히 먹었으면 물러날 줄도 알아야 하건만, 이놈의 황제는 정말 끝을 보려 하는지 고집을 부렸다. 그 작태에 초가는 자신도 더는 물러나지 못한다는 경고의 의미를 담아 눈을 부라렸다.

"원하시던 게 저 아이지 않습니까? 소신은 분명히 드렸습니다."

초가는 적의를 고스란히 드러내며 아예 대놓고 가후의 의중을 입에 담았다. 그런 초가의 직설적인 방법에 가후의 눈이 가늘어졌다. 자고로 싸울 때 흥분하면 그 순간부터 이성적인 생각은 제대로 못 하는 법이었다. 그리고 그 감정은 그대로 패배로 이어진다. 적어도 본인처럼 심리전에 능한 사람 앞에서는 죽여달라고 하소연하는 꼴과 동일했다. 미끼를 입에 문 물고기를 잡듯이 가후는 풀어둔 낚싯줄을 천천히 끌어당겼다.

"짐이 언제 원한다고 그랬나? 헛소리 지어내지 말게. 난 적당한 제물을 원할 뿐이야."

"폐하!"

"그만! 아무리 면죄부가 있어도 짐을 계속 매도한다면 그대의 목숨을 거두겠다. 황제 모독죄는 용서 못 하니, 그 입 닥치는 게 신상에 이로울 게야."

붉은 눈에 힘을 주며 잔혹한 성질을 가감 없이 보여주는 황제의 모습에 근정전에는 다시 찬물이 뿌려졌다. 신료들은 더욱 고개를 조아렸고, 초가는 이를 갈며 분노를 인내하려 애썼다. 반쯤 이성을 잃은 초가를 잠시 내려다보던 가후는 당근을 하나 던져 주듯이 자비를 베풀었다.

"이번 모독죄는 그동안 우현이 쌓은 공로를 생각해 구금형으로 용서할 테니 자숙하도록. 또한 우현과 대신들의 주장이 일리가 있고, 현 시국에 제를 지내면 전쟁에 집중하지 못할 수도 있으니 잠시 보류토록 하겠다."

가후는 순식간에 모든 일을 없던 걸로 만들었다. 사실 우현의 딸을 제물로 바친다면 신료들의 반발도 극심할뿐더러, 전쟁을 앞두고 분란만 일으킬 뿐이었다. 가뜩이나 불안해하며 동요하는 이들에게 굳이 불만거리를 안겨줄 필요는 없었다. 물론, 그는 자신이 짜놓은 판에서 원하는 걸 다 뽑아먹는 일에는 주저하지 않았다.

"그리고 선황께서 우현에게 내리신 성지는 회수하겠다."

역모를 제외한, 모든 죄를 사면해 준다던 선황의 성지를 빼앗겠다는 말에 초가의 눈이 부릅떠졌다. 성지가 회수되면 퇴로를 차단당하는 것과 같았다. 수년간 노력해서 들어둔 보험을 순식간에 빼앗길 위기에 처하자 초가는 격렬하게 반항했다.

"선황 폐하께옵서 소신의 공을 인정하여 직접 내리신 성지이옵니다! 그 유지를 어찌 어기려 하십니까!"

승하한 전대 황제의 명은 현 황제의 명령보다 더 높게 쳐주는 경향이 있었다. 선황의 명을 어길 경우, 현 황제에게 패륜아라는 오명이 붙는 경우도 적잖았다. 가후도 그 점을 모르지 않았다. 그렇기에 더욱 정당한 이유를 들어 선황의 성지를 회수하려는 것이었다. 다음번에는 죽일 수 있게. 가후는 곧 다가 올 그날을 떠올리며 빙긋 웃었다.

"영구적이라곤 안 쓰여 있지 않나. 오늘 짐을 모독한 걸 용서하고 살려주었으니, 이제 그 권한을 소멸시키지. 앞으로도 그걸 믿고 짐을 우롱하면 대소 신료들 앞에서 짐의 체면이 뭐가 되겠나?"

허점을 찌른 그의 말에 초가는 멍해졌다. 면죄부는 영구적인 목적으로 사용하려고 만든 것이었다. 선황도 그런 뜻으로 이해하고 내린 성지였다. 그것이 소모품이 아님을 모든 이들이 알고 있었다. 다만, 성지에 언제까지 사용하라는 유효기간이 적혀 있지 않을 뿐이었다. 그 점을 역이용한 가후의 한 수에 초가는 처참하게 당해 버렸다. 그에 비해 만족스러운 성과를 얻은 가후는 담담히 조회를 끝냈다.

"오늘 조회는 그만 파한다. 우현의 셋째 딸에 대해서는 짐이 따로 확인할 것이 있으니 당분간 궁에서 생활케 하지."

황제의 뜻에 따라 무형이 윤아를 데리고 물러나고, 가후도 퇴석했다. 숨통을 조이던 황제가 사라졌으나, 침묵만 남은 근정전에서는 한동안 아무도 움직이지 못했다.


머리 장식 하나 없이 수수한 모습의 비아는 모백을 옆에 세워두고 숨을 가득 들이마셨다가 내뱉었다. 지금 그녀가 서 있는 곳은 용주전에 있는 가후의 집무실 바로 앞이었다.

용주전으로 오라는 황제의 전갈을 받자마자 그녀는 단장도 제대로 하지 못하고 달려왔다. 그가 구금형을 풀고 부른 이유는 모르겠지만, 혹시나 용서해 주진 않을까 하는 일말의 기대감을 품었다. 다만, 아직 마음의 준비가 되지 않아서 집무실 안으로 들어가지 못하고 있었다. 그런 비아를 기다리다 못한 가후가 먼저 그녀를 불러들였다.

"그만하고 들어오시오."

훤히 보고 있는 것처럼 하는 소리에 비아의 어깨가 움찔했다. 괜히 못난 모습을 보인 것 같아 볼을 붉히다가 모백이 문을 열어주자 안으로 들어섰다. 가까우면서도 멀게만 느껴지는 사내가 탁자를 앞에 두고 그 주위를 서성이고 있었다. 오랜만에 보는 그의 모습을 비아는 넋 놓고 보다가 눈이 마주친 뒤에야 화들짝 놀라며 고개를 숙였다.

"부르셨습니까, 폐하?"

"묻고 싶은 게 있어서 불렀소."

그의 목소리는 사뭇 상투적이었다. 항상 그래 왔듯이 화가 난 것 같지도 않고, 그렇다고 자상하지도 않은, 속내를 알기 어려운 모습이었다. 제 감정과는 다른 그의 모습에 비아는 조금 섭섭함을 느꼈으나 애써 그런 마음을 숨겼다.

"하문하십시오."

"일전에 하랑을 비서각으로 불러들였던 이유, 내게 알려줄 수 있소?"

그날도 초가가 여동생을 인질로 잡고 협박했을 가능성이 높다는 걸 알지만, 그럼에도 그는 확인받고 싶었다. 하지만 비아는 쉽사리 입을 열지 못했다. 크게 뜬 눈에는 당황한 감정이 역력했다.

"그건······."

비아의 목소리가 어물어물 흘러나왔다. 사실대로 의붓아비가 시킨 일이라고 말하고 싶었지만, 동생이 마음에 걸렸다. 그녀가 좀처럼 대답하지 못하자 가후는 다른 쪽으로 말을 돌렸다. 지금 그가 궁금한 건 초가의 인질극이 아니라, 그녀가 하랑에게 마음이 있는가였다.

"오해하지 마시오, 다그치려는 것이 아니니. 그동안 생각해 봤는데, 태자도 없는 상태에서 짐이 죽으면 그대의 운명이야 뻔하지 않겠소? 이대로 그냥 두는 건 좀 가혹하겠다 싶어서 차라리 내가 살아 있을 때 하랑과 맺어주는 게 좋겠다고 생각했을 뿐이오."

파혼과 재가에 대해 말하는 내내 괴로웠지만, 가후는 최대한 의연하게 굴고자 했다. 그러나 그는 비아를 쳐다보지 못했다. 혹시나 그녀의 얼굴에 기쁜 기색이 비칠까 두려웠다. 그 탓에 충격받은 비아의 얼굴은 보지 못하고 혼자 말을 이었다.

"혹시 신녀가 마음에 걸린다면, 그건 걱정하지 않아도 되오. 그녀는 곧 떠날 사람이고, 하랑은 남기로 한 모양이니. 내가 죽기 전에 멀리 떠나서 둘이 의지하고 살면 그것도 나쁘지 않잖소?"

직접 말하면서도 힘겨워서 그는 이를 꽉 깨물었다. 그다지 나쁜 방법이 아니었기에 더 고통스러웠다. 스스로 듣지 못하도록 귀를 막고 싶었으나, 그는 끝까지 제 심장을 후벼 파듯이 그렇게 아픈 얘기를 계속했다.

"하랑의 실력이라면 그대를 지켜주기에 부족함이 없을 테고, 아직 마음이 남아 있다면 전쟁 전에 폐서인하고 하랑과 맺어주겠소."

드디어 끝이 났다. 하랑과 맺어주겠다는 말. 그 말이 다시 나오는 데 이 년이 걸렸다.

'마치 처음부터 내 것이었다는 양 말했군.'

가후는 슬픈 자조를 입가에 걸었다. 이젠 어떤 대답이 나오더라도 받아들일 준비가 되었다. 그녀가 자신이 아닌 하랑을 원한다면 기꺼이 다리가 되어줄 것이었다.

묵묵히 답변을 기다리는 그를 보며 비아는 울컥 치솟는 눈물을 참기 위해 치맛자락을 꽉 움켜쥐었다. 폐서인을 입에 담고 재가를 거론할 만큼, 그의 마음이 이렇게까지 멀리 간 줄은 몰랐다. 이곳까지 달려오면서 품었던 기대가 처참하게 무너져 내렸다.

파르르 떨리는 속눈썹에 눈물을 아롱아롱 매달고, 그녀는 지아비를 빤히 바라보았다. 한 번만 저를 좀 바라봐 주길 바랐건만, 그는 좀처럼 고개를 돌리지 않았다. 울음을 억지로 삼킨 목이 먹먹하게 아파왔다. 목소리를 잃은 듯 달싹이기만 하던 그녀의 입술이 작은 소리를 낸 건 그로부터 한참이 지난 뒤였다.

"싫습니다."

적막을 깨고 흘러나온 말이 가후의 귀를 의심케 했다. 그제야 비아를 본 그는 그대로 말문이 막혔다. 저를 바라보는 그녀의 아픈 눈빛이 무엇을 뜻하는지 어렴풋하게나마 알 것 같았다. 설마 하는 생각에 심장이 덜컥 내려앉는 느낌마저 들었다. 눈물을 삼키는 비아의 금빛 눈동자가 그를 향해 간절히 호소하고 있었다.

"그동안 신첩이 부족했다는 거 압니다. 하나 이 미천한 목숨이 다하는 날까지만이라도…… 폐하의 비로 존재하게 해주십시오."

그녀는 무척 간절하게, 그에게 마음이 닿길 바라며 제 뜻을 전했다. 하지만 지난 이 년간 쌓아온 증오와 불신의 벽은 한순간에 무너질 만한 성질의 것이 아니었다. 선황의 유서 덕에 증오는 사라졌다지만, 그녀가 하랑을 연모하고 있다는 믿음은 쉬이 깨지지 않았다. 가후는 혼란스러워하는 눈빛으로 고개를 저었다.

"우현이 평생 황후로 살라고 협박이라도 했소? 그대의 동생을 쥐고 그날처럼, 하랑 대신 날 택하라 그리 협박한 것이오?"

그렇지 않고서야 그토록 괴롭혀 왔는데 죽을 때까지 제 곁을 지키겠다는 말이 나올 수 있는 것일까? 옛 연인인 하랑을 거절하고 곧 죽을 자신의 부인으로 산다는 건 스스로 가시밭길에 맨발을 올리는 것과 같았다. 물론, 바라 마지않던 대답인 건 분명하지만, 현실을 생각하면 불가능한 일이었다. 그렇게 비아의 말이 거짓이라 생각하는 와중에도 기쁜 감정이 고개를 치켜들었다. 완전히 상반된 두 감정이 격렬하게 충돌하자 가후는 미칠 것만 같았다.

그가 현실과 이상의 괴리감 속에서 갈팡질팡하는 사이, 비아는 안색이 하얗게 질렸다. 이미 동생의 존재가 노출되었다는 사실만으로도 그녀는 이 사태를 어찌 수습해야 할지 감이 잡히지 않았다. 의붓아비의 귀에 들어가면 안 된다는 생각만 가득한데, 가후는 그녀의 표정을 다른 뜻으로 받아들였다.

'역시나 초가가 협박했나 보군⋯⋯.'

속이 쓰라렸으나 가후는 애써 입꼬리를 올렸다. 그는 매우 어색한 웃음을 지으며 무척 놀란 듯 보이는 그녀를 다독였다.

"괜찮소. 이해하오. 이제 거짓된 행동은 하지 않아도 되오. 그대와 이리 마주 보고 지낼 날도 얼마 안 남았으니, 남은 시간은 서로 솔직하게 보냅시다."

곧 다가올 이별을 고하는 그의 말이 그녀를 현실로 끌어당겼다. 비로소 동생 생각에서 벗어난 비아는 다급히 고개를 저었다. 더 이상의 오해는 원치 않았다. 그의 말대로 남은 시간이 얼마 없다면, 이제는 제 마음을 솔직하게 보여주고 싶었다.

"폐하, 신첩의 마음은 협박 따위로 만들어진 것이 아닙니다. 믿어주셔요."

비아는 한 걸음 앞으로 나서며 손을 뻗어 그의 소매를 붙잡았다.

다시금 혼란스러워하는 가후를 바라보다가 용기를 내 그의 품에 안겼다. 놀란 그가 목석처럼 딱딱하게 굳어버렸다. 단 한 번도 이런 식의 접촉은 없었기에, 그의 당혹스러움은 절정에 달하고 있었다. 놀란 가후와 달리 마음을 굳게 먹은 비아는 그의 허리춤을 더 끌어안았다.

"현세에서는 폐하의 마음을 얻지 못하였어도, 내세에는 폐하의 마음에 신첩이 들어갈 자리 하나만 만들어주십시오. 그거면…… 만족할 수 있습니다."

비아는 볼을 붉힌 채 그를 올려다보았다. 저를 보는 붉은 눈에는 당황한 감정이 짙게 서려 있었다. 항상 보여주던 멸시감이나 냉혹함, 무뚝뚝한 감정이 아니라는 것에 비아는 괜스레 기뻤다.

"연모합니다, 폐하."

그녀는 가후의 용포를 잡고 까치발을 들었다. 그의 입술 앞에서 잠시 머뭇거리다 용기를 냈다. 부드럽고 따뜻한 입술이 가만히 닿았다. 그대로 시간이 멈춘 듯했다. 방 안에서 움직이는 것이라곤 가후의 흔들리는 눈빛과 두근대며 뛰는 두 개의 심장뿐이었다.

부드러운 입술의 감촉에 온 신경이 쏠린 채 두 사람은 얼어붙어 있었다. 달아오른 얼굴이 만들어내는 후끈한 열기가 피부를 통해 고스란히 느껴졌다. 그가 좀 적극적으로 변해주길 기다리는 비아도, 극심한 충격에 혼백이 빠져나간 가후도 움직이지 못했다. 그렇게 아쉬운 시간만 흘러갈 때, 무형의 목소리가 두 사람을 얼음 마법에서 풀려나게 했다.

"폐하, 준비시켜 대령하였사옵니다."

갑작스러운 방해꾼의 등장에 화들짝 놀란 비아가 입술을 뗐다. 긴 속눈썹 사이로 자리한 두 눈이 서로 얽혀드는 순간, 부끄러운 감정이 그녀의 몸속으로 훅 몰려들었다. 후다닥 뒤로 물러난 비아는 목까지 빨개진 얼굴을 감당하지 못하고 고개를 숙였다.

떨어진 뒤에도 남아 있는 입술의 감촉에 가후 또한 정신을 차리지 못하고 멍하니 서 있었다. 정신이 혼미해서 그냥 넋 빠진 사람처럼 황후만 바라보고 있었다. 그가 아무런 반응을 보이지 않자, 방 안의 상황을 전혀 모르는 무형이 다시금 그를 불렀다.

"폐하."

지시를 내려달라는 그의 재촉에 흠칫한 가후는 얼떨떨한 얼굴로 입을 열었다.

"들, 들라."

그의 목소리에는 떨리는 감정이 고스란히 묻어 있었다. 문밖에서 명을 기다리던 무형은 순간 의문이 들었지만, 능숙하게 호기심을 잘라냈다. 황제의 일에 함부로 관심을 가지면 수명이 줄어드는 법이었다. 그저 자신이 맡은 바 임무만 다하면 되었다. 그는 옆에 서 있는 여자아이의 팔을 잡았다. 깨끗하게 단장하니 좀 사람 같아졌지만, 잡고 이끌어주지 않으면 걷지도 않을 때가 많았다. 그는 모든 준비를 끝낸 뒤에 내관에게 문을 열어달라는 신호를 주었다.

어렵사리 열린 문으로 무형은 아이와 함께 들어갔다. 그는 곧바로 황제와 황후 사이에 감도는 오묘한 기류를 눈치챘지만, 모르는 척하고 고개를 숙였다.

"폐하, 명하신 대로 대령하였습니다."

"수고했다. 물러가라."

"예."

무형 덕에 조금 정신을 차린 가후가 그를 물리자, 그때까지 바닥만 보던 비아가 힐끗 뒤를 돌아보았다. 그 순간, 눈에 들어오는 여자아이의 모습은 친숙하면서도 낯설었다. 죽은 동태눈처럼 초점 없는 금안과 바스러질 만큼 비쩍 마른 얼굴, 벌어진 입가로 끊임없이 새는 끈적끈적한 침 줄기.

"아아……."

비아는 손으로 입을 틀어막았다. 경악한 그녀의 눈동자가 사정없이 흔들렸다. 기억과는 완전히 다른 모습이었으나, 그럼에도 언니는 동생을 알아보았다.

힘 빠진 다리를 간신히 옮긴 비아는 덜덜 떨리는 눈빛으로 동생을 살폈다. 병색이 짙은 얼굴과 제대로 먹지 못해 깡마른 몸에는 고생한 흔적이 가득했다. 깨끗이 씻기고 비단옷을 걸쳤어도, 망가질 대로 망가진 것이 너무나 선명하게 느껴졌다. 항상 밝던 모습은 온데간데없었고, 유난히 언니를 잘 따르던 동생은 이젠 시선조차 주지 않았다. 가난한 집안 살림에 보탬이 되겠다며 바느질하던 고운 손은 새끼손가락 하나가 절단된 모습으로 변해 있었다.

"어떻게, 어떻게 널……."

비아는 가슴이 꽉 막히는 고통에 뒷말을 잇지 못했다. 저를 협박하겠다고 멀쩡하던 아이의 손가락을 자르고, 그 충격을 다독여 주지 못해 정신까지 놓게 만들었다. 언니로서, 가족으로서 지켜주지 못했다는 미안함에 비아는 결국 울음을 터뜨렸다.

너무 말라서 부러질 것만 같은 동생을 품에 안고 그녀는 서럽게 울었다. 오열하는 비아의 울음소리에 천장만 바라보던 윤아의 멍한 시선이 살짝 흔들렸다. 따뜻한 품이, 익숙한 체취가 기억 저편에 묻어두었던 의식을 끌어당긴 것일까? 끊임없이 달싹이던 입술이 작은 소리를 내뱉었다.

"언, 니……."

무섭고 외로울 때마다 수만 번 불렀을 그 단어가 기적처럼 찾아들었다.

어둠이 포근하게 주위를 감싸고, 선선한 바람은 창가를 간질였다. 만물이 고요해지는 시각. 잠든 동생 곁을 지키던 비아는 조심스럽게 손을 뻗어 자는 윤아의 머리를 쓰다듬었다. 이렇게 잠자리를 봐주는 것이 도대체 얼마 만인지, 아득한 기억을 되짚자 감회가 새로웠다.

새근새근 잠이 든 윤아는 비아의 기억 속 모습과 별반 다르지 않았다. 좀 수척해진 것 외에는 달리 불편한 곳도 없어 보였다. 다만, 깨어 있을 땐 말을 하지 못하고, 아무 생각 없이 멍하니 있는 점이 문제였다.

'그래도 아깐 언니라고······.'

정신없이 울던 와중에도 그 말은 확실히 들었다. 단 한 번, 웅얼거리듯 매우 작게 흘러나온 소리여서 환청이라고 치부할 수도 있었지만, 그래도 비아는 희망을 놓지 않았다. 나을 수 있을 것이라고, 예전처럼 곁에 앉아 조잘대는 귀여운 동생으로 돌아올 것이라고 믿어 의심치 않았다.

'두 번 다시는 널 빼앗기지 않을게. 언니가 지켜줄 거야.'

비아는 굳게 다짐했다. 이 년 전, 선황의 승하로 한창 정신이 없을 때 초가가 황후전으로 찾아왔다. 그는 가후와의 잠자리를 거부하라고 협박하면서 자신의 지시에 따를 것을 강요했다. 선황의 죽음에 죄책감을 가지고 있던 그녀는 차마 그를 죽게 내버려 둘 수가 없었지만, 초가가 가져온 윤아의 손가락에 그 뜻을 따라야만 했다. 한 번 더 거절하면 그땐 손가락이 아니라 머리를 가져오겠다는 말이 너무나 두려웠기 때문이다.

상념에 젖어 있던 비아는 이불 위로 올라와 있는 동생의 손을 매만졌다. 약지의 반도 되지 않는 새끼손가락에 시선이 닿을 때마다 가슴이 후벼 파졌다. 충격이 얼마나 심했으면, 아픔이 얼마나 컸으면, 이 어린것이 정신까지 놓아버렸을까. 혼자 골방에 갇혀서 잘린 손가락을 쥐고 언니를 애타게 찾았을 동생의 모습이 자꾸 머릿속을 떠돌아다녔다.

'미안해. 언니가 미안해, 윤아야.'

마르지 않는 눈물이 다시 흘러내렸다. 입술을 악물고 울음을 삼켰지만, 찢어지듯 아픈 가슴은 어찌할 수가 없었다. 그렇게 한참을 울다가 열이 올라 지끈거리는 머리에 문득 묘안 하나가 스치고 지나갔다.

'그러고 보니 예전에 신녀님이······.'

해연을 떠올린 비아는 자리에서 벌떡 일어났다. 풍월대원들을 살려준 신녀의 이야기는 그녀도 들어 알고 있었다. 황제가 소문이 나지 않도록 제어했지만, 황후인 그녀에게까지 비밀로 한 건 아니었다. 물의 능력이 치료의 힘도 가지고 있음을 상기한 비아는 눈물을 닦는 것도 잊고 다급히 뛰쳐나갔다.


잘잘 준비를 다 끝낸 해연은 무녀들을 내보내고 방 한쪽에 놓아둔 커다란 상자를 열었다. 기억을 잃어갈 때나 간혹 열던 상자 안에는 잠수복과 오리발, 손바닥만 한 수경, 손목에 차는 짧은 칼, 예전에 가후에게서 받았던 서찰이 들어 있었다. 한국을 잊지 않도록 도와주었던 그 물건들을 해연은 오랜만에 꺼내 들었다.

'혹시 모르니 몇 개는 챙겨야지.'

아련한 눈길로 물건들을 살피던 해연은 잠수복과 오리발, 수경을 침상 위로 가져갔다. 그 위에는 그녀가 직접 들 수 있을 만한 크기의 상자가 입을 열고 물건들을 넣어주길 기다리고 있었다. 해연은 침대 위에 걸터앉아서 잠수복을 갰다. 만약 천관녀가 집으로 돌아갈 길을 열어준다면, 자신도 하랑처럼 제주도 앞바다에 떨어질 수 있었다. 그때를 대비해 잠수복과 수경은 꼭 챙겨야만 했다.

'그리고 보니 내 능력이 사라지면 좀 위험할지도 모르겠네.'

물을 다룰 수 있는 능력이 사라진 채 제주도 앞바다를 표류하게 된다면 죽을 가능성이 높았다. 차가운 물이 모여 만들어진 바다는 아름답고 신비로운 만큼 위험한 존재였다. 누군가 발견하고 신고해 주지 않는 한 사망이라고 보는 게 맞았다.

"후우— 산 넘어 산이잖아."

해연은 깊은 한숨을 내쉬며 고개를 저었다. 천운이 따르지 않는다면 부모님도 보지 못하고 세상을 하직할지도 몰랐다. 그 점을 상기하자 다시금 갈등이 솟아났다. 이러나저러나 죽는다면 차라리 가지 말까 하는 작은 갈등. 그때, 노크 소리가 들렸다.

"들어와."

반사적으로 출입을 허락했으나 그녀는 곧 후회했다. 문을 열고 들어온 이가 하랑이었기 때문이다. 그는 해연이 들고 있는—미처 상자에 넣지 못한—수경을 보고 얼굴을 굳혔다. 그러다 이내 제 실수를 깨닫고 표정을 풀었으나, 해연은 이미 다 본 상태였다. 서로 괜히 미안한 마음이 들어 어색한 정적만 흐르고, 해연은 그 분위기를 깨고자 먼저 밝게 말을 걸었다.

"풀려났네? 다행이다. 앞으론 그런 데 들어가지 마."

"예."

하랑의 단답형 대답에 두 사람의 대화는 빠르게 휴지기를 맞이했다. 그렇게 서로 눈치만 보다가 이번에는 하랑이 먼저 입을 열었다.

"짐…… 싸고 계셨습니까?"

"으응. 잠도 안 오고 해서."

요 며칠, 너무 많은 일이 한꺼번에 벌어져서 몸은 고단한데 잠이 오지 않았다. 그래서 짐이나 챙기고 있는데, 하필이면 이럴 때 하랑이 온 것이었다. 해연은 재빨리 수경을 상자에 넣고 뚜껑을 닫으며 그의 관심을 돌릴 만한 내용을 생각했다. 마침 적당한 화젯거리가 있었다.

"황제도 만나봤어?"

해연은 상자를 옆에다 밀어두고 물었다. 그제야 하랑도 물건에서 시선을 떼고 그녀를 바라보았다. 가슴 아픈 일이지만, 서로를 위해 결심한 이별이니 받아들여야만 했다. 그렇게 마음을 다독인 그는 아무 일 없던 척 굴며 새로운 대화에 참여했다.

"신녀님 덕분에 잘 풀렸습니다."

하랑이 고마운 마음을 담아서 말하자 해연의 얼굴에도 화색이 돌았다. 항상 마음의 짐을 얹고 사는 듯했는데, 이젠 훌훌 털었다니 다행이었다.

"오해 풀고 화해한 거지?"

"예. 폐하가 황후마마의 여동생도 신병을 확보했습니다."

"벌써?"

해연은 깜짝 놀라며 눈을 크게 떴다. 황후의 비밀이 담긴 선황의 유서를 전해 준 것이 어제 오후였다. 그로부터 딱 하루가 지났을 뿐인데 우현이 숨겨둔 여동생을 데려왔다는 건 신기에 가까운 일이었다. 황제의 빠른 일 처리 능력에 감탄한 해연은 인정한다는 얼굴로 고개를 주억거렸다.

"좀 싸가지가 없어서 그렇지, 수완 좋은 건 알아줘야 해."

가감 없는 솔직한 평가에 하랑도 미소 지으며 공감했다. 오늘 가후가 한 짓만 봐도 그의 성격이 고스란히 드러났다. 모든 대소 신료가 다 보는 앞에서 초가를 위협하고, 침묵하는 대신들을 조롱하다가도 제 이익은 최대한 다 취했다. 매일 당하는 신하들에게는 독약이라도 먹이고 싶은 군주일지 모르나, 나라를 이만큼 키운 건 확실히 그의 수완이 좋기 때문이었다. 특히 신하들에게서 무언가를 강탈하는 건 그의 전매특허였다.

"그런 쪽으로는 또 뛰어난 편이니, 큰 피해 없이 데려온 모양입니다."

하랑은 애매하게 대꾸했다. 대놓고 딸의 목숨으로 초가를 협박했다고 밝히기가 뭐했다. 그런 하랑의 생각을 모르는 해연은 그저 무사히 데려왔다는 점에 진심으로 기뻐했다. 꼭두각시처럼 이용당하던 황후가 자유를 되찾았으니, 더는 목숨을 끊으려 할 일도 없을 것이었다.

"아무튼, 잘됐어. 나중에 황제 만나면 칭찬 좀 해줘야겠네. 물론 나도 잘했고. 그치?"

자화자찬하며 칭찬을 기다리는 해연의 눈빛에 하랑은 결국 쿡—웃어버렸다. 눈을 반짝이며 칭찬해 주길 기대하는 그녀의 모습이 마치 머리를 쓰다듬어 주길 바라는 강아지 같았다. 손이 간질간질한 걸 참다못한 그는 해연에게 다가가 머리를 쓰다듬었다.

"잘하셨습니다. 신녀님 덕분에 마음이 편안해졌으니……."

하랑은 말을 하다 말고 입을 다물었다. 침상에 앉아 저를 올려다보는 해연의 눈빛에 또 심장이 멋대로 두근거렸다. 그러고 보니 한

동안 감옥에 갇혀 있느라 해연과의 접촉이 거의 단절되다시피 한 상태였다. 그 점을 상기하자 살짝 벌어진 그녀의 입술에 시선이 머물렀다. 촉촉해 보이는 입술이 탐스러웠다.

그가 갑자기 대화를 중단하자 해연은 의문이 가득한 눈을 깜박였다. 눈치 없이 그를 부르려다가 제 입술에 닿는 시선을 느꼈다. 그제야 하랑이 원하는 게 무엇인지 깨달은 해연은 볼을 붉혔다. 늦은 밤, 침실에 단둘뿐이었다. 무슨 일이 벌어져도 이상치 않을 상황이었다.

그가 상체를 숙이자 해연은 눈을 감았다. 신경이 바짝 곤두선 입술이 서로 맞물리고, 누가 먼저라 할 것도 없이 기분 좋은 감촉에 빠져들었다. 오랜만에 하는 입맞춤은 해연도 달아오르게 했다. 그녀는 그의 팔을 잡고 슬쩍 끌어당겼다. 그러면서 천천히 몸을 뒤로 눕히자 자연적으로 하랑도 따라왔다. 침대에 완전히 눕게 된 해연은 그 상태로 더 깊은 키스를 원했다. 그의 몸을 꽉 껴안자, 그가 움찔하는 게 느껴졌다.

하랑은 그녀의 작은 몸짓 하나에 참을성이 바닥나는 걸 느꼈다. 제 아래 누워 있는 해연은 일전에 꾼 꿈처럼 해가 뜨면 사라질 존재가 아니었다. 그래서 더욱 뚜렷하게 느껴지는 존재감에 그는 침상 위를 짚고 있던 손으로 이불을 꽉 그러쥐었다.

'안 돼, 여기서 멈춰야 한다.'

머리는 끊임없이 멈추라고 하는데, 몸은 이미 그녀를 탐하는 데 열심이었다. 그는 해연의 입술 사이로 혀를 밀어 넣고 거칠게 그녀를 건드렸다. 이불을 쥐고 있던 두 손 중 하나도 어느새 그녀의 저고리 고름을 풀고 있었다. 한 겹뿐이던 저고리가 벌어지자 가리국에서나 볼 수 있던 동그스름한 어깨가 드러났다.

따뜻한 살결이 주는 감촉을 여실히 만끽하던 하랑은 해연의 입술을 놓아주었다. 눈이 반쯤 풀린 채 호흡이 가빠진 해연을 보자 그는 자신이 결코 멈출 수 없을 것임을 깨달았다. 그녀가 흘리는 신음이 듣고 싶고, 그녀의 몸 곳곳에 자신의 흔적을 새기고 싶었다.

더는 통제할 수 없는 강렬한 욕망에 취한 하랑은 해연의 목을 건드리기 위해 고개를 살짝 틀었다. 그때, 침대 구석에 놓인 상자가 그의 시야에 잡혔다. 해연이 집으로 돌아갈 때 가져가기 위해 싸둔 짐이었다.

하랑이 목 근처에서 멈춘 상태로 아무것도 하지 않자 해연은 슬그머니 그를 보았다. 그는 다른 곳에 한눈을 팔고 있었다. 그 눈길을 따라가던 해연은 침음을 삼킬 수밖에 없었다.

"하랑."

해연의 부름에 하랑은 상자에서 시선을 떼고 그녀를 보았다. 안타까움과 속상함으로 점철된 그녀의 눈빛에 하랑은 처연히 웃었다. 뇌까지 마비시키던 뜨거움이 한풀 꺾이자, 나갔던 이성이 되돌아왔다. 그녀를 품을 수가 없었다. 고향으로 돌아가 새로운 삶을 이어 나가야 하는 그녀의 몸에 자신의 흔적을 남기는 건 있을 수 없는 일이었다. 그런 하랑의 뜻을 해연도 모르지 않았다. 서로 마음을 알게 된 뒤로 달뜨는 분위기를 가져 본 적이 한두 번이 아니었다. 그럴 때마다 그는 갖은 이유와 핑계를 대며 빠져나갔다. 혼인을 약조한 사이라도 부부의 연을 맺기 전에는 육체적 관계를 금하는 동연국의 풍습이 영향을 준 탓이었다. 하지만 해연은 그런 풍습보다 온 마음을 다해 그를 사랑하고 있는 자신의 마음에 더 초점을 맞췄다. 갈때 가더라도 한 번쯤은 그의 품에 안겨보고 싶었다.

"나는 하랑을 원해."

꿈결같이 몽롱하면서도 너무나 선명하게 마음을 파고드는 그녀의 요구에 하랑은 멍해졌다. 심장이 또다시 두방망이질 쳤다. 당장에라도 그녀를 가지고 싶은 걸 힘겹게 억누르며 그는 고개를 저었다. 그럴 수는 없었다. 그의 거부에 해연의 눈이 샐쭉해졌다.

그녀는 하랑을 껴안고 있던 팔에 힘을 주고 반 바퀴 뒹굴었다. 아무런 대비도 하지 못한 하랑은 쉽게 넘어갔고, 해연은 그의 위에 올라탔다. 얼떨떨해하는 하랑을 내려다보며 해연은 씨익 입꼬리를 올렸다.

"딱 5분. 그동안 하랑이 참으면 하랑 승리. 못 참으면 내 승리. 알았지?"

"예?"

그는 반문하자마자 그녀의 말뜻을 알 수 있었다. 해연은 일분일초라도 허투루 쓸 수 없다는 듯, 곧바로 공략해 왔다. 말캉한 것이 입술 사이의 연약한 부분을 살짝살짝 건드리자 그는 아무 생각도 할 수가 없었다. 그저 입을 열고 받아들였다. 그때부터 그는 속수무책으로 당해야만 했다. 좀 전에 자신이 했던 것처럼, 그녀는 쉼 없이 입안을 건드리며 본능을 자극해 왔다. 하랑은 다시 이불을 움켜쥐었으나 해연의 공격 앞에서 그리 큰 효과를 발휘하지 못했다. 몸은 다시 뜨거워졌고, 호흡은 거칠어졌다.

몇 달간 참느라 바닥난 그의 이성은 좀처럼 본능을 제어하지 못했다. 5분까지 갈 필요도 없었다. 해연은 그의 혀를 건드리면서도 이불을 움켜쥔 손을 풀게 했다. 어찌나 힘이 들어갔는지, 바르르 떨던 손이 갈 곳을 잃고 방황하다 그녀의 등 위에 안착했다. 이미 반쯤 벗겨진 저고리 안쪽을 더듬던 손은 그대로 해연의 몸을 타고 옆으로 내려왔다. 그녀의 가슴 근처에서 머뭇거리던 손이 더 참지 못

하고 작은 언덕을 매만졌다. 하도 집요하게 건드려 대는 탓에 이번
엔 해연이 이불을 잡아야만 했다.

"흐웃."

결국, 신음이 터진 해연은 하랑의 입술을 놓고 부족했던 숨을 몰
아쉬었다. 하지만 그것이 그를 더 자극했다. 이미 본능에 사로잡힌
그의 머릿속에는 이겨야 한다는 생각조차 남아 있지 않았다. 그녀
의 허리를 감아 밀착시킨 채로 상체를 든 그는 해연의 목덜미에 얼
굴을 묻었다. 그러나 곧 깜짝 놀라면서 입술을 뗴었다. 열기에 사로
잡혀 있던 푸른 눈은 다시 멀쩡해졌고, 팔에 걸려 있던 해연의 저고
리까지 후다닥 여며주었다.

갑작스러운 그의 행동에 해연도 말을 잃었다. 기껏 흥분시켜 났
더니 도루묵이었다. 어쩜 이리도 강철 같은 이성을 지녔는지, 강력
한 그의 자제력에 김이 쭉 빠지자마자 밖이 소란스러워졌다.

하랑은 해연을 내려놓고 재빠르게 침상을 벗어났다. 여전히 영문
을 몰라 어리둥절한 해연이 멍하니 앉아 있을 때, 침실 문이 벌컥
열렸다.

"신녀님!"

거친 숨을 내쉬며 난데없이 쳐들어온 이는 황후였다. 당황한 무
녀들이 제지하기도 전에 벌어진 일이었다. 마음이 급해서 예를 갖
추지도 못하고 해연의 처소로 뛰어든 비아는 그제야 하랑을 발견했
다.

"아, 하랑……."

생각지도 못한 만남이었다. 게다가 그의 얼굴은 매우 붉었고, 자
신을 제대로 쳐다보지 못할 만큼 당황했으며, 손으로 입가를 자꾸
매만지는 걸로 보아 비아는 좀 전에 벌어진 일을 얼추 알아차릴 수

있었다. 이런 상황에서 무슨 말을 할 수 있을까? 그저 조용히 방문을 닫고 나가고 싶은 심정이었다. 민망해진 비아가 슬금슬금 뒤로 물러서자 하랑이 눈치껏 그녀를 말렸다.

"두 분, 말씀 나누십시오. 이만 가보겠습니다."

하랑은 여전히 널뛰는 마음을 감추며 해연에게 나갈 의사를 표했다. 어차피 무녀들에게 다 들켰으니 오늘 밤은 글러 먹었다. 작게는 황궁에서부터 넓게는 수도까지 호위하는 달천대의 대장이라지만, 늦은 밤 신궁에서, 그것도 신녀의 침실에서 오래 머물 수는 없는 법이었다. 그래서 최근에는 저녁이 되면 해연이 무녀들을 물렸고, 하랑은 6층을 통해 드나들었던 것인데, 오늘은 그마저도 딱 들켜 버렸다.

떠나는 하랑을 붙잡고 싶었으나 해연도 애써 웃으며 그를 배웅했다. 황후가 저리 다급하게 찾아온 데는 필시 중요한 일이 있으리라 짐작했기 때문이다.

"다음에 봐."

"미안해요, 하랑."

비아는 두 사람의 시간을 방해한 걸 사과했다. 그녀가 그의 전 연인인 걸 떠올리면 참으로 이상한 현상이었다. 하지만 오히려 하랑은 그 점에 감사했다. 서로 연정이 조금이라도 남아 있었다면 화를 내거나 못마땅해했을 수도 있었다. 그러나 되레 방해해서 미안해한다는 건 그만큼 그녀와 자신의 사이가 아무것도 아니라는 증거였다. 덕분에 하랑은 떳떳하게 그녀를 마주할 수 있었다.

"아닙니다. 신녀님 덕에 어제 폐하와 많은 이야기를 나누었습니다. 마마의 혈육에 대해서도 미리 알아차리지 못해 죄송할 따름입니다. 그동안 고생 많으셨습니다."

하랑은 가후와 화해한 것과 여동생 일을 거론하며 그동안 가슴앓이해 왔을 그녀의 아픔을 위로했다. 마침내 가후와 하랑이 화해했음을 알게 된 비아는 놀라워하면서도 표정이 밝아졌다. 윤아의 일로 정신이 없어 아무것도 듣지 못했는데, 두 사람이 화해했다고 하니 꽉 막혀 있던 가슴이 뻥 뚫리는 느낌이었다.

"두 분이 화목하게 지내는 모습을 다신 못 볼 줄 알았는데……."

감격에 겨운 비아의 눈가가 촉촉이 젖어들었다. 진심으로 기뻐하는 그녀에게 하랑은 작은 미소로 답해주었다.

"조만간 폐하께서 자리를 만들겠다고 하셨으니, 그때 함께 오십시오."

"네, 그리할게요."

비아는 기꺼이 그의 초대에 응했다. 그동안 터놓고 말하지 못했던 이야기를 그 자리에서는 속 시원히 할 수 있을 터였다. 그렇게 회포를 푸는 건 조금 뒤로 미루고, 그는 해연과 황후에게 눈인사를 하고 방을 나갔다.

문이 닫히기 직전까지 하랑의 뒷모습을 지켜보던 비아는 해연에게 고개를 돌렸다. 형용할 수 없는 감정이 차올랐다. 기쁨에 눈물을 글썽이던 비아는 침대 밖으로 나오는 해연에게 달려가 그대로 껴안았다.

"고마워요. 감사해요, 신녀님."

몇 마디 말로는 다 표현하지 못할 만큼 비아는 해연에게 감사했다. 그녀가 아니었다면 지금의 이 행복은 누리지도 못했을 것이다. 하랑에게도, 황제에게도, 자신에게도, 동연국과 가리국의 모든 백성들에게도 해연은 축복이었다.

황후의 돌발 행동에 깜짝 놀란 해연은 기쁨에 젖은 그녀의 목소리에 부드럽게 눈웃음을 지었다. 비아는 곧 그녀를 놓아주었지만, 아직도 흥분이 가시지 않아 얼굴이 붉게 상기되어 있었다.

"하랑 대장과 폐하가…… 이런 일이 가능할 줄은 몰랐어요."

언제나 간절히 바라던, 꿈만 같은 일이었다. 그들의 우애를 자신이 깬 것 같아 항상 죄책감에 시달렸는데, 이젠 좀 홀가분하게 살 수 있을 것만 같았다. 그 모든 걸 눈앞에 있는 신녀가 이루어주었다.

초롱초롱한 비아의 눈빛에 해연은 곱게 웃었다. 운이 좋아 유서를 찾았을 뿐인데, 그것이 많은 이들에게 도움이 되었다니 다행이었다. 또한 이번 일은 두 아들과 안타까운 며느리를 위해 선황이 남겨준 선물이기도 했다. 그 점을 잘 알고 있는 해연은 모든 공을 선황에게 돌렸다.

"선황 폐하의 유서 덕분이죠. 전 다리 역할을 했을 뿐이에요."

"선황 폐하요?"

비아가 어리둥절한 얼굴로 되묻자, 해연은 그녀가 유서 이야기는 전혀 모른다는 걸 눈치챘다. 선황이 협박했던 일을 미안하게 여긴 가후가 동생을 무사히 구출할 때까지는 함구한 모양이었다. 그 마음을 짐작한 해연은 가후 대신에 그녀에게 선황의 유서에 대해 들려주었다. 비아는 한층 차분해진 마음으로 이야기를 들었다. 모든 설명을 끝낸 뒤에 해연은 조심히 물었다.

"원망하시나요?"

하랑과 갈라놓고 가후와 맺어준 선황을 원망하느냐는 질문이었다. 잠깐 놀라던 비아는 곧 부드러운 미소를 지었다. 단 한 번도 미워한 적이 없다고 하면 거짓말일 테지만, 지금은 그때의 일을 탓하고 싶지 않았다.

"폐하를 마음에 담기 시작했을 때부터 원망보다는 감사함이 컸습니다."

솔직히 털어놓는 비아의 연정에 해연은 빙긋 웃었다. 억지로 맺어진 부부의 연이었지만, 이제는 감사하게 여긴다는 사실에 기분이 좋았다. 그 덕에 하랑과 함께 행복한 시간을 누리는 일도 미안해할 필요가 없어졌다. 그렇게 훈훈한 분위기 속에서 해연은 문득 그녀가 자신을 찾아온 이유가 궁금해졌다.

"그런데 이 밤에 무슨 일로?"

해연이 방문 목적을 묻자 그제야 비아는 제 침실에 잠들어 있는 동생, 윤아를 떠올렸다.

"아, 맞다. 신녀님, 제가 듣기로 작은 상처는 물의 힘으로도 고칠 수 있다고 들었는데, 맞나요?"

환자의 목숨을 위협하는 상처는 신녀의 목숨을 깎아야 하지만, 작은 상처는 기본적인 물의 힘으로도 치료할 수 있었다. 약간 초조해 보이는 비아를 향해 해연은 고개를 끄덕여 주었다.

"네, 일반적인 상처라면 가능해요."

"그럼, 신녀님께 피해가 가지 않는다면 제 동생 손 좀……."

초가가 자른 손가락이 흉하게 아무는 바람에 나중에 합병증이 올까 봐 겁이 났다. 하여 다시 자라나게 할 수는 없어도 통증 없이 깨끗하게 아무는 건 가능하지 않을까 싶어 해연에게 달려온 것이다. 윤아의 일을 잘 알고 있는 해연은 흔쾌히 그녀의 청을 받아들였다.

"제 경험도 부족하고 오래된 상처라 확신은 못 하겠지만, 한 번 노력해 볼게요."

당장 내일이라도 떠나야 했지만, 해연은 갈 때 가더라도 그 정도는 해주고 싶었다. 긍정적인 대답에 비아의 얼굴이 환해졌다. 그녀는 해연의 손을 덥석 잡았다.

"감사합니다. 감사합니다, 신녀님. 이 은혜, 절대 잊지 않을게요."

정말 고마워하는 비아의 모습에 해연도 기쁘게 미소 지었다.


속까지 시리도록 찬 새벽바람에 하얀 입김이 섞여들었다. 허옇게 센 머리를 단정히 빗어 넘긴 김학은 녹색 관복 자락을 펄럭이며 용주전으로 나아갔다. 손에 들린 서찰이 매서운 바람에 날아가지 않도록 단단히 붙잡고, 귀와 코가 붉어지도록 걸음을 재촉했다.

용주전에 도착한 그는 곧바로 집무실로 안내되었다. 밤새 깨어 있었는지, 기침할 시각이 되지 않았음에도 황제는 용포를 입고 의자에 앉아 있었다. 역시 공력을 지닌 황제는 다르다고 생각하려는 찰나, 그는 뭔가 위화감을 느꼈다. 총명하던 황제는 어디로 갔는지, 용안에는 멍한 기색이 가득했다.

전날, 비아가 동생을 데리고 황후전으로 돌아가고 난 뒤부터 가후는 자신에게 다가오던 그녀의 모습을 반복해서 떠올렸다. 의식하고 싶지 않았음에도 머릿속에서 계속 되풀이되곤 했다. 속상함에 눈물을 그렁그렁 매단 금빛 눈동자, 안겨오던 그녀의 몸짓, 수줍게 물든 붉은 볼, 제 가슴에 닿던 그녀의 손길, 연모한다던 달콤한 목소리, 조심스럽게 포갠 입술의 촉감. 그 모든 장면이 한 바퀴 돌 때마다 그의 심장이 달아오르다 못해 스르륵 녹곤 했다.

부끄러우면서도 기분 좋은 느낌. 처음 맛보는 그 감각에 가후는 얼굴을 붉게 물들이고 제 입술이 닳도록 매만졌다. 그러다 마침내 보고 싶은 마음을 참지 못하고 황후전으로 가려 했으나, 그런 제 마음에 화들짝 놀라며 탁자에 엎드리길 수차례였다. 그 행동이 몇 시간째 반복되다가 아침이 찾아오자 결국 그는 반쯤 넋을 놓았다.

"폐하?"

순식간에 꿔다 놓은 보릿자루가 된 김학이 황제를 불렀다. 하지만 비아의 환영에서 헤어 나오지 못하는 가후에게 그의 목소리는 좀처럼 닿지 못했다. 잠시 기다리던 김학은 손에 들린 종이를 보다가 숨을 가득 들이마셨다. 한시가 급한 서찰을 들고 왔는데 전하지 못하면 말짱 도루묵이었다. 마음의 준비를 한 그는 머리가 잘릴 각오를 하고 조금 더 목소리를 높였다.

"폐하!"

"음?"

비로소 황제의 얼굴이 그에게 향했다. 풀려 있던 붉은 눈이 조금씩 원기를 되찾는 걸 본 김학이 고개를 깊이 숙였다.

"폐하, 고단하시오면 침소에서 쉬시옵소서."

절대 쉴 상황이 아니지만 김학은 그리 말했다. 현명한 만큼 하얗게 세어버린 김학의 정수리를 보며 가후는 떨떠름한 입맛을 다셨다. 도대체 언제 자신이 그를 들였는지조차 기억나지 않았다. 잠시 의식을 잃었다 되찾은 기분마저 들 지경이었다. 신하에게 못난 모습을 보인 듯해 기분이 언짢았지만, 제 잘못이니 누구를 탓할 수도 없는 노릇이었다.

"됐소. 갔던 일은 어찌 되었소?"

"이것이옵니다. 수월히 습득하였으나, 문제는 그 속에 든 내용이옵니다."

김학은 손에 쥔 종이를 가후에게 내밀었다. 삐뚤빼뚤 엉망으로 접힌 종이가 당시 상황이 얼마나 다급했는지 알려주는 듯했다. 불안한 마음을 억누르며 서찰을 펴본 가후의 미간이 살짝 좁아졌다.

"며칠이나 되었다고."

침음을 삼키는 그의 음성에 마음이 무거워진 김학도 의견을 보탰다.

"청일국이 미리 준비하고는 있었겠지만, 저희보다 속도가 빠르다는 점이 큰일입니다. 이미 최전방에 공력자를 넷이나 배치했습니다."

"으음, 수우국의 카샤, 델루, 비오디, 청일국의 소미르라……."

가후는 서신에 적힌 공력자들의 이름을 되뇌며 그들의 실력을 가늠해 보았다. 다행히 청일국에서 출정시킨 공력자의 수준은 비등비등했다. 하랑과 자신이 공력자 셋을 맡는다면 이길 승산도 있었다. 다만, 아직 준비가 끝나지 않은 아군과 청일국으로 돌아간 유신이 어떤 변수가 될지 모른다는 게 문제였다.

'유신, 유신이라……. 확실히 신녀가 그에 대해서 뭘 좀 아는 것 같았는데.'

가후는 이틀 전, 해연에게 유신의 행방에 관해 물었던 일을 떠올렸다. 잠시 고민하던 그는 곧 모백을 불러들였다. 부름을 받은 모백이 안으로 들어오자 가후는 그에게 간단히 지시를 내렸다.

"오늘 저녁에 월무각에서 만찬을 열 것이니 준비해라. 신녀와 하랑을 불러 함께할 것이다. 두 사람에게 미리 연통을 보내도록 하고."

"예, 폐하."

명을 받은 모백이 공손히 허리를 구부리고 뒷걸음질로 물러났다. 그가 거의 문에 당도했을 때, 가후가 다시 그를 불렀다. 뭔가 민망한 듯 헛기침을 하다가 손님 한 명을 더 추가했다.

"황후도 함께할 것이니 황후가 좋아하는 음식들을 많이 올리도록 하라.”

“예, 그리하겠사옵니다.”

모백이 순순히 물러난 뒤에 가후는 서찰을 만지작거렸다. 그러나 그의 시선은 서찰이 아닌, 허공에 붕 떠 있었다. 답지 않게 볼을 붉히는 그가 또 넋을 놓았다는 걸 느낀 김학은 작은 한숨을 내쉬었다. 오늘따라 유독 평소와 다른 모습을 보이는 황제를 다시 현실로 끌어들여야 했다. 저러는 까닭이 도대체 무엇인지, 그 이유를 추측하던 김학은 고개를 저었다. 제 머리로는 황제의 속내가 짐작도 되지 않을뿐더러, 지금은 전쟁 준비가 더 시급한 상황이었다.

⊠

저 멀리, 파도 소리가 들려오는 제주도의 밤. 소름을 돋게 하는 한기가 이불 속을 파고들었다. 그 탓에 잠에서 깬 해연의 아빠는 무심코 손을 뻗었다가 텅 빈 옆자리를 만졌다. 차갑게 식어 있는 이부자리에 그는 흠칫 눈을 떴다. 창을 통해 들어온 희미한 달빛이 스산하게 빈자리를 비추고 있었다.

“여보?”

갈라진 그의 목소리가 흔들리는 시선과 함께 텅 빈 방 안을 훑었다. 순간, 무서운 생각이 심장을 스치고 지나갔다.

“여보!”

대답 없는 공허한 외침이 그의 숨통을 옥죄어왔다. 몸을 짓누르는 이불을 다급히 걷어내고 맨발로 바닥에 내려섰다. 얼음장 같은 대리석 바닥이 그의 머리털을 쭈뼛 서게 만들었다. 안방 문을 벌컥 열어젖히고 짧은 통로를 지나 거실에 당도했을 때, 그는 심장이 쿵,

내려앉는 듯했다. 아내가 그곳에 있었다. 작은 불빛조차 허락지 않은 어둠 속에서, 그녀는 소파에 앉아 등을 굽힌 채 머리를 감싸 쥐고 있었다.

아내가 무탈함을 확인한 그는 휘청이는 몸을 벽에 기대 지탱했다. 불뚝불뚝 뛰는 심장이 좀처럼 진정되지 않았고, 덜덜 떨리는 다리는 힘이 쭉 빠져 버렸다. 뜻대로 되지 않는 몸뚱이를 한참 다독이던 그는 간신히 아내 곁으로 다가갔다.

"여보, 걱정했잖아. 왜 안 자고 나와 있어?"

놀랐던 만큼 그의 목소리에는 타박과 걱정이 짙게 깔려 있었다. 하지만 아내는 대꾸하지 않았다. 때 묻은 석고상처럼 어느 공간에도 어울리지 않게 존재할 뿐이었다. 그녀는 주위의 어둠과도 어울리지 못했고, 남편인 그와도 어울리지 못했다.

안쓰러운 그의 시선이 아내의 등을 쓸었다. 며칠 전, 집으로 걸려온 경찰의 전화에 아내는 종일 히스테리를 부렸다. 그녀가 원하는 대로 해연이는 무사하다고, 경찰이 잘못 전화한 것이라고 한참을 붙잡고 거짓말을 읊어야 했다. 그렇게 아내를 진정시킨 뒤에 그는 홀로 경찰서에 출두했다. 다행인지 불행인지 잠수복을 입은 젊은 여성의 시신은 다른 인물로 밝혀졌다. 해연이 사고를 당한 그즈음에 제주 근처 해안에서 스쿠버다이빙을 하다가 실종된 한 무리의 사람들이 있었는데, 그들 중 한 명이라는 것이었다. 그는 또 이런 일이 있으면 자신의 휴대폰으로 연락해 달라고 신신당부를 한 뒤에야 집으로 돌아왔다. 그런데 문제는 그날부터 벌어졌다.

온화하던 아내가 점점 예민해지더니, 딸에게 집착하기 시작했다. 그동안 주고받은 이메일을 처음부터 끝까지, 하나하나 꼼꼼히 읽기도 했다. 하지만 그럼에도 그녀는 해연이와 통화하게 해달라고 말하지 않았다.

"여보, 이제 그만……."

이제 그만 해연이를 놓아주라는 말이 목 언저리를 맴돌았다. 어느새 주름이 가득 늘어버린 그의 눈꼬리가 힘없이 축 처졌다.

"그만 들어가서 잡시다."

그는 결국 말을 돌렸다. 부모로서 어찌 먼저 보낸 자식을 놓을 수 있을까. 스스로도 불가능한 일이었다. 사랑한다는 말 한마디, 딸이 곁에 있을 때 해주지 못했던 아버지는 그렇게 후회 속에서 자식을 심장에 묻었다.

거울에 비친, 연한 살굿빛 치마에는 붉은 매화꽃이 흐드러지게 피어 있었다. 정성 들여 피운 꽃은 아름다웠지만, 그걸 바라보는 해연의 얼굴빛은 무척 어두웠다.

'오늘은 얘기해야겠지?'

꿈에서 본 엄마의 모습에 해연은 더 지체할 수가 없었다. 짐도 얼추 싸두었으니 무녀들에게 공식적으로 알릴 일만 남았다. 황제에게는 언제 출발할지 언질만 주면 되고, 가리국에는 미리 대비하라고 연통을 할 생각이었다.

급작스럽게 왔던 가뭄을 유예시키고 전쟁을 막아준 것만으로도 가리국에 해줄 수 있는 일은 다 한 것이다. 다만, 그들의 신녀로서 오랜 기간 함께해 주지 못한다는 죄책감이 그녀의 마음을 무겁게 만들었다. 그리고 그 무엇보다 그녀를 갈등하게 하는 사람이 있었다.

'하랑 없이 과연 나 혼자 가능할까?'

그가 없는 세상에서 잘 살 수 있을까? 이곳을 잊고 평범한 대학생으로 돌아갈 수 있을까? 그 질문에 부정적인 대답이 스멀스멀 피어오를 때, 묵직한 외투가 어깨에 걸쳐졌다. 망토 형식인 외투가 벗겨지지 않도록 단추 대신 달려 있는 은줄로 앞을 단단히 여미는 단야가 보였다. 항상 자신을 챙겨주는 게 먼저인 그녀를 보고 있자니 너무 미안해서 떠나야 한다는 말이 쉬이 나오지 않았다.

물끄러미 바라보는 시선을 느낀 단야가 고개를 들었다. 저를 보는 해연의 표정이 무척 쓸쓸해 보였다. 기분이 좋지 않은 이유가 새벽녘에 잠을 설쳐서라고 짐작한 단야는 해연의 기분도 풀어줄 겸 말을 걸었다.

"신녀님, 폐하께옵서 오늘 만찬을 함께하자고 연통을 보내셨습니다. 하랑 대장도 오신답니다."

단야의 예상대로 해연은 하랑이란 이름에 반응을 보였다.

"저녁에?"

"예. 황후마마께서도 참석하신다니, 중간에 한 번 더 치장을 하시죠."

단야는 두 눈을 빛내며 의욕을 불태웠다. 존경하는 해연이 곱게 단장하고 뭇사람들의 시선을 받을 때의 그 뿌듯함이란. 그것이야말로 그녀의 기쁨이요, 행복이었다. 그걸 잘 아는 해연은 작게 웃으며 고개를 끄덕였다. 하지만 지금은 그보다 먼저 처리해야 할 일이 있었다.

"다들 망토 걸치라고 해. 황후전으로 갈 거야."

해연은 어젯밤, 황후와 했던 약속을 지키기 위해 무녀들을 재촉하며 신궁을 나섰다.

궁인들이 만든 음식이 이른 아침부터 황후전 안으로 들어갔다. 붉은 비단을 덮은 탁자 위에는 산해진미가 차려졌고, 비아가 보는 앞에서 기미상궁이 직접 독의 여부를 확인했다. 원래 황후의 음식은 영양의 균형을 따져 식재료를 다양하게 쓰지만, 오늘만큼은 비아의 특명으로 부드러운 식감의 육류들이 대부분이었다.

기미가 끝나자 상궁과 궁녀들이 물러나고, 비아는 평소라면 거들떠보지도 않았을 기름진 음식에 서슴없이 젓가락을 가져다 댔다. 탁자 위에 차려진 음식은 전부 옆에 앉은 윤아의 입으로 들어갈 것들이었다.

"잠시만 기다려. 언니가 먹여줄게."

비아는 아무런 반응도 없는 동생에게 다정히 말을 걸며 고기를 잘게 찢었다. 멍하니 벌어진 입에 작은 고기 한 점이 들어가자 윤아는 씹지도 않고 꿀떡 넘겨 버렸다. 저작 활동도 제대로 하지 못하는 모습이 무척 속상했지만, 비아는 애써 그런 마음을 감추며 꾸준히 말을 걸었다. 언젠가 한 번쯤은 대답해 줄 날이 올 것이라 굳게 믿고 있었다.

손에 기름이 묻는 것도 아랑곳하지 않고 밥을 떠먹여 주던 비아는 윤아가 배를 채운 뒤에야 제 입에도 음식을 좀 집어넣었다. 하지만 얼마 먹지 못하고 모두 물려야 했다. 윤아의 일이 대충 마무리가 되고 나니 이제는 다른 일로 긴장이 돼서 좀처럼 넘어가질 않았다.

'이제 폐하의 용안을 어찌 뵈올지…….'

오늘 저녁에 그를 만날 생각만 하면 가슴이 떨리고 눈앞은 깜깜했다. 처음으로 지아비의 입술을 가졌던 날, 제 행동에 무척 놀라던 그의 눈빛이 떠올라 어딘가로 숨어버리고 싶었다. 그녀의 입에서 절로 한숨이 흘러나왔다.

'어쩌자고 폐하께 그런 짓을.'

다 지나고 나서 생각해도 참으로 민망한 일이었다. 혼례까지 올렸으면서 이런 문제로 고민하고 있으니 어디다 말도 못 하고 혼자 끙끙 앓아야만 했다. 그런 그녀를 구해준 건 때마침 찾아온 해연이었다.

황후의 방에 들어선 해연은 황후보다 먼저 그녀의 동생을 눈에 담았다. 제법 잘 꾸며놓았으나 공중을 떠다니는 시선은 허망했고, 고급스러운 옷을 입혀놓았으나 숨길 수 없는 마른 몸은 그녀가 겪었을 고초를 여실히 느끼게 했다.

해연은 황후가 비켜준 의자도 마다하고 윤아에게 다가가 바닥에 무릎을 꿇었다. 억압받던 아이였으니 내려다보는 모습이 두려움을 심어줄지도 모른다는 생각에 윤아를 배려하고자 한 행동이었다. 그렇게 해연은 몸을 낮추고 뼈마디가 느껴지는 가냘픈 아이의 손을 유심히 살폈다. 엉망으로 잘린 손가락 끝이 거뭇거뭇하니, 피부가 썩어 들어가고 있는 상태였다. 이곳의 의료 기술로는 살이 썩는 걸 어찌할 수가 없었다. 결국, 또다시 잘라내는 일을 반복하다가 그렇게 숨을 거둘 터였다.

'아무리 수양딸이라지만, 자식까지 있는 사람이 어떻게⋯⋯.'

상처를 볼수록 샘솟는 분노에 해연은 이를 악물었다. 인간 이하의 짓을 서슴없이 한 그는 언젠가 천벌을 받으리라. 그렇게 있는 힘껏 속으로 저주를 퍼붓다가 굳어버린 해연의 표정에 비아의 안색도 덩달아 어두워졌다. 해연의 반응으로 보아 치료가 어렵겠다고 추측한 것이다.

"신녀님, 어떤가요?"

비아는 윤아의 곁에 서서 불안해하며 물었다. 그녀가 무엇을 걱정하는지 아는 해연은 억지로 표정을 풀었다.

"너무 걱정하지 마세요. 최선을 다해서 해볼게요."

그렇게 비아를 안심시키고 해연은 쉴 새 없이 꼼지락거리는 윤아의 손을 살며시 붙잡았다. 눈을 감고 그녀의 상처가 치료되기를 간절히 바랐다. 어린 나이에 맨 정신으로 겪었을 고통을 떠올리자 절실함은 배가되었고, 신녀의 상징인 푸른 뿔이 해연의 등 뒤로 흘러내리듯 펼쳐졌다. 아름답게 빛나는 뿔의 고고한 자태에 비아는 물론이고, 윤아마저 해연에게 시선을 고정했다. 저를 보는 윤아의 시선이 조금 달라진 것도 모르고, 해연은 의식 안쪽으로 이끌리듯 들어갔다.

멀리서 물방울 떨어지는 소리가 들려오며 익숙한 편안함을 주었다. 분노와 슬픔에 점철되어 있던 해연은 그 소리에 마음을 비우고 미소를 피웠다. 언제나 기분을 좋게 하는 대랑이 모습을 드러내자 해연은 다소곳이 인사를 올렸다.

"대랑을 뵙습니다."

「신수 대랑이 물의 신녀, 해연을 뵈오.」

대랑은 커다란 뿔이 달린 머리를 살짝 숙이며 해연에게 예를 갖췄다. 그 늠름하고 친숙한 모습이 해연은 무척 반가웠으나 한편으로는 의아하기도 했다. 자잘한 상처 치료는 대랑이 나타나지 않아도 충분히 할 수 있었다. 그가 나타나는 건 목숨을 담보로 하는 큰일이거나, 자신에게 용건이 있을 때뿐이었다. 그 의문을 눈치챘는지 대랑이 먼저 입을 열었다.

「신녀 해연, 지금 그대가 치료하려는 인간은 정신적 충격이 큰 편이오. 그 때문에 그대에게 알려줄 것이 있어 왔소.」

"그럼 정신 치료도 가능한 건가요? 제가 대가를 제공하면?"

해연은 예전에 풍월대원들을 치료했던 것처럼 윤아를 고칠 수 있는지 물었다. 하지만 대랑은 고개를 저었다.

「외상과 정신은 다르니 물로 치료가 불가능하오. 인간의 육체는 대부분 물로 이루어져 있소. 그 때문에 육체를 치료할 수 있는 것이오. 다만, 그대가 노력한다면 정신도 충분히 좋아질 수 있기에, 그 점에 대해 알려주고자 왔소.」

자신의 노력만으로도 정신이 좋아질 수 있다는 말에 해연은 반색하며 그에게 대답을 재촉했다. 불쌍한 윤아도 그렇지만, 한평생 죄책감을 안고 살아갈 황후를 위해서라도 꼭 치료해 주고 싶었다.

"제가 어찌하면 되나요? 알려줘요."

「물에는 마음을 진정시키는 힘도 있는 법이오. 강이 흘러가는 걸 유심히 지켜보다 보면 차분해지는 것처럼, 그대가 원한다면 물은 기꺼이 그 소녀의 마음을 평온하게 만들어줄 것이오.」

마음을 진정시키는 힘. 충격에 정신이 무너진 윤아에게는 꼭 필요한 힘이었다. 희망이 생긴 해연이 기뻐하기도 전에 대랑이 조건을 달았다.

「아까도 말했듯이 그대의 노력이 필요한 일이오. 상처 치료는 이번 한 번으로 끝날 테지만, 정신은 몇 번 한다고 되는 일이 아니니.」

그제야 해연은 그가 말하고자 하는 것이 무엇인지 깨달았다. 집으로 돌아가려는 그녀의 계획과 윤아의 정신 치료는 정면으로 충돌하는 일이었다. 치료를 하려면 동연국에서 오랜 시간 머물러야 했기에 가뜩이나 어지럽던 해연의 마음을 더 흔들었다. 그렇게 혼란에 빠진 해연을 두고 대랑은 몸을 돌렸다. 자신이 해줄 수 있는 건

다 해주었다.

「물의 신께서는 그대의 결정을 존중할 것이오.」

점점 멀어져 가는 대랑의 뒷모습을 보다가 해연은 전날 밤, 잠시 들었던 의문을 떠올렸다. 신수인 대랑이라면 그 답을 알고 있을지도 몰랐다.

"잠시만요, 대랑. 천관녀와 신녀의 서를 사용하면 집으로 돌아갈 수 있다고 들었어요. 그때, 어디에 떨어질지 미리 알 수 있나요?"

혹시나 싶어 던진 물음에 대랑이 걸음을 멈췄다. 그는 거대한 몸을 돌려 잠시 눈을 마주치더니, 이내 답을 들려주었다.

「물가일 가능성이 높으나 장담할 수는 없는 일이오.」

물가. 혹시나 그 물가가 바닷속이라면 죽는 건 기정사실이었다. 물의 힘이 있다면 상관없지만, 그전에 없어진다면 수면 위로 올라가지도 못할 가능성이 높았다. 불안감에 해연의 심장이 떨려왔다.

"그럼 집으로 돌아갈 때, 물의 힘은 곧바로 사라지나요?"

「그대가 무엇을 걱정하는지 알겠소. 신녀의 힘은 이 땅을 다스리시는 물의 신께서 내리신 힘. 다른 세상으로 가면, 당연히 없어지오.」

확신에 찬 대랑의 말에 정신이 아득해졌다. 이로써 우려하던 최악의 상황에 한층 더 가까워졌다. 익사할 가능성이 높은 만큼 이성적으로 생각하고 단념하는 게 맞을지도 몰랐다. 그래도 해연은 희망을 놓을 수가 없었다. 꿈에서 본 엄마의 모습이 자꾸 눈에 밟혀서 포기할 수가 없었다.

"부모님을…… 여기로 모셔오는 건요?"

이곳에서 함께 산다면 그보다 더 좋은 건 없을 것이다. 해연의 눈빛에 담긴 기대와 희망을 알기에 대랑은 천천히 눈을 감았다. 선뜻 입을 열 수가 없었다. 그러나 들려주어야 했다. 어려운 상황은 피하지 말고 직시해야 올바른 결정을 내릴 수 있는 법이었다.

「천관녀가 차원의 문을 열 수 있는 시간은 매우 짧소. 어디에 열릴지도 모르는데, 그 시간에 그대의 부모를 데려온다는 건 불가능하오.」

물론 물의 신이라면 태초에 신녀들을 데려온 것처럼 할 수 있겠지만, 대랑은 굳이 희망을 주지 않았다. 그의 주인이 다시는 차원의 문을 열지 않으리라 맹세했기 때문이다. 헛된 희망보다는 현실을 보는 게 더 나은 선택을 할 수 있는 기반이 됨을 그는 잘 알고 있었다.

모든 희망이 다 꺾이고, 극심한 절망이 덮쳐들자 해연은 위태롭게 휘청였다. 쓰러지려는 그녀를 물들이 몰려와 지탱해 주었다. 하지만 그마저도 괴로운 마음을 다독여 주진 못했다. 좌절하는 해연을 잠시 지켜보던 대랑은 조용히 자리를 떠났다. 그가 해줄 수 있는 건 아무것도 없었다.

윤아의 잘린 손가락 끝이 깨끗하게 아무는 걸 보며 비아는 감탄했다. 물의 힘에 대한 얘기는 들어봤지만, 이렇게 직접 눈으로 본 건 처음이었다. 온몸이 떨릴 만큼 신비롭고 경이로웠다.

치료가 끝났을 때, 해연은 천천히 눈을 떴다. 붙잡고 있던 윤아의 손이 더는 떨리지 않고 있었다. 대랑이 말했던 진정 효과였다. 그걸 감지한 순간, 윤아가 스스로 의자에서 내려와 해연을 꼭 껴안았다.

"좋아. 예뻐."

제 마음을 표현하는 천진난만한 목소리. 깜짝 놀란 비아는 감격에 겨워했고, 물기를 가득 머금었던 해연의 눈동자는 파르라니 떨렸다.

   노란 하늘에 보라색이 섞여들고, 흘러 버린 시간은 어둠을 몰고 왔다. 나무 주위를 맴돌던 찬 공기가 해연의 숨결을 타고 들어갔다가 뜨거운 온기를 품고 빠져나오곤 했다. 그렇게 한참을 나무에 매달린 몇 안 되는 이파리에 머물던 그녀의 시선이 조금 멀리 떨어져 있는 월무각으로 향했다. 전쟁 준비로 바쁜 하랑은 아직 오지 않았고, 음식을 옮기는 궁녀들만 분주히 드나들고 있었다. 그 모습을 잠시 바라보다가 스르르 고개를 떨어뜨린 해연은 애꿎은 바닥만 발로 문댔다. 그때, 등 뒤에서 갑자기 사내의 음성이 들려왔다.

   "청승맞게 뭐 하나?"

   해연은 소리가 나는 곳으로 몸을 돌렸다. 검은 용포를 입은 가후가 다가오고 있었다. 그는 해연의 얼굴에 드리워진 그림자를 보고 혀를 쯧쯧 찼다.

   "왜 또 울상이냐? 만찬을 앞에 두고 혼자 못 먹어서 그런가?"

   그는 분위기를 바꿀 겸 농을 던졌다. 괴로운 선택을 앞두고 생각이 많아져서 그런다는 걸 잘 알지만, 다정히 위로하며 공감해 주는 건 성격에 맞지 않았다. 그다운 농담에 해연은 피식— 김빠진 웃음을 지었다. 하지만 그건 지속 시간이 매우 짧았다. 마음이 무거워서 웃기가 쉽지 않았다. 다시 축 늘어지는 해연을 보던 가후가 이번에도 먼저 말을 꺼냈다.

   "이 전쟁, 이겨볼 생각이다."

   어스름히 깔리는 하늘 위로 그의 진지한 목소리가 퍼졌다. 해연도 고개를 돌려 그를 바라보았다. 며칠 전만 해도 전쟁터에서 죽을 것이라고 말하던 그 남자가 아니었다. 분위기마저 달라진 그는 해연의 시선을 똑바로 마주했다.

"내게 남은 시간이 얼마 없다고 포기할 수가 없어졌어. 진심으로 지키고 싶은 게 생겼다."

가후는 하랑과 비아를 떠올렸다. 그리고 부왕이 목숨을 걸고 지키려 했던 이 나라와 자신을 위해서라도 쉽게 포기할 수가 없었다. 때문에 그는 해연에게 들어야 할 것이 있었다.

"전쟁에서 이기려면 유신이 청일국으로 돌아간 이유를 알 필요가 있어. 그의 의도를 알아야 제대로 된 전술을 세울 테니까."

강한 힘을 가진 유신의 행방은 이번 전쟁에서 중요한 열쇠였다. 그 뜻을 이해한 해연은 하랑에게 들었던 이야기를 들려주었다.

"꽃도령은…… 신녀들을 죽인 일로 많이 자책했어. 그래서 떠난 것 같아. 청일국으로 돌아가기 전에 하랑을 찾아가서 전쟁을 끝내 겠다고 했대. 그가 어떻게 할 생각인진 나도 잘 몰라. 하지만 잘해 낼 거라고 믿어."

해연은 유신이 세운 방법을 몰랐지만, 가후는 바로 알아차렸다. 현 시국에 전쟁을 막을 방법이란 건 정해져 있었다. 황제를 암살하는 것. 전쟁을 지시하는 우두머리가 죽으면 그 조직은 흔들리게 되고, 국상을 치르기 위해서라도 전쟁 같은 건 미루게 마련이었다. 그런 결심까지 한 유신의 마음은 너무나 명확했다.

'진심이었군, 신녀를 연모한다던 게.'

가후는 그의 마음을 인정했다. 신녀와의 혼인까지 입에 담은 사내였다. 그런 남자가 모든 걸 포기하고 연적이나 마찬가지인 하랑에게 각오를 남긴 채 사라졌다면, 그 말이 진심일 가능성이 높았다. 가후는 해연과 마찬가지로 어두워지는 하늘로 시선을 돌렸다.

"기억해 줘라."

가후는 제 얼굴에 닿는 해연의 시선을 느꼈다. 어째서일까, 주위를 맴도는 바람이 오늘따라 애처로웠다. 그는 고개를 돌려 해연과 눈을 마주했다. 그녀는 알아야 할 것이다. 그리고 기억해야 한다.

"널 위해 모든 걸 포기한, 사내의 이름을."

해연의 검은 눈동자가 떨렸다. 그녀는 유신이 얼마나 많은 걸 포기했는지 알지 못했다. 그저 그가 무사히 돌아오기만을 바랐다. 하지만 가후는 알 수 있었다. 그는 돌아오지 못한다. 찬란하던 나라의 앞날을 포기했고, 자신의 명예를 포기했고, 목숨마저 포기한 것이다. 한 여인을 위하여. 그녀가 사랑하는 모든 사람들을 위하여.

'그나마 알렉사르 황제가 공력을 지니지 않았다는 점에 희망을 걸어야 하나.'

2~3대에 한 번씩 공력을 이어받는 황가의 피는 신의 저주로 인해 특이한 기능이 하나 더 생겼다고 전해진다. 황제들은 그걸 피의 특수성이라 불렀다. 욕심 많던 초대 황제들에게 화가 났던 균형의 신은 황실이 대대손손 고통받을 수 있도록 황제를 죽이는 걸 엄격히 금지했다. 그 방법이 바로 이 피의 특수성을 이용한 것이었다. 공력을 지닌 황제를 살해하면 몸에 지니고 있던 공력과 저주가 뒤섞이면서 근처에 있던 이들마저 몰살당하게 만들었다. 그에 비해 공력이 없는 황제는 특수성이 크지 않아서 직접 살해한 자만 타격을 입힐 수 있었다. 그마저도 황제가 제어할 수 있었다. 그 덕에 하랑은 선황을 찔렀어도 타격을 입지 않았다. 선황이 원치 않았기 때문이다. 다만, 알렉사르 황제는 유신에게 해를 입히려 들 가능성이 높았다. 그럴 경우, 아무리 공력자라 해도 목숨을 장담할 수 없었다.

'동연국에서는 영웅으로 대접해 줘야겠군.'

유신이 전쟁을 끝낸다면 그 공로를 인정해 줄 생각이었다. 한때 나라를 위험에 빠뜨린 자였지만, 귀순도 했으니 이젠 자신의 신하였다. 그렇게 떠나간 유신에 대한 의문을 푼 가후는 이번엔 화제를 바꿔 다른 이야기를 꺼냈다.

"일전엔 고마웠다. 아바마마의 유서."

그는 짧고 단순하지만, 솔직하게 마음을 드러냈다. 이젠 제법 허심탄회한 이야기도 하게 되었다. 그런 변화가 즐거운 해연이 작게 웃자 가후는 시선을 피하며 헛기침을 두어 번 했다. 익숙하지 않다 보니 속이 간질간질했다.

"아무튼, 내 도움이 필요하다면 말하고. 최대한 네가 원하는 쪽으로 도와주겠다."

아주 뻣뻣하고 짧은 표현이었다. 그럼에도 부끄러움을 감추지 못한 가후의 목이 점점 붉게 물들어갔다. 달아오르는 그의 얼굴에 해연은 결국 웃음을 터뜨렸다. 그의 진심이 느껴져서 기뻤고, 그와 이런 분위기 속에서 대화할 수 있다는 점이 행복했다.

무겁던 마음은 잠시 접어두고, 그녀는 할 수 있는 만큼 실컷 웃었다. 하늘을 채우는 해연의 웃음소리에 화들짝 놀란 가후가 월무각으로 도망치듯이 걸음을 옮겼다. 이젠 귀까지 붉어진 그를 쫓으며 해연은 끊임없이 키득거렸다. 신경 쓰이는 웃음소리에 단단히 골이 난 가후가 고개를 돌려 해연을 흘겨보았다. 새빨개진 그의 얼굴에는 민망함이 가득했다.

"그만 웃어!"

"싫어, 내 마음이야."

해연은 즉각 말대꾸를 하며 그를 약 올렸다. 주먹 쥔 그의 손이 부들부들 떨리는 게 보였지만, 해연은 웃음을 거두지 않았다. 초승

달처럼 흰 그녀의 눈에 저 멀리, 월무각에 도착한 하랑이 보였다. 해연은 그를 향해 손을 크게 흔들었다. 무언가 즐거워 보이는 그녀의 분위기에 하랑도 만면에 미소를 지으며 해연을 맞이하러 직접 걸음을 옮겼다. 짧은 순간이라도 그녀와 더 가까이 있고 싶은 그의 걸음이 점차 빨라졌다.

황궁 한쪽에 위치한 월무각은 실내에서 연회를 할 때 사용하는 전각이었다. 커다란 전각의 한가운데에 무희들이 춤을 추는 무대가 있고, 그 주위로 조금 높은 단상이 위치했다. 양 옆의 단상은 신료들이 앉을 자리였지만 오늘은 비어 있었고, 안쪽 단상에는 푸짐한 음식이 차려져 있었다. 다리가 짧은 주안상 위에는 만찬이 차려져 있었는데, 그 음식을 사이에 두고 앉은 네 사람의 분위기는 조금 묘했다.

해연은 맞은편에 앉은 황제와 황후를 보면서 고개를 갸웃거렸다. 둘의 분위기가 뭔가 많이 이상했다. 하랑과 잘만 대화하던 황제는 황후가 오자마자 입을 딱 다물었고, 황후도 얌전히 앉아서 앞에 놓인 술잔만 바라볼 뿐이었다. 그런 황후의 두 볼이 붉은 건, 화장 탓만은 아닐 것이었다. 해연이 흐음, 콧소리를 내자 황후의 어깨가 움찔거렸다. 분명 무언가 찔리는 게 있는 느낌이었다.

"뭐예요, 두 사람? 무슨 일 있었어요?"

이상한 분위기를 꼬집는 해연의 말에 고개 숙인 황후의 볼이 더 달아올랐다. 그것만으로도 충분한 답이 되었다. 그녀에 비하면 가후는 감정을 드러내지 않았으나 황후에게 눈길조차 주지 않는 건 여전했다. 숨길 수 없는 어색함에 해연과 하랑의 의문은 더 깊어져 갔다.

"내외해요? 왜 이렇게 부끄러워해?"

"말도 안 되는 소리 말고 밥이나……."

가후는 말을 멈췄다. 나풀대는 입부터 봉해 버릴 생각에 신녀가 밥을 못 먹는다는 걸 잠시 망각했다. 그답지 않은 실수에 해연의 눈이 가늘어졌다. 무언가 짐작한 듯 싱글싱글 웃는 해연을 보며 가후는 침음을 삼켰다. 그녀의 관심을 다른 곳으로 돌리고 싶었으나 마땅한 방법이 생각나지 않았다. 그가 무척 곤란한 상황에 빠져 있을 때, 의외의 구원자가 나타났다. 조금 떨어진 곳에서 풍월대원들과 함께 호위 중이던 달천대의 사륜이었다. 그는 갑자기 단상 아래로 다가서서 예를 올렸다.

"폐하, 이 전각은 술잔에 든 달이 춤을 추는 곳이라 하여 월무각이라 이름 지어졌다고 들었사옵니다. 이 좋은 자리에서 노래와 춤을 곁들이시면 금상첨화가 아니겠사옵니까. 명을 내려주시오면 소신이 검무를 추어올리겠사옵니다."

역시나 그는 눈치가 빨랐다. 사륜은 황제가 제 대장과 오랜만에 대작하는 자리에 깊은 관심이 있었다. 그러다 황제가 궁지에 몰린 듯 보이자 나선 것이다. 당연히 가후의 반응은 매우 긍정적이었다.

"네 말이 옳다. 호쾌한 것이 참으로 마음에 드는군. 어디 한 곡 추어보아라."

사륜 덕에 해연의 마수에서 빠져나온 가후는 매우 만족스럽게 웃기까지 하며 악사들을 부르라 지시했다. 발 빠르게 대령된 악사들이 한쪽에 자리를 잡았고, 사륜은 두 개의 예식용 검을 들고 월무각 중앙에 섰다. 그는 황제에게 예를 올린 뒤 장엄한 음악에 맞춰 시원시원하게 춤을 추었다. 예복을 갖춰 입진 않았으나, 그가 움직일 때마다 검에 달린 색색의 천들이 아름답게 선을 그렸다.

검무를 처음 본 해연도 푹 빠져서 지켜보았고, 그녀를 보필하기 위해 자리했던 소여의 눈도 열심히 그의 몸짓을 쫓았다. 화려한 검의 움직임도 시선을 앗아갔으나, 적당히 비율 좋은 몸도 검무에 힘을 더해주고 있었다. 그는 일전에 검무를 추지 못했던 한을 풀듯이 세세한 움직임에도 집중했다. 한 곡조 끝내고 났을 때, 그의 이마에는 땀이 송골송골 맺혀 있었다.

사륜이 춤을 멈추고 고개를 숙여 예를 갖추자 해연은 열심히 박수를 쳤다. 그 자리에서 자유롭게 박수를 칠 수 있는 사람은 해연뿐이었으나, 즐겁게 감상한 건 그 자리에 있던 모두가 같았다. 가후도 어색하던 자리에 후끈한 분위기를 선사해 준 사륜을 치하했다.

"지금껏 짐이 만족할 만한 검무를 춘 건 하랑뿐이었는데, 너의 실력 또한 발군이구나."

"황공하옵니다, 폐하."

"짐을 흡족하게 하였으니 상을 내리겠다. 원하는 것이 있다면 말해보아라."

"폐하께옵서 즐거우셨다면 소신은 그것만으로도 하해와 같은 은덕을 입은 것이옵니다. 한데 달리 무엇을 청하겠나이까."

교과서적인 답변을 올린 사륜은 심장이 콩닥콩닥했다. 여기서 그냥 알겠다고 한다면 기껏 나선 이유가 없어지기 때문이었다. 사실 그는 한 가지 청을 올리고 싶었다. 그래서 기회를 엿보다가 곤란해진 황제를 구하기 위해 나선 것이다. 다행히 가후는 그에게 한 번 더 기회를 주었다. 발언권을 얻은 사륜은 고개를 살짝 들고 기분이 좋아 보이는 해연을 힐끗 살폈다. 신녀와 황제가 함께 있는 지금이야말로 소원을 이룰 수 있는 적기였다.

"하오면 신, 황제 폐하와 신녀님께 청이 하나 있사옵니다."

생각지도 못하게 지목당한 해연이 손가락으로 스스로 가리켰다. 자신이 들어줄 만한 청은 그리 많지 않았다. 하지만 그가 왜 그런 소리를 했는지는 이어지는 말로 충분히 알 수 있었다.

"소신이 듣기로 신궁의 대무녀는 일반 무녀와 달리 평생 혼인을 하지 않고 신녀님을 모신다 들었습니다. 하나 다음 대에 대무녀가 될 여인만큼은 혼인할 수 있도록 윤허하여 주시길 청하옵니다."

또렷하게 들리는 그의 말에 소여는 입을 다물지 못했다. 그가 그런 청을 올릴 줄은 전혀 예상치 못했다. 다음 대에 대무녀가 될 사람은 바로 자신이었다. 경악하는 그녀에게 주위에 있던 무녀들이 부러움에 찬 시선을 보냈다. 예전 같았으면 품행을 단정히 하라고 눈치를 주었을 텐데, 이번에는 소여도 볼만 붉혔다. 어째서인지 기분이 나쁘지 않았다. 그런 소여에게 잠시 눈길을 준 해연은 씨익 웃었다. 평소에 사륜이 어찌나 들이댔는지 모르지 않았다.

"전 괜찮다 생각합니다만, 폐하는요?"

해연은 가후의 선택을 물었다. 신궁은 신녀의 소관이지만, 곧 떠날 자신보다는 남아 있을 그의 의중이 더 중요하다고 생각했다. 그는 조금 고민하는 듯하더니 좀 전보다 더 차분하게 의중을 밝혔다.

"과인은 대무녀가 매우 중요한 위치라 생각한다. 하여 그동안 식솔이 생기는 걸 원치 않았으나, 다음 대의 대무녀만큼은 예외로 하겠다."

솔직히 가후는 조금 고민했다. 대무녀는 황실의 저주와 관련된 약을 보관해 왔다. 그런 인물에게 식솔이 생기면 좋지 못한 일이 발생할 수도 있었다. 하지만 자신의 목숨조차 얼마 남지 않은 상황에서 남은 자들의 운명마저 나쁘게 만들고 싶진 않았다. 덕분에 승낙받은 사륜의 얼굴에는 화색이 돌았다.

"성은이 망극하옵니다."

크게 절까지 올린 사륜은 싱글벙글하며 자리로 돌아갔다. 그런 사륜을 본 소여의 입가에도 작은 웃음이 맺혔다.

검무가 남긴 열기 덕에 해연과 하랑, 비아와 가후는 그 뒤로도 떠들썩한 시간을 보냈다. 대체로 해연과 가후가 투닥거리고 말다툼을 하면 하랑과 황후가 중재하는 편이었다. 그렇게 이어지던 대화의 주제는 돌고 돌아 외모로까지 번졌다. 해연은 마시지도 못할 술이 든 병을 손에 쥐고 황후에게 토로하듯이 한탄을 쏟아냈다.

"아, 글쎄, 나보고 뭐라는 줄 알아요? 두꺼비였다가 진화해서 도롱뇽이래요. 황후마마는 도롱뇽을 본 적 있나요?"

"아, 아니요."

비아는 난감해하면서도 작게 웃었다. 해연의 태도는 황실의 예법엔 어울리지 않았지만, 그래도 그녀 덕에 처음의 민망함과 어색함은 없앨 수 있었다. 그건 가후도 마찬가지였는지, 즉각 해연의 말에 반박하고 나섰다.

"너 정도면 도롱뇽에게 미안할 지경이지."

"뭐야? 그러는 넌……."

해연은 가후의 외모를 비하해 주려다가 말문이 막혔다. 얄밉긴 해도 워낙 잘생겨서 마땅한 동물이 생각나지 않았다. 그녀가 닮은 꼴을 찾아내지 못하자 가후는 코웃음을 쳤고, 해연은 이를 갈았다. 성격이 더러운 황제에게 뛰어난 외모를 준 신이 원망스러울 정도였다.

그렇게 밥상을 사이에 두고 맞붙은 두 사람의 유치한 싸움에 비아와 하랑은 동시에 고개를 저었다. 오늘로써 확실히 알 수 있었다. 수준이 똑같은 둘을 붙여놓으면 매우 피곤하다는 것을. 하지만 신기하게도 서로 아웅다웅하면서도 분위기는 그다지 불쾌하지 않았다. 가후에게 바락바락 대드는 해연의 모습은 비아에겐 신선함, 그 자체였고, 하랑은 가후와 스스럼없이 지내던 옛날을 추억하며 내심 즐거워했다. 그런 두 사람의 속내를 모르는 가후와 해연은 밤이 깊도록 쓸데없는 주제로 열을 올렸다.

감사 겸 화해의 의미였던 만찬은 묘하게 이상한 쪽으로 타오르다가 끝이 났다. 그 길로 황후전으로 돌아온 비아는 윤아의 잠자리를 돌봐준 뒤, 뜨끈한 물이 가득 든 탕에 몸을 담갔다. 한참 피로를 풀던 그녀는 물 위를 떠다니는 붉은 꽃잎이 멀리 밀려날 만큼 깊은 한숨을 내쉬었다.

'폐하도 참 무심하시지.'

황후전까지 함께 왔다가 혼자 돌아가던 그의 모습이 눈앞에 아른거렸다. 약을 복용한 지 얼마 되지 않아서 따로 자도 괜찮다지만, 섭섭할 수밖에 없었다. 게다가 가마도 물리고 함께 밤길을 걷기까지 했다. 앞날에 대해 좀 더 진지한 대화를 나누어도 좋을 분위기였는데, 바람과 달리 별다른 대화를 나누지 못했다. 초조한 침묵으로 일관하다가 평소보다 빨리 황후전에 도달했고, 그는 들어가란 말 한마디만 남기곤 몸을 돌렸다.

'신녀님과는 그리 즐겁게 대화하시더니……'

묘한 질투가 솟자 비아의 어깨는 힘없이 축 처졌다. 하랑의 품에 반쯤 안겨 사라지던 해연과 지아비에게 눈길 한 번 받지 못하는 제 처지가 비교되니 괜스레 서러워졌다. 그래도 상처받지 않으려고 붉은 입술을 꼭 깨물며 마음을 다잡았으나 속상한 건 어찌할 수가 없었다.

'이럴 때 신녀님이었다면……'

해연이었다면 어떻게 했을까 상상하던 비아는 배시시 미소를 베어 물었다. 아마도 그녀였으면 달려가 따졌을 것 같았다. 그런 용기가 부럽다 생각하던 비아는 숨을 가득 들이마시며 자리를 박차고 일어났다. 눈치를 보던 궁녀들이 재빨리 고개를 숙이자 비아는 그녀들을 향해 단호하게 지시를 내렸다.

"빨리 마무리 짓고 가마를 대령해라. 폐하께 갈 것이다."

울분과 서러움, 용기와 각오가 뒤섞인 그녀의 목소리에는 작은 두근거림이 묻어 있었다.


해연과의 대화에서 정신력을 심하게 소모한 가후는 용주전으로 돌아와 지친 몸을 뉘었다. 머리는 고단했으나 기분은 그리 나쁘지 않았다. 무엇이 이득인지 재지 않고 말을 하다 보니 속은 오히려 후련할 지경이었다.

'하여튼, 그것도 재주라니까.'

그는 한마디도 지지 않고 대들던 해연을 떠올리곤 피식 웃었다. 하지만 그 미소는 오래가지 않았다. 헤어질 때 얼핏 본, 비아의 표정이 무척 어둡던 게 연상된 탓이었다.

'동생 때문인가?'

황후의 마음을 잘못 파악한 그는 안타까워하다가 흠칫 몸을 굳혔다. 익숙한 기운이 다가오고 있었다. 그가 상체를 일으키자마자 곧바로 모백의 목소리가 들려왔다.

"폐하, 황후마마께서 드셨사옵니다."

상상도 못 했던 그녀의 등장에 가후는 잠시 넋이 빠졌다. 어제 윤아를 데려온 뒤로 황후는 밤에도 동생의 곁을 지켰다. 약을 먹은 지 얼마 되지 않았기에 그도 그런 황후의 상황을 묵인하고 있었다. 그런데 좀 전에 들어가라고 배웅까지 해주고 왔건만, 뒤늦게 찾아온 것이다. 그 점이 뜻하는 바가 너무나 명백해서 더 당혹스러웠다. 놀란 그가 침묵하는 사이, 밖에서는 황후가 다른 이들을 모두 용주전 밖으로 물리는 소리가 들려왔다. 그것이 무엇을 뜻하는지 알기에 가후는 더 얼어붙었다. 하지만 그 어느 때보다 그의 심장이 세차게 뛰고 있는 건 분명했다.

신궁을 향해 쭉 뻗은 회랑을 따라 처마에 달린 등불이 어둠을 몰아냈다. 노란 등불에 머물던 해연의 시선이 조금 멀리 떨어진 달천 대원들의 뒷모습으로 향했다. 그들은 빛도 잘 들지 않는 곳에서 사방을 경계하는 중이었다.

"하랑."

해연의 부름에 바람을 막아주는 듬직한 몸이 뒤에서 밀착해 왔다. 슬며시 허리를 감아오는 손길에 해연은 작게 웃음 지었다.

"다른 사람들이 보면 어떡해?"

해연은 그의 손을 붙잡으며 고개를 한껏 들어 뒤에 있는 그와 시선을 마주했다. 그러자 하랑이 기다렸다는 듯 몸을 숙여 거리를 좁혀왔다. 그녀의 이마에 입술이 닿을 만큼 가까워져서야 그는 비로소 해연을 안심시켰다.

"걱정하지 마십시오. 저들이 제정신이라면 뒤돌아보진 않을 테니."

절대 돌아보지 말라고 명을 내렸으니 죽을 각오도 없이 항명하는 자는 없을 터였다. 게다가 따라다니던 무녀들도 먼저 신궁으로 돌려보내서 방해받을 일도 없었다. 어젯밤의 여파가 아직 남아 있는

지, 적극적으로 변해 버린 그의 태도에 해연은 미소 지으며 그의 애를 태웠다.

"어쩌지? 자꾸 이러면……."

해연은 쉬이 입술을 허락하지 않았다. 그의 그윽한 시선 속에 담긴 조급함을 좀 더 즐기고 싶었다. 하지만 그녀가 한 가지 간과한 점이 있다면, 그의 참을성이 어제를 기점으로 이미 바닥났다는 점이었다. 허리를 감은 그의 팔에 힘이 들어가자 해연은 옴짝달싹 못하고 그대로 당해야 했다. 이마에 닿은 그의 입술이 콧등에도 한 번 내려앉았고, 더 앞으로 나아가 이번에는 입술을 요구했다. 좀 전에 애를 태운 벌인지, 그는 작은 틈도 주지 않고 몰아붙였다. 그 탓에 해연은 남의 이목을 신경 쓸 겨를이 없었다.

하랑은 꽤 오랜 시간, 제 마음이 가득 찰 때까지 해연의 입술을 차지했다. 그가 하도 입안을 헤집으며 건드리는 탓에 해연은 몸이 달아올라 미칠 것만 같았다. 이러다간 제가 먼저 일을 벌이겠구나 싶어서 턱을 들추는 그의 손을 말리며 떨어지려 했다. 하지만 그럴수록 하랑은 더 꽉 껴안고 정열을 불살랐다.

얼추 욕망이 채워졌다 싶을 때, 그가 혀를 물리고 간격을 벌렸다. 그러나 아찔할 정도로 풀린 해연의 눈빛에 다시금 탐욕이 치솟았다. 그의 눈길이 심상치 않음을 느낀 해연은 당황하며 그를 말리려 했다.

"하랑, 이제 그만…… 흡!"

말하는 시간도 아까웠는지 그는 해연의 입이 살짝 벌어진 틈을 타 돌진했다. 결국, 해연은 또다시 이성을 잃은 하랑을 받아내야만 했다.

하랑의 가슴에 얼굴을 기대고 한숨 돌리던 해연은 화끈거리는 입술을 매만지다가 고개를 들고 그를 노려보았다. 그러나 다시 고개를 숙일 수밖에 없었다. 턱을 너무 오래 들추고 있던 탓에 뒷목이 뻐근했다. 해연이 목과 어깨를 주무르자 하랑은 어색하게 웃으며 그녀를 더 끌어당겨 안았다. 방해자를 미연에 다 차단한 덕에 해연을 마음껏 음미할 수 있었지만, 부작용으로 그녀의 분노를 샀다. 아무리 연인 관계라 해도 육체적 접촉은 상대를 배려하며 진행해야 하는 법이었다. 눈치껏 그 선을 지켜야 하건만, 참지 못한 하랑은 결국 무리를 해버렸다. 문제는 입을 굳게 다물고 눈빛으로 항의하는 해연의 모습마저도 그를 자극한다는 점이었다.

"크흠. 신녀님, 자꾸 그리 보시면⋯⋯."

껴안고 있는 하랑의 팔에 또 힘이 들어갔다. 그 느낌에 화들짝 놀란 해연은 다급히 그를 만류했다. 여기서 더 했다간 내일 아침에 붕어 입술이 될 것만 같았다.

"하랑, 다들 불러야지. 언제까지 여기서 이러고 있을 수는 없잖아. 응?"

해연의 말에 하랑의 시선이 멀리 보내놓은 달천대원들과 보초병들에게 향했다. 회랑을 지키는 보초병들도 크게는 달천대 소속인지라 그의 명령을 고분고분 따르고 있었다. 하지만 그 시간이 길어지면 길어질수록 뒤에서 벌어지는 일에 호기심을 가질 터였다.

'일부러 여길 택하긴 했지만.'

밀폐된 공간에서는 어제처럼 이성이 끊길지도 몰랐다. 그래서 일부러 행동에 제약이 있는 곳을 선택했지만, 시간이 부족한 게 너무 아쉬웠다. 하랑은 그런 마음을 꾹꾹 억누르며 해연을 가두고 있던 손을 놓았다.

"많이 아프십니까? 마음이 급해서 그만."

그는 빨개진 해연의 입술에 안색이 어두워졌다. 그런 하랑의 얼굴을 본 해연도 속이 상해 입을 다물었다. 그의 마음이 조급한 이유, 선을 넘지 않으려 애쓰면서도 한편으론 탐하려 드는 이유는 뻔했다. 헤어짐의 시간이 다가왔고, 그로 인한 고통을 이렇게라도 달래려는 것이었다. 해연이 침울해하자 하랑은 억지로 미소를 지으며 손을 내밀었다.

"가시죠. 신궁까지 바래다 드리겠습니다."

앞으로 내밀어진 손을 빤히 보던 해연은 그 위에 천천히 제 손을 올렸다. 하랑이 조심히 잡고 몸을 돌리자마자 해연의 목소리가 그를 붙잡았다.

"하랑, 나 가는 거 미룰까? 열흘만, 아니면 다들 출정할 때까지만이라도…… 곁에 있고 싶어."

그녀의 말에 우뚝 멈춰 선 하랑은 잡고 있던 손을 꽉 움켜쥐었다. 잠시 생각할 시간을 가진 뒤에야 그는 해연을 마주 볼 수 있었다. 흔들리는 그녀의 눈빛을 쓰라리게 아픈 미소로 대할 수밖에 없었다.

"후로국의 천관녀가 몸이 좋지 않다 들었습니다. 시간이 지체되었다가 만나지도 못하게 되면 어찌합니까? 나중에 후회하실 수도 있습니다. 그러니…… 준비되는 대로 출발하십시오."

하랑은 이를 악물고 가슴이 찢어지는 고통을 인내했다. 해연도 젖은 눈으로 그를 보았다. 과연 헤어질 수 있을까, 스스로 수천 번은 물어보았다. 그럴 때마다 나오는 답변은 하나뿐이었다.

"하랑과 헤어지면 나 못 살 것 같아. 살아도 산 게 아닐 것 같아."

항상 떠나야 한다고 말해왔지만, 이번만큼은 그럴 수가 없었다.

눈물을 삼킨 그녀는 힘겹게 미소 지었다.

"하랑을 선택하지 않아도 후회하는 건 마찬가지니까. 조금만, 조금만 더 같이 있어줘."

볼을 타고 흘러내리는 해연의 눈물에 하랑은 조심스럽게 입을 맞췄다. 지금 이 순간마저 지나가는 것이 안타까웠다.


용주전의 처소 안에는 뻣뻣한 침묵이 감돌았다. 가후는 탁자 앞으로 자리를 옮겨 비아에게도 앉으라고 권했다. 그의 손짓을 본 비아는 우물쭈물하다가 간신히 걸음을 옮겼다. 한 발짝 다가갈수록 쿵쾅거리는 제 심장 소리가 그에게 들릴까 두려웠다. 느려진 걸음은 시간을 많이 잡아먹고 나서야 그녀를 자리에 앉을 수 있게 했다. 그때까지 아무 말 않고 기다려 주던 가후는 헛기침을 두어 번 한 뒤에 그녀에게 말을 걸었다.

"무슨 일로……."

다 알면서도 묻는 그의 목소리가 살짝 떨렸다. 그 사실에 흠칫한 가후는 고개 숙인 비아가 못 보는 틈을 타 얼굴을 찡그리며 자책했다. 주책 맞게 떠는 모습을 스스로 용납할 수 없었다. 그러다가 비아가 힐끗 시선을 주자 순식간에 표정을 정리했다.

저와 달리 멀쩡해 보이는 그의 모습에 비아는 달떴던 감정이 축 가라앉는 걸 느껴야만 했다. 그러나 실망한 티를 내지 않으려고 노력하며 그의 의문에 적절히 답을 올렸다.

"신첩의 동생을 구해주신 일, 당시 경황이 없어 감사 인사도 올리지 못하였습니다. 늦었지만 지금이라도 마음을 전하고 싶어서……."

오기 전에 이미 생각해 둔 대사였음에도 그녀는 끝을 어물거렸다. 말을 하다 보니 뭔가 느낌이 묘했다. 어제도 마음을 전하려다가 먼저 덮쳤기에 더 그렇게 느껴지는 듯했다. 눈도 마주치지 못하고 볼을 붉히는 그녀의 분위기에 가후도 덩달아 그 일이 연상되었다. 어제부터 내내 머릿속에서 반복되었으니, 이제는 선명하다 못해 그녀의 속눈썹 하나하나 떠올릴 수 있을 지경이었다.

'또, 또 이러는군.'

간신히 떨쳤던 상상이 되돌아왔다. 그는 또 빠져나가려는 넋을 붙잡고 비아의 말에 적당히 대꾸했다.

"짐이 해야 할 일이었으니 너무 마음 쓰지 마시오."

"망극하옵니다, 폐하."

그 대답을 끝으로 두 사람 사이에는 다시 침묵이 찾아왔다. 더 꺼낼 이야기가 없었다. 유서 이야기나 해볼까 하다가 가후는 혼자 고개를 젓고 자리에서 일어났다. 그녀가 만들어내는 묘한 분위기에 몸이 자꾸 반응하는 걸 더는 견디기 어려웠다.

"그럼, 짐은 고단해서……."

잠을 잘 테니 그만 물러가라는 소리였다. 비아의 낯빛이 마음의 상처로 인해 얼룩져졌다. 나름 각오까지 하고 왔건만, 허무하고 처참하게 끝나 버렸다. 조금은 기대했기에 실망도 컸던 그녀는 후들거리는 다리에 간신히 힘을 주며 일어났다.

그와 눈도 마주치지 않고 인사를 올리는 둥 마는 둥 하며 그녀는 황급히 걸음을 옮겼다. 다시는 오지 않을 것처럼 떠나는 그녀의 뒷모습에 가후는 이를 꽉 물었다. 바보도 이런 바보가 없었다. 마음이 없는 것도 아닌데 먼저 다가와 준 부인을 이런 식으로 돌려보내는 자신에게 화가 치밀었다.

"잠깐."

그는 결국 그녀를 불렀다. 비아는 뒤도 돌아보지 않고 바닥에 시선을 고정한 채 서 있었다. 보기 싫다는 티가 팍팍 나는 모습에 그는 작은 한숨을 내쉬었다. 웬만한 말로는 돌려세우기가 쉽지 않을 듯했다.

"가기 전에, 이것 좀 처리하고 가시오."

도통 뜻을 알기 어려운 말에 비아는 쭈뼛거리며 몸을 돌렸다. 힐끗 그를 바라보자 손가락으로 머리를 톡톡 두드리고 있는 그가 보였다. 이해하기 어렵다는 표정을 짓자 그는 시선을 피하며 볼을 붉혔다.

"그대가 어제 짐의 머릿속에 심어둔 것 말이오. 그러니까…… 크흠."

그는 헛기침을 하며 말을 끊었다. 이 상황이 미치도록 낯간지러웠다. 하지만 붙잡고 싶었다. 더는 그녀와의 거리가 멀어지는 걸 원치 않았기에 그도 용기를 냈다.

"자꾸, 그대 모습이 떠올라서 정무를 돌보기가 어렵소."

무슨 말일까 하던 비아는 그가 어제 있던 입맞춤 사건을 말하는 걸 알아차렸다.

"아."

살짝 벌어진 비아의 입에서 놀란 소리가 흘러나왔다. 지금 지아비가 하는 말을 어찌 받아들여야 하나 혼란스러웠다. 정무를 돌보지 못한다니 사과해야 하는 건가 싶을 때, 그가 머뭇거리며 말을 이었다.

"어찌 처리해야 하나 생각해 봤는데, 익숙해지는 게 가장 좋은 방법 같소."

본인이 내뱉고도 민망한 마음에 가후는 붉어진 얼굴을 감당하지 못했다. 그런 그의 말을 한 번에 이해하지 못하던 비아는 잠시 얼어붙었다가 서서히 안색이 밝아졌다. 그동안 서러웠던 감정이 다 녹아버릴 만큼 기뻤다. 그녀는 금빛 눈동자에 물기를 가득 머금고 그대로 지아비의 품에 뛰어들었다.

하늘로 치솟은 순백의 벽과 그 위에 놓인 청회색 지붕으로 아침 햇살이 내려앉아 반짝반짝 빛을 발했다. 청일국의 수도, 쥬델의 어느 산등성이에서 바라보는 황제의 성은 동화 속 왕자님이 사는 성처럼 아름답기 그지없었다. 그러나 유신은 능선에 서서 손바닥만한 성을 향해 무심한 시선을 던질 뿐이었다. 근 이십여 년을 머물렀던 곳이지만, 그에겐 여전히 감옥처럼 느껴지는 장소였다.

올가미 같던 황제를 떠올리는 유신의 눈빛이 침중해졌다. 십여 년을 벼르던 일이었다. 누이가 황제를 죽이면 안 되는 이유를 각인시켜 주지 않았다면, 그는 이미 수차례 황제를 베고도 남았을 것이다.

'이제 이 지긋지긋한 악연에 종지부를 찍자, 알렉사르 황제.'

동연국과의 전쟁을 멈추고자 왔지만, 개인적인 원한을 풀 수 있는 날이기도 했다. 그는 저녁에 있을 만남을 기약하며, 나무에 등을 대고 편히 앉아 공력을 채우는 데 집중했다. 단 한 번, 기회는 오늘 밤뿐이었다.

땅거미가 질 무렵, 어둠 속에서 나타난 소슬바람이 젊은 황제가 사는 클리블렌 성의 발코니 창을 건드리고 사라졌다. 유리문이 덜컹대는 소리에 옥좌에 앉아 상소문을 들여다보던 알렉사르 황제는 무심코 소리가 난 방향으로 고개를 돌렸다. 시리도록 파란 그의 눈동자가 창밖으로 퍼지고 있는 붉은 노을 언저리를 맴돌았다. 어둠을 피하고자 발버둥을 치는 노을은 이미 한계에 달한 듯 보였다. 그 의미 없는 발악을 유심히 바라보고 있을 때, 예상치 못한 손님이 찾아왔다.

"폐하."

귓가에 선명한 자국을 남긴 음성은 익숙하지만, 또한 낯설었다. 그 느낌이 주는 기분 나쁜 감정에 노을에 박혀 있던 황제의 시선이 삐걱대며 소리의 근원지로 향했다. 하얀 옷을 입은 미남자가 거대한 홀의 중앙에 서 있었다. 벽을 따라 늘어서 있던 황제의 친위대들이 그의 정체를 깨닫고 뒤늦게 검에 손을 가져다 댔다. 그러나 그에게는 아무런 위협이 되지 않음을 본인들이 더 잘 알고 있었다.

"유신."

사내의 이름을 부르는 아름다운 황제의 입술이 삐뚜름하게 올라갔다. 돌아오라고 하지도 않았는데 눈앞에 번듯이 서 있는 것이 그의 기분을 망치고 있었다.

"동연국의 신녀를 죽였다는 소리는 못 들었는데, 짐이 잘못 알았나?"

혹시나 싶은 생각에 물었으나 쓸데없는 질문이었음은 곧 밝혀졌다. 유신은 무표정한 얼굴로 황제가 원치 않던 말만 골라서 했다.

"폐하께서 제대로 아신 겁니다. 신녀님은 못 죽이겠으니 그리 알고 계십시오. 또한 전쟁도 속히 중단하십시오."

무뚝뚝한 그의 말투에는 요점만 간단히 들어 있었다. 일정 선을 넘진 않았지만, 예의도 차리지 않는 그의 태도에 알렉사르 황제의 이가 뿌드득 갈렸다. 전쟁에서 손쉽게 승리하기 위해 신녀를 죽이고자 보내놓았더니 빈손으로 와서 한다는 말이 못한다는 소리뿐이었다. 자연스레 그의 입에서도 험한 소리가 나갔다.

"그대가 짐에게 그따위 태도를 취하려면 적어도 신녀의 머리는 들고 왔어야지. 아니면 동연국의 신녀 대신에 누이 머리라도 자를 생각이었나?"

면전에서 누이를 들먹이는 황제의 태도에 유신은 들고 있던 부채를 꽉 움켜쥐었다. 그의 공력이 주입된 부채가 휘둘러지진 않았지만, 홀 안에 불어닥친 싸한 바람은 그의 심기가 매우 불편함을 대변하고 있었다.

"폐하, 뒤에 숨어 있는 계집 하나 믿고 지금 제 앞에서 그따위로 혀를 놀리시는 겁니까?"

유신의 몸에서 바람과 함께 살기가 피어올랐다. 섬뜩한 분위기에 친위대는 몸을 잔뜩 긴장시켰고, 황제는 눈살을 찌푸렸다. 누이를 이용해 협박하면 이를 갈면서도 물러서던 유신이었다. 그런데 근 일 년 사이에 완전히 달라져서 돌아왔다. 유신이 항상 자신을 향해 칼을 갈고 다님을 모르지 않았지만, 누이라는 목줄이 그만큼 단단했기에 충분히 제어할 수 있었다. 그런데 이제는 그 목줄을 스스로 잘라낸 듯, 허락도 없이 이를 드러내며 으르렁거렸다.

"이젠 눈에 뵈는 것도 없나 보군. 여봐라, 가서 신녀를 끌고 와라!"

분노한 황제의 호령에 문과 가까이에 있던 친위대원 둘이 홀을 빠져나갔다. 막는다면 충분히 막을 수도 있었으나, 유신은 그들에게 시선도 주지 않고 황제에게 으름장을 놓았다.

"전쟁을 중단하겠다는 명을 먼저 내리시는 게 옥체에도 좋지 않겠습니까? 누이가 오기 전에 그 목이 땅에 떨어질지도 모를 일입니다."

황제의 목을 운운하는 그의 말에 친위대가 검을 뽑아 들었고, 분위기는 순식간에 살벌해졌다. 황제와 유신의 눈빛이 공중에서 치열하게 맞붙었으나, 유신은 예전과 달리 물러서지 않았다. 노기가 치솟는 걸 억지로 누른 황제는 이를 악물었다. 그가 생각하는 것이 무엇인지 빤히 보였다.

"짐을 죽이고 싶어 환장했나 보군. 황가에 내려지는 피의 특수성은 이미 알고 있을 텐데, 외로운 누이를 두고 먼저 죽을 각오라도 했나?"

황제는 금빛으로 물결치는 머리카락을 쓸어 올리며 유신을 거만하게 내려다보았다. 그에게는 공력이 없지만, 유신을 앞에 두고도 당당할 수 있는 이유는 피에 담긴 특수성 때문이었다. 아니, 정확하게 말하자면, 황실의 저주를 끊으려는 자에게 내려지는 또 다른 신의 저주였다. 황제들이 퍼트린 그 이야기를 많은 이들이 거짓이라 여겼으나, 안타깝게도 그건 사실이었다. 때문에 알렉사르 황제도 가후를 죽이고 저주를 받아낼 화살받이로 수우국의 공력자를 대거 차출한 것이었다.

"자, 짐이 하문하지. 그대는 신의 분노를 피할 수 있다고 믿는가, 아니면 짐이 그대를 용서하리라 믿는 것인가?"

황제는 빈정대며 거드름을 피웠다. 유란에게 진실을 들어 알고 있는 유신은 결코 자신을 죽일 수 없다고 믿었다. 그 모습을 잠시 바라보던 유신이 피식 조소를 지었다.

"황실에 전해지는 피의 특수성에 대해서는 들은 바가 있습니다. 그러니 지금껏 누이의 목숨으로 협박당하면서도 폐하께 손도 못 대고 얌전히 있던 것 아니겠습니까?"

"그리 잘 알면서……."

"아니, 잘 알기 때문입니다."

유신은 황제의 말을 잘라 버렸다. 그런 각오도 없이 찾아오진 않았다. 이상하리만치 의연한 그의 태도에 황제는 점점 불안해지기 시작했다. 비소를 머금은 유신은 부채를 펼치고 살살 부쳤다. 머리칼을 매만지는 바람결이 상쾌하기 그지없었다.

"설마하니, 죽을 각오도 못할 것이라 생각하셨습니까? 그렇게 벼랑 끝으로 몰아놓고?"

유신은 구겨지는 황제의 얼굴을 보며 진심으로 기쁘게 웃었다. 복수와 자유, 간절히 원하던 그 두 가지가 한꺼번에 손에 들어오게 생겼으니 즐겁지 않을 수가 없었다. 비록 그것이 삶의 마지막이 된다 하더라도 전쟁을 멈춰 많은 이들을 구할 수 있다면 후회 없는 죽음이 되리라 믿었다. 그의 붉은 입술이 호선을 그리며 부드럽게 올라갔다.

"그러니 이제 그 탐욕스러운 머리, 바닥에 내려놓으심이 어떻겠습니까?"

유신의 검은 눈동자가 짙은 살기를 폴폴 피웠다. 격분한 황제는 자리에서 벌떡 일어났고, 그것이 신호가 되었다. 만반의 준비를 하고 있던 친위대가 사방에서 압박해 가며 검을 휘둘렀다. 그들의 검이 유신을 벤 것처럼 보이던 순간, 그의 형체가 순식간에 사라졌다.

쾅!

튕겨 나간 바람이 벽에 부딪치자 단단하던 돌이 가루가 되어 무너졌다. 뽀얗게 일어난 먼지 사이로 어느덧 황제의 앞에 선 유신과 그를 막아선 여인이 희끗하게 보였다. 은빛 채찍으로 공력이 담긴 유신의 부채를 막은 여인은 황제의 뒤에 숨어 있던 또 다른 공력자, 루시였다. 주홍빛 머리카락을 높이 올려 묶은 그녀는 얼굴 외에는 전부 검은색 일색이었다. 약간 광택이 나는, 고무와 비슷한 재질의 옷은 몸에 딱 맞아서 아름다운 여인의 굴곡을 여과 없이 드러냈고, 검은 하이힐과 장갑도 그녀와 매우 잘 어울렸다. 치켜 올라간 눈매는 옷과 함께 강인한 느낌을 물씬 풍겼다. 그런 루시의 매서운 시선이 유신에게 꽂혔다.

"유신 두령, 모반은 용서받을 수 없다는 걸 잘 알고 있을 텐데?"

"닥쳐, 루시. 같이 죽기 싫으면 지금 내 앞에서 사라지는 게 좋을 거다."

그의 음성이 스산하게 흘러나왔다. 그러나 루시는 낯빛 하나 변하지 않았다. 유신과 겨뤄본 적은 없으나 공력의 속성으로 따진다면 밀릴 이유 또한 없었다. 금속은 어지간한 바람에는 뚫리지 않으니. 유신의 경고를 무시한 그녀는 뒤에 있는 황제의 안위부터 챙겼다.

"폐하, 피하십시오. 이곳은 제가 맡겠습니다."

공력을 물려받지 못한 황제는 이곳에 있는 것 자체가 위험할 수 있었다. 그는 분한 마음이 들어 이를 바득바득 갈았으나 결국 자리를 피할 수밖에 없었다.

"지금 이 시간부로 단살단의 두령, 유신은 사형에 처할 것이다. 죽여라, 루시."

사형을 명한 황제는 루시의 어깨너머로 보이는 유신을 잠시 노려보다가 곧 몸을 돌렸다. 혹시 모를 사태에 대비해 성을 빠져나가야 했다. 홀을 나서는 황제를 유신은 힐끗 곁눈질했다. 그가 도망간다면 일이 복잡해질 게 뻔했다. 뒤에 있는 십여 명의 친위대도 거슬렸지만, 상대해야 할 공력자가 루시라는 건 더 큰 문제였다. 단단한 금속을 다루는 그녀는 공력의 속성조차 맞지 않는 탓에 껄끄럽기 그지없었다.

'이 상태에서 황제가 빠져나가면 내게 너무 불리해져.'

황제의 존재 자체가 공격과 수비를 가르는 요인이 되었다. 그걸 잘 알기에 유신은 이를 악물고 공력을 운용하기 시작했다. 그와 무기를 맞대고 있던 루시는 홀 안을 맴도는 바람이 심상치 않음을 알아차렸다. 잘 느껴지지도 않던 실바람이 넘실대자 그녀는 등골이 오싹해졌다.

"폐하!"

루시의 외침이 터지고, 친위대의 얼굴이 파랗게 질렸다. 두려움을 잡아먹은 바람은 순식간에 거세졌다. 다급해진 루시는 채찍에 공력을 불어넣었다. 금속으로 된 그녀의 채찍 끝이 살모사처럼 머리를 들고 유신에게 날아들었다. 유신이 공격을 피해 몸을 뒤로 빼자마자, 루시는 황제에게 달려갔다. 그리고 그 순간, 칼바람이 사방으로 튀었다.

콰과강, 콰르르릉!

고막을 뒤흔드는 커다란 폭음과 함께 벽이 터져 나갔다. 쩍쩍 갈라져 조각난 지붕이 와르르 무너지고, 희뿌연 돌먼지가 일어나며 모든 걸 집어삼켰다.

한때는 거대한 홀이었던 공간이 이제는 밤하늘이 훤히 보이는 곳으로 변모했다. 지붕으로 쓰던 청회색의 거대한 돌덩어리들이 제멋대로 쌓였고, 비좁은 바닥에서 밀려난 것들은 낭떠러지 같은 탑 아래로 추락했다. 붕괴된 탑의 잔해가 육중한 몸을 내던지자, 탑 아래에 있던 사람들은 비명을 지르며 흩어졌다.

무너진 탑의 잔해를 밟고 유신은 홀로 고고히 섰다. 매캐한 먼지가 바람결에 날아가길 기다리며, 그는 품에서 불의 검을 꺼냈다. 동연국의 비밀 공간에서 몰래 빼내온 불의 검은 여러 나라를 돌고 돌아 다시 조국으로 돌아왔다.

검은색과 하얀색이 섞인 검집을 벗겨내자 붉은 검신이 드러났다. 황제의 명을 받고 시작된 신녀 암살은 그의 손에 들린 검으로부터 시작되었다. 그 검에 처음으로 신녀들의 피를 묻혔고, 그것이 결국 해연을 고통으로 몰아넣는 원인이 되었다. 때문에 유신은 끝맺음도 청일국의 불의 검으로 내고 싶었다.

'암살자의 삶도 오늘로써 끝이다.'

결심에 찬 그의 검은 눈이 다른 데보다 조금 더 솟은 돌무덤으로 향했다. 거대한 돌 사이로 반짝이는 은빛 금속이 보였다. 금속은 급격히 체격을 키워 돌덩이들을 밀어내면서 반구 형태의 모습을 온전히 드러냈다. 좌르륵— 접힌 구가 채찍으로 변했고, 그 안에 있던 루시와 황제가 보였다.

유신은 루시의 뒤에 서 있는 황제를 훑어보았다. 그는 왼팔이 너덜거리는 듯했지만, 미처 돌을 피하지 못하고 깔려 버린 친위대에 비하면 상태가 양호했다. 독기를 품은 파란 눈도 아직은 생명에 지장이 없음을 드러내고 있었다. 그래도 팔 하나가 망가진 것이 못내 화가 나는지 이를 바득바득 갈다가 자신의 앞에 선 루시에게 역정을 냈다.

"잘 막지 않고 뭘 한 거야!"

"송구합니다, 폐하."

그녀는 즉각 사죄했다. 본인이 아니었다면 그는 생명조차 구하지 못했을 텐데도 그녀는 부당한 짜증에 토를 달지 않았다. 오히려 유신에게서 무사히 벗어나게 할 방법을 강구하며 황제의 안위를 염려했다.

루시의 주홍빛 눈동자가 대피로를 찾고 있음을 간파한 유신은 씁쓸하게 웃었다.

"루시, 너와 나는 사모하는 이가 있으나 이루지 못했다는 점이 닮았구나."

아련한 음성에 대피로에만 집중하던 루시가 고개를 돌려 그를 바라보았다. 누군가를 떠올리는 듯 유신의 눈길은 부드러운 웃음을 짓고 있었다. 항상 얼음 같던 그에게서 꿈결 같은 표정을 본 건 처음이라 루시는 믿기 힘든 얼굴로 그를 살폈다. 진짜 사랑에 빠진 사내 같았다. 그런 그의 눈길이 안타까움을 품고 자신에게 향했을 때, 루시의 눈썹이 꿈틀거렸다. 동정받는 느낌. 입술을 꽉 깨무는 그녀를 보며 유신은 고개를 저었다.

"너와 나의 차이점이 무엇인 줄 아나?"

짝사랑하는 건 닮았지만, 차이는 있었다. 유신은 그녀와 황제를 번갈아 보며 입술을 삐뚜름하게 올렸다. 목숨을 구해줘도 당연하게 여기고, 따스한 말 한마디 건네지 않는 남자였다. 그런 자에게 온 마음을 다하는 그녀가 안쓰러울 지경이었다.

"너는 흠모하는 이에게 인정받지 못하고 이용만 당하지만, 나는 그녀의 믿음을 얻고 고마워하는 마음도 받았다는 점이지."

연모하는 마음을 받아주고 안 받아주고를 떠나서, 상대방이 그 마음을 인정하고 고마워하는 것만으로도 실연을 이겨내는 데 큰 힘이 되었다. 비록 연인이 되진 못했지만, 유신은 그것만으로 충분히 만족했다. 하지만 아픈 곳이 헤집어진 루시는 눈에 불을 켰다.

"헛소리 마라, 유신!"

루시의 팔이 움직이고, 금속 채찍이 유신에게 날아들었다. 재빨리 몸을 피하는 그의 움직임을 따라붙으며 루시는 사정없이 채찍을 휘둘렀다. 장거리 공격이 대부분인 그녀와 단거리 공격 위주인 유신은 전투 방식에서부터 그에게 불리했다. 손에 들린 불의 검과 부채를 이용해 최대한 방어하고 있었으나, 그의 움직임이 커지는 만큼 소모하는 공력의 양도 더 많다는 게 문제였다.

'일부러 자극했지만, 이대로 소모전을 한다면 위험하다. 한 방에 끝내야 해.'

유신은 홀로 남은 황제를 힐끗 보다가 다시 날아드는 채찍을 막아냈다. 루시와 떨어뜨려 놓았으니 황제는 탑을 벗어날 길이 없어졌다. 다만, 미친 듯이 달려드는 루시의 공격을 막아내면서 황제를 죽일 틈을 만들어내야만 했다.

유신과 루시의 치열한 공방전을 보고 있던 황제는 빠져나갈 길을 찾아 두리번거렸다. 그러나 무너진 지붕이 계단 입구마저 봉쇄해 버린 탓에 퇴로는 다 막혀 있었다. 치밀어 오르는 욕지기를 참던 그의 눈에 어둠 속에서 반짝이는, 한때는 친위대의 것이었을 검 한 자루가 들어왔다. 무기를 발견한 그는 유신이 루시에게 신경이 쏠린 틈을 타 검을 회수했다. 검이 있던 돌무더기 안쪽에서 누군가의 신음이 들렸지만, 그건 자신이 알 바가 아니었다.

'여기서 유신을 죽이지 않으면 내가 죽는다. 호랑이 새끼가 너무 자랐어.'

피 묻은 손으로 검을 꽉 움켜쥔 황제는 유신을 노려보았다. 죽이지 않으면 자신이 죽는다. 언젠가 이런 날이 올지도 모른다는 건 짐작하고 있었지만, 설마 싶어 안일하게 생각한 것이 문제였다.

'과업의 완수를 눈앞에 두고 이대로 무너지진 않아.'

대대로 청일국의 황제들은 세계를 제패하는 일에 관심이 많았다. 권력을 탐하는 신의 저주에 빠진 그들에게는 그것만이 유일한 목표이자 꿈이었다. 그러나 동방의 패자인 동연국이 번번이 그 꿈을 짓밟곤 했다. 그들만 무너뜨린다면 지금껏 버티던 가리국도 자연적으로 접수가 되고, 우방인 후로국만 남게 되니 천하를 손에 얻는 것이나 마찬가지였다. 그래서 동연국을 흔드는 일에 그리 공을 들였는데, 전쟁 직전에 이런 식으로 무너질 수는 없었다.

'앞을 막는 건 무엇이든 제거할 것이다.'

기회를 살피는 그의 눈이 예리하게 빛났다.

루시의 채찍이 다시금 유신을 향해 달려들었다. 채찍 끝을 한 번 쳐낸 유신은 그대로 안쪽으로 파고들었다. 그녀와의 거리를 좁혀가며 바람을 이용해 움직임을 봉쇄했다. 거센 풍압 때문에 거동하기가 어려워진 루시는 이를 악물고 버틸 수밖에 없었다. 눈조차 제대로 뜨기 힘든 바람 속에서 유신이 휘두르는 불의 검을 간신히 막아내는 게 전부였다.

황제는 루시에게 공격을 가하는 유신의 뒷모습을 보았다. 바람은 루시를 향해 불고 있으니 유신의 뒤쪽에 있는 그에게는 풍압이 닿지 않았다. 그 사실을 깨닫는 순간, 그는 지금이 다시없을 절호의 기회임을 알았다. 손에 들린 검을 느끼며 그는 한 가지 목표만을 위해 달려 나갔다.

'죽어라, 유신!'

살기를 품은 황제는 순식간에 유신의 뒤쪽을 점했다.

루시를 제압하던 유신은 뒤에서 느껴지는 감각에 등골이 섬뜩해졌다. 친위대들은 전부 돌에 깔렸으니 황제가 분명했다.

'젠장!'

그는 이를 악물었다. 누이가 오기 전에 처리해 버려야 하는데, 앞에는 루시가 있고 뒤에서는 황제가 공격해 왔다. 진퇴양난의 상황에 그는 위험을 감수할 수밖에 없었다. 유신은 채찍을 막던 불의 검을 떼어내고 우측으로 몸을 돌렸다. 그 순간, 기회를 포착한 채찍 끝이 그를 향해 달려들었다. 동시에 황제의 검도 내려쳐졌다.

푸욱!

살갗을 찢는 소리가 잔인하게 울려 퍼지고, 부채를 들고 있던 유신의 왼팔이 땅에 떨어졌다. 끈질기게 공격해 오던 채찍은 그의 왼쪽 옆구리를 파고들어 붉은 피로 몸을 적셨다.

"커헉!"

피를 한 움큼 뱉어낸 유신의 입술 사이로 핏줄기가 선명하게 흘러내렸다. 비릿한 피 맛은 썩 즐겁지 않았으나, 불의 검에 전해지는 느낌은 좋았다. 믿을 수 없다는 듯 저를 바라보는 황제의 시선에서 그는 해방감을 느꼈다. 근 이십 년간 바라 마지않던 감정이었다.

"잘 가시오, 황제."

유신은 몸을 잠식하는 통증을 무시하며 주위를 떠도는 바람에 더 많은 공력을 불어넣었다. 폭주하기 시작한 바람의 풍압에 거대한 돌들이 몸을 일으켰고, 유신의 옆구리에 박혀 있던 채찍도 빠져 버렸다.

"폐하!"

지지할 곳을 잃어버린 루시는 손을 뻗어 유신의 앞쪽에 있는 황제를 잡고자 했다. 죽어가는 황제를 보는 그녀의 눈에 믿을 수 없다는 감정이 그대로 묻어 있었다. 하지만 날뛰는 유신의 공력이 그녀가 뜻을 이루게 도와주지 않았다. 태풍처럼 변한 바람은 거칠 것이 없었고, 가녀린 몸으로 버티던 루시를 그대로 날려 버렸다. 날뛰는 바람 속에서 유신과 황제만이 온전히 서 있었다. 그러나 두 사람 다 멀쩡하진 않았다. 황제의 입에서도 선혈이 흘러나왔다. 뱃속을 헤집는 불의 검의 뜨거운 감각을 느끼면서 그는 키득거리며 웃었다.

"네가 이 나라에…… 씻을 수 없는 죄를 짓는구나, 유신."

황제는 자신이 죽은 뒤에 망가질 나라를 우려했다. 앞으로도 다른 나라는 황실을 통해 공력자가 나올 테지만, 초대 황제의 혈통이 끊어질 청일국은 그럴 수 없었다. 그건 황권의 약화와 직결되는 일이었고, 다른 공력자들에 의해 나라가 멋대로 흔들릴 가능성이 크다는 뜻이기도 했다. 유신도 그걸 모르지 않았다. 다만, 두 사람이 최고의 가치로 두는 것이 다를 뿐이었다.

팔이 잘리고 옆구리가 너덜거리는 통증을 견디면서 유신은 담담히 황제의 말을 맞받아쳤다

"오늘 일을 좋아해 줄 사람이 더 많을 겁니다. 성에서만 살아서 잘 모르나 본데, 당신 싫어하는 사람들이 꽤 많아."

"웃기는군. 나를 탓한다고? 자고로…… 절대선도 절대악도 없는 법이다."

그 말을 끝으로 두 사람 다 말이 없었다. 유신은 황제가 곧 피에 담긴 저주를 이용해 마지막 타격을 가할 것이라 생각하고 눈을 감았다. 그러나 잠시 버티던 황제는 그대로 숨이 끊어졌다. 그는 복수를 택하지 않았다. 왜 그런 마음을 먹었는지, 유신은 알지 못했다. 사고를 멈춰가는 뇌에는 그런 걸 따질 여력이 남아 있지 않았다.

검을 쥔 손에서 힘이 빠졌고, 황제의 육신이 쓰러졌다. 유신도 그 앞에 털썩 무릎을 꿇었다. 호흡이 가빠지면서 힘도 빠져나갔다. 이것이 죽음이구나 싶었을 때, 천천히 올려다본 밤하늘은 무척이나 화창했다. 그는 별이 무수히 박힌 하늘을 보며 해연의 검은 눈동자를 떠올렸다.

'보고 싶어.'

그녀와 함께했던 순간들이 주마등처럼 머릿속을 스쳐 지나갔다. 순수하던 그녀의 미소와 당혹스럽게 만들던 당돌함, 끝까지 믿어주던 그 고운 마음씨까지. 그녀의 모든 걸 사랑했다. 해연을 떠올리던 그의 입술이 부드럽게 호선을 그렸다.

'다음 생에는…… 암살자 말고, 호위무사가 되고 싶다.'

유신의 눈꺼풀이 무겁게 내려앉았다. 아득해지는 의식 속에서 저를 부르는 누군가의 음성이 들린 것 같은데, 감겨오는 눈을 뜰 수가 없었다.

별빛이 아름답게 빛나던 밤하늘 아래, 무너진 황제의 탑 위에서 암살자의 삶을 마감한 유신은 무릎 꿇은 자세 그대로 힘없이 고개를 떨어뜨렸다. 마치, 자신에게 당한 모든 사람에게 사죄하듯이.

이른 아침, 동연국의 황궁 위로 하얀 눈송이가 내리기 시작했다. 청색 기와가 하얗게 변하고, 궁녀와 병사들의 발걸음이 새하얀 눈밭에 흔적을 남겼다. 완연한 겨울, 서늘한 웃바람이 침상으로 다가오자 잠을 자고 있던 비아는 조금 더 따뜻한 쪽으로 몸을 돌려 파고들었다. 지아비의 맨 살갗에 얼굴을 비비자 그가 이불을 여며주며 꼭 껴안는 게 느껴졌다. 요즘 따라 부쩍 느끼는 행복감에 그녀의 입가로는 잔잔한 미소가 번졌다.

"폐하, 황후마마, 기침하실 시각이옵니다."

문밖에서 보덕의 목소리가 들려왔다. 하지만 누구 하나 먼저 일어나려 하지 않았다. 최근 들어 매일 밤마다 힘 좀 쓰고 있는 가후도 나른한 몸을 쉬이 일으키지 않았다. 전쟁이니 뭐니 일이 많은 탓에 아침에만 잠깐씩 맞이하는 이 평온함이 아쉬운 것도 있었다.

먼저 눈을 뜬 비아는 여전히 잠에 취해 있는 가후를 빤히 바라보았다. 그의 반듯한 이마부터 오뚝한 코, 달콤한 입술까지 전부 사랑스러웠다. 몸을 일으켜 그의 이마에 살짝 입을 맞추자 그가 즉각 허리를 감아왔다.

가후는 그녀를 껴안은 채로 몸을 돌려 비아를 침상에 눕혔다. 아래에 두고 가만히 바라보자 벗은 몸이 부끄러운 그녀가 슬그머니 이불을 끌어당기며 볼을 붉혔다. 수줍은 듯 눈을 마주치지 못하는 모습에 그는 작게 웃으며 살짝 입을 맞췄다. 하지만 둘만의 행복한 시간은 밖에서 재촉하는 소리에 곧 끝이 났다.

"폐하, 황후마마."

"알았다, 알았어."

가후는 투덜대며 몸을 일으켰다. 용주전의 내관들은 가만히 있는데, 어째서인지 황후전의 궁녀가 더 독촉질이었다. 지난 이 년간 황후전에서 밤을 보냈지만, 윤아가 온 뒤로 두 사람은 잠자리를 용주전으로 바꿨다. 그러나 기침할 시각을 알리는 일은 인수인계를 하지 않았는지 여전히 보덕이 맡고 있었다. 사실 황후가 보덕을 가장 아낀다는 점이 그 일을 계속하게 된 이유이기도 했다. 아침마다 미적거리는 두 사람을 억지로라도 일어나게 하려면, 황제의 짜증을 받아낼 배짱과 총애가 필요하기 때문이었다.

푸닥거리 같은 보덕의 독촉에 가후는 의복을 갖추자마자 조반도 들지 않고 곧바로 집무실로 향했다. 아침 조회 전에 먼저 처리할 일이 있는지 확인하기 위함이었다. 집무실로 들어선 그는 6인용 탁자 위에 소복이 쌓인 두루마리들을 보며 고개를 저었다. 한숨이 절로 흘러나왔지만, 그럼에도 그의 손은 망설임 없이 두루마리를 집어

들었다.

산더미 같은 서류를 하나씩 처리하던 가후는 얼마 지나지 않아 소렵의 방문을 받았다. 그는 두 개가 함께 묶인 두루마리 뭉치를 들고 있었다. 하나는 붉은색이었고, 다른 하나는 보라색 비단에 흰 독수리 문양을 수놓은 고급 두루마리였다. 그 표식이 무엇을 뜻하는지 잘 알기에 가후의 표정이 심상찮게 변했다.

"청일국 황제?"

"예. 좀 전에 탈란을 통해 도착한 것입니다."

비상 연락용 새, 탈란이 가져왔다면 하루 전이나 길어봐야 이틀 전에 청일국에서 출발한 게 분명했다. 거기다 두루마리에 쓰인 비단으로 보아 황제가 직접 보낸 서찰이었다. 가후는 소렵에게서 두루마리를 건네받아 빠르게 풀었다. 서신을 읽는 가후의 표정이 묘하게 변했다.

"유신이 한 건 했군."

서찰의 내용을 간단하게 평가한 그는 붉은 두루마리도 펼쳤다. 그 속에 적혀 있는 글을 쭉 살피는 표정이 썩 좋지 않았다. 그러나 잔인한 빛을 품은 붉은 눈동자와 달리, 그의 입은 웃고 있었다.

"소렵."

"예, 폐하."

"오늘 조회에는 신녀와 하랑도 참석하라 하고, 너는 잠시 다녀와야 할 곳이 있다."

뒤이어 가후가 알려주는 내용에 소렵은 너무 놀라 눈을 부릅떴다. 하지만 그는 금세 마음을 진정시키고 명을 받들었다.

유리창 너머로 포근포근 내리는 눈이 선명했다. 그 뒤로 꼭대기가 무너진 탑이 함박눈에 가려졌다가 드러나길 반복했고, 그걸 바라보는 사내의 모습이 투명한 유리창에 희미하게 비쳤다. 그는 하얀 셔츠에 검은 바지를 입었고, 무릎까지 올라오는 검은 가죽 부츠를 신고 있었다. 오랜만에 입는 청일국의 옷이 불편한 탓에 그는 목에 두른 금색 크라바트를 자꾸 잡아당기곤 했다.

"신아."

어느새 다가온 여인이 그를 불렀다. 하늘빛 머리카락을 높이 틀어 올리고, 검은 드레스를 입은 아름다운 여인은 청일국의 신녀, 유란이었다. 그녀는 어깨선 위까지 짧아진 동생의 머리카락을 단정히 정리해 주었다. 그 다정한 손길에 탑에만 고정되어 있던 그의 시선이 유란에게 향했다.

"누님."

"몸은 좀 어떠하니?"

"누님 덕에 괜찮습니다."

유신은 미소를 지으며 걱정하는 누이를 안심시켰다. 그의 숨이 끊어지기 직전에 도착한 유란이 그를 살려냈다. 그녀가 생명을 소진한 덕에 잘렸던 팔도 다시 붙었고, 채찍에 뚫렸던 옆구리도 언제 다쳤느냐는 듯이 멀쩡해졌다. 하지만 유신은 그다지 기쁘지 않았다. 돌에 깔렸던 친위대들도 살려내느라 유란의 수명이 대폭 줄어든 탓이었다.

"누님은 괜찮으십니까?"

"그래, 나야 원래 윤회하는 삶이 아니더냐."

그녀는 동생을 달래고자 그리 말했으나, 그의 표정은 더 어두워졌다. 자신의 잘못으로 인해 누이의 수명이 줄어든 듯해 가슴이 아팠다.

"누님, 앞으로는 사람을 해하지 않을 테니, 누님도 수명을 깎지 마십시오. 저와 함께하는 이번 삶을 조금 더 소중히 해주셨으면 좋겠습니다."

본인은 삶을 한 번 포기했으나 누이는 그러지 않길 바랐다. 다음 생애보다 지금 이 순간을 더 오래 간직하길 바랐다. 그의 투정 어린 말에 유란은 곱게 미소 지었다. 남들은 다 두려워하는 단살단의 두령이라지만, 그녀에게만은 한없이 따뜻하고 귀여운 동생이었다.

"우리 신이가 어리광이 늘었구나."

볼이라도 꼬집어주고 싶다는 누이의 표정에 유신은 식은땀을 흘리며 어색하게 웃었다. 이렇게 애 다루듯이 하는 건 아무리 시간이 지나도 익숙해지지 않았다. 정말로 볼이 꼬집힐 것 같은 위기감에 그는 황급히 대화의 화두를 바꿨다.

"사라진 불의 검은 아직도 행방이 묘연합니까?"

그의 물음에 유란은 작게 고개를 끄덕였다. 그날, 무너진 탑에 도착한 그녀는 곧바로 대랑을 불러 유신을 살리는 데 온 정성을 쏟았다. 아슬아슬했지만 다행히 동생과 친위대원 일곱 명을 구할 수 있었다. 이후 그녀는 물을 이용해서 의식을 잃은 자들을 옮겼다. 계단이 지붕에 깔린 상태라 병사들이 접근할 수 없다 보니 그녀 혼자 다 처리해야만 했다. 그때 잠시 자리를 비우게 되었는데, 시신을 수습하기 위해 돌아와 보니 황제의 몸에 박혀 있던 불의 검이 사라진 상태였다. 유신은 루시가 가져갔으리라 짐작했지만, 그녀는 그날 이후로 종적을 감췄다.

"최대한 빨리 루시를 잡는 수밖에 없겠군요."

"그래. 불의 검도 되찾아야 하고, 내실을 다지는 일도 잘 처리해야 한다."

유란은 그의 목에 둘러진 금색 크라바트가 비뚤어져 있는 걸 바로잡아 주며 말했다. 황제가 죽어 혼란스러운 나라를 정돈하는 건 이제 유신의 몫이었다. 그는 황제가 될 순 없지만, 재상의 자리에 오를 예정이었다. 그리고 오늘은 그 첫걸음을 걷는 날이었다. 마침 준비가 끝났다는 호섭의 보고가 올라왔다.

"두령, 취임식 준비가 끝났다고 합니다."

"알겠다. 곧 가마."

유신은 그리 대답하고 유란을 바라보았다. 이제는 누이가 성에 갇혀 살 필요가 없어졌고, 동연국에 있는 해연의 마음을 아프게 할 일도 없을 것이었다. 전쟁이 일어나지 않는다는 소식을 듣고 기뻐할 해연을 잠시 떠올리던 그는 유란에게 손을 내밀었다.

"가시죠, 누님."

그가 건넨 손을 본 유란은 기쁘게 웃으며 그 위에 제 손을 살포시 올렸다. 연모하는 이와 함께하는 삶은 포기했지만, 평생 백성을 위해 헌신하는 삶을 택한 동생이 대견하면서도 자랑스러웠다.

✦

동연국 황궁에는 싸늘한 겨울바람이 불어닥치고 있었다. 대소 신료들이 근정전에 모두 모였으나 그들의 체온으로는 주위에 감도는 서늘한 분위기를 녹이지 못했다. 하랑과 단상 위에 자리한 신녀가 주는 무게감도 만만찮았고, 무표정한 가후도 숨을 죽이게 만들었다. 하지만 그 무엇보다도 눈앞에 있는, 포박당한 채 무릎 꿇려진 초가와 초선의 탓이 제일 컸다.

"폐하, 이러실 수는 없습니다. 어찌 이러십니까!"

몸이 꽁꽁 묶인 초가는 자리에서 일어나지도 못하고 눈을 치뜨며 외쳤다. 이른 아침부터 들이닥친 소렵이 집안 사람들을 싹 다 붙잡았다. 사병부터 노비까지 가리지 않았다. 그리고 그는 딸과 함께 근정전으로 끌려왔다.

비분강개하는 초가를 무료하게 내려다보던 가후가 자신의 뒤에 선 소렵에게 손짓했다. 소렵은 들고 있던 붉은 두루마리를 펼쳐 모든 신료가 들을 수 있게 또랑또랑한 목소리로 읽어 내려가기 시작했다.

"존경하는 알렉사르 황제 폐하, 드디어 때가 왔습니다. 유신은 곧 신녀를 죽일 것이고, 가후도…… 크흠."

소렵은 황제의 본명을 차마 입에 담기가 어려운 탓에 헛기침을 하며 말을 끊었다. 그러나 가후는 계속하라는 손짓을 했다. 그는 시시각각 사색이 되어가는 초가의 얼굴을 구경하며 나름 재미있어 하고 있었다. 결국, 소렵은 한 번 더 헛기침하며 말을 이었다.

"흠흠, 현재 많이 동요하고 있습니다. 비아를 이용해 더 흔들어볼 테니 지금 즉시 전쟁을 시작하여 주십시오. 전쟁이 벌어지면 소인의 사병이 많이 참전할 것이니, 기회를 틈타 성문을 열도록 하겠습니다. 지금 이 시기를 놓친다면 다신 우리에게 기회가 없을 것입니다. 소인이……."

소렵은 두루마리를 쥔 손을 부들부들 떨다가 초가를 노려보았다. 공력의 압박을 받자 웅성대던 신료들이 입을 딱 다물었다. 소렵의 분노가 점점 심해지자 가후가 공력을 흘려 그의 기운을 차단해 버렸다.

"계속 읽도록."

"예……."

고개 숙인 소렵은 숨을 가득 들이마시며 마음을 진정시킨 뒤, 다시 읽어 나갔다.

"소인이 동연국의 황제가 되면 동연국은 언제나 청일국에게 충성을 다할 것입니다."

두루마리의 내용이 다 밝혀지자 근정전 안에는 서릿발 같은 침묵이 내려앉았다. 초가에게 쏟아지는 신료들의 눈길이 자못 매서웠다. 한때는 그의 권익을 나눠 먹으려 똥파리처럼 들러붙던 인간들이 순식간에 상판을 갈아엎었다. 누가 먼저라 할 것도 없이 앞으로 나서며 참형이니, 교수형이니, 온갖 처형 방법을 입에 담았다. 위에 있는 것 하나가 사라지면 자신이 그 자리에 올라갈 수 있다는 추악한 욕망들이 그 속에 담겨 있었다. 그 추잡한 꼴을 한동안 지켜보던 가후는 그들의 주장에 감동한 표정을 지어내며 음흉스레 웃었다.

"그대들이 우현에 대해 이토록 단호하게 결단을 내릴 줄도 알았다니, 짐은 참으로 기껍군."

묘하게 비꼬듯이 느껴지는 소리에 신료들은 어물거리다가 결국 입을 다물었다. 최근 들어 초가를 못 잡아먹어 안달이던 황제였다. 그래서 더 좋아할 거라 여기고 죽이라며 날뛰었는데, 순간 잘못 짚은 건 아닐까 하는 걱정이 솟아났다. 바짝 꼬리 내리는 신료들의 머리통을 보며 가후는 턱을 괴고 심드렁하게 말을 흘렸다.

"짐이 요즘 황후 덕분에 기분이 아주 좋아. 그래서 이번 일은 그냥 봐줄까 싶은데⋯⋯."

봐줄 생각은 티끌만큼도 없지만 그는 괜히 마음에도 없는 소리를 했다. 그 말에 신료들의 얼굴이 표백제로 문지른 것처럼 새하얗게 변해 버렸다. 특히 좀 전에 초가를 죽이라고 목소리를 높였던 이들은 더했다. 초가가 그대로 권력을 유지한다면 자신들의 입지는 더욱 좁아질 것이었다. 등골이 서늘해진 그들은 단체로 통촉하여 달라며 무릎을 꿇었다.

몸을 낮춘 이들 중 가장 직위가 높은 자가 다른 이들을 대신 해 목소리를 냈다.

"폐하, 우현 초가는 모반을 꾀하였사옵니다. 모반은 대역죄 중에서도 가장 엄히 다스려야 하옵니다. 그리해야만 황실의 위신이 천하에 설 것이며, 반면교사로 삼은 신료들이 더욱 충심을 다독이지 않겠습니까! 통촉하여 주시옵소서!"

구구절절 옳은 소리에 가후는 쯧쯧— 혀를 찼다. 몰라서 초가를 놓아주려는 것이 아니었다. 달리 듣고 싶은 말이 있던 건데, 그걸 알아차리는 놈이 한 놈도 없었다. 이토록 눈치도 없고 머리까지 빈 놈들을 데리고 일하려니 속이 터졌다. 그때, 그의 마음을 알아주는 이가 나타났다. 국상 김학이었다. 그는 희끗희끗한 머리를 조아리며 가후의 답답한 속을 시원하게 뚫어주었다.

"폐하, 만백성이 우러러 칭송하는 황후마마는 국모로서 부족함이 없으시옵니다. 또한 폐하의 마음을 기쁘게 하시니 그 공로가 적다 할 수도 없사옵니다. 법적으로는 우현과 관계가 깊다 하나 이번 대역죄에서 황후마마는 제외되어야 할 것이옵니다. 황후마마의 친동생도 반역을 꾀하기엔 정신이 온전치 않으니 폐하께옵서 은덕을 베푸시어 용서해야 마땅하다 사료되옵니다."

국상의 말이 끝나자 신료들 사이에서 숨기지 못한 감탄사가 살짝 흘러나왔다. 그제야 황제가 원하는 게 무엇인지 깨달은 것이다. 그들은 또다시 의기양양해져서 목소리를 높였다.

"국상의 말이 맞사옵니다. 황후마마는 죄가 없사옵니다. 하오나 우현의 죄는 대역죄로 엄히 다스리시옵소서!"

이번 모반과 황후는 관계가 없다는 말이 여기저기서 튀어나왔다. 그것이 가후가 원하던 바였다. 폐비를 운운하며 압박당하면 국정을 수월히 운영하는 데 걸림돌이 될 것이었다. 그런 일이 벌어지는 걸 미연에 차단한 그는 마음 편히 단안을 내리려 했다. 하지만 아직 포기하지 못한 초가가 마지막으로 발악하듯 자신의 죄를 전면 부인했다.

"폐하, 이것은 모략이옵니다! 누군가 신을 음해하기 위해 만든 흉계가 분명합니다!"

"흉계?"

"그러하옵니다. 전시가 아닙니까? 나라를 뒤흔들기 위해 누군가 자신의 죄를 소신에게 덮어씌운 것입니다! 아마도……."

초가의 독기 어린 시선이 원래 자신의 자리였던 곳에 서 있는 중년 남성에게 향했다.

"소신이 사라지면 가장 이득을 볼 좌현 박문이 아니겠습니까!"

난데없이 지목당한 박문은 소스라치게 놀랐다. 자신이 한 짓이 아닌 데다가 모반이란 죄에 이름이 거론되었다는 것 자체가 큰 문제였다. 그는 황망히 앞으로 나서서 용상을 향해 무릎을 꿇었다.

"폐하, 소신은 저런 망측한 내용으로 붓을 놀려본 적이 결단코 없사옵니다! 소신의 마음에는 충심만이 가득하온데……."

"그만."

가후는 박문의 말을 잘라 버렸다. 더 들을 필요도 없었다.

"두루마리에 적힌 건 우현의 필체다."

정확한 증거였다. 하지만 초가는 물러나지 않고 고개를 저었다.

"필체 따위는 모사꾼에게 돈 몇 푼 쥐여 주면 똑같이 적을 수 있는 일입니다. 그것이 소신이 모반을 꾀했다는 증거는 되지 않사옵니다."

초가는 신기하게도 더 차분하게 굴었다. 그 모습을 지켜보던 가후는 허탈하게 웃었다. 그가 굳이 좌현을 콕 집어 지정한 건, 미리 준비한 것이 있기 때문일 터였다. 그 점을 간파한 가후는 속이 쓰라렸다. 초가는 제법 머리가 돌아가는 몇 안 되는 신료였다. 하지만 충성심이라고는 지렁이 이빨보다 크기가 작았다. 전에 보았던 가리국의 슐가와 자연스레 비교가 되니 배가 아플 수밖에 없었다. 극심한 통증에 이를 갈던 가후는 옆에 놓아두었던 보랏빛 두루마리를 초가 앞으로 확 내던졌다. 큰 소리와 함께 초가 앞에 떨어진 두루마리에 신료들의 시선이 쏠렸다. 의아해하는 그들의 머리 위로 가후의 착 가라앉은 목소리가 퍼졌다.

"청일국으로 간 유신이 알렉사르 황제를 죽이고 전쟁을 중단했다. 그가 황제의 서재를 뒤져 몇 가지 좋은 정보를 보내줬는데, 그중 하나가 아까 읽어준 내용이지. 아니면 짐이 그대가 한 짓거리를 하나하나 까발려야 그 간사한 입을 닥치겠나? 세 치 혀부터 도려내고 싶은 걸 참고 있음에 감사히 여겨."

살벌한 음성에 아무도 입을 열지 못했다. 알렉사르 황제가 유신의 손에 죽었다는 말에 충격을 받은 초가도 더는 머리를 굴리지 못했다. 청일국의 황제가 죽었으니 모든 게 다 끝이었다. 지원군을 보내줄 곳도 없고, 황제가 되려던 원대한 꿈까지 무너졌다. 청일국에 보낸 서신들도 한두 개가 아닌 만큼 빠져나갈 구멍조차 원천 봉쇄되었다. 자신의 끝을 본 그는 힘없이 고개를 떨어뜨렸고, 가후는 지난 몇 년간 속에서 곱씹으며 벼르던 명령을 내렸다.

"들으라. 우현 초가는 나라에 불충한 마음을 품고 적국과 내통하였으며, 전쟁을 일으켜 국력과 국세를 소진하려 들었다. 오늘날 그 죄상이 낱낱이 밝혀진바, 모반죄로 다뤄 구족을 멸할 것이다. 이미 죽은 자는 부관참시하고, 죄인 초가는 능지처참하라. 또한 그의 여식, 초선도 참수하여 성문 앞에 목을 내걸고 반면교사로 삼도록 하라."

추상같은 명령에 초선은 넋을 잃었고, 신료들은 황제의 결단을 기뻐하며 무릎을 꿇고 망극하다 외쳤다. 하지만 그 속에서 해연만큼은 불편한 마음을 금할 길이 없었다. 초가야 응당 마땅한 벌을 받는다고 생각했다. 황후의 동생에게 한 짓만 봐도 용서할 수 없는 사람이었다. 하지만 함께 죽게 생긴 초선은 불쌍했다. 결국, 해연이 자리에서 일어났다.

그녀가 일어나자 마음껏 혓바닥을 놀려대던 신료들이 우뚝 멈췄다. 그들은 의아한 눈빛으로 해연을 올려다보았다. 가후도 힐끔 보았다가 그녀의 얼굴에 깃든 불편함을 읽고 작은 한숨을 지었다. 유신의 공로를 제대로 알려줄 겸 불렀건만, 어쩐지 잘 넘어간다 싶었다.

"무슨 생각 하는지 알겠는데, 안 돼. 모반을 꾀하는 건 대역죄고 그 씨를 말리도록 되어 있다."

가후는 해연의 뜻을 단호하게 차단했다. 하지만 그녀도 물러서지 않았다. 이곳의 법이니 지켜야 한다는 걸 모르지 않았고, 모반죄는 극형을 피할 수 없다는 것도 알고 있었다. 하지만 그럼에도 아비의 죄 때문에 꽃다운 나이에 바스러질 초선이 불쌍했다. 부모의 죄를 대물림하는 연좌제는 옳지 않았고, 사라지는 게 마땅한 법이었다.

"할 말은 많지만, 간단히 할게. 내가 살려달라고 하면 무슨 죄든 구명해 주기로 했잖아. 그것도 네 입으로 직접."

황제가 직접 한 약속은 결코 가벼운 것이 아니었다. 해연은 그 점을 지적했고, 가후는 한숨을 내쉬었다. 초선은 제 아비를 닮아 약지도 못했고, 그냥 철없는 계집아이일 뿐이었다. 살려준다고 한들 위험하진 않겠지만, 뒤가 찝찝한 상태로 사는 건 싫었다. 그가 갈등하고 있을 때, 해연이 아예 쐐기를 박아버렸다.

"폐하께 무릎을 꿇고 초선이를 살려달라 빌까요?"

그녀는 어울리지 않게 존댓말까지 썼다. 안 그러던 사람이 하는 존댓말에는 묘한 힘이 있어서 신료들은 숨까지 죽이고 황제와 신녀의 눈치만 살폈다. 그녀가 무릎까지 꿇겠다는데, 받아주지 않기도 뭐했다. 아마도 신녀가 무릎을 꿇으면 황제는 봐준다는 분위기를 조장하며 초선을 살려줄 것이었다. 그만큼 그들의 황제는 철저히 이득을 챙기는 편이었다. 신녀가 무릎을 꿇으면 신궁의 지위는 황실보다 낮아진다. 항상 신녀와 다투던 황제에게는 충분히 매력적인 제안이었다. 하지만 가후는 해연이 무릎 꿇기 전에 순순히 그녀의 뜻을 받아들여 주었다.

"신녀에게는 빚을 졌고 짐이 일전에 그 약속을 한 것도 사실이니, 초선은 죄를 감형해 목숨만큼은 부지토록 해주겠다. 대신 혼례를 치를 수 없고, 대를 이어서도 아니 된다. 신분은 노비로 강등해 평생 감시 속에서 살도록 하라."

목숨만 구명해 주었을 뿐, 만만찮게 잔인한 형벌이었으나 초선은 그것만으로도 감읍해했다. 그런 그녀를 슬쩍 바라보던 해연은 자신을 향해 남몰래 고개를 숙이는 초가를 보고 슬며시 눈을 감았다. 죽음이 확정된 상황에서도 자식을 살려준 걸 고마워하는 그의 모습이 그녀를 괴롭게 했다. 권력에 눈이 멀어 돌이킬 수 없는 죄를 지었지만, 그럼에도 딸은 사랑한 모양이었다.

## 20.
### 선택이 쌓여 이루어지는 인생

한바탕 눈보라가 휩쓸고 지나간 듯한 근정전에도 평화가 찾아왔다. 가후는 신료들을 모두 내보내고 해연과 하랑, 소렵만 남겨두었다. 유신이 보낸 두루마리를 다들 돌려가며 보고 나서야 가후는 비로소 해연에게 용건을 꺼냈다.

"너, 네가 살던 곳으로 돌아가겠다는 생각은 여전하냐?"

그는 직설적으로 질문을 던졌다. 일순 심각해지는 해연을 보며 가후는 진지하게 말을 이었다.

"첩자들을 처단하고 나면 동연국은 안정기에 접어들 거다."

청일국을 접수한 유신은 해연을 위해서 출혈을 감안하고 첩자 명단을 공개했다. 그건 알렉사르 황제가 일전에 유신에게 준 물건이었다. 신녀를 죽일 때, 그들의 도움을 받으라며 보낸 명단이 요긴하게 쓰였다. 모백은 물론이고, 짐작조차 못 했던 자들도 몇 섞여 있었다. 그 덕에 가후는 황궁 내에 심어져 있던 청일국의 첩자를 모두

가려낼 수 있었다. 그뿐만이 아니었다. 최근 며칠 사이에 벌어진 일들이 동연국의 미래를 상상도 못 할 정도로 바꿔 버렸다.

"황후 덕에 내 목숨도 연장하게 되었고, 유신이 재상에 오르면 동연국과 청일국은 역사상 처음으로 동맹을 맺게 될 거야."

그건 아주 바람직한 현상이었다. 전쟁은 중단되었고, 나라를 갉아먹던 좀벌레들을 퇴치할 수 있게 되었다. 마음과 육체를 나눈 비아는 진정한 아내이자 황후로서 제대로 된 약을 만드는 게 가능해졌다. 약이 모자라 죽을 위기에 처했던 가후는 오래도록 나라를 이끌어갈 수 있게 되었다. 이런 상황에서 문제가 하나 있다면, 그건 해연이었다.

"너도 알다시피 동연국은 기존의 신녀가 환생하기까지 앞으로 몇십 년이 더 걸릴지 모른다. 유신은 자신에게 책임이 있으니 신녀인 제 누이를 종종 보내주겠다고 했지만, 우리는 가리국처럼 우기와 건기가 확실히 나뉘는 게 아니야. 꾸준히 비가 와야 해."

"그래서? 돌아가지 말라고 하고 싶은 거야?"

해연의 목소리가 조금 딱딱해졌다. 사정에 따라 자신의 인생을 이리저리 움직이려는 건 여전히 마음에 들지 않았다. 하지만 오해였던 듯, 그는 고개를 저었다.

"이젠 네게 강요하지 않겠다. 나라를 위해 희생하라고 하지도 않을 거야. 가고 싶다면 언제든지 보내주겠어. 다만, 여기서 후로국까지 가는 시간. 그걸 아끼자는 거다."

유신이 청일국을 장악했으니 후로국까지 직선주로로 갈 수 있었다. 그럼에도 몇 가지 절차를 거치려면 최소한 석 달은 걸릴 거리였다. 가후는 그 시간이 아까웠다.

"천관녀가 직접 온다면 겨울이 지나고 봄이 올 때까지 네가 동연국에 머물 수 있다. 그동안 물을 최대한 비축할 것이고, 너는 하랑과 좀 더 시간을 보낼 수 있겠지. 서로에게 나쁜 생각은 아니라고 보는데?"

가후의 말에 해연과 하랑의 시선이 마주쳤다. 단 하루만이라도 같이 있고 싶은 마음은 변함이 없었다. 게다가 그동안 윤아의 치료도 병행할 수 있을 터였다. 여러모로 보아 나쁘지 않은 제안이었다. 하지만 그 내용에 천관녀의 의견이 배제되어 있다는 점이 문제였다.

"목숨을 버려야 하는 일인데, 여기까지 올까? 한 번도 본 적 없는 나를 위해서?"

해연은 자신이 직접 가도 천관녀가 문을 열어주지 않을 가능성이 높다고 생각했다. 천관녀도 사람이고, 얼마 남지 않은 삶이라 하더라도 남에게 주기는 아까울 것이다. 오히려 얼마 남지 않았기에 더 소중할지도 몰랐다. 그걸 알면서도 이대로 포기할 수가 없어서 후로국으로 가고자 했다. 그런데 그는 완전히 다른 방식의 생각을 하고 있었다.

"목숨은 중요한 거지. 하지만 그보다 더 중요한 게 있는 사람도 존재하는 법이다."

나라를 위해 기꺼이 목숨을 버린 술가 같은 이도 있고, 권력을 위해 목숨을 건 초가 같은 사람도 있었다. 세상에는 무척 다양한 인간이 존재하고, 가후는 그 점을 잘 알았다.

"우선 서신을 보내보자. 저쪽에서 승낙한다면 좋은 거고, 거절한다면 그때 네가 출발해도 늦지 않다. 탈란을 이용해 보내면 열흘 안엔 답신이 올 거야."

괜찮은 제안이었다. 그러나 여전히 고민하는 해연의 어깨에 하랑의 손이 살며시 내려앉았다. 좋은 방법 같으니 따르자는 뜻이었다. 확실히 손해 볼 건 없었다. 전쟁도 중단되었고, 직선주로를 이용할 수 있으니 열흘 정도는 기다려 볼 만했다.

"알겠어. 그렇게 하자."

"그럼 서신은 내가 보내지."

가후는 해연이 보는 앞에서 후로국에 보낼 서신을 썼다. 그 서신은 탈란의 다리에 매달려 후로국으로 향했다. 그것이 동연국의 하늘을 빠져나가자마자 황궁에는 숙청의 회오리바람이 불어닥쳤다.

※

금으로 만든 향로 위로 하얀 연기가 희미한 곡선을 만들며 피어올랐다. 촛불 백여 개를 피운 방 안에는 묘한 향이 감돌았고, 흰머리가 드문드문 난 여인은 다소곳이 무릎을 꿇고 앉아 바닥에 이마를 대며 부복했다. 그녀의 머리가 향한 곳에는 깊은 눈매를 가진 남자가 가부좌를 튼 채 앉아 있었다. 뚜렷한 이목구비에 짧고 거친 수염이 묘한 색기까지 풍기는 사내, 그는 후로국의 황제, 쿠샨이었다.

"고개를 들라."

중저음 목소리가 듣기 좋게 방 안을 울렸다. 그의 명령에 엎드려 있던 여인이 고개를 살짝 들었다. 동글동글한 얼굴에 매부리코를 가진 여인은 주름을 가리기 위해 무척 짙은 화장을 했다. 하지만 그럼에도 얇은 눈썹 아래에 자리한 검은 눈동자는 차분하고 이지적인 느낌을 풍겼다.

쿠샨은 그녀의 안색을 살피려 했다. 그러나 두꺼운 화장으로 가린 얼굴에서는 좀처럼 병색을 파악하기가 어려웠다.

"몸은 좀 어떤가?"

"폐하께옵서 부르시면 달려갈 정도는 되옵니다."

여인의 뼈 있는 말에 쿠샨은 코웃음을 쳤다. 그녀는 그가 직접 행차하는 걸 무척 싫어했다. 신녀가 있는 궁전에 황제까지 납시면 아랫것들이 곤란하다는 게 이유였다. 최근 들어 신녀가 그를 싫어하는 티를 팍팍 내고 있었으니, 모시는 사람 입장에서는 불편할 만도 했다. 하지만 그는 번번이 말을 들어주지 않았다. 여인에게 병이 생긴 뒤로는 더 상습적으로 들렀다. 신녀를 약 올리려는 속셈도 있었고, 점술에 맛 들린 탓도 있었다.

"오늘은 중요한 일이 생겨서 직접 걸음한 것이다. 그러니 신녀의 타박은 기껍게 받도록."

속 모를 말장난이나 치는 황제의 태도에 그녀는 간신히 한숨을 삼켰다. 그러다 황제의 손에 들린 붉은 두루마리를 발견했다. 적색 비단에 황룡을 수놓은, 척 봐도 동연국의 황실을 뜻하는 두루마리였다.

"동연국에서 온, 그 두루마리와 관련된 것이옵니까?"

"그래, 맞아. 직접 보겠나?"

쿠샨은 가후가 보낸 두루마리를 내밀었다. 여인은 무릎걸음으로 나아가 두루마리를 공손히 받아 들었다. 다시 뒷걸음질로 돌아간 뒤에 조심히 두루마리를 펼치고 읽어 나갔다. 오대국 공용어로 적힌 서찰에는 동연국의 사정과 신녀의 사연이 자세하게 기록되어 있었다. 마지막 글자에까지 시선이 닿고 나서도 그녀는 별다른 표정 변화 없이 두루마리를 반으로 접어 고이 내려놓았다.

"이 내용이 사실입니까?"

쉽사리 믿기 어려운 이야기라 여인은 확인을 위해 물었다. 쿠샨은 꺼림칙한 얼굴로 고개를 끄덕였다.

"신녀가 살해당하고 얼마 지나지 않아 동연국에 새 신녀가 내려오긴 했지. 그때, 천관녀를 이용해 하늘에 제를 지냈다고 했다. 당연히 천관녀는 죽었고."

"이 서신의 내용이 사실이란 말씀이시군요."

"아마도 그럴 거야. 그 미친놈이 무슨 생각인진 모르겠지만."

가후를 떠올린 쿠샨의 눈매가 좁혀졌다. 현재 오대국에서 가장 영악한 황제를 꼽자면, 단연코 동방을 다스리는 광포한 붉은 용, 가후였다. 그는 혀를 내두르다 못해 질릴 만큼 이해타산에 밝은 자였다. 그래서 더욱더 서찰에 담긴 의미를 파악하기가 어려웠다. 그도 그럴 것이, 두루마리에는 동연국에 불이익이 갈 내용이 담겨 있었다. 어린 신녀가 죽고 새로운 신녀를 얻었는데, 그 신녀를 돌려보낼 천관녀를 보내달라는 게 주된 내용이었다. 신녀가 돌아가면 가뭄이 깃드는 건 당연한데도 가후는 전부 감내하겠다는 의지를 표명해 왔다.

쿠샨은 앞에 부복한 여인을 바라보았다. 굳이 두루마리를 들고 신궁까지 찾아온 연유는 그녀가 바로 가후가 원하는 천관녀이기 때문이었다. 또한 웬만한 신하보다 더 지혜롭고 충직한 만큼 적절한 의견을 내주리라 여겼다.

"그대는 어찌 생각하지?"

그의 질문에 천관녀는 더 생각할 것도 없다는 듯 곧바로 답을 올렸다.

"소인을 보내주셔야 하옵니다. 이 육신이 버틸 수 있을 때, 최대한 이른 시일 내로 출발할 수 있도록 윤허하여 주시옵소서. 저쪽에서 적당한 사유도 만들어주겠다고 했으니 청일국을 가로질러 갈 수 있을 것이옵니다."

"가면 죽을 텐데?"

가후가 원하는 건 천관녀의 목숨이었다. 쿠샨은 그 점을 지적하며 슬며시 의중을 떠봤으나 그녀의 의지는 확고했다. 처음으로 쿠샨의 허락 없이 고개를 든 여인은 황제를 똑바로 직시했다.

"알렉사르 황제도 죽었으니, 오대륙의 패자는 자연히 동연국이 될 것이옵니다. 그걸 방치한다면 후로국의 앞날에도 좋지 않사옵니다. 또한 지금이 아니면 동연국의 기세를 누르기가 더 힘들어질 것이옵니다. 얼마 남지 않은 소인의 목숨이 나라에 도움이 된다면, 그보다 더한 영광이 어디 있겠습니까? 부디 윤허하여 주시옵소서."

여인은 서슴없이 목숨을 버릴 각오를 하며 차가운 바닥에 머리를 조아렸다. 한 치의 두려움도, 한 치의 망설임도 존재하지 않았다. 그녀에게서 위국충절의 기개를 느낀 쿠샨의 눈빛도 진중해졌다. 그는 여인을 향해 고개를 살짝 숙였다. 죽기 직전까지 나라를 위해 희생하겠다는 그녀의 결단에 황제인 그도 감탄할 수밖에 없었다.

며칠에 걸쳐 진행된 숙청에 동연국의 분위기는 급격히 흉흉해졌다. 하루가 멀다 하고 달천대의 손에 배반자들이 잡혀가고, 그 가솔들은 죽거나 노비로 강등되었다. 대소 신료들뿐만 아니라 황궁 안에 있던 간자들도 굴비 엮듯 엮여서 지하 감옥으로 줄줄이 보내졌다. 그중에는 당연히 모백도 있었다. 평소에도 하랑이나 신녀에게 태도가 좋지 않던 그는 빠져나갈 방법을 찾지 못했고, 그대로 형장의 이슬이 되어 사라졌다. 하루에도 댓 명씩은 처형당하거나 유배

되는 어수선한 상황 속에서 해연은 웃어야 할지, 울어야 할지 모를 소식을 접했다.

"온다고?"

용주전에 있는 황제의 집무실에 자리한 해연은 앞에 앉아 있는 가후를 믿기 어렵다는 얼굴로 바라보았다. 갑자기 부르기에 후로국에서 답변이 온 건 아닐까 했지만, 이런 답변일 줄은 몰랐다.

가후는 따뜻한 찻물을 입안으로 흘려보냈다. 바싹바싹 말라가는 속을 찻물로 달랬으나 입맛이 씁쓸한 것까진 어쩔 수 없었다.

"하늘의 문을 열어주겠다고 하더군. 그 여자에게는 얼마 남지 않은 목숨보다 나라가 더 중한 모양이다. 어떻게든 널 돌려보낼 생각에 혈안이 되어 있는 걸 보면."

가후의 말에 해연은 고개를 숙였다. 그녀에게 동연국은 모국이 아니지만, 정을 붙인 나라였다. 그런 나라를 등지고 돌아가려 하는 자신과 제 나라에 힘을 실어주려는 천관녀가 너무나 비교되었다. 또한 자신의 존재가 그만큼 국력에 큰 영향을 끼친다는 사실이 그녀로 하여금 죄책감에 빠지게 했다.

드디어 돌아갈 수 있게 되었는데도 기운 없어 보이는 해연의 모습에 가후는 쓴 입맛을 다셨다. 하지 않아도 될 말을 굳이 한 건 괜한 투정일 수도 있고, 불안감 때문일 수도 있었다. 물의 신녀 없이 몇 십 년간 나라를 이끌어간다는 건 무척 힘겨운 일이기에 더 그랬다. 하지만 자신에겐 그럴 자격이 없음을 그도 잘 알고 있었다.

"됐다. 어깨 펴라. 피해자는 넌데, 어느 순간부터 내가 더 불평을 하고 있었군."

힘겹게 한숨을 삼킨 그는 속상한 마음을 감추고 화제를 바꿨다.

"천관녀에게 답을 들었으니 이젠 대관식 준비를 해야 한다. 네 대관식이 진행되어야 후로국에서도 사절단을 무리 없이 꾸릴 수 있고, 유신도 그들에게 직선주로를 열어줄 명분이 생겨."

대관식을 하자마자 신녀가 사라진다면 소요가 일 테지만, 그건 황제인 그가 감당해야 할 문제였다. 또한 해연에게는 그보다 더 좋은 방법이 없었다. 대관식을 핑계로 그리운 사람들을 만날 수도 있고, 유신도 귀족들의 반발 없이 후로국의 사절단에게 길을 열어줄 수 있기 때문이었다. 그 사실을 아는 해연도 고개를 끄덕였다.

"알았어. 무녀들에게 준비해 달라고 할게."

"그래. 그리고…… 윤아도 많이 좋아지고 있던데, 네겐 항상 신세만 진다."

가후는 요즘 들어 부쩍 나아진 처제를 떠올리며 고마워했다. 어린 처제를 지켜주지 못한 부분이 항상 마음에 걸렸는데, 해연이 매일 황후전에 들러 마음을 안정시켜 주는 것이 꽤 효과가 좋았다. 아직 말은 잘 못하지만, 해연에게만큼은 자주 웃어주며 붙임성 있게 굴곤 했다. 그 모습을 떠올린 해연은 무거워서 굽어졌던 어깨를 조금이나마 펴고 웃을 수 있었다.


사흘간 춥던 날씨가 나흘째부터는 풀리기 시작했다. 첩자를 척결하는 일은 마무리가 되었고, 나라는 다시 정상적으로 운영되었다. 몸을 사리며 웅크렸던 동연국 사람들도 천천히 활동을 늘려갔다.

해연이 있는 신궁도 겨울을 잊을 만큼 바빠졌다. 내년 봄에 신녀의 대관식을 치르겠다는 포고가 내려졌기 때문이다. 가후는 각 나라에 공식적으로 대관식을 알렸고, 축하 사절단의 방문도 윤허했다. 그에 따라 신궁과 황궁은 손님을 맞이할 준비에 박차를 가했다. 한동안 싱숭생숭한 마음을 가누지 못하던 해연도 오랜만에 시간이 난 하랑과 함께 바람을 쐬며 회랑을 거닐었다.

무녀들과 달천대원들은 적당히 뒤로 떼어놓고 슬며시 손을 잡아오는 하랑의 손길이 해연을 미소 짓게 했다. 차가운 겨울바람을 막아주는 든든한 손은 언제 잡아도 따뜻했다. 보폭을 맞춰주는 그를 올려다보다가 눈이 마주쳤다. 순간, 눈웃음을 짓는 하랑의 모습에 해연은 쓰라린 마음을 감췄다. 그도 천관녀의 대답을 가후에게 전해 들었을 것이다. 그래도 자신을 위해 내색하지 않으려 애쓰고 있었다.

"저기, 하랑."

해연이 걸음을 멈추자 하랑은 물론이고, 뒤따라오던 이들도 모두 멈췄다. 그의 얼굴을 보니 같이 한국으로 갈 수 있느냐는 질문이 목 안을 맴돌았다. 평생을 함께하고 싶은데, 한편으로는 그에게 못할 짓을 하는 것 같아 쉬이 말을 꺼내지 못했다. 그렇게 머뭇거릴 때, 저 멀리서 무언가 후다닥 달려오는 게 보였다.

"소여!"

콧수염을 휘날리며 달려온 사륜은 회랑 위로 훌쩍 뛰어올랐다. 그는 소여 앞에 아슬아슬하게 멈춰 서서 놀란 그녀에게 화분 하나를 떠맡기듯이 내밀었다. 얼떨결에 화분을 받은 소여는 멍하니 그를 올려다보았다. 어디서 뒹굴고 왔는지 전체적으로 흙투성이가 되어 있었다. 항상 멋 부리던 그가 왜 이렇게까지 됐는지는 알 수 없었으나, 그래도 저를 보고 활짝 웃는 모습이 꽤 귀엽다는 생각이 들었다. 본인 생각에 스스로 흠칫 놀라 볼을 붉히는 소여를 사륜은 초롱초롱한 눈망울로 바라보았다.

"이 겨울에 그대에게 줄 꽃을 찾느라 삼 일 밤낮을 산속에서 헤맨 거 아오? 저번에 꽃을 꺾어왔다고 싫어하기에, 이번엔 아예 뿌리째 살려서 가져왔소."

그는 칭찬을 바라는 강아지처럼 자신이 그녀를 위해 얼마나 고생했는지를 설명했다. 그리고 무척 조심스러운 얼굴로 소여의 안색을 살폈다. 이쯤 되면 항상 정색하며 꽃에 시선도 주지 않고 가버리던 그녀였기 때문이다.

"받, 받아주겠소?"

긴장한 사륜은 말까지 더듬으며 소여의 반응을 관찰했다. 주위에 보는 눈이 있으면 더 칼같이 거부하던 그녀가 어찌 된 일인지 품에 안은 화분을 다시 떠넘기지 않았다. 사륜은 믿기지 않는 듯 눈을 크게 떴고, 소여는 발갛게 물든 얼굴로 꽃에만 시선을 고정했다. 주위에서 키득거리며 놀리는 소리가 들렸지만, 이번에도 소여는 기분 나쁘게 받아들이지 않았다. 그녀는 아마도 꽃향기가 좋아서 그럴 것이라고 자신의 마음을 정의하려 했다. 하지만 사륜의 생각은 조금 달랐다.

"드디어 내 마음을 받아주는 거요? 그럼 우리 후년 봄에는 혼례도 올릴 수 있는 건가?"

심각하게 많이 나간 사륜의 말에 소여가 화들짝 놀라며 고개를 들었다. 하지만 그녀의 시선은 사륜의 뒤로 다가온 커다란 덩치에 박혔다. 사륜도 위험을 느꼈는지 몸을 돌리려 했으나 그전에 두꺼운 팔뚝이 그의 머리를 감쌌다.

"으아악! 형님!"

순식간에 당한 사륜은 비명을 질렀다. 하지만 그의 비명에도 도평은 아랑곳하지 않고 팔에 힘을 주었다. 주위에서 히죽히죽 웃으며 두통 맛을 알려주라고 재촉하는 동료들을 보니 힘이 더 솟는 듯했다.

"우리 아우가 어디 가서 죽었나 했더니, 잠도 못 자고 꽃을 찾느라 고생했구나아? 덕분에 네가 할 일은 노총각으로 늙어가는 이 형님들이 뜬눈으로 지새가면서 다 하고오?"

부드럽게 웃으며 끝을 늘리는 말투 속에는 가시가 맺혀 있었다. 질투도 적절히 섞인 애정 어린 손길에 사륜은 죽을 맛이었다. 그는 도평을 말려줄 수 있는 유일한 인물인 제 대장을 애타게 부르짖으며 그를 자신의 편으로 끌어들이려 했다.

"대장! 형님 좀 말려…… 으악! 대장도 신녀님 만나서 놀잖소!"

도평의 팔이 움찔하며 팔뚝에 가하던 힘이 끊겼다. 도평과 달천대원들의 시선이 딱 붙어 있는 해연과 하랑에게 향했다. 뭔가 분노 어린 시선에 해연이 움찔하자 하랑이 그녀를 제 뒤로 숨기며 부하들을 노려보았다. 어디다 대고 눈을 부라리느냐는 눈빛에 달천대원들은 순식간에 꼬리를 말고 시선을 바닥으로 옮겼다.

"내 할 일은 다 해놓고 만난다."

숙청이다 뭐다, 일이 많다 보니 부하들이 예민해진 걸 아는 그는 친히 설명까지 해가며 자신의 혐의를 부인했다. 순식간에 납득한 도평은 다시 팔에 힘을 주었고, 숨 좀 돌리려던 사륜은 비명을 질러야 했다. 소여 혼자 안절부절못하고 다들 피식피식 웃는 상황에서 해연은 하랑을 바라보았다. 부하들을 보는 그의 시선에는 애정이 가득했다. 잘 표현하지는 않아도 그들을 얼마나 챙기는지 알 수 있었다. 그리고 다시 한 번 느꼈다. 그가 있어야 할 곳은 이곳임을. 번복할 수 없는 결정을 앞에 두고 해연의 속은 새까맣게 타들어 갔다.

한기를 품은 눈이 온 세상을 얼어붙게 만들고, 매서운 설한풍은 동상 입은 귀에 고함을 치며 지나갔다. 청일국과 동연국의 국경 지대, 한때는 허허벌판이던 그곳에 수십 개의 하얀 천막이 옹기종기 모여 있었다. 꼭대기가 뚫린 천막에서는 회색 연기가 피어오르다 한풍에 휩쓸렸고, 두런두런 흘러나오는 병사들의 이야기 소리도 사정없이 잡아먹혔다.

언뜻 보면 평화롭고, 얼핏 보면 추위와 사투를 벌이는 듯한 그곳에, 묘한 비린내가 나는 곳이 딱 한 군데 있었다. 천막 중 가장 큰 막사의 바닥. 그곳에는 붉은 웅덩이가 만들어졌다. 끈적끈적하고 비린내가 나는 웅덩이 주변으로 옆구리에 붉은 단검이 반쯤 박힌 중년 남성이 간신히 서 있었다. 아니, 엄밀히 따지자면, 목을 조르는 은빛 채찍이 그를 억지로 일으켜 세워둔 상태였다.

"커헉!"

채찍이 목을 더 조이자 천장을 향해 벌어진 중년 사내의 입에서 괴로운 소리가 흘러나왔다. 바들바들 떠는 그의 눈동자가 좀 전까지만 해도 자신이 누워 있던 침상으로 향했다. 그곳에는 주홍빛 머리카락을 높이 묶은 젊은 여성이 다리를 꼬고 앉아 있었다. 보라색에 하얀 독수리가 수놓아진 두루마리의 내용을 다 읽은 그녀는 경멸이 가득한 얼굴로 사내를 바라보았다.

"어딜 그리 분주히 가시나 했더니, 동연국 신녀의 대관식을 축하하러 간다?"

싸늘한 루시의 시선에는 꾹꾹 눌러 담은 노기가 가득했다. 동연국을 공격하지는 못할망정, 봄에 있을 신녀의 대관식을 위해 보물을 바리바리 싸 들고 길을 재촉한다는 게 그녀를 화나게 했다.

"황제 폐하께옵서 억울하게 승하하셨거늘! 잔칫집에 놀러간다는 것이더냐!"

"끄윽!"

루시의 감정에 동화된 채찍은 사내의 목을 더 조여갔다. 그의 눈알이 뒤집어지고, 벌어진 입에서는 삼키지 못한 침이 질질 흘렀다. 죽어가는 그를 잠시 감상하던 그녀는 제 곁에 놓인 작은 편지 봉투를 집어 올렸다.

재상의 안장이 중앙에 떡하니 찍힌 편지를 그녀는 망설임 없이 뜯었다. 서한을 밀봉하고 있던 식은 촛농 덩어리가 바닥으로 툭 떨어지고, 그녀는 장문의 편지를 쭉 읽어 내려갔다.

"하, 하하! 하하하하하하!"

루시는 배를 부여잡고 미친 듯이 웃었다. 한참을 그리 웃던 그녀는 정말 못 말리겠다는 듯 고개를 설레설레 저었다.

"단살단의 두령이 동연국 신녀에게 보내는 연서라니. 이거 진짜 웃긴 짓거리군."

한껏 비아냥대며 웃던 루시는 뚜둑— 뼈 부러지는 소리에 사내를 힐끔 쳐다보았다. 이미 목이 부러졌는지 몸을 축 늘어뜨린 남자는 채찍에 그대로 걸려 있었다. 그 징그러운 모습을 훑던 그녀의 시선이 그의 옆구리에 박힌 불의 검에 머물렀다.

'폐하.'

이제는 곁에 없는 황제가 루시의 얼굴에 그리움을 새겼다. 그녀는 그를 사랑했다. 신탁이 내려온 여인과만 결혼하는 황가의 전통을 알고 있었지만, 그래도 그를 사랑했다. 자신을 봐주지 않아도 그의 모든 것을 사랑했다. 그런데 이제 그는 곁에 없었고, 풀리지 않는 분노만이 끊임없이 몸뚱이를 키웠다.

'그래. 너도 겪어보아라, 유신!'

루시의 시선이 사내의 옆구리에 박힌 불의 검에서 손에 들린 연서로 옮겨졌다.

※

땅을 얼리던 눈이 녹으면서 붉은 동백꽃과 노란 수선화가 피는 계절이 왔다. 가리국과 청일국의 사절단이 곧 도착한다는 소식이 전해지자 신궁과 황궁은 더욱 분주해졌다. 그렇게 정신없는 와중에도 해연은 매일같이 황후전에 들러 윤아의 치료를 도왔다.

탁자 위에 오른 다과를 열심히 집어 먹는 윤아를 해연은 흐뭇하게 지켜보았다. 이제는 밥도 혼자 먹고 어눌하지만 말도 곧잘 하곤 했다. 마음이 안정되다 보니 손을 떠는 일도 사라졌고, 살도 꽤 붙어서 비아와 자매 같은 느낌도 물씬 들었다.

"윤아야, 차도 마셔가면서 천천히 먹어."

해연은 마시기 적당할 만큼 식은 차를 앞에 놓아주며 말했다. 항상 동생이 하나 있었으면 하던 터라 그녀를 자신의 친동생처럼 돌봤다. 지금도 윤아를 보는 해연의 눈빛에는 애정이 담뿍 담겨 있었다. 사이좋은 두 사람의 모습을 지켜보던 비아는 곱게 웃으며 곁에 선 보덕에게 손짓했다. 황후의 손짓에 보덕은 얼른 몸을 돌려 협탁 위에 올려놓았던 상자를 들고 왔다.

상자가 다과 옆에 놓이자 해연은 윤아에게서 시선을 떼고 상자에 관심을 주었다. 무엇이냐 묻자, 비아는 싱긋 눈웃음을 지으며 상자를 열었다. 그 안에는 하얀 비단에 투명하고 작은 보석을 수도 없이 많이 달아둔 옷이 있었다. 놀라는 해연에게 비아는 상자를 살짝 밀며 수줍게 말을 꺼냈다.

"동연국에서는 여인이 인륜대사를 치를 때 가족이 옷을 지어준답니다. 혼인이 아닌 대관식이지만, 제 손으로 신녀님의 예복을 짓고 싶었어요."

겨울 동안 비아가 정성을 들여 지은 옷이었다. 작은 보석까지 아름답게 박힌 옷은 딱 봐도 여간한 노력이 아니고서야 만들기 어려워 보였다. 해연은 감탄했고, 윤아도 손뼉을 치며 좋아했다.

"나, 했어!"

윤아가 자기도 옷을 짓는 데 거들었다며 끼어들었다. 흐뭇하게 옷은 비아는 윤아가 보석을 집어주었다며 공로를 인정했고, 해연은 그녀의 머리를 쓰다듬어 주었다.

"고마워, 윤아. 잘 입을게."

해연의 칭찬을 받은 윤아의 입이 헤벌쭉 벌어졌다. 그러곤 다시 다과를 먹는 데 집중했다. 그제야 해연은 비아에게 감사함을 전했다. 뜻밖의 정성 어린 선물이 매우 고마웠다. 기뻐하는 해연의 모습에 비아도 뿌듯해하며 즐거워했다. 그렇게 화기애애한 분위기 속에서 비아는 조심스럽게 궁금한 이야기를 꺼냈다.

"듣자 하니 후로국의 사절단도 국경을 넘었다던데, 신녀님은 결정을 내리셨나요?"

"그건, 아직⋯⋯."

해연은 머뭇거리며 말끝을 흐렸다. 부모님을 위해 한국으로 돌아간다면 자신과 하랑은 괴로운 삶을 살게 될 테고, 그렇다고 이곳에 남자니 아직 슬픔을 이겨내지 못한 엄마와 점점 지쳐 가는 아빠가 마음에 걸렸다. 하지만 대충 어떻게 해야 할지는 윤곽이 잡히고 있었다.

"안 그래도 그 일로 부탁할 게 있는데요."

"부탁이요?"

무슨 부탁일지 궁금해하는 비아에게 해연은 빙긋 웃어 보였다.

곧 세 여인은 황후전을 나와 연화원에 있는 팔각정으로 자리를 옮겼다. 겨우내 얼어있던 연못 물이 아직 다 녹지 않은 그곳에 하랑과 황제가 있었다.

하랑은 팔각정 난간에 편하게 걸터앉아 있었고, 가후는 중앙에 놓인 의자 뒤에 서서 뒷짐을 진 채 미간을 팍 찌푸린 상태였다. 그의 정면으로 조금 떨어진 곳에는 널찍한 나무판이 놓여 있었고, 그 위에 걸어둔 커다란 종이에 궁정 화가가 무언가를 분주히 그리는 중이었다.

화가의 뒤쪽으로 가서 그림을 본 비아는 상황이 어찌 돌아가고 있는 것인지 금세 파악할 수 있었다. 아직 많이 비어 있는 종이 중앙에는 해연이 앉아 있었고, 그녀의 뒤쪽으로 하랑이 서 있었다. 가후는 하랑의 옆에 새롭게 그려지는 중이었다.

"신녀님, 이것은 인물화가 아닙니까?"

비아는 자신에게 예를 갖추려는 화가를 말리며 그림에 열중하라 손짓했다. 그가 다시 그림에 빠져드는 사이, 해연이 비아의 말에 대답해 주었다.

"맞아요. 황후마마도 저기로 가서 앉으세요. 윤아도 같이요."

해연은 황후를 의자로 데려갔다. 가후의 앞에 놓인 의자에 황후가 자리하고, 윤아는 바닥에 편히 앉아 그녀의 다리에 머리를 올려놓았다. 화가가 그리기 편하도록 움직이지 말라고 신신당부를 하고 해연은 하랑이 있는 곳으로 갔다. 그는 두 팔을 벌려 그녀를 맞이했다. 하랑의 무릎 위에 앉은 해연은 모델이 된 가후에게 잔소리를 늘어놓았다. 평생 보관할 그림인데 미간이 너무 찌푸려져 있는 게 보기 좋지 않은 탓이었다.

"좀 웃어. 금방 끝나잖아."

워낙 바쁜 인물들을 넣다 보니 얼굴과 몸의 형태만 그려지면 옷이나 장신구는 화가가 따로 추가해서 넣는 방식이었다. 그러니 잠깐만 버티면 되는데, 가후는 시간을 빼앗긴 사실이 영 못마땅한 모양이었다.

"바쁜 사람 붙잡고 이게 뭐 하자는 거냐? 조금 있으면 가리국 사절단도 도착한단 말이다."

"날 위해서 잠깐도 투자 못 해? 얼굴 찌푸려져 있으면 다시 그리라고 할 거야."

해연은 투덜대는 가후를 협박했다. 다행히 그 협박이 통했는지 그는 간신히 미간을 폈다. 두 사람의 투닥거림에 활짝 웃는 비아와 윤아는 더욱 예쁘게 그려졌다. 그렇게 종이 위에는 한 명, 한 명, 해연이 만났던 인연이 채워져 갔다. 하지만 그 누구도 그림을 그리는 이유에 대해서는 묻지 않았다. 그녀의 사정을 아는 이들은 해연이 고향에 도착했을 때 이곳을 추억할 물건을 만드는 것이라고 짐작할 뿐이었다. 하랑도 가슴 아픈 이별의 감정을 숨기며 그녀가 원하는 대로 해주었다. 해연이 떠날 준비를 하고 있음을 조금씩 체감하면서.

그림 작업이 윤아를 거쳐 황후까지 다 끝난 뒤에야 해연은 신궁으로 돌아왔다. 벌써 해가 저물어가고 있었지만 작은 책과 붓을 꺼내고 탁자 앞에 자리를 잡았다. 갈색으로 된 책 표지를 펼치자 아무것도 없는 백지가 하얀 전신을 드러냈다. 해연은 먹물에 적신 붓을 들고 한참을 고민하다가 이윽고 크게 심호흡을 한 뒤 글을 쓰기 시작했다.

먹이 번지지 않게 양을 잘 조절해 가면서 해연은 익숙하게 한글을 써 내려갔다. 예전에 신녀의 서를 필사한 것이 많은 도움이 되었는지, 붓으로 쓴 글씨가 제법 깔끔했다. 옛 기억을 더듬어가며 글을 쓰던 해연의 손이 멈춘 건, 반가운 손님이 신궁을 방문했을 때였다.

문을 열고 나타난 여인을 본 해연의 얼굴에 환한 미소가 걸쳐졌다. 큰 키에 회색빛 짧은 머리카락, 탄력 있는 구릿빛 피부와 쌀쌀한 날씨에도 여전히 시원하게 드러낸 몸. 그녀는 가리국의 사절단을 이끌고 온 알리샤였다.

"알리샤!"

해연은 후다닥 달려가서 그녀를 꽉 껴안았다. 생각보다 더 격한 환대에 알리샤도 눈을 곱게 휘며 웃었다. 서로 정답게 인사를 나눈 뒤에 해연은 그녀를 자리로 안내했다. 탁자 위에 있던 종이와 필기도구는 잠시 다른 곳에 옮겨놓고 두 사람은 오랜만에 마주 앉았다.

"신녀님, 그동안 잘 지내셨나요?"

"나야 잘 지냈죠. 알리샤는 저번에 다친 곳 어때요? 괜찮아요?"

가리국을 떠나올 때 알리샤의 몸이 좋지 않아서 제대로 인사도 못 하고 헤어졌다. 하랑과의 전투에서 생긴 부상인 데다 치료를 도와주지 못한 것이 못내 마음에 걸렸던 해연은 가장 먼저 상처에 대해 물었다. 다행히 알리샤의 반응은 좋았다.

"공력 덕에 금방 나았어요. 사막을 건너왔어도 끄떡없답니다."

튼튼하다는 걸 강조하기라도 하듯이 알리샤는 두 주먹을 불끈 쥐어 보였다. 그제야 해연은 그녀가 들고 있는 작은 종이를 발견했다. 정말 대충 접은 듯 보이는 종이에 해연의 시선이 닿자, 알리샤도 제 손에 들린 종이의 존재를 깨달았다.

"아, 맞다. 이거, 곤이 신녀님께 전해달라고 한 편지예요."

과격한 힘에 꾸깃꾸깃해진 종이를 알리샤는 민망해하며 건넸다. 그녀답다는 생각에 작게 웃은 해연은 편지를 펼쳐 보았다. 처음 본 곤의 필체는 악필이라 해도 무방할 정도로 엉망이었다. 하지만 그 뜻을 이해하는 데는 무리가 없었다. 편지에는 이렇게 적혀 있었다.

―이봐, 신녀. 네가 떠난 뒤에 생각해 봤는데, 화났다고 작별 인사도 못 한 건 좀 미안하더라. 그래서 이렇게 편지를 쓴다. 네가 살던 곳으로 가게 되면 조심히 잘 가고, 이곳에서 살 거면 나한테 시집이나 와라. 하랑보다 내가 더 잘해줄게. 요즘 황제랑 황비마마랑 눈 맞아서 붙어 다니는 거 보면 배알이 꼴려.

그 이후에는 더 쓸데없는 내용만 가득했다. 대체로 한풀이 같은 느낌. 그래도 그가 슐가의 죽음을 딛고 조금은 명랑해진 것 같아 해연은 마음을 놓을 수 있었다.

"황제 폐하와 황비마마의 사이가 좋은가 봐요?"

해연이 편지를 접으며 한 말에 알리샤는 흐뭇해했다. 황비와 황제가 알콩달콩한 덕에 곤이 황비에 대한 미련을 많이 버렸다. 최근에는 장가가고 싶다는 말을 입에 달고 살 정도였다. 슐가가 죽은 뒤에는 여성 편력도 많이 고쳐졌으니, 그로 인해 고생해 왔던 알리샤에게는 더없이 좋은 증상들이었다.

"정말 두 분이 신기할 만큼 사이가 좋아지셨어요. 다들 올해에는 황비마마의 회임 소식도 들을 수 있지 않을까, 기대하고 있답니다. 태자 전하가 공력을 가지고 태어나시면 사막에서 나는 보석량도 달라지니, 나라도 좀 더 안정되겠죠. 그리만 된다면 폐하께옵서 민생을 위해 쓰시겠다고 제게 귀띔도 해주셨어요."

알리샤는 기분 좋게 가리국의 이야기를 풀어놓았다. 황제가 백성들에게 관심을 두기 시작한 것도 다행이고, 후손을 낳아 황실을 안정시킬 여지가 생긴 것도 반가운 일이었다. 그리고 무엇보다 기쁜 건 가후에 대한 곤의 분노가 많이 수그러들었다는 점이었다. 복수하겠다는 일념으로 힘을 키우던 곤은 몇 개월 사이에 생각을 조금 달리했다. 암살을 포기하고 합의를 보기로 한 것이다.

"좀 전에 동연국의 황제 폐하께 인사를 드리면서 곤의 서신을 전했습니다. 다 읽으신 뒤에 눈이 썩었다며 불태우긴 하셨지만, 오하르의 충절을 기리는 추모비를 세우고 희생된 병사들이 묻힌 곳에 비석도 세워주겠다고 하셨어요."

알리샤는 황궁에 들어오자마자 가후에게 곤의 서신을 전달했다. 우려했던 것과 달리 황제는 곤의 뜻을 순순히 받아들여 주었다. 슐가의 충심은 본인도 인정하며, 비록 타국의 신료였으나 본받을 바가 많으므로 추모비를 세워주겠다고 했다. 또한 그 자리에서 곤의 상소문에 대해 따로 비답을 내리기도 했다.

그 얘기를 들은 해연은 비답 내용이 무척 궁금했다. 저주가 많이 약화되면서 잔학함이 감소하긴 했어도 그 모난 성격은 아직도 유지 중이었다. 게다가 가후와 곤은 성격이 비슷한 부분도 있어서 충돌하지 않았다면 그것이 더 이상한 일이었다.

"뭐라고 비답을 내렸는데요?"

"그게……."

조금 머뭇거리던 알리샤는 어색하게 웃었다. 미친 황제라는 소리는 듣긴 했지만, 신료들과 사절단이 자리한 곳에서 그렇게 대놓고 말할 줄은 몰랐다. 재촉하는 해연의 눈빛에 알리샤는 간단하게 말을 정리해서 들려주었다.

"멍청해서 짐을 협박하면 어찌 되는지 모르나 본데, 오하르를 생각해서 이번 한 번은 용서해 줄 테니, 아니꼬운 게 있으면 한판 뜨러 오라고. 불속에서 비명을 지르게 해주겠다고……."

차마 마지막에 쏟아지던 그 욕들을 다 옮길 자신이 없던 알리샤는 결국 말을 하다 말고 입을 다물었다. 지독한 글씨체에 눈이 썩는 줄 알았다며, 이걸 짐에게 해독하라고 가져온 거냐고 화를 낼 때는 알리샤도 할 말이 없었다. 그나마 하랑이 중간에서 중재를 해줬기에 망정이지, 그렇지 않았다면 머리가 문드러질 때까지 욕을 들었을 것이었다.

알리샤의 얘기에 해연은 양심이 콕콕 찔렸다. 그림 때문에 쌓인 그의 분노가 엄한 데 가서 터진 듯했다. 사실을 밝히기도 애매한 상황에서 해연이 이어갈 말을 찾지 못하고 민망해하자 알리샤가 금세 다른 화제를 꺼냈다.

"아참, 오하르의 일이 이렇게 평화롭게 해결된 게 하랑 대장 덕분인 거 아세요?"

"하랑이요?"

해연은 무슨 소린가 싶어 고개를 갸웃거렸다. 곤이 복수를 포기하고 가후와 타협을 본 것에 하랑이 무슨 영향을 끼쳤나 싶었다. 하지만 이어지는 알리샤의 말에 해연은 놀랄 수밖에 없었다.

"사실 그가 떠나기 전에 곤에게 충고를 좀 한 모양이에요. 그때부터 곤이 오하르의 타계를 다방면으로 생각하더라고요. 사실 저희가 동연국에 타격을 주기도 했고, 오하르가 죽을 줄 알면서도 자원했다는 부분도 그가 분노를 내려놓는 데 영향을 주었겠죠. 아무튼, 하랑 대장 덕에 곤이 한층 더 성숙해졌으니 참으로 감사한 일이에요."

알리샤는 그 뒤로도 입이 마르도록 하랑을 칭찬했다. 곤에게 깨달음을 주었다며 늘어놓는 칭찬에 해연도 뿌듯함을 느꼈다. 자신의 남자가 그렇게 배려심이 많다면서 알리샤에게 은근슬쩍 자랑하기도 했다. 두 여인이 하랑을 두고 서로 칭찬하느라 기분 좋은 시간을 보내고 있을 때, 황궁도 분주해졌다. 가리국 사절단에게 그들이 머물 전각을 안내해 주자마자 청일국의 사절단도 도착했기 때문이다.

내관 달봉은 종종걸음으로, 반쯤 언 땅 위를 조심히 걸어갔다. 그는 흑마 앞에서 걸음을 멈추고는 허리를 숙이며 머리를 조아렸다. 그의 시선이 말의 엉덩이 쪽으로 넓게 펼쳐진, 검은 망토 자락 끝에 걸렸다.

"청일국 사절단의 총지휘관 되십니까?"

"그렇다."

곱지만 딱딱하기도 한 음성이 머리 위에서 들려왔다. 조심스럽게 고개를 든 달봉은 몸에 딱 붙는 검은 옷을 입고, 주홍빛 머리카락을 높이 올려 묶은 아름다운 여인을 발견했다. 국경에서 보내온 총지휘관의 인상착의와 동일했다. 그녀의 차가운 시선에 다시 눈을 내리깐 그는 몸을 옆으로 물리면서 입을 열었다.

"폐하께옵서 기다리고 계십니다. 따라오시지요."

루시는 뒤에 있는 말에 타고 있던 부지휘관에게 눈길을 주었다. 그녀에게 충성을 맹세하고 황제의 복수를 하기로 한 그는 말에서 풀쩍 뛰어내렸다. 루시도 말에서 내려 부지휘관을 이끌고 달봉의 뒤를 따랐다. 망토 안, 허리춤에 걸어놓은 채찍을 슬쩍 만진 그녀는 앞서 걸어가는 달봉의 뒤통수에 대고 무심한 척 말을 걸었다.

"지금 가는 곳에 폐하와 신녀님이 함께 계시나?"

"아닙니다. 신녀님은 전야제 때나 뵐 수 있으실 겁니다."

루시의 위험한 생각을 모르는 달봉은 걸음을 늦추지 않으며 순순히 답해주었다. 그의 말에 루시는 신녀를 만날 수 있는 일정을 계산했다.

'대관식이 닷새 뒤니, 전야제는 나흘째 밤이군.'

그전에도 언제든지 신녀를 죽일 만한 때가 온다면 지체 없이 손을 쓸 생각이었다. 하지만 그럴 기회가 없다면 전야제가 끝나고 사람들이 술에 취해 경계심을 무너뜨렸을 때가 가장 적기였다. 그리만 된다면 그다음 날에 있을 대관식이 엉망진창이 되는 건 당연한 수순이었다.

'보기 좋은 대관식이 되겠군.'

루시의 입술이 뒤틀리며 올라갔다. 신녀를 죽이면 자신도 죽을 테지만, 유신에게 복수만 할 수 있다면 그런 건 어찌 되든 상관없었다. 공력자들이 많이 몰려 있는 이곳에서 무사히 빠져나갈 생각 따위, 그녀는 애초부터 하지 않았다.

가리국과 청일국의 뒤를 이어 수우국의 사절단까지 도착하고, 궐에 손님이 많아지자 해연과 하랑의 만남은 더 어려워졌다. 궐의 수비를 담당해야 하는 하랑은 몸이 열 개라도 부족할 지경이었다. 이따금 늦은 밤에 신궁에 들러서 기다리다 지쳐 잠든 해연을 지켜보다 갈 뿐이었다. 후로국의 천관녀가 도착하기로 한 날, 그날도 해가 뜨기 전에 그는 어김없이 해연을 찾았다. 또 꿈을 꾸는지 눈꼬리에 눈물이 아롱아롱 매달려 있었다. 하랑은 침대에 걸터앉아 따뜻한 손길로 그녀의 아픔을 살짝 어루만져 주었다.

'전쟁은 중단되었고, 가후의 저주도 풀렸으니 내가…… 내가 따라가는 게 좋지 않을까?'

잠이 든 해연을 지켜보며 그는 만감이 교차했다. 그녀와 함께하지 못하던 가장 큰 이유가 전쟁이었다. 부하들을 사지에 밀어 넣고 혼자만 빠져나갈 수 없어서 그랬지만, 이제는 그 전쟁마저 종결되었다. 다만, 해연이 아직 말을 꺼내지 않고 있고, 그녀의 선택에 자신이 방해가 될까 봐 조심스러웠다. 또한 자신을 위해 해연이 이곳에 남겠다고 한다면, 그것도 그것 나름대로 문제였다. 그녀를 희생시킬까 봐, 그는 그것이 무서웠다.

하랑은 해가 뜰 때까지 가만히 해연의 곁을 지켰다. 한참을 고민하다가 해연의 이마에 살짝 입을 맞췄다. 결론은 내렸다. 이제 정리할 것들만 남아 있었다.

'혼자 가게 두진 않겠습니다.'

하랑은 굳게 결심하고 창가로 갔다. 날이 슬슬 밝고 있는지 창을 통해 빛이 새어 들어왔다. 그는 잠든 해연을 한 번 더 보고 창문을 이용해 신궁을 빠져나갔다.

✦

해연은 꿈속에서 화장실 문 앞에 주저앉아 팔로 두 다리를 그러안았다. 엄마는 약을 먹고 잠이 들었고, 한참을 뒤척이던 아빠는 화장실에 들어가 좀처럼 나오지 못했다. 조금씩 돌아오는 기억을 부정하는 엄마도 문제였지만, 지칠 대로 지친 아빠도 걱정이었다. 직장 생활도 힘겨운데 마음의 안식이 되어야 할 가정마저 파탄이 났으니, 아빠의 어깨가 무거울 수밖에 없었다. 해연은 무릎 사이에 이마를 묻고 화장실 안에서 들려오는 소리에 귀를 기울였다. 샤워 부스에서 쏟아지는 물소리와 그 속에 숨겨둔, 아버지의 숨죽인 울음소리가 해연의 가슴을 미어지게 만들었다.

'조금만, 조금만 기다려, 아빠. 오늘 천관녀가 온댔어.'

해연은 곧 도착할 천관녀를 떠올리며 흔들리는 마음을 다잡고 또 다잡았다. 그녀가 온다면 최대한 빨리 일을 진행하고 싶었다.

※

신녀의 대관식에 들뜬 백성들이 후로국 사절단을 구경하고자 정오부터 황궁 앞 대로에 몰려들었다. 그들이 떠드는 소리가 사절단 행렬 속의 마차 안까지 크게 들렸다. 쉬지 않고 귀에 닿는 소리들이 질릴 만도 하건만, 마차를 탄 천관녀의 표정은 평온했다. 하지만 그녀의 얼굴에 떠 있는 병색이 짙어진 건 누가 봐도 알 수 있었다. 그저 참고 있는 것뿐이었다.

다행히 길고 길었던 여정은 끝에 다다랐고, 덜컹대던 마차의 속도도 늦춰졌다. 천관녀는 마차의 창문을 가린 푸른 천을 살짝 들췄다. 하늘을 향해 뻗은 궁궐 처마와 알록달록한 단청의 색상이 무척 인상적인 나라였다. 그녀는 마지막일지도 모를 그 모습을 오래도록 눈에 담았다. 이윽고 마차가 온전히 멈춰 섰을 때, 사절단을 이끌던 장수가 다가와 말을 걸었다.

"어찌하겠소?"

"신궁으로 바로 가겠습니다. 시간 좀 끌어주시지요."

천관녀의 말에 장수는 고개를 끄덕였다. 죽으러 가는 사람에게 달리 뭔가 해줄 말이 없다는 점이 그의 마음을 조금 껄끄럽게 만들었다. 하지만 천관녀는 신경 쓰지 않고 덤덤히 마차에서 내렸다. 주위에 있던 후로국의 무녀가 급히 다가와 그녀를 부축했지만, 천관녀는 무녀의 손길을 거부했다.

"혼자 가마."

"하오나……."

무녀는 걱정되는 마음에 금세 울상을 지었다. 그러나 천관녀는 끝까지 고집을 부렸다. 길을 안내하는 궁녀의 도움을 받으며 그녀는 신궁을 향해 간신히 걸음을 옮겼다. 긴 여행을 하는 동안 몸이 더 축나 버렸다. 지금 당장 숨이 넘어가도 이상하지 않을 상황에 마음은 더 급해졌다.

'동연국 황제가 무슨 계략을 세웠을지 알 수 없으니, 최대한 빨리 움직여야 한다.'

정말 신녀를 보내주려는 속셈인지, 아니면 새 신녀를 데려오려는 속셈인지, 아직은 분간이 되지 않았다. 그래서 사절단의 지휘자가 황제를 붙잡고 있는 동안 그녀는 하늘의 문을 열고 신녀를 보낸다는 계획을 세웠다. 그렇게만 한다면 신녀를 돌려보낸다는 일련의 계획은 성공할 수 있었고, 다른 계략이 있다 하더라도 그 순간을 놓친 황제는 뜻을 이루지 못할 터였다.

단야는 제법 큰 유리병을 품에 안고 해연이 있는 처소의 문 앞에 섰다. 그녀가 안고 있는 건 황궁에서 술을 담글 때 쓰는 병으로, 해연이 특별히 구해다 달라고 한 유리병이었다.

"신녀님, 단야입니다."

"들어와."

허락이 떨어지자 단야는 문을 열고 안으로 들어갔다. 해연은 침상 위에 커다란 종이를 펼쳐 놓은 채 살펴보고 있었다. 며칠 전부터 그녀가 열을 올려가며 화가에게 그리게 했던 그 인물화였다. 팔각 정 중앙에는 해연과 황후, 윤아가 있었고, 그녀들 뒤로 하랑과 황제 가 섰다. 주위에는 소렵과 달천대원, 무녀 몇 명에 알리샤도 그려져 있었다. 심지어 자리에 없던 유신까지 화가의 기억을 뒤적여 하랑 의 옆에 그려 넣었으니, 평소 해연과 친분이 있던 사람들은 다 들어 갔다고 해도 과언이 아니었다.

"정말 잘 그렸네요."

단야는 장신구까지 세세하게 색을 넣은 화가의 실력에 감탄했다. 표정들도 화사하니 보기 좋았고, 누가 누구인지 딱 알아볼 만큼 얼 굴마저 섬세하기 그지없었다. 단야가 그림을 감상하는 동안 해연은 유리병을 받아 바닥에 내동댕이쳤다. 그녀의 행동에 단야가 깜짝 놀랐으나 해연은 혼자 만족해하며 고개를 끄덕였다.

유리병은 바닥에 부딪쳤어도 금이 가거나 깨지지 않았다. 슐가의 머리를 담았던 그 유리병과 같은 재질의 것이 분명했다.

"적당하네. 단야, 그 그림 좀 잘 말아줄래?"

해연은 유리병을 열며 단야에게 부탁했다. 단야는 그림을 말았 고, 해연은 잠수복을 보관하던 상자에서 채취용으로 썼던 작은 칼 을 꺼냈다. 그 칼과 함께 며칠 전부터 한글로 채운 서책도 병에 넣 었다. 단야가 말아준 그림까지 조심히 담은 해연은 뚜껑을 단단히 잠갔다. 물이 새어 들어가지 않는지 직접 확인까지 했을 무렵, 오래 도록 기다리고 기다리던 손님이 왔다.

"신녀님, 후로국의 천관녀가 뵙기를 청합니다."

드디어 이 시간이 와버렸다. 해연은 날뛰는 심장의 진동을 힘겹 게 견뎌냈다. 간신히 그녀를 들이라 말한 해연은 천천히 열리는 문에서 눈을 떼지 못했다.

천관녀는 왜소한 몸집에 비해 다부진 눈빛을 가진 여인이었다. 가리국처럼 하나의 큰 천으로 몸을 감싸는, 통이 좁은 형태의 의복을 입었으나, 드러나는 부분은 얼굴과 손뿐이었다. 가느다란 눈썹에 깊은 눈매가 인상적인, 나이 든 여인은 해연을 발견하자마자 스스럼없이 무릎을 꿇었다. 화들짝 놀란 해연이 괜찮다며 말렸으나, 천관녀는 기어코 그녀를 향해 인사를 올렸다.

"후로국의 천관녀 바덴이 동연국의 신녀님을 뵙습니다."

"반가워요. 어서 일어나세요."

해연은 인사를 받자마자 바덴을 직접 부축해 일으켰다. 그녀를 의자에 조심히 앉히고 자신도 그 맞은편에 앉았다. 단야가 차를 준비하러 나가자 해연이 미안한 얼굴로 먼저 말을 꺼냈다.

"건강도 좋지 않다고 들었는데, 여기까지 와주셔서 정말 감사합니다."

자신을 위해 먼 길을 마다치 않고 와준 천관녀에게 해연은 깍듯이 대했다. 바덴은 신녀의 위치상 전혀 그럴 필요가 없음을 말하려 했지만, 그녀의 표정을 보고 관뒀다. 죄책감을 품은 얼굴이 안타까워진 탓이었다. 말을 높임으로써 신녀의 마음이 조금이나마 편해진다면 예법에 맞지 않는 말투쯤이야 얼마든지 받아들일 수 있었다. 그보다 더 중요한 건 따로 있었다. 바덴은 곧바로 본론을 꺼냈다.

"신녀님의 부름에 응하는 건 천관녀의 소임이자 영광이니 불편해하지 마십시오. 하나 보시다시피 제 육신이 한계에 도달한 건 사실입니다."

그녀는 숨이 조금 가빴고, 목소리도 살짝 떨리고 있었다. 죽는다는 두려움 때문이 아니라 병마가 이미 뼛속까지 침투한 탓이었다.

하지만 그녀는 끝까지 의연한 태도를 잃지 않았다. 후로국의 신녀가 목숨을 깎아서라도 치료해 주겠다고 했지만, 그녀가 거부했다. 다른 사람의 목숨을 잡아먹으면서 수명을 연장하고 싶지 않았기 때문이다. 바덴은 숨을 한 번 크게 들이마시고 말을 이어갔다.

"소인은 신녀님을 무사히 보내드리고 싶습니다. 더 시간이 지나면 주문을 외우기도 어려워지니, 신녀님의 준비가 끝나셨다면 지금 당장 진행했으면 좋겠습니다. 주문서는 가지고 있으십니까?"

지금 당장이란 말에 해연의 안색이 어두워졌다. 자신의 선택이 옳은 것인지 아직도 판단을 내리기 어려웠다. 그런 해연의 시선이 침상 옆, 협탁 위에 올려둔 유리병에 닿았다. 새벽에 꾼 꿈도 떠올랐다. 혹시라도 잠이 든 아내에게 들킬까 샤워기를 틀어놓고 숨죽여 울던 아빠의 울음소리가 귓가에 선명했다. 아랫입술을 꽉 깨문 해연은 곧 마음을 굳혔다.

"전 준비되었어요. 하지만 그전에……."

해연은 천관녀에게 고민하던 내용을 털어놓았다. 꽤 긴 시간 동안 이야기를 듣는 천관녀의 표정에는 전혀 변화가 없었다. 그녀는 차분하게 해연의 말을 들었고, 결론도 담담하게 꺼냈다.

"아무 염려도 하지 마십시오. 이미 여기까지 왔고, 신녀님을 위한 일이라면 그 또한 소인에게는 영광일 것입니다. 더 시간을 끌 필요도 없으니, 사람들이 없는 한적한 곳으로 자리를 옮기시지요. 소인은 이미 마음의 준비가 되었습니다."

잔잔하지만 큰 반향을 불러일으키는 그녀의 말에 해연은 말로 형용할 수 없을 만큼 뜨거운 감정을 느꼈다. 역사 속 위인이나 선현을 직접 마주한다면 이런 감정이 들까? 존경심이라는 말로는 너무나도 부족한, 그런 느낌이었다.

가슴이 따뜻해진 해연은 자리에서 일어나 천관녀를 향해 절을 올렸다. 바덴이 쓰러지듯 의자에서 내려와 해연을 말렸지만, 해연도 고집을 부렸다.

"은인에게 올리는 절이니 받아주세요. 정말 감사합니다."

해연의 얼굴을 타고 고마움과 미안함이 섞인 눈물이 흘러내렸다. 그 맑은 눈물을 바덴은 주름진 손으로 조심히 닦아주었다. 어느덧 그녀의 얼굴에도 잔잔한 미소가 흘렀다.

"이리 마음이 고우시니 물의 신께서 여섯 번째 딸로 선택하신 것이겠지요. 어서 일어나셔요. 신의 종에게 신녀님의 절은 과분합니다."

할머니같이 포근한 바덴의 미소에 해연도 눈물을 닦고 그녀와 함께 자리에서 일어났다. 이제 남은 건 하늘의 문을 여는 것뿐이었다. 그리운 가족이 있는 곳으로 통하는 그 문을 드디어 열 수 있게 되었다.


각국에서 온 손님들로 인해 황궁은 인산인해를 이뤘다. 가지각색의 복장을 한 인물들이 한데 뒤엉켜 있으니 구경하는 재미도 꽤 쏠쏠했다. 사막의 나라인 가리국에서 온 자들은 두툼한 망토로 온몸을 꽁꽁 싸맸고, 얼음의 나라인 수우국 사람들은 얇은 옷 하나만 걸치고도 초봄의 날씨를 만끽했다. 좀 전에 도착한 후로국 사람들은 짐을 푸느라 여념이 없는 상태에서, 루시는 황궁을 돌아다니며 지리를 익혔다.

'이상한데?'

꽤 많은 곳을 돌아다닌 그녀는 이상한 부분을 감지했다. 황궁을 호위하는 병사들의 수는 제법 많았지만, 실력자들은 어디에 배치되

없는지 기운이 느껴지지 않았다. 근정전과 용주전, 황후전 근처에서는 제법 많은 수의 실력자가 느껴졌지만, 그 외에는 없다시피 했다.

'황가를 호위하는 풍월대는 멀쩡히 자리를 지키고 있는데, 달천대의 실력자들만 없어.'

소렵이야 황제의 곁에 딱 붙어 있으니 상관없지만, 황궁 전체를 책임지는 달천대의 빈자리는 괜히 거슬렸다. 자신의 계획에 막대한 영향을 줄 정도는 아니어도 신경 쓰이는 건 어쩔 수 없었다.

'좀 더 돌아다녀 봐야겠어.'

루시는 자세히 확인해 볼 필요성을 느꼈다. 그렇게 궐 곳곳을 확인하고 있을 때, 그녀는 신경을 건드리는 약간의 꺼림칙한 기운을 감지했다. 거슬리는 그 기운은 무척 희미했으나, 피부에 닿을 때마다 몸을 좀먹는 느낌이었다. 루시는 그런 종류의 기운을 클리블렌성에서도 종종 겪은 적이 있었다. 그 느낌을 따라가면 어김없이 한 여인이 있었다.

과거의 기억을 떠올린 루시는 지체 없이 몸을 돌려 기운이 흘러나오는 곳으로 향했다. 아나나 다를까, 얼마 걷지 않아 두 여인을 발견할 수 있었다. 한 명은 후로국의 옷을 입은 키 작고 노쇠한 여인이었고, 다른 한 명은 유리병을 한쪽 팔에 낀 채 연로한 여인을 부축하고 있는 동연국의 젊은 여성이었다. 한눈에 봐도 묘한 조합이었다. 그중에서 루시의 시선을 끌어당긴 건 동연국의 여인이었다.

땋아 내린 머리에 꽂은 장신구는 고급스러웠고, 연한 노란빛 치마도 최고급 비단으로 만든 것이었다. 특히나 옷 위에 걸친, 길게 늘어지는 하얀 겉옷은 동연국에서도 지체 높은 여성들만 입을 수 있었다. 한눈에 봐도 보통 신분이 아님을 간파한 루시의 눈빛이 살벌한 기운을 품었다.

'물의 신녀. 드디어…… 찾았구나.'

클리블렌 성에서 그 기묘한 불쾌감이 들 때면 항상 근처에 신녀, 유란이 있었다. 처음엔 유란을 싫어하는 자신의 마음이 기분에 반영된 것인 줄 알았다. 하지만 좀 더 시간이 지난 뒤에야 그녀는 정확한 이유를 깨달았다. 자신의 공력인 금속은 물과 매우 상극이라는 것을. 그러한 공력의 속성은 얄궂은 운명처럼 두 사람의 앞날을 변질시키고 있었다.

루시가 해연의 뒤를 쫓는 동안, 그녀가 찾고 있던 달천대의 실력자들은 실내 연무장에 몰려 있었다. 약 100여 명에 달하는 그들의 표정은 썩 좋지 않았다. 입을 열어 말을 하는 이는 없지만, 눈살을 찌푸리며 분노를 표현하는 자도 있고, 비통해하는 이들도 있었다. 원인을 제공한 하랑은 작은 한숨을 내쉬었다. 부하들이 이럴 줄 모르지는 않았으나 더 미룰 수도 없는 일이었다.

"다 큰 사내놈들이 언제까지 애처럼 굴 거냐? 역운이 대장으로 승격하는 날이다. 축하해 줘야 할 일이야."

하랑의 타박에 역운은 힘없이 고개를 숙였고, 다른 이들은 입을 삐죽 내밀었다. 역운이 대장이 되는 게 싫은 건 아니었다. 그저 정신적 지주였던 하랑이 곁을 떠난다고 생각하니 괜히 화가 나고 슬플 뿐이었다. 심지어 떠나는 이유조차 제대로 말해주지 않으니 더 섭섭했다. 역운의 마음도 그들과 별반 다르지 않았기에 한 번 더 하랑을 말렸다.

"대장, 전 아직 그 자리에 설 능력이 되지 않습니다. 게다가 각국의 사절단이 당도한 시기에 대장이 자리를 비우시면 허점이 생길 겁니다. 재고해 주십시오."

역운이 간절히 부탁했으나 하랑은 고개를 저었다. 이미 가후에게도 허락받은 일이었다.

"폐하도 어깨 한 번 두드려 주고 끝내신 일이다. 다들 그만 받아 들이고 맡은 위치로 돌아가라."

그의 마지막 명령에 달천대원들은 어깨를 축 늘어뜨리고 아주 천천히 걸음을 옮겼다. 부하들의 반항 아닌 반항에 헛웃음을 지은 하랑은 덩달아 기운 없는 역운의 어깨를 꽉 붙잡고 추슬러 주었다.

"선황 폐하께서 승하하신 뒤로 달천대는 내게 전부였다. 감옥에 자주 들어가는 못난 대장 탓에 고생 많았다는 걸 잘 안다. 달천대가 이만큼 성장한 건 다 네가 잘 이끌어준 덕분이야. 앞으로도 잘하리라 믿는다."

"대장……."

하랑은 역운의 어깨를 힘차게 다독여 주고 그가 흘리는 눈물을 보지 않기 위해 바로 몸을 돌렸다. 생때같은 부하들을 떼어놓는 마음이 무거웠지만, 또한 홀가분한 이중적인 감정이 들었다. 마지막 정리까지 마친 하랑은 곧바로 신궁으로 향했다. 이제 해연에게 같이 가자고 할 일만 남았다.

황궁 옆의 야트막한 산속에 그리 넓진 않지만 적정한 크기의 공터가 있었다. 해연은 입고 있던 겉옷을 벗어서 땅 위에 깔았다. 아직 녹지 않은 눈덩어리가 띄엄띄엄 있는 탓이었다. 천관녀는 감사해하며 그 위에 자리를 잡았다. 주문서를 펼쳐 든 바덴은 빼곡하게 적힌 글자들을 눈으로 훑었다. 다행히 주문은 그리 어렵지 않았고, 반복되는

구간이 많아 외우는 데도 무리가 없었다. 그렇게 바덴이 문을 열 준비를 하는 동안 해연은 유리병을 품에 안은 채 옆을 바라보았다.

몇 그루의 나무들 사이로 멋들어지게 펼쳐진 황궁과 그 너머로 햇살을 받으며 하얗게 빛나는 신궁이 보였다. 궐의 전각 중에서 가장 큰 근정전이 제일 먼저 눈에 띄었고, 뒤이어 황후전도 찾아냈다. 작게 보이는 팔각정 지붕을 지나 달천대의 거대한 연무장과 하랑의 숙소에서 해연의 시선이 멈췄다.

'하랑…… 미리 얘기하지 못해서 미안해.'

사실 천관녀가 올 때까지 말할 기회는 얼마든지 있었다. 그럼에도 해연은 그에게 자신이 내린 결정을 알려줄 수 없었다. 본인의 선택이 그를 괴롭게 할까 봐 두려웠고, 앞으로 받아들일 미래는 온전히 자신의 책임이어야 했기에 말할 수 없었다.

바덴의 준비가 끝나자 해연은 상념을 접었다. 더 시간을 끄는 건 무의미했다. 그녀는 주문서를 든 바덴을 향해 깊이 허리를 숙여 감사의 마음을 전했다. 신궁에서 해연의 사연을 들었던 바덴은 부디 그녀의 뜻이 이루어지길 바라며 빙긋 웃어 보였다. 곧이어 맑은 하늘 위에 죽음을 앞둔 천관녀의 차분한 목소리가 울려 퍼졌다.

주문을 외울수록 바덴의 몸은 눈에 띄게 말라갔다. 그 광경을 조금 떨어져 있는 나무 뒤에서 숨죽이며 지켜보던 루시는 눈매를 좁혔다. 신녀를 죽일 기회를 얻기 위해 산속까지 따라왔더니, 벌어지는 상황이 이상했다. 후로국 여인에게 신녀가 깍듯하게 대하는 것도 그렇고, 낡은 책을 보고 알아들을 수 없는 말을 하는 여인은 괴이할 만큼 빠르게 늙어가고 있었다.

'도대체 무슨 일을 벌이려는 거지?'

루시는 유리병을 꽉 껴안고 무언가를 기다리고 있는 해연과 노화가 진행 중인 바덴을 번갈아 보았다. 그러던 와중에 바덴의 앞쪽, 허공에 검은 점이 생겼다. 처음에는 주먹만 하던 것이 점점 그 크기를 키워갔다. 그제야 루시는 상황을 짐작할 수 있었다. 신녀가 왔던 곳으로 통하는 문을 연 것이다. 루시는 입술을 악물었다. 이대로 곱게 보내줄 수는 없었다.

안쪽이 보이지 않는 새까만 구멍은 해연을 받아들일 준비가 되었다는 듯 거대한 입을 벌렸다. 그것이 더는 크기를 키우지 않음을 깨달은 뒤에야 해연은 다시 한 번 옆을 보았다. 신궁과 황궁, 그리고 그곳 어딘가에 있을 하랑을 떠올리며 눈을 질끈 감았다. 유리병을 든 손이 떨릴 만큼 불안하고 두려웠다. 여전히 자신의 선택이 맞는지 확신하지 못하고 있었다. 정답은 보이지 않았고, 결정에 대한 책임감만 무겁게 가슴을 짓눌렀다. 천관녀의 서신을 받은 뒤부터 며칠 밤낮을 혼자 고민하고 또 고민했다. 자신의 인생이 달려 있는 만큼 그 누구도 결정을 내려줄 수 없었고, 그 선택에 대해 책임져 줄 수도 없었다. 그래서 스스로 결론을 내렸으나 혼란스러운 건 여전했다.

'그래도 이게 최선이야.'

정답을 모르겠다면 현 상황을 객관적으로 바라보고 최선의 선택을 하는 것이 옳다고 믿었다. 다방면으로 생각해 봤고, 그렇게 내린 답을 이제는 실행에 옮길 차례였다. 해연은 이번 결정이 훗날 어떤 결과를 가져오더라도 부디 자신의 곁에 있는 사람들을, 그리고 이런 선택을 한 본인을 미워하지 않길 바라며 구멍을 향해 천천히 걸음을 옮겼다.

## 21.
### 소녀는 어른이 되었다

해연이 두어 발짝 걸었을 때, 뒤에서 바람을 가르는 소리가 날카롭게 고막을 파고들었다. 본능적으로 고개를 돌린 해연은 은빛 줄이 얼굴을 향해 날아오는 걸 보았다. 맞으면 죽는다. 그런 느낌을 감지하자마자 땅에 있던 얼음들이 솟구쳐 올랐다. 스스로 방패막이가 된 얼음들은 큰 힘을 쓰지 못한 채 산산이 부서져 내렸다. 금속으로 된 채찍을 막기에는 주위에 있는 물의 양이 너무 적은 탓이었다. 그저 방향을 살짝 튼 것만으로도 만족해야만 했다. 해연의 볼을 스쳐 지나간 채찍은 뒤쪽에 있는 나무 하나를 부러뜨린 뒤에야 제자리로 돌아갔다.

너무 놀란 탓에 비명도 지르지 못하고 얼어붙어 있던 해연은 채찍이 날아온 방향에서 걸어 나오는 한 여인을 발견했다. 주홍빛 머리카락을 하나로 높이 묶은 여인은 어깨에 두르고 있던 검은 망토를 풀었다. 망토가 펄럭이며 떨어져 나가자 약간 광택이 있는, 잠수복과 비슷한 소재의 검은 옷이 드러났다. 장갑과 신발까지 검은색 일색인 그녀의 몸에서 색을 가진 것이라곤 허리에 착검한 단검과 손에 들린 은빛 채찍뿐이었다.

긴 채찍을 손에 감으면서 다가오던 여인은 적당히 거리를 두고 멈춰 선 채 싱긋 웃었다. 그 모습이 무척 아름다웠으나, 해연은 주홍빛 눈동자에 담긴 서늘함을 감지했다. 그 눈빛을 일전에도 한 번 겪은 적이 있었다. 가후가 저주에 빠져 있을 때, 자신을 죽이려고 마음먹었던 그날, 그때 보았던 그 눈빛이었다.

"누구죠? 왜 날 공격하나요?"

해연은 볼에 난 상처가 아무는 걸 느끼며 최대한 차분하게 목소리를 내려 애썼다. 하지만 놀란 심장은 펄떡임을 멈추지 못했고, 떨리는 팔은 간신히 유리병을 안고 있었다. 그런 해연을 쓱 훑어본 루시는 곱게 눈웃음을 지었다.

"청일국에서 온 루시라 합니다. 유신이 보냈지요. 신녀님의 대관식을 축하하라면서요."

"꽃도령이?"

양미간을 좁히는 해연의 눈에는 불신이 어려 있었다. 유신이 보낸 사람이 자신을 공격할 리가 없었다. 짙어지는 의심의 눈초리에 루시의 미소가 삐뚜름해졌다. 그녀는 유신이 했던 말을 떠올렸다. 황제의 믿음조차 얻지 못한 자신을 측은하게 여기면서 신녀의 믿음을 자랑스럽게 운운하던 그 말이, 그녀에게는 여전히 상흔처럼 남아 있었다. 그래서 더욱 부숴주고 싶었다. 유신을 향한 신녀의 믿음을 조각내고 원망 속에서 죽게 하고 싶었다. 루시는 허리에 찬, 불의 검을 톡톡 건드렸다.

"이 검, 청일국의 불의 검입니다. 대관식 전에 신녀님을 죽이라고 유신이 주더군요."

해연의 시선이 검집의 하얀 무늬가 신비로운 불의 검에 가 닿았다. 예전에 유신은 자신에 대한 연정의 증표로 가후에게 두 개의 불의 검을 넘긴 적이 있었다. 그중 하나가 어째서 루시의 허리춤에 달려 있는지는 모르겠지만, 해연은 그녀의 말을 믿지 않았다.

"왜 그런 거짓말을 하는 거죠?"

해연의 말투는 단호했다. 일말의 망설임도 없는 그녀의 믿음에 웃고 있던 루시의 입꼬리가 푸들거리며 떨렸다.

"거짓…… 세 명의 신녀를 죽인 자가 당신은 못 죽이리라 믿으십니까?"

그 물음에 해연은 대답하지 않았다. 하지만 지그시 응시해 오는 그녀의 검은 눈동자는 답을 알려주고 있었다. 그렇다고. 그 믿음을 확인할수록 루시는 속이 쓰라렸다. 무슨 말을 하든 철옹성 같은 신녀의 마음에는 작은 흔적도 남지 않을 듯했다.

"뭐, 좋습니다. 서로에게 남은 시간이 많지 않은 것 같으니, 끝을 낼까요?"

루시의 말에 해연은 바덴을 힐끗 눈질했다. 이 난리 속에서도 그녀는 아무것도 듣지 못하는지 주문을 외는 데에만 집중하고 있었다. 하지만 루시의 말대로 시간이 얼마 남지 않은 건 확실했다. 앙상하게 말라가는 바덴의 몸이 부족한 시간을 여실히 보여주고 있었다.

'어쩌지?'

해연은 손에 들린 유리병과 앞에 있는 루시를 보았다. 물의 힘은 강력하지만, 그걸 이용해 누군가를 다치게 하거나 죽게 하는 건 상상해 본 적도 없었다. 루시도 그걸 알고 있었다. 이타심의 저주에 빠진 신녀들은 힘이 있어도 인명을 함부로 살상하지 못했다. 해연이 저주에서 조금 더 자유로운 편이라고 해도 그 점은 제약이 될 게 뻔했다. 또한 전투 경험이 없다는 것도 루시에게는 유리하게 작용하고 있었다.

'공력자들이 몰려오기 전에만 처리하면 돼.'

한 번에 죽이지 못하면 어려운 싸움이 될 테지만, 어차피 이곳에서 목숨을 버리기로 한 이상 팔이나 다리 하나쯤은 내줘도 상관없었다. 죽이기만 한다면.

채찍을 든 루시의 손이 크게 사선으로 움직였다. 그와 동시에 해연의 앞으로 물이 쏟아졌다. 채찍을 막아야 한다는 의지에 따라 생성되었으나 액체가 굳는 데는 제법 시간이 걸렸다. 그 사이를 파고든 채찍이 해연의 팔을 강타했다.

"으윽!"

가녀린 팔을 부러뜨린 채찍은 물에 가로막혀 더 파고들지 못하고 물러나야만 했다. 채찍이 더 길었거나 물의 반응이 조금만 느렸다면 몸이 두 갈래로 나뉘는 것도 한순간이었을 것이다. 해연은 그 와중에도 품에 안은 유리병을 놓치지 않았으나, 그녀의 힘에 의해 움직이던 물은 조정력을 상실하고 중력에 이끌려 땅에 몸을 뉘일 수밖에 없었다.

가까스로 버티고 선 해연은 가쁜 호흡을 내쉬었다. 근육과 뼈를 한꺼번에 짓이긴 고통이 여간 괴로운 것이 아니었다. 그래도 팔은 곧 원상태로 복구되었다. 문제는 루시의 공격이 그것으로 끝난 게 아니라는 점이었다.

루시는 무방비로 노출된 해연을 향해 한 번 더 채찍을 휘둘렀다. 이번에야말로 몸을 짓뭉개고 불의 검을 심장에 박아 넣을 생각이었다. 그런 루시의 뜻에 따라 채찍에도 날카로운 가시가 돋아났다. 살벌한 파공음을 내며 날아간 채찍이 해연의 몸에 닿는 순간, 은빛 육신이 크게 휘어졌다.

콰앙!

강력한 폭음과 함께 튕겨 나간 채찍이 애꿎은 나무들만 박살 냈다. 밑동을 잃은 세 그루의 나무가 서서히 몸을 뉘고, 루시는 입술을 악물었다. 숨통을 조일 만큼 강력한 살기가 온몸을 압박하고 있었다. 유신에게서도 겪어본 적 없는 강도였다. 신녀가 풍길 수 있는 기운은 더더욱 아니었다. 장갑 속의 손이 뜨끈해지는 걸 느끼며 루시는 신녀의 앞을 가로막은 사내를 보았다. 분노를 참지 못한 그의 푸른 눈동자가 잔혹하리만치 강한 기운을 풍겨대고 있었다. 그 기세에 루시는 입술을 악물었다.

'어떻게 이렇게 빨리.'

이제 겨우 두 번째 공격이었다. 아무리 공력자라 해도 이렇게 빠른 시간 내에 도착한다는 건 말이 되지 않았다. 그의 등장이 놀랍기는 해연도 마찬가지였다.

"하랑? 어떻게……."

이곳으로 온 걸 그에게 알리지 않았다. 그런데 거짓말처럼 나타났다. 마치 꿈을 꾸는 것만 같았다. 그런 해연을 향해 하랑은 고개도 돌리지 않고 최대한 담담한 척 말을 꺼냈다.

"제가 막겠습니다. 어서 가십시오."

그는 차마 지금의 얼굴을 해연에게 보여줄 수가 없었다. 달천대를 정리하고 신궁으로 갔다가 해연이 천관녀와 함께 나간 걸 알았다. 그 길로 단야가 알려준 동쪽 산을 뛰어오른 그는 나무가 부서지는 소리를 들었다. 루시의 첫 공격이 튕겨 나가면서 난 소리였다.

번개의 속성이 해연이 있는 곳으로 이끈 덕분에 큰 일이 벌어지기 전에 해연을 찾아낼 수 있었다. 그러나 해연의 소매를 적신 피를 본 그는 화가 나 미칠 것만 같았다. 그녀가 겪지 않아도 될 고통을 매번 주는 이 세상이 미울 정도로 분노가 솟구쳤다. 다시 한 번 이 땅은 해연에게 어울리지 않는다고 생각하면서 그는 그녀를 보내줄 마음을 먹었다.

어느 때고 차분하던 그가 숨겨두었던 기운을 방출하자 루시는 절망이란 걸 느껴야만 했다. 앞에 버티고 선 사내를 뚫고 신녀를 죽일 방법이 보이지 않았다.

'젠장⋯⋯.'

절호의 기회를 놓친 루시는 욕지기가 치밀었다. 일그러지는 그녀의 얼굴을 보며 하랑은 손에 든 검을 고쳐 쥐었다. 루시가 나타난 시점에서 해연과 함께 가는 건 포기해야만 했다. 마음 같아서는 당장 베어버리고 싶지만, 문제는 축축하게 젖은 땅과 천관녀였다. 해연이 무사히 돌아갈 때까지만이라도 문을 유지해야 하는데, 바닥에 앉아 있는 천관녀에게 영향이 갈까 봐 불안했다. 혹시라도 해연이 잘못되는 일이 없도록, 그는 위험하더라도 검으로만 루시를 막아낼 각오를 했다.

든든하게 앞을 막아주는 하랑을 보던 해연은 바덴을 향해 고개를 돌렸다. 그녀는 지금 당장 숨이 끊어져도 이상하지 않은 상태였다. 거의 미라가 되어 있는 바덴을 보고 마음이 조급해진 해연은 몸을 돌렸다. 구멍이 더 닫히기 전에, 많은 이들의 노력이 허망하게 사그라지기 전에 해야 할 일이 있었다.

멀어져 가는 해연의 기척을 느끼며 하랑은 슬픔으로 떨리는 심장을 억눌렀다. 해주고 싶은 말이 있었다. 헤어져야 한다면, 보내기 전에 한마디만이라도 전하고 싶었다. 하지만 그것이 그녀의 선택에 영향을 줄까 봐, 그녀의 발길을 잡을까 봐 두려워서 억지로 입술을 깨물고 참아냈다.

괴로워하는 하랑의 뒤쪽으로 언뜻 비치는 해연의 뒷모습이 루시의 주홍빛 눈동자에 담겼다. 그건 낙심하고 있던 그녀의 마음에 불을 지르기에 충분했다. 복수하기 위해 죽을 각오로 왔건만, 이렇게 순순히 보낼 수는 없었다. 루시는 다른 한 손에 불의 검을 뽑아 들고 두 손에 힘을 주었다.

"어딜 간단 거야!"

울분에 찬 루시의 음성이 터져 나오고, 금속 채찍이 해연의 등을 찢을 듯이 휘둘러졌다. 움찔한 해연이 고개를 돌리기도 전에 하랑의 검이 채찍을 쳐냈다. 하지만 루시의 의지에 따라 공력을 빨아들인 채찍은 튕겨 나가면서도 두 개의 줄기를 더 뽑아냈다. 그건 마치 곧의 나무줄기와 같은 공격이었다. 본체에서 뿜어져 나온 줄기들은 하랑의 양옆을 파고들어 그의 뒤에 있는 해연을 노렸다. 순식간에 양쪽의 공격을 막아야 하는 하랑은 회수한 검으로 하나를 튕겨내면서 다른 하나에는 아무것도 들지 않은 팔을 내밀었다.

으드득—

뼈와 근육을 뚫는 소리가 잔인하게 귀에 전달되었다. 그의 팔을 뚫고 나간 채찍은 해연에게 닿지 못하고 날름대던 몸을 줄일 수밖에 없었다. 루시가 채찍으로 만들 수 있는 금속의 양에 한계가 있는 것이 참으로 다행이었다.

왼팔을 망가뜨린 채찍은 빠져나가면서도 큰 고통을 남겼다. 그럼에도 하랑은 이를 악물고 신음 하나 내지 않았다. 떠나는 해연에게 자신의 죽음을 전해주고 싶지 않았다. 그녀가 고향으로 돌아가서도 괴로워할까 봐, 그 걱정 하나로 그는 모든 고통을 참아냈다. 이어질 공격에 대비해 검을 추스르던 하랑은 등 뒤의 공기가 잠잠해지는 걸 느꼈다. 천관녀의 주문 소리도 더는 들려오지 않았고, 루시의 눈빛은 기묘해졌다. 결국, 떠나보낸 것이다. 이제 두 번 다시 만날 수 없다는 생각이 문득 뇌리를 스쳤을 때, 그는 전투 중인 것도 잊고 뒤를 휙 돌아보았다.

고개를 돌린 하랑은 아무 말도 하지 못했다. 검은 구멍은 자취를 감췄고, 천관녀가 있던 자리에는 흰 가루만 날렸다. 그리고 해연, 그녀가 있었다. 유리병만 사라진 채로.

그것이 무엇을 뜻하는지 알기에, 그는 이루 말할 수 없는 감정들로 가슴이 벅차오르는 걸 느꼈다. 감사하고 기쁘면서도 미안했고, 또 행복했다. 그런 감정에 사로잡힌 순간, 해연이 경악하며 손을 내밀었다.

"하랑!"

해연의 외침과 함께 하랑은 등골이 서늘해졌다. 그제야 루시의 존재를 떠올린 그는 눈으로 파악하기도 전에 몸이 시키는 대로 검에 공력을 실어 휘둘렀다.

콰앙!

검에 묵직한 감각이 전해졌다. 금속 채찍이 튕기자마자 루시의 기운이 바로 앞에서 느껴졌다. 검을 제대로 회수하기도 전이었다. 하필이면 이런 때 왼손까지 망가졌으니 낭패도 이런 낭패가 없었다.

그가 미처 대처법을 찾지 못한 상황에서 루시는 하랑의 복부를 향해 불의 검을 내질렀다. 그를 죽일 수 있다는 확신에 찬 순간, 그녀의 입에서 비명이 터졌다.

"아악!"

루시는 왼손에 들고 있던 불의 검을 반쯤 언 바닥에 떨어뜨렸다. 검까지 놓치고 두려움에 사로잡힌 루시의 주홍빛 눈동자에 장갑 사이로 말라가는 자신의 손이 비쳤다. 팔뚝부터 손가락까지 근육과 피부가 바짝 오그라들어서 장갑이 헐렁해질 정도였다. 기이하게 변하는 팔을 확인하자마자 강력한 힘이 그녀의 몸을 강타했다. 해연의 의지에 따라 해일처럼 일어난 물이었다. 그대로 튕겨 나간 루시는 두툼한 나무에 부딪쳤다. 척추와 머리에 거센 통증이 오자마자 하랑의 검이 날아와 어깨와 나무를 한꺼번에 뚫어버렸다.

"커헉!"

검에 담겨 있던 번개의 힘이 온몸을 헤집어댔다. 나무에 고정된 채 파들파들 떨리던 루시의 두 눈이 획 뒤집혔다. 내장이 진탕되자 피가 역류했고, 그녀는 많은 양의 피를 토할 수밖에 없었다.

루시가 전투 불능 상태가 된 걸 확인한 하랑은 해연을 바라보았다. 그녀는 갑작스럽게 벌어진 일들에 놀랐는지 눈도 제대로 깜빡이지 못하고 있었다. 그도 그럴 것이, 자신의 팔이 망가지는 걸 직접 보았고, 처음으로 사람을 공격하기도 했다. 하랑은 간신히 숨만 쉬는 해연에게 다가가 안아주었다. 그제야 그녀가 떨리는 손으로 허리춤을 잡는 게 느껴졌다.

"이젠 괜찮습니다."

그는 해연이 진정할 수 있도록 다독이며 그녀의 머리에 살짝 입을 맞췄다. 해연이 힘을 써준 덕분에 살았다. 그 순간에 도와주지 않았더라면 큰 상처를 입거나 죽었을지도 모를 일이었다. 하랑은 망가졌던 팔이 낫는 걸 느끼며 해연을 더욱 꽉 껴안아주었다. 이곳에 남기로 한 그녀와 나누고 싶은 대화도 많았고, 회포도 빨리 풀고 싶었다. 그러나 아직 할 일이 남아 있었다.

"신녀님, 신궁으로 돌아가 계십시오. 곧 뒤따라가겠습니다."

하랑은 움찔하는 해연의 등을 차분히 쓸어내렸다. 해연도 알고 있었다. 숨이 붙어 있는 루시를 죽이려는 것임을. 더 큰 화근이 되지 않도록, 이 세상의 뒤처리는 대부분 죽이는 걸로 끝이 나곤 했다.

또 한 사람의 죽음을 앞에 두고 해연은 힘겹게 고개를 끄덕였다. 하랑을 말릴 수도 없고, 루시가 죽는 걸 보고 싶지도 않았다. 최대한 루시에게 시선이 가지 않도록 조심하며 해연은 몸을 돌렸다. 그런 그녀의 발길을 잡은 건, 고통에 잠식당한 루시의 떨리는 목소리였다.

"살, 살려주세요, 신녀님."

힘없는 음성이었으나 해연은 그 소리를 똑똑히 들었다. 생각지도 못한 소리에 고개를 돌렸다가 참혹한 루시의 모습을 본 해연은 눈을 질끈 감았다. 아름답던 얼굴은 피가 튀어 엉망이었고, 어깨에는 검이 박혀 있었으며, 번개에 불타 찢어진 옷 사이로 보이는 왼손은 기이하게 말라비틀어진 상태였다. 그냥 둬도 곧 죽어버릴 것만 같은데, 그런 이가 애처롭게 목숨을 구걸하는 걸 외면하기가 힘들었다. 그런 해연의 마음을 아는 하랑은 이성적으로 상황을 판단했다.

"아무 말도 듣지 말고 내려가십시오. 죄를 지었으면 대가를 치러야 하는 법입니다. 살려두면 무슨 후환이 될지 모를 여자이니 마음을 끊어내십시오."

그의 말이 맞았다. 죄를 지었으면 대가를 치러야 하고, 루시는 죽을 만한 죄를 지었다. 그렇게 마음을 다잡고 내려가려는데, 다시 한 번 그녀의 간절한 음성이 닿았다.

"잘못했습니다. 한 번만, 저도 한 번만…… 믿어주세요. 잘못했어요."

자신도 믿어달라는 말에 해연의 눈길이 다시 루시에게 닿았다. 참회의 눈물인지, 그녀는 죽음을 앞두고 서럽게 울고 있었다. 너무나 간절해 보이는 그 눈물이 해연의 마음을 흔들었다. 살려주고 싶었다. 정말로 뉘우쳤다면 새로운 삶을 살 수도 있을 것만 같았다. 한 번만 믿어달라는 그녀의 호소를 해연은 박정하게 거부할 수가 없었다. 하랑은 루시를 안타깝게 여기는 해연에게 다가가 한 번 더 안아주었다. 그녀가 괴로워할 걸 알지만, 그가 들려줄 수 있는 답은 하나뿐이었다.

"신녀님을 해하려 들던 자입니다. 도저히 용서할 수가 없습니다."

"하지만 유신은……."

해연은 유신의 일을 들어 반론하려 했다. 그러나 하랑은 고개를 저으며 그녀의 생각을 잘라냈다.

"그도 조금만 공격성을 보였다면 가차 없이 베었을 겁니다. 인간의 본바탕이 선하다 믿지 마십시오. 상황에 따라, 자신의 이득에 따라 선과 악을 선택하는 것일 뿐입니다. 다만, 도의에 어긋난 선택을 했을 때는 그에 따른 책임도 응당 져야 하지 않겠습니까?"

단호한 그의 말에 해연은 입술을 깨물었다. 머리는 그의 말이 옳다고 외치는데, 가슴이 받아들이지 못하고 있었다. 결단을 내리기 힘겨워하는 해연을 루시도 젖은 눈으로 빤히 바라보았다. 신녀가 자신을 가엾이 여기는 걸 그녀도 느끼고 있었다. 그 감정에 이끌린 물들이 엉망이었던 몸을 조금씩 회복시켜 주었다. 해연과 하랑은 몰랐지만, 루시는 호흡도 많이 좋아진 상태였다. 무인으로서의 치욕스러움도 감내하고 애걸복걸한 보람이 있었다. 뜻하는 바를 이루어낸 루시의 눈이 해연의 옆쪽에 떨어져 있는 불의 검에 가 닿았다. 하랑을 공격하다가 팔이 망가지면서 떨어뜨렸던 것이었다.

'불의 검.'

루시는 하랑의 품에 안겨 있는 해연을 보며 한쪽 입술을 비뚜름하게 올렸다. 아무리 몸이 좋아져도 어깨를 관통한 하랑의 검 때문에 나무와 붙어 있어야만 하는 처지였다. 게다가 완전히 치유된 하랑과 다시 싸워서 이길 자신도 없었다. 그런 상황에서 신녀를 죽인다는 건 불가능했다. 하지만 루시는 희망을 잃지 않았다. 그녀는 자신의 죽음을 예감하면서도 공력을 준 원기의 신께 감사했다. 자신에게 내려진 공력의 힘은 금속.

'금속으로 된 모든 것은 나의 뜻에 따른다.'

루시의 주홍빛 눈동자에 강렬한 결심이 어렸다. 신녀를 죽이고야 말겠다는 의지. 그 순간, 불의 검이 뛰어 올랐다.

푹— 살갗을 찢는 소리가 잔인하게 들려오고, 비릿한 피 냄새가 공기 중으로 퍼졌다. 하랑은 뜨끈한 열기와 함께 통증이 오는 복부를 보았다. 깊이 박혀서 손잡이만 남은 불의 검이 피와 함께 덜걱거리며 빠져나오려 하고 있었다. 그것이 향하려는 곳을 알기에 그는 급히 단검 자루를 꽉 움켜쥐었다.

루시가 가진 공력의 속성을 잠시 잊고 있었다. 이 사태를 빨리 처리하지 않는다면 해연이 다칠 것만 같은데, 눈앞은 흐릿해지고 몸에서는 힘이 빠졌다. 일반 검과 달리 불의 검은 그의 전투 능력을 상실시키고 죽음마저 앞당기고 있었다.

하랑의 다리가 휘청이며 꺾이자, 뒤에 서 있던 해연은 그제야 그의 부상을 인식했다. 순식간에 움직이던 하랑을 제대로 보지 못한 게 문제였다.

"하랑!"

해연은 기겁하며 쓰러지려는 그를 간신히 받아냈다. 붉게 물든 복부에 꽂힌 단검 손잡이가 보였다. 검 사이로 새어 나오는 피를 억지로 막는 해연의 손이 덜덜 떨렸다.

"하랑, 정신 좀 차려봐! 하랑!"

그가 치료되길 간절히 바라면서 해연은 의식의 끈을 놓으려는 그를 다급히 불렀다. 살려내야만 했다. 불의 검으로 난 자상은 치료할 수 없다는 걸 알면서도 그를 이대로 포기할 수가 없었다.

해연의 머리카락을 타고 푸른 뿔이 생성되었다. 그녀의 품에 안긴 하랑은 힘없는 손을 억지로 올려 따뜻한 볼을 쓰다듬었다. 해연이 어떤 마음으로 자신을 살리고자 하는지 느낄 수 있었다. 그녀의 다급한 감정이 손끝을 통해 전해졌다. 하지만 그도 알고 있었다. 달천대원들이 유신에 의해 검상을 입었을 때도 불의 검으로 인한 상처는 치료되지 않았다. 그럼에도 그는 해연에게 무리하지 않아도 된다고 말할 수 없었다. 소용없다고 하기에는 그녀의 간절함이 너무나 오롯이 전해졌다. 이대로 헤어질까 두려워하는 그 마음을 알기에, 이대로 두고 떠나야 하는 그의 심장은 더 조각나 버렸다.

"해연······."

힘겹게 입에 담아보는 이름에 해연의 눈에 눈물이 고였다. 돌고 돌아 이제야 비로소 함께하게 되었건만, 서로 마음을 나눈 지 얼마나 되었다고 이렇게 황망하게 보낸단 말인가. 현실을 받아들일 수 없는 해연은 고개를 저으며 그의 말을 막았다.

"안 돼, 하랑. 말하지 마. 아무 말도 하지 마. 피 나오잖아."

해연은 끊임없이 흐르는 피가 제발 멈추길 바랐으나, 그녀의 간절한 마음은 불의 검 앞에선 통하지 않았다. 그저 하랑의 피로 범벅된 손으로 간신히 그의 상처를 막는 것뿐이었다.

"조금만 참아. 내가 치료해 줄게. 내가 낫게 해줄게. 그러니까 제발……."

제발 살려달라고 소리치고 싶었다. 그를 살리는 데 대가가 필요하다면 뭐든 다 줄 수 있었다. 하지만 아무리 간절히 기원해도 대랑은 나타나지 않았다.

'제발, 하랑 좀 살려줘요. 나 이 사람 없으면 안 돼요.'

하랑이 없는 이 세상은 상상해 본 적도 없었다. 처음 이 땅에 왔을 때부터 곁을 지켜주고 돌봐주었던 그가 자신에겐 가장 큰 의미였다. 그런데 이렇게 그를 놓아야 하는 상황이 왔다는 것이 해연은 믿을 수가 없었다.

턱이 부서져라 이를 꽉 악물고 눈물을 삼켰지만, 죽어가는 하랑을 차마 담을 수가 없던 눈이 스스로 물에 젖어 흐릿해졌다. 그의 이마에 선 핏대가, 버거워하는 호흡이, 볼에 닿는 손의 떨림이, 지금 그가 얼마나 고통스러워하는지 여실히 짐작케 했다.

"하랑, 포기하지 마. 포기하면 안 돼."

"신녀님."

하랑은 해연과 눈을 마주치며 작은 미소를 지었다. 고통이 몸을 잠식하고 있지만, 해연이 기억할 자신의 죽음은 처참하지 않길 바랐다. 그는 해연에게 해주고 싶던 마지막 말을 어렵게 꺼냈다.

"당신을 만난 건, 내 삶에 가장 큰 축복입니다. 내게 와줘서……. 행복했어, 해연."

그것은 마치 작별 인사 같았다. 해연은 고개를 저었다. 이런 이별을 받아들일 수가 없었다.

"안 돼, 하랑. 내가 여기 있잖아. 하랑도 내 곁에 있어야지. 가지 마. 나 혼자 두지 마. 제발……."

해연은 빌었다. 하랑에게도, 신에게도, 대랑에게도, 물의 힘에도…… 할 수 있는 모든 곳에 온 마음을 다해 빌었다.

가망이 없는 그와 그를 구하려 애쓰는 해연을 보면서 루시는 웃었다. 죽이고 싶던 건 신녀였으나 이젠 누가 죽든 아무래도 좋았다. 신녀가 괴로워하면 할수록 유신도 같은 감정을 느낄 것이었다. 그리고 그의 고통은 자신의 기쁨이었다.

루시는 어깨에 박혀 있던 검에 공력을 불어넣었다. 하랑의 검도 그녀의 뜻에 따라 나무에서 빠져나오기 위해 들썩거렸다. 날카로운 쇠붙이가 한 번 움직일 때마다 살갗을 찢어댔으나 루시는 이를 악물고 버텼다.

'폐하.'

냉혈한이었으나 부국강병을 함께 꿈꾸던 자신의 군주를 위하여 그녀는 끊어지려는 삶을 억지로 지탱하면서 발을 디뎠다. 한 걸음 움직일 때마다 긴 장검이 나무에서 서서히 뽑혀 나왔고, 손에 들린 은빛 채찍은 힘없이 끌리며 그녀의 뒤를 질질 따랐다.

조금씩 가까워지는 루시를 해연은 사납게 노려보았다. 죽여 버리고 싶었다. 갈기갈기 찢어서 죽이든, 말려서 죽이든, 가장 참혹하게 죽여 버리고 싶었다.

처음으로 살심을 품는 해연의 젖은 눈동자를 보면서 루시는 피 묻은 입술을 폈다. 분노한 신녀는 절대 온순하지 않을 것을 알면서도 그녀는 웃는 걸 멈추지 않았다. 죽기 전의 마지막 발악이라 해도 좋았다. 속에 담긴 울분이 풀리기만 한다면야 무슨 짓인들 못 할까.

"원망스러우신가 봅니다. 연모하는 이가 죽는 걸 보는 기분이란 게 원래 그런 거지요. 유신도 느껴봐야 할 텐데, 왜 끼어들어서 방해하는지…….”

그녀는 말을 끝내기도 전에 몸이 뜨거워지는 걸 느꼈다. 마치 피가 끓는 듯한 열기가 육신을 집어삼켰다. 분노하는 신녀의 감정이 격해질수록, 그녀가 살심을 품을수록 자신의 몸도 함께 끓고 있었다. 곧 몸이 터져 버릴 것 같다는 느낌이 들었을 때, 하랑의 목소리가 들렸다.

“신녀님, 저만 보십시오.”

그는 호흡이 조금씩 부족해지는 걸 느끼면서도 해연의 시선을 이끌었다. 다행히 효과가 있었는지 해연은 억지로 루시에게서 관심을 끊고 하랑에게로 고개를 돌렸다. 그는 해연의 볼을 매만지며 상체를 살짝 들었다. 무리한 움직임에 피가 더 났지만, 하랑은 그녀를 안심시키는 일에만 집중했다.

“이렇게 계속, 저만 보시는 겁니다.”

“하지만…….”

해연은 루시가 다가오고 있음을 알리려다 말았다. 그저 하랑이 원하는 대로 고개를 끄덕였다. 지금은 그를 살리는 일에 더 집중할 때였다. 만약 그것이 안 된다면, 이대로 함께 가는 것도 좋을 것이다. 해연은 하랑의 손이 이끄는 대로 그의 어깨에 얼굴을 묻었다.

해연이 고개를 들지 못하도록 한 하랑은 꽤 거리를 좁힌 루시를 보았다. 그녀가 왜 이렇게까지 하는지는 모르겠지만, 손을 더럽히는 건 자신의 몫이었다. 해연이 살인까지 하는 걸 원치 않은 그는 끝까지 모든 짐을 홀로 짊어지기로 했다.

‘이번에 처리하지 못하면 신녀님까지 다치게 돼.’

하랑은 죽음을 각오하는 해연의 마음을 모르지 않았다. 하지만 그녀가 자신을 따라 삶을 끝내길 바라지 않았다. 그러려면 루시를 한 번에 처리해야만 했다.

루시의 다리가 멈췄다. 신녀의 분노를 받은 탓인지 망가진 몸은 한 발짝도 딛기가 어려웠다. 다리뿐만 아니라 팔도 움직이기가 어려웠다. 손 한 번 휘두르면 신녀의 몸을 조각낼 수 있는데, 안타깝게도 몸이 한계에 다다랐다. 간신히 숨만 쉬고 있는 루시는 하랑의 배에 박혀 있는 불의 검을 보았다. 얼마나 세게 잡고 있는지 아무리 의지를 불어넣어도 단검은 꼼짝도 하지 않았다. 죽음을 앞당기는 걸 알면서도 그는 오로지 해연을 위해 단검을 배에서 빼지 않았다. 그런 하랑의 용단에 루시는 고개를 저었다.

'이 정도일 줄은…… 몰랐는데.'

그녀의 얼굴에 처음으로 자조가 어렸다. 같은 여인으로서 신녀가 부러웠다. 그리고 그 부러움의 강도만큼 피로가 쌓였다. 더불어 후회도 밀려왔다. 조금만 시각을 바꿔 자신의 인생을 바라보았다면 지금과는 다른 선택을 하지 않았을까 하는.

씁쓸하게 웃은 루시는 죽어가는 하랑과 그를 놓지 못하는 해연을 보며 뻣뻣하게 굳어 있던 고개를 숙였다. 스스로의 욕심에 다른 사람의 행복을 망가뜨린 것에 대한 작은 속죄였다.

"그만, 끝내죠."

루시는 몸에 남아 있던 공력을 채찍에 전부 쏟아부었다. 돌이킬 수 없을 만큼 일이 진행되었으니 그냥 처음 선택했던 대로 밀어붙이고자 했다. 끝까지 그녀는 어리석었다.

바닥에 축 늘어져 있던 은빛 채찍이 뱀처럼 머리를 들었다. 바짝 독기 오른 채찍을 보며 하랑은 눈살을 찌푸렸다. 일순 시야가 희뿌옇게 변해 버린 탓에 채찍이 보이지 않았다. 그때, 바람을 가르는 소리가 들렸다. 그 소리를 따라 급히 손을 내민 하랑은 차가운 금속 채찍이 팔에 닿는 걸 느꼈다. 그는 그걸 맨손으로 꽉 움켜쥐었다. 강렬한 통증과 함께 손바닥이 후끈해졌다. 팔이 떨어져 나간 것처럼 감각이 없어졌으나, 하랑은 몸에 남아 있던 모든 공력을 손에 몰아넣은 채로 방출해 버렸다. 그의 공력이 채찍을 타고 무서우리만치 빠르게 빨려 나갔다. 그와 동시에 루시가 비명을 질렀다.

"끄아아아아악!"

좀 전까지만 해도 신께 감사해하던 금속의 속성이 그녀를 지옥으로 안내했다. 하랑의 전류를 있는 대로 끌어당기던 루시의 몸이 큰 폭음과 함께 펑— 터져 버렸다. 지독한 탄내와 함께 축 늘어진 은빛 채찍 위로 검고 붉은 점들이 후두둑 떨어졌다. 드디어 마음을 놓을 수 있게 된 그의 상체가 서서히 뒤로 넘어갔다.

"하랑?"

해연은 팔에 묵직한 무게가 실리자 그의 어깨에서 얼굴을 뗐다. 반쯤 감긴 그의 눈꺼풀 사이로 보이는 푸른 눈동자에는 초점이 없었다. 항상 부드럽게 바라봐 주던 눈빛은 사라진 지 오래였고, 조금 열려 있던 눈도 곧 힘없이 감겼다. 의지를 상실한 육신이 전해주는 죽음이란 감각이 해연의 정신을 굳게 만들었다.

"아아……."

입은 벌어졌으나 속에서 터져 버린 감정이 밖으로 분출되지 못했다. 목이 턱 막혀서 아무 말도 하지 못하던 해연은 고개를 저으며 그의 몸을 흔들었다. 꽉 껴안아보기도 하고, 얼굴을 만져 보기도 했으나 그는 두 번 다시 움직이지 않았다. 믿을 수 없는 현실이었다.

'아니야. 아니야, 하랑. 아니야!'

이런 일을 겪으려고 이곳에 남은 것이 아니었다. 천관녀에게 유리병만 보내고 싶다고 부탁한 것도 그와 함께하기 위함이었다. 부모님을 두고 억지로 마음을 접은 것도 그가 이곳에 있기 때문이었다. 이제 평생 사랑하며 행복하겠다고 다짐했는데, 그는 없고 자신만 덩그러니 남아버렸다.

격한 통증이 가슴을 후려쳤고, 축 늘어진 하랑을 안고 있는 해연의 몸은 덜덜 떨렸다. 더는 억압할 수 없는 눈물이 차고 넘쳐서 하염없이 흘러내렸다. 아무리 괴로워해도 반응 없는 그가 미웠다. 이렇게나 아파하는데, 이렇게나 슬퍼하는데 왜 달래주지 않는 건지. 이제는 그의 목소리를 들을 수 없고, 그의 따뜻한 손길도 가질 수 없었다. 그 사실이 너무나도 싫어서 해연은 그의 품에 얼굴을 묻은 채 충격에 억눌러져 있던 울음을 토해냈다.

"으아아악!"

해연은 미친 듯이 소리를 질러대며 오열했다. 그 순간, 빗방울이 뚝뚝 떨어지기 시작했다. 해연의 감정에 동조한 물이 순식간에 거세게 쏟아졌다. 하지만 그 많은 물도 그녀의 아픔을 씻어내진 못했다.

공터에서 조금 떨어진, 빗물이 폭포수처럼 흘러내리는 커다란 바위 위로 대랑이 나타났다. 그는 해연을 지켜내고 숨이 끊어진 하랑과 그를 붙잡고 목메어 우는 해연을 안쓰럽게 바라보았다. 이대로 둔다면 해연의 정신이 붕괴할지도 몰랐다. 그만큼 그녀가 받은 충격은 극에 달해 있었다. 하랑의 존재는 해연에게 있어 이곳의 전부라고 해도 과언이 아니었다. 대랑도 그걸 알고 있었지만, 하랑을 구하는 일에 소극적이 될 수밖에 없었다. 원기의 신이 불의 검을 만들면서 담은 의지 때문이었다.

「금기가 아닙니까? 불의 검으로 찔린 상처는 물로 치료하지 못한다는 것이 원칙입니다.」

대랑은 머릿속으로 누군가와 대화를 나눴다. 원기의 신이 불의 검을 만든 이유는 신녀가 힘을 남용하지 못하도록 제어하기 위해서 였다. 신녀의 회복력을 무효화하는 힘으로 죽음의 공포를 알게 하고 스스로 경계토록 하기 위함인 것이다. 다만, 지금은 상황이 조금 묘했다. 신녀를 죽이기 위해 만든 검이 공력자를 죽였고, 그게 또 하필이면 하랑이었다. 하랑은 물의 신의 뜻에 따라 대랑이 축복을 내린 이였다. 그가 준 축복의 힘은 목숨을 세 번 구명해 주는 것이 었는데, 하랑에게는 아직 하나가 남아 있었다.

누군가의 이야기에 귀 기울이던 대랑은 그의 결정을 받아들였다. 무엇이 옳다고 말할 수는 없었다. 그저 해연의 슬픔을 달래주고 싶 었고, 그럴 수 있는 여지가 있으니 이용할 뿐이었다.

「처리하겠습니다.」

그는 큼직한 발을 옮겨 해연의 앞으로 다가갔다. 해연은 그가 온 것도 모를 정도로 하랑의 죽음에 깊이 빠져 있었다. 대랑은 그런 해 연을 나지막이 불렀다.

「신녀, 해연.」

혹시나 잘못 들은 것일까, 조심스럽게 고개를 든 해연은 눈앞에 나타난 대랑을 발견했다. 그토록 간절히 부를 땐 오지 않던 그가 이 제야 나타나니 원망스러웠다. 그래도 해연은 그에게 하랑을 내밀었 다. 터져 나오는 울음을 가누질 못해서 말은 하지 못했으나, 그 몸 짓만으로도 대랑은 해연의 뜻을 알아들었다.

「그대의 고통이 내게도 전해지니, 지금 얼마나 괴로워하는지 알 고 있소. 신의 뜻에 따라 하랑에게 내린 축복을 거둬가려 하오. 이 세상을 선택해 준 그대에게 내리는 신의 보답이라 여기시오.」

해연은 그의 말을 전부 이해하진 못했지만, 신의 보답이 무엇을 뜻하는지는 파악할 수 있었다. 다행히 빗줄기가 수그러들었고, 대랑은 임무를 완수한 하랑을 내려다보았다. 이미 숨이 끊어진 그는 아직도 배에 박힌 불의 검을 잡고 있었다. 죽은 뒤에도 해연을 지키려는 그의 의지에 대랑은 깊이 고개를 숙였다. 참으로 대견하고도 고마운 마음이었다. 이젠 그의 안식을 방해하던 불의 검을 빼고 새로운 삶을 줄 차례였다.

「불의 검부터 빼야 하오.」

대랑의 말에 해연은 하랑의 복부에 박힌 검을 보았다. 저 지독한 것이 여전히 하랑의 몸에 들어가 있다는 게 끔찍할 만큼 싫었다. 해연은 불의 검을 쥔 하랑의 손을 풀려 했다. 그러나 그가 워낙 꽉 잡고 있는 탓에 검을 뽑는 것에도 애를 먹었다.

"하랑, 나 이제 괜찮아. 그러니까 손 놔줘. 응? 이거 빼야 한대."

해연은 여전히 물기에 젖은, 떨리는 목소리로 달래듯이 말을 걸었다. 그 다독임이 통한 것인지, 곧 그의 손을 풀어낼 수 있었다. 하랑을 안고 있던 팔에 힘이 들어가고, 불의 검도 쑥 뽑혀 나왔다. 검이 빠져나오자 헐렁해진 상처에서 더 많은 양의 혈액이 뿜어져 나왔다. 그걸 본 해연의 얼굴이 하얗게 질렸지만, 귓가에 닿는 대랑의 음성은 평온하기 그지없었다.

「뇌공의 하랑, 그대에게 내린 축복을 이제 그만 거둬가겠네.」

하랑의 목에 새겨두었던 마지막 남은 물방울이 스르륵 녹아 사라졌다. 사막을 건너려다 와디에 빠졌을 때, 가리국 황제의 검에 당했을 때, 그리고 지금. 이렇게 세 번에 걸쳐 그의 목에 새겨둔 물방울 꽃잎이 완전히 소멸했다.

이미 죽은 이를 되살리는 건 금기였으나, 물의 신에게도, 그리고 이 땅의 많은 생명들에게도 해연은 매우 소중한 사람이었다. 두 천관녀가 죽은 지 얼마 되지 않았으니, 다른 천관녀가 태어나 성인이 되기까지도 시간이 걸릴 터였다. 그때까지 새로운 신녀를 얻을 수 없는 상태에서 해연이 이곳에 남기로 한 건 참으로 고마운 일이었다. 그래서 더욱 그녀가 행복하게 잘 살아주길 바랐다.

대랑은 걱정과 기대감이 혼란스럽게 뒤섞인 해연의 눈물을 닦아주었다.

「아무리 공력자의 신체라 해도 회복하여 의식을 되찾기까지는 시간이 조금 걸릴 것이오.」

시간이 지나면 다시 하랑을 만날 수 있다는 말에 해연은 목이 떨어져라 고개를 끄덕였다. 감사하고 또 감사했다. 숱한 감정들이 와글와글 몰려들어서 목소리가 나오지는 않았으나, 해연의 표정과 눈빛만으로도 대랑은 충분히 그녀의 마음을 느낄 수 있었다. 인자하게 웃어준 대랑이 물방울이 되어 사라지고, 해연은 하랑을 안은 채로 길고도 긴 기다림의 시간을 맞이했다.


하늘에 어스름이 짙게 깔리고, 궐이 소란스러워졌다. 아무리 찾아도 보이지 않는 신녀와 폭음이 만들어낸 조화였다. 하지만 그것도 해연에게 영향을 주진 못했다. 찬바람까지 몰려드는 상황에서 해연은 낮의 그 상태 그대로 망부석이 된 것처럼 움직이지 않았다. 하랑의 상체를 제 몸에 기대게 하고 그의 옷이 젖지 않도록 하는 데만 온 정신을 집중했다. 격하던 울음도 많이 수그러들었고, 하랑의 체온을 주기적으로 확인하며 감정을 추스르려 애썼다. 그와 함께 있어서 깊은 산속의 밤도 무섭지 않았다. 힘든 것도 잊은 채 그를 돌보던 해연의 손등에 따뜻한 손이 닿았다. 익숙하고 그리운, 무척 소중한 걸 어루만지는 그 손길과 함께 귀에 익은 음성이 그녀를 맞이했다.

"해연."

아직 기력이 없었으나 한 번 더 듣고 싶던 그의 목소리가 분명했다. 해연은 아무 말 없이 하랑을 꽉 껴안았다. 이제 되었다. 그가 있으니, 이제 더는 바랄 것이 없었다.

맑은 하늘에 퍼진 어둠이 더욱 푸근하게 느껴지는 밤이었다. 하랑은 긴 회랑 위를 걷다가 기와지붕 밖에 걸린 달을 바라보았다. 황궁 너머, 하얗게 빛나는 신궁 꼭대기에 달린 만월은 매우 아름다웠다. 엊그제 한 번 죽었던 것이 믿기지 않을 만큼, 주위의 모든 것이 현실적으로 각인되고 있었다. 하랑은 다시 한 번 살아 있음을 느끼며 앞서 걷고 있는 해연을 바라보았다. 이젠 자신이 지켜주겠다면서 산책 중에도 사방을 경계하는 모습이 귀엽기도 하고 재밌기도 했다. 그러면서 한편으론 미안한 감정이 들었다.

"신녀님."

복잡한 생각이 담긴 그의 부름에 해연이 즉각 고개를 돌렸다. 눈을 크게 뜨고 바라보는 그녀의 눈빛에는 걱정이 가득했다.

"왜? 어디 아파?"

해연은 다급히 하랑에게 다가가 그의 안색을 살폈다. 조금 기운이 없어 보이긴 해도 혈색도 정상이고 식은땀을 흘리거나 하지도 않았다. 그럼에도 혹시나 아픈 건 아닐까 싶어 걱정하는 해연을 하랑이 말렸다.

"그런 것이 아닙니다. 그저……."

하랑은 끝말을 흐렸다. 아까는 경황이 없어 묻지 못했던 질문이 목 주위를 맴돌았다. 한참을 그렇게 머뭇거리던 그는 해연의 눈을 보며 차분히 물었다.

"후회하지 않으십니까?"

이곳에 남기로 한 걸 후회하지 않느냐는 질문이었다. 집으로 돌아가기 위해 노력하던 해연의 마음을 알기에, 그녀의 부모님이 지금 얼마나 힘겨워하는지 알기에, 하랑은 그녀의 선택에 대해 물을 수밖에 없었다. 그의 근심을 짐작한 해연은 빙긋 웃어주었다. 그동안 아무에게도 말하지 못하고 혼자 생각하고 결정을 내렸으나, 이젠 그에게 들려줄 수 있었다.

"확신할 수는 없지만, 안 하려고 노력할 거야. 여러모로 고민하고 최선이라 생각해서 내린 결정이니까. 집으로 간다 해도 살아서 갈 수 있으리란 보장도 없고, 이곳에도 소중한 사람들이 생겼는걸. 그리고 사람들과 약속한 것들이 있잖아."

가리국에 삼 년간 비를 내려주겠다고 했던 약속. 그리고 앞으로 수십 년간 신녀 없이 살아가야 하는 동연국 사람들이 겪을 고통이 해연은 내내 마음에 걸렸다.

"내 사정이 급해서 약속을 쉽게 뒤집을 뻔했어. 내가 괴로우니까 이해해 달라고 강요하는 꼴이었거든. 하지만 나도 이제 성인이잖아. 적어도 내가 한 말에는 책임을 져야 하는 나이라고 생각해."

스물한 살, 그녀는 어느새 철없던 소녀의 껍질을 벗고 성숙한 여인이 되어 있었다. 그런 해연을 보는 하랑의 눈에 감탄의 빛이 어렸다. 그녀는 또다시 배우고 성장한 것이다.

기특하다는 하랑의 눈빛이 민망하게 느껴진 해연은 볼을 살짝 긁적였다. 사실 아직 말하지 않은 게 하나 더 남아 있었는데, 부끄러워서 차마 얼굴을 보고 말하기가 힘들었다. 해연은 회랑 바닥에 시선을 주고 기어들어 가는 목소리로 말을 덧붙였다.

"무엇보다…… 하랑이 이곳에 있잖아."

엄마 곁엔 아빠가 있고, 자신의 곁엔 하랑이 있어야 했다. 사랑하는 사람이 한 명이라도 곁에 있다면, 마음의 상처도 조금씩이나마 치유될 수 있으리라. 해연은 그렇게 믿었다.

수줍어하면서도 할 말은 다 하는 그녀를 보며 하랑은 기분 좋게 웃었다. 이래서 사랑할 수밖에 없다. 하랑은 귓불까지 붉어진 해연을 살포시 안아주었다. 혹시나 부서질까, 조심스럽게 품에 가두고 나니 세상이 한층 더 따뜻하고 아름다워 보였다.

"신녀님은 볼수록 놀라운 거 아십니까? 당신은 항상 감탄하게 만들어서 문제입니다."

타박인지 칭찬인지 모를 말에 해연은 고개를 들고 그와 눈을 마주쳤다. 왜 문제냐고 묻는 눈빛에 그는 친절히 설명을 덧붙여 주었다.

"다른 사내들도 당신에게 반해 버릴까 봐, 그게 두려우니 문제입니다."

애정 어린 질투와 소유욕이었다. 적당히 선을 지키면서도 달콤하게 드러내는 질투에 해연은 실실 웃었다. 숨김없는 그의 마음이 좋아서 그녀는 자신의 이마를 손가락으로 톡톡 두드렸다.

"그럼 여기에다가 도장 찍어둘까? 하랑 거라고."

이마에 뽀뽀해 달라는 뜻이었다. 외진 탓에 사람도 없었으니, 꽤 짙은 애정 표현을 기대하는 해연의 눈이 초롱초롱했다. 결국, 웃음이 터진 하랑은 그녀를 꽉 끌어안고 이마에 입을 맞췄다. 첫 번째 목표를 달성한 해연은 고개를 좀 더 뒤로 젖혔다. 다가오기 쉽게 미리 알아서 입술을 대기해 주는 친절함에 그는 웃으면서 고개를 저었다.

"이마에다 찍었으니 이젠 서면으로 찍을 차례입니다."

"서면?"

그의 말뜻을 잠시 곱씹던 해연의 눈이 살짝 커졌다. 놀라는 그녀의 눈가에 입을 맞춘 하랑은 해연을 더 꽉 껴안았다. 이젠 평생을 함께할 것이었다. 다시 죽어 숨이 끊어지는 그날까지.

"제 아내가 되어주십시오."

달콤하게 귓가를 감아오는 그의 목소리에 해연도 그를 안은 팔에 힘을 주었다. 행복에 마음껏 취할 수 있는 이 순간에 감사하며, 그녀는 힘껏 고개를 끄덕였다.

"응! 고마워. 고마워, 하랑."

해연은 감격에 겨워서 뒷말을 잇지 못했다. 내게 와줘서 고맙다는 말을 하고 싶었는데, 그 마음은 좀 더 진정한 뒤에야 꺼낼 수 있었다.

짧지만 강렬한 여운을 남긴 청혼의 순간이 지나고, 해연은 하랑의 곁에 서서 회랑을 걸었다. 누가 앞서거나 뒤에 서지 않고 함께 걷는 두 사람의 얼굴은 환하게 피어 있었다. 띄엄띄엄 걸린 등불이 아름답게 빛을 발하는 회랑 밖으로 정다운 목소리가 아련하게 흘러나왔다.

"하랑, 나 하랑한테 약속받을 거 있어."

"무엇입니까?"

"이젠 나 지킨다고 목숨 함부로 하는 일 없기로 해."

"그건 안 됩니다."

"왜?"

해연의 의문에 그녀를 바라보는 하랑의 눈이 부드럽게 휘었다.

"당신이, 제 삶의 이유니까요."

완연한 봄날, 따사로운 햇살이 내려앉은 황궁 정문 앞으로 백성들이 모여들었다. 수만에 달하는 사람들은 설레는 감정을 숨기지 못했다. 평생에 한 번 볼까 말까 한 신녀의 대관식이 열리는 날이었다. 게다가 신녀의 혼례도 함께 진행한다고 하니 사람들은 이 세기의 혼례식을 직접 보고자 이른 아침부터 몰려들었다.

와글와글한 백성들의 기대감이 성벽 하나를 사이에 두고 황궁으로 넘어왔다. 황궁도 밖과 크게 다르지 않았다. 각 나라의 사절단이 중간중간 끼어 있었으나 그들의 얼굴에 서린 감정은 성 밖의 사람들과 동일했다.

며칠 전, 루시가 사망하고 부관도 공범인 게 밝혀져 처형당한 뒤에 가후는 신녀의 혼인을 공표했다. 갑작스러운 소식에 궁 안팎으로 혼란이 이만저만이 아니었다. 다행히 가후가 해연에 대해 자세한 설명을 덧붙였고, 그 상대가 하랑인 걸 밝히자 혼란은 곧 열광으로 바뀌었다. 동연국의 백성들과 신료들은 물론이고, 루시의 일로 곤경에 처할 뻔했던 청일국의 사절단도 자리에 참석해 경사로운 날을 축하했다. 그렇게 모든 이들이 새색시와 새신랑을 기다리는 시각에 해연은 신궁에서 무녀들에게 둘러싸여 있었다.

비아가 손수 지어준 대례복을 입고 곱게 화장을 한 해연을 두고 무녀들은 온갖 호들갑을 떨어댔다. 처음에는 가볍게 시작한 칭찬이 급기야 하랑까지 들먹일 정도가 되었다. 보면 반할 수밖에 없다느니, 넋을 놓으면 어떡하느냐는 등 별별 소리가 다 흘러나왔다. 그들의 대화를 문밖에서 가만히 듣고 있던 하랑은 피식 실소를 흘렸다. 본인이 보기에 해연은 꾸미거나 꾸미지 않거나 예쁜 건 한결같았다. 다만, 무녀들이 야단 떠는 것을 듣고 있자니 꽤 우스꽝스러웠다.

자신에 대한 이야기를 들으며 즐거워하는 하랑의 곁에서 소여는 부끄러움에 몸 둘 바를 몰랐다. 무녀들이 하는 말을 듣고 있자니 방정도 이런 방정이 없었다. 심히 민망해진 그녀는 결국 하랑의 허락도 받지 않고 급히 그가 왔음을 안에 알렸다.

"신녀님, 하랑 대장님이 드셨사옵니다."

안에서 들려오던 목소리들이 갑자기 뚝 끊겨 버렸다. 하랑은 실실 새어 나오는 웃음을 억지로 참아냈다. 그러곤 해연을 보고도 절대로 놀라지 않겠다며 마음을 다잡았다. 조금은 이상한 곳에서 승부욕이 발동한 것이다. 그 원인 제공자인 무녀들이 쭈뼛거리며 문을 열었다. 그러다 검은 혼례복을 갖춰 입은 하랑을 보곤 본인들도 모르게 입을 슬쩍 벌렸다. 은실로 수를 놓은, 소매가 큰 검은 혼례복이 그렇게 잘 어울릴 수가 없었다. 이마를 시원하게 드러내고 은색 상투관을 쓴 모습이 눈부실 만큼 멋진 터라, 예의가 아님을 알면서도 자연적으로 쭉 훑어보게 되었다.

놀란 무녀들을 내버려 두고 하랑은 서슴없이 안으로 들어섰다. 전신 거울 앞에 해연이 서 있었다. 평소보다 더 풍성한 옷이 어색한지 이리저리 매만지던 그녀가 몸을 돌리자, 하랑은 절대 놀라지 않겠다고 다짐했던 걸 망각해 버렸다. 하얀 치마는 살짝 움직일 때마다 은은하게 빛났고, 하늘색 겉옷은 비단결 같은 검은 머리카락과 너무나도 잘 어울렸다. 거기에 신녀의 상징인 수각관을 쓴 해연은 성숙함을 넘어서서 신비로웠다.

무녀들의 칭찬에 볼을 붉히는 모습마저 사랑스럽다는 생각이 들자 그는 급히 헛기침을 했다. 자리 좀 비켜 달라는 신호인 걸 용케 알아들은 무녀들이 까르르— 웃으며 문을 닫고 나갔다. 그 웃음소리에 화들짝 놀라는 해연을 보며 하랑은 최대한 가까이 다가갔다.

"생각해 봤는데 말입니다."

이제 부부의 연을 맺게 되었으니 말을 낮춰도 되지만, 그는 그냥 익숙한 대로 높임말을 썼다. 그러나 그 점을 인지하지 못할 만큼 해연은 그의 외모에 놀라 있었다. 눈앞에 있는 사내가 정녕 자신의 남자인지 믿기지 않았다. 그런 해연의 상황을 모르는 하랑은 계속 말을 이었다.

"식을 올리려면 술을 마셔야 하는데, 신녀님이 아직 음식에 대한 저항력이 부족하지 않습니까? 그러니 미리 저항력을 키우는 게 좋을 것 같습니다."

음식에 대한 면역력을 키우자는 말을 그녀는 제대로 이해하지 못했다. 그러나 굳이 이해하려 들 필요가 없었다. 그가 행동으로 알려준 탓이었다. 그의 큰 손이 해연의 턱을 살짝 들어 올렸다. 선홍빛 입술을 내려다보는 그의 눈에 일순 탐욕이 흘렀다.

"이곳에 적응하는 데 이보다 더 좋은 건 없지 않겠습니까?"

"아."

그의 뜻을 깨달은 해연이 탄성을 흘리기도 전에 하랑은 그녀의 입술을 덮쳤다. 처음에는 부드럽던 움직임이 달뜨는 분위기 속에서 점점 격해졌다. 결국 해연도 끝없이 그를 갈구하게 됐다. 그 달콤한 유혹에 빠져 버린 두 사람은 혼례를 올려야 한다는 사실마저 잊고 서로를 음미하는 데 집중했다.

황궁 정문의 누각 위. 신녀의 대관식을 위해 황후와 함께 자리한 가후는 성곽 너머로 보이는 백성들에게 가만히 시선을 고정했다.

자신이 보듬어주어야 할 사람들이라는 생각이 들자 기분이 묘했다. 그러다 감감무소식인 하랑과 해연을 떠올리며 미간을 팍 찌푸렸다.

"이것들은 오다가 다리가 부러졌나, 왜 안 오는 거야?"

기다림이 익숙지 않은 가후의 짜증에 곁에 앉아 있던 비아가 다독이듯이 그의 손을 잡았다. 그녀의 다정한 손길에 불만마저 녹아 버린 가후는 삐죽 튀어나왔던 입을 집어넣었다. 다행히 그리 오래지 않아 해연과 하랑의 등장을 알리는 힘찬 박수 소리가 들려왔다.

누각 아래로 시선을 준 가후는 곱게 단장한 해연과 그녀의 곁에 듬직하게 선 하랑을 보곤 살며시 입가에 미소를 피웠다. 하랑의 혼례를 직접 보는 날이 오니 감개가 무량했다. 선황도 이 모습을 보았다면 무척 좋아했을 거란 생각에 그는 화창한 봄날의 하늘을 올려다보았다.

'아바마마, 축복해 주고 계십니까? 하지만 저 망아지한테 코가 꿰였으니, 확실히 잡혀 살 겁니다.'

가후는 하랑의 앞날을 동정하며 속으로 짓궂게 놀렸다. 자신은 절대 잡혀 살지 않는다고 믿기에 가능한 일이었다. 매우 큰 착각을 하던 그는 누각으로 올라오는 하랑에게 시선을 주었다. 그 눈길이 왜 이렇게 늦었냐는 타박같이 느껴져서 하랑은 어색하게 웃는 걸로 때워 버렸다. 키스 중간에 소여가 부르지 않았다면 처음부터 옷을 다시 입혀야 할 뻔했다. 그런 참사를 간신히 모면한 하랑은 술과 음식이 올라간 초례상 앞에서 해연과 마주 보고 섰다.

본디 공력자의 혼례는 황실에 준하는 예우를 갖춰 근정전 마당에서 진행하지만, 이번에는 해연의 대관식도 함께하기 때문에 본식은 간단하게 교배례만 치르기로 했다. 대신 밤에 있을 연회를 성대하게 하는 것으로 아쉬움을 달랠 예정이었다.

혼례에서 가장 중요한 교배례는 신랑과 신부가 맞절을 하는 예식이었다. 하랑이 먼저 상 위에 놓인 술을 한 모금 마셨고, 그 잔이 해연에게 옮겨졌다. 그의 열렬한 예방책 덕분인지 해연도 무리 없이 술을 넘겼다. 술을 마신 뒤엔 백년해로를 하겠다는 혼인 서약을 하고 맞절을 하는 것으로 혼인에 대한 본식은 끝이 났다. 그러나 아직 대관식이 남아 있는 해연은 가후에게 다가갔다. 붉은 예복을 갖춰 입은 가후도 자리에서 일어났고, 해연은 차분한 어조로 맹세의 조약을 읊었다.

"물의 신녀, 해연은 동연국의 하늘을 책임지고 이 땅에 물줄기가 끊어지지 않도록 할 것임을 맹세합니다."

해연의 맹세를 들은 가후가 곁에 준비된 하얀 단장을 들어 올렸다. 해연이 가리국에서도 받았던 것과 비슷한 모양의 묵직한 지팡이였다.

"동연국의 황제이자 이 땅의 주인으로서 물의 신녀 해연께 비오. 부디, 그대가 이 하늘의 주인이 되어 백성들의 갈증을 달래줄 생명수를 내려주길 바라오."

"오늘부로 본인이 이 땅의 신녀임을 동연국의 백성과 전 세계의 모든 이들에게 공표합니다."

맹세의 조약을 모두 읊은 해연은 하랑과 함께 성벽으로 다가갔다. 가리국의 대관식과 조금 다른 점이 바로 이 부분이었다. 실내에서 식을 치른 뒤에 백성들을 만나는 가리국의 대관식과 달리, 동연국은 백성들이 대관식에 참석해 구경할 수 있었고, 곧바로 그들의 머리 위로 물을 뿌려줌으로써 축복을 내렸다.

대로를 가득 메운 사람들을 보고 선 해연은 숨을 한 번 크게 쉬고 손에 힘을 모았다. 해연의 손에서 몽글몽글 생성된 물방울이 공중으로 퍼져 나갔다. 햇살을 받아 보석처럼 영롱하게 빛나는 물방울들은 경쾌한 소리와 함께 탁, 터지며 물안개로 변해 사람들의 머리 위로 내려앉았다.

신녀의 축복을 받은 백성들이 환호성을 터뜨렸고, 해연은 하랑과 함께 손을 흔들며 고마운 마음을 표현했다. 이곳에 남기로 선택하는 바람에 많은 것을 포기해야 했지만, 한편으론 이토록 많은 사람들을 지켜줄 수 있다는 사실에 해연은 감사함을 느꼈다.

그렇게 해연은 새해가 시작되는 어느 따스한 봄날에 정식으로 동연국의 신녀가 되었다.

구름마저 붉게 물들이는 시각, 월무각에서는 백여 명에 달하는 사람들이 모여 그날의 주인공들을 향해 머리를 조아렸다. 동연국의 대신들은 물론이고, 각국의 사신들도 공손히 예를 갖췄다.

"경하드리옵니다!"

백여 명이 한마음 한뜻으로 외친 소리가 쩌렁쩌렁하게 월무각을 울렸다. 그들의 인사를 받으며 슬쩍 서로를 보는 해연과 하랑의 입가에도 잔잔한 미소가 번졌다. 비로소 혼례를 치르는 느낌이었다.

해연은 하랑의 손을 한 번 잡아보고, 그의 눈빛에 담긴 무언의 응원을 받으며 앞으로 나섰다. 본래 연회의 시작을 알리는 건 황제의 몫이지만, 오늘은 그녀가 인사말을 하기로 했다.

단상 끝에 도달한 해연은 사람들 앞에 서서 눈을 감고 옛 기억을 더듬었다. 물이 없어 몰살된 마을과 물의 기적에 눈물짓던 풍월대원의 선한 눈동자를 떠올렸고, 백성을 구하고자 기꺼이 목숨을 바친 충신과 지아비를 위해 서슴없이 무릎을 꿇었던 한 여인을 기억했다. 지은 죄를 인정하고 잘못을 바로잡고자 위험을 감수한 사내와 황제라는 이름으로 고통을 홀로 삭이던 지존의 눈물을 보았고, 나라와 자식을 위해 희생했던 아버지의 위대한 마음과 동생을 지키고자 부당한 대우를 감내했던 안쓰러운 언니를 만났다. 그리고 목숨을 바쳐 사랑해 주는 한 남자를 알게 되었다. 그를 기억하며 천천히 눈을 뜬 해연의 검은 눈동자에는 감사함이 어려 있었다.

"처음엔 힘들고 불행하다 여겼던 일이 막상 시간이 지나 돌이켜 보면 꼭 불행했던 것만은 아님을 알게 됩니다. 제가 이 세상에 온 일도 지금에 와서 생각해 보면 마찬가지입니다. 이곳에서 만난 모든 인연에 감사하고 있습니다."

그녀의 목소리는 담담하면서도 울림이 있었다. 수각관도 쓰지 않았고 옷차림도 오전보다 더 수수해졌지만, 모든 이들이 숨을 죽이고 그녀의 말에 귀를 기울였다. 조금은 묵직하고 진지해진 사람들을 향해 해연은 싱긋 웃었다. 즐거운 축제를 앞두고 하는 소회는 짧은 것이 좋았다.

"그러니 여러분도 그동안 있었던 나쁜 일들은 모두 잊고 오늘의 연회를 즐기셨으면 좋겠습니다."

"천은이 망극하옵니다."

동연국의 하늘을 지배하는 신녀에게 신료들이 예를 갖추자마자 연회가 시작되었다. 신료들은 중앙 무대를 바라보며 양쪽 벽을 따라 쭉 늘어서 앉았고, 그들 앞에는 먹음직스러운 음식이 차려진 소반이 놓였다. 해연과 하랑도 가후와 비아 옆에 자리했다. 모든 이들이 자리에 앉자 악공들이 악기를 연주하기 시작했고, 무희들이 중앙 무대를 채웠다.

며칠 전, 루시의 돌발 행동으로 전야제가 취소되었던 만큼, 혼인날 밤 뒤풀이는 더 성대하게 열렸다. 하랑은 가후와 함께 술잔을 기울이며 대화를 나눴고, 해연은 현란한 무희들의 춤사위에 푹 빠졌다. 한참을 그렇게 보고 있을 때, 무녀들 사이에 껴 있던 보리가 다가와 그녀에게 작게 귓속말을 했다. 무언가 속닥인 그녀가 재빠르게 물러나고, 해연은 살짝 붉어진 얼굴로 옆에 있는 하랑을 힐끗거렸다. 그에게만 은밀히 물어볼 말이 있는데, 주위에 듣는 귀가 너무 많았다.

하랑은 얼굴에 닿는 시선을 느끼고 고개를 돌렸다가 볼을 붉히는 해연을 발견했다. 그녀는 무언가 할 말이 있는지 입을 달싹이다 다물더니, 결국 나가자는 신호를 보냈다. 언제 어디서나 항상 당당하게 말을 꺼내던 그녀답지 않은 모습이었다. 무슨 일이 있는 건가 싶어진 그는 가후에게 바람 좀 쐬고 오겠다고 말해놓고 해연과 함께 자리를 벗어났다.

월무각 뒤편에 있는 후원으로 나온 해연은 선선한 바람에 숨통이 탁 트이는 기분을 만끽했다. 사람 많은 월무각은 왁자지껄한 재미가 있었지만, 달빛이 쏟아지는 후원도 나름대로 운치가 있었다. 하지만 이곳도 그녀가 원하는 장소는 아니었다. 근처 회랑에는 번을 서고 있는 달천대원들이 온 신경을 곤두세우고 있었고, 궁녀들은 월무각을 드나들며 음식을 나르느라 분주했다.

"하랑, 사람 없는 곳으로 가자."

사람이 없는 곳. 그녀가 원하는 장소가 정확히 어디인지 알아차린 하랑은 심장이 제멋대로 두근거리는 걸 느꼈다. 문득 떠오르는 생각에 민망해진 그는 헛기침을 하고 사람이 없는 곳을 찾아 움직였다. 그 어느 때보다 매의 눈으로 궐을 훑었으나 네 나라의 사신단까지 와 있다 보니 사람이 없는 곳을 찾기가 더 어려웠다. 그러나 궁하면 통한다고 했던가. 하랑은 곧 적당한 곳을 떠올릴 수 있었다.

무엇이 그리 급한지 성큼성큼 걷는 그의 손에 이끌려 해연은 정처 없이 걸어야만 했다. 그냥 대화를 엿듣는 사람이 없길 바랐을 뿐인데, 그는 너무 멀리까지 가고 있었다. 이제는 월무각에서 흘러나오던 음악 소리까지 들리지 않았다.

"하랑, 어디까지 가?"

"거의 다 왔습니다."

하랑은 해연의 손을 잡고 작은 화원에 딸린 전각으로 들어갔다. 등불 몇 개만 달아둔 전각은 그의 예상대로 지키는 병사조차 없었다. 양옆으로 방 두 개가 전부인 전각 복도에 당도해서야 그는 그녀의 손을 놓아주었다.

드디어 자유를 찾은 해연은 주위를 두리번거렸다. 해가 진 탓에 조금 어두침침하긴 했으나 확실히 사람은 없어 보였다. 안심한 그녀가 질문을 꺼내기도 전에 허리를 감싸는 손이 있었다. 갑작스런 접촉에 놀란 해연이 올려다보자 그가 은밀한 시선을 보내왔다.

"이곳엔 아무도 없습니다."

"아."

그제야 깨달을 수 있었다. 아무도 없다는 걸 강조하는 말과 지그시 응시하는 눈빛의 뜨거움이 그가 원하는 게 무엇인지 여실히 느끼게 했다. 덩달아 대관식 때문에 멈췄던 오전의 일이 떠오르면서 해연도 몸이 달아올랐다.

'그래도 지금은 안 되는데.'

연회도 아직 끝나지 않았고, 보리의 질문에 답해줄 필요도 있었다. 돌아가야 한다고 말하려는데 그가 입을 맞춰왔다.

"하, 흐음, 잠……."

해연이 말을 꺼내려 했으나 그는 쉽사리 멈추지 못했다. 그가 입안을 지극정성으로 건드려 대는 탓에 돌아가야 한다는 생각마저 점차 옅어져 갔다. 아무 말 없이 서로의 입술만 탐하길 한참, 하랑이 손을 뻗어 방문을 열었다. 미닫이문이 열리는 소리에 고개를 돌린 해연은 달빛만 아스라이 들어오는 창고를 발견했다. 그 안에는 몸집이 큰 마대 자루가 한쪽에 켜켜이 세워져 있었는데, 해연도 익히 아는 곳이었다.

"여긴?"

일전에 유신과 함께 흘러 들어왔던 꽃씨 창고였다. 당시의 일을 떠올릴 시간도 없이 해연은 그의 손에 이끌려 안으로 들어갔다.

창고 한쪽에 세워져 있는 마대 자루 앞에서 하랑은 해연의 허리를 잡고 번쩍 들어 올려 그녀를 그 위에 앉혔다. 사람 허리만 한 마대 자루는 두 사람의 눈높이를 맞춰주었다. 하랑은 여전히 얼떨떨해하는 해연의 귀에 대고 아찔할 만큼 부드럽게 속삭였다.

"앞으론 이곳에서도 제 생각만 나게 해드리겠습니다."

그의 말에 해연은 정신이 혼미해졌다. 항상 인내하고 참아오던 그가 아니었다. 입술 끝을 끌어 올리는 모습이 관능적이기까지 했다. 입고 있는 검은 예복이 더 그렇게 느끼게 하는 것인지, 그 의문을 풀기도 전에 그가 덮쳐왔다.

작은 창을 통해 들어온 달빛이 벗겨진 의복 사이로 반쯤 드러난 하랑의 등을 비췄다. 단단한 근육이 박힌 그의 등 위로 해연의 손이 쓸고 지나갔다. 그녀는 마대 자루 위에 누워 있는 것이 불편한지도 모르고 그의 키스를 받는 데 여념이 없었다.

어느새 그녀의 몸에는 얇은 속치마 하나만 걸쳐져 있었다. 하랑은 해연의 무릎 위까지 말려 올라간 치마 안쪽으로 손을 집어넣었다. 항상 그를 미치게 하는 허벅지의 감촉이 생생하게 느껴졌다. 언제나 그쯤 가면 멈춰야 한다고 홀로 되뇌었으나 오늘은 그럴 필요가 없었다. 이제 그녀는 자신의 것이었다. 그 사실에 힘입은 그의 손이 거침없이 움직였다.

해연은 속치마 사이로 들어온 하랑의 손이 허벅지를 쓸어 올리는 걸 느꼈다. 달콤한 입맞춤만큼 그가 몸에 남기는 감각이 온 신경을 곤두서게 했다. 허리의 곡선을 따라 밀고 올라오던 그의 손이 바짝 긴장하고 있던 해연의 봉우리를 살살 건드렸다. 그 움직임을 참지 못한 해연은 결국 입술을 떼었다.

"흐읏. 하랑."

해연은 모자랐던 숨을 몰아쉬며 그를 올려다보았다. 그러나 그것은 잘못된 선택이었다. 그녀의 신음에 잠시 넋을 놓았던 하랑은 손길을 돌려 이번엔 배를 타고 내려갔다. 놀란 해연이 막으려 했지만, 몸을 밀착하며 쇄골을 탐하는 하랑의 입술 탓에 뜻을 이루지 못했다. 그의 손이 속곳 안쪽으로 파고들었고, 해연은 그것이 허벅지 사이에 안착하는 걸 느꼈다. 그때부터 그녀는 하랑의 옷깃을 꽉 움켜쥐고 그가 원하는 대로 신음을 터뜨려야만 했다.

"아아, 하랑, 그만. 으응."

해연은 몸을 뒤틀었다. 위와 아래에서 줄기차게 자극이 오니 견디기가 힘들었다. 신녀가 된 뒤로 이렇게 몸이 뜨거워져 본 적이 없는데, 그의 손짓 한 번에 의식마저 흐릿해질 지경이었다.

"하아, 하아."

그녀의 숨이 아까보다 더 가빠졌다. 어느새 하랑의 호흡도 불규칙해져 있었다. 괴롭히던 그의 손도 드디어 떨어져 나갔다. 하지만 해연은 안심할 수가 없었다. 마지막 남은 속치마마저 몸을 벗어나는 것이 이제 겨우 시작임을 알려주는 듯했다.

꽃씨가 싹을 틔울 만큼 창고 안은 열기로 가득했다. 맨살이 서로 닿을 때마다 전해지는 그의 뜨거운 체온에 해연은 이대로 자신이 녹아버릴지도 모른다고 생각했다.

그가 귓가에 대고 속삭여 주는 사랑 이야기들이 가슴을 녹였고, 그의 움직임에 따라 뻐근해지는 하체가 육신을 녹였다.

그건 오롯이 서로에게만 집중하는 두 사람의 봄이었다. 그렇게 시작된 봄은 한여름을 지나 과실을 맺는 가을이 되었고, 추수가 끝난 겨울이 되어서야 허리를 펼 수 있었다.

창고 안으로 새어 들어오던 겨울 달빛조차 옅어졌을 즈음, 해연은 하랑의 예복을 덮고 그의 품에 안겼다. 이마에 가볍게 닿는 그의 입술을 얌전히 받아들이던 그녀는 비로소 보리가 했던 질문을 떠올렸다.

"하랑, 나 아까부터 묻지 못한 게 있는데."

해연은 눈을 마주쳐 오는 그를 보며 다시 볼을 붉혔다.

"그게…… 신방은 어디다 차릴 건지."

혼인이 너무 급작스럽게 진행된 탓에 첫날밤을 치르는 방을 아직 정하지 못했다. 하랑의 침소로 할지, 신궁으로 할지 물어보려 했더니만, 이미 상황이 종결되었다. 그래도 앞으로 살림을 차릴 곳이 필요하긴 했다.

질문을 받은 하랑은 고민했다. 자신의 방은 달천대 숙소에 있어서 귀 밝은 놈들이 너무 많았고, 신궁은 한 층을 다 쓸 수 있지만 그래도 조심은 해야 할 터였다. 좀 전에 들었던 해연의 신음을 마음껏 듣기엔 두 쪽 다 무리가 있는 것이다. 그는 그녀의 동그스름한 어깨를 꼭 끌어안았다. 몸에 닿는 그녀의 살결이 기분 좋은 감촉을 남겼다.

"그냥……."

작게 중얼거린 하랑은 저를 올려다보는 해연을 가만히 응시했다. 아무리 생각해 봐도 지금 이 순간, 그녀와 함께 있는 이곳이 가장 좋았다.

"당신만 있는 곳에 차리고 싶습니다."

살며시 미소 짓는 그의 입술이 해연의 눈가에 닿았다.

유채꽃 향기가 바람을 타고 솔솔 불어오는 5월의 제주도. 푸른 하늘 밑에 자리한 아담한 주택 앞에 경찰차 한 대가 멈춰 섰다. 남편과 함께 마당에서 빨래를 걷던 여인은 그 차를 보고 손을 멈췄다. 지은 죄도 없건만 겁에 질린 그녀의 눈동자가 차창 너머로 보이는 경찰의 움직임을 주시했다. 그런 아내의 불안정한 감정 상태를 파악한 남편이 다가와 안아주었으나, 사시나무처럼 떠는 그녀의 몸은 좀처럼 진정되지 않았다. 그런 상황을 전혀 모르는 경찰이 차에서 내려 울타리 너머로 보이는 부부에게 말을 걸었다.

"윤상훈 씨 댁이 맞습니까?"

경찰이 부르는 익숙한 이름에 아내를 다독이던 남편은 그녀를 두고 경찰에게 다가갔다. 목소리를 낮춰달라 주의도 할 겸 다가간 그의 시선이 경찰이 안고 있는 유리병에 닿았다. 무언가 잡다한 게 가득 들어간 유리병에서 억지로 시선을 떼고 나서야 그는 경찰을 마주했다.

"예, 접니다만. 딸애 일이라면 아내가 아직 불안해하니, 들리지 않게 목소리를 좀 낮춰서 말씀해 주시겠습니까?"

"아……."

경찰은 빨래를 움켜쥐고 있는 여인에게 잠시 시선을 준 뒤 남자에게 유리병을 건넸다. 그러고는 한껏 목소리 톤을 낮추며 속닥이듯이 말을 전했다.

"좀 전에 요 앞바다에서 물질하던 해녀분이 건지신 건데, 주인 찾아주라고 맡기셨거든요. 저희가 좀 살펴봤는데 이상해서 말입니다. 받으시는 분 주소도 여기고, 보내는 사람 이름도 따님 같은데, 확인 좀 해주시겠습니까?"

"우리…… 딸이요?"

그의 목소리가 심하게 떨렸다. 대충 사정을 아는 경찰은 이해한다는 듯이 고개를 끄덕이고 그에게 시간을 주었다.

"예. 기다릴 테니 천천히 읽어보시죠."

경찰이 차에 탄 뒤에야 그는 유리병을 살펴보았다. 안에는 돌돌 말린 긴 종이와 옛날 책처럼 생긴 것이 들어 있었다. 그리고 낯익은 손칼 하나. 그것이 딸의 것임을 직감했을 때, 심장이 터질 듯이 뛰었다. 그는 떨리는 손으로 그 자리에서 유리병을 열었다. 가장 먼저 손에 닿는 긴 종이를 꺼내서 망설일 틈도 없이 쫙 펼쳐 보았다.

고급스러운 한복을 입고 있는 사람들의 모습이 눈에 들어왔다. 예스러운 느낌이 가득한 인물화에서 그는 딸을 닮은 여인을 발견했다. 조금 더 성숙해지고 살도 빠지면서 분위기가 많이 바뀌었지만, 아빠인 자신은 알 수 있었다.

"해연아……."

분명했다. 자신의 딸이 분명했다. 무언가 아련하고 뜨거운 것이 목을 꽉 메이게 했다. 그는 정신없이 유리병을 털어 그 안에 든 책도 꺼냈다. 가장 먼저 눈에 들어오는 건 표지에 적힌, '보고 싶은 엄마, 아빠에게' 라는 글씨였다.

"여보……."

그의 목울대가 떨리면서 작은 소리가 흘러나왔다. 그러다 마침내 둑이 툭 터지듯 큰 목소리가 터져 나왔다.

"여보!"

그의 외침에 놀란 아내가 화들짝 몸을 굳혔다. 하지만 그는 아내를 보면서도 그 점을 인지하지 못했다. 그보다 더 큰 충격이 그를 휘감고 있었기 때문이다.

"우리 해연이…… 살아 있나 봐."

남편의 말에 그녀의 손에 들려 있던 빨래가 툭 떨어졌다. 잘 말린 빨래가 마당을 뒹굴었으나 그것을 신경 쓰는 사람은 아무도 없었다. 그녀는 남편에게 달려가 무릎이 다 까지도록 털썩 주저앉아서 다급한 손길로 긴 종이를 펼쳤다. 낯설면서도 거부감은 들지 않는 인물화에서 그녀는 자신의 딸을 찾아냈다. 흔들리던 눈동자가 남편이 들고 있는 작은 서책으로 향했다. 표지에 적힌 글씨가 그리움을 품고 그녀에게 다가왔다.

"해연이, 우리 해연이가……."

"진정해, 여보. 해연이가 보낸 편지 같아. 우선 진정하고 읽어보자."

그는 마음고생으로 부쩍 왜소해진 아내의 등을 쓰다듬어 주었다. 그녀는 잠시 남편의 품에서 흐느끼다가 마음을 다잡고 감정을 추슬렀다. 한시라도 빨리 딸의 행방을 알고 싶었다.

그는 재촉하는 아내를 마당 한쪽에 있는 소파형 그네로 데리고 갔다. 부부는 그곳에 앉아서 딸이 보낸 편지를 읽었다. 첫 시작은 바닷속에서 만난 인연에 대한 이야기였다.

한 장, 한 장 넘기면서 부부는 딸과 함께 울고 웃었다. 힘겨워하는 부모를 꿈속에서 보며 아파했던 딸의 심정을 알았고, 황제가 가끔 괴롭힌다는 투정에서는 나름 즐기고 있는 딸의 모습을 발견했다. 언제나 든든하게 곁을 지켜주던 남자의 이름도 알았고, 고마운 사람인 꽃도령도 그림 속에서 찾을 수 있었다. 편지의 말미에 이르러 하랑과 결혼할 거라는 당돌한 포부를 보았을 땐 뭔가 묘한 감정이 찾아들었다. 뿌듯하기도 하고 조금은 괘씸하기도 하고, 자랑스럽기도 하면서 보고 싶은 마음도 들었다.

부부는 그림을 펼쳐 들고 미래의 사위이거나 혹은 이미 되었을지도 모를 하랑을 찾아냈다. 그러다 그의 눈빛이 단정하고 외모가 상상 이상으로 준수함을 깨달았을 땐, 어딘가에서 이 모습을 보고 있을지도 모를 딸을 향해 엄지를 척 올려주었다. 아주 자랑스럽다는 듯이.



포근한 햇살이 방 안으로 쏟아져 들어왔다. 하랑은 곁에서 잠이 든 해연의 얼굴을 가만히 바라보았다. 해가 중천에 떴는데 그녀는 일어날 기미가 보이지 않았다. 그래도 그는 아내의 잠을 방해하지 않고 기다려 주었다. 꿈을 꾸며 웃는 해연의 모습이 그렇게 행복해 보일 수가 없었다. 덩달아 그의 얼굴에도 미소가 피어났다.

잠시 뒤, 해연이 눈을 떴다. 반짝이는 그녀의 눈동자가 그를 보며 웃었다. 하랑은 잘 잤느냐는 인사보다 어떤 꿈을 꾸었느냐는 질문을 먼저 해왔다.

해연은 궁금해하는 그의 품으로 파고들었다. 따뜻한 체온과 기분 좋은 두근거림이 오늘을 더욱 행복하게 만들어주었다. 더할 나위 없는 기쁨에 살며시 호선을 그리는 해연의 입술 사이로, 만족해하는 그녀의 목소리가 흘러나왔다.

"당신과 함께 만든 내 인생 최고의 꿈, 그런 꿈을 꿨어."

## 외전 1. 청일국

청회색의 뾰족한 지붕을 올린, 하얗게 빛나는 클리블렌 성은 이젠 더 이상 황제의 성이라 불리지 않았다. 수백 년간 청일국을 지배해 왔던 황가는 꼭대기가 무너진 탑처럼 제 기능을 발휘하지 못했다. 덩달아 초대 황제의 장자에게만 생성되던 공력도 잃을 수밖에 없었다. 강인한 군주를 얻지 못하게 된 청일국은 국력에 커다란 타격을 입었으나, 발코니 창을 통해 탑을 보는 유신의 눈빛은 흔들림이 없었다. 그는 느리지만 조금씩 복구되는 탑처럼 이 나라도 그리 되리라 믿고 있었다.

그 믿음에 부응하기 위해 모인 귀족들도 그의 뒤에서 한창 회의에 열을 올리는 중이었다. 그들은 대부분 젊은 귀족으로 구성되었는데, 자유분방하게 앉거나 서서 열띤 분위기를 자아내고 있었다. 며칠째 같은 현안으로 의견을 주고받는 중이었어도 그 열정이 식지는 않았다.

"백성들을 교육하는 것에 예산을 더 써야 합니다. 씨도 뿌리지 않고 어찌 수확하겠습니까? 지금은 미래를 위해 투자해야 할 때입니다."

한 청년이 의견을 피력하자 다들 고개를 끄덕이면서도 한편으로는 우려하는 목소리를 냈다.

"우리는 가리국처럼 땅을 파면 보석이 나오는 나라가 아닙니다. 현실적으로 효율을 따져야 합니다."

그 말도 일리가 있는지라 많은 이들의 공감을 얻었다. 유신도 발코니 창에 등을 기대고 서서 그들의 말에 귀를 기울였다.

꽤 오랜 시간 논의를 해도 확실한 답을 내리기는 어려웠다. 하지만 그럼에도 더 좋은 답을 찾아가려는 의지만큼은 가라앉지 않았다.

그건 이 회의를 이끌어가는 룰 덕분이기도 했다. 자신의 의견을 내되 개인적인 감정을 넣지 말고, 상대의 의견을 반박할 때도 예의를 지켜야만 했다. 또한 개인과 귀족의 이득을 따지지 말고 오로지 국가의 발전을 원하는 자들만 참석할 수 있었다.

그런 이들이 꺼낸 생각을 취합하는 건 유신의 몫이었다. 그는 자유롭게 진행되는 회의를 방해하지 않았고, 현 국정에 가장 적합한 의견들을 추린 뒤에 나이 든 귀족들과 다시 상의했다. 그들 중에는 자신의 권리를 빼앗길까 두려워하는 이들도 있었으나, 가끔은 젊은 이들이 생각지도 못했던 걸 꿰뚫어 보기도 했다. 열정과 연륜을 적절히 섞어가면서, 유신은 그렇게 백성을 위한 나라를 만들어갔다.

유신이 한창 회의에 집중하고 있는 동안, 유란은 성벽 위를 서성였다. 몇 달간 기다렸던 손님이 곧 도착한다는 소식을 전해 들었기 때문이다. 그녀는 도개교까지 미리 내려두고 목이 빠져라 머리를 내밀며 전방을 주시했다. 저 멀리, 도시를 감싼 하얀 성곽 안쪽으로 아기자기하게 모여 있는 벽돌집들이 보였다. 수도 정 가운데에 지어진 성의 지리적 이점 덕분에 근처 마을은 물론이고, 거미줄 같은 대로도 모두 살펴볼 수 있었다. 그렇게 그녀의 기다림이 꽤 길어질 때쯤, 백여 명에 달하는 일행이 눈에 들어왔다. 동연국으로 갔던 청일국 사절단의 복귀였다.

특별할 것 없는 손님이지만 유란의 눈은 반짝였다. 그녀는 사절단의 앞쪽에 위치한 흰 마차를 보았다. 그리고 그 마차를 호위하는 동연국의 무인들도 발견했다. 그들이 모셔오고 있는 이는 분명 최근 들어 백성들 입에 자주 오르내리는 그 여인일 것이다. 그리고 그녀가 바로 유신을 변화시켜 준 장본인이기도 했다.

유란은 검은 드레스 자락을 움켜쥐고 성벽을 따라 이어진 긴 계단을 날듯이 달려 내려갔다. 곱게 땋은 그녀의 하늘빛 긴 머리카락이 출렁이며 흔들리자 아래쪽에 있던 나이 든 시녀 쥬디가 눈을 부릅떴다. 항상 차분하고 조용하던 신녀가 요즘 따라 너무 들떠 있어서 덜컥 두려울 정도였다.

"신녀님, 그러다 구르십니다!"

"쥬디! 왔어! 왔다고!"

입이 귀에 걸린 유란은 어린아이처럼 좋아하고 있었다. 그런 그녀의 모습을 처음 본 쥬디는 당황한 얼굴로 고개를 끄덕여 호응해 줄 수밖에 없었다. 유란이 진심으로 해연을 보고 싶어 했기 때문이다. 그동안 그녀는 기회가 될 때마다 유신에게 동연국과 해연에 대해 종종 물어봤으나 그는 그냥 혼자 웃어버리곤 했다. 말을 하다가도 중단하는 일이 잦은 탓에 궁금증만 더 커질 뿐이었다. 그 덕에 유란은 해연을 만날 수 있는 날이 꼭 오길 바랐고, 오늘에서야 비로소 그 소원이 이루어졌다.

클리블렌 성을 코앞에 둔 사절단 사이에서 약간의 웅성거림이 일었다. 몇 달 만의 복귀였으니 기쁘기도 하거니와, 하랑의 뒤를 따라 말을 몰던 달천대원들도 그 웅성거림에 한몫 단단히 하고 있었다. 특히 청일국에 처음 와본 주평은 하도 두리번거려서 고개가 아픈 줄도 모른 채 구경하는 데 여념이 없었다.

"우와, 사륜 형님. 저게 바로 그 유명한 클리블렌 성 맞죠?"

주평은 신이 나서 떠들어 댔다. 스무 살이 되려면 아직 이 년이나 남았으니, 그에게 채신머리없다며 말리는 이는 없었다. 사실 다들 내색하지 않아서 그렇지, 신기한 건 마찬가지였다. 옛날이야기에 자주 등장하는 성을 직접 보게 되었으니 달뜨는 마음을 가눌 길이 없었다.

물론 그건 마차에 타고 있던 해연과 단야, 소여도 마찬가지였다. 그녀들은 창을 통해 보이는 성에서 눈을 떼지 못했다. 꼭대기가 무너진 탑이 하나 있었지만, 그럼에도 불구하고 성은 아름다웠다. 그 모습에 반해 버린 단야도 기대에 잔뜩 부풀었다.

"정말 예쁜 궁궐이에요. 저런 곳에서 한 달을 묵는다니, 행복하네요."

처음으로 동연국을 벗어나 본 그녀는 큼직한 눈망울에 호기심을 가득가득 담고 주위를 둘러보았다. 그러다 하랑의 곁에서 말을 몰던 도평과 눈이 마주쳐 버렸다. 그 순간 단야의 시선이 갈 곳을 잃고 허공에서 허우적댔다. 그녀는 이번 여행에서 많은 걸 보고 느꼈지만, 가장 큰 깨달음 중 하나는 도평이 꽤 품위 있는 사내라는 것이었다. 소여에게 빠진 사륜이 아이 같은 순수함에 열정을 지닌 남자라면, 도평은 덩치 큰 셋째 오빠 같은 느낌이었다. 권위를 내세우기보다는 남을 배려하는 데 더 집중하는 편이었고, 대원들과 장난을 치면서도 적정선은 지킬 줄 알았다.

'그런데 왜 자꾸 눈이 마주치는 거야. 민망하게.'

요 며칠 동안 벌써 몇 번째였다. 할 말도 없는데 자꾸 눈길이 닿으니 곤혹스러웠다. 참다못한 그녀는 창에 달린 천을 쳐서 가려 버렸다. 그제야 한숨 돌린 단야는 맞은편에서 묘하게 웃는 해연과 혀를 차는 소여를 발견했다.

"왜, 왜 그러세요, 신녀님?"

"아니, 단야의 얼굴에 꽃이 피는 걸 보니 봄이 오는구나 싶어서."

놀리는 소리인 걸 알지만 단야는 반박하지 못했다. 본인도 알고 있었다. 최근 들어 자꾸 그에게 시선이 가니 모르려야 모를 수가 없었다. 마땅한 변명거리를 찾지 못한 그녀는 해연의 곁으로 자리를 옮겼다. 단정하게 쪽진 머리를 괜히 다시 매만져 주면서 화젯거리를 바꾸기 위해 다른 이야기를 꺼냈다.

"이제 곧 도착인데, 기대되지 않으세요?"

"기대돼. 정말 오랜만에 만나는 거니까."

해연의 입가에 잔잔한 미소가 맴돌았다. 봄바람처럼 향긋하게 찾아왔다가 가을바람처럼 쓸쓸함을 남기고 사라진 그였다. 곁에 있어도 보고 싶은 하랑과는 조금 다른 감정이었으나, 해연은 그가 무사한 것만으로도 고마웠다. 그리운 그를 떠올리는 해연의 눈길이 유리창 너머, 클리블렌 성에 닿았다.


유신은 다급한 걸음걸이로 응접실로 향하고 있었다. 바람결에 펄럭이는 검은 재킷 자락과 목깃을 여민 금색 크라바트의 흔들림이 그의 조급함을 여실히 보여주고 있었다. 그는 복도에서 경계 중이 던 병사들의 인사도 받는 둥 마는 둥 하고, 커다란 응접실 문 앞에 멈춰 섰다. 문고리를 비틀자 여인들의 기분 좋은 웃음소리가 작게 열린 틈 사이로 새어 나왔다. 그 음성의 주인을 떠올리는 유신의 심 장이 다시 뛰었다.

해연은 응접실에서 유란과 담소를 나누고 있었다. 성문 앞까지 마중 나와 있던 유란의 첫인상은 매우 밝은 여인이었다. 그녀는 긍 정적인 에너지를 가진 사람이었고, 5대 신녀로서의 위엄도 두루 갖 추고 있었다. 마음이 통하는 언니를 만난 기분에 해연은 쉴 새 없이 웃고 떠들었다. 그렇게 한참 대화에 빠져 있던 차에 하랑이 손을 잡 아오는 것이 느껴졌다. 곁에 앉아 있던 그를 올려다본 해연은 하랑 의 눈동자가 문 쪽으로 힐끔 향하는 걸 보았다. 그 눈길을 따라 고 개를 휙 돌리자, 문에 기대고 서 있는 남자가 망막에 각인되었다.

"꽃…… 도령?"

해연은 떠듬떠듬 그를 불렀다. 하얀 셔츠에 검은 재킷과 승마 바 지를 입은 그는 해연이 기억하던 남자와는 많이 달랐다. 허리까지 내려오던 긴 머리카락도 귓가에 닿을 만큼 짧아졌고, 여자보다 더 예쁘던 도령 대신 신사 느낌이 물씬 풍기는 사내로 변모해 있었다. 하지만 박하 향처럼 청명한 그의 미소는 여전히 햇살보다 아름다웠 다.

오랜만에 만난 유신과 인사를 나누자마자 응접실에는 해연과 하 랑의 혼인 소식이 화제로 떠올랐다. 속상해하는 유신과 지지 않는 하랑으로 인해 뜨겁고 차가운 분위기가 주위를 한바탕 휩쓸었다. 소유욕을 드러내는 두 남자 사이에 낀 해연은 유란에게 도움을 요 청하는 눈길을 보냈으나 별다른 효과를 발휘하진 못했다. 유란이 색다른 동생의 모습을 감상하는 데 푹 빠져 있는 탓이었다. 결국, 해연은 비장의 무기를 꺼내 들 수밖에 없었다. 그녀는 동연국에서 가져온 어린아이 팔뚝만 한, 납작한 상자를 내밀었다.

"꽃도령, 이거 돌려줘야 할 것 같아서 가져왔어요."

다행히 이번에는 효과가 있었다. 유신은 하랑과의 눈싸움을 중단하고 해연이 건네는 상자를 받았다. 손에 익은 무게가 불길하게 다가오고, 상자를 연 유신의 눈빛이 잘게 떨렸다.

그 속에 든 건 청일국의 불의 검이었다. 루시가 들고 사라졌던 검이 해연을 통해 돌아오자 유신은 심장이 철렁 내려앉았다. 설마 또, 또다시 해연을 위험하게 만들었던 건 아닐까, 그런 생각이 유신의 심장을 옥죄었다.

"이게 왜 신녀님께⋯⋯."

유신의 목소리에는 감출 수 없는 떨림이 어려 있었다. 그는 두려웠다. 자신의 실수로 잃어버렸던 검이 해연을 해치려 들었을까 봐 겁이 났다. 그런 유신의 마음을 아는 해연은 고개를 저으며 그를 안심시키려 했다.

"우연히 내게 들어온 거예요. 아무 일 없었어요. 봐요, 멀쩡하잖아요."

루시와 부관이 죽었으니 나중엔 그도 알게 될 테지만, 해연은 우선 눈앞에 놓인 불안감을 거둬주려 했다. 하지만 그는 해연이 상자에 눈길도 주지 못하고 있음을 발견했다. 공포와 외로움에 대한 감정만큼은 그 누구보다 잘 파악하는 그였기에 해연의 검은 눈동자에 어린 두려움을 모르지 않았다.

"왜 전 항상⋯⋯."

왜 항상 그녀를 위험으로 몰아넣을까, 자신의 존재 자체가 원망스러워진 그는 어금니를 꽉 깨물고 저릿한 마음을 참아냈다. 주먹 쥔 손도 분노로 하얗게 질려갔다. 그런 유신의 손등 위로 해연의 손이 살며시 내려앉았다.

"자책하지 마요. 당신이 아니었다면 전쟁을 막지도 못했을 거예요. 내게 꽃도령은 자랑스러운 사람이에요."

해연은 유신의 흔들리는 눈을 마주하며 싱긋 웃어주었다. 그녀의 미소는 따뜻했고, 또한 고마웠다. 그 따스한 기운에 마음이 녹아버린 유신의 눈도 부드럽게 휘었다. 그는 해연의 손을 잡고 손등에 살짝 입을 맞췄다.

갑작스러운 그의 손등 키스에 해연은 볼이 달아오르는 걸 느꼈다. 청일국은 서양식에 가까운 문화를 지녔고, 일전에도 베론과 유신에게 손등 키스를 받아본 적이 있었다. 하지만 그때는 이토록 당혹스럽게 느껴지진 않았는데, 아무래도 좀 전에 그가 보여준 감미로운 눈빛이 문제인 듯싶었다. 당황하여 어쩔 줄 몰라 하는 해연과 그녀의 반응을 즐기는 유신을 보며 하랑은 이맛살을 찌푸렸다. 예나 지금이나 해연은 그의 외모에 유독 약했고, 유신은 여심을 끌어당기는 데 천부적인 자질이 있었다. 문제는 그 재능을 자신의 아내에게 쓴다는 점이었다.

"크흠."

그는 헛기침을 하며 존재감을 피력했다. 곁에 서방이 있으니 조심하란 뜻이었다. 그 소리에 해연은 어쩔 줄 몰라 했으나, 유신은 미소를 거두지 않았다.

"일전에 신녀님의 손등은 제가 가지기로 그와 합의를 보았습니다. 그러니 그가 건드리려 하면 주지 마십시오."

유신은 해연의 손등에 대한 소유권을 주장했다. 그의 주장에 하랑도 끙, 소리만 낼 뿐, 달리 뭐라 하지 않았다. 두 사내의 암묵적인 합의였다. 해연은 자신도 모르는 사이에 손등에 대한 소유권이 넘어가 버린 걸 알았다. 그러나 기분이 나쁘거나 하진 않았다. 오히려 피식 웃으며 고개를 끄덕여서 하랑의 마음에 더 불을 지를 뿐이었다.

아옹다옹 투닥거리는 두 남자와 즐거워하는 해연의 모습에 유란의 얼굴에도 미소가 번졌다. 그녀는 동생의 상처를 어루만져 준 여인의 진면목을 보았다. 그리고 그녀를 사랑했기에 놓아줄 수밖에 없던 유신을 이해했다. 자랑스럽다는 단 한마디의 말로 모두의 마음을 따뜻하게 해주는 해연에 대해서 좀 더 알고 싶기도 했다. 유란은 자리에서 벌떡 일어났다.

"우리 산책하러 갈까요? 내가 가장 좋아하는 곳을 보여줄게요. 틀림없이 신녀님도 좋아할 거예요."

유란의 제안에 다들 분분히 자리를 털고 일어났다. 응접실을 나선 네 사람은 따사로운 햇살이 들어오는 복도를 함께 걸었다. 유란과 해연이 대화하며 걷고, 그 모습을 뒤에서 지켜보는 하랑과 유신의 얼굴에는 잔잔한 미소가 머물렀다. 그러다 슬쩍 눈이 마주친 두 남자는 누가 먼저랄 것도 없이 피식 웃어버렸다. 말은 하지 않아도 같은 마음인 걸 느낄 수 있었다. 오늘은 참 기분 좋은 날이라는 걸.

## 외전 2. 가리국

　사막에 비가 내렸다. 모래알을 짙게 물들인 빗방울이 하나의 강
을 만들었고, 그 물길이 쓸고 지나간 자리에는 태양을 닮은 붉은 돌
멩이가 반쯤 박혀 있었다. 아직 빛이 나진 않았지만, 그 값어치만큼
은 대단한 원석이었다. 예전보다 훨씬 자주 발견되는 원석은 가리
국 황궁에 태어난 작은 아기 덕분이었다.

　이제 막 기기 시작한, 생후 9개월밖에 안 된 아기는 국정을 돌보
는 아버지의 책상 위에 앉아 알지도 못하는 글자들을 보고 있었다.
그런 아기의 머리에 살짝 입을 맞춘 황제는 자신과 똑 닮은 아들을
사랑스럽게 바라보았다. 아직 젖살이 빠지지 않아 포동포동한 볼이
꼬집어주고 싶을 만큼 귀여웠고, 결 좋은 녹색 머리카락은 가리국
황실의 핏줄임을 여실히 드러내고 있었다. 아들의 머리 위로 한 번
더 입을 맞춘 황제는 조막만 한 손에 속이 빈, 투명한 보석 하나를
쥐여 주었다. 태자를 위해 공처럼 깎아둔 린린은 반짝이며 아기의

손길을 반겼다.

"이달에도 수확이 좋다는구나. 이번에는 남쪽 도시들을 개발하는 데 쓰는 게 좋겠지? 하루빨리 백성들도 행복해져야 할 텐데, 이 아바마마처럼 말이다."

그는 린린을 가지고 잘 놀고 있던 아들을 번쩍 들어 올렸다. 익숙하게 품에 안고 볼을 톡톡 건드리던 그는 아들이 웃자 따라서 웃었다. 입이 헤벌쭉 찢어지는 젊은 황제는 영락없는 아들바보였다. 그런 부자의 모습을 지켜보는 황비의 입가에도 고운 미소가 지어졌다.

"그리도 좋으십니까?"

"좋지, 이게 다 그대 덕이오."

그는 창가에 서 있는 황비에게 다가가 여전히 수줍어하는 그녀의 입술에 가볍게 입을 맞췄다. 예전엔 왜 몰랐을까 싶을 정도로 그는 지금 행복에 푹 빠져 있었다. 황비가 아들을 낳아준 덕분에 공력이 이어졌고, 사막은 다시 많은 양의 보석을 내주었다. 신하들은 황실의 힘을 얕보지 않았으며, 백성들의 삶도 안정시킬 수 있었다. 국정을 운영하는 일이 한결 수월해진 건 말할 것도 없었다. 모든 것이 다 정상적으로 맞물리며 진행되었고, 한 달에 두어 번쯤 겪었던 가슴 통증도 말끔히 사라진 지 오래였다. 그 모든 것에 감사하던 그는 창문 너머, 시원하게 쏟아지는 빗줄기로 시선을 돌렸다.

"물론, 신녀님 덕분이기도 하고."

그는 사 년 전, 이 나라를 좀먹던 것들을 한꺼번에 해결해 주고 홀연히 떠난 한 여인을 떠올렸다. 가리국의 새로운 신녀가 된 그녀는 벌써 사 년째 착실하게 약속을 이행해 오고 있었다. 게다가 우기뿐만 아니라 건기에도 종종 국경 마을에 머물러 준 덕에 가리국은 물 걱정 없이 지내올 수 있었다. 옛 생각에 잠기는 그와 함께 황비도 보고 싶은 마음을 담아 창가로 시선을 돌렸다.

"오늘은 오시겠지요?"

"그럴 거요. 오늘도 입궁하지 않으면 짐이 영접하러 가겠다고 했으니."

그는 신녀에게 사신을 보내면서 협박성 말도 했던 걸 떠올리며 웃었다. 사실 해연이 가리국 수도에 도착한 건 며칠 전이었다. 그런데도 그녀는 황궁으로 들어오지 않은 채 다친 백성을 치료해 주는 데 전념하고 있었다. 목숨을 대가로 하지 않아도 되는 상처들은 간단히 치료할 수 있기에, 수도에 머무르며 백성들을 돌봐주었다. 기행이라면 기행이고, 선행이라면 선행인 그녀의 행보에 백성들은 열광했지만, 황제는 못내 아쉬웠다. 작년에도 황후의 출산을 이유로 황궁에는 들러주지 않고 돌아갔기 때문이다.

황제가 애타게 기다리는 해연은 황실 소유의 저택에 환자들을 모아두고 치료해 주고 있었다. 그들이 낫길 간절히 바라면 이곳저곳에서 탄성이 흘러나오곤 했다. 그러나 모든 이가 기뻐하는 건 아니었다. 어떤 이들은 해연의 목숨을 필요로 했다. 마지막 지푸라기라도 잡는 심정으로 찾아온 이들이 울며 돌아갈 때면 해연의 마음도 편치만은 않았다. 하지만 이 일을 하기 전에 하랑과 한 약속이 있는지라 목숨을 깎으면서 치료하는 건 없도록 하고 있었다. 그렇게 곳곳이 마지막 환자까지 치료하고 돌려보낸 해연의 곁으로 소여가 다가왔다.

"신녀님, 궁에서 달세르 알리샤 님과 곤 님이 오셨습니다."

"알리샤랑 곤?"

"예. 응접실에서 하랑 대장님과 담소를 나누고 계십니다."

오랜만에 듣는 이름들에 해연은 소여의 뒤를 따라 바삐 걸음을 옮겼다. 응접실 문을 벌컥 열자마자 꽤 뜨끈뜨끈한 열기가 훅 밀려 왔다. 서로를 보는 눈빛이 이글거리는 공력자들의 모습에 해연은 고개를 저었다. 두 달세르는 만날 때마다 하랑에게 도전장을 내밀 었는데, 처음에는 가르치는 마음으로 응하던 하랑도 이젠 승부욕을 보이고 있었다. 매해 일취월장하는 두 사람의 실력이 그를 자극하 는 모양이었다.

"아무리 그래도 그렇지, 사람이 왔으면 좀 아는 척이라도 해줘 요."

해연은 입을 삐죽이며 투덜거렸다. 딱 일 년 만의 만남인데, 눈길 도 안 주는 두 사람이 서운한 탓이었다. 그녀의 투정에 알리샤는 눈 에 힘을 풀고 민망해하며 아는 척을 해왔지만, 미간을 찌푸리는 곤 의 첫마디는 가관이었다.

"다리는 올해도 안녕이구만."

그는 입을 열자마자 쏟아지는 세 사람의 따가운 시선에 입맛만 다셨다. 해연은 결혼한 뒤부터 가리국에 와도 동연국의 옷을 입었 다. 하랑의 결사반대 때문이었다. 온갖 질투란 질투는 다 부리는 그 덕에 곤은 해연의 다리는 고사하고 쇄골도 구경해 보지 못했다. 어 찌나 꽁꽁 싸맸는지, 신녀가 아니었다면 몸에 땀띠가 나 죽었을지 도 모른다는 생각이 들 정도였다. 해연의 다리를 영영 못 보게 된 곤은 괜히 심통이 나서 하랑을 향해 얄밉게 빈정거렸다.

"저래서는 밤에 옷 벗기다가 날 새는 거 아니야?"

그는 올바르지 못한 농담을 던진 죄로 더 살벌해진 눈빛들을 받 아야만 했다. 그 덕분에 방정맞은 그의 입이 봉해지자 세 사람은 저 들끼리 이야기를 시작했다.

"신녀님과 하랑 대장님을 모셔오라는 황명을 받았어요. 오늘 입궁하지 않으시면 직접 행차하시겠다는데, 이제 그만 짐을 신궁으로 옮기시는 게 어떨까요?"

"저도 그게 좋을 것 같습니다. 이곳에서만 머무는 것도 예의가 아니지 않겠습니까?"

하랑의 설득에 해연도 고개를 끄덕였다. 아직 치료해 줘야 할 백성들이 남아 있었지만, 우선은 궁에 들어가 인사를 하는 게 맞았다. 오자마자 찾아가지 않은 것이 오히려 미안한 일이었다.

"행장을 꾸리라 할게요. 잠시만 기다려 줘요."

해연은 양해를 구하고 응접실을 나섰다. 그녀가 나간 지 얼마 지나지 않아 일행은 궁으로 향할 수 있었다.

해연의 두 눈에 담기는 황궁의 자태는 여전히 아름다웠다. 황금빛 정문을 지나 끝없이 넓게 펼쳐진 싱그러운 잔디밭을 건너면 상앗빛 궁전의 아름다운 주인들을 만날 수 있었다.


황제의 집무실 앞을 지키던 혼시가 해연과 하랑이 다가오는 걸 발견하고 깊숙이 허리를 숙였다. 그 어느 때보다 존경을 담은 그의 인사에 해연도 미소로 답해주었다. 그녀가 집무실 앞에 당도하자 혼시도 몸을 돌려 안에 고했다.

"폐하, 신녀님께옵서 오셨사옵니다."

"뫼시……."

황제의 목소리가 나오다 끊기며 집무실 문이 벌컥 열렸다. 허락도 없이 문을 연 이는 녹색 율라를 길게 늘어뜨린 황비였다. 그녀의 보랏빛 눈동자가 보석처럼 빛나고 있었다.

"신녀님!"

황비는 그대로 해연을 껴안았다. 갑작스레 포옹을 받은 해연은 깜짝 놀랐으나, 이내 마음이 따뜻해지는 걸 느꼈다. 이토록 반가이 맞아주니 그동안 쌓였던 여독이 전부 씻겨 나가는 듯했다. 황비를 마주 안아주는 해연의 눈이 부드럽게 휘었다.

"잘 지내셨어요, 황비님?"

"네. 하지만 신녀님은 너무해요. 작년에 얼마나 기다렸는데 훌쩍 가시더니, 이번에도 기다리게 하시고."

속상한 마음을 한꺼번에 토로하는 황비를 해연은 오랫동안 다독여야만 했다. 그녀의 출산이 임박한 때에 궐 사람들에게 부담 주기가 싫어서 들르지 않았던 게 꽤 섭섭했던 모양이다. 그도 그럴 것이, 황비에게 해연은 나라와 황실의 은인이었고, 마음이 잘 통하는 유일한 친구였다. 그런 이가 집 앞까지 왔다가 편지만 남기고 돌아가 버렸으니 서운한 감정이 생길 만도 했다.

황비를 달래느라 쩔쩔매던 해연은 황제의 지원 덕에 간신히 집무실 안으로 들어설 수 있었다. 그러나 그녀는 자리에 앉아 한숨 돌리기도 전에 다시 일어났다. 황제의 다리 위에 앉아 있던 아기가 매우 귀여워서 안아보고 싶어진 탓이었다. 해연은 소파 근처에서 굴러다니던 린린을 이용해 손도 깨끗이 소독한 후 작은 생명을 품에 안았다. 큰 눈을 깜박이며 입을 꼬물거리는 것이 어찌나 귀여운지, 해연의 입이 귀에 걸릴 정도였다. 그런 그녀의 모습에 황제의 뿌듯함도 극에 달했다.

"어떻소? 우리 의젓한 태자가 가후의 아들보다는 낫지 않소?"

같은 해에 태어난 이웃 나라의 태자는 발끝에도 미치지 못한다는 말투였다. 흡사 답은 정해져 있고 너는 대답만 하라는 느낌에 해연은 물론이고, 황비와 하랑도 어색한 웃음을 흘렸다. 훗날엔 나라를 이끌 군주들이지만 아직은 태어난 지 일 년도 되지 않은 아기들이었다. 도대체 무얼 놓고 비교하겠는가. 그럼에도 그는 좀처럼 미련을 버리지 못했다.

"쿠샨의 아들놈이야 나이가 있으니 비교하기가 좀 그렇지만, 짐이 보기엔 현 태자 중에 우리 아들이 가장 현명한 것 같소. 요즘은 짐과 함께 국정을 돌보는데, 상소문을 읽어주면 매우 좋아하니 신기한 일이지. 가후가 이 소식을 들어야 속이 좀 쓰릴 텐데 말이오."

가서 가후에게 자랑해 달라는 말이었다. 그렇게까지 말하는 황제는 아들에 대한 사랑이 지극한 탓에 좀 아둔해진 것 같기도 했다. 결국, 황비가 적당히 그를 달랬다.

"폐하, 그리 말씀하지 않으셔도 우리 태자는 폐하를 닮았으니 현군이 될 거예요. 그때가 되면 오대국에 소문이 자자해지겠지요. 신녀님처럼요."

"음, 그건 황비 말이 맞소. 짐이 너무 앞서 나갔군. 하나 신녀께서도 이건 알아두셔야 하오. 언젠가 자식의 뛰어난 면을 보게 되면 짐의 마음을 이해하게 될 거요."

그의 주장에 해연은 웃으며 고개를 끄덕였다.

"두 분을 보니 저도 빨리 낳고 싶어지네요. 아기가 정말 귀엽기도 하고요."

그렇게 말하던 중에 아기가 칭얼거리며 하랑에게 손을 뻗었다. 그가 마음에 드는 모양이었다. 가후의 아들을 몇 번 안아본 하랑은 능숙하게 아기를 받았다. 까르르 웃는 아기와 피식 웃어주는 하랑을 보던 해연도 진심으로 그를 닮은 아기를 낳고 싶어졌다.

'그래도 지금은 안 돼. 조금만 참자.'

엄마가 되고 싶은 욕심을 억누르는 그녀의 얼굴빛이 어두워졌다.

그 모습을 발견한 황비가 조심스레 해연에게 말을 걸었다. 해연의 관심을 다른 곳으로 유도하기 위함이었다.

"신녀님, 올해는 언제까지 머물러 주실 수 있으신가요?"

그녀의 질문에 비로소 아기에게서 눈을 뗀 해연은 다시 표정이 풀어졌다. 오랜만에 만났는데 슬픈 생각만 할 수는 없었다.

"앞으로 한 달간 더 있을 예정이에요. 남은 우기에는 국경 지대 마을에서 종종 머무를게요."

하랑이 달천대를 너무 오래 비워두는 것도 문제가 될 수 있어 가리국 수도에서는 짧은 기간만 머물러야 했다. 그런 해연의 사정을 아는 황비와 황제는 기간을 늘려달라 조르지 않았다. 대신 남은 기간에 최선을 다해 즐겁게 보낼 생각이었다. 그런 두 사람의 배려 덕분에 해연은 가리국에 머무는 동안 매일 환자를 돌볼 수 있었고, 하랑은 하루가 멀다 하고 곤이나 알리샤와 대결을 벌였다. 나중에는 베론까지 끼어든 탓에 황궁의 아름다운 잔디밭은 멀쩡한 날이 없을 정도가 되어버렸다.

한 달이 하루같이 지나고, 일행은 언제나처럼 베론의 안내를 받으며 가리국의 수도, 체빌른을 떠났다. 백성들의 아쉬움이 담긴 배웅을 뒤로하고 며칠에 걸쳐 사막을 건넌 일행은 동연국의 성곽을 발견할 수 있었다. 낙타의 머리 너머로 작게 보이는 그 모습에 달천대원들은 다시 활기가 차오르기 시작했다. 다들 사막 횡단이 끝나는 것에 대해 기뻐했으나, 사륜만큼은 다른 의미로 흥분을 감추지 못했다. 그는 해연과 하랑은 보이지도 않는지 대뜸 뒤에서 낙타를 타고 따라오는 소여를 불러댔다.

"소여! 저 성곽 보이오? 저기만 넘으면 바로 나랑 혼인하는 거요!"

그는 필시 더위에 미친 게 틀림없었다. 그렇지 않다면 사막 한가운데서 이런 식으로 청혼하지는 않았을 것이다. 베론과 전사들마저 사륜을 보며 혀를 내둘렀다. 참 패기 넘치는 청혼이었다. 그런 청혼을 받은 소여는 귀까지 붉어져 있었다. 달천대원들은 이때다 싶었는지 그간의 한을 풀기라도 하듯 두 사람을 놀려댔다. 하지만 짓궂은 놀림에도 사륜은 굳건했다.

사실 그는 이날을 위해 지난 삼 년간 소여를 기다려 줬다. 삼 년 전, 해연과 하랑이 혼인을 올리고 얼마 뒤에 사륜도 소여에게 정식으로 청혼했다. 이미 황제의 윤허도 받았으니 거리낄 것이 없었다.

하지만 소여는 가리국에 가야만 하는 걸 이유로 삼 년만 기다려 달라고 부탁했다. 가리국의 신녀가 다시 태어나기 전까지는 해연이 비를 내려줘야 했는데, 그녀와 함께 가리국까지 갈 만한 무녀가 없기 때문이었다.

사막을 횡단하는 일은 고행이었고, 그걸 여인의 몸으로 감내하기란 쉽지 않았다. 또한 소여는 해연을 직접 모시고 싶다는 바람도 있었다. 그 뒤로 삼 년이 지났으니 혼인을 해야 하건만, 소여의 마음은 그다지 편치만은 않았다. 올해도 가리국은 신녀가 태어나지 않았기 때문이다. 이렇게 되면 내년에도 해연은 사막을 건너야 하는데, 직접 모시지 못하니 마음이 놓이지 않았다. 그런 소여의 마음을 누구보다 잘 아는 해연이 일행 중에서는 처음으로 두 사람의 혼인을 축하해 주었다.

"사륜은 정말 멋진 남자네요. 앞으로도 그 마음 변치 말고 우리 소여 행복하게 해줘요."

"물론입니다! 보내주시기만 하면 행복이 뭔지 제대로 느낄 수 있게 해주겠습니다!"

쩌렁쩌렁 울리는 그의 목소리에 소여는 울지도 웃지도 못했다. 그가 좋았고, 순수하면서도 한결같은 마음에 반했다. 하지만 한편으론 해연에게 미안했다. 해연이 하랑과 아이를 가지지 않는 이유를 소여는 알기 때문이었다. 아기가 생기면 며칠간 사막에서 노숙을 하며 가리국으로 갈 수가 없었다. 비는 국경만 넘어도 내려줄 수 있지만, 다친 사람들을 치료해 주는 건 포기해야만 했다. 해연은 그것을 우려했고, 가리국에 신녀가 태어나기 전까지는 아기를 가지지 않기로 하랑과 얘기를 끝낸 상태였다. 소여는 그것이 못내 가슴 아팠다.

"신녀님……."

말끝을 흐리는 소여의 목소리에 해연은 고개를 저었다. 미안해할 것도, 괴로워할 것도 없었다. 자신이 선택한 길이었고, 그에 대한 책임도 온전히 자신의 몫인 걸 알고 있었다.

"괜찮아, 소여. 내게 가리국은 소중한 사람들이 있는 곳이야. 그들을 위해서라면 이 정도는 버틸 수 있어. 그러니 내 걱정은 하지 말고 이젠 소여가 행복할 수 있는 길을 찾아. 사륜도 오래 기다려 줬잖아. 더 행복하게 해줘야지."

해연의 말에 소여는 눈물이 글썽글썽한 눈으로 사륜을 보았다. 혹시나 또 거절당할까 바짝 긴장하는 그를 보고 있자니 눈물과 함께 웃음도 나왔다. 소여는 사륜을 향해 손을 뻗었다. 처음으로 먼저 내밀어진 그녀의 손을 멍한 표정으로 잡은 사륜의 얼굴에도 곧 환한 웃음꽃이 피어올랐다.

단야와 눈이 맞은 도평에 이어 또 한 녀석이 장가간다고 속 쓰려 하던 달천대원들은 있는 힘껏 질투를 부리면서도 진심 어린 축하를 해주었다.

그렇게 떠들썩하게 떠드는 사이, 일행은 동연국 남문 앞에 당도했다. 한때 베론이 부숴 먹었던 그 성문은 멀끔하게 정비되어 있었다. 베론은 그곳에서 다시 한 번 작별 인사를 했다.

"조심히 돌아가십시오, 신녀님."

"베론도요. 항상 안전하게 데려다 줘서 고마워요. 베론 덕에 사막도 두렵지 않네요."

가리국을 오갈 때마다 함께해 주는 베론 덕에 사막에서도 인명 피해 없이 다닐 수 있었다. 그 공을 치하하는 해연에게 베론은 고개를 숙여 예를 갖췄다. 해연과 작별 인사를 한 그는 그간 정이 들었던 하랑과도 인사를 했다. 소여와 사륜에게도 혼인 축하의 말을 남긴 그는 일행이 모두 성문 안으로 사라질 때까지 기다렸다가 뒤늦게 몸을 돌렸다. 열다섯 마리의 낙타를 데려왔는데, 주인이 있는 낙타는 단 세 마리뿐이었다.

휑하게 비어버린 낙타의 등 때문일까, 마음이 조금 허전해진 그는 닫혀 버린 동연국의 성문에 잠시 시선을 주었다. 떠들썩하던 일행의 빈자리가 이렇게 큰 줄 몰랐다. 유쾌하던 그들을 떠올리며 발길을 떼지 못하던 그의 손등 위로 무언가 차가운 것이 툭 떨어졌다. 그 감촉을 느낀 건 베론만이 아니었다. 그의 뒤쪽에 있던 두 명의 전사도 고개를 들고 하늘을 보았다. 해가 쨍쨍한 하늘은 여전히 맑았지만, 분명 비가 내리고 있었다.

베론은 고개를 돌렸다. 해연이 돌아왔나 싶어 확인했으나, 굳게 닫힌 성문은 미동조차 없었다. 그것이 뜻하는 바가 무엇인지 뒤늦게 깨달은 그들은 서로 눈을 마주치며 히죽 웃었다.

"가자, 우리의 또 다른 신녀님을 모시러."

베론은 고삐를 빠르게 내려쳤다. 출발 신호를 받은 낙타들이 왔던 길을 되짚어갔다. 한결 몸이 가벼워진 낙타들의 발걸음은 경쾌했다. 베론을 따르던 전사들도 환호성을 질렀다. 새로운 만남을 기대하며, 사막에 비가 내렸다.

## 에필로그
## 당신에게 닿다

분홍빛 꽃이 흐드러지게 피는 유월의 어느 날. 동연국 황궁 뒷산
에서는 달달한 산딸기 향이 은은히 퍼지고 있었다. 그 향기가 어찌
나 달콤한지, 이제 네 살쯤 된 어린 여자아이는 장갑 낀 고사리손으
로 딸기를 따는 데 여념이 없었다. 서너 개 따다가 하나는 입에 집
어넣고 오물거리면서도 잘 익은 딸기를 찾아다녔다.

요리조리 수색하던 아이의 짙푸른 눈동자가 반짝이며 빛났다. 제
얼굴만큼 작은 바구니를 옆에 내려놓고 가시덤불 속으로 손을 뻗었
다. 비단옷과 두툼한 장갑이 손을 보호해 줬지만, 이대로 두면 곧
머리까지 박을 기세였다.

"설아, 윤설."

근처에 있던 어머니가 위험하다는 의미로 이름을 부르자 설이도
손을 쏙 뺐다. 땅바닥에 주저앉아 어머니의 눈치를 보다가 제 손에
들린 딸기를 보고 싱글싱글 웃었다. 바구니에 담긴 그 어느 산딸기

보다 크고 검붉은 것이, 더 맛있어 보였다. 자리에서 일어난 설이는 어머니에게 달려가 부드러운 치마폭에 폭 얼굴을 파묻었다. 고양이 마냥 어머니의 다리에 얼굴을 비비던 설이는 고개를 번쩍 들고 손에 들린 딸기를 자랑했다.

"어머니, 이것 보세요. 대왕 딸기예요."

그걸 손에 넣기 위해 곱게 땋아두었던 검은 머리카락이 헝클어졌고, 흰옷에는 흙이 묻어버렸다. 그러나 해연은 차마 잔소리를 할 수가 없었다. 아빠를 닮은 눈이 빛나는 걸 보고 있자니 실소만 흘러나올 뿐이었다. 그래도 해연은 웃음을 감추고 무릎을 굽혀 딸과 눈높이를 맞췄다.

"설이가 딴 딸기가 정말 크구나. 하지만 다음번엔 깊숙이 있는 건 작은 새들에게 양보해 주자. 알았지?"

딸기를 따기 전에 했던 약속을 다시 상기시켜 주자 설이도 고개를 크게 끄덕였다. 그제야 해연은 딸이 원하는 대로 장단을 맞춰주었다.

"맛있어 보이는 대왕 딸기는 어떻게 할 거니?"

"태서 오라버니 줄 거예요."

잠깐의 고민도 없이 흘러나오는 소리가, 이미 답을 정해둔 모양이었다. 설이는 바로 실행에 옮길 생각으로 바닥에 내려놓았던 바구니를 챙겨 들었다. 그러고는 저 멀리, 나무 아래에 아버지와 함께 서서 달천대의 훈련을 보고 있는 붉은 머리칼의 오라버니를 향해 뛰었다. 짧은 다리로 열심히 뛰는 딸의 뒷모습에 해연의 미소도 더욱 진해졌다.

'엄마, 이젠 엄마의 마음을 이해할 수 있을 것 같아요.'

그녀의 나이 서른. 이십대 초반에 부모에게서 독립을 선언하고 이곳에 남았으나 딸을 낳아 한 아이의 엄마가 되고 나니 더욱더 부모님이 보고 싶어졌다. 하지만 그 감정을 받아들이는 해연의 마음은 예전과는 달랐다. 과거에는 정신적 독립이 어려워 고통받았던 것이라면, 이제는 동질감과 존경심으로 인한 그리움이었다.

해연은 태서에게 딸기를 내밀었다가 외면당해 상처받고 울먹이는 딸을 지켜보았다. 그것이 꽤 짜증 났는지, 이제 겨우 여덟 살밖에 안 된 사내아이가 한숨을 푹 내쉬었다. 애늙은이처럼 굴던 태서가 푸른 태자복 소매에 파묻혀 있던 손을 내밀자 설이는 눈치껏 대왕 딸기를 그의 손 위에 올려놓았다. 누굴 닮았는지, 태서는 그걸 한입에 털어 넣어버렸다.

고맙다는 말 한마디 없어도 먹어준 것이 기쁜 설이는 함박웃음을 지었다. 그걸 지켜보고 있던 하랑이 태서 곁에서 알짱거리는 딸을 번쩍 들어 올렸다. 순식간에 높아진 시야가 마음에 드는지 설이는 아빠의 입에도 산딸기를 두 개나 넣어주었다. 든든한 아빠의 목을 껴안고 멀리 서 있는 엄마를 보던 설이의 눈이 동그래졌다.

"엄마?"

설이의 목소리에 몸을 돌려 아내가 있는 곳을 보던 하랑은 잠시 멍하니 서 있었다. 그러다 이내 정중하게 고개를 숙였다. 무언가 심상치 않은 남편과 딸의 반응을 해연은 보지 못했다. 그녀는 하랑의 근처에 나타난 대랑에게 시선을 집중하고 있었다. 어쩐 일로 나타났는지는 알 수 없었으나, 고개를 숙여 예를 갖추자 그가 빙그레 웃는 것이 느껴졌다.

그리고 그 순간, 뒤쪽에서 그리운 목소리가 바람결에 실려 왔다.

"해연아."

십 년간 꿈속에서만 듣던, 다정한 그 목소리였다. 해연은 두근거리는 심장 탓에 몸이 말을 듣지 않는 걸 느끼며 천천히 고개를 돌렸다.

어리던 딸은 자라서 엄마가 되었고, 엄마는 다시 딸과의 분리를 받아들여야 하는 날이 올 것이다. 하지만 해연은 깨달았다. 영원한 단절은 없다. 비록 몸은 떨어져 있어도 마음만큼은 영원히 당신의 곁에 닿고 있기에.

〈完〉

### ❖ 재미가 배가되는 Tip ❖

※주의 : 스포일러 포함되어 있습니다. 에필로그까지 읽으신 독자님들을 위한 팁입니다.

**Tip 1.** 《신녀의 서》는 장편 소설로, 로맨스치고는 세계관이 꽤 큼직한 편입니다. 모험 판타지만 써왔던 제 성향이 《신녀의 서》에도 영향을 준 모양입니다.

소설 속의 오대국은 지구의 축소판이라고 보시면 됩니다. 동연국은 동북아시아 중에서도 특히 한국에 가깝고, 청일국은 서양의 의식주를 닮았습니다. 그래서 가장 먼저 절대군주제를 벗어나는 나라도 청일국이죠. 사막의 나라 가리국은 중동의 옛 의복과 건축에서, 후로국은 인도의 문화에서 힌트를 얻었습니다. 짧게 거론만 되었던 수우국은 동서양이 섞인 북쪽 나라로, 러시아가 그 바탕입니다.

이렇게 만들어진 세상은 사람이 비를 내리는 상식 밖의 땅입니다. 이곳에 한국의 여대생을 던져 놓고 이리저리 굴렸을 때, 그녀가 성장해가는 이야기를 보여 드리고 싶었답니다.

**Tip 2.** 여주인공의 이름에는 복선이 깔려 있습니다. 해연이는 바다 해(海)에 인연 연(緣) 자를 사용하지요. 본문에서도 한번 거론되었지만, 바다에서 만난 인연이란 뜻입니다. 이것은 남주인공을 뜻하기도 합니다. 가후, 유신, 하랑 중에 남주인공이 누구인지 이 이름을 보시면 바로 알 수 있답니다.

**Tip 3.** 공력자(恐力者)는 두려울 공, 힘 력, 놈 자를 써서 자연의 힘을 지닌 자를 뜻합니다. 이들을 만든 이유는 여주인공을 물의 신녀로 정하고 나니, 힘의 균형을 위해 비슷한 능력을 지닌 인물들이 필요해졌기 때문입니다. 이렇게 생성된 자들에게는 적당한 공력을 나눠 줘야 했지요.

이때 착안한 것이 주인공과의 관계입니다. 항상 해연과 반목하는 황제는 물과 상성이 좋지 않은 〈불〉. 해연에게 마음을 주는 하랑은 물에 이끌리는 〈번개〉. 그녀를 사랑하지만 떠날 수밖에 없던 유신은 수면에 파문만 일으키고 사라지는 〈바람〉. 해연을 만난 뒤에야 비로소 목소리를 낼 수 있게 된 소렵은 비 온 뒤 더 널리 퍼지는 〈소리〉. 첫 만남부터 해연에게 끌리지만 하랑의 상대가 되지 않던 곤은 번개를 이길 수 없는 〈나무〉. 가장 영향을 덜 받은 알리샤는 물을 견뎌내는 굳건한 〈바위〉. 해연과 엮이면서 황제를 떠나보내고 자신의 잘못을 깨달은 베론은 비 온 뒤 더 단단하게 굳는 〈모래〉. 해연과 맞닥뜨리자마자 죽음을 맞이하는 루시는 물에 녹슬어 버리는 〈금속〉입니다.

이렇게 공력이라는 설정을 만들었고, 이를 통해 인물들 간의 관계를 보는 재미도 꽤 쏠쏠하리라 생각합니다.

**Tip 4.** 완결을 낸 뒤에 퇴고하면서 저는 이 글을 세 번쯤 읽었습니다. 그러면서 깨달은 것이 하나 있다면, 완결까지 모든 내용을 기억하고 있을 때, 한 번 더 읽는 것도 좋다는 점입니다. 이 긴 걸 또어떻게 읽느냐고 하신다면, 가후가 슐가를 죽이던 장면(2권 298p~302p)만이라도 읽어보시길 권하고 싶습니다. 처음에는 이해하지 못했던 인물의 감정을 완결까지 보고 난 후에 다시 읽는다면, 그때 그인물이 왜 그런 말을 했는지 알 수 있답니다.

**Tip 5.** 장르문학도 문학입니다. 재미만 추구하던 시기를 지나, 이제는 문학성도 겸비할 필요가 있습니다. 그만큼 독자님들이 요구하는 수준도 높아졌고, 작가들은 그에 상응하는 글을 내야 합니다. 그래서 저는 겉으론 가벼워 보이지만, 그 속에 담은 주제는 가볍지 않은 글을 지향합니다.

《신녀의 서》에서 로맨스뿐만 아니라 다양한 가족 관계를 넣은 것도 그 때문입니다. 부모의 사랑이 자식에게 미치는 영향은 해연과부모님, 선황과 두 아들, 초가와 초선을 통해 다방면으로 보여드리려 했습니다.

형제간의 우애는 하랑과 가후, 자매의 애정은 비아와 윤아로 드러내 봤습니다. 남매는 유신과 유란을 넣어보았고, 부부는 가리국의 황제와 황비를 통해 보여드렸습니다. 이들의 관계도 유심히 보시면《신녀의 서》가 지닌 독특함을 충분히 즐기실 수 있으리라 생각합니다.

**Tip 6.** 지금까지 우리는 이 작품을 통해 선과 악, 책임과 후회에 대해서도 이야기를 나눠 보았습니다. 본문에 이런 말이 있습니다.

'다른 이의 희생을 묵인하고 제 여식을 지키려는 이 모습들은 선인가, 악인가.'

저는 이런 방식으로 끊임없이 질문을 던졌고, 의문을 제기했습니다. 나라의 안녕과 백성을 위해 해연이를 죽이기까지 했던 가후는 선인지, 부모님 곁으로 돌아가기 위해 두 나라의 가뭄을 외면하려 했던 해연이는 악인지. 모든 등장인물의 행동과 대화를 곱씹으며 읽으셨다면, 이제 여러분들이 답을 들려주실 때입니다.

**Tip 7.** 모든 팁을 다 보셨으니 이제 입소문이나 리뷰를……. 크흠, 흠흠! 콜록콜록.

약 십 년 전, 간절히 바라던 꿈이 있었습니다. 학교 앞 대여점에서 책을 빌려 읽던 그 시절에 제 꿈은 '좋은 글을 쓰는 소설가'였습니다. 제가 생각한 좋은 글이란, 읽기 쉬운 문장으로 감동과 교훈, 재미를 전할 수 있는 글이었습니다. 그리고 지금도 그 생각은 변치 않았습니다. 조금이라도 좋은 글을 쓰고자 《신녀의 서》를 집필하는 동안에 퇴고에 퇴고를 거듭했습니다만, 독자님들도 그렇게 느끼셨는지는 모르겠습니다.

그동안 《신녀의 서》를 통해 3만 명의 독자님들과 온라인상에서 함께 했고, 제 꿈을 지지해 주는 가족과 친구들을 만났습니다. 같은 꿈을 꾸는 작가님들과 인연을 맺었고, 작품 속 인물들과 울고 웃으며 새로운 걸 배우고 깨닫기도 했습니다. 해연이 성장한 만큼 저도 조금은 성장했다고 생각합니다.

'당신과 함께 만든, 내 인생 최고의 꿈.'

해연이 본편 마지막에 한 이 말은 독자님들께 전하고 싶었던 제 마음이기도 합니다.

　출간까지 오랫동안 기다려 주시고, 귀한 시간을 내어 《신녀의 서》를 읽어주셔서 감사합니다. 더 좋은 글로 다시 찾아뵙겠습니다.

　이 책을 읽던 순간이 여러분께 후회 없는 시간이었기를 바랍니다.